HEYNE <

JENNIFER L.
ARMENTROUT

Kissed

EINE LIEBE ZWISCHEN
LICHT UND DUNKELHEIT

Zwei Kurzromane aus der Welt von *Wicked*

Aus dem Amerikanischen übersetzt
von Sonja Rebernik-Heidegger

WILHELM HEYNE VERLAG
MÜNCHEN

Titel der amerikanischen Originalausgaben
THE PRINCE
THE KING

Penguin Random House Verlagsgruppe FSC®N001967

3. Auflage
Deutsche Erstausgabe 01/2020
Redaktion: Martina Vogl

in der Penguin Random House Verlagsgruppe GmbH,
Neumarkter Straße 28, 81673 München
produktsicherheit@penguinrandomhouse.de
(Vorstehende Angaben sind zugleich Pflichtinformationen nach GPSR)

Umschlaggestaltung: DAS ILLUSTRAT, München,
unter Verwendung eines Motivs von Shutterstock
Satz: Christine Roithner Verlagsservice, Breitenaich
Druck und Bindung: CPI books GmbH, Leck
Printed in the EU

ISBN 978-3-453-32051-2

www.heyne.de

Erstes Buch

Der Prinz

1

War man ein schlechter Mensch, wenn man seine Freundin vollkommen, zu einhundert Prozent beneidete? Ja? Nein? Schon irgendwie?

Ich schätzte, die Antwort lag irgendwo dazwischen.

Das war jedenfalls die Frage, über die ich nachgrübelte, während ich Ivy Morgan beobachtete, die sich gerade die dicken roten Locken über die Schulter warf und über etwas lachte, das ihr Freund Ren Owens gesagt hatte.

Zumindest beneidete ich sie nicht *darum* – um ihre Liebe, meine ich. Okay, das stimmte natürlich nicht ganz. Vermutlich war jeder Single ein wenig eifersüchtig auf die Warmherzigkeit und Zärtlichkeit, die in jedem Wort und jeder zufälligen Berührung steckten. Ivy und Ren konnten kaum den Blick voneinander abwenden, um das Abendessen zu genießen, das wir uns in dem süßen kleinen Diner im Shoppingcenter in der Prytania Street gegönnt hatten.

Ganz ehrlich, ich freute mich wirklich sehr für die beiden. Sie hatten so viel durchgemacht. Mehr, als zwei Menschen durchmachen sollten, um endlich zusammen zu sein. Und trotzdem saßen sie jetzt hier – stärker und verliebter als je zuvor –, und sie hatten sich ihr Glück verdient.

Ihre unglaubliche Liebesgeschichte war also nicht der Grund, warum gerade ein hässliches, grünäugiges Monster auf meiner Schulter Platz genommen hatte. Es war, weil Ivy einfach so knallhart war.

Sogar jetzt, wo sie entspannt in ihrem Stuhl saß und die Weihnachtslichter hinter ihr funkelten, während sie eine Hand in Rens gelegt hatte und ihr Bauch voller Cheeseburger, Fritten und der Hälfte meiner Tater Tots war, könnte sie einfach jeden in den Hintern treten und dessen Identität feststellen, inklusive Adresse und Sozialversicherungsnummer.

Wenn die Kacke sprichwörtlich am Dampfen war, rief man Ivy oder Ren.

Wenn man wissen wollte, welche Straßen die Royal Street kreuzten, rief man … mich. Oder wenn man vielleicht einen Kaffee und ein paar frische Beignets wollte, aber gerade keine Zeit hatte, weil man die Welt retten musste, dann rief man mich.

Wir drei gehörten dem Orden an, einer Organisation, die im wahrsten Sinne des Wortes das Einzige war, das zwischen der Menschheit und ihrer vollständigen Versklavung und Zerstörung durch die Fae stand. Und damit meine ich nicht die supersüßen Feen aus den Disneyfilmen oder irgendeinen derartigen Schwachsinn. Die Menschen dachten, sie würden an oberster Stelle der Nahrungskette stehen, doch das stimmte nicht. Das taten die Fae.

Das Einzige, womit die Popkultur recht hatte, waren die spitzen Ohren der Fae. Aber das war's auch schon. Die Fae waren mehr als einfache Wesen aus einer anderen Welt – der Anderwelt. Sie konnten ihr Aussehen durch einen Glamour-Zauber verändern und sich damit unbemerkt unter die Menschen mischen. Alle Ordensmitglieder – selbst ich – waren jedoch seit Geburt gegen diesen Zauber immun. Wir sahen hinter die Fassade und erkannten die Kreatur, die dort lauerte.

Doch nicht die wildeste Vorstellungskraft reichte aus, um die Anziehungskraft ihrer wahren Form oder das unglaubliche Strahlen ihrer silberfarbenen Haut zu erfassen. Oder ihre faszinierende Schönheit, die einem Leoparden auf der Jagd nach seinem nächsten Opfer glich.

Die Opfer der Fae waren wir Menschen, und sie nährten sich an der Lebensenergie, die unsere Herzen schlagen und unseren Verstand arbeiten ließ. Wie beim mythenhaften Vampir, der sich von Blut nährte, oder beim Sukkubus, der Männer aussaugte, war die menschliche Lebensenergie auch für die Fae ein Treibstoff, der ihre schier unermesslichen Fähigkeiten befeuerte. Sie waren schneller und stärker als wir, und nirgendwo auf der Welt gab es einen gefährlicheren Jäger. Indem sie sich von den Menschen nährten, konnten die Fae ihren Alterungsprozess bremsen, bis sie beinahe unsterblich waren. Ohne menschliche Energie alterten sie jedoch genauso schnell wie wir und starben letzten Endes.

Es gab aber auch Fae, die sich nicht von Menschen nährten, was wir allerdings erst vor Kurzem herausgefunden hatten. Die Fae des Sommerhofs hatten sich dagegen entschieden. Sie lebten und starben wie wir und wollten einfach bloß in Ruhe gelassen werden und nicht mehr im Fadenkreuz ihrer Feinde – den Fae des Winterhofs – stehen.

Meine Finger glitten zu meinem Handgelenk, an dem ich das Armband trug, das, gemeinsam mit den Worten, die bei unserer Geburt gesprochen wurden, den Zauber beinhaltete, der die Kräfte der Fae abwehrte. Ich nahm es nie ab. Niemals.

Es war ein vierblättriges Kleeblatt.

Wer hätte gedacht, dass eine so winzige Pflanze gegen etwas ankam, das so mächtig war wie die Fae?

Fast genau heute vor einer Woche war dem Orden gemeinsam mit den Sommerfae das Unmögliche gelungen:

Sie hatten die irre und vollkommen gruselige Königin der Fae, Morgana, in die Anderwelt zurückbefördert. Es gab zwar die Möglichkeit, dass sie zurückkehrte, aber davon ging zurzeit niemand aus. Und so würde es auch noch sehr lange bleiben – vielleicht sogar unser ganzes Leben lang. Trotzdem wäre der Orden vorbereitet, wenn sie es täte. Genauso wie die Sommerfae.

Deshalb waren wir drei heute Abend auch zum Essen ausgegangen – zur Feier des Tages. Wir hatten den Kampf gegen die Königin überlebt, und diejenigen, die sie unterstützten, waren wieder in ihre wie auch immer gearteten dunklen Verstecke zurückgekrochen. Endlich konnten wir alle tief durchatmen und uns entspannen. Natürlich gab es dort draußen immer noch eine Unmenge Winterfae, die gejagt und aufgehalten werden mussten, aber nach dem Sieg über die Königin war es wieder ein ausgeglichener Kampf.

Die Dinge waren so normal, wie sie für ein Mitglied des Ordens nur sein konnten. Verdammt, Ren und Ivy wollten nach Weihnachten sogar in den Urlaub fahren. Wie verrückt war das denn? Super verrückt!

Ich hatte nicht vor, Urlaub zu machen, denn ich hatte nicht wirklich an dem Kampf teilgenommen. Wenn ich es getan hätte, säße ich nicht hier an diesem Tisch. Ich wäre tot. Und zwar unwiederbringlich.

Ich hatte nur ein minimales Kampftraining erhalten, das im Alter von zwölf Jahren abrupt geendet hatte. Ich besuchte zwar immer noch die vom Orden vorgeschriebenen Trainingseinheiten mit Ivy, aber im Gegensatz zu ihr war ich nie in einen richtigen Kampf verwickelt gewesen. Zu wissen, wie man jemanden zu Boden schleudert, einem Schlag ausweicht oder einen Tritt austeilt, der sämtliche Knochen brechen lässt, war etwas vollkommen anderes, als dieses

Wissen gegen jemanden anzuwenden, der aktiv versuchte, einen umzubringen.

Wenn mein Leben mit zwölf nicht vollkommen aus den Fugen geraten wäre, wäre ich genauso wie Ivy und Ren geworden – eine wandelnde Waffe auf zwei Beinen –, aber nachdem meine Mutter von dem Fae gefangen genommen worden war, den sie gerade gejagt hatte, war alles ganz anders gekommen.

Meine Mutter war eine Kriegerin gewesen, genauso wie mein Vater, bei dessen Tod ich noch so jung gewesen war, dass ich mich abgesehen von den Fotos im Flur nicht mehr an ihn erinnern konnte. Ich wage zu behaupten, dass meine Mom die beste und qualifizierteste Kriegerin im ganzen Orden gewesen war. Sie war sogar noch härter als Ivy gewesen. Sie hatte mich großgezogen, während sie immer noch jede Nacht auf den Straßen New Orleans unterwegs war und Fae jagte, bevor diese Jagd auf Menschen machen konnten.

Als ich noch jünger war, schwor ich, einmal so zu werden wie sie, denn im Grunde eiferte jedes Kind im Orden seinen Eltern nach. Wir wurden von Geburt an auf unsere Pflicht vorbereitet, die Menschheit zu beschützen. Die Ausbildung begann bereits im Alter von acht Jahren. Vormittags fand der normale Unterricht statt, an den Nachmittagen lernten wir alles über die Gewohnheiten der Fae und widmeten uns unserem Kampftraining.

Doch dann kam dieser eine Morgen, wenige Tage vor meinem zwölften Geburtstag. Der Morgen, an dem Mom nicht nach Hause kam. Die darauffolgenden Tage schienen endlos, und sie zählten zu meinen schlimmsten Erinnerungen.

Sie fanden Mom am vierten Tag, in einem der Bayous wenige Meilen außerhalb der Stadt, wo sie sie zum Sterben zurückgelassen hatten. Trotz ihres Wissens und ihrer Erfahrung war sie auf die Fae hereingefallen. Sie hatten sie gefoltert. Und schlimmer noch. Sie hatten sich von ihr genährt, und obwohl sie sie nicht versklavt hatten, hatte all dieses Nähren etwas mit ihr angestellt. Mit ihrem Verstand. Gott sei Dank kam meine Mom wieder zurück zu mir.

Aber sie war nicht mehr dieselbe.

Es gab Tage und Wochen, in denen es schien, als wäre gar nichts passiert, doch dann war plötzlich nichts mehr in Ordnung. Manchmal verschwand sie einfach, oder sie weigerte sich, aus ihrem Zimmer zu kommen. Sie wütete und tobte und brach im nächsten Augenblick in Gelächter aus, das oft mehrere Stunden andauerte. In den Monaten und Jahren nach dem Angriff wurde es langsam einfacher, aber ich musste mich trotzdem um sie kümmern, anstatt zum Training zu gehen, und als ich schließlich alt genug war, bekam ich einen Job im Büro des Ordens, der normalerweise für die wenigen reserviert war, die es bis in den Ruhestand schafften. Ich nahm das Angebot an, obwohl das Geld, das der Orden meiner Mutter zahlte, nachdem sie »bei der Ausübung ihrer Pflichten verletzt« worden war, eigentlich ausreichte.

Doch nun hoffte ich, dass sich mein Leben ändern würde. Die Lage hatte sich beruhigt, und mit ein wenig mehr Training würde ich vielleicht auch bald auf Patrouille gehen können. Der Orden brauchte mich – er brauchte jede Hilfe, die er kriegen konnte, nachdem so viele im Kampf gegen die Königin ihr Leben gelassen hatten. Ich konnte genauso hart und unerschrocken werden wie Ivy und Ren, und dann konnte ich endlich meine Pflicht erfüllen.

Ich wäre endlich zu etwas nutze. Ich wäre der Leute würdig, die ich als meine Freunde bezeichnete, und vor allem wäre ich des Erbes meiner Familie würdig. Ich könnte …

Plötzlich tauchten zwei Finger vor meinem Gesicht auf. Sie

schnippten, und ich fuhr zurück. Die Finger senkten sich, und hinter ihnen kam Ivy zu Vorschein. Sie starrte mich an.

Meine Wangen begannen zu glühen, und ich stieß ein leises Lachen aus. »Tut mir leid. Ich war gerade mit den Gedanken woanders. Was hast du gesagt?«

»Ich sagte: Ich ziehe mich jetzt nackt aus und laufe raus auf die Straße.«

Rens grüne Augen funkelten. »Also da wäre ich sofort dabei!«

»Ja, das kann ich mir vorstellen.« Sie deutete grinsend auf die Speisekarte. »Willst du noch was Süßes, Bri?«

Ivy war die Einzige, die mich *Bri* nannte. Alle anderen sagten Brighton oder Miss Jussier, was ich hasste. Ich fühlte mich dann immer, als wäre ich dreißig Jahre älter und würde in einem Heim für streunende Katzen wohnen. Und ich war bereits achtundzwanzig und lebte bei meiner Mutter – ich musste mich nicht noch mieser fühlen, als ich es ohnehin schon tat.

»Nein, für mich nicht.« Ich hatte bereits einen kurzen Blick auf die Speisekarte geworfen. Wenn sie Käsekuchen gehabt hätten, hätte ich sicher noch Platz dafür gefunden.

Ren überflog die Speisekarte, schüttelte den Kopf und gab sie Ivy. »Dann darf Tink also bei dir einziehen?«

Ich verschluckte mich beinahe an meiner Diät-Cola. »Was?«

Ivy legte die Speisekarte auf den Tisch und klatschte lächelnd in die Hände. »Tink braucht einen Erwachsenen, der auf ihn achtgibt, während Ren und ich in Urlaub sind.«

Ich öffnete den Mund, aber mir fehlten die Worte. Ich hatte sie sicher falsch verstanden. Es kam gar nicht infrage, dass Tink in meinem Haus – im Haus meiner Mutter – wohnte. Denn erstens würde er es ziemlich sicher dem Erdboden gleichmachen, und zweitens war er …

Na ja, Tink war nun mal Tink.

»Und er mag dich echt gerne«, meinte Ren. »Er hört sogar auf dich.«

Ich senkte den Blick. »Das stimmt nicht. Tink hört auf niemanden. Nicht mal auf seinen Freund. Warum bleibt er eigentlich nicht bei ihm?«

»Das habe ich auch schon vorgeschlagen, aber Tink meinte, er wäre noch nicht bereit für diese Art der Bindung«, erwiderte Ren trocken.

»Was? Was für eine ›Bindung‹?«, überlegte ich laut. »Es wäre doch nur vorübergehend, oder?«

»Das haben wir Tink auch schon zu erklären versucht.« Ivy verdrehte die Augen. »Aber du weißt ja, wie er ist.«

Nein, das wusste ich nicht. Wirklich nicht. Ich senkte die Stimme, damit uns niemand hörte. »Warum bleibt er nicht im Hotel zum guten Fae?« So nannte Ivy das Haus, in dem die Sommerfae zusammenlebten. »Sie *lieben* ihn. Sie verehren ihn beinahe wie einen Heiligen.«

»Das haben wir auch schon vorgeschlagen, aber er meinte – ich zitiere –, dass er dort nicht ›er selbst‹ sein kann. Ihre Bewunderung setzt ihn zu sehr unter Druck.«

Ich starrte Ren an. »Du machst Witze, oder?«

»Ich wünschte, es wäre so.« Er lehnte sich zurück. »Du weißt, dass wir ihn nicht alleine lassen können. Er würde Ivys Wohnung niederbrennen.«

»Und mein ganzes Geld für irgendeinen Mist von Amazon ausgeben«, fügte Ivy hinzu, als ihr Handy plötzlich klingelte. Sie holte es aus ihrer Tasche. »Wie auch immer, über die Details können wir später noch reden.«

Wir würden später ganz sicher *nicht* über die Details reden. »Aber …«

»Was gibt's, Miles?« Ivy hob die Hand, und ich verstummte

abrupt. »Was?« Sie sah zu Ren, der sofort in Alarmbereitschaft war und sie nicht mehr aus den Augen ließ. »Ja, wir sind ganz in der Nähe. Wir überprüfen es.« Es folgte eine kurze Pause. »Ich gebe dir dann Bescheid.«

Sie legte auf, zog ihr Portemonnaie heraus und erklärte: »Das war Miles. Gerry ist heute nicht zu seiner Schicht gekommen, und niemand weiß, wo er steckt.« Das war wirklich ungewöhnlich, denn Gerry war sonst immer überpünktlich. »Miles hat gefragt, ob wir schnell mal bei ihm vorbeifahren können, um nachzusehen, was los ist.«

»Klar«, antwortete Ren, während Ivy mehrere Scheine auf den Tisch legte. »Ach übrigens, ich bin mir ziemlich sicher, dass Tink gerade bei dir zu Hause ist und Merle einen Besuch abstattet.«

»Warte mal. Was?« Gerry und die Tatsache, dass er nicht zur Arbeit gekommen war, waren vergessen.

»Ja, er hat irgendetwas von Gartentipps oder so geschwafelt.« Ivy steckte ihr Portemonnaie wieder zurück in die Tasche. »Ehrlich gesagt, habe ich ihm nicht richtig zugehört.«

»O Gott.« Ich kramte nach meinem eigenen Portemonnaie, während ich mir vorstellte, wie Mom Tink mit ein paar Steakmessern an die Wand nagelte. »Er darf nicht mit Mom alleine sein.«

»Ich glaube, Merle mag Tink«, erwiderte Ivy.

»Wirklich?« Ich legte ein paar Scheine auf den Tisch – mehr als genug für mein Essen und das Trinkgeld. »Das kommt darauf an, ob er Tink-Größe hat oder Menschengröße.«

»Da geht's mir genauso«, murmelte Ren und sah dann mit einem schiefen Grinsen in meine Richtung. »Nebenbei bemerkt bin ich mir ziemlich sicher, dass deine Mom auf Tanner abfährt.«

Ich wollte gerade aufstehen und erstarrte mitten in der

Bewegung. Tanner betrieb das Hotel zum guten Fae. Mit anderen Worten, er war ein Fae, und meine Mom … na ja, meine Mom schien ihn gerne zu besuchen, aber sie sprach auch noch immer ziemlich häufig davon, Fae umzubringen – und zwar alle Arten von Fae. Ich schüttelte den Kopf und beschloss, dass ich nicht genug Platz in meinem Gehirn hatte, um mir darüber Gedanken zu machen. »Ich mache mich lieber auf den Weg. Wer weiß, was meine Mom und Tink sonst aushecken.«

»Ich schätze, es wird entweder gewaltig oder eine gewaltige Katastrophe«, grinste Ivy, und Ren und sie standen ebenfalls auf.

»Das sehe ich auch so.« Ich wünschte, sie hätten mir das alles schon vor dem Essen gesagt. Ich schlang mir den Gurt meiner Tasche über die Schulter, verabschiedete mich und eilte durch das kleine Diner, vorbei an dem überdimensionierten Weihnachtsbaum und auf die Straße hinaus. Ein kalter Wind blies mir die feinen Haare, die sich aus meinem Pferdeschwanz gelöst hatten, ins Gesicht. Ich wohnte nur ein paar Blocks vom Shoppingcenter entfernt, und es war schneller, gleich zu Fuß zu gehen, als es bei Uber zu versuchen.

Ich steckte die Hände in die Taschen meines übergroßen Hoodies und joggte über die Straße. Der Garden District war zu jeder Jahreszeit wunderschön, aber während der Weihnachtszeit legte er noch mal eins drauf. Bunte Lichter schmückten Veranden und Balkone, schlangen sich um Gusseisengitter und blinkten in den riesigen Eichen, die einen Großteil der Straßen säumten.

Ich konnte einfach nicht glauben, dass Tink bei mir zu Hause war. Was hatten Ivy und Ren sich nur dabei gedacht? Mom hasste Tink zwar nicht direkt, aber sie hatte Ivy auch einmal mitten ins Gesicht gesagt, dass es wohl am besten wäre, sie zu töten.

Bloß weil Ivy nicht zu hundert Prozent menschlich war. Sie war ein Halbling, und es gab da diese Prophezeiung, dass sie die Tore in die Anderwelt für immer öffnen und damit den Armeen der Winterfae erlauben würde, in unsere Welt einzufallen. Aber das alles war mittlerweile Gott sei Dank vorbei.

Und Tink war nicht einmal zu einem Prozent menschlich.

Ich nahm eine Abkürzung über eine der Seitengassen und versuchte, meiner Fantasie nicht allzu freien Lauf zu lassen, was gerade zu Haus passierte. Vielleicht saßen sie zusammen vor dem Fernseher und sahen sich *Harry Potter* an. Oder Tink hatte seinen Freund mitgebracht, bei dem es sich zufällig um Prinz Fabian handelte – einer der beiden Prinzen des Sommerhofs. Ich bezweifelte, dass Tink auch Prinz Fabians Bruder mitgebracht hatte. Wenigstens das blieb uns erspart.

Ein Schaudern durchlief mich, als ich an *den* Prinzen dachte. Ich hatte ihn nicht zu Gesicht bekommen, während er unter dem Zauber der Königin gestanden und der Winterprinz gewesen war. Er hatte die Stadt terrorisiert und war zum lebenden Albtraum geworden, der Ivy entführt hatte, um die besagte Prophezeiung zu erfüllen.

Ich hatte ihn nur gesehen, nachdem der Zauber gebrochen war, und sogar dann war er immer noch die Furcht einflößendste Kreatur, die ich je zu Gesicht bekommen hatte. Und als er mir in die Augen sah, fühlte ich mich unwillkürlich …

»Mom.« Ich hielt inne, als sie den Bürgersteig entlang auf mich zukam. Ihr dünner Morgenmantel flatterte wie ein Paar Flügel hinter ihr her. »Was machst du denn hier?«

Sie trat unter eine Straßenlaterne, die kurzen blonden Haare vom Wind zerzaust. »Oh, ich bin irgendwie … kribbelig und habe beschlossen, einen kleinen Spaziergang zu machen.«

Ich eilte auf sie zu und nahm ihre Hände in meine. Sie waren eiskalt. »Mom, warum hast du denn keine Jacke an?«

»Liebling, so kalt ist es doch gar nicht.« Sie lachte und drückte meine Hände.

»Es ist zumindest kalt genug für etwas Wärmeres als deinen Morgenmantel. Komm, wir gehen nach Hause.« Mein Magen zog sich nervös zusammen, als ich mich bei ihr unterhakte und sie herumdrehte.

Angst und innere Unruhe waren normalerweise Anzeichen, dass uns ein paar harte Tage bevorstanden. Es kam wie aus dem Nichts, und alles oder nichts konnte es auslösen. Sie war Wochen oder sogar Monate lang vollkommen klar im Kopf, und dann plötzlich: *BUMM!* Zuerst stahl sie sich immer öfter davon, und dann begannen die Albträume. Sie konnte nicht mehr schlafen, und die Dinge … drehten sich einfach in einer Abwärtsspirale weiter.

Die Angst war wie ein Virus. Wenn man sie erst einmal spürte, ertrank man bereits darin.

»Wie lange bist du schon unterwegs?«

»Lange genug, um vom Haus hierherzukommen«, erwiderte sie, und ich widerstand dem Drang, die Augen zu verdrehen. »Und was stimmt denn nicht mit meinem Morgenmantel?«

Es stimmte einiges nicht an der Tatsache, dass sie in einem blaugrünen Morgenmantel durch den Garden District spazierte.

Ich ging ein wenig langsamer, um mich ihrem Tempo anzupassen, und führte sie über die Straße. »Hattest du Gesellschaft, während ich weg war?«

»Gesellschaft?«

Vielleicht hatten Ren und Ivy sich geirrt, und Tink war gar nicht bei ihr gewesen. »Hat Tink vorbeigeschaut?«, fragte ich und wurde langsam echt nervös.

Sie schwieg einen Moment lang, dann kicherte sie. »Jetzt, wo du es sagst. Er hat sich einen Film angesehen, und dann ist er hinaus, um zu telefonieren.«

»Dann war er also noch da, als du …« Die Straßenlaterne über uns flackerte und ging aus. Und mit den anderen Lampen entlang der Straße passierte dasselbe.

»Das ist seltsam«, erklärte Mom, und ein Schaudern durchlief sie. »Brighton?«

»Ist schon okay«, erklärte ich und schluckte. »Alles okay.«

Ein Schwall eiskalter Luft fegte die Straße entlang, fuhr in Moms Morgenmantel und ließ uns beide erstarren. Die feinen Härchen an meinem Nacken stellten sich auf, als ich den Blick die leere Straße entlangwandern ließ, die nur noch von den blinkenden Weihnachtslichtern erleuchtet wurde. Er fiel auf ein *Zu verkaufen*-Schild vor einem leer stehenden Antebellum-Haus. Wir hatten noch zwei Blocks vor uns.

»Mom«, flüsterte ich, und mein Herz klopfte mir bis zum Hals, als ich mich wieder in Bewegung setzte und sie mit mir zog. »Wir müssen …«

Sie tauchten wie aus dem Nichts auf und bewegten sich so schnell, dass sie zuerst nicht mehr als ein paar Schatten waren, die uns einkreisten.

Ein Schrei stieg meine Kehle hoch, als ich sie sah. Silberfarbene Haut. Hasserfüllte Augen. Es waren vier, und sie stürzten sich auf uns, bevor mir der Schrei über die Lippen kam.

2

Sonnenlicht.

Ich spürte es auf meiner Haut und schmeckte es auf meinen Lippen. *Sonne.* Ihre Wärme drang durch meine Haut, sirrte durch meine Adern und setzte sich in meinen Muskeln und Knochen fest.

Lag ich im Freien? Aber das ergab doch keinen Sinn! Es war immerhin Dezember und nicht annähernd warm genug, um in der Sonne zu liegen. Trotzdem wusste ich mit Sicherheit, dass ich genau das tat. Ich spürte die Sonne auf meinen Wangen, und meine Lippen prickelten, weil sie mir so nahe war.

Ich öffnete die Augen, aber da war keine Sonne. Ich sah einen Umriss, die Silhouette eines Mannes. Er war nur unscharf zu erkennen, aber ich kannte diesen Mann. Das war er.

Der Prinz …

Aber das ergab auch keinen Sinn. Nichts von alldem ergab Sinn. Verwirrung machte sich in meinem Kopf breit, der sich anfühlte wie in Watte gepackt. Irgendetwas stimmte hier nicht. Ich versuchte, die Hand zu heben, aber es fühlte sich an, als würde sie von einem Gewicht nach unten gezogen. Irgendetwas lief hier ganz und gar falsch. Und ich musste mich erinnern …

Schlaf.

Das Verlangen, in den Schlaf zu gleiten, traf mich von einem Moment auf den anderen mit voller Wucht, und so schlief ich. Ich schlief eine gefühlte Ewigkeit lang, doch dann hörte ich plötzlich ein beständiges Piepen. Es drang bis zu dem Ort vor, an dem ich mich befand, und es wurde so unerträglich, dass ich ihm Beachtung schenken musste. Ein Teil meines Bewusstseins konzentrierte sich nur noch auf das Geräusch, klammerte sich daran, und ich folgte ihm und passte mich seinem Rhythmus an. Mit jeder Sekunde wurde meine Umgebung klarer. Schritte. Ich hörte Schritte. Ein Flüstern. Und gedämpfte Stimmen. Ich atmete tief ein, und ein Beben ging durch meinen Körper. Es tat weh. Als wären meine Brust und meine Rippen zu eng, und dieser eine Atemzug wäre bereits zu viel gewesen …

Mom.

Ich sah sie vollkommen klar vor mir.

Ich sah sie im Dunkeln auf dem Rücken liegen, und ihre geweiteten Augen blickten direkt in meine. Da war nichts in diesen Augen. Kein Leben. Nichts.

Das Piepen wurde schneller.

Das schreckliche Bild meiner Mom löste sich in Rauch auf, und stattdessen sah ich silberfarbene Haut und blutige, zu einem höhnischen Grinsen verzogene Münder und …

Blut. So viel Blut, das über die Pflastersteine lief und in den Fugen die Straße hinabrann. Warum war da so viel Blut? Ein Gefühl feuchter Wärme stieg meine Kehle hoch, und ich würgte.

»Bri? Bist du wach? Brighton?«

Ich kannte diese Stimme. *Ivy*. Sie sprach mit mir. Ich holte erneut Luft und stellte erleichtert fest, dass es nicht so wehtat wie beim ersten Mal. Aber mein … mein Körper fühlte sich seltsam an. Und mein Gesicht auch. Als wäre es geschwollen und die Haut würde sich über die Knochen spannen. Genauso wie am Rest meines Körpers.

Meine Augen waren wie zugeklebt, und ich brauchte eine Ewigkeit, um sie zu öffnen. Stunden vielleicht. Als ich es schließlich geschafft hatte, starrte ich zu einer abgehängten Decke mit einer Leuchtstoffröhre hoch.

»Bri«, sagte Ivy noch einmal, und ihre Finger strichen über meine linke Hand.

Ich drehte langsam den Kopf in die Richtung, aus der ihre Stimme kam, und mein Blick fiel auf ihr blasses, abgespanntes Gesicht. Sie hatte ihre leuchtend roten Haare zu einem Knoten hochgedreht, und ihre geröteten, geschwollenen Augen waren voll Mitleid.

Und da wusste ich es.

Ich *erinnerte* mich.

Die Fae waren wie aus dem Nichts aufgetaucht und hatten Mom und mich eingekreist. Sie hatten uns in den Garten eines leer stehenden und zu verkaufenden Hauses gezerrt. Ich hatte mich geirrt. Es waren nicht vier gewesen, sondern fünf, und einer hatte zu den uralten Fae gehört.

Ich versuchte zu schlucken, doch mein Hals tat zu sehr weh. Alles tat weh. Meine Beine und mein Gesicht, aber vor allem mein Bauch. Es fühlte sich an, als hätte jemand darin gegraben und alles herausgerissen.

Ivys Finger schlossen sich um meine, und sie drückte sie sanft. »Hast du Schmerzen. Soll ich den Doc holen?«

Ich presste die Augen zusammen, und spitze Zähne und messerscharfe Krallen blitzten auf. Die Fae brauchten ihre Zähne nicht, wenn sie sich nährten, aber sie setzten sie gerne ein, um ihren Opfern Schmerzen zuzufügen.

»Mom«, krächzte ich, und Ivys Hand verkrampfte sich. Als

sie nicht antwortete, zwang ich meine Augen wieder auf. »Sie ist fort, oder?«

Ivy presste die Lippen aufeinander und nickte knapp. »Es tut mir leid. Es tut mir so leid, Bri.«

Mein Blick wanderte zu Ivys Hand, die meine fest umklammert hielt, doch stattdessen sah ich die blutverschmierte Hand meiner Mutter, die meine drückte. Ich sah, wie sie mir entglitt und wie sämtliche Lebenskraft aus ihr wich.

»Es gab mehrere Angriffe über die ganze Stadt verteilt«, erklärte Ivy und legte auch noch die zweite Hand auf meine, sodass sie sie zwischen ihren Händen hielt. »Darum ist Gerry nicht zu seiner Schicht gekommen. Ren und ich haben ihn gefunden. Und da wussten wir es.« Ihre Stimme wurde heiser, als sie mir die Namen nannte – die Namen derer, die getötet worden waren. Es waren so viele, ein endloser Strom. »Sie haben uns beobachtet. Sie wussten, wo sie uns auflauern mussten. So viel Gewalt, in einer einzigen Nacht.«

Ivy ließ die Stirn auf ihre Hände sinken, doch ich sah nicht Ivy, sondern die fünf Gesichter. Ich erinnerte mich an diese Gesichter. Ich würde sie nie vergessen.

»Du wirst wieder ganz gesund. Der Doc sagt, es ist ein verdammtes Wunder, aber du wirst wieder gesund«, erklärte sie. »Wahrscheinlich musst du noch ein paar Tage hierbleiben, aber dann kannst du mit mir nach Hause kommen, wenn du möchtest. Tink meinte, du könntest sein Zimmer haben …«

»Ich konnte sie nicht aufhalten.«

»Was?« Ivy hob den Kopf. Ihre Augen glänzten.

»Ich konnte mich nicht gegen sie wehren.«

Ivy schüttelte langsam den Kopf. »Bri, ihr seid in einen Hinterhalt geraten und …«

»Ich konnte sie nicht aufhalten!« Der Schrei brannte in meiner geschundenen Kehle, aber es war mir egal. »Sie haben meine Mutter umgebracht, und ich konnte sie nicht aufhalten!«

»Nein.« Ivy stand auf und beugte sich über mich, sodass sie mir direkt in die Augen schaute. »Ich weiß, was du denkst. Glaub mir, ich *weiß* es. Aber es war nicht deine Schuld. Ich wäre genauso geliefert gewesen, wenn sie mich derart überrascht und eingekreist hätten.«

Aber ich glaubte nicht, dass es so gewesen wäre. Ivy hätte sich mit allen Mitteln gewehrt. Sie hätte nicht nur panisch und kopflos um sich geschlagen. Sie hätte nicht zugelassen, dass sie am Ende vor ihnen auf dem Rücken lag – obwohl uns im Training ständig eingebläut wurde, dass wir es nie so weit kommen lassen durften. Es wäre vielleicht nicht einfach gewesen, aber Ivy wäre am Ende als Siegerin hervorgegangen.

»Das, was sie deiner Mom und dir angetan haben, ist allein ihre Schuld.« Ivy legte ihre Fingerspitzen auf meine Wange. Die Berührung war sanft, als wüsste sie, dass mir alles andere Schmerzen bereitet hätte. »Du hättest nichts tun können, Bri. Nichts. Du hast überlebt. Das ist alles, was zählt. Und es wird wieder gut werden. Alles wird gut werden.«

Ich starrte sie an, und plötzlich erinnerte ich mich, was ich zu Mom gesagt hatte. Ich wusste, dass es eine Lüge gewesen war – genauso wie das hier. Das war nicht alles, was zählte. Und es würde auch nicht wieder gut werden.

Es würde nie wieder gut werden.

3

Zwei Jahre später

Der schwere, rhythmische Bass dröhnte aus den Boxen über mir, und die Musik waberte über die volle Tanzfläche. Glänzende Leiber drehten und bewegten sich unter den blinkenden Scheinwerfern und verloren sich in der Musik und der Nähe der anderen Tänzer. Bei dem Geruch nach Parfum, Rasierwasser und Schweiß drehte sich mir beinahe der Magen um, als ich die Hände hob und mir die langen Haare aus dem feuchten Nacken hob.

Heute Abend war ich eine wilde Rothaarige mit leuchtend roten Lippen.

Gestern Abend war ich eine Verführerin mit rabenschwarzen Haaren und dunkel geschminkten Augen gewesen.

Und am vergangenen Wochenende hatte ich ein naives Blondchen mit zwei Zöpfen und rosigen, glühenden Wangen gemimt.

Ich schlüpfte jedes Mal in eine neue Rolle, aber ich war immer das perfekte Opfer, und jeder Abend endete auf dieselbe Weise.

Ich wiegte meine Hüften im Takt und presste mich an den muskulösen, hitzigen Körper hinter mir, während ich den Blick suchend über die Tanzfläche schweifen ließ.

Seine Hände glitten über die silbernen Pailletten auf meinem Kleid und hielten auf meinem Bauch inne. Er zog mich an sich und presste seine Vorderseite an meine Rückseite.

Es gefiel ihm ganz offensichtlich.

Sehr.

Die forschenden Hände wanderten weiter zu meinen Hüften und schließlich zu meinen Oberschenkeln. Ich ließ meine Haare los, packte ihn an den Handgelenken und warf ein verwegenes Lächeln über die Schulter. »Benimm dich!«

Der namenlose Kerl grinste breit. Er war süß und gute zehn Jahre jünger als ich. Vermutlich ging er an der Loyola oder der Tulane aufs College, was zwei Dinge bedeutete: Er wäre in Ohnmacht gefallen, wenn er gewusst hätte, dass ich bald einunddreißig wurde, und das hier war der letzte Ort, an dem er sein sollte. Ein winziger Teil in mir wollte ihn warnen und ihm sagen, dass er sich seinen Spaß irgendwo anders und nicht ausgerechnet im *Flux* suchen sollte.

Aber ich war nicht seinetwegen hier.

Ich hielt seine Handgelenke weiterhin fest und ließ meinen Kopf nach hinten auf seine Brust sinken, sodass ich die Tanzfläche und die hufeisenförmige Bar weiter im Auge behalten konnte. Die Nischen um die Tanzfläche lagen im Schatten und waren nicht einsehbar, genauswenig wie der VIP-Bereich, der ein Stockwerk über uns lag.

Genau dort musste ich hin. Weil ich wusste, dass *er* dort sein würde.

Ein untersetzter, breitschultriger Mann blockierte die Treppe, hinter ihm war eine dicke rote Kordel. In den ersten Stock gelangte man nur mit Einladung, und die Gäste, die dort oben saßen, kamen nie nach unten auf die Tanzfläche. Stattdessen schickten sie Späher aus, die einen bestimmten Typ Mensch auswählten.

Ich war die lebendige Verkörperung dieses Typs – heute Abend wäre es endlich so weit.

»Hey«, sagte der Kerl mit den Lippen an meinem Ohr.

Ich sah mich weiter um. »Hm?«

»Wie heißt du? Ich bin Dale.« Er versuchte erneut, seine Hand weiter nach unten wandern zu lassen, doch ich hielt sie auf meiner Hüfte fixiert.

»Sally«, log ich, als sich eine große, schlanke Frau von der Bar löste und zur Tanzfläche umdrehte. Sie hielt ein Glas mit einer leuchtenden, violetten Flüssigkeit in der Hand. *Nachtschatten*. Sie hob den Drink an ihre Lippen und beobachtete die Tänzer auf der Tanzfläche.

Ich hatte gefunden, wonach ich gesucht hatte, und ich sah ihr wahres Äußeres.

»Willst du von hier verschwinden, Sally?«, fragte Dale, und seine Lippen strichen über meinen Hals. »Ich kenne da ein nettes Plätzchen.«

»Nein, danke.« Ich ließ seine Handgelenke los, löste mich von ihm und schob mich durch die tanzenden Körper hindurch, bevor mich die Schimpftirade, die er losließ, zu hart treffen konnte.

Ich behielt die Späherin im Auge und drängte mich an einem Pärchen vorbei, das praktisch mitten auf der Tanzfläche zur Sache ging. Ich konnte nicht mal sagen, wo der eine Körper aufhörte und der andere anfing.

Du meine Güte!

Ich kam an einem runden Stehtisch vorbei, griff nach einem vergessenen, halb leeren Glas mit einem pinkfarbenen Drink und machte mich damit auf direktem Weg zur Bar. Sobald ich die tanzenden Leiber hinter mir gelassen hatte, schaltete ich einen Gang zurück, setzte ein unbeeindrucktes Lächeln auf und näherte mich der Frau. Sie sah mich nicht, sondern konzentrierte sich stattdessen auf zwei junge Collegemädchen, die lachend miteinander tanzten und offensichtlich betrunken waren. Sie trat auf die beiden zu.

In diesem Moment stolperte ich mit dem geliehenen Glas in der Hand und rammte ihr die Schulter in den Rücken.

Sie wandte sich langsam und wie eine Schlange zu mir herum. Sie bleckte die Zähne und senkte ihr Glas. In den Augen der anderen Gäste wirkte ihr Lächeln vollkommen normal, aber ich sah die beiden messerscharfen Eckzähne. Es waren keine Reißzähne; sie waren bloß unglaublich scharf, sodass sie Fleisch mühelos zerrissen.

»Es tut mir so leid.« Ich schwankte auf meinen hohen Absätzen und schrie gegen die Musik an, während ich meine freie Hand auf ihren Arm legte. »Jemand hat mich geschubst. Mann! Die Leute hier sind echt unhöflich.«

Sie hob eine dunkle Augenbraue.

»Was trinkst du da? Sieht echt cool aus!«

Die Frau legte den Kopf schief, und ihre blassblauen Augen glitten über jeden Zentimeter meines Körpers, von meinen dicken roten Haaren über die leuchtend roten Lippen bis zum tiefen Ausschnitt des paillettenbesetzten Kleides mit den schmalen Trägern, das mehr zeigte, als es verdeckte. Offensichtlich gefiel ihr, was sie sah, denn ein schmallippiges Lächeln machte sich auf ihrem Gesicht breit. »Der Drink ist ein bisschen zu stark für dich.«

»Echt?« Ich biss mir auf die Unterlippe. »Ich mag starke Drinks.«

»Wirklich?« Ich nickte, und sie trat näher heran. Sie hatte in etwa meine Größe und sah mir direkt in die Augen. »Wie stark?«

»Extra-stark«, sagte ich und zwang mich, ihrem Blick standzuhalten, während ich kicherte.

Sie legte erneut den Kopf schief. »Da habe ich vielleicht etwas Besseres für dich. Bist du allein hier?«

»Meine Freundinnen sind schon weg. Ich wollte auch los, aber ich glaube, ich halte noch ein bisschen durch.«

»Perfekt.« Ihre schwarzen Pupillen zogen sich einen Moment lang zusammen, und es war so schnell vorbei, dass es jemand anderer wohl gar nicht bemerkt hätte. Ich aber schon. Sie zog mich in ihren Bann. Ich zwang meine Muskeln, sich zu entspannen, und das eifrige Lächeln verschwand. Ich stand schweigend vor ihr und wartete, während sie sich mir langsam näherte. Ihre Lippen strichen über meine, als sie flüsterte: »Komm mit.«

Sie nahm mir den geliehenen Drink ab, stellte ihn auf die Bar und griff mit ihren kalten Fingern nach meiner Hand. Dann führte sie mich mit schnellen, langen Schritten an der Bar vorbei zur Treppe.

Jackpot!

Der Mann am Treppenabsatz trat beiseite, und ein kurzer Blick auf sein ausdrucksloses Gesicht bestätigte mir, dass er ein Mensch war, von dem sich die Fae so lange genährt hatten, bis er vollkommen ihrem Willen unterworfen war. Solche Menschen waren genauso gefährlich und unvorhersehbar wie die Fae selbst.

Die Frau führte mich die breite Wendeltreppe nach oben, und ihr Griff war unerbittlich, während sie mich hinter sich herzerrte. Oben angekommen, bog sie nach rechts auf einen schwach beleuchteten Balkon. Sie stürzte die Hälfte des Nachtschattens hinunter – ein Drink, der für Menschen giftig, aber für die Fae in etwa dieselbe Wirkung wie Tequila hatte – und führte mich zu mehreren Sofas und Stühlen, die bis auf den letzten Platz besetzt waren. Ich sah mehrere Fae, die alle einen in Trance versetzten Menschen neben sich oder auf ihrem Schoß hatten. Vermutlich würde es kein einziger dieser Menschen heute Abend lebend aus dem Club schaffen.

»Sieh mal, was ich gefunden habe, Tobias.« Die Frau zog mich mit einer Kraft nach vorne, die gar nicht zu ihrer gertenschlanken Gestalt passte, und ich ließ es zu und stolperte sogar noch. Die Fae packte meinen Arm und verhinderte so, dass ich direkt auf die Nase fiel.

Mein Blick huschte hin und her, und dann sah ich *ihn*.

Er saß auf einem kleinen schwarzen Sofa und hatte die Arme und Beine arrogant von sich gestreckt. Eine Sekunde lang sah ich seine menschliche Fassade, doch dann glänzte die blasse Haut plötzlich silbern, obwohl die Haare und die Gesichtszüge die gleichen blieben. Er war blond und attraktiv und sah aus wie ein Collegejunge mit silberfarbener Haut und spitzen Ohren. Er war definitiv einer von *ihnen*.

Und jetzt hatte ich einen Namen zu dem Gesicht, das ich niemals vergessen würde.

Tobias.

Vorfreude packte mich und schoss durch meine Adern, sodass ich überall am Körper Gänsehaut bekam. Sie waren zu fünft gewesen, und er war einer der drei, die noch übrig waren.

»Du bist immer so gut zu mir, Alyssa«, erklärte er, und seine blassblauen Augen wanderten über meinen Körper. »Du weißt, dass ich eine Schwäche für Rothaarige habe.«

»Eine Schwäche.« Die Fae namens Alyssa ließ meinen Arm los. »Ich würde eher sagen, dass du einen Ständer hast.«

O Mann!

Ich bemühte mich um ein beeindruckend ausdrucksloses Gesicht, als Tobias mich mit einem Kopfnicken zu sich beorderte. Wirklich oscarreif. Ein weiterer Fae trat aus dem Schatten. Er war groß, und es kostete mich einige Beherrschung, um nicht zusammenzuzucken, als er mit den Händen über meinen Körper glitt und mich nach Waffen durchsuchte. Die Fae waren in den letzten beiden Jahren schlauer geworden.

Aber wir auch.

Die Hände des Fae glitten akribisch genau über meine Beine, meine Hüften und schließlich über die breiten Armreifen um meine Handgelenke. »Sie ist sauber.«

»Gut.« Tobias beugte sich nach vorne. »Komm her, Rotkäppchen.«

Ich zwang mich, möglichst langsam und unsicher auf ihn zuzuschwanken, und als er die Hand hob, legte ich meine hinein, obwohl sich mir beinahe der Magen umdrehte.

Tobias zog mich nicht wie erwartet auf seinen Schoß, sondern stand auf. »Wann kommt Aric?«

Aric? Der Name kam mir nicht bekannt vor, allerdings war ich auch nicht allzu oft mit diesen mörderischen, psychopathischen Winterfae zusammen.

»Du hast maximal eine Stunde.« Alyssa warf sich auf das Sofa. »Mach was draus.«

»Darauf kannst du wetten.« Er schlang einen Arm um meine Hüfte und zog mich an sich. Er roch gut. Wie Winterminze. Das taten sie alle. Außerdem sahen sie alle gut aus. Und dieser Fae war ganz offensichtlich auf mehr aus, als sich bloß von mir zu nähren. »Willst du dann auch noch was?«

»Klar«, gurrte die weibliche Fae. »Wenn noch etwas übrig ist.«

Tobias hob mich ohne Vorwarnung hoch und warf mich über die Schulter wie ein verdammter Neandertaler seine Beute. Ich ließ mich wie ein nasser Sack die kurze Entfernung tragen. Eine Tür ging auf, und wir befanden uns in einem Zimmer, in dem sicher schon eine Menge schrecklicher Dinge passiert waren. Er trat die Tür hinter uns zu, und ich hörte, wie sich der Schlüssel drehte, ohne dass er ihn berührt hatte.

Seine Hände umfassten meinen Hintern, während er mich abstellte. Einige Haarsträhnen waren in mein Gesicht gefallen, und ich stand regungslos vor ihm, während er sie mir hinter die Ohren steckte. »Weißt du, warum ich Rothaarige so gerne mag? Nein. Natürlich nicht.«

Ich blinzelte langsam und sah mich in dem Zimmer um. Es gab einen Stuhl und ein Bett, das aussah, als würde es oft benutzt. Mein Magen zog sich vor Übelkeit zusammen. Aber er ging nicht zum Bett, sondern zu dem thronähnlichen Stuhl, der mit rotem Samt bezogen war. Er setzte sich und starrte zu mir hoch.

»Komm schon. Nicht so schüchtern.« Seine blassen Augen loderten. »Wir werden einander jetzt mal besser kennenlernen, okay?«

»Ja?«, flüsterte ich.

Seine Lippen verzogen sich zu einem kaum merklichen Lächeln, als er mich mit dem Finger zu sich rief. »Dann komm.«

Ich zwang mich, das Lächeln zu erwidern, und taumelte auf ihn zu. Ich schnappte nach Luft, als er mich an den Hüften packte und mich auf seinen Schoß zog, und dieses Mal war es nicht gespielt. Mein Rock rutschte über die Oberschenkel hoch, und er spielte mit den Trägern meines Kleides und zeichnete den V-Ausschnitt mit dem Finger nach.

»Willst du mich?«, fragte er.

Es war eine seltsame, unnötige Frage. Da hatte wohl jemand Probleme mit dem Selbstwertgefühl. »Ja.«

»Du lässt mich doch alles mit dir machen, nicht wahr?«

Ich zwang mich zu einem Nicken. *»Ja.«*

»Dann berühre mich«, befahl er leise.

Ich biss die Zähne zusammen, während ich ihm die Hände auf die Schultern legte und sie dann über seine Brust gleiten ließ.

»Ehrlich gesagt, mag ich Rothaarige gar nicht.« Seine Hand schoss vor und schloss sich um meinen Hals. »Ich hasse sie.«

Verdammt!

Er drückte nicht gerade sanft zu, und als er mich nach vorne zog, gruben sich seine Finger in meine Luftröhre. Sein eisiger Atem tanzte über meine Lippen, und ich fuhr unter dem Schmerz zusammen.

»Und weißt du warum?« Seine andere Hand wanderte meine Wirbelsäule nach unten. »Weil sie mich an diese Schlampe erinnern. Den Halbling.«

Ich wusste genau, wen er meinte.

Ivy Morgan. Nein, Moment, sie hieß mittlerweile Ivy Owens, nachdem Ren und sie an Weihnachten geheiratet hatten.

Im nächsten Moment presste sich sein Mund auf meinen; ich hatte keine Chance, es kommen zu sehen. Lippen. Zähne. Zunge. Der Kuss war hart und brutal, und ich fragte mich, ob er wusste, wie man küsste, oder ob ihn das überhaupt kümmerte. Er ließ meinen Hals los. Vermutlich würden einige Blutergüsse zurückbleiben.

Ich hielt still, während er die Träger meines Kleides nach unten schob, denn ich wurde von der stärksten Kraft getrieben, die ein Mensch kennt.

Rache.

Ich war so nahe dran. Ich schmeckte den süßen Geschmack der Vergeltung bereits auf meiner Zunge. Er brannte sich durch die Eiseskälte, die sein Kuss hinterließ.

Das Oberteil des Kleides glitt nach unten und bauschte sich um meine Hüften, sodass der schwarze, unglaublich unbequeme, trägerlose BH zum Vorschein kam. Ich fixierte die Zimmerdecke, als seine kalten Lippen über meinen Hals nach unten und schließlich zu meinem Brustansatz glitten. Ich zwang mich, vollkommen regungslos zu bleiben, und hielt sogar noch still, als seine Finger über den zusammengeschobenen Stoff des Kleides wanderten. Bis sie schließlich die zarte silberne Kette berührten, die ich um die Hüfte trug.

Tobias fuhr zurück, und ich spürte beinahe, wie sein Blick über meine Brust und meinen Bauch wanderte. Ich wusste, was er dort sah. Keine glatte, makellose Haut, sondern blasse, glänzende Narben, die sich über den ganzen Bauch zogen. Bisse. Unmengen davon, die verheilt waren und nun eine oder zwei Stufen heller waren als meine übrige Haut. Tiefe Rillen, die von scharfen Krallen stammten. Allesamt eine bleibende Erinnerung an die Nacht vor beinahe zwei Jahren, als die Fae, die immer noch die besiegte Winterkönigin unterstützten, blutige Rache an uns geübt und uns massenweise abgeschlachtet hatten. Sie hatten sich nicht einmal von uns genährt. Sie hatten uns bloß Schmerzen zufügen wollen.

Und das hatten sie schließlich auch getan.

In jener Nacht war meine Mutter gestorben, die bereits so viel unter den Fae erlitten hatte, und sie hatten sie praktisch mit ihren Zähnen und Krallen zerfetzt.

In jener Nacht hätte ich ebenfalls sterben sollen.

Seine Hände klammerten sich an meine Hüften und gruben sich in meine Haut. »Was zum Teufel soll das?«

Ich senkte den Kopf, als er an der Kette zog und das kleine, runde Medaillon unter dem Kleid zum Vorschein kam. Ich merkte genau, wann sein Blick schließlich auf das vierblättrige Kleeblatt fiel. Tobias wusste, was das bedeutete.

Ich stand nicht unter seinem Bann.

Seine blassen, wütenden Augen schossen zu mir hoch, und ich lächelte. »Na, erinnerst du dich an mich?«

Seine kräftigen Muskeln zogen sich unter meinen Händen zusammen, als er mich schließlich wiedererkannte, aber ich war schneller als in jener Nacht – schneller als in meinem ganzen bisherigen Leben –, und der Orden hatte dazugelernt, wenn es darum ging, unsere Waffen zu verstecken. Ich drehte mein rechtes Handgelenk, und der breite Armreif verwandelte sich in einen ausklappbaren Eisenpflock. Das tödliche Metall schoss über meine Handfläche nach vorne. Ich packte seine Schulter, zog den rechten Arm zurück und rammte ihm den Eisenpflock tief in die Brust.

Der Fae öffnete überrascht die Lippen und keuchte: »Schlampe!«

»Ja.«

In diesem Moment passierte es.

Der kranke Mistkerl brach in sich zusammen und wurde in die Anderwelt zurückbefördert. Dort war er gefangen, und was mich betraf, war er so gut wie tot. Ich fiel nach vorne und hielt mich an der Lehne des Stuhls fest, während meine Beine über die Sitzfläche rutschten. Ich zog den Pflock zurück und hörte ein metallisches Klicken, als er sich wieder zusammenklappte und im Armreif verschwand.

Ich atmete tief ein und hielt einen Moment die Luft an, während ich die Augen schloss. Fünf Fae waren über meine Mutter und mich hergefallen. Fünf Fae, die sich auf eine alte Frau und ihre Tochter gestürzt hatten. Drei waren mittlerweile so gut wie tot, was bedeutete, dass noch zwei übrig waren. Ein Fae und ein …

Ein seltsam dumpfer Schlag traf eine der Wände, und ich riss die Augen auf. Ich drückte mich von der Stuhllehne weg, fuhr herum und zog eilig mein Kleid hoch. Ich hörte einen heiseren Schrei, und die Tür wurde von außen entsperrt, was in dem kleinen Raum wie ein Kanonenfeuer klang.

Verdammt!

Ich hätte nicht gedacht, dass so schnell jemand kommen würde. Ich brauchte Zeit, um zu …

Die Tür schwang auf, und Entsetzen packte mich, als ich den Fae sah, der den ganzen Türrahmen ausfüllte. Es war …

Es war der Prinz.

4

Die Fae machten mir keine Angst mehr. Nicht wie früher. Aber dieser Fae war auf eine Art und Weise beängstigend und faszinierend, die ich nicht verstand. Und über die ich im Grunde auch nicht wirklich nachdenken wollte.

Die Luft blieb mir im Hals stecken, als sein Blick unmittelbar nach seinem Eintreffen auf mich fiel. Ich musste nicht vorgeben, als stünde ich unter seinem Bann – ich war wie erstarrt. Als würden mich unsichtbare Ranken an den Stuhl fesseln.

Ich hatte ihn seit einer gefühlten Ewigkeit nicht mehr gesehen, und ich war mir noch immer unsicher, ob er nach dem Angriff tatsächlich bei mir im Krankenhaus gewesen war, oder ob es sich bloß um eine bizarre Halluzination gehandelt hatte. Ich hatte immerhin jede Menge starke Medikamente bekommen.

Ich hatte nicht einmal gewusst, dass der Prinz noch in New Orleans war. Ich hatte angenommen, er sei nach Florida gegangen und würde in der Kolonie leben, der sein Bruder vorstand.

Der Prinz war einer der uralten Fae. Fae, die – mindestens – mehrere hundert Jahre alt und sehr viel mächtiger waren als normale Fae; was auch bedeutete, dass es beinahe unmöglich war, sie umzubringen. Sie mit einem Eisenpflock zu pfählen machte sie im Grunde nur wütend, und man konnte sie damit nicht in die Anderwelt zurückschicken. Man musste sie tatsächlich töten, und das gelang nur, wenn man den Kopf vom Körper trennte.

Viel Glück damit.

Die uralten Fae waren die mächtigsten Fae überhaupt, und sie waren Ritter, Prinzessinnen, Prinzen, Königinnen – oder Könige. Sie sahen nicht aus wie normale Fae. Ihre Haut war nicht silberfarben, und ihre Ohren liefen nur minimal spitz zu, wodurch sie sich unter die Menschen mischen und der Aufmerksamkeit des Ordens entgehen konnten, bis es zu spät war.

Der Prinz gehörte eigentlich zu den Guten – also warum zum Teufel war er dann hier im *Flux*, einem Club, in dem unsere Feinde verkehrten? *Seine* Feinde.

Der Prinz legte seinen blonden Kopf schief, und mein Herz begann zu rasen. Erkannte er mich etwa? Nein, das war unmöglich. Meine Tarnung war perfekt, sogar ohne die Perücke. Ich hatte herausgefunden, dass ich ein Händchen für Make-up hatte. Ein wenig Schminke, ein gutes Auge und eine ruhige Hand machten praktisch einen neuen Menschen aus mir.

Er konnte nicht wissen, dass ich es war, denn es war ja nicht so, als hätte er mir jemals besondere Beachtung geschenkt. Niemand schenkte mir besondere Beachtung. Ich war die meiste Zeit über wie ein Geist, den niemand bemerkte, selbst wenn ich einmal gesehen oder gehört werden wollte. Das war eine Sache, die sich auch nach dem Angriff nicht geändert hatte. Und es war verdammt ironisch, dass das, was ich am meisten an mir hasste – nämlich, dass ich ohne Weiteres in einer Menge unterging –, mittlerweile zu meiner größten Stärke geworden war.

Ich zwang mein Herz, langsamer zu schlagen, doch als er die Tür hinter sich schloss, sprang es mir beinahe aus der Brust. Er gehörte eigentlich zu den Guten, aber er war *hier*, und wenn es zum Kampf kam, standen die Chancen ziemlich schlecht, dass ich gewann.

Oder auch nur einen einzigen Treffer landete.

»Du bist allein.« Seine Stimme … mein Gott, seine Stimme war so tief und melodiös, und er sprach mit einem seltsamen Akzent, der mich an funkelnde Lichter und üppige Blumen erinnerte.

»Bist du allein?«, wiederholte er.

Ich tat, als stünde ich unter seinem Bann und murmelte: »Ja?«

»Tatsächlich?« Er kam mit wenigen, großen Schritten näher, und das Licht der nackten Glühbirne über dem Deckenventilator fiel auf sein Gesicht. Der Prinz war … Gott, er war unglaublich schön.

Seine goldenen Haare fielen ihm auf die breiten Schultern und umrahmten seine hohen, messerscharfen Wangenknochen und das kantige Kinn, das wie aus Marmor gemeißelt aussah. Seine Augenbrauen waren um einiges dunkler als seine Haare und seine Nase war vollkommen gerade. Er hatte die vollen, ausdrucksstarken Lippen zu einer dünnen Linie zusammengepresst. Es gab keinen Glamourzauber, der verblassen konnte. Genauso sah er aus – ein Beispiel unmenschlicher Perfektion, das nur dazu diente, seine Opfer in die Falle zu locken.

Mein Herz raste wieder, während ich den Blick geradeaus gerichtet hielt.

»Es war noch jemand hier bei dir.«

O Gott, es war möglich, dass ich mich gleich übergeben musste.

»Wo ist er hingegangen?« Er stand mittlerweile nur etwa einen halben Meter von mir entfernt.

»Ich … ich weiß es nicht?« Es klang wie eine Frage, denn ich wusste, dass Menschen, die unter dem Bann der Fae standen, so sprachen.

»Wirklich?«, fragte er höhnisch.

Ein zarter Schweißfilm überzog meine Haut. Er klang keine Sekunde lang so, als glaubte er mir, also erwiderte ich nichts darauf. Ich starrte bloß geradeaus auf seinen Bauch und seine Brust – eine wohldefinierte Brust, die sein schwarzes Thermo-Shirt ausfüllte.

»Sieh mich an!« Seine Stimme glich einem Donnergrollen, und ich fühlte mich, als stünde ich tatsächlich unter seinem Bann.

Ich hob den Blick und wünschte mir sofort, ich hätte es nicht getan. Ich war nicht gerade klein, aber selbst wenn ich nicht gesessen hätte, würde er über mir aufragen. Der Prinz war beinahe zwei Meter groß, und um ihm in die Augen zu sehen, musste ich den Kopf *sehr* weit in den Nacken legen.

Seine Augen … Sie waren so blassblau, dass sie einen unglaublichen Kontrast zu den schwarzen Pupillen und den dichten, schweren Wimpern bildeten. Nur Fae hatten solche Augen.

Ein seltsamer Ausdruck huschte über sein Gesicht, aber er war so schnell wieder verschwunden, dass ich ihn nicht deuten konnte. »Wie heißt du?«

»Sally«, erwiderte ich krächzend. Meine Kehle war staubtrocken.

»Tatsächlich? Das ist seltsam.«

Falls er mich tatsächlich wiedererkannte, gab es zwei Dinge, die jetzt passieren konnten. Entweder spielte er doch nicht im Team »Gute Fae« und würde mich umbringen –

denn es bestand nicht die geringste Chance, dass ich einen Kampf mit dem Prinzen gewinnen würde –, und das wäre wirklich … ärgerlich. Oder er zerrte mich aus dem Club und informierte den Orden darüber, was ich hier trieb, und dann wäre alles vorbei. Ich durfte nicht zulassen, dass das passierte. Nicht jetzt, wo ich so knapp davorstand, die letzten beiden Fae zu finden. So knapp davor, meinen Rachefeldzug zu Ende zu bringen.

Seine Hand schoss so schnell nach vorne, dass ich es nicht kommen sah. Warme Finger schlossen sich um meinen Unterarm, und es fühlte sich an wie ein elektrischer Schlag. Seine Lippen zuckten spöttisch, als sein Blick auf meine Armreifen fiel. Wusste der Prinz, worum es sich handelte? Ich war mir nicht sicher.

Dann sah er mir in die Augen und legte einen Finger unter mein Kinn, sodass ich den Kopf noch weiter nach hinten legen musste. Er gab ein Geräusch von sich, das mich an das Knurren eines wilden Tieres erinnerte. Mein Magen zog sich zusammen. Ein langer, spannungsgeladener Augenblick verging, dann nahm er den Finger von meinem Kinn und legte ihn auf die Stelle oberhalb meines Armreifs.

»Also, Sally. Ich bin mir sicher, dass du diesen Raum mit jemandem betreten hast, nach dem ich suche.« Er hielt kurz inne. »Aber mehr konnte ich dort draußen nicht in Erfahrung bringen.«

Was meinte er damit?

Ich dachte an den dumpfen Schlag gegen die Wand. Hatte er irgendetwas mit den Fae dort draußen angestellt?

»Er war hier, und jetzt ist er es nicht mehr.« Sein Daumen glitt in sanften Kreisen über meine Haut, und ich erschauderte. »Also, was kann mit diesem Fae passiert sein? Es gibt bloß das kleine Fenster hinter dir, aber ich bezweifle, dass er dort durchgepasst hätte. Es sieht so aus, als hätte er sich einfach in Luft aufgelöst.«

Na ja, so war es im Grunde ja auch gewesen.

»Was mich ziemlich enttäuscht, denn es gibt gewisse Dinge, die ich unbedingt mit ihm besprechen muss.«

Ich fragte mich, weshalb der *geläuterte* Sommerprinz mit einem Winterfae sprechen wollte.

Seine Hand glitt meinen Arm hoch, und sein Daumen zeichnete nun sanfte Kreise auf die Innenseite meines Ellbogens, direkt unter einem weiteren vernarbten Biss. Eine Narbe, die Tobias vermutlich gesehen hätte, wäre er nicht so arrogant und dämlich gewesen.

»Sally, Sally … was soll ich bloß mit dir machen?«, überlegte der Prinz und senkte die dichten Wimpern über seine blassen Wolfsaugen.

Das war eine ziemlich seltsame Frage. Und warum berührte er mich auf diese Art und so nahe an meinem Armreif? Und warum erschauderte ich, anstatt das Bedürfnis zu haben, mir die Haut vom Körper zu reißen?

Ich beschloss, sein unvermutetes Auftauchen für meine Reaktion verantwortlich zu machen.

Als ich nicht antwortete, zuckte einer seiner Mundwinkel, und seine Lippen verzogen sich zu einer schlechten Kopie eines Lächelns. »Steh auf.«

Da ich nicht wusste, ob er wirklich glaubte, dass ich unter seinem Bann stand, ging ein Beben durch meinen Körper, als ich mit aufeinandergepressten Knien aufstand. Es war ein Segen, ihm in dieser Position nicht mehr in die Augen sehen zu müssen. Stattdessen ruhte mein Blick auf seiner Brust.

»Woher kommst du, Sally?«

Seine Frage traf mich unvorbereitet, und ich brauchte einen Moment, um zu antworten. »Lafayette«, platzte ich heraus, nachdem ich annahm, dass mein Akzent mich eher dem Süden zuordnete.

»Lafayette?« Er legte die andere Hand auf meine Hüfte, und ein Zucken ging durch meinen ganzen Körper.

Verdammt.

Ein Mensch, der unter dem Bann der Fae stand, zeigte keinerlei Reaktion. Der Prinz wusste vermutlich, dass ich ihm etwas vorspielte, aber das musste nicht bedeuten, dass er auch wusste, wer ich war. Das konnte ich mir einfach nicht vorstellen, denn er hatte mich nur zwei Mal gesehen, und beide Male hatte ich nicht so ausgesehen wie gerade eben.

Ein weiteres Beben ging durch meinen Körper, und mir war sofort klar, dass er es gespürt hatte, denn seine Hand auf meiner Hüfte versteifte sich und packte mein Kleid.

»Nun, Sally aus Lafayette, du hast etwas sehr Interessantes an dir«, erklärte er, und mein Herz setzte einen Moment lang aus, als sich unsere Körper plötzlich aneinanderpressten.

Es war ein Schock, und als ich tief Luft holte, roch er wie ein Sommergewitter und erinnerte mich an funkelnde Strände. Meine Haut brannte und prickelte, und die Reaktion kam schnell und mit voller Wucht. Seine Hand glitt auf meinen Rücken, und der nächste Atemzug blieb mir im Hals stecken.

Was um alles in der Welt passierte hier gerade? Wollte er etwa …?

»Dein Puls …« Seine Hand glitt meine Wirbelsäule hoch, fuhr durch meine Haare und schloss sich um meinen Nacken. Sein warmer Atem tanzte über meine Stirn, als er meinen Kopf zurückdrückte und seinen Daumen genau auf meine pochende Halsschlagader legte.

Im nächsten Augenblick wirbelte er mich ohne Vorwarnung herum, und mein Herz setzte kurz aus, als er mich mit dem Rücken an sich drückte. Ich schnappte rasselnd nach

Luft und war mir nur allzu klar, wie perfekt mein Körper sich an seine harten Bauchmuskeln anpasste und auch an … heilige Scheiße, auch an das andere *Ding*, dessen Größe genau zu seinem gewaltigen Körper passte und das ich verzweifelt zu ignorieren versuchte.

Genauso wie ich verzweifelt ignorierte, dass sich mein Magen auf angenehme und auch verwirrende Art zusammenzog und die Hitze langsam nach unten wanderte.

Ich fühlte mich nicht zu ihm hingezogen. Auf keinen Fall! Ganz sicher nicht, denn neben der animalischen Hitze, die in mir wuchs, hatte ich auch Angst.

Der Prinz strich die schweren Haare aus meinem Nacken und massierte die verspannten Muskeln, als wollte er sie lösen.

Was zum Teufel hatte er vor?

Ich hatte noch nie von jemandem eine Nackenmassage erhalten. Ehrlich. Ich hasste es, wenn mich fremde Leute anfassten. Aber das hier war herrlich. Ich streckte meinen Nacken unwillkürlich seiner warmen Hand entgegen, während sich die Wärme in meinem Bauch immer weiter ausbreitete, bis sie tatsächlich sehr weit unten angekommen war. Mein Körper entspannte sich, stand aber gleichzeitig unter extremer Spannung.

Ich musste das beenden. Sofort.

Meine Augenlider flatterten, als seine Hand von meinem Nacken seitlich nach unten und über meinen leblos herabhängenden Arm glitt. Seine Fingerspitzen strichen über meine Finger, und im nächsten Moment lag seine Hand wieder auf meiner Hüfte. Mein Körper pulsierte an zahlreichen verborgenen Stellen, als er auf die sanfte, verbotene Berührung reagierte.

Der Prinz sagte nichts, als sein warmer Atem schließlich

über meine Wange strich, und ich schwieg ebenfalls und rührte mich nicht. Ich konnte ihn aufhalten. Das wusste ich mit Sicherheit. Ich konnte es zumindest versuchen.

Aber ich tat es nicht.

Seine Hand fuhr über meinen Bauch, unter meinen Nabel. Ich zuckte zusammen, und der Abstand zwischen uns verringerte sich erneut. Wir waren uns viel zu nahe, und ich bekam keine Luft, als plötzlich etwas Seltsames in meinem Inneren passierte. Es war, als wären alle meine Sinne auf einmal erwacht, und pure Lebenskraft und Hitze schossen durch meine Adern.

Seine Hand blieb direkt über der Stelle liegen, in der ein unglaublich tiefes Verlangen erwacht war. Er stieß ein kehliges Knurren aus und murmelte mit den Lippen an meinem geröteten Hals. »Dein Herz schlägt zu schnell – zu schnell für jemanden, der unter dem Bann steht.«

Verdammt.

Verdammt noch mal!

Der Prinz wusste zwar möglicherweise nicht, wer ich war, aber er wusste, dass ich nicht unter seinem Bann stand. Meine Instinkte übernahmen das Kommando und drängten die verwirrende Hitze, die durch meinen Körper pulsierte, in den Hintergrund. Mir blieb nur noch die Wahl zwischen Angriff und Flucht.

Vor zwei Jahren hätte ich mich für Flucht entschieden. Zu mehr wäre ich nicht fähig gewesen. Aber das war jetzt anders. Ein vollkommen anderer, neu erwachter Instinkt setzte ein. Ich hatte keine Ahnung, warum der Prinz hier war, im feindlichen Lager, und ich wollte das Risiko nicht eingehen, es am eigenen Leib herauszufinden oder von ihm enttarnt zu werden.

Ich wirbelte herum, packte seinen Unterarm, duckte mich

und drehte mich weiter, bis ich seinem Griff entkommen war. Ich sah, wie einen Moment lang Überraschung in seinem Blick aufblitzte, dann drehte ich mich wieder zu ihm herum. Ich hielt seinen Arm immer noch fest, als ich sein Gewicht als Anker nutzte und mich zurücklehnte. Ich stellte den linken Fuß nach hinten und hob das rechte Knie, um es ihm in den Bauch zu rammen.

Der Prinz stöhnte, aber er bewegte sich keinen Millimeter. Ein solcher Tritt hätte einen Menschen sofort zu Boden befördert, und vermutlich wäre auch ein Fae mehrere Schritte nach hinten getaumelt, aber nicht einer der uralten Fae.

Der Prinz hob das Kinn, seine Augen schmal vor Ärger.

»Das war unnötige Gewaltanwendung«, erklärte er und richtete sich zu seiner vollen Größe auf.

Er hatte keine Ahnung, was »unnötige Gewaltanwendung« wirklich hieß.

Ich drehte mich erneut und griff nach dem Stuhl. Er war überraschend schwer. Ich schwang ihn stöhnend durch die Luft, um ihn dem Prinzen zumindest einmal gegen die Schläfe zu knallen. Das würde ihn zwar nicht töten, aber vielleicht gab es mir die Chance, von hier zu verschwinden, ohne seine Fragen beantworten zu müssen.

Doch der Prinz war unglaublich schnell.

Ich sah nicht einmal, wie er die Hand hob. Er hielt einfach von einem Moment auf den anderen eines der Stuhlbeine in der Hand, entriss mir meine behelfsmäßige Waffe und warf sie beiseite. Der Stuhl krachte donnernd gegen die Wand und zerfiel in drei Teile.

Verdammt!

Der Prinz legte den Kopf schief, die Lippen hatte er zu einer harten, dünnen Linie aufeinandergepresst. »Ich werde das hier unter der Kategorie ›einmalige, durch Angst und auch ein wenig Dummheit ausgelöste Entscheidung‹ einstufen und annehmen, dass du …«

Ich stürzte mich mit einer schnellen Drehbewegung auf ihn und streckte den Arm aus. Er wich nach links aus, sodass mein Ellbogen von seiner Brust abprallte. Er fluchte leise und schoss auf mich zu. Bevor ich einen einzigen Atemzug machen konnte, lagen seine Hände auf meinen Schultern. Mein Rücken wurde an die Wand gepresst, und dann stand er plötzlich so nah vor mir, dass sein gewaltiger Körper mich beinahe erdrückte. Langsam stieg Panik in mir hoch, aber ich drängte sie zurück. Ich wollte mein Bein heben, um ihn dort zu treten, wo es wirklich wehtat, doch er drehte die Hüfte und schob seinen gewaltigen Oberschenkel zwischen meine.

»Dumm. Das war wirklich dumm von dir«, erklärte er. »Aber auch irgendwie heiß.«

Moment. Was?

»Aber das spielt jetzt keine Rolle.« Er packte mein Kinn, drückte meinen Hinterkopf an die Wand und sah mir in die Augen. »Hast du den Verstand verloren? Weißt du eigentlich, wie einfach es für mich wäre, dich zu töten?«

Mein Herz sprang mir beinahe aus der Brust, doch ich presste die Lippen aufeinander und starrte ihn an.

»Weißt du es?«, wiederholte er, und seine Augen loderten vor Zorn und … und etwas … etwas anderem. »Antworte!«

»Ja«, presste ich hervor.

»Und trotzdem hast du versucht, mich anzugreifen?« Sein Daumen glitt über mein Kinn. »Obwohl ich dir überhaupt nichts getan habe.«

So würde ich es nicht unbedingt sehen. Er hatte mich gepackt. Und das hatte mir nicht gefallen.

»Ich schätze, ich weiß mittlerweile, was mit Tobias geschehen ist.«

Ich presste die Zähne so fest aufeinander, dass mein Kiefer schmerzte.

Seine Wut drang aus sämtlichen Poren, doch als er die dichten Wimpern senkte, erkannte ich, dass er den Blick auf meinen Mund gerichtet hatte. Er fluchte erneut, dann ließ er mich plötzlich und völlig unerwartet los. Ich verlor das Gleichgewicht und stolperte nach vorne. Er packte mich am Arm und richtete mich auf, doch dann ließ er mich so abrupt los, als hätte er sich verbrannt.

»Verschwinde«, knurrte er. »Verschwinde, bevor ich etwas tue, was wir beide am Ende bereuen.«

Das musste er mir nicht zweimal sagen.

Ich wich vor dem Prinzen zurück, machte auf dem Absatz kehrt und lief davon, so schnell ich konnte.

5

Das wunderschöne Antebellum-Haus, in dem ich aufgewachsen war, lag mitten im Garden District. Es hatte eine Veranda, die um das ganze Haus führte, einen Balkon im ersten Stock und einen herrlichen Garten, in dem Mom und ich viele sonnige Nachmittage verbracht hatten. Wenn man es betrat, hatte man das Gefühl, in die Vergangenheit gereist zu sein – abgesehen von der Küche und den Bädern, die vor etwa fünf Jahren renoviert worden waren. Manchmal dachte ich ernsthaft darüber nach, es zu verkaufen und woanders hinzuziehen, obwohl ich in diesem Haus geboren worden war und New Orleans genauso ein Teil von mir war wie der Orden. Falls ich mich jemals dazu entschloss, würde sich sicher in Windeseile ein Käufer finden, doch im Moment brachte ich es einfach nicht übers Herz. Zumindest noch nicht, denn die guten Erinnerungen waren immer noch allgegenwärtig.

Aber in Nächten wie heute, wenn ich vollkommen durch den Wind und total erschöpft war, stürzten lediglich schlechte Erinnerungen auf mich ein, wenn ich die Haustür öffnete, die meine Mom einmal blau gestrichen hatte.

Der Angriff war weniger als zwei Straßen entfernt von hier passiert. Wir waren schon beinahe zu Hause und in Sicherheit gewesen, und ich glaubte fest daran, dass es einen Unterschied gemacht hätte. Immerhin war Tink hier gewesen.

Andererseits hätte es sicher auch einen Unterschied gemacht, wenn ich nicht in Panik geraten wäre und kopflos um mich geschlagen hätte.

Ich schluckte die bitteren Gedanken hinunter, öffnete die Eingangstür, trat ins Haus und schloss hinter mir ab. Die Lampe auf dem kleinen Tisch neben der Tür brannte und warf ein sanftes Licht in das Wohnzimmer auf der rechten Seite – das für formale Anlässe gedacht war und praktisch nie benutzt wurde – und in die Bibliothek aus Kirschholz zu meiner Linken.

Aus dem Wohnzimmer, das sich im hinteren Teil des Hauses auf der anderen Seite der Küche befand, drangen leise Stimmen.

Ich ließ den Schlüssel auf den Tisch fallen und ging an der Treppe und dem – ebenfalls kaum genutzten – Esszimmer vorbei, wobei die Absätze meiner Stripperinnen-Stiefel über den Holzboden klapperten. Die Küche war leer, doch die in die Schränke eingebauten Lampen waren an und warfen ein sanftes Licht auf die grau-weiße Arbeitsplatte aus Quarz.

Ich trat unter dem Rundbogendurchgang hindurch und in das Wohnzimmer im hinteren Teil des Hauses. Eine der Wände wurde vollständig von riesigen Fenstern eingenommen, die den Blick auf die Veranda und den Garten freigaben. Die Rollläden waren geschlossen, und die schwere Tonlampe brannte. Auf dem Fernseher versuchte gerade Dustin, mein Lieblingsjunge aus *Stranger Things,* einen kleinen Demogorgon in den Keller zu locken. Auf dem runden Couchtisch stand eine riesige Schüssel Lucky Charms, und gleich daneben sah ich den leeren Frühstücksflockenkarton. Milch war keine hier, und es sah so aus, als hätte jemand alle Marshmallows aus den Lucky Charms geholt.

Wieder einmal.

Ich seufzte und zählte die leeren Limo-Dosen. Vier. Ich

verstand nicht, wie man so viel Zucker zu sich nehmen und trotzdem nicht in einen diabetischen Schock verfallen konnte.

Ich sah mich um und überprüfte die üblichen Verstecke. Hinter den Kissen. Unter dem Couchtisch. Hinter den Beistelltischen.

Doch das Zimmer war leer.

Ich nahm die Fernbedienung, machte den Fernseher aus und griff nach der Schüssel mit den Lucky Charms. Ich brachte sie in die Küche und stellte sie auf die Arbeitsplatte, bevor ich noch mal zurückging und die leeren Limo-Dosen holte. Ich warf sie in den Dosenmüll und dachte dabei kein einziges Mal daran, was der Prinz und ich heute Abend getan hatten oder daran, wie rau sich mein Hals anfühlte.

Sobald ich fertig aufgeräumt hatte, ging ich durch den schmalen Flur, in dem lauter gerahmte Fotos von Mom und mir und auch ein paar ältere Bilder von meinem Vater hingen. Zurück in der Diele überprüfte ich noch einmal, ob ich die Haustür abgeschlossen hatte.

Man konnte nicht vorsichtig genug sein. Als ich schließlich müde die Treppe hochstieg, entdeckte ich zwischen den Holzsprossen einen winzigen Schuh, der kaum größer als mein kleiner Finger war. Ich blieb stehen, um nach dem zweiten Schuh zu suchen, doch ich fand ihn nicht und beschloss, auch den ersten auf der Treppe stehen zu lassen. Vermutlich stand er aus einem bestimmten Grund dort.

Im oberen Flur brannte Licht, das ich ausmachte, nachdem ich am anderen Ende angekommen war. Kurz darauf schloss ich die Tür in mein Schlafzimmer hinter mir.

Ich fühlte mich Jahre älter, als ich tatsächlich war, als ich das stille Zimmer durchquerte und in das ehemalige kleine Kinderzimmer trat, das vor einer Ewigkeit zu einem begehbaren Schrank umgebaut worden war.

Hier wurde ich langsam wieder ich selbst – Brighton Jussier.

Ich beugte mich nach unten, öffnete den Reißverschluss der Stiefel und trat sie beiseite. Danach fuhr ich mit den Fingern durch meine Haare, entfernte die Haarnadeln, die ich zur Sicherheit verwendete, und ließ sie in ein Glasgefäß auf dem hüfthohen Tisch in der Mitte des Raumes fallen. Ich nahm die Perücke ab, stülpte sie über den Plastikkopf und zog die Kappe von meinem Kopf, die meine Haare bändigen sollte. Ich hatte keine Ahnung, wie man die Haare unter einer Perücke richtig flocht, also begnügte ich mich mit einem tiefsitzenden Knoten. Nachdem ich etwa ein Dutzend weitere Nadeln entfernt hatte, fielen mir die Haare offen über die Schultern. Meine Kopfhaut prickelte, als das Blut wieder ungehindert fließen konnte, und ich schloss die Augen und genoss das befreiende Gefühl.

Ich richtete den Blick nach oben, nahm die Kontaktlinsen heraus, die meinen Augen die fremde blaue Farbe verliehen hatten, und legte sie in den Behälter.

Als Nächstes kam das Kleid, das direkt in den Müll wanderte. Ich verwendete es nie zwei Mal. Ich brachte es einfach nicht über mich, denn auch wenn das Kleid funkelte und sehr sexy war, würde es mich immer an Tobias und seine eisigen Berührungen erinnern. Genauso wie an unser erstes Treffen und daran, warum ich hinter ihm her gewesen war.

Nachdem ich mich ausgezogen hatte, schlüpfte ich in meinen kuscheligen Morgenmantel und tappte barfuß ins Badezimmer.

Ich machte die Dusche an und wartete, dass der Dampf des heißen Wasserstrahls den ganzen Raum füllte. Ich brauchte zwei Abschminktücher, bis das ganze Make-up verschwunden war, doch dann blickte mir schließlich wieder mein eigenes Gesicht aus dem Spiegel entgegen.

Meine blonden Haare umrahmten meine Wangen, die nach der Schrubberei ungewohnt rosig waren. Zarte Schatten hatten sich unter den weit auseinanderstehenden braunen Augen festgesetzt, die mich an meine Mutter erinnerten. Jemand hatte sie einmal als Rehaugen bezeichnet, und vermutlich wollte er damit sagen, dass ich aussah wie ein im Licht eines Scheinwerfers gefangenes Reh. Und in diesem Moment traf die Beschreibung den Nagel auf den Kopf. Ich starrte in den Spiegel, als würde ich mein eigenes Gesicht nicht wiedererkennen. Mein Blick wanderte nach unten auf meine leicht geöffneten Lippen und dann noch weiter.

Blassblaue Abdrücke hatten sich links und rechts an meinem Hals gebildet.

Ich erinnerte mich noch immer an das Geräusch, das der Prinz von sich gegeben hatte, als er meinen Kopf nach hinten gedrückt hatte. Ich fuhr mit den Fingern über die Abdrücke und fragte mich, ob er sie wohl gesehen hatte. Hatte er deshalb geknurrt?

Und was zum Teufel hatte der Prinz überhaupt im *Flux* verloren gehabt?

Außerdem fragte ich mich natürlich, warum er mich nicht auch angegriffen hatte. Er hätte es ohne Weiteres tun können. Ich hatte ihn getreten und versucht, ihn mit einem Stuhl zu verprügeln. Ich hatte ihn geschlagen, doch er hatte mich nur festgehalten und mir befohlen zu verschwinden. Er war sehr wütend gewesen, so viel war sicher, aber er hatte nicht versucht, mir wehzutun.

Der Dampf beschlug den Spiegel, und mein Gesicht verschwand langsam darin. Ich nahm die Hand von meinem Hals. Als ich den Club verlassen hatte, hatte ich keine einzige Fae auf dem Balkon im oberen Stockwerk gesehen. Die Sofas und Stühle waren leer gewesen, und es war auch nirgendwo ein Mensch zu entdecken. Der Prinz hatte irgendetwas mit den Fae angestellt.

Doch es war eher unwahrscheinlich, dass er sie gewarnt hatte.

Es ergab viel mehr Sinn, dass er sie ausgeschaltet hatte. Die Fae im *Flux* waren Winterfae, die Feinde des Sommerhofs und der Menschen. Seltsam war nur die Tatsache, dass er auf der Suche nach Tobias gewesen war.

Zumindest wusste ich, warum *ich* dort gewesen war. Genauso, wie ich wusste, dass ich ins *Flux* zurückkehren würde, denn irgendwann würden auch die verbliebenen beiden Fae dort auftauchen. Das war noch jedes Mal so gewesen, und dann würde ich dasselbe tun wie heute Nacht. Ich würde sie beobachten, ihre Gewohnheiten studieren, wie aus dem Nichts zuschlagen und hoffentlich wieder verschwinden, bevor der Prinz auftauchte. Ich würde sie umbringen oder bei dem Versuch sterben, wobei das nicht unwahrscheinlich war, denn einer von ihnen gehörte immerhin zu den uralten Fae.

Und er war der grausamste und kränkste von allen gewesen.

Ich erschauderte und klammerte mich an den Rand des Waschtisches. Ich schloss die Augen und hielt eine Sekunde lang den Atem an, bevor sich mit einem Mal ein allzu vertrauter Gedanke in mir breitmachte.

Das bist nicht du.

Früher war ich niemand gewesen, der Fae verfolgt und sich selbst in irrwitzig gefährliche Situationen gebracht hatte. Ich wollte immer so sein, aber mittlerweile war ich zu einer ziemlich verkorksten Version dieser Wunschvorstellung geworden.

Ich hätte nie erwartet, dass ich einmal in dem Verlangen nach Rache ertrinken würde, aber so war es nun mal, und es würde sich in nächster Zeit auch nichts daran ändern.

Ich konnte mich kaum noch an die Frau erinnern, die ich früher gewesen war. Ich hatte gedacht, dass sich mein Leben im Alter von zwölf Jahren von Grund auf verändert hatte und dass mich nichts jemals wieder derart aus der Bahn werfen würde. Ich hatte dummerweise angenommen, dass jeder Mensch nur eine gewisse Menge Drama in seinem Leben erleiden musste und dass ich meinen Teil bereits hinter mir hatte. Mein Vater war – wie viele andere Ordensmitglieder – im Dienst gestorben, und ich konnte mich nicht einmal mehr an ihn erinnern. Meine Mom war gefoltert worden und hatte überlebt, doch sie war nie wieder die Alte geworden. Ich hatte zugesehen, wie Freunde im Kampf gegen die Fae gestorben waren, und war naiv und dumm genug gewesen zu glauben, dass uns nichts passieren würde.

Denn es war doch unmöglich, dass meiner Mutter noch einmal etwas Derartiges zustieß, nicht wahr? Wir hatten genug Leid erfahren, dass es für ein ganzes Leben reichte. Gott konnte doch nicht so grausam sein und uns noch einmal auf eine seelenerschütternde Probe stellen.

Ich hatte so wahnsinnig falschgelegen.

Wenn ich heute an die Nacht zurückdenke, in der wir angegriffen wurden, frage ich mich, ob ich den Grund für Moms Ruhelosigkeit falsch interpretiert hatte. Vielleicht war es gar kein Anzeichen gewesen, dass sich ihr Zustand bald verschlechtern würde. Vielleicht war es eine Art Urinstinkt gewesen, der sie erahnen ließ, was in jener Nacht passieren würde. Was, wenn sie gewusst hatte, dass sie nur noch wenige Stunden zu leben hatte?

Die Schuldgefühle übermannten mich und bittere Galle stieg meine Kehle hoch, als ich mich zwang, die Nacht noch einmal zu durchleben. Unsere überraschten und schmerzerfüllten Schreie waren bald verstummt. Die Fae hatten uns innerhalb weniger Sekunden eingekreist und uns in den Garten eines leer stehenden Hauses gezerrt.

Ihre Krallen drangen durch unsere Kleidung, unsere Haut, unsere Muskeln. Der Schmerz … mein Gott, er war verheerend gewesen. Sie hatten nicht versucht, sich von uns zu nähren, und später hatte ich von Ivy und Ren erfahren, dass auch Gerry und die anderen Opfer davon verschont geblieben waren. In den Angriffen ging es nur darum, möglichst große Schmerzen zu bereiten und möglichst viel Blut zu vergießen. Da war so viel Blut gewesen. Es hatte meinen ganzen Körper bedeckt und meine Haare verklebt.

Ich hatte darum gekämpft, nicht in Ohnmacht zu fallen, doch es war zu viel gewesen. Der Schmerz. Das Blut. Die *Geräusche*. Der Schock.

Ich hatte es nicht mehr länger ausgehalten, und das Letzte, woran ich mich erinnern konnte, war, dass die Hand meiner Mutter aus meiner glitt. Sie war das Letzte gewesen, was ich gesehen hatte. Ich hatte gesehen, was sie ihr angetan hatten. So etwas überlebte kein Mensch.

Meine Brust und meine Kehle brannten so heftig, dass ich beinahe in Ohnmacht gefallen wäre. Ich atmete tief durch, öffnete die Augen und sah nur Nebel.

Ich lehnte mich nach vorne und wischte mit der Hand über den Spiegel, bis ich mein Spiegelbild erneut sah.

Das hier waren mein Gesicht und meine Haare. Ich trug kein Make-up oder eine andere Verkleidung. Das hier waren meine Lippen und meine Augen. Ich sah mich selbst, aber ich …

Ich kannte die Frau nicht, zu der ich geworden war.

6

Ich wachte ruckartig auf und spürte meinen pochenden Herzschlag an einigen sehr interessanten Stellen. Ich riss die Augen auf, und mein Blick landete auf dem sich drehenden Deckenventilator. *O mein Gott – ich habe nur geträumt.*

Doch nicht das Übliche, wo ich noch einmal die letzten Momente des Fae erlebte, den ich in die Anderwelt befördert hatte, wie es sonst in meinen Träumen nach einem solchen Erlebnis der Fall war. Ich hatte mich zwar wieder im Club in dem schäbigen Zimmer befunden, aber Tobias war nirgendwo zu sehen gewesen. Ich saß auf dem Stuhl, aber ich war nicht alleine.

Unter mir saß der Prinz.

Seine warmen Lippen glitten über meinen Hals und seine heißen Finger über meinen Oberkörper, während ich keineswegs einfach nur dasaß. O nein, ich wiegte mich vor und zurück und hatte keuchend den Kopf in den Nacken gelegt, während ich mich an ihm rieb und Dinge spürte, die ich schon seit Ewigkeiten nicht mehr gespürt hatte. Wenn überhaupt schon einmal.

Ich war aufgewacht, als seine Finger endlich den Verschluss meines BHs gefunden hatten, und ein winziger, dämlicher und total verrückter Teil von mir starrte zum Ventilator hoch und war tatsächlich enttäuscht.

Mein Gott, ich brauchte Hilfe.

Sehr viel psychologische Hilfe.

Ich zwang mein Herz, langsamer zu schlagen und meinen Körper, wieder auf die sichere Seite zurückzukehren, als ich plötzlich ein leises Schnurren hörte. Ich drehte den Kopf nach rechts und sah mich einem Paar gelber Augen gegenüber.

»*Miau.*«

Ich runzelte die Stirn, als der graue Kater mit der weißen Schwanzspitze – die aussah, als hätte man sie in einen Farbeimer getaucht – seine Beine von sich streckte und mir direkt ins Gesicht gähnte.

»Wie bist du denn hier hereingekommen, Dixon?«, fragte ich den Kater, der nach einer Figur aus *The Walking Dead* benannt worden war. Dixon gehörte nicht mir, sondern war vielmehr Teil eines Pakets. Was mir allerdings nichts ausmachte. Ich mochte den kleinen Kerl.

Dixon drehte sich auf die Seite und legte den Kopf in den Nacken, sodass er mich kopfüber ansah. Ich stemmte mich auf die Ellbogen hoch. Dabei rutschte mein iPad von meiner Brust und landete mit einem dumpfen Knall auf dem Boden. Ich seufzte. Ich war eingeschlafen, während ich ein Puzzle zusammengesetzt hatte.

Schon wieder.

Es war irgendwie lahm, aber es entspannte mich jedes Mal und half mir, meine Gedanken abzustellen, sodass ich schlafen konnte. Trotzdem musste ich aufhören, mitten im Spiel einzuschlafen wie ein Narkoleptiker.

Ich ließ den Blick durch das große, schwach beleuchtete Schlafzimmer wandern, doch der buttergelbe Schein der Nachttischlampe drängte die Schatten bloß bis ans Bettende. Auch der dünne Streifen Mondlicht, der zwischen den Vorhängen ins Zimmer fiel, konnte die Dunkelheit nicht wirklich vertreiben, aber ich war zuversichtlich, dass niemand …

Am Fußende des Bettes hatte sich unter der dünnen Decke eine Beule gebildet, die in etwa die Größe einer Krabbe hatte. Einer echt *großen* Krabbe.

Verdammt noch mal, was sollte das denn?

Ich sah zu, wie die Beule langsam das Bett nach oben wanderte und alle paar Zentimeter innehielt, bevor sie weiterkroch. Ich wartete, bis sie beinahe ganz oben angekommen war, dann lehnte mich zu ihr und zog die Decke ruckartig nach hinten.

Die *Krabbe* stieß einen überraschten Schrei aus, als ich den Besitzer des Katers enttarnte. Tink war … na ja, er war nicht von dieser Welt. Offensichtlich. Er war ein etwa dreißig Zentimeter großer Brownie und süchtig nach Zucker, Fernsehen und Amazon Prime. Er war vor einigen Jahren in dieser Welt stecken geblieben, nachdem er versucht hatte, eines der Tore in die Anderwelt zu schließen. Ivy hatte ihn auf dem St. Louis Cemetery gefunden. Ein Bein und ein Flügel waren gebrochen gewesen, doch anstatt ihn zu töten, wie es zu dieser Zeit von allen Ordensmitgliedern verlangt wurde, hatte sie Mitleid mit dem kleinen Kerl, nahm ihn mit nach Hause und pflegte ihn gesund.

Damals hatte Ivy noch nicht gewusst, wie unglaublich mächtig Tink war, und dass seine derzeitige Größe – die in etwa der Größe von Barbies Freund Ken entsprach – sein bewusster Entschluss war. Wenn er wollte, konnte Tink auch so groß wie ein normaler Mensch sein. Doch seit er bei mir wohnte, war er klein geblieben. Keine Ahnung, warum.

Früher hatte Tink mich ziemlich irritiert. Vermutlich hätte ein fliegender Brownie *jeden* irritiert, vor allem, nachdem er der einzige Brownie war, der je in unserer Welt gesehen worden war. Aber mittlerweile war er mir ans Herz gewachsen.

Und er war der Grund, warum ich in jener Nacht nicht neben meiner Mom auf dem Bürgersteig verblutet war.

Es war Tink – in Menschengröße – gewesen, der uns gefunden hatte.

Und seit dem Tag, als ich aus dem Krankenhaus entlassen worden war, hatte ich sozusagen das geteilte Sorgerecht für ihn. Nicht, dass Ivy und ich tatsächlich ein *Recht* auf ihn hatten, aber er verbrachte genauso viel Zeit bei mir wie bei ihr.

»Was hast du vor, Tink?«, fragte ich.

Der Brownie lag noch immer auf dem Bauch. Er war offenbar wie ein Soldat über die Matratze gerobbt. Ein hauchzarter Flügel zuckte, seine leuchtend blauen Augen funkelten, und seine blonden Haare waren zerzaust und standen in Stacheln ab. »Hi?«

Meine Augen wurden schmal. »Tink!«

Er seufzte schwer, als wäre *ich* diejenige, die *ihn* gestört hatte, und stemmte sich auf den kleinen Armen hoch, bis er vor mir kniete.

»Ich bin aufgewacht.«

»Okay.«

»Und mir war langweilig.«

»Gut.«

»Also bin ich runter, um mir *Stranger Things* fertig anzusehen, aber irgendjemand hatte den Fernseher ausgemacht. Ich will keine Namen nennen, aber …«

»Du weißt genau, dass ich es war, und du hättest ihn ja einfach wieder anmachen können.« Ich machte mir nicht die Mühe, ihn darauf hinzuweisen, dass er alle drei Staffeln mittlerweile mindestens acht Mal gesehen hatte. Denn wenn ich es getan hätte, hätte es in einem Vergleich der Schattenseite mit der Anderwelt geendet, und dazu hatte ich im Moment echt keine Lust.

»Ja, hätte ich. Aber das war mir zu anstrengend. Du hast ja keine Ahnung, wie lange man auf diesen kleinen Beinchen die Treppe runter braucht.«

»Warum bist du nicht geflogen?«

»Das ist auch anstrengend.«

»Aber du hättest doch Menschengröße annehmen können.«

Er legte den Kopf schief. »So bin ich aber süßer.«

Ich starrte ihn sprachlos an.

Tink stand auf und stapfte über die Matratze auf Dixon zu. »Jedenfalls habe ich mich dann gefragt, was Brighton wohl so macht.«

Ich hatte keine Ahnung, wie spät es war, aber ich nahm an, dass es entweder spätnachts oder frühmorgens war. »Ich habe *geschlafen*, Tink.«

»Aber das Licht war an.« Er hob die Hand, und Dixon streckte die Tatze danach aus. Sie war in etwa so groß wie Tinks Kopf. »Also dachte ich, du wärst noch wach. Und da haben Dixon und ich beschlossen, dich zu besuchen. Das machen gute Freunde nun mal.«

Ich seufzte und ließ mich ins Kissen zurücksinken.

»Weißt du was?«

»Was?«, fragte ich und rieb mir die Augen.

»Ich bin auf Dixon hierher geritten. Wie auf einem mächtigen Stier.«

Ich hob die Hände und sah ihn an. Ich wusste echt nicht, was ich darauf sagen sollte.

Tink grinste, und seine spitzen Zähne blitzten auf. »Ivy wird jedes Mal wütend, wenn ich das tue. Aber Dixon gefällt es und mir auch.«

»Die Welt liegt dir zu Füßen, Tink.«

»Wir haben auf dich gewartet.« Er nahm Dixons Pfote in

beide Hände und schüttelte sie. »Aber du warst spät dran. Extrem spät. Also sind wir schlafen gegangen.«

»Du musst nicht auf mich warten, das habe ich dir doch schon so oft gesagt.« Ich rollte mich auf die Seite, um ihn anzusehen. Er schüttelte immer noch Dixons Pfote. Seit er vor einer Woche mit Dixon vor meiner Tür gestanden hatte, fragte ich mich ständig, warum er hier war und nicht in Florida.

»Darf ich dich mal was fragen?«

»Du darfst mich alles fragen, *Lite Bright.*«

Ich grinste, weil der Name so lächerlich klang. »Warum bist du nicht bei Ivy in Florida?«

»Weil sie mit Ren zusammen ist.« Er verdrehte die Augen.

»Du magst Ren. Tu nicht so.«

»Er ist ganz okay.«

Ich musterte ihn. »Und Fabian ist auch nach Florida geflogen. Willst du denn nicht bei ihm sein?«

»Ich bin letzten September mit ihm dort gewesen und habe nach eingehender Prüfung beschlossen, dass Florida das Australien der Vereinigten Staaten ist. Der Ort macht mir Angst«, erklärte er, und ich schnaubte, weil es irgendwie sogar stimmte. »Außerdem bleibt er ja nicht für immer. Er kommt wieder zurück.«

Ich fragte mich, ob zwischen Tink und Fabian etwas vorgefallen war. »Ist alles okay mit euch beiden?«

»Klar.« Tink ließ Dixons Tatze sinken und warf mir einen Blick zu, als könnte er kaum glauben, dass ich ihm diese Frage tatsächlich gestellt hatte. »Fabian hält mich nicht nur für das unglaublichste Geschöpf der Welt und darüber hinaus, er ist auch so in mich verliebt, dass es geradezu bezaubernd ist.«

Mein Grinsen wurde breiter, als ich die Hand ausstreckte, um Dixon hinter dem Ohr zu kraulen. »Das ist gut.«

»Wo wir gerade von Liebe sprechen, wie war dein Date?« Er ließ sich auf das zweite Kissen sinken, überkreuzte die Beine und lehnte sich mit dem Oberkörper an Dixons flauschigen Bauch.

»Date?« Ich hätte ihm beinahe ins Gesicht gelacht. Als hätte ich jemals ein Date gehabt! Es war ziemlich schwer, jemanden kennenzulernen, wenn man für den Orden arbeitete und wusste, dass es Fae nicht nur in Disneyfilmen und Märchen gab. Abgesehen davon wohnte ich mit einem Brownie zusammen, der zwischendurch so groß wie ein richtiger Mensch war, und der oft in mein Bett kroch, wenn er Tink-Größe hatte, und ... *Moment!*

Tink hob die Augenbrauen.

»Ach, nicht so toll. Nichts Besonderes«, erklärte ich hastig.

Tink verschränkte die Arme vor der Brust. »Du hast mich angelogen. Du hattest gar kein Date.«

»Ich ...«

»Du warst auf der Jagd, oder?« Er verzog verärgert den Mund. »Du warst auf der Jagd nach den Fae, die dich angegriffen haben, aber du wolltest mich – den tollsten Freund, den du jemals haben wirst – nicht dabeihaben?«

»Tink ...«

»Ich bin nämlich nicht nur verdammt toll, sondern auch ein totaler Draufgänger. Wenn du auf die Jagd gehst, solltest du mich mitnehmen. Ich kann dir helfen.«

»Tink ...«, versuchte ich es noch einmal. Es hatte keinen Sinn, ihm etwas vorzulügen. Er wusste, was ich tat. Er war der Einzige, der hinter mein Geheimnis gekommen war. »Ich weiß, dass du ganz toll bist, aber wenn sie dich sehen, wissen sie doch sofort, was du bist. Und das würde alles vermasseln.«

»Ja, klar. Aber wenn du am Ende tot bist oder noch schlimmer, dann würde das auch so ziemlich alles vermasseln.« Tink löste sich von Dixon und lehnte sich vor. »Was du da tust, ist echt gefährlich. Wenn Ivy davon erfährt …«

»Ivy wird nichts davon erfahren, und Ren oder sonst jemand auch nicht«, erklärte ich ihm. »Hör mal, ich verstehe, dass du dir Sorgen machst, aber ich will nicht, dass du da rausgehst und dich selbst in Gefahr bringst. Du hast schon so viel getan«, sagte ich und meinte es auch so. »Du hast mir das Leben gerettet.«

Tink schüttelte den kleinen Kopf und sah mich ernst an. »Ich habe dir nicht das Leben gerettet. Ich habe dich bloß gefunden. Das ist alles.«

»Du hast mich trotzdem gerettet.«

»Nein«, meinte er mit lauterer Stimme. »*Ich* habe dich nicht gerettet.«

Ich wollte etwas sagen, wusste aber nicht, was. Es kam mir seltsam vor, dass er das erste Wort so betont hatte, doch bevor ich mir einen Reim darauf machen konnte, sprach er bereits weiter.

»Hast du gefunden, wonach du gesucht hast?«

»Ja.«

»Hast du ihn fertiggemacht?«, fragte Tink und hielt meinen Blick gefangen.

»Ja«, flüsterte ich.

Da lächelte er. »Gut.«

7

Miles, der Sektionsleiter des Ordens in New Orleans, rief mich gleich Montagfrüh mit einem Auftrag an, der mich verwirrte, aber auch sofort mein Interesse weckte.

Die Sommerfae baten um ein Treffen mit dem Orden, doch Miles konnte auf keines der wichtigen Ordensmitglieder verzichten, um sich anzuhören, was sie wollten.

Nachdem ich nicht zu den *wichtigen* Leuten gehörte, sollte ich herausfinden, was los war.

Tink lag schlafend neben Dixon im Wohnzimmer, weshalb ich ihn nicht mitnahm. Klar hätte ich ihn auch wecken können, aber die Fae behandelten Tink wie das Goldene Kalb, das verehrt werden musste, und Tinks Ego war auch so schon total überdimensioniert, wenn auch auf entzückende Art und Weise.

Und so stand ich am Montagvormittag im Büro des Hotels zum guten Fae und betrachtete die Sonnenstrahlen, die durch die großen Fenster fielen, sodass es trotz der kühlen Märztemperaturen angenehm warm war.

Ivy hatte dem Gebäude den Spitznamen verpasst, und es erinnerte tatsächlich an ein Hotel – an ein riesiges, luxuriöses Hotel. Obwohl es für die meisten Menschen und auch für die Winterfae nicht mehr als ein verlassenes Kraftwerk an der St. Peters Street war.

Ich hatte in den Unterlagen meiner Mutter einige alte Karten gefunden, und ich ging davon aus, dass die seltsamen Markierungen Gebäude anzeigten, die nicht existieren sollten und andere im Verborgenen lebende Gemeinschaften beherbergten.

Das hier war vielleicht nicht der einzige Ort dieser Art.

Das Hotel zum guten Fae war ein gewaltiger Komplex, der wie ein Hotel aufgebaut war. In jedem der zahllosen Stockwerke befanden sich Hunderte Zimmer, und es gab weitläufige Gemeinschaftsareale mit mehreren Cafés, Kinos, Einkaufsmöglichkeiten, Fitnessräumen und sogar einer Art Schule. Alles in allem reichte der Platz für mehrere Tausend Fae. Der Orden hatte keine Ahnung, wie viele es tatsächlich waren, und ich wusste, dass diese Tatsache Miles und den anderen Ordensmitgliedern ziemliche Sorgen bereitete.

Die Macht und Magie, die die Sommerfae einsetzten, um dieses Gebäude vor der Außenwelt abzuschirmen, waren unglaublich. Es war echt eine gute Sache, dass sie sich nicht von Menschen nährten und uns im Grunde ziemlich ähnlich waren, denn wenn es nicht so wäre, hätten wir nicht die geringste Chance gegen sie.

Allerdings wusste ich, dass sich Prinz Fabian nährte – und zwar angeblich nur von Freiwilligen, die wussten, was er war –, denn er alterte nicht und hatte außergewöhnliche Fähigkeiten. Ich nahm an, dass sich sein Bruder, *der* Prinz, ebenfalls nährte.

Ich zerrte am Kragen meines dicken Strickpullovers mit Zopfmuster und befürchtete langsam, dass ich schmelzen würde, bevor jemand auftauchte. Der Pullover war draußen perfekt gewesen und verdeckte die blauen Flecken an meinem Hals, aber mittlerweile verglühte ich beinahe darin.

Wäre Ivy nicht mit ihrem Mann in Florida, weil Ren dort eine supergeheime Mission zu erfüllen hatte, säße sie jetzt hier und würde als Vermittlerin zwischen dem Orden und den Fae fungieren. Und nicht ich. Sie war besser in solchen Dingen, und im Moment wäre das sicher von Vorteil, denn das Verhältnis zwischen den Sommerfae und dem Orden war angespannt.

Ich starrte auf den langen, schmalen Schreibtisch und steckte eine blonde Strähne zurück in meinen Pferdeschwanz. Auf dem Tisch befand sich nichts, was nicht dort hingehörte. Bloß ein Kalender und ein Computerbildschirm. Ein iMac. Mein Schreibtisch zu Hause war mit Landkarten und Büchern übersät, sodass ich nicht einmal mehr die Tischplatte sehen konnte. Ganz zu schweigen von der Tastatur, die ganz sicher nicht an einem iMac hing.

Ich verwendete eines der Gästezimmer im ersten Stock als Büro; das war perfekt, weil ich einfach die Tür schließen und so tun konnte, als wäre ich keine Chaotin.

Nervös ließ ich die Hand sinken und glitt mit dem Finger unter den Rollkragen meines Pullovers. Mein Hals war immer noch empfindlich und würde es wohl noch ein paar Tage bleiben. Wenigstens war es kalt genug für einen Rollkragen.

Man muss immer alles positiv sehen.

Ich presste die Lippen aufeinander und zwang mich, den Blick von dem leeren Schreibtisch abzuwenden, als ich Schritte vor der Tür hörte. Ich senkte die Hand, und Sekunden später ging die Tür auf.

Der Sommerfae namens Tanner marschierte mit großen Schritten in sein Büro. Sein richtiger Name war vollkommen unaussprechlich, wie die Namen der meisten Fae, die hier wohnten. Beinahe alle hatten menschliche Namen angenommen. Die Frau, die Tanner folgte, hatte es auch getan, und sogar die Winterfae machten es, denn ich bezweifelte, dass der Mistkerl tatsächlich Tobias geheißen hatte.

Tanner blieb wie angewurzelt stehen, als er mich vor dem Schreibtisch sitzen sah, genauso wie die weibliche Fae namens Faye, die einen Aktenordner dabeihatte. Es war eine seltsame Reaktion, wenn man bedachte, dass ich aussah wie immer. Ich trug keine Perücke und kein Make-up. Ich versteckte mich nicht hinter einer Maske.

Ich war heute einfach bloß Brighton, auch wenn ich mich nicht wie Brighton fühlte.

Ich sah Faye und Tanner, wie sie als Menschen aussahen, doch nach einer Sekunde verblasste das Bild und sie standen in ihrer ganzen Fae-Schönheit vor mir. Das Einzige, was sich nicht verändert hatte, waren die Haare. Tanners waren dunkel und wurden bereits grau – ein Beweis, dass er alterte wie wir Menschen –, während Faye jünger und ihr Haar silberfarben war.

»Ms. Jussier.« Tanner klang verwundert, als er durch den Raum auf mich zukam, vor mir stehen blieb und mir die Hand entgegenstreckte. »Es überrascht mich, Sie hier zu sehen.«

»Brighton«, korrigierte ich ihn und warf einen Blick auf seine ausgestreckte Hand. Ich zögerte kurz, was Faye natürlich sofort bemerkte. Die scharfsinnige Fae hob eine Augenbraue. Ich griff nach Tanners Hand und schüttelte sie, so fest es ging. Ich wusste gar nicht, warum ich gezögert hatte, abgesehen davon, dass ich eben sonderbar war. Und zwar sehr sonderbar. »Ihr könnt gerne Brighton zu mir sagen.«

Er drückte freundlich meine Hand. »Du meine Güte, Brighton, ich habe dich schon Jahre nicht mehr gesehen! Ich bin … Es hat mir schrecklich leidgetan, als ich von deiner Mutter gehört habe. Und davon, was dir passiert ist.«

Ich konnte mich nicht mehr erinnern, wann genau ich das letzte Mal in diesem Büro oder im Hotel zum guten Fae gewesen war, aber es war definitiv vor dem Angriff gewesen.

»Merle war eine unglaubliche und einzigartige Frau«, fuhr er fort, und sowohl seine Stimme als auch seine blassblauen Augen wirkten ehrlich berührt. Ich war nicht überrascht, dass er das sagte. Er und einige andere Sommerfae waren bei der Beerdigung gewesen. »Sie wird schmerzlich vermisst.«

Mir blieb der nächste Atemzug im Hals stecken. Ich entzog Tanner meine Hand und legte sie auf die samtbezogene Armstütze meines Stuhls. Ich öffnete den Mund, doch ich brachte nichts heraus. Trauer und Wut stiegen in mir hoch und drohten, mich zu ersticken. Aber das durfte ich nicht zulassen. Nicht hier.

Ich räusperte mich, drängte meine chaotischen Gefühle in den Hintergrund und konzentrierte mich. »Danke. Meine Mutter hat deine Gesellschaft sehr genossen.«

»Tatsächlich?«, meinte Tanner leise lachend und wandte sich seinem Schreibtisch zu. »Es war nicht leicht, sich mit ihr anzufreunden.«

»Sie hatte Schwierigkeiten, jemandem zu vertrauen«, erklärte ich und verlagerte das Gewicht. »Aber sie hat euch vertraut. Euch beiden.«

So verrückt es auch klang – es stimmte. Mom hatte Tanner tatsächlich gemocht. Ich hatte sogar vermutet, dass sie ein Faible für ihn hatte, was natürlich absurd war, wenn man bedachte, was sie alles durchgemacht hatte. Aber sie hatte Tanner wirklich gerne gehabt.

Ein kaum merkliches Lächeln huschte über Fayes Gesicht. »Das ist eine große Ehre.«

Ich nickte und wünschte, dass sich der bittere Knoten mit den rasiermesserscharfen Kanten in meiner Brust einfach in Luft auflösen würde. Es wurde Zeit, mit der Besprechung zu beginnen.

»Ich weiß natürlich, dass ihr eigentlich jemand anderen

erwartet habt. Aber Ivy konnte leider nicht kommen. Sie ist …«

»Mit Prinz Fabian in Florida«, beendete Faye den Satz für mich. Sie stand mittlerweile ein paar Schritte von mir entfernt neben dem Schreibtisch. »Wir wissen, dass Ivy nicht da ist, aber wir dachten, der Orden würde jemand anderen schicken.«

Ich wusste nicht, was ich darauf antworten sollte. Also bemühte ich mich um ein ausdrucksloses Gesicht, während sich Tanner hinter seinem Schreibtisch niederließ. »Tut mir leid, aber Miles ist mit den neuen Rekruten beschäftigt.«

»Ich kann mir vorstellen, dass er viel um die Ohren hat«, lächelte Tanner und wirkte wie immer ausnehmend höflich. Es war, als zählte dieser Gesichtsausdruck zur Grundausstattung. »Wir hätten nur jemanden erwartet, der eine etwas höhere Position innehat.«

Meine Wangen begannen zu glühen, und meine Hand auf der Armlehne versteifte sich. Sie wussten Bescheid. Sie wussten, dass Miles mich geschickt hatte, weil er selbst zu beschäftigt war, um sich mit Tanner abzugeben, und sich im Grunde zu wenig aus den Fae machte, um ein Ordensmitglied von der Straße oder aus dem Training abzuziehen. Ich hingegen hatte Miles' Meinung nach mehr als genug Zeit, und daher hatte er mich geschickt.

Ich war nicht gerade unabkömmlich.

Ich reckte das Kinn nach vorne. »Ich kann euch versichern, dass ich – wie alle anderen Ordensmitglieder – in diese Organisation hineingeboren wurde und in ihr aufgewachsen bin. In Wahrheit weiß ich sogar besser über die Ordensangelegenheiten Bescheid als Miles.« Ich war keine Angeberin. Das war die reine Wahrheit. Das war mein Job im Orden. Ich recherchierte. Ich las. Ich studierte. Ich war Willow in einem

Heer aus Buffys und Angels. »Ich kann euch mit jedem Thema weiterhelfen, über das ihr mit dem Orden sprechen wollt.«

»Es tut mir leid«, erwiderte Tanner eilig. »Ich wollte nicht andeuten, dass du unfähig bist. Es ist nur so, dass ...«

»Was?« Ich hob die Augenbrauen und wartete.

»Du fühlst dich in unserer Gegenwart unwohl«, erklärte Faye rundheraus. »Was natürlich vollkommen verständlich ist, wenn man bedenkt, was dir zugestoßen ist ...«

»Das tut hier nichts zur Sache.«

Fayes Blick wurde ein wenig weicher. »Ich kann deine Angst riechen. Sie erinnert mich an Holzrauch.«

Meine Wangen begannen zu brennen. War meine Angst wirklich so offensichtlich? »Du *riechst* meine Angst?«

Faye nickte.

Also das hatte ich ja noch nie gehört, und es war ziemlich gruselig.

»Außerdem klammerst du dich an den Stuhl, als wäre er ein Rettungsring«, fuhr Faye fort. »Es ist, als hättest du vergessen, dass wir vor zwei Jahren Seite an Seite mit dem Orden gekämpft haben, um die Königin in die Anderwelt zurückzubefördern.«

Tanner verkrampfte sich, als sie die Königin erwähnte, und ich konnte es ihm nicht verübeln. Ich hatte die Königin nicht zu Gesicht bekommen, aber nach dem, was ich gehört hatte, bot ihr Anblick Stoff für jede Menge Albträume.

»Wir haben in jener Nacht viele gute Fae verloren«, erklärte Faye. »Und du hast offenbar auch vergessen, dass der Verräter nicht in unseren Reihen zu finden war, sondern im Orden.«

»Nein, das habe ich nicht vergessen.« Wie auch? Die Quelle allen Übels war David Faustin gewesen. Er war der Sektionsleiter von New Orleans gewesen, und sein Verrat hatte sich wie ein Virus im ganzen Orden ausgebreitet und beinahe jeden befallen. Viele Ordensmitglieder, die nicht durch die Hände der nicht ganz so freundlichen Winterfae den Tod gefunden hatten, waren von Menschen hingerichtet worden, denen sie vertraut hatten.

Ich seufzte rau und lockerte meinen Griff um die Armlehne. »Ich …« Ich wollte mich bereits entschuldigen, doch dann brach ich ab und beschloss, Faye gegenüber schonungslos ehrlich zu sein. »Ich wurde dazu erzogen, Fae zu jagen, und bin in dem Glauben aufgewachsen, dass es so etwas wie gute Fae nicht gibt. Es gab zwar einige Ordensmitglieder, die von eurer Existenz wussten, aber der Großteil hatte keine Ahnung, dass der Sommerhof sich nach dem Krieg mit dem Winterhof in unsere Welt zurückgezogen hat und versucht, als Menschen zu überleben. Hätte mir vor zwei Jahren jemand gesagt, dass es gute Fae gibt, die sich nicht von Menschen nähren, hätte ich ihn ausgelacht.«

Faye biss die Zähe aufeinander, aber ich war noch nicht fertig. »Und ihr wisst verdammt gut, dass die Winterfae, die der Königin noch immer treu ergeben sind, den Sommerfae zahlenmäßig bei Weitem überlegen sind. Zwei Jahre, Faye. Ich hatte nur zwei Jahre – so wie alle anderen. Zwei Jahre, um zu verstehen, dass nicht alle Fae Ausgeburten des Bösen sind. Es stimmt also: Ich fühle mich in der Gegenwart von Fae unwohl. Genauso, wie wir Menschen sicher auch in euch ein seltsames Gefühl auslösen.«

»Natürlich. Wenn man bedenkt, dass es immer noch Ordensmitglieder gibt, die uns töten wollen«, schoss Faye zurück.

»Ich glaube, Faye versucht, dir vor allem klarzumachen, dass es hier um ein ziemlich ernstes Problem geht, und wir Angst haben, dass dein *Unwohlsein* der Lösung im Weg stehen könnte.« Tanner faltete die Hände auf dem Tisch. »Das ist alles.«

Okay. Wow. Das wurde langsam echt unangenehm. »Darf ich ehrlich sein?«

»Natürlich.« Tanner lehnte sich in seinem Stuhl zurück.

»Abgesehen von Ivy und Ren gibt es kein einziges Ordensmitglied, das sich in Gegenwart der Fae nicht unwohl fühlt oder nach den Jahren im Kampf gegen die Fae, die die Menschheit versklaven und zerstören wollten, nicht gewisse Vorurteile hegt. Selbst Ren rollt den Fae nicht gerade den roten Teppich aus, und seine Frau ist ein Halbling«, erklärte ich und ließ die beiden dabei nicht aus den Augen. »Wenn ihr also befürchtet, dass mein Unwohlsein ein Problem sein könnte, werdet ihr bei jedem anderen Ordensmitglied auf dasselbe Problem stoßen. Mal abgesehen von Ivy. Also sagt ihr mir jetzt entweder, warum ihr uns zu diesem Treffen eingeladen habt, oder ihr wartet auf Ivy. Es ist eure Entscheidung.«

»Es ist nicht nur die Tatsache, dass wir dich nervös machen.« Faye tippte auf den Aktenordner auf ihrem Oberschenkel. »Wir machen dir *Angst.*«

Mein Kopf fuhr zu ihr herum. »Ihr macht mir keine Angst.«

»Nicht?«, murmelte sie.

»Nein. Und um eines klarzustellen: Die Angst, die du riechst, hat nichts mit euch beiden zu tun. Ich bin nun mal ein ängstlicher Mensch. Ich mag mich unwohl fühlen, aber ich habe *keine* Angst, und das ist ein Riesenunterschied.«

Einen kurzen Augenblick lang blitzte Respekt in Fayes Augen auf. Es war kaum zu erkennen, aber ich sah es trotzdem.

»Okay, dann werden wir es also hinbekommen, nicht wahr?«, meinte Tanner.

Ich wandte mich langsam wieder ihm zu und dachte bei mir, dass er genauso überzeugt klang wie ich, wenn ich hoffte, dass Tink zu Hause kein unheimliches Chaos anrichten würde, während ich weg war. »Ich schätze ja.«

»Wir wollten mit dem Orden sprechen, weil es zu einer beunruhigenden Entwicklung gekommen ist.« Tanner nahm die Akte, die Faye ihm reichte. »Im Laufe des letzten Monats sind mehrere unserer Halbwüchsigen verschwunden, und wir befürchten, dass der Orden dahintersteckt.«

8

Okay, das hätte ich jetzt nicht erwartet.

Er öffnete die Akte, und mein Blick fiel auf das Foto eines jungen Mannes – eines jungen Fae. »Wie du weißt, verlassen viele Mitglieder des Sommerhofs dieses Gelände nicht. Es ist zwar nicht verboten, aber die Fae wissen, dass sie hier alles finden, was sie brauchen.«

Ich nickte gedankenverloren. Die Tatsache, dass viele Sommerfae lieber in dem weitläufigen, verborgenen Areal blieben, war uns nur recht, denn es bedeutete, dass die meisten Fae, denen wir auf den Straßen begegneten, zu unseren Feinden zählten.

»Einige unserer Halbwüchsigen wollen allerdings die menschliche Welt und alles, was sie zu bieten hat, aus nächster Nähe erleben. Es wurde mit der Zeit zu einer Art Initiationsritus.« Faye stützte sich mit der schmalen Hüfte am Schreibtisch ab. »Dabei halten sie ihre Angehörigen allerdings immer auf dem Laufenden und bleiben auch nie lange weg.«

»Im letzten Monat sind allerdings gleich vier nicht mehr nach Hause gekommen«, erklärte Tanner grimmig. »Ihre Eltern und Freunde haben nichts von ihnen gehört, und sie wurden nirgendwo gesehen.«

Ich brauchte einen Augenblick, um diese Information zu verarbeiten. »Wenn ihr von Halbwüchsigen redet, meint ihr dann Fae in Kindergröße, Teenager oder Fae Anfang zwanzig?«

»Kindergröße?«, fragte Faye blinzelnd.

»Alle vier sind knapp unter oder über zwanzig«, stellte Tanner klar. »Hier sind die Fotos und Namen.«

Ich sah Tanner wie gebannt zu, während er die Fotos auf dem Schreibtisch ausbreitete. Ich überlegte fieberhaft, was ich sagen sollte, doch schließlich gab ich es auf und betrachtete stattdessen die Fotos, die mich an Führerscheinaufnahmen erinnerten. »Seid ihr sicher, dass sie abgängig sind?«

»Es sei denn, sie wären jetzt gerade hier – aber unsichtbar«, erwiderte Faye trocken.

»Das meinte ich nicht.« Ich lehnte mich vor, um die vier jungen Fae eingehender zu mustern. Sie waren alle männlich, und unter den lächelnden Gesichtern stand ihr Name. Sie waren jung, vermutlich Anfang zwanzig, und gut aussehend. Ich traute mich zu wetten, dass sie mit dem Glamourzauber noch heißer aussahen, und vermutlich waren sie gerade im French Quarter unterwegs und verbrachten die Zeit ihres Lebens. »Das hier ist *New Orleans*. Es gibt eine Menge Dinge zu sehen. Verrückte Dinge.«

»Das ist uns klar. Und viele unserer Halbwüchsigen lassen sich darauf ein. Sie haben Spaß, aber sie bleiben immer in Kontakt mit ihren Familien«, erwiderte Tanner.

Ich hob eine Augenbraue. »Viele junge Leute verlieren sich in der Party-Szene. Sie treffen neue Leute …« *Und nähren sich hoffentlich nicht von ihnen.* »… und sie verlieren jegliches Zeitgefühl. Die Stadt schluckt Leute in einem Stück, und das meine ich jetzt nicht negativ …« *Andererseits schon irgendwie.* »… und sie spuckt sie danach erschöpft wieder aus. Bereit, ein neues Leben zu beginnen und zum Beispiel die Eltern über ihren Aufenthaltsort zu informieren.«

»Verschweigen Menschenkinder ihren Eltern denn oft tage- oder vielleicht wochenlang ihren Verbleib?«, wollte Tanner wissen.

Ich presste die Lippen aufeinander, um nicht laut aufzulachen, denn offenbar war die Frage ernst gemeint. »Manche machen es schon, aber bei Weitem nicht genug.«

»Menschliche Nachkommen mögen unter mangelndem Respekt und Höflichkeit leiden, aber unsere Halbwüchsigen nicht.« Tanners Stimme klang hart. »Unsere Nachkommen werden anders erzogen.«

»Ich bin mir ziemlich sicher, dass Millionen menschliche Eltern dasselbe sagen würden.«

Faye legte den Kopf schief. »Das mag sein, aber bei unseren Kindern ist das anders.«

Mein Blick wanderte von einem zum anderen. Ich schüttelte den Kopf und überlegte genau, was ich sagen sollte. Sie dachten echt, dass sich der Orden wegen ein paar vermisster Fae Sorgen machen würde? So schlimm es auch klang, ich war überzeugt, dass es dem Orden sowas von egal sein würde. »Tut mir leid, aber ich verstehe nicht, was das alles mit dem Orden zu tun hat.«

Tanner ließ sich mit der Antwort Zeit. »Wir fürchten, dass sie irrtümlich auf die Abschussliste des Ordens geraten sein könnten.«

Meine Muskeln verkrampften sich. »Wollt ihr damit sagen, dass diese jungen Fae gar nicht vermisst werden, sondern vom Orden umgebracht wurden?«

»Wie gesagt, es ist eine Befürchtung – die sich hoffentlich als falsch erweist«, antwortete Tanner langsam. »Aber es gab in den letzten beiden Jahren immer wieder Vorfälle, bei denen Unschuldige getötet wurden.«

Da hatte er recht.

Vor dem Kampf gegen die Königin und der Erkenntnis, dass es die Sommerfae gibt, hatte der Orden nach der Devise »Zuerst töten, und dann trotzdem keine Fragen stellen« gehandelt. Es hatte keine *guten* Fae gegeben. Doch mittlerweile sah die Lage anders aus. Und sie war sehr viel komplizierter.

»Es gibt neue Verhaltensregeln, Tanner. Der Orden spricht keine willkürlichen Urteile. Jeder Fae, der ins Visier des Ordens gerät, wird mittlerweile eine Zeitlang beobachtet. Und wenn genug Beweise gesammelt wurden …«

»Wir wissen doch beide, dass die meisten Ordensmitglieder davon ausgehen, dass die Sommerfae sich selten bis gar nie unter die Menschen mischen.« Fayes blassblaue Augen funkelten. »Sie gehen davon aus, dass jeder Fae, dem sie auf der Straße begegnen, auch gleichzeitig ein Feind ist.«

Ich versteifte mich. »Das stimmt nicht.«

»Nicht?«, meinte Faye herausfordernd. »Solomon stellte keine Gefahr dar und wurde trotzdem hingerichtet.«

Solomon war vor etwa einem Jahr gestorben, nachdem ihn eines der neuen Ordensmitglieder fälschlicherweise als Feind identifiziert hatte.

»Das war ein Fehler. Ein schrecklicher Fehler. Und es tut mir leid, dass es dazu gekommen ist.« Das tat es wirklich. Ich war nicht einmal im Entferntesten damit einverstanden, dass *irgendwelche* Unschuldigen sterben mussten, egal ob Fae oder Mensch. »Aber das bedeutet nicht, dass es bei diesen Jungs dasselbe war.«

»Es war nicht der einzige Fehler«, merkte Faye an.

»Das ist mir klar.« Es hatte mehrere Ausrutscher gegeben. »Und ich wünschte, ich könnte etwas sagen oder tun, um daran etwas zu ändern, aber …«

»Aber der Orden versucht, sich der neuen Situation anzupassen«, unterbrach sie mich. »Das verstehen wir natürlich, und wir verstehen auch, dass wir alle eine gewisse Zeit brauchen werden«, erklärte Tanner wie immer äußerst diplomatisch. »Es ist uns klar, dass viele Ordensmitglieder aufgrund der neuen Richtlinien den Tod gefunden haben.«

Ja, es waren tatsächlich ziemlich viele gewesen.

Sechs Mal so viel, wie Sommerfae vom Orden getötet oder verletzt worden waren.

Es war nun mal gefährlich, sich die Zeit zu nehmen, um sicherzustellen, dass man den richtigen Fae tötete. Dadurch verlor man die Oberhand und das Überraschungsmoment. Bis wir endlich herausgefunden hatten, dass der Fae nicht in unserem Team spielte, hatte dieser meistens schon erkannt, wer wir waren.

Die Mitgliederzahl des Ordens war vor zwei Jahren stark dezimiert worden, und wir hatten es seitdem nicht mehr geschafft, sie wieder auf den alten Stand zu bringen. Was auch der Grund war, warum Miles ständig mit neuen Rekruten beschäftigt war.

»Kann es sein, dass die Fae freiwillig untergetaucht sind?«, fragte ich und spielte mit dem Kragen meines Pullovers. »Vielleicht wollten sie nicht mehr hier leben. Da draußen wartet eine große, weite Welt, und manche Fae haben vielleicht Lust, sie zu entdecken. Sie sehen sich immerhin menschliche Fernsehsendungen und Filme an und lesen unsere Bücher und Zeitschriften. So schön es hier bei euch ist, vielleicht wollten sie einfach mal die Welt außerhalb dieser Mauern entdecken?«

Tanner sah mich an, als wäre ihm dieser Gedanke noch nie gekommen.

Schweigen breitete sich aus. Faye brach es schließlich, indem sie sich vorbeugte und nach einem der Fotos griff. »Das hier ist mein jüngerer Cousin. Er hat sich den Namen Benji ausgesucht. Er wird seit einer Woche vermisst, und ich kann dir versichern, dass er das seiner Mutter niemals antun würde. Nicht, nachdem sein Vater vor zwei Jahren im Kampf gegen die Königin sein Leben verlor.«

Mein Magen krampfte sich zusammen, als ich das Bild näher betrachtete.

»Das hier ist sein Freund Elliot, der seit etwa zwei Wochen vermisst wird. Benji wollte nach ihm suchen«, fuhr Faye fort. »Doch seitdem ist er ebenfalls verschwunden, und wir haben weder etwas von Elliot noch von Benji gehört.«

»Das das tut mir leid«, murmelte ich und hob den Blick, um sie anzusehen. »Wirklich.«

»Dann hilf uns«, bat Faye leise. »Wenn es dir wirklich leidtut, dann hilf uns bei der Suche nach meinem Cousin und den anderen jungen Fae.«

»Wir wollen nur wissen, ob der Orden eine Vermutung hat, was mit ihnen passiert sein könnte, und ob die Mitglieder die Augen offen halten könnten«, erklärte Tanner. Faye hatte sich abgewandt, ihre Kehle zuckte. »Kalen hat sich bereits auf die Suche gemacht, aber bisher ohne Erfolg.«

Ich sah auf, als er den Namen des Fae erwähnte, der eng mit Ivy und Ren zusammenarbeitete. Ich hatte angenommen, dass er mit ihnen und Prinz Fabian unterwegs war.

»Ich werde euch helfen«, erklärte ich einen Augenblick später. »Darf ich die Fotos behalten?«

Tanner nickte.

»Ich kann die anderen Mitglieder fragen, ob sie die Jungs schon mal gesehen haben.« Ich war mir allerdings nicht sicher, ob es ein Ordensmitglied zugeben würde, wenn es tatsächlich etwas mit den Fae zu tun gehabt hätte. Das sollten sie zwar, aber ich hatte in den letzten beiden Jahren erkannt, dass solche

Dinge kaum Konsequenzen nach sich zogen. »Und ich sorge dafür, dass sie die Augen offen halten.«

Faye gab Tanner das Foto ihres Cousins, und er legte es zu den anderen und schloss die Akte. Er erhob sich und gab sie mir. »Wir wissen jegliche Hilfe des Ordens zu schätzen.«

Ich nickte, nahm die Akte und stand ebenfalls auf. Ich hoffte, dass keines der Ordensmitglieder diese jungen Männer wiedererkannte. Denn wenn ja, dann bedeutete das vermutlich, dass die Sache ein tragisches, unfaires Ende genommen hatte.

Die Besprechung war damit beendet, und Faye und Tanner begleiteten mich schweigend aus dem Büro und einen leeren, breiten Flur hinunter. Als ich angekommen war, hatte ich den Vordereingang benutzt und war nicht durch den herrlichen Innenhof geführt worden, und es sah so aus, als würden wir wieder diesen Weg nehmen.

Wir näherten uns der Cafeteria, und langsam sah ich mehr Fae. Einige saßen draußen vor dem großen Torbogen, andere gingen alleine oder in kleinen Gruppen spazieren. Die meisten beachteten mich nicht weiter, andere wirkten neugierig, während mich manche mit unverhohlenem Misstrauen beäugten, als wir uns auf den Weg in die hell erleuchtete Lobby machten, die wirklich an ein teures Hotel erinnerte.

»Bitte wende dich direkt an mich, falls du etwas herausfindest«, bat Faye, als wir an mehreren Fae vorbeikamen, die auf den zahlreichen Sofas und Lehnstühlen Platz genommen hatten.

»Mach ich.« Ich griff in meine Tasche und tastete nach meinem Handy. Ich wollte mir ein Uber-Taxi rufen, das mich ins Hauptquartier in der St. Philip Street zurückbringen würde. Ich warf einen schnellen Blick auf Faye und sah, wie besorgt sie war. Der Anblick traf mich direkt ins Herz. Ich wusste weiß

Gott, wie es war, wenn jemand verschwunden war, den man liebte, und man im Unklaren war, was mit ihm passiert war. Die Verzweiflung war das Schlimmste. Das Verlangen, alles zu tun, um denjenigen aufzuspüren, obwohl man keine Ahnung hatte, ob es das Richtige war und ob es ihnen überhaupt helfen würde.

Faye durchlebte gerade all das.

Ich hielt inne und legte eine Hand auf ihren Arm. Die Berührung schien sie zu überraschen, denn sie fuhr zu mir herum. »Ich bin mir sicher, dass es deinem Cousin gut geht.«

Faye sah mir in die Augen. »Das hoffe ich. Nach dem Tod seines Vaters …«

Ich runzelte die Stirn, als Faye mitten im Satz abbrach. Sie neigte kaum merklich den Kopf, als sich plötzlich eine unheimliche Stille über die Lobby senkte, und wandte sich schließlich in die Richtung, aus der wir gekommen waren. Aus dem Augenwinkel sah ich, dass Tanner sich ebenfalls umgedreht hatte.

»Du solltest jetzt gehen, Brighton«, flüsterte sie.

Ein Schaudern durchfuhr mich, und die feinen Härchen in meinem Nacken stellten sich auf, als ich auf ihren gesenkten Kopf hinabsah.

Dreh dich nicht um. Geh weiter, befahl ich mir selbst. Ich war hier fertig, und Faye hatte recht. Ich hätte gehen sollen.

Aber ich drehte mich um, denn irgendein Urinstinkt hatte mir bereits verraten, wer gerade angekommen war. Und ein irrer, total kranker Teil von mir wollte ihn unbedingt sehen.

Der Prinz hatte die Lobby betreten, und er war mehr oder weniger genauso angezogen wie am Samstagabend. Schwarze Hose, schwarzes Thermo-Shirt. Er beachtete Tanner, Faye und die anderen Fae nicht weiter.

Seine blassen, uralten Augen ruhten auf mir.

Er hat dich nicht erkannt, versicherte ich mir selbst, als sich eine Gänsehaut über meinen ganzen Körper ausbreitete.

Ich trat einen Schritt zurück, aber das war falsch. O Gott, es war sogar schrecklich falsch.

Die Augen des Prinzen wurden schmal.

Tanner murmelte etwas in seiner Sprache, und der Prinz antwortete. Ich verstand kein einziges Wort, doch seine Stimme war tief und dröhnend, klang aber gleichzeitig auch wahnsinnig ruhig.

Die Fae wandten sich zu mir um und starrten mich an, denn der Prinz ließ mich keinen einzigen Moment aus den Augen.

Mein Herz klopfte bis zum Hals, als ich den Mund öffnete, um etwas zu sagen, obwohl ich keine Ahnung hatte, was eigentlich. Doch die Worte zerfielen ohnehin zu Asche, denn der Prinz durchquerte die Lobby immer noch mit großen Schritten und kam dabei direkt auf mich zu.

9

Das Erste, was mir in den Sinn kam, als ich ihn sah, war, dass ich vermutlich gleich einen Herzinfarkt bekommen würde. Ich würde noch vor meinem einunddreißigsten Geburtstag sterben. Gleich hier, in der Lobby des Hotels zum guten Fae.

Was, wie ich annahm, nur geringfügig besser war, als zu Hause zu sterben, begraben unter unzähligen staubigen Büchern und handgeschriebenen Karten.

Meine zweite – und vermutlich um einiges beunruhigendere – Reaktion war, dass mein Magen Achterbahn fuhr und ein Schaudern durch meinen Körper jagte, das nichts damit zu tun hatte, wer er war.

Mein Gott, er war einfach … ich fand nicht die richtigen Worte, aber es war eine Tatsache, dass er einige echt schräge Dinge mit meinen Hormonen anstellte.

Irgendwie schaffte ich es, keinen Herzstillstand zu erleiden oder mich selbst zu schlagen, während er mit der anmutigen Haltung eines Jägers auf mich zukam. Ich war zu hundert Prozent menschlich und hatte keinerlei besondere Fähigkeiten, aber sogar ich spürte die gezügelte Macht, die von ihm ausging und in jeden Winkel der Lobby drang. Ich schätzte, es war reiner Überlebensinstinkt, der einen Menschen darauf aufmerksam machte, dass er sich in Gegenwart eines Jägers befand.

Er hat dich nicht erkannt, wiederholte ich immer wieder, bis er schließlich vor mir stand. *Er weiß nicht, dass du es warst, die er berührt hat …*

»Was machst du hier?«, wollte er wissen.

Mein Hals war staubtrocken, und ich blinzelte einmal und dann zweimal. »Wie bitte?«

Seine Pupillen schienen sich als Reaktion auf meine Stimme zu verengen. »Ich habe gefragt, was du hier machst, Brighton.«

Ich bekam keine Luft mehr, als ich meinen Namen aus seinem Mund hörte. »Du weißt, wie ich heiße?«

Der Prinz legte den Kopf schief, und sein Blick sagte mir, dass er gerade meine Intelligenz infrage stellte.

Okay, das war natürlich wirklich eine dumme Frage gewesen. Aber zu meiner Verteidigung muss ich sagen, dass wir uns vor Samstagabend – als er mich ziemlich sicher *nicht* wiedererkannt hatte – nur zwei Mal begegnet waren, und zwar jedes Mal nur kurz. Und wir waren einander nie vorgestellt worden. Außerdem war ich mir nicht sicher, ob ich ihn im Krankenhaus tatsächlich gesehen hatte. Vielleicht war es auch nur eine Halluzination gewesen. Oder ein seltsamer Traum. Wie der Traum, den ich Samstagnacht hatte, als ich auf seinem Schoß gesessen hatte und er …

O mein Gott! Meine Augen weiteten sich, und ich spürte, wie meine Wangen brannten. Ich durfte auf keinen Fall daran denken, während ich direkt vor ihm stand. Denn es war schräg. Total schräg und dämlich. Trotzdem hätte ich schwören können, dass ich seine Hände noch immer auf meinem Körper spürte, und seine Lippen …

Du meine Güte, ich musste echt damit aufhören!

Seine Pupillen zogen sich noch mehr zusammen, und er senkte das Kinn. Ich atmete scharf ein. Er war näher getreten, und sein Duft … Ach herrje, er erinnerte mich an faule Sommernachmittage. Es war, als würde ich direkt neben einem Heizkörper stehen.

Tanner räusperte sich. »Mein Herr, Miss Jussier ist im Auftrag des Ordens hier. Sie wird uns bei der Suche nach den vermissten Halbwüchsigen helfen.«

»Tatsächlich?«, erwiderte er trocken.

Meine Augen wurden schmal. »Ja, *tatsächlich.* Tanner hat den Orden kontaktiert, und ich wurde hergeschickt, um die Sache zu besprechen. Und nachdem das Meeting jetzt vorbei ist, mache ich mich lieber auf den Weg.« Ich wandte mich an Faye, die mich anstarrte, als hätte ich den Verstand verloren. »Ich melde mich, Faye.«

Doch ich kam nicht allzu weit.

Tatsächlich hatte ich mich erst zur Hälfte abgewandt, als sich die warmen Finger des Prinzen um mein linkes Handgelenk schlossen. Auch dieses Mal fühlte es sich wie ein Stromschlag an, als seine Haut meine berührte. Es war, als wäre er elektrisch aufgeladen, aber ich glaubte nicht, dass das möglich war.

»Du verstehst doch, wie ernst die Sache mit den verschwundenen Jungen ist, oder?«, fragte er so leise, dass ihn vermutlich niemand außer mir hören konnte.

»Ja.« Mein Blick wanderte über seine Schulter. Wir hatten Publikum, und zwar ein ziemlich großes, neugieriges Publikum. Ich versuchte entnervt, ihm meine Hand zu entziehen, aber ohne Erfolg. »Natürlich weiß ich, dass es wichtig ist.«

»Und spielt das auch eine Rolle für dich?« Seine seltsamen, bemerkenswerten Augen versanken in meinen.

Ein Schaudern durchfuhr mich. »Ja, das tut es.«

Ich war beleidigt, dass er mir eine solche Frage überhaupt stellte, weshalb ich erneut – und auch dieses Mal erfolglos –

versuchte, meinen Arm zu befreien. »Würdest du mich jetzt bitte loslassen?«

»Warum sollte es das, wenn es dem ganzen restlichen Orden egal ist?« Er ließ mich nicht los.

»Woher willst du das wissen?«, feuerte ich zurück, obwohl er natürlich recht hatte.

»Die Tatsache, dass du diese Frage tatsächlich stellen musst, lässt mich an deiner Intelligenz zweifeln«, antwortete er. »Aber in Wahrheit gibt es dafür ohnehin schon mehr als genug Gründe.«

Ich sah ihn erstaunt an. »Hast du das jetzt gerade echt gesagt?«

»Ich bin mir relativ sicher, dass ich in deiner Sprache gesprochen habe. Und ziemlich deutlich noch dazu.«

Wut ergriff von mir Besitz. »Du kennst mich doch gar nicht!«

»O doch, ich kenne dich.« Seine Stimme wurde noch leiser und entlockte mir ein unwillkommenes und höllisch verwirrendes Schaudern. »Ich weiß genau, was und wer du bist.«

Ich ballte die Hand zur Faust. »Ich habe keine Ahnung, was du meinst.«

»Du weißt genauso gut wie ich, dass der Orden sich einen Dreck dafür interessiert, was einer Handvoll Sommerfae womöglich zugestoßen ist.« Während er sprach, schien der Abstand zwischen uns sich immer mehr in Luft aufzulösen. »Und trotzdem stehst du hier vor mir und behauptest, dass es dir nicht egal ist, während du dich gleichzeitig weigerst zuzugeben, dass es die Leute, für die du arbeitest, nicht im Geringsten kümmert.«

Ich öffnete den Mund und schloss ihn gleich darauf wieder. Verdammt, er hatte schon irgendwie recht. Aber das bedeutete nicht, dass ich genauso wenig Anteil nahm.

»Für mich spielt es sehr wohl eine Rolle. Denn wenn es das nicht tun würde, dann hätte ich die Akte gar nicht mitgenommen. Ich hätte Tanner und Faye nicht gesagt, dass ich versuchen würde, etwas herauszufinden. Wenn du wirklich wissen würdest, was und wer ich bin – was zum Teufel das auch immer heißen mag –, dann wüsstest du auch, dass ich nicht lüge.«

Faye schnappte hörbar nach Luft, was wohl bedeutete, dass meine Stimme im Gegensatz zu der Stimme des Prinzen lauter geworden war und zumindest sie mich gehört hatte.

Aber das war mir egal. Frustration und Wut hatten die gesunde Angst schon lange in den Hintergrund gedrängt. »Und jetzt mal im Ernst, Mann. Kannst du endlich meinen Arm loslassen?«

Der Prinz ignorierte meine Aufforderung erneut. »Du bestehst aus nichts als Lügen und versteckst dich hinter einer Fassade.«

Mein ganzer Körper verkrampfte sich. Er war der Wahrheit zu nahegekommen. »Lass mich los!«

Er sah mir immer noch in die Augen, während er einen Finger nach dem anderen von meinem Handgelenk löste. Der bittere Kloß war wieder in meinen Hals zurückgekehrt. Der Prinz hatte mich losgelassen und senkte seine dunklen Wimpern, um seinen mächtigen Blick abzuschwächen, aber ich spürte ihn noch immer auf mir.

»Ich bitte um Entschuldigung«, murmelte er. »Das war unnötig.«

Ich wäre beinahe in Ohnmacht gefallen. Hatte er sich gerade bei mir entschuldigt? Der Prinz?

»Ja, das war es.« Ich schluckte und trat einen Schritt zurück.

»Auch wenn es stimmt«, fügte er hinzu.

»Wow. So macht man jede Entschuldigung zunichte«, murmelte ich. »Obwohl du vermutlich gar nicht weißt, wofür du dich entschuldigt hast.«

»Doch. Ich habe dich verletzt. Meine Worte haben dich verletzt.«

»Was? Könnt ihr das etwa auch riechen?«

Er hob die schweren Wimpern, und sein intensiver Blick drang bis in mein Innerstes. Ich dachte an den Tag zurück, als ich im Krankenhaus wieder zu mir gekommen war. Diese Augen. »Ich spüre viele Dinge.«

Oh.

Ooooh!

Ich hegte die starke Vermutung, dass er an vorhin dachte, als ich mich an meinen Traum erinnert hatte. Ich wäre am liebsten im Erdboden versunken. Ich nahm mir vor, keine Gefühle mehr zuzulassen, wenn ich mich in nächster Zeit in seiner Gegenwart oder der eines anderen Fae befand.

Er hob eine Augenbraue, die mehrere Stufen dunkler war als seine goldenen Haare.

»Moment. Könnt ihr etwa unsere Gedanken lesen?«, hauchte ich, und mir kam der Gedanke, dass ich nicht annähernd genug über die Fae wusste.

»Das müssen wir gar nicht.«

Ich war einen Moment lang erleichtert, doch dann überlegte ich genauer, was er gerade gesagt hatte. *Das müssen wir gar nicht.* Was wohl bedeutete, dass unsere Gefühle ihnen genug Informationen gaben, um unsere Gedanken zu erahnen.

Nett.

»Also …« Ich drückte mir die Akte fester an die Brust. »Das ist ja irre.«

Seine Lippen zuckten.

»Aber jetzt muss ich wirklich gehen.« Ich wandte mich

erneut ab und zwang mich, nicht aus der Lobby zu laufen, als stünde ich in Flammen. Stattdessen hielt ich inne und sah ihn noch einmal an. »Ich mache mir wirklich Gedanken wegen dieser Jungs. Ich werde sie finden, und wenn nicht, finde ich heraus, was mit ihnen passiert ist.«

Der Prinz legte den Kopf schief. Ein Moment verging, dann nickte er. Ich war froh, dass das peinliche In-die-Augen-Schauen endlich vorbei war, und wollte mich auf den Weg machen.

»Brighton?«

Ich versuchte verzweifelt, die Tatsache zu ignorieren, dass mein Name aus seinem Mund mich an stürmische Sommernächte denken ließ, und drehte mich ein letztes Mal zu ihm herum, obwohl mein Verstand mir zuschrie, es nicht zu tun. Ich konnte nicht anders. Nicht, weil er mich dazu zwang, sondern weil ich mich selbst nicht unter Kontrolle hatte. Mein Blick glitt über sein Gesicht, und ich unterdrückte ein Seufzen. Er war der mächtigste, tödlichste Fae von allen, und dieses Wissen minderte meine Faszination für seine männliche Schönheit nicht im Geringsten.

»Die roten Haare waren eine nette Abwechslung, aber so gefällst du mir besser.«

Mit diesen Worten wandte er sich ab und eilte davon, während ich zurückblieb und mir eines vollkommen klar wurde.

Der Prinz wusste, dass ich die Frau gewesen war, die er Samstagabend getroffen hatte.

10

Verdammt.

Verdammt noch mal.

Faye folgte mir nach draußen, wo es mittlerweile dicht bewölkt war. »Das war aber seltsam.«

»Meinst du?« Aufgewühlt holte ich mein Handy heraus und öffnete die Uber-App. Gott und allen Heiligen sei Dank hatte Faye nicht gehört, was der Prinz gesagt hatte, bevor er verschwunden war. »Ich fand es super seltsam.«

Mein Herz schlug noch immer so schnell, als hätte ich eine Stunde auf dem Laufband verbracht. Er wusste es. Verdammt noch mal, der Prinz wusste, dass ich es gewesen war. Und er wusste vermutlich auch, warum Tobias so plötzlich verschwunden war. Ich biss mir auf die Lippe, während ich nachsah, welche Autos gerade in der Nähe waren, und kämpfte gegen den Drang an, mir diesen verdammten Pullover vom Leib zu reißen. Hier draußen war es zwar um einiges kühler, aber mir war immer noch viel zu warm.

»Brighton?«

Ich hob den Blick und sah Faye an. Sie musterte mich verwundert. »Ich glaube, du verstehst nicht ganz, wie ungewöhnlich das für ihn war.«

»Glaub mir, *ich* war nicht diejenige, die sich seltsam verhalten hat. Ich verstehe es sehr gut.«

Sie schüttelte den Kopf. »Nein, tust du nicht. Ich habe noch nie gesehen, dass er sich so lange mit jemandem unterhalten hat.«

»Wirklich?« Ich stieß ein ersticktes Lachen aus und warf einen Blick über die Schulter auf die Eingangstür, die mittlerweile wie ein verrostetes Stück Blech aussah. Der Glamour-Zauber war aktiviert. »Es war doch nur eine Minute. Maximal zwei.«

Faye nickte bestätigend.

»Echt jetzt?« Ich senkte mein Handy. »Das ist aber nicht lange. Redet er sonst nie?«

»Nicht wirklich.«

»Mit niemandem?«

»Nein.« Sie verschränkte die Arme vor der Brust und trat näher heran. »Nicht einmal mit seinem Bruder. Er ist … na ja, du weißt ja, was er durchgemacht hat.«

Und ich wusste, was andere erlitten hatten, während er unter dem Bann gestanden hatte. Aber das behielt ich lieber für mich.

»Er ist nicht sehr kommunikativ«, erklärte Faye.

Er schien auch nicht wirklich in die Gesellschaft integriert, aber auch das behielt ich lieber für mich. Stattdessen gab ich meiner Neugierde nach. »War er eigentlich die ganze Zeit über hier? In New Orleans, meine ich? Seit dem Kampf gegen die Königin?«

»Ja.« Ihre Augenbrauen zogen sich zusammen. »Er hat die Stadt seither kein einziges Mal verlassen. Nicht einmal, um mit seinem Bruder die zweite große Gemeinschaft in Florida zu besuchen.«

Ich fand es seltsam, dass ich ihn nie gesehen hatte. Und auch die anderen Ordensmitglieder hatten nie erzählt, dass sie ihm während ihrer Schicht über den Weg gelaufen waren.

Obwohl der Prinz sich vermutlich unsichtbar von einem Ort zum anderen bewegen konnte, wenn er wollte.

Ich hätte Faye gerne gefragt, ob sie wusste, warum er sich im *Flux* mit einem Winterfae treffen wollte, aber dann wäre ihr klar geworden, dass ich ebenfalls dort gewesen war.

Ich warf meinen Pferdeschwanz über die Schulter und wandte mich wieder dem Handy zu. Ich tippte auf einen der Wagen in der Nähe. »Ich weiß ehrlich nicht, was ich dazu sagen soll. Es war seltsam, aber jetzt ist es vorbei. Ich muss zurück zum Orden. Bald beginnt die tägliche Nachmittagsbesprechung, und das ist der perfekte Zeitpunkt, um die anderen nach den jungen Fae zu fragen.«

»Was hat er denn gesagt?«, fragte sie.

Ich hielt mein Handy und die Akte fest umklammert und ließ den Blick die Straße hoch wandern, wobei ich hoffte, dass der Wagen wie durch Zauberhand im nächsten Moment bereits um die Ecke biegen würde. »Nichts«, erwiderte ich. »Nichts Wichtiges.«

Faye erwiderte nichts und schwieg, bis das Auto schließlich da war und ich einstieg. Ich konnte mir nicht vorstellen, dass sie mir glaubte. Als ich die Tür schloss und zum Fenster hinaussah, war sie bereits fort.

»St. Philips Street?«, fragte der Fahrer mit Blick auf meine Anfrage über die App.

»Ja.« Ich starrte zu dem heruntergekommenen Backsteingebäude hinaus, während er wendete und in Richtung Canal zurückfuhr. »Danke.«

Sobald das Kraftwerk aus meinem Blickfeld verschwunden war, ließ ich mich mit einem Seufzen zurücksinken. Mein Gott, was war da gerade passiert? Normalerweise schenkte mir nie jemand Beachtung, doch der Prinz – der offenbar sehr selten mit jemandem redete – wusste, dass ich die Frau war, die er Samstagabend gesehen hatte, und langsam machte sich der Verdacht in mir breit, dass er gewusst hatte, dass ich dort sein würde und mich bewusst aufgespürt hatte.

Ich ließ die Hand unter meinen Rollkragen gleiten und zuckte zusammen, als ich die Blutergüsse zu fest berührte. Der Prinz wusste, was ich tat, aber er hatte mich nicht an Tanner und Faye verraten. Bedeutete das, dass er dem Ordner ebenfalls nicht Bescheid geben würde?

Und was zum Teufel hatte er damit gemeint, dass er wusste, was und wer ich bin? Genau diese Gedanken verfolgten mich die ganze kurze Fahrt zurück zum Orden.

Ich bedankte mich bei dem Fahrer, stieg aus und sah zum Hauptquartier hoch, das sich über einem Souvenir-Laden befand, der ebenfalls dem Orden gehörte. Der Laden verkaufte alle möglichen Souvenirs aus Eisen, neben einer interessanten Menge an Voodoo-Utensilien und authentischen Gewürzen aus *N'awlins*. Im Moment wurde er von einem der griesgrämigsten alten Männer geführt, die ich jemals kennengelernt hatte. Jerome war ein ehemaliges Ordensmitglied, das seit mehr als zehn Jahren in Rente war und irgendwie an einen Job geraten war, der absolut nicht zu ihm passte.

Er war einfach nicht für den Umgang mit Kunden geschaffen.

Ehrlich gesagt überraschte es mich, dass Miles die Arbeit nicht mir übertragen hatte. Ich schnaubte und seufzte, denn ich nahm an, dass es eines Tages so weit sein würde. Ich warf einen Blick durch das Schaufenster und entdeckte Jerome, der hinter dem Tresen saß und mit bösem Blick die Touristen beäugte, die sich gerade verschiedene Masken ansahen und ausprobierten. Er sah mich nicht, und selbst wenn, hätte das nichts an seinem Gesichtsausdruck geändert.

Ich machte mich grinsend auf den Weg zum Seiteneingang,

öffnete die Tür und stieg die schmale, enge Treppe hoch, in der es kaum merklich nach Zucker und Turnschuhen roch. Am Ende der Treppe befand sich eine kleine Kamera. Nachdem der Prinz vor zwei Jahren hier eingedrungen war, um uns alle umzubringen, hatte sich die technische Ausstattung erheblich verbessert. An der Wand neben der Tür befand sich auf Höhe der Klinke ein Sensor. Ich drückte einen Finger darauf und wartete, bis der Apparat meinen Fingerabdruck überprüft hatte. Einen Augenblick später sprang die Tür auf, und ich sah, dass ich es gerade noch rechtzeitig geschafft hatte.

Im Besprechungszimmer befanden sich mindestens ein halbes Dutzend Ordensmitglieder, und mein Blick fiel sofort auf Jackie Jordan. Die dunkelhäutige Frau saß auf einem der Tische und hatte eines ihrer langen, schlanken Beine unter sich gezogen, während sie sich etwas auf ihrem Handy ansah. Neben ihr stand Dylan in schwarzen Tarnhosen und einem engen schwarzen T-Shirt. Neben Miles, Ivy und Ren waren die beiden die einzigen verbliebenen alten Ordensmitglieder. Der Rest war tot und entweder im Kampf gestorben oder kurz danach, als die Winterfae ihrem Ärger darüber, dass ihr Plan vereitelt worden war, Luft gemacht hatten. Sie waren mittlerweile durch Mitglieder aus anderen Städten oder funkelnagelneue Rekruten ersetzt worden.

Eine ungewollte, aber vertraute Schwere breitete sich in meiner Brust aus. Wir hatten so viel verloren, und wir wurden ständig daran erinnert. Ich sah es in Jackies und Dylans müden Augen, und auch in den Gesichtern der Neuen.

Das, was meiner Mutter und mir zugestoßen war, war kein Einzelschicksal gewesen. Trotzdem war der Tod im Kampf besser, als aufgelauert, überrascht und unvorbereitet überfallen zu werden, um schließlich zu sterben, bevor man überhaupt wusste, wie einem geschah.

Ich warf einen Blick auf die Akte. Würde irgendjemand hier sich tatsächlich um die vermissten jungen Fae sorgen, wo jeder so viele Freunde und Familienmitglieder im Kampf gegen die Fae verloren hatte? Wie viel bedeutete ihnen die Tatsache, dass der Sommerhof auf uns zugekommen war und mit uns gemeinsam gekämpft hatte?

Ich hatte das ungute Gefühl, dass ich die Antwort bereits kannte.

Ich presste die Akte an die Brust, senkte den Blick und huschte an der Gruppe vorbei, die auf Miles wartete. Ich kam an mehreren verschlossenen Türen vorbei und gelangte schließlich zum Überwachungsraum, wo sich unser Sektionsleiter meistens aufhielt. Und tatsächlich stand er auch jetzt vor den Monitoren, die die Bilder der Überwachungskameras in der ganzen Stadt zeigten. Doch er war nicht alleine in dem dunklen Zimmer.

Rick Ortiz saß auf einem der Stühle und klickte sich mit der Maus durch die Bilder auf der obersten Monitorreihe. Als ich ins Zimmer trat, warf er einen schnellen Blick über die Schulter und hob eine dunkle Augenbraue. Das war mehr oder weniger die einzige Reaktion, die ich bis jetzt von dem Mann mit der olivfarbenen Haut bekommen hatte, der von Houston hierher versetzt worden war. Er klickte sich weiter durch den Video-Feed.

Ich holte verärgert Luft und öffnete den Mund, um etwas zu sagen.

»Wie ist die Besprechung gelaufen?«, fragte Miles.

Hatte der Mann vielleicht Augen im Hinterkopf, die sich unter seinen kurz geschorenen braunen Haaren verbargen? »Ganz okay, aber auch unerwartet.«

»Weshalb?«

Ich trat einen Schritt nach vorne und räusperte mich. »Mehrere junge Fae werden vermisst, und sie haben Angst, dass sie ein unpassendes Ende gefunden haben. Durch die Hände des Ordens.«

Rick schnaubte. »Ein *unpassendes* Ende?«

»Na ja. Ja.« Ich verlagerte das Gewicht von einem Fuß auf den anderen. »Unpassend deshalb, weil die Sommerfae …«

»Nicht getötet werden sollen, das weiß ich.« Rick lehnte sich in seinem Stuhl zurück und schwang herum, um mich anzusehen. Er war ein attraktiver Mann mit dunklen Haaren und einem säuberlich geschnittenen, gepflegten Bart, aber er war trotzdem widerlich, weshalb ich ihn in Gedanken immer das Ekel Rick nannte. »Ich finde es nur witzig, dass du es deshalb gleich ›unpassend‹ nennst.«

Ich hatte keine Ahnung, warum das witzig war, doch ich beschloss, mich auf keine Diskussion einzulassen. Stattdessen richtete ich meine Aufmerksamkeit auf Miles, der mich immer noch nicht ansah. Er konzentrierte sich auf die Bilder einer Kamera, die sich gegenüber des Spukhauses von LaLaurie befand. Das Spukhaus selbst war aber gar nicht das Ziel der Überwachung. Es war das ziemlich unscheinbare, gedrungene, zweistöckige Haus daneben, in dem sich eines der Tore in die Anderwelt befand. Warum beobachtete er die Vorkommnisse dort so gespannt? Hatte es irgendwelche Aktivitäten gegeben? Mein Herz rutschte mir beinahe in die Hose.

Die Königin konnte ohne Weiteres zurückkommen. Sie hatte den nötigen Kristall, der die Tore in die Anderwelt kontrollierte. Ich wollte gerade nachfragen, doch ich bekam keine Gelegenheit.

Das Ekel Rick war offenbar noch nicht fertig: »Weißt du, was ich noch witzig finde? Dass sie echt glauben, es würde uns kümmern, wenn ihnen ihre Brut abhandenkommt.«

Miles seufzte so schwer, dass die Monitore beinahe zu wackeln begannen.

Ich atmete tief durch und zählte bis zehn. »Sie haben mich gebeten, die anderen Ordensmitglieder zu fragen, ob jemand die Vermissten gesehen hat, und sie hätten gerne, dass wir die Augen offen halten.«

»Hast du Fotos?«, fragte Miles.

»Klar …«

»Dann häng sie ans Schwarze Brett, sodass sie alle sehen können.«

Ich runzelte die Stirn. »Das wollte ich ohnehin tun, aber ich dachte, ich könnte die anderen vor der Besprechung fragen, ob …«

»Das wird nicht nötig sein.« Miles war Ende dreißig, vielleicht Anfang vierzig, und hatte eine Menge Mist erlebt, vor allem nach Davids Verrat. Er war schwer zu deuten, und ich hatte ihn noch nie lächeln gesehen. Kein einziges Mal. »Es reicht, wenn du die Fotos aufhängst.«

Aber es reichte nicht. Ich wusste verdammt gut, dass nie jemand auch nur einen einzigen Blick auf dieses verdammte Schwarze Brett warf. Es hing noch immer ein Foto der Kätzchen daran, für die Jackie vor über einem Jahr neue Besitzer gesucht hatte. »Es dauert sicher nur eine Minute, wenn ich kurz mit ihnen rede. Einer der vermissten Jugendlichen ist Fayes Cousin«, fügte ich hinzu. Vielleicht überzeugte diese Tatsache ihn, denn immerhin hatte Faye dem Orden schon sehr oft geholfen.

Miles kam auf mich zu und nahm mir die Akte ab. Er öffnete sie und blätterte die Fotos durch. »Mir kommt keiner bekannt vor.« Er wandte sich an Rick. »Dir vielleicht?«

Rick warf ebenfalls einen kurzen Blick darauf und zuckte mit den Schultern. »Nein. Aber sie sehen ja auch alle irgendwie gleich aus.«

»Echt jetzt?« Ich versteifte mich. »Hast du das jetzt wirklich gesagt?«

Er grinste. »Stimmt ja.«

»Nein, tut es nicht, und es klingt ziemlich …«

»Sag jetzt nicht rassistisch!«, unterbrach er mich. »Die Fae sind keine Menschen. Das kann man nicht vergleichen.«

»Wow.« Ich trat schon auf ihn zu, stoppte mich dann aber. »Sie sind im Grunde wie eine eigene Rasse, also passt rassistisch sehr wohl.«

»So läuft das nicht«, erwiderte er und schenkte mir ein weiteres verdammtes, nervtötendes Grinsen.

Miles ergriff das Wort, bevor ich etwas erwidern konnte. »Häng die Fotos auf, Brighton, und ich sage den Leuten auf Patrouille, dass sie die Augen offen halten sollen.« Er schloss die Akte und gab sie mir zurück. »Aber ich kann dir jetzt schon sagen, dass niemand zugeben wird, dass er mit den jungen Fae Kontakt hatte und es nicht gut ausging.«

Das hatte ich mir bereits gedacht, aber dass Miles so klang, als wäre es keine große Sache, war eine herbe Enttäuschung. »Das sollten sie aber. Sie dürfen diesen Fae nichts antun. Und wenn du den Verdacht hast, dass es so sein könnte, sollten ihnen Konsequenzen drohen.«

Rick lachte. Er *lachte* tatsächlich!

»Was?«, fragte ich und spürte, wie mir warm wurde.

»Schätzchen, du warst selbst noch nie auf Patrouille. Du sitzt hinter deinem Schreibtisch, liest Bücher, studierst Karten, und manchmal hilfst du in der Krankenstation und machst Dinge, von denen wir nichts zu wissen brauchen. Wenn du selbst auf Patrouille gehen würdest, wüsstest du, dass dort draußen auf der Straße oft krasse Sachen passieren und eine Sekunde des Zögerns dir das Leben kosten kann. Wir werden niemanden bestrafen, weil er seinen Job gemacht hat.«

Meine Wangen glühten, und ich hätte ihn am liebsten aus seinem Stuhl geprügelt und ihm erklärt, dass ich ganz genau wusste, was passierte, wenn man zögerte, doch ich konnte mich zurückhalten. »Erstens, nenn mich nie wieder ›Schätzchen‹, und was noch wichtiger ist: Sitz hier nicht rum und erklär mir, wie gefährlich es auf der Straße ist! Denn das weiß ich besser als du.«

Er öffnete den Mund, aber ich war noch nicht fertig. »Wir dürfen den Sommerfae nichts tun. Ende der Geschichte. Das ist nicht unser Job, und die neuen Richtlinien …«

»Scheiß auf die neuen Richtlinien.«

»Hast du das gehört?« Ich wandte mich wutentbrannt an Miles. »Ich meine, du stehst da einfach nur rum?«

»Ich danke euch beiden, dass ihr das Offensichtliche dargelegt habt und so tut, als wärt ihr hier die Anführer«, erwiderte Miles trocken. »Häng die Fotos auf, Brighton. Und du?« Er wandte sich an Rick. »Du hältst jetzt verdammt noch mal die Klappe und gehst zu den anderen.«

Und damit eilte Miles mit großen Schritten zur Tür hinaus und stieß einen schrillen Pfiff aus, sodass alle im Besprechungszimmer sich zu ihm umwandten.

Ich war fortgeschickt worden, ohne wirklich fortgeschickt worden zu sein. Wie irre war das denn? Obwohl es mich nicht überraschen hätte sollen. Immerhin war ich für Miles und alle anderen nicht weiter *wichtig*.

Rick erhob sich und stieß beim Vorbeigehen gegen meine Schulter. An der Tür blieb er stehen und wartete, bis ich mich zu ihm umgedreht hatte.

»Was?«

Er musterte mich einen Augenblick lang. »Ich verstehe es einfach nicht.«

»Was verstehst du nicht?«

»Warum kümmern dich diese verdammten Fae überhaupt? Nach allem, was sie deiner Mutter angetan haben. Und dir.«

Übelkeit stieg in mir hoch, doch ich drängte sie zurück. »Meine Mutter und ich wurden von den Winterfae überfallen. Nicht von den Sommerfae. Und vor allem nicht von diesen Jungen.«

»Spielt das denn wirklich eine Rolle? Welchem Hof sie angehören? Macht das einen Unterschied?«, fragte er herausfordernd.

»Ja, tut es.« Es *musste* so sein.

Etwas wie Mitleid machte sich auf seinem Gesicht breit. »Wie du meinst. Aber dir ist doch klar, dass es sinnlos ist, die Fotos aufzuhängen, oder?«

»Warum?« Ich senkte die Akte. »Weil es niemanden interessiert?«

»Ja, das auch. Aber vor allem deshalb, weil sie wahrscheinlich nicht mehr hier in dieser Welt sind, falls ihnen tatsächlich jemand von unseren Leuten begegnet ist. Sie sind so gut wie tot.«

11

Ich kopierte die Fotos und pinnte sie ans Schwarze Brett, direkt über Jackies Katzenannonce, obwohl das Ekel Rick der Meinung war, dass es nichts brachte. Ich schaffte es sogar, Jackie abzufangen, bevor sie auf Patrouille ging. Sie erkannte keinen der jungen Männer wieder, und ich glaubte ihr. Jackie mochte von der alten Schule und kein wirklicher Fan der Fae sein, aber sie war keine Lügnerin.

Ich ging nach Hause, briet Tink und mir Hamburger zum Abendessen, räumte die Küche auf und ging dann nach oben, um mich umzuziehen.

Es gab noch einen weiteren Club in der Stadt, den die Fae gerne besuchten, und er hieß – ironischerweise – *The Court on Canal.* Im Erdgeschoss ging es ziemlich locker zu, und es gab eine Bar, in der selbst an einem Montagabend überraschend viele Fae zu finden waren. Im ersten Stock hingegen war es nicht ganz so locker. Es war … na ja, ich hatte dort oben einige *Dinge* gesehen. Dinge, die selbst Borsäure nicht mehr von meinen Augen oder aus meinem Gehirn entfernen könnte.

Der Laden befand sich in der Nähe des Quarters und war kaum mehr als ein Loch in der Wand, das die Touristen und auch viele Einheimische übersahen. Ich hatte eine meiner Zielpersonen dort entdeckt, aber ich hatte sie verloren, nachdem sie den Club verlassen hatte.

Das *Court on Canal* war nicht auf Google Maps zu finden und stand auf keiner der Listen mit den wichtigsten Sehenswürdigkeiten der Stadt.

Der Club befand sich dort, wo eigentlich nichts sein sollte.

Ich hatte ihn auf einer der Karten meiner Mutter entdeckt, und eines Tages war ich hingegangen und hatte gesehen, dass es sich um einen richtigen Club handelte, von dem allerdings nicht einmal der Orden etwas wusste.

Sobald ich alle Fae gefunden hätte, die uns an jenem Abend überfallen hatten, würde ich Miles die Karten geben und ihm vom *Court* erzählen ... und von den anderen Orten. Aber jetzt noch nicht.

Ich hoffte, dass sich der Abend als genauso ergiebig, aber nicht ganz so ereignisreich wie der Samstagabend erweisen würde. Ich machte mir keine Gedanken darüber, dass ich womöglich erneut dem Prinzen über den Weg laufen würde, obwohl er mich am Samstag zweifellos wiedererkannt hatte. Ich war schon mehrere Male im *Court* gewesen, aber ich hatte ihn noch nie dort gesehen.

Außerdem wollte ich mich während meines Ausflugs nach den jungen, vermissten Fae umsehen, obwohl es ziemlich unwahrscheinlich war, das einer von ihnen im *Court* war. Zumindest hoffte ich das.

Nach einer schnellen Dusche steckte ich mir die Haare hoch und machte mich daran, mich in einen anderen Menschen zu verwandeln. Als ich meinen begehbaren Kleiderschrank betrat, hatte ich mich bereits für das perfekte Kleid für heute Abend entschieden.

Schwarz, kurz, schlicht.

Ich nahm es vom Kleiderhaken und schlängelte mich hinein. Glücklicherweise war das Material ziemlich dehnbar, und ich zog den Saum nach unten. Er endete in der Mitte der

Oberschenkel. Ich drehte mich zu dem mannshohen Spiegel um und beugte mich probeweise nach vorne. Meine Brüste drückten gegen den tiefen Ausschnitt, und es war ein Wunder, dass sie nicht heraussprangen, und meine Pobacken blitzten hervor.

Ich richtete mich wieder auf und strich das Kleid nach unten. Okay. Also kein Nach-vorne-Beugen in der Öffentlichkeit.

Ich verdrehte die Augen, griff nach meinem Schminkkoffer und verschwand im Badezimmer. Das Make-up dauerte einige Zeit, denn nur so konnte ich sicher sein, dass es perfekt aussah, und als ich schließlich fertig war, war mein Gesicht praktisch nicht mehr wiederzuerkennen. Ich hatte die Wangenknochen so stark betont, dass sie sehr viel höher standen und aus der Haut stachen. Meine Lippen waren voller und etwa zwei Stufen dunkler als sonst. Ich zeichnete sogar die Augenbrauen nach, bevor ich mich an die Augen selbst machte. Ich verpasste ihnen einen dunklen, rauchigen und mysteriösen Look, und nachdem ich heute keine Kontaktlinsen tragen würde, griff ich zum Abschluss nach den falschen Wimpern. Es grenzte an ein Wunder, dass ich bis jetzt noch keine Augenentzündung davongetragen hatte.

Ich kehrte in meinen begehbaren Kleiderschrank zurück und stand wenig später fingernagelkauend vor meiner Perückensammlung. Blond, Rot, Braun, Schwarz, Lila. Die auffälligeren Perücken würden in einem Laden wie dem *Court* zu viel Aufmerksamkeit erregen, also entschied ich mich für eine kinnlange schwarze Perücke. Ich stülpte sie über, steckte sie fest und bürstete sie, bis die Haare weich und glatt waren.

Die Schuhe waren schwierig. Sie bestanden aus einem dehnbaren Material und gingen bis über die Knie, hatten allerdings keinen Reißverschluss. Ich hätte sie bei dem Versuch, sie anzuziehen, am liebsten quer durchs Schlafzimmer geschleudert. Als ich endlich fertig war, standen mir Schweißperlen auf der Stirn.

Außerdem war ich ziemlich außer Atem, als ich schließlich den Armreif aus Eisen anlegte.

Ich wandte mich zum Spiegel um und grinste. »Ich sehe aus wie Aeon Flux«, erklärte ich und legte den Kopf schief. »Eine sehr viel nuttigere Version von Aeon Flux. Perfekt.«

Das *Court on Canal* sah von außen aus wie ein echt mieser Schuppen. Wie die Art von Laden, in dem man zu seinen Krebsen auch gleich eine Lebensmittelvergiftung dazubekam, falls man tatsächlich mutig genug war, überhaupt etwas zu essen. Im Inneren war der Club allerdings sehr exklusiv.

Die Bar und die Nischen waren aus Holz gezimmert, das nach dem Hurrikan Katrina wiederverwertet worden war, es gab mit dickem Leder bezogene Stühle und glänzende, makellos saubere Stehtische, und ich hatte auch in den Nischen noch nie eine liegen gelassene Serviette gesehen.

Ich hatte nur eine schwarze Clutch dabei und schlenderte langsam auf die Bar zu, wobei ich mir der Blicke, die mir folgten, überaus bewusst war, obwohl ich so tat, als bemerkte ich sie nicht.

Es war schon seltsam. In diesem Aufzug war ich alles andere als unsichtbar. Ich war kein Geist mehr, sondern …

Wie hatte der Prinz gesagt?

Du bestehst aus nichts als Lügen und versteckst dich hinter einer Fassade.

Bah!

Damit hatte er natürlich vollkommen recht – und ich hasste ihn aus tiefsten Herzen dafür.

Das hier war nicht ich, und als mir ein Mann leise nachpfiff, begannen meine Wange sofort zu glühen, so peinlich war es mir.

Andererseits war ich auch nicht mehr die Brighton, die ich vor dem Angriff gewesen war. Sie war in jener Nacht gestorben, in der auch ich hätte sterben sollen. Denn auch wenn mir die Aufmerksamkeit peinlich war, war mein Mund trotzdem zu einem kaum merklichen Grinsen verzogen.

Vielleicht irrte sich der Prinz ja auch.

Vielleicht versteckte ich mich doch nicht hinter einer Fassade.

Ich hatte keine Ahnung.

Ich kletterte so damenhaft wie irgendwie möglich auf einen Barhocker, schlug die Beine übereinander und legte meine Clutch auf den Tresen.

Hinter der Bar standen ein menschlicher Barkeeper und eine weibliche Fae. Ich war mir nicht sicher, ob die Fae wirklich hier arbeitete, aber ich hatte sie bis jetzt jedes Mal dabei beobachtet, wie sie den nicht-menschlichen Gästen Nachtschatten servierte.

Gerade war sie mit einem vollen Tablett zu einer der Wandnischen unterwegs. Ich wandte den Blick ab. Eine Handvoll Fae hatte sich unter die Menschen gemischt, sie unterhielten sich und nippten an ihren Drinks. Ich kannte keinen von ihnen.

Und auch die jungen Fae waren definitiv nirgendwo zu sehen.

Noch nicht.

»Was darf ich dir bringen?«

Ich drehte mich zum Barkeeper herum und lächelte. Er war jung, und seine Augen schienen klar. Fokussiert. Er stand offenbar nicht unter dem Bann der Fae, aber er musste trotzdem wissen, dass nicht alle Gäste Menschen waren, wenn man bedachte, dass Nachtschatten serviert wurde und was ein Stockwerk über uns vorging.

»Einen Cuba Libre«, antwortete ich.

»Kommt sofort.« Er nahm ein Glas und mixte den schnellen, einfachen Drink. »Anschreiben oder gleich zahlen?«

»Gleich.« Ich öffnete meine Clutch und schob das Geld über den Tresen. »Danke.«

Er lächelte und machte sich dann auf den Weg zum nächsten Gast auf der anderen Seite der Bar. Ich nippte an meinem Drink und drehte mich auf dem Stuhl zur Seite, sodass ich mehr oder weniger das ganze Erdgeschoss, aber auch den dunklen Flur im Blick hatte, der zum Aufzug in den ersten Stock führte. Ich zog mein Handy heraus und tat, als wäre ich überaus vertieft, während ich in Wahrheit alles ganz genau beobachtete.

Wenige Sekunden später betraten zwei weitere Fae die Bar, und kurz darauf verblasste ihr Glamourzauber, sodass ihre silbern leuchtende Haut zum Vorschein kam. Sie gingen direkt auf den Flur im hinteren Teil des Clubs zu.

Im ersten Stock gab es einen erweiterten Service, der sich nicht nur um Fae kümmerte, die gut zu Abend essen wollten, sondern bei dem es vor allem um Sex ging.

Sehr viel Sex.

Ich hatte es bis jetzt nur einmal in das obere Stockwerk geschafft, und das war reines Glück gewesen, nachdem ich einer Gruppe junger Frauen hinterhergeschlüpft war, die von zwei Fae nach oben geführt worden waren. Aber dieses eine Mal hatte mir gereicht.

Die Frauen, denen ich mich angeschlossen hatte, standen unter keinem Bann. Dem Gekicher und den geflüsterten Aufforderungen nach zu schließen wussten sie zumindest ansatzweise, war dort oben los war.

»Entschuldigen Sie bitte.«

Ich warf einen Blick über die Schulter, und er fiel auf einen Mann – einen Menschen. Er war ein wenig älter, vielleicht in den Fünfzigern. Groß und mit dunklen, an den Schläfen bereits etwas ergrauten Haaren. Er sah gut aus und trug einen richtig hübschen, dunklen Anzug. Ivy hätte ihn vermutlich als Silberfuchs bezeichnet.

Tink hätte *Daddy* zu ihm gesagt.

Ich hätte mir am liebsten selbst eine Ohrfeige verpasst, als sich daraufhin ein Bild in meinem Kopf breitmachte.

Der Mann lächelte und sah dabei wirklich extrem gut aus. Wäre ich jemand anders gewesen, hätte ich mich durch seine Aufmerksamkeit sicher geschmeichelt gefühlt. Allerdings war ich nicht hier, um einen Silberfuchs kennenzulernen.

»Ich warte auf jemanden«, erklärte ich entschuldigend.

Er senkte den Kopf und lachte leise. »Er hat gesagt, dass Sie das sagen würden.«

Ich hob überrascht die Augenbrauen. »Er?«

»Ich bin nicht hier, um Ihnen einen Drink zu spendieren oder Sie anzumachen«, erklärte der Mann.

Oh.

Oh!

Die Sache war mir schrecklich peinlich, und ich wäre am liebsten im Erdboden versunken. »Warum dann?«

Er lächelte angespannt, während sein Blick über meine Schulter zu dem Barkeeper wanderte, und nickte dann kaum merklich. »Mein Name ist Everest. Ich bin der Besitzer dieses Clubs und würde Sie gerne hinausbegleiten.«

Ich starrte ihn an und brachte kein Wort heraus. »Wie bitte?«

Everest rückte näher heran, und seine braunen Augen wirkten nicht annähernd so herzlich wie sein Lächeln. »Sie, meine Liebe, sind hier leider nicht willkommen.«

Ein Schaudern durchlief mich, als ich ihm weiter in die Augen sah. Es gab nur eine Erklärung. Er hatte irgendwie herausgefunden, dass ich zum Orden gehörte, und er unterstützte, was hier im Club vor sich ging.

Ich beschloss, mich unbeeindruckt zu zeigen, und hob mein Glas an die Lippen. »Darf ich fragen wieso?«

Er antwortete nicht, sondern lächelte bloß höflich. Aus dem Augenwinkel sah ich einen groß gewachsenen, breitschultrigen Mann, der sich auf uns zuschob. Noch ein Mensch in einem hübschen, teuren Anzug. Ein Türsteher.

Und dann verstand ich plötzlich. Everest hatte vorhin gesagt … Meine Hand hielt das feuchte Glas fest umklammert, als ich mich zu dem Besitzer des Clubs vorbeugte. »Er ist hier, oder?«

Doch Everest lächelte einfach weiter.

»Der Prinz«, sagte ich so laut, dass sich eine Frau an einem der Tische in der Nähe zu uns umdrehte. Everests Lächeln verblasste, und das reichte mir.

Dieser Hurensohn!

Es war nicht zu glauben! Zuerst im *Flux* und jetzt hier? Und er war offenbar kein normaler Gast, sondern befand sich auch noch in der Position, dem Besitzer aufzutragen, mich hinauszuwerfen? In einem Club, der – nebenbei bemerkt – vor allem von Winterfae besucht wurde?

Ich hingegen hatte zumindest einen guten Grund, warum ich hier war – er war vielleicht ein wenig verrückt, aber es war immerhin ein Grund, und der Prinz würde mir keinen Strich durch die Rechnung machen.

Nein, verdammt noch mal!

Heiße Wut brannte sich durch meine Adern. Er würde mich nicht daran hindern, für Gerechtigkeit zu sorgen. Auf keinen verdammten Fall!

»Sagen Sie dem hochwohlgeborenen Arschloch, dass das hier ein öffentlicher Club ist und er mir nicht zu sagen hat, wo ich hingehe oder was ich tue.«

Die Augen des Mannes weiteten sich. »Als Besitzer darf ich hingegen sehr wohl entscheiden, wer hierbleibt und wer gehen muss.«

»Stimmt«, erwiderte ich und nahm einen großen Schluck von meinem Drink. Ich war zu einer anständigen, aufrechten Südstaatlerin erzogen worden, aber ich war echt verärgert. »Hat er Ihnen gesagt, wer ich bin?«

Everest hob die Hand, um dem Türsteher Einhalt zu gebieten.

»Ich weiß nicht, ob er es Ihnen gesagt hat oder nicht, aber ich kann Ihnen versichern, dass ich Ihrem feinen Laden hier eine Menge Ärger bereiten kann. Und zwar wirklich eine Menge.« Ich lächelte zuckersüß. »Wenn Sie also nicht wollen, dass so etwas passiert, dann sagen Sie dem Prinzen doch, dass er sich zum Teufel scheren soll.«

Everest legte den Kopf schief, und der darauffolgende Augenblick erschien endlos. Dann meinte er: »Das können Sie ihm selbst sagen.«

12

Die feinen Härchen in meinem Nacken richteten sich auf, und ich tat einen flachen Atemzug, als Everest zurücktrat und seine Hände umklammerte. Ich stellte langsam meinen Drink ab und sah über die Schulter.

Hinter mir stand der Prinz, und er war nicht einmal einen halben Meter entfernt.

Ich bemerkte unwillkürlich, dass er heute Abend anders aussah. Er hatte die Haare aus dem Gesicht gekämmt, was ihm sehr gut stand. Und auch das schwarze Seidenhemd anstelle des Thermo-Shirts sah gut aus.

Aber er war genauso wütend wie bei den letzten beiden Malen – das hatte sich also nicht geändert.

Tatsächlich wirkte er sogar noch wütender. »Ich habe ganz sicher nicht vor, mich heute Abend zum Teufel zu scheren, *Sally*.«

Ich sah beinahe den Rauch, der aus seinen Ohren stieg, als er meinen Namen hervorpresste – meinen *falschen* Namen.

»Gut zu wissen, aber das ist nicht mein Problem.«

»Doch, es ist dein Problem.«

Ich fuhr zurück und riss die Augen auf. »Warum sollte das mein Problem sein.«

Er richtete seine blauen Augen auf Everest und nickte

knapp. Ich musste keinen Blick über die Schulter werfen, um zu wissen, dass er sich gerade zurückzog.

Bevor ich auch nur ein Wort sagen konnte, nahm der Prinz mir den Drink aus der Hand und stellte ihn auf die Bar. Dann packte er meine freie Hand. Ich wehrte mich nicht, obwohl ich es gerne getan hätte. Es ruhten bereits zu viele Blicke auf uns.

Ich sah seine Hand an, die meine fest umklammert hielt, während er mir vom Stuhl half.

»Du gehst mir langsam echt auf die Nerven«, erklärte er.

»Und das wird sicher nicht besser werden. Am besten machst du schon mal einen Termin beim Arzt. Wenn du versuchst, mich rauszuwerfen«, erklärte ich und sah ihm in die Augen, »dann mache ich hier eine solche Szene, dass du ein Jahr damit beschäftigt sein wirst, die Erinnerungen der Gäste mit Glamourzaubern zu belegen.«

Ein Muskel an seinem Kiefer zuckte, als er mich von oben bis unten musterte. »Du würdest das wirklich tun, oder?«

»Klar. Und jetzt wäre es nett, wenn du meine Hand loslässt. Ich möchte noch einen Drink.« Natürlich war die Observierung des Clubs grandios gescheitert, aber ich würde schon aus Prinzip die halbe Nacht hierbleiben. »Und vielleicht ein paar Chicken Wings.« Ich hatte keine Ahnung, ob es hier überhaupt Chicken Wings gab. »Und eine Nachspeise. Ich habe auf alle Fälle auch noch Lust auf eine Nachspeise – und für keines dieser Dinge brauche ich *dich*.«

Der Prinz verschränkte seine Finger mit meinen und verhinderte so, dass ich den Arm zurückzog. »Wir müssen uns unterhalten.«

»Nein, müssen wir nicht.«

»O doch, Sonnenschein, das müssen wir.«

Sonnenschein? Ich verzog das Gesicht. »Es gibt nichts, worüber wir uns unterhalten müssten …« Ich schnappte nach Luft, als er sich so schnell bewegte, dass er im nächsten Moment direkt vor mir stand. Hier vor der Bar, vor all den Fae und Menschen. Er hielt immer noch meine Hand fest, während seine andere Hand meine Wange umfasste. Er spreizte die Finger, drückte meinen Kopf nach hinten und senkte seinen.

Wollte er mich etwa küssen? Das erschien mir zwar irgendwie eine seltsame Reaktion zu sein, doch sein Mund schwebte direkt über meinem, und zwischen unseren Lippen waren nur noch wenige Zentimeter. Mein Herz klopfte so schnell, dass der Herzinfarkt in greifbare Nähe rückte.

»Was hast du vor?«

Sein warmer Atem tanzte über meine Lippen, als er schließlich antwortete: »Du hättest gehen sollen, als du noch die Chance dazu hattest. Jetzt werden wir beide eine Unterhaltung führen, die längst überfällig ist, und du wirst mitkommen und dich *benehmen*.«

»Benehmen?«, stammelte ich.

Er nickte und senkte die dichten Wimpern, sodass ich seine Augen nicht mehr sehen konnte. »Stell mich ja nicht auf die Probe.«

Mein Herz setzte einen Augenblick lang aus. »Ist das eine Drohung?«

»Nein, ein guter Ratschlag«, korrigierte er mich.

»Das ist doch dasselbe.«

Seine Lippen zuckten, als wollte er lächeln. »Wenn du dir eine Szene wünschst, dann kannst du gerne eine haben. Ich werfe dich einfach über meine Schulter. Ich kann mir nicht vorstellen, dass dir das mit dem Kleid gefallen würde.« Er lehnte sich ein Stück zurück, und sein Blick glitt wie eine heiße Berührung über meinen Körper.

Nein, das würde mir nicht gefallen.

Absolut nicht.

Er schien meinen Widerstand zu spüren und zog mich an sich. Ich erzitterte. Nicht, weil er so grob war – denn das war er nicht –, sondern weil das Gefühl seines Körpers an meinem mich sprachlos machte.

Er ließ meine Hand los, legte mir einen Arm um die Schultern, als wären wir gute Freunde oder sogar ein Liebespaar, und führte mich von der Bar fort. Menschen und Fae starrten uns nach, doch die Fae waren mehr als bloß neugierig. Als wir an ihnen vorbeikamen, traten sie zurück, um uns – oder besser gesagt dem Prinzen – nicht im Weg zu sein. Das Misstrauen und die Angst in ihren atemberaubend schönen Gesichtern waren nicht zu übersehen. Sie wussten genau, wer der Prinz war.

Aber was hatte er hier verloren?

Ich umklammerte meine Clutch, während wir den schmalen Flur entlang und schließlich am Aufzug vorbeigingen.

Der Prinz führte mich zu einer Schwingtür mit der Aufschrift *NUR FÜR PERSONAL*. Er öffnete sie mit der freien Hand, und wir kamen in eine kleine Küche mit mehreren Köchen – menschlichen Köchen. Sie hoben bloß die Augenbrauen, als der Prinz mich an ihnen vorbeiführte und dabei im letzten Moment einem Kellner mit einem Tablett voller Chicken Wings auswich.

Dann hatten sie hier also tatsächlich Chicken Wings. Und sie sahen echt lecker aus.

Mein Magen knurrte so laut, dass der Prinz den Kopf senkte und mich fragend ansah.

»Hungrig?«

»Nein«, log ich.

Ein Mundwinkel wanderte nach oben, als wir schließlich

vor einer weiteren Tür standen, die in einen ebenfalls schmalen Flur führte, an dessen Ende eine enge Treppe nach oben führte.

»Sollte ich mir Sorgen machen, wo du mich hinbringst?«

»Du solltest dir *immer* Sorgen machen.« Er ließ den Arm sinken, da wir auf der schmalen Treppe nicht nebeneinander gehen konnten. »Rauf da.«

»Das beruhigt mich jetzt nicht gerade«, erklärte ich ihm und warf einen Blick die dunkle Treppe hoch. »Ich spüre seltsame, gefährliche Schwingungen.«

»Ist das alles, was du spürst?«, fragte er.

Ich zog die Nase kraus. »Ich habe keine Ahnung, was du meinst, und ich will es auch gar nicht wissen.«

Er grinste schief. »Los jetzt, Brighton.«

Der Klang meines Namens ließ mich zusammenzucken, obwohl wir alleine waren. Mein Blick wanderte von ihm zur Treppe, und ich atmete langsam aus. So verrückt es auch klang, mein Instinkt sagte mir, dass mir in Gegenwart des Prinzen keine Gefahr drohte. Vielleicht irrte ich mich gewaltig, aber ich wusste mit Sicherheit, dass ich nicht weit kommen würde, wenn ich jetzt versuchte abzuhauen.

Also machte ich mich auf den Weg die Treppe hoch.

Der Prinz ging schweigend hinter mir her. Wir gelangten in den ersten Stock und betraten einen dunklen Flur, in dem das dumpfe Dröhnen von Musik zu hören war. Es schien von der anderen Seite des Flurs zu kommen. Und es roch nach frischen Beignets.

Ich wollte bereits fragen, was das sollte, als der Prinz sich an mir vorbeischob, und ich biss mir auf die Lippe, als ich die Wärme spürte, die sein Körper verströmte.

Er öffnete eine Tür, und ich sah an ihm vorbei. Der Raum war kreisrund, an der Wand stand ein langes, bequemes Sofa, und in der Mitte befand sich ein gedeckter Tisch. Darauf stand ein Glas mit einer violetten Flüssigkeit. Nachtschatten.

»Was ist das hier?«, fragte ich und verschränkte die Arme vor der Brust.

»Ein privates Speisezimmer. Es gibt hier in diesem Stockwerk insgesamt fünf davon. Hübsche Haare übrigens.« Er trat an mir vorbei.

»Ach, halt die Klappe«, murmelte ich.

Er grinste schief und griff nach seinem Glas. »Aber blond gefällst du mir immer noch am besten.«

»Was mir immer noch egal ist.« Ich sah zu, wie er zu dem Sofa an der Wand ging und sich setzte. »Was machst du hier?«

»Ich könnte dich dasselbe fragen, aber ich weiß es ja bereits.«

Ich ignorierte ihn. »Dieser Laden wird von den Winterfae genutzt, und du bist der Sommerprinz. Ich verstehe nicht, wie du hier sein und mit ihnen abhängen kannst.«

Er musterte mich eingehend, während er an seinem Drink nippte. »Ich helfe Everest und sorge dafür, dass sich die Fae benehmen.«

Interessant. »Und die Winterfae haben kein Problem damit, dass du hier bist?«

»Sie bekommen mich normalerweise erst zu Gesicht, wenn es schon zu spät ist. Heute Nacht war eine Ausnahme, weil ein gewisser Jemand nicht gehen wollte.«

»Vielleicht hättet ihr mich einfach in Ruhe lassen sollen«, entgegnete ich und begann, auf und ab zu gehen. »Also, was ist dieser Laden hier wirklich? Eine Tarnung für die Fae, um gemeinsam abzuhängen und sich zu nähren?«

»Everest ist ein einzigartiger Geschäftsmann, der sich um alle Gäste gleichermaßen kümmert.« Er senkte das Glas auf die Knie. »Und zwar mit äußerster Diskretion, sodass es ein sicherer Ort für beide Spezies ist.«

»Ein sicherer Ort?«

»Die Fae können hierherkommen und ihre Bedürfnisse befriedigen, ohne einem Menschen zu schaden.«

Mein Mund stand offen. »Ich habe gesehen, was im ersten Stock passiert.«

Er legte den Kopf schief. »Und wie um alles in der Welt bist du dorthin gekommen? Ich hätte nicht gedacht, dass diese Aktivitäten dein Ding sind.«

»Sind sie auch nicht«, fauchte ich und wurde rot. Ich wandte mich ab und wanderte weiter. »Ich war nur einmal oben, und da war ich sehr vorsichtig.«

Der Prinz hielt einen Moment inne. »Und als du dort warst, hattest du da das Gefühl, dass die Menschen gegen ihren Willen hingebracht wurden?«

»Ach, dann sind es also Freiwillige?« Ich sah ihn an. »Soll ich eine für dich besorgen?«

»Das hat Everest bereits erledigt.«

Er lächelte kaum merklich, und meine Augen wurden schmal.

»Manchmal ruft Everest mich an, wenn er ein bestimmtes Publikum erwartet. Um sicherzustellen, dass er zusätzliche Ressourcen hat, sollte es notwendig werden.«

Ich dachte einen Moment lang nach. »Und warum erzählen die Menschen nicht aller Welt von dem Club, wenn sie nicht unter eurem Bann stehen?«

»Wer würde ihnen glauben?«

»Sie könnten Beweise sammeln.«

»Das tun sie nicht«, erwiderte er und nahm noch einen Schluck. »Dir ist doch klar, dass du hier in Zukunft nicht mehr reindarfst, oder?«

Ich grinste schief, während ich weiter vor ihm auf und ab ging. »Das macht mir keine Sorgen. Ich kann jederzeit wieder her, wenn ich will.«

»Er wird die Augen offen halten.«

»Er wird mich nicht erkennen.«

»Aber ich werde es immer tun.«

Ich erschauderte und fragte entnervt: »Wohnst du etwa hier? Bist du ständig im Club?«

Der Prinz antwortete nicht.

»Was meinst du, was passiert, wenn der Orden von diesem Ort erfährt? Sie würden nie erlauben, dass der Club weiter geöffnet bleibt.«

»Wer sagt, dass diejenigen, die Bescheid wissen müssen, es nicht schon längst tun?«

Ich hielt inne und starrte ihn an. »Willst du damit sagen, dass Miles von dem Club weiß und ihn trotzdem nicht schließen lässt?«

»Ich will damit gar nichts sagen – das hast du dir zusammengereimt.«

Ich klappte den Mund zu. Meine erste Reaktion war, ihm kein Wort zu glauben, aber der Orden hatte … Er hatte schon oft gelogen und Geheimnisse vor seinen Mitgliedern gehabt. Das war mir bewusst. Es konnte also durchaus stimmen, dass bestimmte Mitglieder über den Club Bescheid wussten.

»Ich wusste am Samstagabend bereits in dem Moment, als ich den Raum betrat, dass du es bist.«

»Das dachte ich mir bereits«, erwiderte ich, aber mein Magen krampfte sich trotzdem zusammen. »Und warum hast du nichts gesagt, wenn du es doch wusstest?«

Er schwieg einen Moment lang. »Ich wollte sehen, wie weit du gehst.«

Meine Wangen begannen zu glühen. »Nicht sehr weit.«

Der Prinz hob eine Augenbraue. »Meine Hand war direkt über …«

»Ich weiß, wo deine Hand war«, unterbrach ich ihn schroff, während sich die Hitze von meinem Gesicht aus in meinem ganzen Körper ausbreitete. »Glaub mir. Das werde ich nie vergessen.«

»Zweifellos«, murmelte er, und seine Lippen verzogen sich zu einem kaum merklichen Lächeln.

Meine Augen wurden schmal. »Aber nicht im positiven Sinn.«

»Jetzt bin ich aber neugierig«, erwiderte er und betrachtete mich mit verschleierten Augen. »Wenn du dich nicht im positiven Sinn daran erinnerst, warum hast du es dann zugelassen?«

Ich atmete scharf ein. »Ich habe so getan, als stünde ich unter deinem Bann.«

»Hmm.«

»Wirklich!«

»Wenn es dir damit besser geht.«

Ich wusste, was er meinte, und stand kurz davor, meine Clutch nach ihm zu werfen. Der Kerl war echt unerträglich, vor allem, weil er verdammt recht hatte. Und ich hasste ihn dafür. »Woher wusstest du überhaupt, dass ich es bin?«

»Ich wusste es einfach«, erwiderte er, als wäre das eine akzeptable Antwort gewesen.

Wut stieg in mir hoch, und ich beschloss, dass ich genauso fordernde, nervtötende Fragen auf Lager hatte. Ich legte meine Clutch auf den Tisch. »Und warum warst *du* im *Flux*? Einem Club, in dem deine Feinde abhängen?«

Er ließ den Daumen über den Rand seines Glases gleiten. »Ich wollte mit Tobias sprechen. Aber das weißt du ja schon.«

»Worüber wolltest du mit ihm sprechen?«

»Stellst du immer so viele Fragen?«

»Du wolltest dich doch mit mir unterhalten«, erinnerte ich ihn und verschränkte die Arme vor der Brust. »Also, worüber wolltest du mit ihm sprechen?«

»Er weiß, wo ich jemanden finde, mit dem ich unbedingt reden muss.« Er senkte den Blick, und herrlich gerade, strahlend weiße Zähne blitzten auf, als er sich auf die Unterlippe biss. Ich sah weg. »Aber leider sind sämtliche Informationen mit ihm in die Anderwelt zurückgekehrt.«

»Ich kann nicht gerade sagen, dass mir das sonderlich leidtut.«

»Natürlich nicht«, erwiderte er trocken.

»Welche Informationen hatte er denn deiner Meinung nach?«

»Er kennt einen der Alten, den ich sehr gerne umbringen würde.«

Ich hob die Augenbrauen. »Lass mich raten. Einer der uralten Fae, die für die Königin gearbeitet haben?«

Der Prinz nickte.

»Weißt du, wie er heißt?«

Ein Augenblick verstrich. »Aric.«

Der Name sagte mir etwas. »Tobias erwähnte einen Kerl namens Aric.«

Der Prinz war mit einem Mal so still, als hätte er sogar zu atmen aufgehört. »Tatsächlich?«

»Ja. Aric sollte vorbeikommen, um etwas mit Tobias und den anderen Fae zu besprechen. Sie hatten noch etwa eine Stunde.«

»Meinst du das im Ernst?«

Ich nickte. »Das war allerdings alles, was sie über ihn gesagt haben.«

Der Prinz fluchte leise. »Na toll.« Er hob sein Glas und

stürzte den Rest des Nachtschattens mit einem einzigen, eindrucksvollen Schluck hinunter. »Ich weiß, warum du am Samstag im *Flux* warst und warum du heute hier aufgetaucht bist. Ich weiß, was Tobias dir angetan hat.«

Ich starrte ihn geschockt an. »Du weißt nicht …«

»Ich weiß, dass er einer der fünf Fae war, die dich und deine Mutter angegriffen haben.« Er beugte sich nach vorne und stellte das leere Glas auf den Tisch. Doch er lehnte sich nicht mehr zurück, sondern legte stattdessen die Hände auf die Knie und sah zu mir hoch. »Ich weiß, dass du auf Rache aus bist. Ich weiß, dass du heute Abend hier bist, weil du auf der Suche nach einem Fae bist. Und ich weiß, dass deine Rachegelüste dich in unglaublich gefährliche Situationen bringen.«

Ich ließ die Arme sinken und machte einen Schritt auf ihn zu, hielt aber inne, als sich Übelkeit in meinem Magen breitmachte.

»Woher …?« Meine Kehle war wie zugeschnürt. »Woher weißt du das?«

Er ließ sich mit seiner Antwort Zeit. »Weil du dasselbe Ziel verfolgst wie ich, wenn auch aus einem anderen Grund.«

Ich atmete zitternd ein, und ein Beben ging durch meinen Körper.

»Ich weiß, wie es ist, von dem Verlangen nach Rache aufgefressen zu werden. Du willst Gerechtigkeit an denen üben, die dir so schreckliche Dinge angetan haben. Ich verstehe es. Deshalb suche ich nach Aric. Er war mein Freund, und ich habe ihm vertraut, aber ich weiß, dass er einer der Fae war, die mir eine Falle gestellt haben, sodass mich die Königin mit ihrem Zauber belegen konnte«, erklärte er, und ich spürte, wie sich meine Brust zusammenzog. »Ich weiß, dass er noch am Leben und nicht in die Anderwelt zurückgekehrt ist. Ich werde ihn finden und umbringen – als Rache dafür, was er mir angetan hat. Und falls ich die Königin jemals in die Finger bekomme, zerreiße ich sie in Stücke.«

Das klang vielleicht schockierend, aber ich konnte es ihm nicht verübeln. Nach allem, was sie ihm angetan hatten – und wozu sie ihn gezwungen hatten.

»Okay«, lenkte ich mit heiserer Stimme ein und hasste den bitteren Kloß, der sich in meiner Kehle breitgemacht hatte. »Ich schätze, dann haben wir wirklich etwas gemeinsam.«

»Ich weiß, wie es ist, wenn man die ganze Nacht wach liegt und darüber nachgrübelt, was man hätte tun können, um den Verlauf der Dinge zu ändern oder eine bestimmte Sache sogar zu verhindern.«

»Aber wie hättest du es denn verhindern können?«, fragte ich ehrlich interessiert. »Du wurdest im Kampf verletzt, oder? Du warst geschwächt.«

»Ich glaube nicht nur, dass Aric jeden wachen Moment damit verbringt, die Rückkehr der Königin vorzubereiten. Er war auch derjenige, der mir das Schwert in die Brust gerammt hat.«

Meine Augen weiteten sich. Ein Schwert? O Mann, ich wusste zwar, dass es in der Anderwelt ziemlich archaisch zuging, aber *Schwerter?* Ich schüttelte den Kopf. »Die Königin hat dich mit einem Zauber belegt. Du hattest keine andere Wahl.«

»Ich kann mich an alles erinnern, was ich unter ihrem Bann getan habe. An jeden Menschen und jeden Fae, den ich verletzt oder getötet habe. An jede schreckliche Tat.« Seine Wimpern senkten sich, und sein Blick blieb mir verborgen, während mein Herz schwer wurde. »Ich erinnere mich noch lebhaft und sehr detailliert daran, was Ivy wegen mir durchmachen musste.«

Ich presste die Lippen aufeinander und drängte die unerwarteten Tränen zurück. Ich konnte mir nicht ansatzweise vorstellen, was er durchmachte. In gewisser Weise war das schlimmer als das, was meiner Mutter und mir widerfahren ist. Er war ein Monster gewesen und hatte schreckliche Dinge getan – und jetzt musste er mit der Schuld leben, die im Grunde nicht seine Schuld war.

Und das sagte ich ihm auch. »Es war nicht deine Schuld.«

»Sag das noch einmal«, erwiderte er. »Sag mir, dass du nicht daran denkst, wie ich Ivy entführt habe, wenn du mir in die Augen siehst. Dass du nicht daran denkst, wie viele Ordensmitglieder ich mit eigenen Händen umgebracht habe. Sag mir ...«

»Ich denke an diese Dinge«, gab ich zu, »aber ich weiß trotzdem, dass es nicht deine Schuld war. Du hattest keine Kontrolle über dich. Du hattest keine andere Wahl«, wiederholte ich und meinte es auch so.

»Und du? Ihr wurdet von Kreaturen angegriffen, die euch nicht nur zahlenmäßig überlegen, sondern auch Hunderte Male stärker und schneller waren als ihr«, meinte er und sah mir in die Augen. »Was hättest du anders machen können?«

»Hätte ich öfter am Training teilgenommen, hätte ich mich wehren können«, erwiderte ich ohne eine Sekunde des Zögerns.

Er betrachtete mich lange. »Aber selbst dann wärst du vermutlich draufgegangen, Sonnenschein. Du hast die Seele einer Kriegerin, aber das reicht nicht.«

Die Seele einer Kriegerin?

Das war ein ziemliches Kompliment.

»Du musst damit aufhören, Brighton.«

Ich biss mir auf die Lippe und wandte mich kopfschüttelnd ab. »Wirst du denn damit aufhören, nach Aric zu suchen?

Wirst du weiterziehen, dich auf eine höhere Ebene begeben und nicht mehr nach Rache streben?«

»Bei mir ist das etwas anderes.«

Ich verdrehte die Augen und sah ihn wieder an. »Warum? Weil du der Prinz bist?«

Das schwache Lächeln reichte nicht bis zu seinen Augen. »Ja.«

Es machte mich wütend, dass er verstand, warum ich tat, was ich tun musste, aber trotzdem versuchte, mich aufzuhalten. Ich warf die Hände in die Höhe. »Du kannst mich nicht aufhalten.«

Er hob eine Augenbraue und lehnte sich zurück. »Doch, das kann ich.«

Der nette, vertrauensselige Teil des Gesprächs war wohl vorüber. »Weißt du was? Ich verstehe nicht einmal, warum dich das überhaupt kümmert. Wir kennen uns kaum. Du bist der Prinz, und ich bin … ich bin nur ich. Ich bin ein …« Ich hätte beinahe *Geist* gesagt, doch ich hielt mich zurück.

»Du bist was?« Er sah mich neugierig an.

Ich schüttelte den Kopf. »Es spielt keine Rolle. Ich weiß deine Sorge zu schätzen. Sie kommt unerwartet, aber ich schätze sie sehr. Allerdings ändert das nichts daran, dass …«

»Du bist was?«, wiederholte er.

Ich presste die Lippen aufeinander und schüttelte frustriert den Kopf.

»Was wolltest du vorhin sagen?«, beharrte er.

»Ich bin bloß ein Geist«, platzte es aus mir heraus, und ich war überrascht, dass ich die Worte laut ausgesprochen hatte, ließen sie sich doch nun nie mehr zurücknehmen. »Zumindest war ich das vor dem Angriff und …«

Er musterte mich eingehend. »Aber jetzt nicht mehr?«

»Ich weiß nicht mehr, wer oder was ich bin«, gab ich zu und

blinzelte diese dämlichen Tränen zurück. »Und ich weiß auch nicht, warum ich dir das überhaupt erzähle. Ich mag dich doch nicht mal.«

»Du *kennst* mich nicht mal.«

»Weißt du was? Da hast du vollkommen recht. Und egal, was du behauptest, du kennst mich genauso wenig.« Ich machte mich auf den Weg zur Tür. »Ich habe genug von diesem Gespräch. Und von deiner Einmischung. Mach du doch, was du willst, und ich tue, was ich tun muss. Leb wohl, Prinz.«

»Du hast recht«, erwiderte er, und die Muskeln an seinem Kiefer zuckten. »Du bist bloß ein Mensch«, sagte er, und es klang, als wäre es eine Geschlechtskrankheit. »Wie du schon sagtest: Du bist bereits halb tot. Und ich werde dir nicht im Wege stehen, wenn du den Job beenden willst.«

13

Die Abschiedsworte des Prinzen verletzten mich mehr, als sie sollten, und ich starrte ihn an. Ein dummer, kleiner Teil von mir fühlte sich verletzt, während der rationale Teil wusste, dass das albern war, nachdem ich mich immerhin selbst als Geist bezeichnet hatte.

Aber es von ihm zu hören?

Die Brighton, die ich vor zwei Jahren gewesen war, hätte sich zwar nie in einer solchen Situation wiedergefunden, aber wenn doch, wäre sie sicher davongelaufen, um in Ruhe ihre Wunden zu lecken. Ganz egal, wie albern diese Wunden waren.

Aber ich war nicht mehr dieselbe Brighton.

Und auch wenn ich nicht wusste, was ich verdammt noch mal wirklich war, war ich zumindest in diesem Moment kein Geist. Nicht mehr.

Ich sah ihm in die Augen, verzog den Mund zu einem Lächeln und hob langsam die Hand, um ihm den Mittelfinger zu zeigen.

Seine Nasenflügel bebten.

Ich wandte mich ab und verließ den seltsamen Raum mit hoch erhobenem Kopf. Doch in dem Moment, als ich diese verdammte Tür aufriss, begannen meine Gedanken auch schon verrückt zu spielen, und ich ging alles, was gerade gesagt worden war, noch einmal im Geiste durch.

In meinem Kopf herrschte ein einziges Chaos, als ich die Tür hinter mir zuknallte, vor allem deshalb, weil ich noch nie mit jemandem über die Dinge gesprochen hatte, die ich gerade mit ihm geteilt hatte. Ich hatte keine Erklärung dafür, warum ich es zugelassen hatte – zumindest keine, die einen Sinn ergab. Ich konnte nicht einmal glauben, dass ich es ihm überhaupt anvertraut hatte. Die Verlegenheit wurde immer größer, während ich den dunklen Flur bis zu der Stelle entlangtappte, an der meiner Erinnerung nach die Treppe war. Ich hörte erneut die dumpfe Musik, und als ich die Tür ins Treppenhaus öffnete, stellte ich mir einen Augenblick lang vor zurückzulaufen und ihm einen gezielten Tritt ins Gesicht zu verpassen.

Was vermutlich der Grund war, warum ich erst merkte, dass ich nicht alleine im Treppenhaus war, als es bereits zu spät war.

Ein Schatten löste sich von der Wand und stürzte sich auf mich. Ich hatte nicht die geringste Chance, den Armreif zu öffnen und den Pflock herauszuholen. Der Angreifer bog meinen rechten Arm auf den Rücken, während sich eine eisige Hand um meinen Hals schloss.

Ich brach in Panik aus, als ich herumgewirbelt und mit dem Bauch voran an die Wand gedrückt wurde. Meine Wange krachte gegen die kalten Ziegel, ein stechender Schmerz machte sich in meiner Nase breit, und ich schmeckte Blut.

»Ich kenne dich«, zischte eine Stimme, die ich nicht zuordnen konnte. »Du warst am Samstagabend in dem Club. Du bist mit Tobias verschwunden. Deine Haare waren rot, und die Augenfarben war auch anders.«

Verdammt.

Der Schock, dass meine Tarnung entlarvt worden war, machte schließlich einem gut trainierten Instinkt Platz. Ich erschlaffte in den Armen des Fae, und das plötzliche Gewicht traf ihn vollkommen unvorbereitet. Er taumelte einen Schritt zurück und verschaffte mir damit den Platz, den ich brauchte. Ich stemmte die Füße gegen die Wand und nutzte sie als Sprungbrett. Der Fae krachte in die Wand hinter ihm, und sein Griff lockerte sich genug, um ihm zu entkommen.

Ich fiel nach vorne und schlug mir die Knie am Beton auf. Da ich wusste, dass mir nur wenige Sekunden blieben, verlagerte ich das Gewicht auf die Handflächen, warf einen Blick über die Schulter und trat nach hinten aus. Mein Stiefel traf den Fae im Bauch, und er krachte erneut mit einem Grunzen gegen die Wand hinter ihm.

Ich sprang auf, öffnete den Armreif und wirbelte herum.

In diesem Moment schwang die Tür auf und blockierte meine Sicht auf den Fae, und im nächsten Moment schob sich eine Gestalt zwischen mich und ihn.

Der Prinz.

Er schien genau zu wissen, was hier los war, denn er stürzte sich sofort auf den Fae. Er war so schnell, dass zwischen dem Augenblick, in dem er das enge Treppenhaus betreten hatte, und dem Augenblick, in dem er dem Fae die Hände an den Hals legte und ihm das Genick brach, nur wenige Sekunden vergingen.

Der Fae ging zuckend zu Boden und stürzte die Treppe hinunter, bis er in einem zusammengekauerten Bündel am Ende der Stufen liegen blieb.

Mein Mund war vor Staunen geöffnet, als der Prinz unbeeindruckt sein Handy herausholte, ein paar Knöpfe drückte und dann meinte: »Everest, es gibt etwas zu entsorgen. Auf der Hintertreppe.«

Dann wandte er sich langsam zu mir um. »Du blutest.«

Ich berührte meine Nase. Sie schmerzte ein wenig, aber nicht allzu sehr. »Alles okay.«

»Du hast schon Schlimmeres erlebt.«

Das hatte ich, und ich wollte nicht darüber reden. »Woher wusstest du, was hier los ist?«

Er schwieg einen Moment lang. »Ein glücklicher Zufall.«

Meine Augen wurden schmal, und aus irgendeinem Grund glaubte ich ihm nicht. Er hatte gewusst, dass es Probleme im Treppenhaus gab. Woher, musste ich noch herausfinden.

Er legte den Kopf schief. »Warum hat er dich angegriffen?«

Ich warf einen Blick auf den immer noch krampfenden Körper des Fae und zuckte zusammen. »Er hat mich aus dem *Flux* wiedererkannt. Ich weiß nicht wie, aber vielleicht war er bei Tobias.«

»Diese Fae habe ich alle beseitigt.«

»Vielleicht war er bereits gegangen, als du gekommen bist.« Ich zuckte mit den Schultern. »Ich kann mich auch um ihn kümmern.«

»Nein, das macht Everest.«

Das war unnötig, aber es spielte keine Rolle. Ich schloss den Eisenarmreif und wandte den Blick von dem Fae ab. Ich war vor allem wütend. Ich gab es zwar ungern zu, aber der Fae hatte meine Verkleidung durchschaut, und die Chancen standen gut, dass es andere Fae auch tun würden.

Ich wischte mir das Blut mit dem Handrücken von der Nase, bückte mich und hob meine Clutch auf.

»Die Seele einer Kriegerin«, murmelte er und wiederholte damit, was er vorhin schon gesagt hatte.

Ich wusste nicht, was ich darauf erwidern sollte, und als ich ihn ansah, erkannte ich, dass er mich erneut eingehend musterte.

»Aber wie schon gesagt: Das reicht nicht.«

Darauf wusste ich eine Antwort. »Ich habe mich gut geschlagen, bevor du aufgetaucht bist.«

Er lächelte gezwungen, wie ein Vater, dessen Kind gerade den letzten Platz gemacht hat. »Hast du Hunger?«

Ich blinzelte. »Was?«

»Hast du Hunger?«, wiederholte er und wandte seinen massigen Körper zu mir um. »Nach Essen.« Es war deutlich zu hören, wie amüsiert er war.

»Das musst du nicht extra betonen, danke«, murmelte ich.

»Es gibt da einen Laden die Straße hinunter, in dem es echt unglaubliche Crab-Cakes gibt. Willst du mich begleiten?«, fragte er, und seine blassen Augen drangen in dem dumpfen Licht im Treppenhaus tief in meine.

Ich hätte Nein sagen sollen.

Unbedingt, und aus vielerlei Gründen.

»Okay«, sagte ich stattdessen, weil ich eine Idiotin war und mich sein Angebot ehrlich gesagt auf dem falschen Fuß erwischt hatte. »Ich schätze schon.«

Ein Mundwinkel wanderte nach oben. »Gut. Aber ich habe eine Bitte.«

»Du lädst mich zum Essen ein, hast aber eine Bitte?«

»Ja«, antwortete er. »Ich will dich.«

Meine Augen weiteten sich, und die Hitze von vorhin war wieder da. Mein Gott, das war nervtötend, und auch ein wenig Furcht einflößend. »Wie bitte?«

»Ich will, dass du du selbst bist. Ich will nicht das hier.« Er deutete auf mein Gesicht und meine Haare. »Ich will, dass du … *du* bist.«

Ich benutzte eine der Toiletten im ersten Stock, um mich wieder in mich selbst zu verwandeln. Natürlich konnte ich nichts gegen das Make-up ausrichten. Dazu brauchte man beinahe einen Industriereiniger. Aber ich nahm die Perücke ab, öffnete die Haare und schüttelte sie aus. Das war alles, was ich tun konnte, und ich war mir nicht ganz sicher, warum ich es getan hatte.

Vielleicht, weil sich bisher niemand für mich – mein wirkliches Ich – interessiert hatte, und seine Bitte hatte mich so erstaunt, dass ich ihr nachkam.

Das war die beste Erklärung, die mir einfiel, als ich schließlich dem Prinzen gegenüber in dem hell erleuchteten *Creole House* saß und mit dem Strohhalmpapier spielte, während mir der unglaubliche Duft von würzigen Meeresfrüchten und Fischgerichten in die Nase stieg und mein Magen langsam zu knurren begann.

Wir ernteten einige skeptische Blicke. Seltsame Blicke. Lange Blicke mit erhobenen Augenbrauen. Vermutlich deshalb, weil der Prinz so imposant und unheimlich nett anzusehen war und sich die Leute fragten, ob er vielleicht ein Prominenter war, den sie nicht einordnen konnten. Außerdem waren einige Blicke sicher auch der Tatsache geschuldet, dass ich aussah wie eine Nutte.

Ich hoffte, dass ich zumindest wie eine von der teuren Sorte aussah.

»Du bist nervös«, meinte der Prinz, nachdem wir Crab-Cakes und auf seinen Wunsch hin auch noch eine Garnelenplatte bestellt hatten.

Ich sah zu ihm hoch. War ich tatsächlich nervös? O ja. Ich saß immerhin mit dem Prinzen in einem Restaurant, sah immerhin zur Hälfte aus wie ich selbst und hatte keine Ahnung, wie es dazu gekommen war. »Riechst du das etwa auch?«

Er lächelte kaum merklich. »Das muss ich nicht. Du machst gerade deinen eigenen Komposthaufen.«

Ich runzelte die Stirn und sah auf den bemerkenswerten Haufen zerfetztes Papier vor mir hinab. Ich legte die Hände in den Schoß und atmete flach ein, bevor ich den Blick wieder hob. »Ich glaube nicht, dass das hier eine gute Idee ist.«

Sein Blick war unerschütterlich. »Nein, wahrscheinlich nicht.«

Mein Herz blieb einen Augenblick lang stehen, als er mir zustimmte. Ich weiß nicht, was ich erwartet hatte, aber ich hätte nie gedacht, dass er auch dieser Meinung sein würde. »Aber du hast mich doch gefragt, ob ich mitkommen will.«

»Ja, das habe ich.«

Ich starrte ihn an. »Warum hast du mich eingeladen, wenn du denkst, es wäre eine blöde Idee?«

Er lehnte sich gegen die Wand der Nische und legte den Arm über die Rückenlehne. »Weil gute Ideen selten das sind, was erwünscht wird … oder gebraucht.«

Ich legte meine Hände auf die Oberschenkel und war mir nicht sicher, was ich darauf erwidern sollte. »Okay.«

»Warum hast du zugesagt, wenn du es für eine schlechte Idee hältst?«

Ich stieß ein trockenes Lachen aus. »Ganz ehrlich? Ich habe keine Ahnung.«

Das kaum merkliche Lächeln war wieder da. »War die Tatsache, dass dich der Fae heute Abend wiedererkannt hat, wenigstens Grund genug, dass du noch mal darüber nachdenkst, was du hier tust?«

»Hast du mich deshalb eingeladen?« Ich nippte an meiner Cola. »Um dich wieder in etwas einzumischen, das dich absolut nichts angeht?«

»Es macht mir Sorgen.«

Ich stellte das Glas ab. »Warum?«

Er senkte den Kopf und sah mich durch die dichten Wimpern hindurch an. »Das zusätzliche Risiko wird dich nicht aufhalten, oder?«

Ich schüttelte den Kopf und zuckte dann mit den Schultern. »Soll ich dir das sagen, was du hören willst, oder die Wahrheit?«

Er sah mich amüsiert an. »Du riskierst zu viel.«

»Ich habe noch nicht annähernd genug riskiert.«

»Wie kommst du darauf?«

Ich lehnte mich nach vorne und legte die Hände auf den Tisch. »Ich habe dreißig Jahre lang immer auf Sicherheit gespielt.«

Er hob die Augenbrauen. »Das ist deine logische Erklärung dafür, dass du dein Leben riskierst?«

Klar klang es unlogisch, aber was soll's? »Du weißt, warum ich es tun muss, Risiko hin oder her. Genauso, wie du immer hinter Aric und der Königin her sein wirst, auch wenn es deinen Tod bedeutet.«

Seine Kiefermuskeln zuckten. »Wie schon gesagt: Das ist etwas anderes.« Er hielt kurz inne. »Ich erinnere mich«, fuhr er schließlich fort. »Ich erinnere mich an das erste Mal, als wir uns gesehen haben.«

Ein Schaudern durchlief mich, als ich ihn ansah.

»Du hattest Angst vor mir und meinem Bruder. Aber vor allem vor mir. Du hast in Tanners Büro in einer Ecke gestanden und es nicht gewagt, näher zu kommen«, fuhr er fort, und das stimmte. Sie hatten mir beide Angst gemacht – aber er besonders.

»Das nächste Mal sah ich dich in der Nacht, als wir gegen die Königin kämpften. Du hattest immer noch Angst, aber du hast meinem Bruder geholfen. Du hast meinem Bruder und mir geholfen, obwohl du wusstest, was ich unter dem Bann der Königin getan hatte.«

Die Erinnerungen an jene Nacht waren mit einem Mal wieder da. Prinz Fabian war von der Königin schwer verwundet worden und musste zurück ins Hotel zum guten Fae. Ich hatte meine Hilfe angeboten. »Ich habe doch nicht viel gemacht. Ich habe euch doch nur zurück ins Hotel gebracht.«

Er lehnte sich nach vorne und ließ mich keinen Moment lang aus den Augen. »Du hattest Angst vor uns. Du hattest keine Ahnung, was dich erwartet, aber du hast uns trotzdem geholfen, als wir Hilfe brauchten. Und deshalb schulde ich dir eine Entschuldigung.«

»Ja?«

»Dafür, dass ich dir vorgeworfen habe, dass du nicht nach den jungen Fae suchen würdest und nicht wüsstest, wie wichtig es ist«, erklärte er. »Ich hätte dich nicht anzweifeln sollen, obwohl ich wusste, dass man sich auf dich verlassen kann, wenn du gebraucht wirst.«

Seine Zweifel waren zwar frustrierend, aber auch verständlich gewesen. »Es ist keine große Sache.«

»Doch, das ist es.« Der Prinz lehnte sich zurück. »Meiner Erfahrung nach ist es das.«

Ich wusste nicht, was ich erwidern sollte, also schwieg ich und starrte in mein Glas, wo die Gasperlen langsam an die Oberfläche stiegen.

»Es wäre sehr schade für diese Welt, jemanden wie dich zu verlieren. Vor allem, nachdem du eine zweite Chance bekommen hast.«

Es verschlug mir den Atem. Das waren schon wieder überaus nette Worte, und ich hatte keine Ahnung, wie ich damit umgehen sollte.

»Das ist sehr nett von dir, aber du kennst mich nicht gut genug, um so etwas zu sagen.«

»Ich irre mich in diesen Dingen sehr selten.«

Mir entfuhr ein kurzes Lachen. »Okay. Aber selbst wenn das der Fall ist, verstehe ich immer noch nicht, warum es dir so viel bedeutet, dass du sogar noch einmal davon anfängst. Weißt du noch? Ich bin bloß ein Mensch und schon halbtot.«

Sein Kiefer mahlte, und er senkte schon wieder die Wimpern. »Das hätte ich nicht sagen sollen.«

»Warum? Weil es unhöflich war?«

»Weil das, was du gesagt hast, nicht stimmt.«

Ich erstarrte. »Was meinst du damit?«

Er schwieg so lange, dass ich schon dachte, er würde gar nicht antworten, doch dann hoben sich seine dichten Wimpern, und sein Blick bohrte sich bis in mein Inneres. »Du bist kein Geist. Du könntest niemals einer sein – nicht, solange du so hell leuchtest wie die Sonne.«

14

Es war Freitagabend – und da gab es im Hause Jussier Pizza. Es war eine jahrelange Tradition, die von Tink und mir aufrechterhalten wurde. Nach dem Essen verschwand ich nach oben, um mir etwas Wärmeres anzuziehen, da ich später noch ausgehen und mich auf die Suche nach den zwei Fae machen wollte, die mir noch fehlten. Außerdem konnte ich mich so auch nach den vermissten jungen Fae umsehen.

Ich hatte am Mittwoch mit Faye gesprochen, aber es gab immer noch kein Lebenszeichen der Vermissten, und mit jedem Tag, der verging, verlor sie ein Stückchen mehr die Hoffnung, und ihre Überzeugung wuchs, dass der Orden sie womöglich auf dem Gewissen hatte – ob absichtlich oder unabsichtlich.

Auch wenn der Prinz nichts dergleichen angedeutet hatte, nahm ich an, dass er dasselbe vermutete.

Allerdings war der Prinz sehr erfahren darin, nichtssagende Antworten zu geben.

Die letzten Tage hatte ich alles in meiner Macht Stehende getan, um nicht daran zu denken, was wir zueinander gesagt hatten. Was wir uns gestanden hatten. Und auch nicht daran, dass das Abendessen zwar etwas unbehaglich begonnen, aber im Grunde total normal geendet hatte, denn zum Abschluss hatte ich ihm tatsächlich von den ganzen TV-Sendungen erzählt, nach denen Tink süchtig war. Und ich wollte auf keinen Fall daran denken, wie er mir versichert hatte, dass ich niemals ein Geist sein könnte.

Weil ich so hell leuchtete wie die Sonne.

Nein. Ich würde nicht daran denken, und auch nicht daran, dass so etwas noch nie jemand zu mir gesagt hatte. Noch nie. Ich hatte nicht die ganze Nacht wachgelegen und daran gedacht, dass er Zeit mit *mir* verbringen wollte. Mit meinem wahren Ich. Darüber dachte ich absolut nicht nach. Auf keinen Fall.

Ich hatte den Prinzen seit unserem Abendessen mit den sehr leckeren Crab-Cakes und der Garnelenplatte nicht mehr gesehen. Ich hatte eigentlich erwartet, ihm über den Weg zu laufen, als ich Mittwochabend unterwegs gewesen war, aber er war nicht wie aus heiterem Himmel vor mir aufgetaucht. Und das war gut so.

Es war ja nicht so, dass ich mich darauf freute, ihn zu sehen.

Stattdessen konzentrierte mich auf die wirklich wichtigen Dinge, wie etwa darauf, was ich über den uralten Fae namens Aric herausgefunden hatte, der offenbar versuchte, mit der Königin Kontakt aufzunehmen.

Denn das waren echt schlechte Nachrichten.

Das Problem war nur, dass ich nicht mit Miles darüber reden konnte, denn dann hätte er gefragt, wie ich an die Information gekommen sei. Und das hätte mein ganzes Vorhaben in Gefahr gebracht. Wenn ich mich jemandem anvertrauen musste, gab es nur eine Person, die vielleicht verstand, woher ich die Information hatte, und das war Ivy. Sie würde in etwa einer Woche zurückkommen, was bedeutete, dass ich noch Zeit hatte.

Wie auch immer, ich hatte jedenfalls maximal zwanzig

Minuten gebraucht, um mich umzuziehen, und so versetzte mich der Zustand der Küche in einen ziemlichen Schock, als ich schließlich dorthin zurückkehrte.

Ich verschränkte die Arme, öffnete sie wieder und verschränkte sie erneut, während ich mich umsah. Ich holte tief Luft und atmete langsam wieder aus.

»Warum sieht es so aus, als wäre ein Einsatztrupp des FBI über meine Küche hergefallen, während ich oben war?«

Denn so sah es tatsächlich aus.

Alle Schränke standen offen, die sorgsam geordneten Gläser waren durcheinandergeraten, die Teller standen schief. Tupperware-Behälter drohten, jeden Moment aus den Regalen auf die Arbeitsplatte zu fallen, und die Pfannen und Töpfe standen verkehrt herum in den unteren Schränken, sodass die Griffe herausragten.

»Na ja, weißt du, das ist eine lange Geschichte.« Tink saß auf der Kante der Kücheninsel, seine Beine baumelten nach unten, und seine Flügel zuckten, während sich der Geruch nach gebratenem Fleisch mit dem Pfirsichduft der Kerze hinter ihm vermischte.

Dixon lag neben ihm, und sein Schwanz schlug träge hin und her.

Ich starrte den Brownie an und öffnete den Mund, aber ich hatte keine Ahnung, was ich sagen sollte.

»Dixon und ich haben Verstecken gespielt.«

Diese Erklärung half mir auch nicht weiter. »Wie spielt man mit einer Katze Verstecken?«

Dixon legte die Ohren an, als Tink entsetzt nach Luft schnappte. »Willst du damit sagen, dass Dixon nicht intelligent genug ist, um Verstecken zu spielen?«

»Dixon ist eine Katze – eine sehr schlaue Katze, aber trotzdem eine Katze.« Ich schüttelte den Kopf und machte mich auf den Weg zu dem kleinen Küchentisch. »Das wirst du schön wieder saubermachen.«

»Das versteht sich doch von selbst.« Tink hob ab und flog mir hinterher zum Tisch. Er landete auf der Rückenlehne des weißen Stuhls. »Was hast du vor? Und behaupte ja nicht, du hättest ein Date.«

»Ich möchte nur einen kleinen Streifzug durchs Quarter machen«, antwortete ich und beschloss, ihn nicht zu belügen. »Mehrere junge Fae werden vermisst, und ich möchte mich umsehen.«

Tink zog die Augenbrauen zusammen. »Fabian hat es mal erwähnt, aber er schien nicht sehr besorgt.«

»Na ja, Tanner und Faye sind es sehr wohl. Sie haben eigens Kontakt mit dem Orden aufgenommen.«

»Oh, und ich wette, für den Orden haben ein paar vermisste Sommerfae oberste Priorität.« Er balancierte über die schmale Stuhllehne. »Vermutlich meinten sie ›Das geht uns nichts an‹?«

»Ja, so ähnlich. Darum will ich los. Die Chance, einen von ihnen zu sehen, ist zwar ziemlich gering, aber es kann nicht schaden, es mal zu versuchen.« Ich hörte einen sanften Rumms, als Dixon von der Kücheninsel sprang, und warf einen schnellen Blick über die Schulter. Dann fällte ich eine Entscheidung. »Willst du vielleicht mitkommen?«

Tink hielt mit dem Bein in der Luft inne. Er runzelte die Stirn und sah zu mir hoch, bevor er den Blick nach unten senkte, wo sich Dixon gerade um meine Beine wand. »Nö, ich muss ja aufräumen.«

»Sicher?«

Er nickte und flog hoch, sodass wir auf gleicher Höhe waren. Seine Flügel glitten leise durch die Luft. »Klar, und ich habe da eine neue Sendung entdeckt, von der ich erst ein paar Folgen gesehen habe.«

Tink machte mir zwar immer eine Menge Vorwürfe, wenn ich ohne ihn auf die Jagd ging. Aber in Wahrheit verließ er das Haus sehr selten. Manchmal fragte ich mich, ob er wohl eine Phobie vor der menschlichen Welt dort draußen hatte – und vielleicht deshalb nicht mit Fabian nach Florida geflogen war. Andererseits war er mit Ivy und den anderen nach San Diego aufgebrochen, als sie auf der Suche nach einer Möglichkeit gewesen waren, wie sie die Königin aufhalten konnten.

»Was für eine Serie?«

»*Santa Clarita Diet.* Es geht um eine Frau, die zum Zombie wird. Aber nicht so ein *Walking Dead*-Zombie. Sie versucht, ihr Leben mit ihrem Mann und ihrer Tochter weiterzuleben, obwohl sie sich von Menschenfleisch ernährt.«

»Okay.« Ich zog das Wort in die Länge. »Klingt, als hättest du einen lustigen Abend vor dir.«

»Ja, klar.« Tink flog neben mir her, als ich in den kleinen Vorraum trat, von dem aus man auf die hintere Veranda gelangte, und nach meiner Kappe der New Orleans Saints griff. »Meldest du dich mal?«

Ich grinste, setzte die Kappe auf und zog meinen Pferdeschwanz darunter hervor. »Sicher.« Es sah echt witzig aus, wenn Tink in dieser Größe sein Handy benutzte. »Ich bleibe auch nicht lange.«

»Klaro«, murmelte er und flog pfeilschnell zurück in die Küche. Einen Augenblick später hörte ich ihn rufen: »Hü, Dixon! Zuerst erobern wir die Küche, und dann ist Netflix angesagt.«

Ich griff kopfschüttelnd nach meinem Schlüssel und steckte ihn in die hintere Jeanstasche. Danach nahm ich meine Jacke vom Haken und schlüpfte hinein. Zuletzt kam noch der Eisenarmreif. Bloß für alle Fälle. Ich war schon auf dem Weg zur Tür, als ich noch einmal innehielt und einen grauen Korb hervorzog. Ich nahm einen Eisenpflock heraus und steckte ihn ein. Ebenfalls bloß für alle Fälle.

Dann schlüpfte ich aus der Tür hinaus, versperrte sie hinter mir, wandte mich um und erstarrte im nächsten Moment.

Ein seltsames Gefühl breitete sich über meinen Nacken aus, während ich in Richtung des schmalen Pfades starrte, der den Vorgarten mit dem Garten an der Rückseite des Hauses verband. Eine Gänsehaut überzog meinen Körper, und ich erschauderte – allerdings nicht vor Kälte, sondern wegen des Gefühls, beobachtet zu werden. Ich ging bis an den Rand der Veranda, doch weder im Garten noch in der Nähe des Hauses war jemand zu sehen. Mein Blick huschte zum Nachbarhaus. Alle Vorhänge waren an Ort und Stelle. Ich kehrte noch einmal zur Hintertür zurück und überprüfte erneut, ob sie sicher versperrt war, dann machte mich auf den Weg um das Haus herum auf die Vorderseite.

Als ich von der Veranda trat, redete ich mir ein, dass ich mir das alles bloß einbildete, aber ich wurde das unheimliche Gefühl nicht los.

Ganz und gar nicht.

Smaragdgrüne Perlen wirbelten durch die Luft, als der betrunkene Collegestudent in dem einteiligen, extrem heißen pinken Badeanzug die Bourbon Street entlangtanzte und mit seinen weißen Sneakers auf der Straße aufstampfte. Der Badeanzug war an den Hüften sehr hoch geschnitten und bestand im Grunde nur aus zwei Stoffbahnen, die von einer mit Schmucksteinen besetzten Spange zusammengehalten wurden. Es war die Art von Badebekleidung, die nicht zum Schwimmen gedacht war.

Oder für einen kalten Abend im März.

Der Mann drehte sich, und die Perlen flogen erneut in alle

Richtungen, während die Menge ihm zujubelte. Der Rückenausschnitt des Badeanzuges zeigte mehr von dem Hintern des Kerls, als er verdeckte, aber ich musste zugeben, dass es zumindest ein netter Po war.

Mardi Gras war schon über einen Monat her, weshalb ich mich fragte, was der Typ mit den Perlen und dem Badeanzug eigentlich hier verloren hatte. Aber es war immerhin Freitagabend im French Quarter, und mir war klar, dass ich noch sehr viel seltsamere Dinge zu sehen bekommen würde, bevor ich nach Hause zurückkehrte.

Ich lehnte mich an die Backsteinmauer des *Swamp* und nippte an meinem Ginger Ale, als jemand im Innenhof hinter der Mauer einen fröhlichen Schrei ausstieß. Raues Gelächter folgte, was wohl bedeutete, dass gerade jemand unsanft von dem mechanischen Bullen abgestiegen war.

Ich stellte mir manchmal vor, dass der Bulle irgendwann die Beherrschung verlor und seinen Reiter mit dem Kopf voran durch das nächste Fenster schleuderte.

Ich grinste. Ich war wirklich ein schrecklicher Mensch. Anschließend nahm ich noch einen Schluck von der kohlensäurehaltigen Köstlichkeit, während ich den Blick über die gerammelt vollen Straßen wandern ließ und Ausschau nach Menschen hielt, die nicht ganz menschlich waren. Ich griff in meine Jackentasche und erschauderte, als ich das warme, schlanke Stück Metall spürte.

Ich hatte einen zwanzig Zentimeter langen Eisenpflock in der Jacke und keine Angst, ihn zu benutzen.

Ich fragte mich, was ich wohl vor zwei Jahren in einer ähnlichen Situation gedacht hätte. Ich wollte das hier immer schon tun, aber ich hatte nie den Mut dazu gehabt. Natürlich hätten die anderen Ordensmitglieder mich ausgelacht wie ein Rudel wahnsinnig gewordener Hyänen, aber ich hätte selbst auch gelacht … und nebenbei auch noch eine kleine Panikattacke bekommen – in dieser Hinsicht war ich Meisterin im Multitasking.

Mittlerweile war ich mehr als qualifiziert, um für den Orden auf Patrouille zu gehen, aber das wussten sie nicht. Und selbst wenn, hätte es keine Rolle gespielt. Man musste sich nur ansehen, wie sie mich behandelten. Selbst wenn sie mich kämpfen gesehen hätten, hätten sie ihre Meinung nicht geändert.

In ihren Augen war ich nicht wie sie und einfach nicht bereit für die Straße. Nicht in meinem Alter. Es war so lächerlich, wenn man bedachte, dass der Orden derart dezimiert worden war.

Ich atmete zitternd ein, und doch kam die Luft nicht an dem Kloß in meinem Hals vorbei, der sich gebildet hatte, während ich das Treiben auf der Straße vor mir beobachtet hatte.

Der Kerl in dem heißen pinken Badeanzug hatte keine Ahnung, wie knapp die Welt dem totalen Chaos entronnen war. Keiner der Menschen, die auf der Straße feierten, lachten, tranken und herumbrüllten, wusste, dass so viele Menschen – Menschen, die ich mit jedem Atemzug vermisste – brutal in dem Krieg gegen die Fae ihr Leben lassen mussten, von dem kaum jemand eine Ahnung hatte.

Mein Gott, die meisten Leute wussten nicht einmal, dass es die Fae tatsachlich gab, und dass sie eine reale – und fast jedes Mal tödliche – Bedrohung waren, die sich unerkannt unter die Menschen mischen und auf die Jagd nach ihnen gehen konnte. Ich hatte mich noch nie gefragt, wie es war, wenn man gar nicht wusste, dass es Wesen auf dieser Welt gab, die jedes Leben mit einem Fingerschnippen beenden konnten. Aber ich schätze, es lag eine gewisse Glückseligkeit in diesem Unwissen.

Auf der anderen Straßenseite trat eine Frau aus der Menschenmenge heraus, die sich den schmalen Bürgersteig entlangschob. Sie trug eine schwarze Lederhose und ein schwarzes Thermo-Shirt.

Verdammt.

Als ich Jackie sah, drückte ich mich sofort näher an die Wand hinter mir und zog mir die Kappe tiefer in die Stirn. Die dunkelhäutige Frau war heute sicher für den Orden unterwegs, und sie stand mit verschränkten Armen am Randstein und beobachtete den Kerl in dem pinken Badeanzug, der mittlerweile alle Perlen verloren hatte und ausgelassen wirkte.

Jackie grinste mittlerweile, aber wenn sie mich zu Gesicht bekäme, verginge ihr das Grinsen sicher sofort. Sie würde mir vollkommen gerechtfertigt in den Hintern treten und besagten Hintern anschließend nach Hause schleifen, denn sie wüsste sicher sofort, was ich hier tat.

Auch wenn es vollkommener Schwachsinn war. Logisch gedacht konnte der Orden jede Hilfe brauchen, die er bekam.

Ich war jedoch nicht hier, um zu jagen, sondern um nach den vermissten Fae Ausschau zu halten. Ich hatte ihre Fotos mittlerweile auf dem Handy, obwohl ich sie praktisch auswendig kannte. Ich schätzte, dass sie sich irgendwo in der Nähe der Bourbon Street oder der Royal Street aufhielten, falls sie tatsächlich in Schwierigkeiten geraten waren.

Ein Teil von mir glaubte, dass es keine große Sache wäre, ob Jackie mich hier sah oder nicht. Vielleicht käme sie gar nicht auf die Idee, dass ich auf Patrouille ging oder etwas in der Art machte. Vielleicht glaubte sie bloß, dass ich mir etwas zum Essen holte.

Ich durfte es trotzdem nicht riskieren.

Denn wenn sie Verdacht schöpfte, was ich hier wirklich

trieb, bestand die Gefahr, dass sie auch hinter meine anderen außerplanmäßigen Aktivitäten kam.

Ich stieß mich von der Wand ab, steckte die Hände tief in meine Taschen und wandte mich nach links in Richtung St. Louis Street. Ich überquerte die Straße und hielt dabei die Augen offen.

In den Wintermonaten war es ziemlich leicht, Touristen und Einheimische zu unterscheiden. Die Leute aus der Stadt waren dick eingepackt, obwohl es sicher über zehn Grad hatte, während die Touristen in T-Shirts, Jeans und Röcken unterwegs waren und offensichtlich aus sehr viel kälteren Gegenden kamen. Die Sommerfae waren wie wir und trugen warme Jacken und Wollmützen, sodass es aussah, als hätte es einige Grad unter null. Für die Winterfae war es hingegen nie zu kalt.

Und deshalb dauerte es auch nicht lange, bis ich einen entdeckte.

Ich war schon fast in der Royal Street angekommen, als ich den ersten verdächtigen Fae dieses Abends entdeckte, und es war die Tatsache, dass er ein dünnes T-Shirt und zerrissene Jeans trug, die ihn als weniger freundlichen Fae enttarnte. Wenigstens war es keiner der uralten Fae.

Ein Schaudern durchlief mich, als ich an Tempo zulegte. Ich wusste mit Sicherheit, dass der Fae vor mir nicht zum Sommerhof gehörte, was nicht nur an seiner Kleidung lag. Es war vielmehr die Tatsache, dass er sich an die Fersen einer jungen Frau geheftet hatte, die offenbar gerade von ihrer Schicht in einem der zahlreichen Restaurants nach Hause ging, denn ihre schwarze Kellnerinnenkluft wurde nur teilweise von einer dieser flauschigen Daunenjacken verdeckt.

Ich befand mich zwar theoretisch nicht auf Patrouille, aber wenn ich einen Fae sah, der ganz offensichtlich jemanden verfolgte, würde ich ganz sicher nicht zurücktreten und es geschehen lassen.

Dieses Leben war vorbei.

Meine Finger umfassten das dickere Ende des Pflocks, während der Abstand zwischen uns immer kleiner wurde. Fae hassten Eisen, egal in welcher Form. Schon ein kurzer Kontakt versetzte ihnen einen Stich, über längere Zeit verbrannt es ihre Haut.

Und das würde dieser Fae am eigenen Leib zu spüren bekommen. Ein Stich in die Brust tötete sie zwar nicht, aber er schickte sie zumindest zurück in die Anderwelt, und nachdem die Tore im Moment versiegelt waren, waren sie damit so gut wie tot.

Na ja, wenigstens so lange, bis die Königin beschloss, einen weiteren Versuch zu wagen, um die Weltherrschaft zu übernehmen und die Tore sperrangelweit zu öffnen, sodass …

Der junge Fae warf einen schnellen Blick über die Schulter, sah mich jedoch nicht. Trotzdem stolperte ich.

Verdammter Mist, ich kannte ihn.

Es war Elliot – der beste Freund des vermissten Cousins von Faye. Ich war mir relativ sicher, dass er es war, aber das ergab doch keinen Sinn. Er gehörte zum Sommerhof und lebte im Hotel zum guten Fae. Er und seine Eltern jagten keine Menschen und nährten sich auch nicht von ihnen.

Was natürlich nicht bedeutete, dass sie es nicht konnten. Es war eine bewusste Entscheidung, die sie im Lauf der Zeit auch widerrufen konnten. Wer weiß, wie oft das in der Vergangenheit bereits passiert war? Es war jedenfalls nichts, worüber der Orden Aufzeichnungen führte.

Plötzlich bog Elliot scharf nach links ab und verschwand zwischen zwei Gebäuden in einer dunklen Gasse. Die junge Frau war beinahe an der Kreuzung zur Royal Street angekommen und schien ihn nicht mehr zu interessieren. Vielleicht hatte ich mich getäuscht, und er hatte sie gar nicht verfolgt. Das wäre zwar gut gewesen, aber was zum Teufel hatte er dann hier verloren und wo kam er her?

Wut stieg in mir hoch. Alle hatten Angst, dass der Orden den Jungen auf dem Gewissen hatte oder dass ihm etwas Schreckliches zugestoßen war, und er feierte fröhlich im French Quarter? Es war echt unfassbar.

Ich hielt einen Moment lang vor dem Eingang in die Gasse inne. Es war nicht sonderlich schlau, einem Fae in eine dunkle Gasse zu folgen, egal ob er nun freundlich gesinnt war oder nicht.

Aber Jackie wäre ihm gefolgt.

Ivy natürlich auch.

Das hieß, ich konnte es auch.

Ich musste einfach.

Ich straffte die Schulter, atmete flach ein und folgte ihm in die schwach beleuchtete Gasse. Ich würde ihm eine Lektion erteilen, die meine Mutter stolz gemacht hätte …

Moment.

Meine Schritte wurden langsamer, und ich runzelte die Stirn. Das hier war eine Sackgasse, an deren Ende sich ein weiteres Backsteingebäude befand. Wo zum Teufel war er hin? Ich ging weiter, vorbei an einem großen Müllcontainer. Wenn er sich nicht dahinter versteckte, musste er …

Ich hob langsam den Blick zu den zwei- und dreistöckigen Gebäuden, die sich rechts und links der Gasse erhoben, in der es nach schalem Bier und schlechten Lebensentscheidungen roch. Ein Fae konnte ganz einfach dort hochklettern oder springen – aber nur dann, wenn er sich nährte. Ein Fae, der sich nicht nährte, war zwar stärker als ein Mensch, aber er hatte keine Supersprungk…

Rums.

Die feinen Härchen in meinem Nacken stellten sich auf, als ich hörte, wie etwas oder jemand leise hinter mir landete. Meine Instinkte erwachten brüllend zum Leben, und ich umklammerte den Eisenpflock fester und fuhr herum.

Elliot stand vor mir in der Gasse, die vorhin noch vollkommen leer gewesen war. Ich machte überrascht einen Schritt zurück. Die Tatsache, dass er aus solcher Höhe gesprungen war …

»Du verfolgst mich«, stellte er fest.

Offensichtlich war ich nicht so unauffällig gewesen, wie ich gedacht hatte. »Na ja … ja.«

»Ich kenne dich«, unterbrach er mich und kam mit schlaff nach unten hängenden Armen langsam auf mich zu.

Wirklich? Ich konnte mich nicht erinnern, dass wir uns schon einmal begegnet waren, aber es bestand die Möglichkeit, dass er mich in den Tagen und Wochen vor dem Kampf gegen die Königin im Hotel zum guten Fae gesehen hatte. Allerdings war das schon zwei Jahre her.

»Ich bin mir nicht sicher, ob wir uns schon einmal gesehen haben.« Mein Herz klopfte mir bis zum Hals. »Aber ich kenne deine Eltern.«

Er legte den Kopf schief, und seine Augen wirkten in der Dunkelheit wie zwei tiefschwarze Löcher.

Die Haare in meinem Nacken standen immer noch senkrecht. »Deine Eltern machen sich Sorgen um dich, Elliot. Wo bist du gewesen?«

»Meine Eltern?« Er richtete den Kopf wieder gerade und kam noch näher. »Diese dämlichen Heuchler? Diese Schwächlinge, die so gerne wie ihr Menschen wären? Sie sind nicht meine Eltern. Nicht mehr.«

Oh, oh.

»Und ich kenne dich. Du gehörst zum Orden.« Elliot fauchte wie eine in die Enge getriebene Katze. Eine sehr große, sehr wütende Katze. Und selbst in der dunklen Gasse sah ich die säbelzahnartigen Zähne, die aus seinem aufgerissenen Mund hervorstachen.

Verdammt noch mal. Elliot gehörte definitiv nicht mehr zu den Guten. Ganz und gar nicht.

Ich hatte keine Zeit, um mich zu fragen, was ihn in einen derartigen Psychopathen verwandelt hatte. Ich riss den Pflock aus meiner Tasche und erkannte zu spät, dass ich einfach den Armreif hätte verwenden sollen. Elliot schoss wie eine Rakete in die Luft, und einen zitternden Herzschlag später stürzte er sich auf mich. Der Aufprall schleuderte mich zu Boden. Meine Kappe flog durch die Luft, und ich schlug hart auf dem Asphalt auf. Sämtliche Luft wurde aus meinen Lungen gedrückt.

Lass nicht zu, dass du zu Boden geworfen wirst.

Das war eine der ersten und wichtigsten Lektionen, und sie dröhnte in meinem Kopf, während ich die Augen weit aufriss.

Ich hatte schon einmal am Boden gelegen. Ich wusste, wie es endete.

Elliot hockte sich über mich, packte den Kragen meiner Jacke und beugte sich nach unten. Unsere Blicke trafen sich …

Diese Augen … Mit diesen Augen stimmte etwas nicht. Sie waren nicht blassblau wie bei den anderen Fae. Sie waren tiefschwarz. So dunkel, dass ich die Pupille nicht mehr erkennen konnte.

Ich hatte so etwas noch nie gesehen, weder in echt noch in einem der unzähligen Bücher, die ich über die Fae gelesen hatte.

Panik erfasste mich, während ich verzweifelt versuchte,

meine verdammte Hand aus der Jackentasche zu befreien. Die grauenhaft scharfe Spitze des Pflocks riss der Futter meiner Jacke auf. Elliot hob mich ein Stück weit hoch und holte mit der Faust zum Schlag aus, die er im nächsten Moment auf mich niedersausen ließ. Doch ich warf mich nach oben und zur Seite, sodass er die Faust in den Asphalt rammte und meine Stirn gegen seine krachte.

Er fluchte und zuckte zurück.

Ich federte nach hinten und ignorierte dabei die Angst, die mich gepackt hielt. Ich schwang die Beine hoch und wickelte sie um seine schmale Mitte. Anschließend rollte ich erneut zur Seite und nutzte mein ganzes Gewicht, um Elliot mitzuziehen. Als ich schließlich auf ihm saß, drückte ich den Rücken nach hinten und zog den Pflock aus der Jacke, die dadurch aufriss. Ich hob ihn hoch und wollte ihn Elliot gerade in die Brust rammen, als er seine Faust in meinem Bauch versenkte. Der Schmerz raubte mir den Atem, doch ich drängte ihn zurück und stieß zu.

Allerdings war der Fae schneller und drückte mit beiden Händen gegen meinen Brustkorb, sodass ich nach hinten geschleudert wurde und auf dem Allerwertesten landete. Ehe ich mich erholen konnte, sprang Elliot erneut hoch und lag im nächsten Moment auch schon wieder auf mir. Ich hielt den Pflock fest umklammert und biss die Zähne zusammen, als er eine Hand um meinen Hals legte und mir die Luftröhre abdrückte. Ich riss den Pflock hoch und beschloss, ihn Elliot stattdessen in den Kopf zu rammen.

Doch im nächsten Moment ließ er plötzlich meinen Hals los und wurde von unsichtbaren Händen durch die Luft geschleudert.

Ich schnappte keuchend nach Luft, rollte mich zur Seite und streckte meine freie Hand auf dem Asphalt aus. Mehrere blonde Strähnen hatten sich aus meinem Pferdeschwanz gelöst und hingen mir ins Gesicht, sodass ein Auge zum Teil verdeckt war.

Elliot stemmte sich hoch und fuhr herum, dann zuckte er plötzlich zurück. Er erstarrte, und im nächsten Moment fiel sein Körper einfach in sich zusammen und wurde mit einem leisen Ploppen und Zischen in die Anderwelt zurückbefördert.

»Verdammte Scheiße ...«

Ich atmete schwer, als ich mich schließlich aufrichtete. Einerseits war ich dankbar, andererseits hatte ich Angst. Offenbar hatte ein Ordensmitglied eingegriffen, was natürlich super war, andererseits aber auch bedeutete, dass ich im Arsch war. Und zwar so was von.

Ein großer, breiter Schatten kam auf mich zu. Das Licht der Straßenlaterne fiel auf einen Eisenpflock und schwarze Handschuhe. Handschuhe? Es war zwar kalt, aber *so* kalt nun auch wieder nicht.

Moment.

Ich richtete mich langsam auf und hob den Blick. Jeder Muskel meines Körpers spannte sich. Ich sah, wer hier unnötigerweise zu meiner Rettung geeilt war, und mich packte von einem Moment zum anderen die Angst, während ich mich gleichzeitig fragte, was zum Teufel noch mal hier eigentlich los war.

Jetzt verstand ich die Handschuhe.

Es war kein Ordensmitglied, das eingegriffen hatte.

Mittlerweile stand er direkt unter der Lampe, und ich hätte schwören können, dass das Licht heller leuchtete, als hätte es durch seine Anwesenheit neue Kraft gewonnen.

Vor mir stand der Prinz.

»So trifft man sich wieder.«

15

Meine Hand schloss sich fester um den Eisenpflock, und eine erwartungsvolle Freude packte mich. Ich sollte mich nicht freuen, ihn zu sehen – und alleine der Gedanke daran war extrem verwirrend –, aber ich tat es nun mal.

Also ignorierte ich es. »Du hast Elliot einfach abgestochen.«

Seine Augenbrauen kehrten wieder an ihren angestammten Ort zurück, als er den Pflock in einem versteckten Schaft verschwinden ließ. »Ja.«

»Du weißt aber schon, dass er einer der vermissten jungen Fae war, oder?«

»Und du weißt aber schon, dass du ebenfalls vorhattest, ihm den Pflock in den Kopf zu rammen, was in etwa zu demselben Ergebnis geführt hätte, oder?«

Okay, das war ein gutes Argument.

»Genauso wie du weißt, dass er dich gerade erwürgen wollte?«

»Ich hatte alles im Griff«, erwiderte ich. »Total.«

»Wirklich?« Er verschränkte die Arme vor der Brust und starrte auf mich hinab. »Es sah wirklich so aus, als hättest du alles unter Kontrolle. Abgesehen davon, dass er die Hände um deinen Hals geschlungen hatte. Genauso, wie du Montagabend alles unter Kontrolle hattest, als …«

»Ich hatte den Fae im Griff und wollte ihn tatsächlich den

Pflock in den Kopf rammen«, erinnerte ich ihn. »Bevor ich auf unverschämte Weise unterbrochen wurde.«

Der Prinz neigte den Kopf. »Ich habe dir das Leben gerettet, und du nennst es eine unverschämte Unterbrechung?«

»Mir muss niemand das Leben retten, vielen Dank auch.« Ich stemmte mich hoch und starrte ihn mit so bösem Blick in die Augen, dass ich tatsächlich ein wenig stolz auf mich war.

»Das ist zwar nicht der Dank, den ich mir erwartet habe, aber ich nehme ihn trotzdem an.« Seine Lippen verzogen sich zu einem Grinsen, während ich meine aufeinanderpresste. »Was machst du hier, Brighton? Ich dachte, wie wären uns einig gewesen?«

»Wirklich? Also ich habe dir sicher nie zu verstehen gegeben, dass wir uns einig sind.« Ich wandte mich ab, doch im nächsten Augenblick schnappte ich nach Luft und taumelte rückwärts. Er stand direkt vor mir. »Mein Gott!«

»Nicht ganz.«

»Ha, ha.« Ich verdrehte die Augen und unterdrückte ein Grinsen.

»Warum bist du hier, Brighton?« Er war nicht annähernd so amüsiert wie ich. »Du gehörst nicht zum Orden.«

»Sicher gehöre ich zum Orden.« Meine gute Laune löste sich sofort wieder in Luft auf, und meine Hand um den Pflock zuckte. Ich hätte ihn am liebsten in sein grinsendes Gesicht gerammt – in sein sehr attraktives, grinsendes Gesicht.

»Ich wurde in den Orden hineingeboren und bin bereit, mein Leben zu lassen, um meine Pflicht dem Orden gegenüber zu erfüllen.«

»Okay, ich nehme alles zurück«, erklärte er zögernd und senkte den Kopf. »Aber du bis keine Jägerin.«

»Mann, danke, dass du mir das Offensichtliche auch noch unter die Nase reibst.«

Er starrte auf mich hinab.

Ich atmete seufzend aus und schüttelte den Kopf, während Wut, aber auch eine große Portion Scham in meinem Inneren tobten. Ich war ein richtiges Ordensmitglied. Gott. »Hör mal, danke, dass du dich eingemischt hast, obwohl ich dich nicht gebraucht hätte. Aber jetzt habe ich noch einiges zu tun, und dazu gehört nicht, in einer dunklen Gasse zu stehen und mich mit dir zu unterhalten.«

»Nicht? Was hast du denn sonst vor? Willst du ins *Flux*? Oder ins *Court*? Willst du erneut riskieren, dass man dich enttarnt?«

Ich ließ die Zunge über den Gaumen gleiten. »Ehrlich gesagt nicht. Aber ich hätte gerne gewusst, warum du eigentlich hier bist? Was hattest du ausgerechnet in dieser Gasse verloren? Sie gehört nicht gerade zu den beliebtesten Sehenswürdigkeiten von New Orleans. Ich glaube langsam …« Ich atmete zitternd ein. Ich hatte es nicht gemerkt, aber er war näher getreten.

»Was glaubst du?«, fragte er.

Ich warf den Pflock in die Luft und fing ihn wieder auf. »Es ist bloß seltsam.«

»Was?«

»In den letzten Wochen bist du mehr oder weniger überall dort aufgetaucht, wo ich auch war. Fast so, als würdest du mich verfolgen.«

»Und wenn ich es täte?«

Ich ließ den Pflock beinahe fallen, als mein Blick zu seinem Gesicht schoss. Sein Gesichtsausdruck war nicht zu deuten, und ich hatte keine Ahnung, ob er es ernst gemeint hatte oder nicht. »Echt? Das ist ja überhaupt nicht unheimlich oder so.«

Er seufzte so schwer, dass ich mich wunderte, warum die

Gebäude um uns herum nicht erzitterten. »Du solltest nicht hier sein.«

»Was willst du eigentlich von mir?«, fragte ich herausfordernd. »Ich meine, was willst du *wirklich*? Werden wir dieses Gespräch in Zukunft alle fünf Minuten führen?«

»Was ich von dir will?« Ein Gefühl huschte über sein Gesicht, und seine Lippen teilten sich. »Das ist eine sehr bedeutungsvolle Frage.«

Ich runzelte die Stirn und warf den Pflock erneut in die Luft. »Nein, eigentlich nicht.«

Seine Hand schoss entnervend, aber auch eindrucksvoll schnell nach vorne, und er pflückte den Pflock mit behandschuhten Fingern direkt aus der Luft.

»Hey!« Ich griff danach.

Doch der Prinz wich mir geschickt aus. »Das lenkt mich zu sehr ab.«

»Ist nicht meine Schuld, dass du nicht multitaskingfähig bist«, murmelte ich.

»Und außerdem ist es unglaublich gefährlich«, fuhr er fort. »Ich will nicht, dass du dir die Hand aufspießt.«

Ich stemmte die Hände in die Hüften. »Ich hätte mir nicht die Hand aufgespießt.«

»Vorsicht ist besser als Nachsicht.« Er lächelte verkniffen, und das machte mich unglaublich wütend.

Ich wollte gerade meinen Pflock zurückverlangen, als er weitersprach. »Du bist keine Jägerin«, wiederholte er und wechselte damit abrupt das Thema. »Warum bist du hier draußen unterwegs?«

Jetzt ging das wieder los. Ich seufzte. »Ich war nicht auf Patrouille. Ich wollte sehen, ob ich etwas über die vermissten Fae herausfinden kann, und das habe ich ja auch. Allerdings ist es eher in die Hose gegangen.«

»Ja, das ist wahr.«

Ich strich mir eine Haarsträhne aus dem Gesicht und warf einen Blick zurück zum Anfang der Gasse. »Ich dachte zuerst, er wäre ein Winterfae, weil er eine Frau verfolgte. Deshalb wollte ich ihn lieber im Auge behalten – ich weiß, dass ich keine Jägerin bin, aber ich kann mich nicht einfach abwenden und einen Menschen seinem Schicksal überlassen.«

»Das solltest du aber.«

Ich fuhr zu ihm herum. »Ich habe dich nicht um deine Meinung gebeten.«

Er hob die Augenbrauen.

»Wie auch immer, als ich sein Gesicht sah, wusste ich sofort, dass er einer der vermissten Fae ist. Ich dachte, ich hätte ihn falsch eingeschätzt, denn er ließ die Frau unbehelligt weitergehen und verschwand in dieser Gasse. Aber er hatte bemerkt, dass ich ihm folgte«, erklärte ich, besorgt über das, was geschehen war. »Es war eine Falle. Er hat auf mich gewartet und mich angegriffen.«

»Aber das ergibt doch keinen Sinn«, erwiderte er und neigte den Kopf. »Die Sommerfae greifen keine Menschen an.«

»Ja, aber er hat mich nun mal angegriffen, und ich habe ihn nicht provoziert oder so.« Da war ein Gedanke, den ich nicht fassen konnte, der mich aber nicht wirklich losließ. »Moment mal. Elliot hat ein paar echt schräge Sachen gesagt. Dass seine Eltern nicht mehr seine Eltern wären zum Beispiel. Er nannte sie Möchtegernmenschen.«

»Hat er noch etwas gesagt?«, fragte der Prinz.

Ich schüttelte den Kopf und sah Elliots Gesicht vor mir. »Aber seine Augen waren seltsam.«

»Was meinst du damit?«

»Sie waren tiefschwarz, ich konnte nicht mal die Pupillen

sehen …« Ich brach ab und dachte an seine Augen zurück. »Ich habe so etwas noch nie gesehen.«

Er trat näher heran und fragte mit leiser Stimme: »Bist du dir sicher?«

»Ja. Sein Gesicht war so nahe.« Ich hielt mir eine Hand vors Gesicht, um es ihm zu zeigen. »Seine Augen waren total schwarz.«

Der Prinz biss die Zähne aufeinander und wandte den Blick ab.

Ich hatte mit einem Mal das Gefühl, dass ich solche Augen oder einen Hinweis darauf schon einmal gesehen hatte, aber ich konnte es nicht einordnen. Es lag mir auf der Zunge, aber ich konnte es nicht fassen. »Weißt du, was so etwas auslösen kann?«

»Nein, ich …«

Der Kopf des Prinzen fuhr abrupt nach links, und er stieß einen Fluch aus. Er stürzte sich in dem Moment auf mich, als plötzlich ein lauter Schuss durch die Gasse hallte.

16

Der Prinz fiel auf mich und riss mich zu Boden, bevor ich erkennen konnte, wer auf uns geschossen hatte. Mir blieb nur ein Sekundenbruchteil, um mich auf den Aufprall vorzubereiten, der allerdings gar nicht kam.

Irgendwie hatte sich der Prinz im letzten Moment gedreht, sodass er die ganze Wucht zu spüren kam. Er schlug auf dem Boden auf, und einen Herzschlag lang lag ich ausgestreckt auf ihm, bevor er sich mit einem Mal zur Seite rollte und mich unter sich schob, während weiter Schüsse durch die Gasse hallten – immer und immer wieder. Mein ganzer Körper zuckte zusammen, als eine Kugel direkt neben unseren Köpfen einschlug und winzige Steinchen in die Luft geschleudert wurden.

Der Prinz hob seinen Kopf, und seine beinahe durchsichtigen Augen bohrten sich in meine. »Bleib unten«, befahl er.

»Was?«

Er sprang hoch, und im nächsten Augenblick war er verschwunden. Er bewegte sich so schnell, dass ich ihm in der dunklen Gasse nicht folgen konnte.

Ich rollte mich auf den Bauch, presste mich auf den Boden und hob nur ganz leicht den Kopf. Natürlich würde ich unten bleiben – ich wollte ja nicht angeschossen werden. Ein weiterer Schuss erklang, und dann hörte ich ein Grunzen.

Mein Blick schoss zum Ende der dunklen Gasse.

Zwei Gestalten prallten aufeinander. Ein rotgelber Blitz schoss aus der Hand des Prinzen und erinnerte mich an einen Feuerball. Eine Sekunde später roch es nach verbranntem Metall, und kurz darauf flog eine der beiden Gestalten mehrere Meter zurück und krachte gegen die gegenüberliegende Hauswand.

Sie fiel nach vorne und blieb in dem düsteren Licht der Straßenlaterne liegen. Ich riss erstaunt die Augen auf, als ich sah, dass es sich um einen Fae handelte. Das war ungewöhnlich.

Fae benutzten selten Schusswaffen, aber solange sich kein Mensch in silberne Farbe getaucht und die Ohren angespitzt hatte, war das hier definitiv ein Fae.

Der Prinz warf die zerstörte Pistole beiseite, und mir wurde klar, dass der verbrannte Geruch von ihr gekommen war. Er hatte irgendetwas mit dieser Waffe angestellt.

Mein Gott, so große Macht!

Er näherte sich dem Fae wie ein lange gefangen gehaltenes Tier, das nun endlich frei war. Sein Kinn drückte sich gegen seine Brust, und ich hätte schwören können, dass seine Augen glühten. »Wer hat dich geschickt?«, knurrte er, und seine Stimme klang so böse, dass mich ein Schaudern durchlief. »Aric?«

Der Fae richtete sich mühsam auf und schwankte, als er in seinen Stiefel griff. Ich erstarrte. Hatte er noch eine zweite Pistole dabei?

Nein.

Es war ein Eisenpflock.

Der Fae packte ihn mit bloßer Hand. Er fauchte vor Schmerz und fletschte die Zähne, als er sich schließlich aufrichtete.

Der Prinz stürzte nach vorne. »Nicht!«

Aber es war zu spät.

Der Fae rammte sich den Pflock in die Brust und setzte der Sache damit an Ort und Stelle ein Ende. Wenige Sekunden später war der Fae, der auf uns geschossen hatte, in der Anderwelt verschwunden.

»Heilige Scheiße«, flüsterte ich und stemmte mich unsicher hoch. »Ist das gerade wirklich passiert?«

»Ja.« Der Prinz stand so plötzlich vor mir, dass ich überrascht einen Schritt zurücktrat. Er sah mitgenommen und noch immer angespannt aus. »Alles in Ordnung mit dir?«

»Ja, ich glaube schon.« Ich tastete meinen Körper ab und suchte nach Löchern, die eigentlich nicht da sein sollten. »Was zum Teufel war das?«

»Ich schätze, man hat auf uns geschossen.«

Ich hielt inne und sah ihn an. »Wow. Echt? Moment, ich formuliere die Frage anders: Warum hat der Fae deiner Meinung nach auf uns geschossen und seinen Arsch dann in die Anderwelt zurückbefördert? So etwas passiert ja nicht alle Tage.«

»Nicht?«

»Nein. Nicht in meiner Welt. In deiner vielleicht?«

»Ich habe mir eine Menge Feinde gemacht, Sonnenschein. Es gibt viele, denen es durchaus gefallen würde, wenn ich wieder derjenige werde, der ich war«, erklärte er, und meine Brust zog sich alleine bei dem Gedanken zusammen, dass er sich wieder in den Albtraum-Prinzen verwandeln könnte. »Das, oder dass ich den Tod finde.«

»Das ist ganz schön beängstigend.«

Plötzlich schnappte ich nach Luft und hob ruckartig die Hand von meinem Bauch. Sie war feucht, und obwohl es so dunkel war, sah ich die blutroten Schlieren. »Ich habe Blut auf der Hand.«

»Du hast doch gesagt, dass alles in Ordnung sei.« Er umklammerte mein Handgelenk, während er die andere Hand flach auf meinen Bauch drückte.

»Hey!« Ich schlug nach seiner Hand, aber er beachtete mich nicht weiter. »Ich glaube nicht, dass das Blut von mir kommt.«

Er betastete immer noch meinen Bauch, weshalb ich nach seiner Hand griff und sie drückte. »Ich glaube, es kommt von dir.«

»Mir geht es gut«, erwiderte er schroff. »Bist du dir sicher, dass du nicht getroffen wurdest?«

»Ich glaube, ich wüsste, wenn ich angeschossen worden wäre«, erwiderte ich und sah ihn mit zusammengekniffenen Augen an. Er trug ein schwarzes Thermo-Shirt und eine schwarze Hose wie beim ersten Mal, als ich ihn gesehen hatte. Ich legte meine Hand auf seine rechte Schulter und spürte nichts. Ich ließ sie über seine Brust gleiten, und er atmete scharf ein.

»Was machst du da?«, fragte er mit tiefer, gedehnter Stimme.

Ich sah zu ihm hoch und überlegte, ob ich meine Hand besser zurückziehen sollte, aber ich tat es nicht. Ich ließ sie zu dem anderen Brustmuskel gleiten, und dieses Mal schnappte ich nach Luft. Er fühlte sich warm und feucht an. »Du wurdest getroffen.«

»Das ist nicht der Rede wert.«

»Nicht?«, rief ich. Er ließ mein Handgelenk los, sodass ich ihn mit beiden Händen abtasten konnte. »Und die Schulter hat es auch erwischt!«

Der Prinz schwieg.

Ich wusste nichts über die Biologie der uralten Fae, aber ich schätzte, dass sie wie normale Fae fähig waren, selbst tödliche Wunden zu überstehen. Aber eine Brust- und eine

Schulterverletzung? Ich trat einen Schritt zurück und wischte mir die Hände an den Jeans ab. Sah sein rechtes Hosenbein am Oberschenkel nicht auch irgendwie dunkler aus? War er tatsächlich dreimal getroffen worden? Das war eine ganze Menge.

Mein Magen zog sich vor Sorge zusammen, die ich vermutlich nicht hätte empfinden sollen, aber er hatte mich immerhin mit seinem Körper vor den Schüssen abgeschirmt. Und er hatte für die Crab-Cakes und die Garnelen bezahlt.

»Wir müssen hier weg«, erklärte ich und warf einen Blick über die Schulter zum Eingang der Gasse. »Nach einem solchen Schusswechsel lässt die Polizei nicht lange auf sich warten. Kannst du dich heilen?«

»Normalerweise schon.« Seine Stimme klang kehlig. Nicht wie vorhin, als ich ihn abgetastet hatte, und auch nicht wie am Montagabend, sondern abgezehrt. »Du solltest von hier verschwinden, bevor die Polizei kommt.«

Oder bevor noch mehr pistolenschwingende Fae auftauchten, was ja bei ihm offenbar tagtäglich vorkam. »Was meinst du mit *normalerweise*?«

»Stellst du immer so viele Fragen?«, wollte er wissen.

»Ja. Nervt es dich?«

»Ja«, knurrte er.

»Tut mir leid, aber damit musst du leben«, entgegnete ich.

Er zog sich weiter in den Schatten zurück, aber ich spürte seinen starren Blick auf mir. »Du weißt, dass sich die Fae von praktisch jeder Verletzung erholen können, wenn sie sich nähren«, meinte er.

Ja, und zwar ziemlich schnell. Deshalb war es ja so gefährlich, gegen sie anzutreten. Man gewann nicht gerade viel Zeit, wenn man sie verletzte, denn meistens waren es für sie nur einfache Fleischwunden.

»Ja, das weiß ich, also solltest du …« Langsam verstand ich. »Du musst dich nähren?«

Er stieß ein trockenes, heiseres Lachen aus. »Etwas in der Art.«

»Wann hast du dich denn zum letzten Mal genährt?« Alleine die Frage bereitete mir Übelkeit, und im Grunde wollte ich die Antwort gar nicht wissen.

»Das ist schon länger her.«

Ich starrte ihn eine gefühlte Ewigkeit lang an. »Was genau bedeutet ›schon länger‹? Ein paar Tage? Eine Woche?«

»Eher noch länger.«

Ich runzelte die Stirn. »Mehr als ein paar Wochen?«

Das ergab doch keinen Sinn, vor allem nicht, wenn er regelmäßig im *Court* war, wo sich Menschen gerne freiwillig als Nahrung zur Verfügung stellten.

Er sagte nichts.

»Ein Monat? Ein paar Monate?«, flüsterte ich. Fae mussten sich regelmäßig nähren, um den Alterungsprozess zu verlangsamen und ihre übermenschlichen Fähigkeiten zu behalten. Der Prinz sah vielleicht aus wie Ende zwanzig, aber er war sicher schon ein paar Hundert Jahre alt, wenn nicht sogar noch älter. Der Stoffwechsel der Fae ähnelte dem der Menschen. Sie brauchten zwar nicht unbedingt drei volle menschliche Mahlzeiten am Tag, aber nach allem, was der Orden herausgefunden hatte, sollten sie sich zumindest alle paar Tage nähren.

»Du musst jetzt gehen«, wiederholte er, als plötzlich das schwache Heulen von Sirenen zu hören war.

»Soll ich dich wirklich hier zurücklassen, damit du alles vollblutest? Dich selbst, die ganze Gasse und vielleicht auch noch die Polizisten?«

»Kümmert es dich wirklich, was aus mir wird?«

Meine Finger zuckten. »Nein.«

»Dann *geh*.« Er wandte sich ab.

Ich sollte gehen. Ich sollte ihn einfach zurücklassen, damit er verblutete wie ein abgestochenes Schwein. Er war einer der uralten Fae, und selbst wenn er sich seit ein paar Monaten nicht genährt hatte ...

Verdammt noch mal!

Es traf mich wie ein Blitz. »Du hast dich die ganze Zeit über nicht genährt, nicht wahr? Nicht, seit der Bann gebrochen wurde.«

Er warf mir über die Schulter einen wütenden Blick zu, und seine Augen waren nur noch Schlitze. »Wolltest du nicht gehen?«

»Was hat es denn für Auswirkungen, dass du dich zwei Jahre lang nicht genährt hast? Werden diese Wunden ...«

»... mich umbringen, wenn sie nicht behandelt werden oder ich mich nähre? Vermutlich nicht, aber es dauert sicher länger, bis sie verheilt sind.« Er presste sich stöhnend eine Hand auf die Schulter. »Ich muss nur aus dieser Gasse verschwinden.«

»Du kannst aber nicht ins Krankenhaus.« Es stand nicht gerade auf meiner To-do-Liste für heute Abend, einem menschlichen Arzt beizubringen, dass es Fae tatsächlich gab.

»Was du nicht sagst«, knurrte er.

Ich ignorierte ihn. »Ich kann dich ins Hotel zum guten Fae bringen.«

»Nein«, sagte er barsch, und es kam mir so vor, als würde er ein wenig schwanken. »Du darfst ihnen nichts sagen.«

»Was? Warum nicht?«, fragte ich verwirrt.

»Kannst du vielleicht ein einziges Mal etwas akzeptieren, ohne gleich noch eine weitere verdammte Frage nachzuschießen?« Er fluchte erneut. »Mein Gott, du machst mich fertig.«

Ich hob eine Augenbraue. »Weißt du, wenn ich dich so fertigmache, dann hättest du mir nicht in diese Gasse folgen sollen.«

»Ich bin dir nicht gefolgt«, murrte er. »Und wenn ich nicht gewesen wäre, wärst du jetzt tot.«

Ich warf die Hände hoch. »Also erstens hast du gerade zugegeben, dass du mir gefolgt bist, nachdem du behauptet hast, du hättest es nicht getan – aber dazu kommen wir noch. Viel wichtiger ist, dass ich nicht diejenige bin, die gerade verblutet, oder?«

Er antwortete nicht, aber ich spürte, wie er mich in Gedanken verfluchte.

»Es geht mir gut. Ich muss nur zurück in meine Wohnung«, erklärte er und klang, als würde ihm sogar das Sprechen Schmerzen bereiten.

Die Sirenen kamen näher, und ich musste langsam eine Entscheidung treffen. Er brauchte Hilfe – ob er wollte oder nicht.

Ich atmete tief durch, dann traf ich eine Entscheidung. Ich trat auf ihn zu. »Ob es dir gefällt oder nicht, ich werde dir helfen.«

Es gab nicht viele Momente in meinem Leben, in denen ich innehalten musste, um mich zu fragen, was ich hier verdammt noch mal eigentlich tat.

Die meiste Zeit über führte ich ein langweiliges, vernünftiges Leben – na ja, abgesehen von meinem Plan, die Fae zu jagen, die meine Mutter und mich angegriffen hatten. Sonst war ich wie eine Schüssel weißer Reis ohne Sojasauce.

Trotzdem stand ich nun hier und wartete darauf, dass der

Prinz – *der* Prinz! – die Tür eines der alten Lagerhäuser aufsperrte, die mittlerweile zu exquisiten Wohnhäusern umgebaut worden waren.

Glücklicherweise hatte er nicht mit mir zu diskutieren begonnen, als ich ihn schließlich aus der Gasse geführt hatte. Als wir endlich die Royal Street erreicht und uns in entgegengesetzte Richtung zu den Sirenen in Bewegung gesetzt hatten, war er nur noch langsam dahingekrochen. Ich schaffte es, ein Taxi anzuhalten, und glücklicherweise blutete er, soweit ich weiß, nicht den ganzen Rücksitz voll.

Der Prinz gab dem Fahrer die Adresse, sagte aber abgesehen davon kein einziges Wort.

Nicht, als die Fahrt schließlich zu Ende war. Nicht, als ich ihm in den Aufzug half und dieser uns in das zehnte – und damit oberste – Stockwerk brachte, und auch nicht, als ich neben ihm stand und sein ganzes Gewicht auf mir lastete.

Die Tür ging auf, und warme Luft strömte uns entgegen, während der Prinz in seine Wohnung stolperte. Ein Licht ging an und offenbarte einen riesigen, offenen Wohnbereich, der so aussah, als ob niemand darin wohnen würde.

Die Wände bestanden aus freiliegenden Backsteinen, und die Fenster reichten vom Boden bis zur Decke. Es gab zwei Türen. Eine neben dem Eingang, die vermutlich in eine Art begehbaren Schrank führte, die andere auf der anderen Seite des Wohnbereiches. Es gab einen Fernseher und eine große, schwarze Wohnlandschaft, aber abgesehen davon keine weitere Einrichtung. Absolut gar nichts.

»Du kannst jetzt gehen.« Er ging einig Schritte, bevor er innehielt und sich mit der Hand an der weißen Marmorplatte der Gourmetküche abstützte, die aussah, als wäre sie noch nie benutzt worden.

Weil ich in dieser Nacht ohnehin schon einige schlechte Entscheidungen getroffen hatte, folgte ich ihm in die Wohnung und schloss die Tür hinter mir.

»Kommst du zurecht?«, fragte ich und spielte mit meinem Jackenkopf.

Er neigte den Kopf und stieß ein langes, zitterndes Seufzen aus. »Ja.«

»Das klingt nicht gerade überzeugend.« Ich trat näher, und da roch ich es. Es vermischte sich mit dem Sommerduft, den er verströmte. Und ich sah es auf seiner Hand – das blaurote Fae-Blut. »Soll ich jemanden anrufen? Deinen Bruder vielleicht?«

»Nein, nicht meinen Bruder«, zischte er schmerzerfüllt und ballte die Hände zu Fäusten. »Gar niemanden.«

Ich sah mich entnervt um, dann richtete ich den Blick wieder auf ihn. »Dir geht es ganz offensichtlich überhaupt nicht gut. Du hast dich lange nicht genährt, und jetzt blutest du die schönen Holzdielen voll. Ich habe zwar keine Ahnung, warum du dich zwei Jahre lang nicht genährt hast – obwohl ich das natürlich großartig finde und so, aber dein Bruder hat erzählt, dass er sich nur von Freiwilligen nährt und …«

»Das klingt, als würdest du ihm nicht glauben, aber es stimmt. Mein Bruder nimmt von niemandem, der ihm nicht freiwillig zur Verfügung steht.«

»Und du hast keine Freiwilligen gefunden, oder wie?«

»Jetzt gehen die Fragen schon wieder los.« Er schüttelte langsam den Kopf. »Du musst jetzt gehen.«

»Aber …«

»Ich glaube, du verstehst nicht ganz.« Er hob den Kopf und ja, seine Augen glühten nun definitiv. Er starrte mich an, als wäre er hungrig. Als stünde er knapp vor dem Verhungern. »Du musst gehen.«

Ein Schaudern durchfuhr mich, und ein angeborener Instinkt zwang mich, vor ihm zurückzuweichen. Die Atmosphäre zwischen uns schien wie elektrisch geladen.

Der Prinz verfolgte jede meiner Bewegungen mit dem Leuchten eines Jägers in seinen blassblauen Augen. »Ich sage es nicht noch einmal. Wenn du jetzt nicht gehst, hast du keine Chance mehr dazu.«

17

Das musste er mir nicht zweimal sagen.

Ich lief, so schnell mich meine Beine trugen, aus der Wohnung und weiter den langen Flur hinunter bis zu den Stahltüren des Aufzuges, bevor ich schließlich innehielt und einen Blick zurückwarf.

»Was machst du da?«, murmelte ich, denn ich wusste nur zu gut, dass ich den Aufzugknopf drücken und sofort verschwinden musste. Ich war nicht für ihn verantwortlich, und nur, weil mir durchaus klar war, dass er unendlich heiß war, hieß das nicht, dass ich ihn mochte. Denn das tat ich nicht.

Ich starrte den Aufzugknopf an.

Abgesehen davon musste ich mir überlegen, wie ich Tanner und Faye die Sache mit Elliot und seinen so verdammt seltsamen Augen beibringen sollte. Faye würde natürlich sofort den logischen Schluss ziehen, dass nicht nur Elliot zum bösen Fae mutiert war, sondern dass möglicherweise auch ihr Cousin betroffen war.

Ich wandte mich vom Aufzug ab und zog das Handy aus der hinteren Hosentasche. »Verdammt noch mal«, murmelte ich und schlang mir den freien Arm um die Mitte, während ich Tinks Namen antippte.

Er meldete sich nach dem zweiten Klingeln. »Hey, Lite Bright, ich habe mir schon Sorgen gemacht!«

»Mir geht es gut, aber es gibt da ein Problem.« Ich warf einen Blick den Flur hinauf. »Ich bin mit dem Prinzen unterwegs.«

Es folgte eine Pause, dann: »Mit *dem* Prinzen?«

»Ja.«

»Mit Fabians *Bruder*?«

»Ja, Tink, es sei denn, es gibt noch andere Prinzen, von denen ich nichts weiß.«

»Warum bist du mit ihm zusammen?«, wollte Tink wissen. »O mein Gott, hattest du heute Abend vielleicht wirklich ein Date, und die Sache mit den verschwundenen Fae war bloß eine Ausrede? Mein Gott, du Flittchen!«

»Tink …«

»Aber Brighton, das Flittchen, hat offenbar einen sehr guten Geschmack. Bleib dran, dieses Gespräch verlangt nach einer Schüssel Popcorn.«

»Tink«, blaffte ich. »Hör auf. Ich hatte kein Date mit ihm, und du brauchst auch kein Popcorn. Ich wollte mich auf die Suche nach den verschwundenen Fae machen, und dabei bin ich über den Prinzen gestolpert.« Ich ließ die Sache mit Elliot erst mal außen vor. »Er wurde mehrere Male angeschossen.«

»Ach du meine Güte!«

»Ja, und es geht ihm echt nicht gut. Er wollte nicht, dass ich seinen Bruder oder jemanden im Hotel zum guten Fae anrufe.«

»Du hast aber gerade jemanden angerufen«, stellte er fest.

»Ja, ich weiß.« Ich verdrehte entnervt die Augen und sprach leise weiter. »Ich habe dich angerufen, weil er in sehr schlechter Verfassung ist und sich lange nicht mehr genährt hat.«

»Das wird schon wieder. Wahrscheinlich muss er erst mal eine Nacht darüber schlafen und …«

»Er hat sich seit zwei Jahren nicht mehr genährt«, unterbrach ich ihn.

»Was?«, kreischte Tink. »Meinst du das im Ernst? Ich muss Fabian anrufen.«

»Bitte nicht. Er hat mich gebeten, es nicht zu tun.« Ich hatte keine Ahnung, warum ich tat, worum er mich gebeten hatte. »Hör mal, wird das wieder, oder nicht?«

»Nein, Lite Bright, das wird nicht wieder!«, rief Tink, und mein Herz wurde schwer. »Wenn er sich wirklich seit zwei Jahren nicht mehr genährt hat, dann ist er praktisch ein Sterblicher, nur dass es länger dauert, bis er tot ist!«

»Mist«, murmelte ich und wandte mich wieder der Wohnungstür zu. »Das ist wirklich schlimm, weil er alleine in seiner Wohnung hockt und ich mir nicht sicher bin, ob ich einen Menschen davon überzeugen kann, für einen kleinen Snack zu ihm zu kommen.«

»Er könnte sich von dir nähren.«

»Was?« Ich ließ beinahe das Telefon fallen. »Hast du den Verstand verloren?«

»Es ist keine große Sache. Vertrau mir. Wahrscheinlich gefällt es dir sogar.«

Mein Mund klappte auf.

»Brighton, er darf nicht sterben, verstehst du? Wenn er sich nicht nährt, wird er sterben. Und wenn er stirbt …«

»Er wird sterben?« Das war's. »Dann ruf seinen Bruder an. Es ist mir gleichgültig, wenn er wütend auf mich ist. Ich bin …«

»Wir haben keine Zeit mehr, um Fabian anzurufen. Er wird bereits tot sein, wenn Fabian hier ist. Du musst dich ihm entweder selbst als All-you-can-eat-Buffet anbieten, oder du musst jemanden entführen und ihm ein unwilliges Opfer servieren.«

Mir fehlten die Worte.

»Und wenn man bedenkt, woher er kommt und dass er weiß, welch furchtbare Dinge er veranstaltet hat, als er unter dem Zauber der Königin stand, wird er sicher nicht mitmachen.«

Mein Magen zog sich zusammen. »Das ist schlimm, aber nicht mein Problem.«

»Du hast mich angerufen, also denkst du offensichtlich sehr wohl, dass es dein Problem ist.«

Damit hatte er mich.

»Er darf nicht sterben«, erklärte Tink, und ich hatte ihn noch nie so ernst erlebt. »Wenn er stirbt, schwächt das den gesamten Sommerhof.«

Ich wollte schon sagen, dass das auch nicht mein Problem sei, aber im Grunde war es das sehr wohl. Wenn die Königin zurückkäme – und das würde sie bestimmt –, dann bräuchten der Orden und die gesamte Menschheit sämtliche Kraft, die der Sommerhof aufbringen konnte.

»Wenn er stirbt, dann wird Fabian König, und er darf nicht der König werden, Brighton.« Tinks Stimme war nur noch ein Flüstern. »Wenn du ihm nicht helfen kannst, mache ich es.«

»Was bedeutet, dass du jemanden für ihn entführst.« Ich fuhr mir mit der Hand durch die Haare. Verdammt! Ich hasste mein Leben. »Ich kümmere mich darum.«

»Wirklich?«, fragte Tink. »Denn der gesamte Hof und auch die restliche Welt zählen darauf, dass du es tust.«

Ich verdrehte die Augen. »Machst du dir denn keine Sorgen, dass er mich vollständig aussaugt?«

»Nein.« Seine Antwort kam so schnell, dass ich die Stirn runzelte. »Er würde dir nie etwas antun, Brighton. Niemals.«

Mein Stirnrunzeln verschwand, als die Überraschung überhandnahm. Ich brauchte einige Zeit, bis mir eine angemessene Antwort darauf einfiel. »Warum sagst du das? Das kannst du doch gar nicht wissen.«

»Ich weiß es eben, und es ist die Wahrheit.« Tink atmete so tief ein, dass ich es durchs Telefon hören konnte. »Der Prinz würde dir nie etwas antun, weil er dir schon einmal das Leben gerettet hat.«

»Wie bitte?«, fragte ich lachend. »Wovon redest du da, Tink?«

»Du glaubst, ich hätte dir an dem Abend, als ihr angegriffen wurdet, das Leben gerettet, aber ich war es nicht, Brighton. Ich habe dich bloß gefunden«, erklärte er. »Es war der Prinz, der dir im Krankenhaus das Leben gerettet hat.«

Ich erinnerte mich plötzlich wieder daran, wie ich den Prinzen vor mir gesehen hatte, und umklammerte das Handy. Ich hatte ihn gesehen, aber ich hatte gedacht, dass es die Gehirnerschütterung oder die starken Medikamente waren.

»Du lagst im Sterben, Brighton. Deine Verletzungen waren zu schwer, aber er hat dich geheilt. Verstehst du?«, fragte Tink. »Er hat dir das Leben gerettet, und jetzt musst du seines retten.«

18

Wie verkraftet man die unerwartete Erkenntnis, dass einem jemand, den man kaum kennt, der nicht einmal menschlich und außerdem auch noch *der* Prinz ist, nicht nur das Leben gerettet, sondern dafür auch weiß Gott was getan hat?

Ein Teil von mir konnte es nicht glauben, denn soweit ich wusste, konnten Fae keine Menschen heilen. Vielleicht konnten es aber auch nur die uralten Fae. Aber wenn dem wirklich so war, handelte es sich um eine weitere Tatsache, die mir nicht bewusst gewesen war, und ich gehörte immerhin der leitenden Behörde in Sachen Fae an.

Offensichtlich hatte ich keinen blassen Schimmer.

Nachdem ich Tink versprochen hatte, dass wir uns ausführlich über alles unterhalten würden, wenn ich wieder nach Hause kam – *falls* ich wieder nach Hause kam –, stand ich erneut vor der Wohnungstür des Prinzen.

Ich erlaubte mir keinen einzigen Gedanken darüber, was ich hier tat, als ich die Hand ausstreckte und den Kauf drehte. Die Tür war noch immer unversperrt.

Er hat dir das Leben gerettet, und jetzt musst du seines retten.

Das war doch Irrsinn.

Was Tink gesagt hatte, war schlichtweg unglaublich, aber ich ging trotzdem weiter.

Die Küche war leer, und ich blieb an der Arbeitsfläche stehen und betrachtete den rotblauen Blutfleck. Wahrscheinlich würde er den weißen Marmor versauen.

Ich habe keine Ahnung, was ich mir dachte, als ich zur Spüle ging, ein Geschirrtuch nahm und das Blut fortwischte. Vermutlich dachte ich mir gar nichts.

Der Prinz war nirgendwo zu sehen oder zu hören.

Was, wenn er bereits tot war?

Er hat dir das Leben gerettet …

»Ähm, hallo?«, rief ich und warf das Geschirrtuch in die Spüle. »Ähm, Prinz? Ich bin's, Brighton?«

Stille.

Die Sorge verwandelte meinen Magen in ein Schlangennest. Ich machte mich auf den Weg zum Schlafzimmer, dessen Tür einen Spaltbreit offen stand. Ich stieß sie mit zitternder Hand auf. Ich hatte recht gehabt. Es war tatsächlich ein Schlafzimmer, und es war in etwa so persönlich eingerichtet wie das Wohnzimmer. Mit anderen Worten wirkte es total unbewohnt. Bloß ein extragroßes Bett in der Mitte mit dunkelblauen Laken und einer Steppdecke. Ein Nachttisch und eine Kommode. Das war alles.

… und jetzt musst du seines retten.

Licht drang durch die Tür in das angeschlossene Zimmer, und meine Beine zitterten, als ich darauf zuging. »Bist du da drin? Ich meine, lebst du noch?«

Es herrschte mehrere Augenblicke vollkommene Stille, dann: »Ich sagte doch, dass du gehen sollst.«

Die ganze Welt – mit Ausnahme von Tink – hätte das wohl sofort unterschrieben.

Trotzdem war ich hier.

»Ich weiß, dass es dir nicht gut geht.« Ich zwang meine Beine weiterzugehen, und der Boden fühlte sich an wie Treibsand. Ich kam dem Licht immer näher. »Ich weiß, dass du nicht wieder gesund werden kannst, weil du dich so lange nicht genährt hast.«

Er gab keine Antwort.

Ich wollte nichts lieber, als mich umdrehen und davonlaufen, weshalb ich genau das Gegenteil tat und ins Licht trat.

Und da sah ich ihn.

»Heilige …«

Der Oberkörper des Prinzen war nackt, und obwohl ich schon einige Männer mit nacktem Oberkörper gesehen hatte, war keiner so gewesen wie er.

Und das hatte nichts mit dem Blut zu tun, das seinen ganzen Rücken und den Bauch bedeckte. So grauenhaft es auch war, musste ich zugeben, dass meine Aufmerksamkeit nicht den ausgefransten Löchern in seiner Schulter und Brust galt.

Er war wunderschön, obwohl er blutüberströmt war.

Diese goldene, glatte Haut, die definierten Brustmuskeln, die zusammengezogenen Bauchmuskeln und der Flaum goldener Haare, die von seinem Nabel zu seinem Hosenbund …

O mein Gott. Seine Hose stand offen und war nach unten gerutscht. Ich sah, dass er keine Unterwäsche trug.

Ich musste den Blick abwenden.

Ich konnte den Blick nicht abwenden.

Er wurde magisch von der wohldefinierten Hüfte des Prinzen in den Bann gezogen. Wie um alles in der Welt schaffte es jemand, dort Muskeln zu bekommen? Ich hatte so etwas noch nie in echt gesehen. Nur auf Fotos oder im Fernsehen. Ich war mit der Zeit zu der Überzeugung gelangt, dass es solche Muskeln gar nicht gab, aber er hatte sie. Tatsächlich war sein Körper einfach herrlich anzusehen, und mir wurde klar, dass ich meine sexuelle Erfüllung zur Abwechslung mal wieder bei etwas anderem als meinem zuverlässigen Vibrator finden musste, denn ich starrte ihn an, als hätte ich noch nie zuvor einen Mann gesehen.

»Gefällt dir, was du siehst?«, fragte er.

Ich riss den Blick von ihm los, und meine Wangen begannen zu glühen, als ich das Allerdämlichste sagte, was man in einer solchen Situation sagen konnte.

»Du blutest.«

Der Prinz legte den Kopf schief und betrachtete das blutige Handtuch in seiner Hand. »Das wäre mir gar nicht aufgefallen.«

Mir fielen etwa tausend schlagfertige Antworten ein, doch ich brachte keine einzige über die Lippen, denn er wandte sich zu der mit grauen und schwarzen Fliesen verkleideten Dusche herum, und seine Muskeln dehnten und spannten sich, als er das Handtuch hineinwarf.

»Du weißt doch, warum ich dich fortgeschickt habe«, meinte er und umklammerte den Rand des Waschtisches so fest, dass seine Fingerknöchel weiß hervortraten. »Das wird schon wieder.«

Hatte er mir wirklich das Leben gerettet? Aber wie?

Er musste es getan haben, denn warum hätte Tink lügen sollen? Und ich wusste, dass ich in jener Nacht hätte sterben sollen. Der Schmerz, das viele Blut, die Narben, die niemand gesehen hatte außer den Ärzten.

Der Prinz hatte mir das Leben gerettet.

Und nicht nur das, er verstand auch, warum ich tat, was ich tun musste. Es gefiel ihm nicht. Er hatte mir mehr als klargemacht, dass er nicht wollte, dass ich weitermachte, was mittlerweile nachvollziehbar war. Aber er verstand es trotzdem.

Obwohl niemand sonst es verstand.

Ich hatte in den letzten zwei Jahren niemandem die Chance gegeben, es zu verstehen. Nicht einmal Ivy. Aber dem Prinzen schon, wie mir gerade klar wurde. Ich hatte ihn teilhaben lassen, und obwohl ich seit zwei Jahren wusste, wer er war, kannte ich ihn im Grunde erst seit einer Woche. Trotzdem wusste er schon jetzt mehr über mich als die meisten anderen.

Aber was bedeutete das?

Etwas Warmes, Verwirrendes und alles Verschlingendes machte sich in meiner Brust breit, während ich diesen wunderschönen, komplizierten *Mann* anstarrte. Denn das war, was ich in ihm sah.

Keinen Fae. Keinen der Alten. Keinen Prinzen. Nur einen Mann.

Einen Mann, der sterben würde.

Und ich konnte ihn retten.

»Nein, es wird nicht wieder.« Endlich hatte ich meine Stimme wiedergefunden und etwas Sinnvolles gesagt. »Ich weiß es. Wenn du dich nicht nährst, dann stirbst du.«

Sein Blick schoss zu mir, und seine Gesichtszüge schienen schärfer und starrer. Er atmete tief ein, und seine Brust hob sich. »Bietest du dich mir etwa an?«

Mein Herz setzte einen Moment lang aus, als er sich vom Waschtisch abstieß und mich ansah.

»Ich bin hier, und ich kann es im Grunde nicht glauben, dass ich hier bin. Aber entweder nimmst du mich, oder ich muss raus auf die Straße und irgendjemanden entführen, und so weit wird es nicht kommen.«

Seine blutigen Hände öffneten und schlossen sich wieder. »Ich werde mich nicht von dir nähren, Brighton.«

»Dann stirbst du.«

Sein Kiefermuskel zuckte, und er schwieg einen Augenblick. »Du willst nicht, dass ich mich von dir nähre.«

»Nein, nicht wirklich«, gab ich zu. Es hatte sich noch nie ein Fae von mir genährt. Nicht einmal, als wir angegriffen worden waren, aber ich wusste, welche Auswirkungen es haben konnte. Möglicherweise ging ich später hier raus, als wäre nichts passiert. Es konnte aber auch sein, dass er sich zu viel nahm.

Er machte einen Schritt auf mich zu, und ich versteifte mich. Seine Nasenflügel bebten. »Warum bist du dann hier und bietest dich mir an?«

Ich konnte lügen und so tun, als wäre ich eine selbstlose Seele, aber ich hatte das Gefühl, dass er mich durchschauen würde.

»Weil ich es weiß.« Ich schluckte und sah ihm in die Augen. Sie brannten sich tief in mein Inneres. »Ich verstehe nicht, wie und auch nicht warum, aber ich weiß, dass du mir das Leben gerettet hast.«

Der Prinz stand so unbeweglich vor mir, dass ich einen Moment lang Angst hatte, er wäre bereits tot und würde jeden Moment nach vorne kippen. Doch als nichts dergleichen geschah, sprach ich weiter.

»Ich dachte, ich hätte dich im Krankenhaus gesehen, aber ich war mir nicht sicher. Du warst dort und hast irgendetwas gemacht, um sicherzustellen, dass ich es schaffe.« Mein Herz schlug schnell – zu schnell. »Darum bezeichneten die Ärzte es als Wunder. Weil es tatsächlich eines war.«

Der Prinz schloss die Augen.

Ich wollte ihn fragen, warum er es getan hatte, aber wir hatten bereits zu viel Zeit verschwendet. Hoffentlich bekam ich später noch die Gelegenheit, das zu klären.

»Du hast mir das Leben gerettet, und jetzt werde ich es wiedergutmachen«, sagte ich und trat einen Schritt zurück.

Er riss die Augen auf. »Ich habe es nicht getan, damit du es irgendwann wiedergutmachen musst.«

»Na, hoffentlich nicht.« Ich wich immer weiter zurück und war erleichtert, als er mir folgte wie ein wildes Tier seiner Beute. Was in dieser Situation vielleicht nicht der beste Vergleich war.

Als meine Beine schließlich die Bettkante berührten, wusste ich es endlich. »Du hast mich gerettet, weil ich deinem Bruder in der Nacht, als alle gegen die Königin kämpften, geholfen habe.«

Er legte den Kopf schief und sagte nichts. Das musste er auch nicht.

Ich wusste es auch so.

Ich griff in meine Jackentasche, zog den Pflock heraus und legte ihn auf die Kommode. »Damit ich mich nicht versehentlich aufspieße. Oder dich.«

Seine Brust hob und senkte sich viel zu schnell, während er mir zusah.

Meine Knie zitterten beinahe vor Nervosität, als ich an meiner Jacke herumfummelte. Ich öffnete die Köpfe, weil es im Grunde viel zu warm war, dann schlüpfte ich aus der ohnehin ruinierten Jacke und ließ sie zu Boden fallen.

Die Jeans und der leichte, weite Pullover schienen ebenfalls viel zu warm, aber ich würde mich nicht vor ihm ausziehen. »Ich werde hier nicht weggehen, Prinz, und ich werde nicht zulassen, dass du stirbst.«

Innerhalb eines Wimpernschlages stand er direkt vor mir. Ich war so überrascht, dass ich das Gleichgewicht verlor und mich auf das Bett setzte.

»Weißt du, was passiert, wenn ich mich von dir nähre?« Seine Stimme war kaum mehr als ein Knurren.

Ich starrte zu ihm hoch und schluckte. »Ich weiß, dass es

manchen Menschen gefällt. Also, das habe ich zumindest gehört, aber ich … nein, eigentlich habe ich keine Ahnung.«

»Es wird dir gefallen.«

Da passierte etwas vollkommen Unvorhergesehenes. Hitze breitete sich in meinem ganzen Körper aus. »So weit würde ich nicht gehen.«

Er musterte mich lange. »Du hast keine Ahnung, worauf du dich einlässt.«

»Ich weiß, worauf ich mich einlasse.«

Die Hände des Prinzen bewegten sich so schnell, dass ich es nicht einmal sah. Seine Fingerspitzen berührten meine Wangen. »Du kannst gehen.«

»Wenn ich das tue, stirbst du.«

»Vielleicht wäre das das Beste.«

Ich hob erstaunt und mehr als nur ein wenig beunruhigt die Hände und umfasste seine Handgelenke. »Warum sagst du so etwas?«

Er wurde mit jeder Sekunde blasser. Bald würde er so weiß wie ein Geist sein. »Du weißt, was ich getan habe.«

»Das war nicht deine Schuld.«

»Es gibt kein Zurück.«

»Hör auf«, sagte ich, und meine Stimme brach. »Du hast es zurückgeschafft, denn du stehst jetzt hier vor mir. Und du wirst dich von mir nähren, damit du überlebst. Das ist alles. Es ist eine beschlossene Sache. Und jetzt mach endlich.«

Er erstarrte, aber ich sah die Resignation in seinen Augen. Erleichterung und auch ein wenig Angst machten sich in mir breit. Er würde weiterleben, und ich hoffte nur, dass ich dabei nicht sterben würde.

»Ich werde dir nicht wehtun«, flüsterte er. »Und ich werde nicht zu weit gehen. Das verspreche ich dir.«

Bevor ich fragen konnte, was es bedeutete, wenn er »zu

weit« ging, glitten seine Finger über meine Wangen und meinen Hals. Er drückte meinen Kopf zurück, und einen Herzschlag lang passierte nichts.

»Ich habe dich nicht gerettet, weil du dich um meinen Bruder gekümmert hast«, sagte er, und dann senkte er die Lippen.

19

Der Prinz küsste mich nicht. Er presste seine Lippen nicht auf meine. Es war nur eine kaum merkliche Berührung, doch ich spürte sie in jeder Zelle meines Körpers.

Und dann atmete er aus.

Es fühlte sich an wie warme Seide, die meine Kehle nach unten glitt, und schmeckte wie eine sonnenwarme Kokosnuss. Wie seltsam war das denn? Die Wärme setzte sich in meiner Mitte fest, und dann begann sie zu *ziehen*.

Mein ganzer Körper bäumte sich auf, als würde ich ebenfalls nach oben gehoben, aber ich war mir nicht sicher, ob ich mich tatsächlich bewegte, oder ob der Prinz mich an Ort und Stelle hielt, während seine Hände über meine Schultern glitten.

Es tat nicht weh.

Absolut nicht. Stattdessen fühlte ich mich leichter. Als würde ich in warmem Wasser treiben. Die Wärme seines Körpers breitete sich wie eine Decke über mich, und ich merkte nur am Rande, wie sich meine Hände von seinen Handgelenken lösten und neben mir aufs Bett glitten. Er drehte den Kopf zur Seite, und das tiefe, ziehende Gefühl wurde stärker, bis es – o Gott –, bis es sich in etwas anderes verwandelte.

Alles in mir zog sich plötzlich zusammen. Mein Herz raste, und meine Sinne waren vollkommen überreizt. Eine Welle reinster Lust kam wie aus dem Nichts auf mich zu und riss mich mit solcher Wucht mit sich, dass mein Blut sich in heiße Lava verwandelte und sich das Ziehen weiter in mir ausbreitete. Ein Geräusch stieg meine Kehle hoch und ließ sich nicht aufhalten, während sich mein ganzer Körper aufbäumte – und ich wusste, dass ich mich nachher dafür in Grund und Boden schämen würde.

Der Prinz erschauderte und schob seine Hände unter meine Arme. Er hob mich hoch, legte mich aufs Bett, und im nächsten Moment lag er auf mir.

Ich hörte auf zu denken.

Ich hörte auf, ich zu sein, wer auch immer ich war, und ich ließ das Gefühl einfach zu, denn es war so wunderschön, dass es beinahe wehtat.

Meine Hände glitten über seine nackte Brust, und ich spreizte die Beine, als er seinen Oberschenkel zwischen sie schob. Mein Körper gehörte nicht mehr mir, aber es war mir egal. Ich begann, mich zu bewegen, mich gegen seinen Oberschenkel zu drücken, und die Reibung fühlte sich so gut an, dass ich keuchte. Er umfasste meine Hüfte mit einer Hand, während er sich auf die andere abstützte.

Und dann passierte es.

Die wirbelnde Macht in mir geriet außer Kontrolle, als mich die erste Welle reinster Lust traf und meinen ganzen Körper erfasste. Ich schrie auf, und der Schrei versank in seinem Mund, der immer noch über meinem schwebte, während Zuckungen durch meinen Körper gingen, die immer wiederkamen. Ich ritt eine gefühlte Ewigkeit auf der Welle der Lust. Als es vorbei war, erschlaffte jeder einzelne Muskel in meinem Körper.

Ich merkte es erst, als das sanfte, ziehende Gefühl schwächer wurde und schließlich verschwand. Er nährte sich nicht mehr, aber sein Mund schwebte immer noch über meinem, und das Pochen in meiner Brust hatte sich in ein Pulsieren verwandelt, das ich an mehreren Stellen meines Körpers gleichzeitig spürte.

Der köstliche Schmerz war immer noch da, pulsierte, pochte und wollte *mehr,* denn obwohl es eine unglaubliche Erfahrung gewesen war, riefen die Gefühle, die ich gerade erlebt hatte, auch eine Leere in mir hervor. Ich wusste, dass es daher kam, dass er sich von mir genährt hatte. Aber auch daher, dass er einfach *er* war.

Der Prinz hob seinen Kopf.

Ich öffnete die Augen und sah, dass seine geschlossen waren. Er hatte den Kopf in den Nacken gelegt, und seine angespannten Halsmuskeln traten wie Seile hervor. Es war beeindruckend und ehrfurchtgebietend. Mein Blick wanderte zu seiner Schulter. Die Wunde war geheilt, genauso wie die Verletzung auf der Brust. Es war nichts davon übrig, außer ein wenig eingetrocknetes Blut. Ich nahm an, dass sein Oberschenkel auch geheilt war, aber er sah trotzdem aus, als hätte er Schmerzen.

Ich hob die Hand und berührte seine Wange mit den Fingerspitzen. »Geht es dir gut?« Als er nicht antwortete, drückte ich sein Kinn sanft nach unten. »Prinz?«

Seine Brust hob sich ruckartig, als er scharf und zitternd einatmete, und als er die Augen öffnete, schnappte ich nach Luft. Ihre Farbe hatte sich verändert.

»Deine Augen«, flüsterte ich. Sie waren nicht mehr blassblau wie bei einem Wolf, sondern glichen einem atemberaubend satten, intensiven Bernstein.

»Alles in Ordnung«, sagte er mit schwerer Stimme. »Es … es musste so kommen.«

Ich zog die Augenbrauen zusammen. »Was meinst du damit?«

Er schüttelte kaum merklich den Kopf. »Nichts. Bist du okay?«

Ich schaffte ein Nicken.

Seine Augen fielen langsam wieder zu. »Kannst du mir einen Gefallen tun?« Er drehte meine Hand herum und überraschte mich damit, dass er meine Handfläche küsste. »Nenn mich Caden.«

»Caden?«

»Das ist mein Name.« Seine Lippen berührten erneut meine Handfläche. »Mein Name ist Caden.«

Ich hatte das Gefühl, als würde meine Brust platzen. »Okay. Caden. Wird gemacht.« Ich legte die Hand auf seine nackte Schulter, und er zuckte zusammen. Ich zog sie eilig fort. »Bist du dir sicher, dass es dir gut geht? Hast du genug genommen?«

»Ob ich genug genommen habe?« Er stieß ein trockenes Lachen aus und senkte das Kinn auf die Brust. »Ja, ich habe genug genommen.«

»Was ist dann?« Mir blieb die Luft weg, als der Prinz, nein, als *Caden* sich ein wenig zur Seite drehte und sich an meine Hüfte presste.

Er war erregt.

Und zwar erheblich.

Er hatte die seltsamen Augen wieder geschlossen, und sein Gesicht wirkte genauso starr wie zuvor, ehe er sich von mir genährt hatte.

Er war hungrig, aber jetzt war er hungrig nach *mir*.

Ich weiß nicht, was es war. Vielleicht war es das, was wir gerade geteilt hatten, das mir den Mut dazu gab, vielleicht war es auch etwas Tiefergehendes. Aber egal was es war, ich hieß es willkommen.

Ich ließ meine Fingerspitzen über seine Wange gleiten,

fuhr mit dem Daumen über seine füllige Unterlippe und genoss, dass er scharf einatmete, als würde er meine Berührung bis ins Mark spüren. Mein Daumen folgte den Konturen seines Kiefers, und er schloss die Augen, während die Muskeln unter meiner Handfläche zuckten.

»Was tust du da?«, fragte er.

»Ich weiß es nicht.« Was natürlich nicht ganz stimmte. Ich wusste genau, was ich tat, als ich meine Finger in seine seidenweichen Haare schob, mit der Hand seinen Nacken umfasste und seinen Kopf nach unten zog, während ich meinen nach oben bewegte.

Ich wusste genau, was ich tat, als meine Lippen seine berührten und meine Zungenspitze auf seine traf.

Caden versteifte sich. Er rührte sich keinen Millimeter. Er küsste mich nicht zurück. Er erstarrte unter mir, und als ich die Augen öffnete, waren seine geweitet.

O nein.

Hatte ich etwas falsch gemacht? Es war ewig her, seit mich jemand geküsst hatte, und noch länger, seit *ich* jemanden geküsst hatte, weshalb ich keine Ahnung hatte, ob ich alles richtig machte und ob es überhaupt eine falsche Art gab, das hier zu tun.

Ich zog die Hand langsam zurück. »Es tut mir leid.«

Im nächsten Moment schloss sich die Hand, die gerade noch auf meiner Hüfte gelegen hatte, um meinen Nacken, und sein Mund senkte sich, um eine Haaresbreite vor meinen Lippen innezuhalten.

»Wir dürfen das nicht.« Sein Daumen glitt über meine pochende Halsschlagader. »Wir dürfen das nicht tun.«

Verwirrung packte mich. »Nicht?«

Caden erschauderte und legte die Stirn an meine, während er langsam die Hüften bewegte.

»Nein.«

»Nein?«, flüsterte ich.

»Ich habe dir versprochen, dass ich es nicht so weit kommen lassen würde.«

»Aber ich *will* es.« Zum Beweis glitt ich mit den Händen über die angespannten Muskeln auf seinem Rücken und dann weiter, bis sich meine Finger unter dem lockeren Bund seiner Hose befanden. »Willst du es denn nicht? Für mich sieht es nämlich schon danach aus.«

»Mein Gott«, stöhnte er, und sein Mund berührte meinen Hals. »Ich habe noch nie jemanden so sehr gewollt wie dich.« Er küsste die Stelle direkt unter meinem Ohr, und ich wölbte den Rücken. »Aber du kannst dir nicht sicher sein, ob du es wirklich willst. Nicht, nachdem ich mich von dir genährt habe.«

»Es fühlt sich aber so an, als ob ich es wollte«, erwiderte ich, und es kam mir so vor, als würden sich seine Lippen an meinem Hals zu einem Lächeln verziehen.

»Ich versuche, mich anders und besser zu verhalten als früher«, erklärte er nach einer längeren Pause. Er hob den Kopf, und seine unglaublichen Augen versanken in meinen. »Ich weiß nicht, ob es einen Unterschied macht oder irgendetwas bedeutet, aber ich versuche, es besser zu machen, und es war noch nie so schwer wie in diesem Moment.«

Mir stockte der Atem, als meine Hand wieder nach vorne glitt und ich daran dachte, was er zu mir gesagt hatte, bevor er sich genährt hatte. Über Situationen, aus denen es kein Zurück mehr gab. Ich sah ihn prüfend an, während sich ein Kloß in meiner Kehle bildete. Ich verstand dieses Gefühl – dass es im Leben Dinge gab, über die man einfach nicht hinwegkam, auch wenn man nicht dafür verantwortlich gewesen war.

Aber ich wollte nicht, dass es ihm auch so ging. »Du bist nicht für die Dinge verantwortlich, die du unter dem Zauber der Königin getan hast.« Er wollte den Blick abwenden, aber ich ließ es nicht zu. »Du bist schon jetzt sehr viel besser als damals. Du hast mir nicht wehgetan. Du willst meine Situation nicht ausnutzen. Du hast mir das Leben gerettet, und zwar mehr als einmal. Du bist nicht wie er.«

Er schwieg einen Moment. »Das Wissen, dass ich mich nicht unter Kontrolle hatte, kann die Erinnerung aber nicht auslöschen. Ich habe alles mitbekommen, aber ich konnte mich nicht aufhalten. Ich konnte nichts davon verhindern.«

Mein Herz wurde schwer vor Mitleid. »Es tut mir leid, Caden. Das tut es wirklich.«

Seine Augen flackerten auf, dann rollte er sich von mir und legte sich neben mich. Er drehte sich auf die Seite, um mich anzusehen. »Du machst es mir nicht leicht.«

Ich biss mir auf die Lippe und starrte zu der gewölbten Schlafzimmerdecke hoch. »Was meinst du damit?«

Er antwortete nicht.

Es kostete mich überraschend viel Energie, mich ebenfalls auf die Seite zu drehen, aber ich schaffte es.

»Weiß dein Bruder, dass du dich so lange nicht genährt hast?«

»Ich glaube, er vermutet es, aber er hat mich noch nie darauf angesprochen.«

»Warum hast du dich nicht genährt? Willst du dein Leben so wie Tanner und seine Fae führen?«

»Diese Wahl haben wir nicht. Wenn sich einer der uralten Fae nicht mehr nährt, wird er bloß schwächer und altert, aber immer noch in wesentlich langsamerem Tempo als ihr Menschen. Wunden können tödlich sein, und wir verlieren unsere Kraft«, erklärte er.

»Warum hast du es dann getan?«

Er legte sich die Hände auf die Brust. »Als ich unter dem Zauber der Königin stand, war ich unersättlich. Ich nährte mich mehrmals am Tag. Manche Opfer habe ich getötet«, sagte er leise, und ich zuckte zusammen. »Manche habe ich versklavt, und manchmal hatte ich keine Ahnung, was danach mit ihnen geschehen ist. Es kümmerte mich auch nicht. Und das war nicht der einzige Teil meines Lebens, den ich exzessiv auslebte.«

»Sex?«, fragte ich.

»Ich habe mich nicht genährt, und ich war auch mit niemandem zusammen, seit Fabian den Bann gebrochen hat. Ich bin nur …«

Ich legte eine Hand auf seinen Arm. »Ist schon okay. Ich verstehe das.«

Er sah mich an. »Das tust du wirklich, nicht wahr, Sonnenschein?«

»Ja.« Zumindest bis zu einem gewissen Grad. Ich betrachtete meine Hand auf seinem Arm. »Warum nennst du mich so? Sonnenschein?«

»Weil ich dich einmal lächeln gesehen habe, und es war, als würde endlich die Sonne aufgehen.«

Das war einfach *wow*.

»Und deine Haare erinnern mich an ihre goldenen Strahlen«, fuhr er fort.

Ich lachte. Ich konnte nichts dagegen tun. Das Lachen drang tief aus meiner Brust.

Er hob eine Augenbraue, und ein sanftes Lächeln umspielte seine Mundwinkel. »Ich habe dir gerade ein Kompliment gemacht, und du lachst mich aus.«

»Ja, stimmt. Es tut mir leid. Es ist nur … es wäre lächerlich, wenn es von jemand anderem gekommen wäre außer von dir.«

»Und wenn ich es sage, klingt es nicht lächerlich?«

»Nein«, gab ich zu und sah ihm endlich in die Augen. »Das tut es nicht.«

Das kaum merkliche Grinsen war wieder da. Es war nicht viel, aber es bedeutete umso mehr, wie ich mittlerweile erkannt hatte.

»Ich habe da noch eine Frage.«

»Natürlich hast du die«, erwiderte er trocken.

Ich musste grinsen. »Wie hast du mich geheilt? Ich wusste nicht, dass so etwas möglich ist.«

»Ich bin der Einzige, der es kann.«

»Warum?«

Der Prinz seufzte schwer, aber es lag eine gewisse Zärtlichkeit darin, als würden ihn meine vielen Fragen eher amüsieren als nerven. »Ich bin der Älteste meines Hofes, und daher kann ich ... wie erkläre ich es am besten? Vielleicht als inverse Zuführung?«

»Inverse Zuführung? Das klingt seltsam.«

»Anstatt mich von einem Menschen zu nähren, kann ich ihm auch geben. Und wenn noch ein Funke Leben in ihm ist, besteht die Chance, dass ich ihn retten kann.«

Ich überlegte. »Also hast du mehr oder weniger mit mir rumgemacht, während ich im Krankenhausbett lag?«

Er schnaubte. »Nicht ganz. Das hätte ich nie getan. Früher hingegen ...«

»Ich weiß. Ich wollte dich nur aufziehen.« Ich drückte seinen Arm und wollte gerade die Hand zurückziehen, als etwas Seltsames passierte.

Caden hielt meine Hand fest und verschränkte seine Finger mit meinen. »Ich hatte es vorher erst einmal getan«, erklärte er. »Ich stand noch unter dem Zauber der Königin und war gerade durch das Tor gekommen.« Er brach ab, stieß die Luft aus und starrte zur Decke hoch. »Ivy war mir gefolgt, und wir hatten gekämpft. Sie hat sich nicht allzu gut geschlagen.«

Ich erinnerte mich daran. Damals hatte er den Blutkristall in seinen Besitz gebracht – jenen Kristall, der das Tor öffnen konnte und sich nun in den Händen der Königin befand. Ich hatte Ivy kurz nach dem Kampf gesehen, und es hatte keine einzige Stelle an ihrem Körper gegeben, die nicht von Blutergüssen übersät gewesen war.

»Sie war ziemlich schwer verletzt«, erklärte er und wollte meine Hand loslassen, doch ich hielt seine fest umklammert. Unsere Blicke trafen sich. »Ich habe sie geheilt.«

»Weiß sie es?«

»Ja, sie weiß es.« Er hielt inne und senkte die Wimpern. »Sie denkt vermutlich, dass es nur deshalb funktioniert hat, weil sie ein Halbling ist, und ich habe den Irrglauben nie berichtigt.«

»Auf jeden Fall danke, dass du mir das Leben gerettet hast.«

Seine Wimpern hoben sich wieder. »Du musst dich nicht bedanken.«

»Doch. Wenn du es nicht getan hättest, wäre ich jetzt nicht hier. Ich wäre …« Ich konnte nichts dagegen tun, aber ich musste plötzlich laut gähnen und wurde im nächsten Augenblick vor Scham knallrot.

»Ist schon okay.« Das sanfte Lächeln war wieder da und spielte mit seinen vollen Lippen. »Das kommt vom Nähren. Du bist jetzt sicher einige Stunden lang furchtbar müde, und danach schläfst du den tiefsten Schlaf, den du je erlebt hast. Aber wenn du aufwachst, fühlst du dich so wie immer.«

Ich sah mich im Zimmer um und begann, meine Hand aus seiner zu ziehen. Es war schon spät, und es war nicht gut, wenn ich hier einschlief. »Ich sollte …«

»Du solltest bleiben.«

Ich sah ihn an. »Was?«

»Du kannst bleiben.«

»Ich weiß nicht.« Das schien mir ein sehr großer Schritt, und ich wusste nicht einmal, in welche Richtung. Außerdem war ich mir nicht sicher, ob er mich hier haben wollte. Klar, er hatte mir das Leben gerettet. Er nannte mich Sonnenschein, und er hatte die Situation vorhin nicht ausgenutzt. Aber er hatte gesagt, dass er mich wollte. Mehr, als er jemals etwas gewollt hatte, und das konnte einfach nicht stimmen.

Und das dachte ich nicht, weil ich ein geringes Selbstwertgefühl hatte. Ich war nur realistisch. Ich wusste, was ich war und wie ich aussah. Und ich wusste, dass er seit zwei Jahren mit niemandem zusammen gewesen war. Vermutlich wollte er *es* im Moment mehr, als er jemals etwas gewollt hatte.

Und das sollte keine Rolle spielen. Das sollte es wirklich nicht.

Aber das tat es trotzdem.

Was bedeutete, dass ich wirklich unbedingt gehen musste, bevor ich mich zu sehr auf die Sache einließ, was ich vielleicht sowieso schon getan hatte.

Ich entzog ihm meine Hand und richtete mich auf. Es dauerte einen Moment, aber ich schaffte es. »Ich muss gehen. Sonst macht Tink sich Sorgen.«

»Tink«, murmelte Caden, während er sich sehr viel schneller und graziöser aufrichtete als ich. »Wohnt er jetzt bei dir?«

Ich nickte und betrachtete meine zerrissene und blutige Jacke. Vielleicht war es besser, sie hier zu lassen, aber das bedeutete, dass ich den Pflock nicht mitnehmen konnte. »Ich schätze, bis Ivy zurückkommt. Und Fabian.«

»Hast du dich nicht gewundert, warum er nicht bei meinem Bruder ist?«, fragte er.

»Klar. Ich habe ihn sogar gefragt, und er meinte, er würde Florida nicht mögen. Er nannte es das Australien der Vereinigten Staaten oder so.« Ich griff nach meinen Haaren. Mein Pferdeschwanz hatte sich zur Hälfte aufgelöst. Ich versuchte, den Gummi festzuzurren, aber es nützte nichts, und so zog ich ihn einfach heraus.

»Das gefällt mir.«

Ich warf einen Blick über die Schulter und wünschte mir beinahe, ich hätte es nicht getan. Seine Haut schimmerte wieder golden, und als er aufstand, machten seine Muskeln einige sehr interessante Dinge. »Die Sache mit Florida und Australien?«

»Nein. Ich habe keine Ahnung, ob das wahr ist, also nehme ich Tink beim Wort.« Er sah mich an. »Ich meinte deine Haare. Ich mag sie offen.«

»Oh.« Meine Hand schoss zu meinen Haaren, und ich senkte den Blick, was noch schlimmer war, denn nun starrte ich auf seine Brust. Am Ende fixierte ich meine Sneakers. »Sie sind doch total zerzaust.«

»Sonnenschein«, erwiderte er und zog meine Hand von meinen Haaren fort. Dann zog er mich hoch auf meine Beine. »Sie sehen trotzdem aus wie die Sonne.«

Ich wusste nicht, was ich darauf sagen sollte. »Ich muss jetzt wirklich gehen.«

Ich dachte, er würde mich loslassen, aber er tat es nicht, und ich sah zu ihm hoch. In diesem Moment zog er mich an seine Brust, schlang die Arme um mich und hielt mich fest, und ich … mein Gott, ich mochte es.

Ich kann nicht behaupten, dass ich nicht weiß, warum ich tat, was ich dann tat. Ich weiß, warum. Weil ich es *wollte*.

Ich atmete ein, schloss die Augen und lehnte meine Wange an seine Brust. Wann hatte mich das letzte Mal jemand so umarmt? Ich spürte seinen nächsten Atemzug. Wann hatte er das letzte Mal jemanden so umarmt?

»Danke«, sagte er mit rauer Stimme, während seine Hand meine Wirbelsäule hinauf und hinab glitt. »Danke für alles, was du heute Nacht für mich getan hast.«

»Das war doch keine große Sache.«

Er kicherte, und es klang ungewohnt, aber nett. »Du weißt, dass das nicht stimmt.« Er löste sich von mir und legte mir die Hände auf die Wangen. »Danke, Brighton.«

»Gern geschehen.«

Er hielt mich noch einen Moment länger fest, und seine Daumen glitten über meine Wangen, sodass ich zuerst dachte, er würde mich nicht gehen lassen. Vielleicht würde er mich bitten zu bleiben, und wenn es so war, dann würde ich es tun, egal, was für eine blöde Idee es auch sein mochte.

Doch er ließ mich los.

20

Tink hing vom Kopfteil meines Bettes. Seine Flügel waren zu beiden Seiten ausgebreitet, und sein Gesicht nur wenige Zentimeter von meinem entfernt, als ich aufwachte.

Das fasst in etwa meinen Samstagmorgen zusammen.

»Du hast mir doch nicht beim Schlafen zugesehen, oder?«, stöhnte ich und zog mir die Decke über den Kopf. »Schon wieder?

»Ich wollte nur sichergehen, dass du noch atmest«, antwortete er. »Deine Brust hat sich kaum bewegt. Ich habe mir Sorgen gemacht.«

Ich rollte mich auf die Seite, behielt die Decke aber über dem Kopf. »Du scheinst dir keine Sorgen gemacht zu haben, als du mich gestern Abend dazu aufgefordert hast, Caden zu nähren. Du hast nicht einmal auf mich gewartet.«

»Klar habe ich auf dich gewartet!« Ein dumpfer Schlag neben meinem Kopf verriet mir, dass sich Tink mittlerweile neben mir auf dem Kissen befand. »Und ich habe mir keine Sorgen gemacht, weil … Warte mal! Was? Hast du ihn gerade Caden genannt?«

Verdammt. Ich kniff die Augen zu. *Caden.* Das war sein Name, und ich spürte ein Flattern in meinem Bauch, das in mir den Wunsch weckte zu lächeln – und gleichzeitig laut loszuschreien. »Ich meinte den Prinzen.«

»Nein, hast du nicht.« Eine kleine Hand klopfte mir auf den Hinterkopf. »Was hast du getan? Hast du ihm mehr erlaubt, als sich zu nähren? Hast du ihn an deiner Va…«

»O mein Gott, Tink! Nein!« Nicht, dass ich es nicht versucht hätte, aber das behielt ich für mich. »Und wenn du dir keine Sorgen um mich gemacht hast, warum dachtest du dann, ich würde nicht atmen?«

»Du bist alt. Du hättest einen Herzinfarkt haben können.«

»Ich bin nicht alt.« Ich zog mir die Decke vom Kopf und sah den Brownie wütend an. Er trug eine Lederhose, und ich hatte keine Ahnung, wo er eine Lederhose in seiner Größe herhatte und warum er sie trug. »Mein Gott, Tink.«

»Hör mal, Herzprobleme sind die häufigste Todesursache bei Frauen …«

»Ich hatte keinen Herzinfarkt. Ich habe geschlafen. Ganz normal. Bis du mich aufgeweckt hast.«

»Tut mir leid«, sagte er zerknirscht, bevor er das Thema wechselte. »Also, ich nehme an, dass es *Caden* gut geht?«

»Ja.« Ich zog eine Hand unter der Decke hervor und fuhr mir übers Gesicht. »Er ist okay. Er wird wieder ganz der Alte werden.«

»Gut.«

Ich rieb mir die Augen und drehte mich auf den Rücken. »Woher wusstest du eigentlich, dass er mich geheilt hat?«

»Fabian hat es mir erzählt, aber ich weiß nicht, woher er es wusste. Ich schätze, Caden hat es ihm gesagt.«

»Und du bist nie auf die Idee gekommen, es mir zu sagen?«

»Was hätte ich denn sagen sollen? *Ach, übrigens, der Prinz hat dir das Leben gerettet. Gibst du mir bitte das Salz?*«

»Ja, warum nicht?«

»Es lag nicht an mir, es dir zu verraten.«

Ich wandte den Kopf zu ihm um. »Aber du *hast* es mir doch verraten.«

»Ja, weil ich keine andere Wahl hatte. Wie auch immer …« Tink lehnte sich vor und stützte das Kinn auf den Händen ab. »Was ist zwischen euch beiden passiert?«

»Nichts«, seufzte ich.

»Aber irgendetwas muss passiert sein, denn immerhin nennst du ihn Caden«, gab er zu bedenken. »Der Einzige, der ihn so nennt, ist sein Bruder. Und jetzt du.«

Ich rollte mich immer noch schlaftrunken auf die andere Seite und wandte mich von ihm ab. »Ich brauche Kaffee«, erklärte ich ihm und schlug die Decke zurück. »Aber zuerst muss ich duschen.«

»Um das Aroma einer echt heißen Nacht abzuwaschen?«

»Halt die Klappe, Tink!« Ich schwang die Beine aus dem Bett und stand auf. Im nächsten Moment begann sich das Zimmer zu drehen, und ich ließ mich wieder aufs Bett fallen. »Hoppla!«

»Alles okay?« Tink flog zu mir, und seine Augen waren vor echter Sorge geweitet.

»Ja.« Ich presste mir die Finger auf die Schläfen. »Ich bin nur zu schnell aufgestanden. Das ist alles.«

»Du solltest lieber vorsichtig sein. Lass es heute mal langsam angehen.«

Ich lächelte. »Das habe ich auch vor.«

Er musterte mich eingehend, dann flog er zur Tür. »Ich mache mal Kaffee.«

»Okay. Danke.«

Tink war schon an der Tür, als er innehielt und mich ansah. »Dir ist doch klar, dass es eine echt große Sache ist, dass er dir seinen Namen verraten hat, oder?«

Ich strich mir die zerzausten Haare aus dem Gesicht und

biss mir auf die Lippe. Die Fae waren sehr eigenartig, wenn es um ihre Namen ging – genauso wie alle anderen Kreaturen der Anderwelt auch. Natürlich war *Tink* auch nicht Tinks wahrer Name. Ivy hatte ihn für ihn ausgesucht.

»Ist Caden sein wahrer Name?«

Tinks Flügel flatterten leise, während er nickte. »Ich glaube, es ist eine Abkürzung seines wahren Namens, aber ja, er heißt tatsächlich so. Und er hat dir den Namen mitgeteilt. Das bedeutet etwas, Lite Bright.«

Ich öffnete den Mund, aber ich hatte keine Ahnung, was ich sagen sollte. Und es war auch egal. Tink war bereits davongeflogen. Bedeutete es denn wirklich etwas? Ich hatte keinen blassen Schimmer, und ganz ehrlich war mein Gehirn noch nicht bereit für derartige Analysen.

Ich stand dieses Mal erheblich langsamer auf und schwang meinen Hintern in die Dusche.

Irgendwann zwischen dem Shampoo und dem Conditioner fiel mir ein, wo ich schon einmal etwas über diese schwarzen Augen gelesen hatte.

Es war in einem der alten Bücher über die Geschichte der Fae in New Orleans gewesen, die Mom jahrelang von verstorbenen oder in den Ruhestand getretenen Ordensmitgliedern gesammelt und verwaltet hatte. Ich hatte sie bloß beim Einordnen durchgeblättert, weshalb ich keine Ahnung hatte, ob das Buch auch brauchbare Informationen enthielt, aber sobald ich fertig geduscht und die Haare getrocknet hatte, schlüpfte ich in meine schwarzen Leggins und eine dünne schwarze Tunika und machte mich daran, es herauszufinden.

Ich legte einen kurzen Halt in der Küche ein, um mir einen Becher Kaffee zu holen, und verschwand anschließend im Büro. Die Luft roch abgestanden, und Staubkörner schwebten in dem Licht, das durch die Fenster hereinströmte, also machte ich erst mal den Deckenventilator an.

Ich ignorierte das Chaos auf dem Schreibtisch und ging sofort zu den Bücherregalen, während ich an meinem Kaffee nippte.

Es waren wirklich eine Menge Bücher und Fachartikel, und es gab auch einige persönliche Tagebücher. Tatsächlich waren es Hunderte, und ich hatte meinen Kaffee beinahe ausgetrunken, als ich fand, wonach ich suchte. Es war ein abgegriffenes waldgrünes Tagebuch mit der Aufschrift *Roman St. Pierre*.

Ich nahm das Buch mit zu dem Lehnstuhl am Fenster, stellte meinen Becher auf die alte Kommode und zog meine Beine unter mich.

Ich erinnerte mich an Roman. Er war einer der Ärzte des Ordens gewesen, und ich war mir ziemlich sicher, dass er bereits seit über zehn Jahren tot war. Ich blätterte durch die Patrouillenberichte und Forschungsaufzeichnungen, bis ich zu dem Abschnitt kam, den ich gesucht hatte.

Der Eintrag war im Juni 1983 verfasst worden, und es ging um zwei Fae, die vor einem Club in der Decatur Street eingekreist worden waren, der den seltsamen Namen *Vanilla* trug. Ich hob die Augenbrauen, las aber weiter, bis ich zu der wichtigen Stelle gelangte.

Zwei männliche Fae wurden beim Verlassen des Vanilla *gesehen und einen Block weiter westlich gestellt. Beide schienen verändert.*

Verändert? Was zum …? Ich las die Zeilen erneut, um sicherzugehen, dass ich es richtig verstanden hatte, und das hatte ich.

Ihre Augen waren pechschwarz und matt, wie die Augen der Fae, die Torres verwundet haben, was Torres' Angaben bestätigt. Einmal gefangen genommen, zeigten sie sofort rapide und noch nie beobachtete Verfallserscheinungen, und innerhalb weniger Stunden war nichts als Staub von ihnen übrig. Harris meinte, es läge an ihrer Unfähigkeit, sich zu nähren. Aber unsere bisherigen Forschungen haben gezeigt, dass Fae auch überleben können, ohne sich zu nähren …

Harris hatte ebenfalls als Arzt für den Orden gearbeitet, doch leider war er ebenfalls bereits tot, sodass ich ihn nicht fragen konnte, was um alles in der Welt dazu geführt haben konnte, dass ein Fae nach so kurzer Zeit starb. Ich las weiter, blätterte Seite um Seite um, bis ich zu einem Eintrag gelangte, der etwa einen Monat später entstanden war und die veränderten Fae betraf.

»O mein Gott«, flüsterte ich und ließ beinahe Romans Tagebuch fallen, als ich ihren Namen sah.

Aufgrund der Proben, die Merle zurück ins Hauptquartier gebracht hat, hat sich unser Verdacht bestätigt, was die veränderten Fae betrifft. Der Lieblingsdrink der Fae war geändert worden. Es wurden Spuren einer unbekannten pudcrförmigen Substanz im Nachtschatten gefunden, die dem Devil's Breath *ähnelt. Wir glauben, dass diese Substanz, die direkt aus der Anderwelt kommt, für die gesteigerte Aggression und Gewaltbereitschaft der Fae sowie für ihren raschen Zerfall verantwortlich ist. Die Symptome ähneln jenen des* Devil's Breath.

Als ich Moms Namen sah, zog sich meine Brust zusammen. Ich brauchte ein Weilchen, bis ich weiterlesen konnte, doch als ich es tat, entdeckte ich etwas, das genauso verstörend war.

Mehrere Seiten waren aus dem Tagebuch herausgerissen worden, und sonst war nirgendwo mehr etwas von den veränderten Fae oder dem *Devil's Breath* zu lesen.

Ich klappte das Buch zu und saß einen Augenblick lang nur regungslos da. Gab es den Club noch? Das *Vanilla*? Vermutlich eher nicht, nachdem ich noch nie davon gehört hatte. Ich stand auf und ging zum Computer. Ich brauchte eine Ewigkeit, bis ich endlich Google öffnen konnte, denn zuerst mussten etwa eine Million Updates abgearbeitet werden. Nachdem ich Unmengen an falschen Fährten gefolgt war, stieß ich endlich auf den Ort, an dem das *Vanilla* meiner Meinung nach früher gewesen sein musste. Neben dem *Candymaker Store* befand sich eine Bar namens *Thieves*. Der Name sagte mir nichts, aber das hieß nicht viel, denn im Quarter gab es mehr als genug Bars und Clubs.

Ich ging zum Couchtisch, auf dem sich Moms Karten mit den geheimen Verstecken der Fae stapelten. Ich breitete sie aus und ließ den Finger über das alte Pergament gleiten, bis ich die Decatur Street gefunden hatte …

Und tatsächlich entdeckte ich eine Markierung an der Stelle, an der sich das *Thieves* befand.

»Verdammt.« Ich richtete mich auf und stemmte die Hände in die Hüften. Vermutlich hätte ich mir den Laden früher oder später mal angesehen, aber so weit war ich auf den Karten nicht gekommen.

Ich fragte mich, was zur Hölle *Devil's Breath* war, kehrte an den Computer zurück, tippte den Namen ins Suchfeld und wünschte mir sofort, ich hätte es nicht getan.

Devil's Breath war überaus real und galt als die gefährlichste Droge der Welt. Sie wurde aus den Samen der Engelstrompete gewonnen und auch Scopolamin oder Südamerikanische Zombie-Droge genannt. Illegal angewandt nahm der

Wirkstoff dem Opfer den freien Willen, löschte sämtliche Erinnerungen und konnte es lähmen und sogar töten. Offenbar wurde eine abgeschwächte Form auch von Ärzten verschrieben, wobei ich gar nicht wissen wollte wofür. Aber wenn es diese Pflanze tatsächlich auch in der Anderwelt gab, dann konnte sie auch Fae den freien Willen rauben, und nur Gott allein wusste, was das bedeutete.

Obwohl wir es im Grunde bereits wussten, nicht wahr? Caden war der beste Beweis dafür, was passierte, wenn ein Fae – ein sehr mächtiger Fae – nicht mehr seinem eigenen Willen folgen konnte.

Nachdem mich solche Überlegungen zu sehr verstörten, googelte ich die Bar namens *Thieves* und sah mir auch gleich die öffentlich zugänglichen Daten wie Steuer- und Eigentümerinformationen an. Es waren eine ganze Menge, und mein Unbehagen wuchs, als mein Blick auf einen der Namen fiel.

Marlon St. Cyers.

Er war einer der uralten Fae, die sich auf die Seite der Königin geschlagen hatten. Früher war er ein mächtiger Bauunternehmer gewesen, doch mittlerweile war er mausetot. Daneben war auch noch ein zweiter Name als Eigentümer angeführt:

Ricu Cur I.

Das war ein seltsamer Name. So seltsam, dass er mir gar nicht mehr wie ein richtiger Name vorkam, je länger ich auf den Bildschirm starrte. Es war vielmehr ein Anagramm. Aber wofür?

Ich schnappte mir einen Stift und einen Notizblock und begann, verschiedene Versionen niederzuschreiben. Es dauerte nicht lange, bis ich einen Namen entziffert hatte – es war zwei Mal derselbe.

Aric.

21

Wenn Miles herausfand, was ich vorhatte, würde er mich im besten Fall aus dem Orden ausschließen. Und im schlimmsten Fall? Im schlimmsten Fall würde er mich des Hochverrats beschuldigen, und es gäbe keine Anwälte und kein Gericht, das über das Urteil wachte. In solchen Fällen war der Orden Richter und Jury zugleich, und die Strafe für einen Verrat am Orden war der Tod.

Ich bewegte mich also definitiv auf einem sehr schmalen Grat, als ich am Samstagnachmittag durch die Lobby des Gebäudes eilte, in dem Caden wohnte.

Ich hätte mit den Informationen, die ich gesammelt hatte, natürlich auch zu Miles gehen können, aber ich war mir nicht sicher, ob er etwas unternommen hätte, denn immerhin ging es um die vermissten jungen Fae. Die seltsamen Vorgänge und die Tatsache, dass einige Fae *verändert* schienen, war nicht Problem des Ordens.

Noch nicht.

Aber es konnte zu einem großen Problem werden. Denn wenn es dort draußen eine Substanz gab, die den Fae den freien Willen nehmen konnte, und das Elliot und den anderen vermissten jungen Fae passiert war, dann bedeutete das, dass es auch anderen Sommerfae passieren konnte. Verdammt, vielleicht sogar *allen*.

Und das wäre schlimm. Sehr schlimm.

Deshalb war ich also auf dem Weg zu Caden, denn es betraf vor allem ihn und seinen Hof und hatte oberste Priorität.

Ich fuhr mit dem Aufzug nach oben und fragte mich, ob Caden wohl zu Hause war. Nachdem ich keine Möglichkeit hatte, mit ihm Kontakt aufzunehmen, musste ich entweder hier warten, bis er kam, oder ich ging zu Tanner und Faye und bat sie, ihn anzurufen.

Ich verdrängte den Gedanken, dass ich auch Tink hätte bitten können, Fabian nach Cadens Nummer zu fragen. Ich verdrängte ihn, denn, wenn ich es nicht getan hätte, hätte ich zugeben müssen, dass ich hierhergekommen war, weil ich Caden wiedersehen wollte. Und dass ich mich eigens umgezogen hatte, bevor ich losgegangen war.

Ich hatte mir die Haare gebürstet und trug sie offen, was am Samstagnachmittag normalerweise nie der Fall war, und ich trug ein Sweatkleid und Stiefel. Natürlich war das königsblaue Kleid nicht das aufreizendste Outfit, das ich besaß, aber ich fühlte mich gut darin.

Und ich musste mich gut fühlen, wenn ich Caden in seiner Wohnung besuchen wollte.

Als ich schließlich den Flur entlang zu seiner Tür ging, klopfte mein Herz so schnell, als wäre ich die Treppe hochgerannt, anstatt den Aufzug zu nehmen, und ich spielte nervös mit dem Henkel meiner Tasche. Ich klopfte mit zitternder Hand an die Tür und trat einen Schritt zurück.

Er hat dir seinen Namen verraten. Das bedeutet etwas.

Ich schob Tinks Worte beiseite. Mein Gott, das hier war so dämlich. Ich hätte einfach Fabian um Cadens Nummer bitten sollen. Es gab keinen Grund, warum ich hier war, vor allem nicht nach letzter Nacht. Er hatte sich genährt, und ich hatte einen verdammten, den ganzen Körper verschlingenden Orgasmus gehabt, und das war sehr nett gewesen, aber jetzt war es irgendwie doch unangenehm. Aber darüber hätte ich wohl besser nachdenken sollen, bevor ich hierhergekommen war.

Die Tür ging auf, und da stand er. Er wirkte sehr erstaunt, mich zu sehen, aber er sah richtig gut aus.

Caden trug eine schwarze Jeans und ein graues Henley-Shirt, das seine muskulösen Schultern und die Brust betonte. Außerdem war er barfuß.

Der Mann hatte echt sexy Füße, und ich hätte nie gedacht, dass ich so etwas einmal denken würde.

Ich hatte ihn noch nie so normal erlebt.

Abgesehen davon, dass er nie wirklich normal aussehen würde, weil sein Gesicht einfach so unglaublich perfekt war.

»Was machst du hier?«, fragte er mit leiser Stimme.

»Hi.« Mein Herz schlug einen Salto. »Tut mir leid, ähm, wenn ich so unangemeldet hereinplatze, aber ich habe etwas herausgefunden …« Ich verstummte, als Caden zu mir in den Flur trat und langsam die Tür hinter sich zuzog.

»Wer ist denn da an der Tür?«, fragte eine weibliche Stimme, die mir irgendwie bekannt vorkam.

Mein Blick wanderte an Caden vorbei, und er fluchte leise. Nachdem seine Eingangstür direkt in die Küche und das Wohnzimmer führte, sah ich sie sofort.

Zuerst erkannte ich sie nicht, denn immerhin hatte ich sie nur kurz gesehen, und ich hätte nicht erwartet, ihr noch einmal gegenüberzustehen.

Denn eigentlich war ich mir ziemlich sicher gewesen, dass sie tot war.

Es war die weibliche Fae aus dem *Flux*, die mich zu Tobias gebracht hatte.

Alyssa.

Sie trug ein schwarzes Etuikleid, das sich an ihre schlanke, elegante Silhouette schmiegte und ihre silberfarbene Haut, das Dekolleté und die Beine zur Geltung brachte.

Sie legte den Kopf schief und hob eine Augenbraue. Sie wirkte genauso überrascht mich zu sehen wie Caden.

Mein Blick fiel auf ihre Hand. Ein Glas Nachtschatten. Und sie war ebenfalls barfuß.

Mein Magen zog sich zusammen, und ich trat einen Schritt zurück, während mein Blick wieder zurück zu Caden huschte. Er hatte gesagt, dass er alle Fae vor dem Zimmer, in dem ich mit Tobias gewesen war, umgebracht hatte, und Alyssa war definitiv eine von ihnen gewesen.

Aber jetzt war sie hier bei Caden, trug ein aufreizendes Kleid und trank Nachtschatten mit dem ebenfalls barfüßigen Caden.

Die Intimität des Augenblicks, in den ich gerade geplatzt war, war genauso schockierend wie die Tatsache, dass Alyssa noch am Leben war – eine Winterfae, die mit dem Sommerprinzen in dessen Wohnung Nachtschatten trank.

Der Schock hielt mich fest gefangen, während ich versuchte, die Einzelteile zu einem Ganzen zusammenzufügen, und dann wurde mir plötzlich klar, wie verdammt dämlich ich gewesen war.

Ich habe noch nie jemanden so sehr gewollt wie dich.

Mein Gott!

Ich war so dumm, dass es verboten werden sollte.

»Wer ist das?«, fragte Alyssa und rückte näher. Ihre roten Lippen verzogen sich zu einem neugierigen Lächeln.

Caden betrachtete mich und hob eine Augenbraue. »Niemand.«

Ein Ruck ging durch meinen Körper, als sich unsere Blicke trafen.

Er starrte mich an, als könne er nicht glauben, dass ich vor ihm stand.

»Was für eine Enttäuschung.« Alyssa stand mittlerweile hinter Caden, und er versteifte sich, als sie eine Hand auf seinen Oberarm legte und ihn rieb. »Ich dachte, es wäre eine Hauszustellung.«

Hauszustellung.

Als würde ich mich gerade selbst als ihr Essen zustellen. Mein Gott. Meine Gedanken rasten, während ich blitzschnell sämtliche Möglichkeiten durchging. Entweder hatte mich Caden von Anfang an belogen – einschließlich der Tatsache, dass er alle vor Tobias' Zimmer getötet hatte und sich schon so lange nicht mehr genährt hatte –, oder ich hatte etwas sehr Wichtiges übersehen.

Aber im Moment spielte das alles ohnehin keine Rolle. Viel wichtiger war, dass ich so schnell wie möglich von hier verschwand. »Es tut mir leid«, sagte ich mit heiserer Stimme. »Ich habe mich in der Adresse geirrt.«

»Offensichtlich.« Alyssa grinste höhnisch und hakte sich bei Caden unter. »Ich habe nichts für alte graue Mäuse übrig.«

»Ich auch nicht«, stimmte Caden ihr zu.

Ich zuckte zusammen. *Wow.* Das war verdammt hart. Ich wandte mich ab, denn sonst hätte ich sie vielleicht beide umgebracht.

»Warte.« Alyssa trat an Caden vorbei. »Warte mal. Kenne ich dich nicht?«

Scheiße.

»Du kommst mir bekannt vor.«

Caden drehte sich zu der weiblichen Fae herum, legte einen Arm um ihre schlanke Mitte und lachte. »Du kennst sie sicher nicht. Komm, machen wir dort weiter, wo wir aufgehört haben.«

Sie starrte mich immer noch an. »Aber …«

Im nächsten Moment war Cadens Mund an ihrem Hals, und er flüsterte ihr etwas ins Ohr, das so leise war, dass ich es nicht verstand. Er führte sie zurück in die Wohnung, und sie kicherte, als er mir mit dem Fuß die Tür vor der Nase zuschlug, ohne mich noch einmal anzusehen.

Ich stand im *Thieves,* hielt einen Cuba Libre in der Hand und ließ den Blick über die volle Tanzfläche schweifen. Ich hatte keine Ahnung, wonach ich eigentlich suchte, aber ich blieb einfach in der Nähe der Bar und hoffte, etwas Verdächtiges zu entdecken. Bis jetzt hatte ich keinen einzigen Fae gesehen, dafür aber die Telefonnummern von zwei Männern abgestaubt. Sie hielten mich offensichtlich nicht für eine alte graue Maus.

Ich bestellte einen weiteren Drink, doch auch er half nicht gegen das Brennen in meiner Brust. Mehrere Stunden waren vergangen, und ich hatte immer noch keine Ahnung, was genau ich in Cadens Wohnung gesehen hatte. Aber was auch immer es war, es war nicht gut gewesen.

Und das hatte nichts mit diesem irrwitzigen Schmerz in meiner Brust zu tun.

Er hatte mich angelogen, was die Fae betraf, die er im *Flux* getötet hatte, dennoch gab es einen winzigen Teil in mir, der nach wie vor logisch dachte und mir sagte, dass er Alyssa möglicherweise nur benutzte, um an Aric heranzukommen. Doch auch in dieser Hinsicht konnte ich mich natürlich täuschen.

Caden hatte offensichtlich gelogen, als er mir erzählt hatte, er hätte Alyssa umgebracht, und sie hatte ihn in jener Nacht sicher gesehen. Vielleicht hatte er in vielerlei Hinsicht gelogen. Zum Beispiel, dass er nach Aric suchte. Oder die Sache, dass er sich so lange nicht genährt hatte, und auch keinen Sex mehr gehabt hatte. Denn es hatte auf jeden Fall so ausgesehen, als würde zwischen den beiden etwas laufen.

Ich zuckte zusammen. Wieder einmal. Ich nahm noch einen Schluck. Wieder einmal.

Ich behielt die Bar weiter im Auge und wischte mir eine lange dunkle Strähne von der Schulter. Ich war zu Hause gewesen, bevor ich hierhergekommen war, hatte eine lange braune Perücke aufgesetzt und ein aufreizenderes, engeres und schulterfreies schwarzes Kleid angezogen.

Ren und Ivy würden in einem oder zwei Tagen wiederkommen, und dann würde ich ihnen alles erzählen. Na ja, die Sache, dass Caden sich von mir genährt und ich einen Orgasmus gehabt hatte, würde ich eher verschweigen, aber ich musste ihnen von dem Prinzen erzählen. Denn wenn er auf irgendeine Weise für das andere Team spielte, während er mich für dumm verkauft hatte, waren wir geliefert.

Aber das ergibt doch keinen Sinn, flüsterte die Logik in mir. *Er hat mehrere Fae getötet. Er hat mir das Leben gerettet. Er kann nicht mit den Winterfae …*

Ein stahlharter Arm schlang sich von hinten um meine Taille und zog mich an einen harten Oberkörper. Ich versteifte mich und machte mich bereit, diesem unglaublich aufdringlichen Kerl den Ellbogen in den Bauch zu rammen.

»Was machst du hier?«

Als ich Cadens Stimme hörte, verzichtete ich auf die Sache mit dem Ellbogen, obwohl ich mich mehr denn je danach sehnte.

»Lass mich los!«

Er hielt mich fester. »Du hast meine Frage nicht beantwortet, Sonnenschein.«

»Nenn mich nicht so!«, fauchte ich und versuchte vergeblich, mich von ihm zu lösen.

Ich spürte sein Seufzen in meinem ganzen Körper, als er mit der anderen Hand um mich herum griff und mir den Drink aus der Hand nahm.

»Hey!«

Er stellte das Glas auf den Tisch neben uns, und dann wanderte seine Hand zu meinem Brustbein, direkt unterhalb meines Busens. Er hielt mich zurück, bevor ich mich zu ihm umdrehen konnte.

»Du verstehst nicht, was du vorhin gesehen hast.«

»Na sowas. Echt?« Ich sah mich in dem gerammelt vollen Laden um und erkannte sofort, dass mir niemand zu Hilfe kommen würde. Für einen zufälligen Beobachter sah es so aus, als würde Caden mich umarmen. »Wie hast du mich überhaupt gefunden?

Die Hand unter meiner Brust bewegte sich, als er mit den Schultern zuckte.

»Was zum Teufel soll das denn heißen?«, fragte ich.

»Es ist eine Nebenwirkung, weil ich dir das Leben gerettet habe. Jetzt kann ich dich ganz leicht überall aufspüren.«

Mein Mund stand vor Erstaunen offen. »Ist das dein Ernst?«

Caden antwortete nicht, aber es ergab durchaus Sinn. Immerhin tauchte er ständig dort auf, wo ich war, und es erklärte auch, wie er herausgefunden hatte, dass ich wieder ins *Court* gegangen war.

»O Mann«, murmelte ich. »Das ist ja gruselig.«

Er kicherte, und das brachte mich nur noch mehr auf die Palme.

»Das ist nicht witzig. Außerdem hättest du es mir sagen müssen.«

»Ich habe es nicht getan, weil ich wusste, dass du so reagieren würdest.«

Ich legte die Hand auf den Arm, der meine Mitte umschlungen hielt. »Du musst mich jetzt loslassen.«

»Und du musst mir erklären, was du hier verloren hast.«

»Vergiss es.«

»Du musst verstehen, was du da in meiner Wohnung gesehen hast. Ich hatte dich nicht erwartet.«

»Das war offensichtlich.«

Er machte ein Geräusch, das ziemliche Ähnlichkeit mit einem Knurren hatte. »Ich brauchte Alyssa, um an Informationen über Aric ranzukommen.«

»Echt? Sollte sie nicht eigentlich tot sein?«

»Was?« Er drückte seinen Kopf an meinen, und sein warmer Atem strich über meine Wange und sandte ein Schaudern über meinen Rücken. »Das musst du mir näher erklären.«

»Muss ich das?«

»Ja.« Sein Daumen strich über meine Rippen, direkt am Brustansatz entlang. »Das musst du.«

Meine Kehle war staubtrocken, als mein dämlicher, vereinsamter Körper sofort auf seine Berührung reagierte. Eine neue Art Schmerz machte sich in meiner Brust breit. »Alyssa war im *Flux*. Als Tobias' Späherin.«

»Ich habe sie nicht gesehen, als ich auftauchte«, versicherte er mir schnell. »Sie wusste nicht einmal, dass ich dort war, aber sie war kurz davor, dich wiederzuerkennen, und das wäre nicht gut gewesen, Sonnenschein.«

»Wechsle jetzt nicht das Thema.« Mein Atem stockte, als ich spürte, wie meine Brustwarzen hart wurden.

»Sie war nicht da, aber ich weiß, dass sie Kontakt zu Aric hat.«

»Und das soll ich dir glauben?«, fragte ich. »Ehrlich?«

Der Arm um meine Mitte spannte sich an, als er seinen Kopf kaum merklich drehte. Seine Lippen lagen auf meinem

Ohr. »Habe ich dir jemals einen Grund gegeben, mir zu misstrauen?«

Ich öffnete den Mund, doch dann schloss ich ihn wieder. Er hatte mir keinen Grund gegeben, ihm eine Lüge zu unterstellen. Zumindest nicht, soweit ich wusste.

»Ich habe Alyssa benutzt, um herauszufinden, wo Aric sich versteckt«, fuhr er fort, und bei jedem Wort berührten seine Lippen mein Ohr. »Sie war in etwa so hilfreich wie die Schusswunden gestern.«

»Oh, da bin ich mir nicht so sicher. Es sah so aus, als wäre sie *sehr* hilfreich gewesen.«

»Nein.« Seine Lippen berührten die Stelle unter meinem Ohr. »Das war sie nicht. Es ist absolut gar nichts zwischen uns passiert.«

Ich starrte geradeaus, und mein Blick fiel auf einen jungen Mann, der das Mädchen neben sich küsste.

»Wir sind uns im Moment näher, als sie und ich es je waren«, erklärte Caden, während sich das Pärchen aneinanderklammerte. »Ich werde dich nicht belügen, sie wollte das hier.« Der Arm um meine Mitte zog mich noch näher heran. »Aber sie hat es nicht bekommen.«

Ich schloss die Augen und machte einen flachen Atemzug. »Das spielt keine Rolle.«

»Doch, das tut es.«

»Es ist mir egal.«

»Du lügst.«

»Nein, tue ich nicht.« Ich wandte den Kopf zu ihm herum. Seine Haarspitzen kitzelten meine Wange. »Es ist mir egal, was du mit ihr angestellt hast. Es wäre mir nur nicht egal, wenn du mit ihr zusammenarbeitest – mit ihnen.«

»Wenn ich mit ihnen zusammenarbeiten würde, würde ich es echt nicht gut machen.«

»Oder ziemlich gut.«

Er beugte den Kopf nach unten, und seine verdammten Lippen glitten über meine Wange. »Du bist die Einzige, mit der ich zusammenarbeite, oder es zumindest versuche.«

»Mit der alten grauen Maus?«, erwiderte ich, bevor ich mich beherrschen konnte.

»Du bist weder alt noch eine graue Maus.« Er lehnte seine Stirn an meine Wange. »Das weißt du genau.«

Mein Herz schlug mir bis zum Hals. »Ich bin zumindest nicht alt.«

»Nein, das bist du nicht.« Ich spürte sein Lächeln an meiner Wange. »Und du bist auch keine graue Maus. Ganz im Gegenteil.«

Ich antwortete nicht, sondern schloss die Augen. Ich musste zugeben, dass ich vielleicht eine ziemlich wilde Schlussfolgerung gezogen hatte, was seine Zusammenarbeit mit den Winterfae betraf, und meine privaten Gefühle mussten privat bleiben.

»Mir ist heute etwas eingefallen. Ich habe schon einmal etwas über diese Augen gelesen – über diese vollkommen schwarzen Augen, die Elliot hatte.« Der Griff um meine Mitte lockerte sich so weit, dass ich mich von ihm lösen und etwas dringend benötigten Abstand zwischen uns bringen konnte. Ich drehte mich zu ihm und sah, dass er genauso angezogen war wie vorhin in seiner Wohnung. »In dem Tagebuch eines Ordensmitgliedes.«

Er sah mich aufmerksam und alarmiert an. »Was hast du herausgefunden?«

Er hörte mir genau zu, während ich ihm eine schnelle Zusammenfassung gab. Angefangen bei der Substanz, die so ähnlich wie *Devil's Breath* wirkte, bis hin zu dem Besitzer des Clubs, in dem wir uns gerade befanden.

Als ich fertig war, hatte er die Zähne aufeinandergebissen. »Ich habe keine Ahnung, welche Substanz das sein könnte, aber das bedeutet nicht, dass sie nicht existiert. Außerdem weiß ich, wem diese Bar gehört. Es ist nicht …« Sein Blick flog über meine Schulter, und seine Augen blitzten auf. »Wir bekommen Gesellschaft.«

Caden packte meine Hand und drückte mich an sich. Ich öffnete den Mund, doch er presste mein Gesicht regelrecht an seine Brust.

»Hallo.« Cadens tiefe Stimme dröhnte durch meinen Körper. »Seid ihr das Empfangskomitee?«

Ich legte meine Hände auf seine Hüften und lauschte.

»Wir wollen keinen Ärger«, sagte jemand.

Cadens breite Hand fuhr in meine Haare und hielt meinen Kopf fest. »Davon gehe ich aus.«

»Neal will mit dir sprechen.«

»Tatsächlich?« Es folgte keine Antwort, doch dann meinte Caden: »Aber sie bleibt bei mir.«

»Er will mit dir alleine sprechen.«

»Mir ist egal, was er will«, erwiderte Caden. »Sie bleibt bei mir.«

Es folgte eine Pause, dann: »Komm mit.«

Caden legte einen Arm um meine Schulter, doch seine Hand blieb auf meinem Hinterkopf liegen, sodass mein Gesicht weiterhin nicht zu sehen war. Ich erhaschte einen Blick auf zwei große Männer in schwarzen Hemden, aber ich konnte nicht beurteilen, ob es Fae waren oder nicht.

Wir wurden zur Rückseite der Bar geführt und gingen durch einen schmalen Flur, an dessen Ende eine Tür geöffnet wurde.

»Er kommt gleich«, sagte einer der Männer und schloss die Tür hinter uns.

Cadens Hand glitt von meinem Hinterkopf, und ich konnte mich zum ersten Mal in dem Zimmer umsehen. Es gab eine Nische mit Stühlen, und mehrere ungeöffnete Kartons reihten sich an der gegenüberliegenden Wand.

»Müssen wir uns Sorgen machen?«, fragte ich und ließ die Finger über meinen Eisenarmreifen gleiten.

Er betrachtete die Nische. »Nicht wir. *Du.*«

»Was?«

»Der Besitzer ist nicht gerade ein guter Freund und auch kein großer Fan von Leuten wie dir.« Er strich sich eine Haarsträhne aus dem Gesicht. »Und ich rede hier nicht vom Orden. Eher von der Menschheit im Allgemeinen.«

»Das ist eine ziemliche Beleidigung.« Ich warf einen Blick in Richtung Tür.

»Ja, aber jetzt ist es zu spät, um noch zu verschwinden, und wenn er sich dich genauer ansieht, weiß er, dass du zum Orden gehörst.«

Ich runzelte die Stirn. »Woher denn?«

»Er wird es einfach wissen.«

Wer war der Kerl, der gleich kommen würde?

»Du musst so tun, als würdest du mich mögen.«

»Ich weiß nicht, ob ich das schaffe.« Ich drehte mich zu ihm herum.

»Glaubst du, alle Fae sind so dumm wie die drei, die du umgebracht hast?« Er starrte mich an, und Überraschung machte sich in mir breit. »Sie werden es herausfinden. Und dieser hier ganz bestimmt.«

Ich winkte ab und wollte mich gerade abwenden, doch vor der Tür erklangen Stimmen, die näher kamen.

»Verdammt«, murmelte Caden, und im nächsten Moment schoss sein Arm nach vorne. Er zog mich ohne Vorwarnung in die Nische und auf seinen Schoß. Und zwar wirklich in seinen Schoß, sodass eines meiner Beine über seinem hing und das andere gegen den Stuhl gedrückt wurde. Der Rock meines Kleides rutschte nach oben, sodass der Großteil meines Oberschenkels zu sehen war. Eine falsche Bewegung, und mein ganzer Hintern würde hervorblitzen.

Ich schnappte nach Luft und legte ihm die Hände auf die Brust, um mich von ihm abzustoßen und von seinem Schoß zu klettern. Wir waren uns in der Nacht zuvor zwar nähergekommen als jetzt, aber das hier war anders, denn aus irgendeinem hirnverbrannten Grund sah ich Alyssa vor mir, wie sie die Hand auf seinen Arm legte und er das Gesicht an ihrem Hals vergrub.

»Hör auf«, zischte er wütend. Sein Arm um meine Mitte war wie ein Schraubstock, als er mich wieder an seine Brust zog. Seine Augen brannten vor Zorn. »Ich hoffe für dich, dass du eine gute Schauspielerin bist.«

Meine Finger gruben sich in sein Hemd. Wir waren uns viel zu nahe. Meine Sinne liefen Amok, und in meinem Kopf drehte sich alles. Seine Hand glitt meinen Rücken hoch, und ich erschauderte mehrmals hintereinander.

»Denn wenn diese Tür aufgeht, und er erkennt, wer und was du bist, dann muss ich ihn töten, und dann bin ich echt und für immer und ewig sauer auf dich, denn offensichtlich geht hier in diesem Laden ein ziemlich kranker Mist ab«, fuhr er fort, legte seine Hand um meinen Nacken und fixierte meinen Kopf. »Und deshalb, Sonnenschein, musst du jetzt so tun als ob, bis du ganz in deiner Rolle aufgehst.«

22

Mein Gesicht wurde gegen den Hals des Prinzen gedrückt, und ich konnte nichts dagegen tun. Er war wie ein Schraubstock, der mein Gesicht im Verborgenen hielt.

Sein Daumen glitt über meine verspannten Nackenmuskeln und erinnerte mich daran, dass er mich zwar fixierte, sein Griff aber immer noch sanft war.

Später musste ich mir unbedingt die Zeit nehmen, um sämtliche Lebensentscheidungen zu überdenken, die mich an diesen Punkt geführt hatten.

»Zeig auf keinen Fall dein Gesicht, Sonnenschein.« Cadens Stimme war sanft, als er die zweite Hand auf meinen Oberschenkel legte. »Egal, was passiert.«

Die Tür ging auf, bevor ich darauf antworten konnte, und ich hörte eine unbekannte Stimme. »Ich war überrascht, als man mir sagte …«

Der Fae verstummte, und ich nahm an, dass er mich auf Cadens Schoß entdeckt hatte.

Glücklicherweise hatte ich mein Gesicht an seinem Hals vergraben, denn trotz des Make-ups hätte wohl jeder gesehen, dass ich so rot wie eine überreife Tomate geworden war.

Der Fae räusperte sich, dann meinte er: »Das kommt unerwartet.«

»Ja, nicht wahr?« Caden drückte meinen Oberschenkel, als

ich ein leises Knurren ausstieß. »Ich hoffe, es macht dir nichts aus. Ich will nicht, dass sie in Schwierigkeiten gerät.«

»Ja, ich verstehe gut, dass das bei ihr durchaus passieren könnte.«

Ich würde den Prinzen umbringen. Ihm einen Eisenpflock in die Brust rammen. Es wäre besser gewesen, wenn ich ihn einfach hätte sterben lassen.

Eine Tür schloss sich. »Also, störe ich?«

»Nein, überhaupt nicht«, erwiderte Caden. »Ich wollte gerade meinen abendlichen Snack genießen, als du mich sprechen wolltest.«

Was zum Teufel sollte das? Dieser Kommentar war absolut unnötig gewesen.

Der Fae, von dem ich annahm, dass es Neal war, lachte leise, und meine Wut stieg.

Ich ließ meine Hände über die Schultern des Prinzen gleiten, fuhr mit den Fingern in seine Haare und zog so fest, dass er sich mit aller Kraft dagegenstemmen musste, damit sein Kopf nicht nach hinten nachgab.

Im nächsten Moment knallte Cadens freie Hand auf meinen Hintern. Und zwar fest.

Ich schnappte nach Luft.

Die beiden Männer lachten.

Ich würde ihn umbringen, so wahr mir Gott helfe, ich würde ihn wirklich umbringen.

Seine Hand legte sich über die brennende Stelle, und er drückte zu. Ich biss mir auf die Lippe und ließ seine Haare los. Die Stelle brannte, und die Muskeln in meinem Oberschenkel spannten sich an, während die Hitze durch meinen Körper schoss.

O Gott, ich hatte das Gefühl, als würde mir das hier gefallen, und das war schlecht. Es war sogar sehr schlecht, wenn man bedachte, dass mir gerade vor einem Fremden der Hintern versohlt worden war.

»Ich bin mir nicht sicher, ob ich die da haben wollte«, erwiderte Neal, und ich verdrehte die Augen.

Caden knetete weiter die betroffene Stelle mit seiner breiten Hand, und wenn er dachte, dass das Brennen dadurch verschwand, täuschte er sich. Es breitete sich noch weiter aus.

»Also ich werde sie sicher noch vernaschen.«

Und ich würde ihm das Knie zwischen die Beine rammen.

»Du wolltest mit mir sprechen?«, fragte der Prinz.

»Ja.« Die Stimme war jetzt näher, und ich spürte, dass er ebenfalls in der Nische saß. »Ich war überrascht, als ich dich auf den Überwachungsvideos sah. Du bist seit zwei Jahren zurück und warst kein einziges Mal hier.«

»Begrüßt du alle neuen Gäste auf diese Weise?« Cadens Hand glitt von meinem Hintern, und das war echt gut – es war sogar großartig. Zuerst. Denn jetzt lag seine Hand auf meinem nackten Oberschenkel, und seine langen Finger schlüpften unter den Saum meines Kleides. Meine Augen weiteten sich. Was machte er da?

»Nur Leute wie dich.«

»Ich fühle mich geehrt«, erwiderte Caden.

»Das solltest du auch.« Es folgte eine Pause, dann fragte Neal: »Also, was führt dich nach so langer Zeit hierher?«

Nachdem ich sehen wollte, mit wem Caden sprach, schaffte ich es, einen Zentimeter weit zur Seite zu rutschen, was allerdings ein Fehler war, denn dadurch glitt ich nur noch tiefer in seinen Schoß. Die Hand des Prinzen erstarrte und hielt mich fest.

War er etwa erregt?

Du meine Güte, die dicke, harte Erhöhung, die sich an die Innenseite meines Oberschenkels presste, war eindeutig.

Ich wusste nicht, was ich davon halten sollte, aber mein Körper war mehr als einverstanden mit der Reaktion, die sein Körper zeigte, und das war falsch. Genauso falsch wie die Tatsache, dass es mir gefallen hatte, als er mir den Hintern versohlte.

»Wusstest du, dass mehrere junge Fae des Sommerhofs vermisst werden?« Der Daumen des Prinzen bewegte sich erneut und zeichnete langsame, träge Kreise auf die Innenseite meines Oberschenkels.

»Nein, aber es tut mir leid, das zu hören«, erwiderte Neal. »Glaubst du, dass sie hier waren?«

»Möglich. Ich bin gestern Abend einem von ihnen begegnet. Etwas an ihm war seltsam.«

»Inwiefern?« Neal klang gelangweilt.

»Seine Augen waren anders. Sie waren so schwarz, dass nicht mal mehr die Pupillen zu sehen waren.«

»Das klingt bizarr.«

»Tut es das?«, fragte Caden langsam. »Weißt du, was noch bizarrer ist? Dass es offenbar eine Substanz gibt, die einem Fae seinen freien Willen nimmt. Und diese Substanz hat eine nette kleine Nebenwirkung.«

»Ich nehme an, sie verändert die Augenfarbe?«

Ich spürte, wie Caden nickte.

»Das ist interessant, aber ich verstehe nicht, was das alles mit meinem Laden zu tun hat.«

»Weißt du, um welche Substanz es sich dabei handeln könnte?«

Neal schwieg, dann meinte er: »Ich habe noch nie von einem Stoff gehört, der diese Auswirkungen auf einen Fae hat.«

Was definitiv gelogen war.

»Ich habe eine Frage an dich«, fuhr Neal fort. »Mir ist zu

Ohren gekommen, dass mehrere meiner Mitarbeiter letzten Samstag in einen Zwischenfall im *Flux* verwickelt waren.«

»Ja«, erwiderte Caden, und ich versteifte mich. »Du solltest dir deine Mitarbeiter sorgfältiger aussuchen.«

Moment. Wenn Neal eine Verbindung zu Tobias hatte, dann kannte er doch sicher auch Alyssa? Meine Finger umklammerten den Kragen von Cadens Hemd.

»Dann bist du also der Grund, warum Tobias nicht mehr länger unter uns ist?«, fragte Neal, und es überraschte mich ein wenig, dass der Fae so offen vor mir sprach. Er hatte bis jetzt keine Ahnung, wer ich war.

In Anbetracht meiner derzeitigen Position machte er sich allerdings vermutlich keine weiteren Gedanken darüber, was ich sagen oder tun würde. Wahrscheinlich dachte er, ich würde unter einem Glamour-Zauber stehen.

»Ja«, antwortete der Prinz.

Er log.

O mein Gott, Caden hatte gerade für mich gelogen. Er hätte alles erzählen können, aber er hatte die Verantwortung dafür übernommen, was ich getan hatte. Ich wusste nicht, wie ich damit umgehen sollte.

Neal schnaubte. »Tobias war ein Idiot.«

»Stimmt.« Seine Hand bewegte sich erneut, und jede Faser meines Körpers konzentrierte sich auf ihre Reise. »Warum wollte Tobias sich mit Aric treffen?«

»Wollte er das?«

»Und hast du eine Ahnung, was er im *Flux* zu suchen hatte?«

»Ich nehme an, er wollte Sex und sich nähren, wie die meisten dort.«

Ich rümpfte die Nase.

»Können sie das hier nicht genauso?«, fragte Caden.

»Mein Etablissement ist ein wenig gehobener.« Neal seufzte. »Weißt du, mir ist da noch etwas zu Ohren gekommen. Ich habe gehört, dass Aric die Loyalität der Fae auf die Probe stellen möchte.«

»Die Loyalität gegenüber der Königin?«, fragte Caden, und ich atmete scharf ein.

Neal antwortete nicht, aber ich nahm an, dass er nickte, denn der Prinz fragte: »Sucht Aric nach einer Möglichkeit, mit der Königin Kontakt aufzunehmen?«

»Das musst du ihn selbst fragen, aber wenn ich wetten müsste, würde ich Ja sagen«, erwiderte Neal. »Aric möchte mehr sein als ein Ritter. Er möchte König werden.«

Was zum Teufel?

Der Prinz lachte verächtlich, und seine Hand glitt noch weiter unter mein Kleid. Seine Finger hatten die Stelle zwischen meinem Oberschenkel und meinem Becken erreicht, und ich schnappte nach Luft. Seine andere Hand drückte sanft meinen Nacken, was sich seltsam beruhigend anfühlte.

Und das ergab keinen Sinn. Also musste er selbst der Grund sein. Sein Geruch war unglaublich. Er stellte seltsame Dinge mit meinem Verstand an, aber er duftete fantastisch. Sündhaft würzig und durchdringend frisch. Die Haut an seinem Hals war direkt vor mir, und wenn ich den Mund geöffnet hätte, hätte ich ihn geschmeckt.

Ich durfte nicht an solche Dinge denken. Ich musste mich auf das Gespräch konzentrieren, Prioritäten setzen, aber Caden berührte mich auf eine Weise, die mich nach allem, was ich in seiner Wohnung gesehen hatte und was ich für ihn getan hatte, echt auf die Palme brachte.

Ich musste so tun als ob, bis ich ganz in meiner Rolle aufging – hatte er nicht genau das gesagt?

Zum Teufel damit! Ich würde das hier genauso unangenehm für ihn machen, wie er es für mich machte. Er dachte, er hätte die Oberhand? Dann würde er bald herausfinden, dass das nicht der Fall war.

»Weißt du, wo Aric …« Der Prinz verstummte mit einem Mal, als ich mit der Zunge über seinen Hals glitt. Der Griff um meinen Nacken wurde fester, und ich grinste. Er räusperte sich. »Weißt du, wo Aric ist?«

»Nein«, antwortete Neal amüsiert. »Er hält sich gerne bedeckt.«

»Ja, leider.« Die Stimme des Prinzen klang tiefer und rauer. Und ich tat etwas, was ich mir nie zugetraut hätte. Ich ließ meine Zungenspitze seinen Hals entlanggleiten, und als ich spürte, wie sich seine Brust ruckartig hob, biss ich ihm sanft ins Ohr. Seine Brust drückte sich an meine, und ich hätte am liebsten laut gelacht.

»Ich würde gerne etwas wissen«, sagte er und schob die Hand zwischen meine Oberschenkel. Das Lachen blieb mir im Hals stecken. So schnell hatte ich die Oberhand auch schon wieder verloren. »Stehst du noch auf der Seite der Königin?«

Bei dieser Frage hätten sämtliche Alarmglocken läuten sollen, vor allem, weil ich immer noch überzeugt war, dass der Name Rica ein Anagramm für Aric war, aber ich konnte nur daran denken, wo Cadens Hand war und wie kurz davor seine Finger standen, mich zu *berühren*.

»Ich stand nie auf der Seite der Königin«, antwortete Neal. »Genauso wenig, wie ich auf Arics Seite stehe … oder auf deiner.«

»Ich habe dich nie um deine Loyalität gebeten.« Ein Augenblick verging, dann ließ er seinen Finger über die seidige Mitte meines Höschens gleiten.

Ich hielt den Atem an.

»Du hast mich vielleicht nicht darum gebeten, aber behaupte jetzt nicht, dass du sie nicht willst. Für den Sommerhof bist du …«

»Ich weiß, wer ich bin«, erwiderte Caden. Sein Finger spielte nun mit dem Saum meines Höschens und glitt über sehr empfindliche Stellen. Hitze stieg in mir hoch. Ich konnte mich nicht erinnern, wann ich zum letzten Mal so berührt worden war. »Das ändert nichts daran, dass ich dich nie um deine Loyalität gebeten habe und sie auch nicht erwarte.«

»Interessant«, murmelte Neal. »Kann es der kleine Leckerbissen auf deinem Schoß auch mit uns beiden aufnehmen?«

Moment mal.

Mein ganzer Körper versteifte sich, und ich hielt den Atem an. Ich hatte keine Ahnung, was der Prinz antworten würde. Würde er Ja sagen? Denn in diesem Fall würde die Situation eindeutig außer Kontrolle geraten.

»Ich teile nicht«, knurrte der Prinz.

»Nun«, meinte Neal gedehnt. »Das ist aber schade.«

Ein Teil von mir entspannte sich, aber es war nur ein winziger Teil, der nicht unter der Bewegung von Cadens Fingern summte. Ich atmete schwer, und meine Hände umklammerten seine Schultern, während sich die Hitze noch weiter ausbreitete. Vor zwei Jahren hätte ich mir nie vorstellen können, so etwas zuzulassen und es auch noch zu genießen.

Aber genau das tat ich.

Es hatte keinen Sinn, mir etwas vorzumachen.

»Es fällt mir zunehmend schwer, diesem Gespräch zu folgen«, meinte Neal mit schwerer Stimme. »Diese Frau lenkt mich zu sehr ab, obwohl sie bloß ein Mensch ist.«

»Das geht uns wohl beiden so«, erwiderte der Prinz trocken, und ich fragte mich, ob er merkte, wie feucht mein Höschen war. Er musste es spüren. Und das bedeutete, dass ich ihn tatsächlich umbringen musste. »Ich will dir noch eine letzte Frage stellen.«

»Aber beeil dich.«

Ich biss mir auf die Lippe, als sein Finger erneut über mein Höschen glitt, doch dieses Mal mit erheblich mehr Druck. Das war keine sanfte Berührung wie der Flügelschlag eines Schmetterlings. O nein, diese Berührung hatte ein Ziel. Er nahm die andere Hand von meinem Nacken und umfasste erneut meinen Hintern.

»Ist Aric dein Partner?«, fragte Caden, und ich reagierte unwillkürlich, als sein Daumen die Stelle berührte, an der alle Nerven zusammenliefen.

Meine Hüften zuckten seiner Hand entgegen.

»Wenn es so wäre, wüsste ich dann nicht, wo er ist?«, entgegnete Neal. »Ich habe dir doch gerade gesagt, dass ich es nicht weiß und auch nicht auf seiner Seite stehe.«

»Ja, das hast du.« Der Prinz drehte seinen Kopf und presste seine heißen Lippen auf meine Schulter. Dieser Kuss ... ich weiß auch nicht. Er löste so viel in mir aus. Er überraschte und verwirrte mich. Er entfachte eine unglaubliche Hitze und neu entdeckte Lust in mir.

»Verstehe ich dich richtig?«, fragte Neal. »Willst du damit sagen, dass ich lüge?«

»Ich will damit sagen, dass Aric etwas mit den vermissten jungen Fae zu tun hat, denn ich weiß mit Sicherheit, dass sie nicht freiwillig verschwunden sind.«

Cadens Finger bewegte sich weiter und verweilte an meiner empfindlichsten Stelle, bevor er weiter nach unten glitt. Es machte mich verrückt. Er drückte sanft gegen den Zwickel meines Höschens, und ich biss mir so lange auf die Lippe, um ein Stöhnen zu unterdrücken, bis ich Blut schmeckte. Caden hörte es trotzdem. Das weiß ich bestimmt, denn er belohnte mich, indem er meinen Hintern fester drückte. »Nicht, nachdem so viele von ihnen ihre Familienmitglieder im Kampf gegen die Königin verloren haben.«

»Wie viele sind verschwunden?«

»Bisher sind es vier.« Sein Mund glitt erneut über meine Schulter, während die Hand auf meinem Hintern mich nach unten und gegen seine Erektion drückte.

Nichts von alldem war real. Es war bloß Theater. Also gab ich auf, und das Zucken meiner Hüften verwandelte sich in ein langsames, reibendes Kreisen. Ich hätte erwartet, Scham zu empfinden, aber ich spürte nur Lust und Verlangen.

Meine Hände bewegten sich wie von selbst und erkundeten die Dellen und Ebenen seiner Brust. Blut schoss durch meine Adern, und das Gespräch trat immer mehr in den Hintergrund. Ich bewegte mich ruckartig und wand mich hin und her, während er seine Finger an mich drückte und ich mir wünschte, dass kein Stoff mehr zwischen seinem und meinem Körper war.

Und das war verrückt.

Ich durfte nicht darüber nachdenken, was ich gerade tat – dass ich, heiß und von schmerzendem Verlangen erfüllt, auf seiner Hand ritt, während er mit einem anderen Fae redete. Verdammt, ich konnte nicht einmal darüber nachdenken, selbst wenn ich es versucht hätte. Mein Innerstes zog sich zusammen, und mir stockte der Atem. Das hier war anders als letzte Nacht. Es war real, auch wenn …

… es nur Show war.

Einerseits wünschte ich mir, dass Neal ging, damit wir das Theater beenden konnten, andererseits wollte ich nicht, dass er ging, denn ich stand so knapp vor der Erlösung, und ich dachte … ich dachte, ich hätte ein Klopfen an der Tür gehört.

»Ich melde mich, wenn ich etwas von den jungen Fae höre.« Neals Stimme wurde leiser, als ich mich langsam wieder in das Gespräch einklinkte.

»Ich verlasse mich darauf.« Caden zeichnete einen Kreis mit seinem Daumen, und ich konnte das Stöhnen einfach nicht mehr zurückhalten. Genauso wenig, wie er verhindern konnte, dass seine Hüften als Antwort darauf nach oben schnellten.

»Neal?«

»Ja.«

»Wenn ich herausfinde, dass du etwas mit den vermissten Sommerfae zu tun hast, oder dass du mit Aric zusammenarbeitest, werde ich dich verdammt noch mal zerstören.«

»Verstanden.« Es folgte eine Pause, und dann: »Du kannst das Zimmer hier haben, so lange du willst.«

Die Tür fiel ins Schloss, und ich hielt den Atem an, während ich am ganzen Körper zitterte. Cadens Finger erstarrte, aber er zog die Hand nicht weg, und ich hob auch nicht den Kopf oder sprang von seinem Schoß, als wären meine Beine Sprungfedern. Wir warteten beide, und mein Herz raste.

»Willst du, dass ich es zu Ende bringe?«, fragte er mit leiser, heiserer Stimme.

Ja.

Ich wollte, dass er es zu Ende brachte.

Aber was machte ich da? Neal war gegangen, und es gab keinen Grund, das Theater fortzusetzen. Keine gute Entschuldigung, außer, dass ich auf Erlösung hoffte.

Von ihm – vom Prinzen.

Nein, nicht vom Prinzen.

Von *Caden.*

Er legte mir den Arm um die Schultern und lehnte sich zurück. Seine Lippen glitten über meine Wange, als ich das

Kinn senkte. »Du musst nichts sagen, Sonnenschein. Verstehst du?«

Ich versteifte mich so sehr, dass ich Angst hatte, mir einen Knochen zu brechen. Ich zitterte am ganzen Körper, als ich nickte.

Caden stieß ein Geräusch aus, das mir Angst hätte machen sollen, doch stattdessen setzte es mein Blut in Flammen, und dann befand sich sein Finger plötzlich unter dem dünnen Stoff meines Höschens und glitt durch die feuchte Hitze. Ich stemmte mich gegen seine Hand. Schon lange hatte mich niemand mehr so berührt. Es war schon Jahre her, und in diesem Moment wusste ich, dass es kein Theater war.

Ich rückte ein wenig zur Seite und spreizte die Beine, damit er leichter Zugang fand, und er nahm sich ihn, glitt mit den Fingern über mich und schließlich in mich hinein. Ich schrie auf und ließ den Kopf zurückfallen, während ich mich in seiner Berührung verlor. Meine Hüften bewegten sich und pressten sich immer wieder gegen seine Hand, während eine Hitze in mir hochstieg, die ich noch nie zuvor erlebt hatte. Sie wurde immer stärker und stärker, bis ich Angst hatte, verschluckt zu werden.

Und dann machte er etwas mit seinem Finger. Er krümmte ihn und fand genau die eine Stelle. Die Spannung zog sich zusammen und brach schließlich aus mir hervor. Ich kam in einer gewaltigen Explosion, drückte mich gegen seine Hand und ließ meine Stirn gegen seine sinken.

Ich weiß nicht, wie lange es dauerte, bis alles wieder zusammenfand und das Zimmer erneut Gestalt annahm. Als es schließlich so weit war, spürte ich ihn hart und pulsierend unter mir.

Vielleicht war es der angenehme Nebel in den Minuten nach dem Orgasmus, der mir Mut verlieh, denn ich stemmte mich ein winziges Stück nach oben und griff nach dem Knopf seiner Jeans.

»Hey.« Seine Stimme war weich und heiser, als er nach meinem Handgelenk griff und es festhielt. »Das musst du nicht tun. Ich erwarte keine Gegenleistung für das, was ich gerade getan habe.«

»Ich weiß.« Meine Stirn lag noch immer auf seiner. »Aber ich will es.«

Er stöhnte. »Ich gebe mich nicht mit deiner Hand oder deinem Mund zufrieden. Ich will in dir sein, und das ist nicht der richtige Ort dafür. Außerdem will ich nicht in dir sein, wenn du so aussiehst. Ich will, dass du du bist.«

Ich atmete scharf ein, und seine Worte brachte mich zum Erschaudern. Niemand wollte mich so, wie ich war – außer Caden.

»Wir müssen von hier verschwinden.« Er umfasste sanft meinen Nacken. »Okay?«

Ich war mir nicht sicher, was ich davon halten sollte, dass er in dieser Sache auf die Bremse trat – was auch immer diese Sache war –, aber ich nickte. »Okay.«

Er zog meinen Kopf zurück, und ich spürte seine Lippen auf meiner Schläfe. Er küsste mich auf die Stirn, und ich weiß nicht warum, aber mein Herz zog sich zusammen. Es war so süß und intim und … es bedeutete alles.

Caden half mir hoch, und ich schwankte ein wenig, während ich sicherstellte, dass die Perücke noch an ihrem Platz war. Er stand auf und streckte mir die Hand entgegen. Ich nahm sie und verschränkte meine Finger mit seinen. Wir drehten uns um, und …

… in diesem Moment schwang die Tür ohne Vorwarnung auf, und im Türrahmen stand diese verdammte weibliche Fae.

Alyssa.

Aber sie war nicht alleine. Hinter ihr waren zwei uralte Fae, und dahinter noch jemand.

»Das ist sie«, sagte Alyssa und verzog die Lippen. »Ich wusste doch, dass ich sie kenne! Das ist die Schlampe aus dem *Flux*. Die, mit der Tobias im Hinterzimmer verschwunden ist.«

23

»Mist«, murmelte ich.

»Du verarschst mich doch.« Alyssa grinste höhnisch, als einer der beiden uralten Fae einen dritten dunkelhaarigen Fae ins Zimmer stießen. »Arbeitest du mit denen vielleicht auch zusammen, Neal?«

In diesem Moment wurde mir klar, dass Neal ebenfalls einer der uralten Fae war. Er wirkte nicht im Geringsten beunruhigt, als er sich an Alyssa und die anderen Fae wandte, aber ich war es sehr wohl.

Die beiden glatzköpfigen uralten Fae beäugten Caden und mich, als wollten sie uns in Stücke reißen. Und Neal vertraute ich ebenfalls nicht, wenn ich daran dachte, wer als zweiter Besitzer seiner Bar aufschien.

»Ich habe echt keine Ahnung, wovon ihr redet, und ich mag es überhaupt nicht, herumgeschubst zu werden.« Neal hob eine Augenbraue. »Schon gar nicht in meiner eigenen Bar.«

Alyssa, die noch immer dasselbe schwarze Etuikleid trug, verschränkte die Arme vor der Brust. »Sehe ich aus, als würde mich das kümmern?«

»Das würde ich dir zumindest raten«, erwiderte Neal und zog die Manschetten seiner Anzugjacke zurecht.

Die Fae verzog das Gesicht, und ihr Blick huschte von Neal

zu Caden und schließlich wieder zu mir. »Glaubst du, ich wusste nicht, warum du so viel über Aric wissen wolltest?«, meinte sie an Caden gewandt. »Du bist der Sommerprinz. Es ist nicht so, dass ich dir vertraue.«

»Aber Aric vertraust du?« Caden hielt immer noch meine Hand. »Du weißt schon, dass er einer meiner Ritter war, bevor er mich verraten hat? Er ist also nicht unbedingt jemand, dem man vertrauen sollte.«

»*War* ist hier das entscheidende Wort«, drang eine neue Stimme aus dem Flur.

»Verdammt«, murmelte Neal.

Caden ließ meine Hand los.

Die beiden glatzköpfigen Fae traten beiseite, und ein weiterer uralter Fae gesellte sich zu ihnen. Er stand direkt hinter Alyssa und ...

Mein Herz blieb beinahe stehen, denn ich *kannte* ihn. Ich würde diese hohen, kantigen Wangenknochen und die kurzgeschnittenen hellbraunen Haare nie vergessen. Ich würde niemals diesen Mund und die Narbe vergessen, die quer durch seine Oberlippe verlief.

»Das ist er«, flüsterte ich, und mein Magen krampfte sich zusammen. Ich konnte es nicht glauben. Der uralte Fae, nach dem Caden suchte, war derjenige, der meine Mutter ermordet hatte und mich beinahe umgebracht hätte. Ich spürte Cadens Blick auf mir. »Er ist es.«

Die blassen Augen des Fae betrachteten mich, während er die Hände auf Alyssas Schultern legte. »Ich erinnere mich an dich.« Er lachte. »Obwohl du beim letzten Mal vollkommen anders ausgesehen hast. Nicht nur die Haare und das Kleid. Da war vor allem viel mehr Blut.«

Ich reagierte instinktiv, öffnete meinen Armreif und stürzte mit einem zornerfüllten Schrei nach vorne.

Doch Caden schlang den Arm um meine Mitte und zog mich zurück. »Das wäre nicht sehr klug!«

»Lass mich los!«, schrie ich und grub meine Fingernägel in seinen Arm. »Er hat meine Mutter umgebracht!«

»Ich verstehe dich.« Cadens Stimme war leise. »Das tue ich wirklich. Aber Aric gehört nicht dir.«

Es war mir egal, was Caden sagte oder fühlte.

Aric gehörte *mir*.

»Er weiß Bescheid.« Neal verschränkte die Arme. »Über den *Mortuus* und die jungen Fae.«

Alyssa runzelte die Stirn, als sich mein Magen noch mehr zusammenzog.

»Du Hurensohn«, knurrte Caden, und sein Arm drückte mich wie ein Schraubstock an sich. »Du hast mir einfach ins Gesicht gelogen.«

Neal zuckte mit den Schultern. »Wie gesagt, ich stehe nicht auf deiner Seite.«

»Du hast auch gesagt, dass du nicht auf Arics Seite stehst«, fauchte ich.

»Du hast zugehört?« Neal kicherte und betrachtete mich von oben bis unten. »Und ich dachte, du wärst abgelenkt von seiner Hand unter deinem Kleid.«

»Halt die Klappe«, zischte ich.

»Interessant.« Arics Blick wanderte zwischen uns hin und her. »Es ist echt interessant, dich mit ihr zu sehen. Mit einem Mitglied des Ordens. Obwohl es mich nicht überrascht. Wusstest du, dass ich ihr Blut gekostet habe? Nur so zum Spaß. Es ist, als würde sich die Geschichte wiederholen, nicht wahr? Es erinnert mich an deinen kleinen Vogel.«

An seinen kleinen Vogel?

Ein Knurren drang tief aus Cadens Innerem. Er stieß mich

beiseite und drückte mich hinter sich, während er nach vorne stürzte.

»Bringt sie nicht um. Noch nicht. Sie wird uns noch nützlich sein.« Aric schob Alyssa nach vorne und trat dann zurück, während die beiden uralten Fae auf Caden losgingen.

Caden packte den ersten Angreifer am Hals, hob ihn über einen Meter hoch und schleuderte ihn danach zu Boden. Der Aufprall ließ die Kartons an der Wand klappern. Caden hob den Kopf und starrte Aric wütend an.

Alyssa schlich sich näher, als der zweite Fae Caden an den Hüften packte. Einen Augenblick später flogen sie beide zurück und landeten in der Nische. Der Tisch brach unter ihrem Gewicht zusammen.

»Er hat zwar gesagt, dass ich dich nicht töten soll«, erklärte Alyssa, und mein Blick schoss erneut zu ihr. »Aber das bedeutet nicht, dass ich dir nicht ein bisschen wehtun kann.«

Sie stürzte sich auf mich, aber ich war darauf vorbereitet. Niemand würde mich davon abhalten, mich über Aric herzumachen. Wenn ich ihn erledigen konnte, musste ich den letzten Fae nicht mehr ausfindig machen. *Er* reichte.

Alyssa fluchte. »Du bist schneller, als du aussiehst.«

»Ja.« Ich sprang hinter ihr hoch. »Das bin ich.«

Sie fuhr herum und schlug zu. Sic traf mich an der Wange, und ich geriet ins Taumeln. Meine Wange brannte, doch ich wirbelte herum, als sie sich erneut auf mich stürzen wollte. Ich streckte die Hand aus und rammte ihr den Pflock in den Hals. Blaurotes Blut spritzte in die Luft.

Ich riss meinen Arm zur Seite und durchtrennte Knochen und Fleisch. Ihr Kopf flog auf die eine, der Körper auf die andere Seite.

Der uralte Fae, der Caden angegriffen hatte, segelte durchs Zimmer und flog mitten in die Kartons, die daraufhin umstürzten. Flaschen krachten aneinander und brachen. Eine Flüssigkeit ergoss sich auf den Boden, während der Fae inmitten des Chaos aus Glassplittern und Whiskey kniete.

Neal seufzte. »Hast du eine Ahnung, wie viel der gekostet hat?«

Hinter ihm grinste Aric mich höhnisch an, hob die Hand und winkte mich mit den Fingern zu sich.

Eine Hand senkte sich auf meine Schulter. Ich fuhr herum, traf allerdings nur Luft, als Caden mich wieder hinter sich schob und sich erneut nach vorne stürzte.

Verdammt.

Meine Hand ballte sich zur Faust, doch bevor ich etwas tun konnte, sah ich eine Bewegung aus dem Augenwinkel. Der andere uralte Fae hatte sich aufgerichtet, und einen Wimpernschlag später stand er vor mir.

Ich sprang zurück, doch er folgte mir, und ich war nicht schnell genug. Er packte mich vorne am Kleid und hob mich hoch, während ich die Hand ausstreckte. Er packte sie in dem Moment, als ich den Boden unter den Füßen verlor.

»Scheiße«, flüsterte ich.

Dann flog ich durch die Luft.

Das würde sicher wehtun.

Aber ich knallte nicht gegen die Wand und brach mir eine Menge Knochen, denn plötzlich stand Caden zwischen mir und ihr. Der Aufprall presste sämtliche Luft aus meinen Lungen, und ein Schmerz breitete sich meine Seite entlang aus, als er mich auf dem Boden absetzte. Unsere Blicke trafen sich.

»Es tut mir leid«, flüsterte er und löste sich von mir, bevor ich die Gelegenheit hatte herauszufinden, wofür er sich eigentlich entschuldigte.

Caden fuhr herum und streckte die Arme nach beiden Seiten aus. Die zwei uralten Fae waren wieder auf den Beinen und nahmen zwischen Caden und Neal und Aric Aufstellung. Was zum Teufel machte Caden da? Ich setzte mich auf, atmete tief ein und roch Feuer und Rauch.

Eine orangerote Aura breitete sich um Caden herum aus und umschloss seinen ganzen Körper.

Ein starker, heißer Wind kam auf und wehte mir die Haare ins Gesicht. »Was zum …?«

Das Leuchten wurde stärker, bis meine Augen zu tränen begannen, aber ich konnte den Blick nicht abwenden. Eine Flamme schoss aus Cadens Hand, und die Luft flimmerte, während helle Blitze langsam die Form eines …

Es war ein Schwert.

Ein verdammtes Flammenschwert.

Caden wirbelte so elegant wie ein Tänzer mit dem Schwert um die eigene Achse, und ein helles Licht breitete sich aus, während er es über den Kopf hob. Ich erhaschte einen Blick auf Neal. Seine Augen weiteten sich, als er einen Schritt zurücktrat und sich gegen die Wand drückte. Er sagte etwas in ihrer Muttersprache.

»Zum Teufel noch mal«, meinte Aric gedehnt. »Das ändert natürlich einiges.«

Und dann waren das Licht und die Hitze plötzlich zu viel für mich. Ich legte mir den Arm schützend über die Augen und zog mich in die zerstörte Nische zurück. Erst als die Hitze langsam nachließ, senkte ich den Arm und öffnete die Augen.

Die beiden uralten Fae waren tot. Geköpft. Und Caden und ich waren alleine. Aric und Neal waren verschwunden.

Genauso wie das Schwert.

Caden wandte sich langsam und mit glühenden Augen zu mir um. Sie funkelten genauso bernsteinfarben wie das Feuer. Ich starrte zu ihm hoch und hatte keine Ahnung, was ich hier gerade gesehen hatte. Ich wusste nur, dass es etwas Großes gewesen war.

»Alles okay?«, fragte er.

»Ja.« Ich saß immer noch auf dem Boden, und mein Arm war mitten in der Bewegung erstarrt. »Und bei dir?«

Caden nickte, doch als er den Blick abwandte, zuckte der Muskel an seinem Kiefer, und ich konnte mir nicht vorstellen, dass er die Wahrheit sagte.

Ganz und gar nicht.

24

»Ich habe Neal nicht vertraut, aber ich hätte nicht gedacht, dass er tatsächlich so dumm ist, mit Aric zusammenzuarbeiten.«

Ich widerstand dem Drang, Caden zu erklären, dass der Name Rica mir vom ersten Augenblick an verdächtig vorgekommen war, während wir die Decatur Street entlangeilten.

Er hielt meine Hand fest in seiner, als wir uns an den Menschenmassen vorbeischoben, die gemütlich flanierten. Als wir das *Thieves* verlassen hatten, hatte ich eigentlich erwartet, dass alle Gäste schreiend aus dem Haus laufen würden, denn der Kampf war nicht gerade leise gewesen, doch während wir durch die Hintertür schlüpften, hörte ich unbeeindruckte Stimmen aus der Bar. Diese Leute hatten keine Ahnung, dass hier gerade ein Kampf um Leben und Tod mit einem verdammten Flammenschwert stattgefunden hatte.

Im nächsten Moment blieb Caden vor einem schnittigen schwarzen SUV stehen, der etwa einen Block von der Bar entfernt parkte, und öffnete die Beifahrertür. »Steig ein.«

Mein Blick wanderte von dem SUV zu ihm. »Du hast ein Auto.«

Er hob eine Augenbraue. »Kommt das so überraschend?«

»Nicht so überraschend wie das Flammenschwert«, murmelte ich.

Er warf mir einen ausdruckslosen Blick zu, und ich stieg ein und schnallte mich an. Ich sah ihm zu, wie er vorne um den Wagen herumjoggte, und im nächsten Augenblick saß er hinter dem Lenkrad und sah mich an, während er den Startknopf drückte. Unsere Blicke trafen sich, und während wir einander betrachteten, gönnte ich mir einen Augenblick, um darüber nachzudenken, was gerade passiert war.

Wen ich gerade gesehen hatte.

»Er war es«, flüsterte ich, während der Motor zum Leben erwachte. »Aric war der uralte Fae, der meine Mutter und mich angegriffen hat.«

Caden umfasste meine Wange. Er sagte nichts, sondern strich nur mit dem Daumen über mein Kinn.

»Ich kann es nicht glauben.« Ein Knoten aus roher Emotion und Verwirrung hatte sich in meiner Brust breitgemacht. »Er war es.«

»Es tut mir leid. Wirklich«, sagte Caden leise. »Und ich weiß, wie sehr du dir wünschst, ihn zur Strecke zu bringen, aber du musst dich von ihm fernhalten. Ich sage das nicht, weil ich deine Fähigkeiten oder deine Entschlossenheit infrage stelle, aber er ist sehr gefährlich. Er ist genauso alt wie ich, Brighton, und ich bin mir sicher, dass er keinen einzigen Tag darauf verzichtet hat, sich zu nähren.«

Mir kam ein schrecklicher Gedanke, als ich seine Worte auf mich wirken ließ. Ich zuckte zurück. »Wusstest du, dass er es war?«

»Nein.« Er wandte den Blick ab und sah in den Rückspiegel, während er den Rückwärtsgang einlegte. »Aber es überrascht mich nicht. Er ist ein kranker, grausamer Mistkerl. Aber ich wusste es nicht.«

Ich war mir nicht sicher, ob ich ihm glaubte, und ich hatte keine Ahnung, wie ich damit umgehen sollte. Ich wusste nicht einmal, wie ich die Tatsache verarbeiten sollte, dass ich dem Fae gegenübergestanden hatte, der meiner Mutter die Kehle aufgeschlitzt und mir die Haut aufgerissen hatte, während er die ganze Zeit über gelacht hatte.

»Wir müssen dem Orden Bericht erstatten.« Caden fuhr los. »Offensichtlich steckt Aric hinter dem Verschwinden der vermissten Fae, und er verwendet einen verdammten *Mortuus* – was auch immer das ist –, weshalb wir jede verfügbare Hilfe brauchen.«

Verdammt. Ich wusste, was das bedeutete, und ich sah aus dem Fenster. »Ich kann dir nicht versprechen, dass Miles mir zuhören wird. Sie glauben nicht, dass ich sonderlich nützlich für den Orden bin.«

Caden schwieg einen Moment lang. »Was, wenn die Information von Ivy kommt?«

»Ihr würden sie zuhören. Ich kann sie gleich heute noch anrufen.«

»Und wir müssen zu Tanner.«

»Jetzt?«

Caden umklammerte das Lenkrad und konzentrierte sich auf die enge, von Menschen und Autos verstopfte Straße. »Jetzt. Und ruf Tink an. Wir holen ihn ab.«

Ich sah an mir herunter, während ich das Handy aus meiner Clutch zog. »Haben wir Zeit, dass ich mich umziehen kann?«

»Ja, haben wir.«

Ich rief Tink an, und das war nicht gerade eine leichte Aufgabe, denn er hatte natürlich eine Million Fragen. Ich schaffte es trotzdem, ihn so rasch wie möglich abzufertigen, und Ivy anzurufen.

Sie hob nach dem zweiten Klingeln ab. »Hey, Bri. Was gibt's?«

»Ähm, eine Menge. Echt eine Menge.« Ich erzählte ihr eilig, was ich gerade erlebt hatte. »Wir sind bereits auf dem Weg ins Hotel zum guten Fae, um mit Tanner und Faye zu reden.«

»Wir sind eigentlich nur noch einige Meilen außerhalb der Stadt«, erwiderte Ivy. »Wir werden also kurz nach euch dort sein.« Sie hielt kurz inne. »Und ich hoffe, wir haben nachher noch Zeit, um uns in Ruhe zu unterhalten.«

»Worüber denn?«

»Zier dich nicht so, Bri«, schnaubte Ivy. »Wir müssen darüber reden, wie es zu der Zusammenarbeit zwischen dir und dem Prinzen kam.«

»Oh.« Ich warf einen Blick auf Caden, der dem Gespräch scheinbar keine Beachtung schenkte.

»Okay?«

»Ja. Okay. Bis gleich.«

Ich steckte das Telefon zurück in meine Clutch und war mir nicht sicher, was ich Ivy später sagen sollte. Ich wusste ja nicht einmal selbst, was ich hier tat – was *wir* hier taten.

»Ist alles okay?«

Ich nickte. »Ja, Ivy und Ren sind schon fast zurück in der Stadt. Sie kommen auch. Ich schätze, dein Bruder ist auch dabei.«

»Perfekt.«

Danach sagte Caden nichts mehr, und auch wenn es eine Million Dinge gab, über die ich reden wollte – im Grunde über einfach alles –, schien jetzt nicht der richtige Zeitpunkt dafür zu sein. Das Seltsame war, dass Caden nicht nach dem Weg zu meinem Haus fragen musste.

»Will ich wissen, woher du weißt, wo ich wohne?«, fragte ich, als er am Randstein hielt.

Er warf mir einen langen Blick zu, während er den Motor ausmachte.

»Okay.« Ich seufzte und öffnete die Tür. »Ich will es vermutlich wirklich nicht wissen.«

Ich stieg aus, ging über den Bürgersteig und öffnete das Tor. Ich machte gerade einen Schritt in den Garten, als Caden plötzlich vor mir stand. Ich fluchte leise und schüttelte den Kopf. »Ich bekomme noch einen Herzinfarkt, wenn du nicht bald damit aufhörst.«

Caden antwortete nicht, sondern nahm mein Gesicht in beide Hände. Er trat näher und drückte meinen Kopf nach hinten. Ich sah zu ihm hoch. »Ist alles okay?«

Doch anstatt zu antworten, senkte er seine Lippen und hielt gerade rechtzeitig inne, bevor sie meine Lippen berührten. Wollte er mich küssen? Mir stockte der Atem. Seine Stirn berührte meine, und dann legte er die Lippen auf meine.

Der Kuss hatte nichts Süßes und Weiches an sich, nicht wie die meisten ersten Küsse. O nein, er war wild und kraftvoll und so intensiv, dass er alles verschlang. Meine Lippen öffneten sich, als seine Zungenspitze meine berührte, und die ganze Welt schien zu verschwinden. Als er schließlich die Lippen hob, hatte ich das Gefühl, als würde meine Brust platzen. Gerade so, als würde ich zum ersten Mal Luft bekommen.

Caden hatte mich geküsst, als wäre es unser erster und letzter Kuss gewesen.

Seine Finger glitten von meiner Wange, und als er einen Schritt zurück und schließlich zur Seite trat, sah ich, dass die Haustür offen stand. Vor uns stand Tink – der menschengroße Tink.

Es war immer mehr als seltsam, ihn in voller Größe und ohne Flügel zu sehen, denn er war beinahe so groß wie Caden.

»Gehen wir rein.« Caden legte eine Hand auf meinen unteren Rücken.

Ich war mehr als nur ein wenig durcheinander, aber ich nickte und trat nach vorne. Je näher ich kam, desto besser sah ich, wie groß Tinks blaue Augen geworden waren. Ich erwartete, dass er etwas Lustiges sagte. Mich vielleicht Flittchen nannte oder mich fragte, warum ich draußen im Vorgarten mit Caden herumknutschte, doch er sagte nichts. Er starrte Caden an, als hätte er ihn noch nie zuvor gesehen.

Tink trat zurück in die Diele, während wir die Eingangstreppe hochstiegen, und schwieg, bis wir schließlich im Haus waren und die Tür hinter uns geschlossen hatten.

Tink sah aus, als würde er gleich in Ohnmacht fallen, während er Caden anstarrte. »Soll ich mich verbeugen?«

Ich runzelte die Stirn.

Caden schüttelte den Kopf. »Nein.«

Ich hatte keine Ahnung, worum es hier ging. »Ich gehe nur schnell nach oben und ziehe mich um. Mach es dir inzwischen bequem.«

Caden nickte, und ich eilte die Treppe hoch. Doch als Tink mir folgen wollte, hielt er ihn zurück. »Können wir uns kurz unterhalten?«

Nachdem ich annahm, dass Tink zustimmte, hastete ich weiter nach oben und wäre beinahe über Dixon gestolpert, der ausgestreckt auf der obersten Stufe lag. »Mein Gott!«, keuchte ich. »Echt jetzt?«

Dixon hob seinen pelzigen Kopf und miaute laut, während er gemächlich seine Beine von sich streckte. Ich verdrehte die Augen, stieg über die Katze und eilte in mein Schlafzimmer, um mich so schnell wie möglich umzuziehen und abzuschminken. Doch sobald ich im Schlafzimmer war, blieb ich wie angewurzelt stehen. Ich hob die Hand und presste meine Finger auf meine Lippen, die leicht geschwollen waren.

Ich fühlte gerade einige sehr irre Dinge. Vielleicht brachte alles, was ich in der letzten Woche erlebt hatte, mich auf die Idee, dass ich … mein Gott, ich wusste es nicht.

Aber anstatt mir über Aric Gedanken zu machen oder darüber, worin er verwickelt war, fragte ich mich, ob man sich nach nur einem Kuss tatsächlich unsterblich in jemanden verlieben konnte.

25

Als ich wieder nach unten kam, trug ich Leggins und die Tunika von vorhin und hatte mein Gesicht sauber geschrubbt. Doch es wartete nur Tink auf mich, und es war wirklich seltsam, ihn in voller Größe zu sehen. Wenn Tink seine »Spaßgröße« hatte, wie er es gerne nannte, dann war er wirklich hinreißend, aber voll ausgewachsen? Man kam einfach nicht umhin anzuerkennen, wie attraktiv er war, und das fühlte sich schräg an.

Ich sah mich stirnrunzelnd um. »Wo ist Caden?«

»Er ist schon mal los, und wir treffen uns dann in Tanners Büro«, sagte er mit einer Stimme, die so viel tiefer war, als ich es gewöhnt war. »Er hat uns das Auto hiergelassen.«

»Oh.« Das war seltsam. »Hat er dir alles erzählt?«

»Das meiste.« Tink trat auf mich zu. »Er hat dich geküsst.«

Meine Wangen begannen sofort zu glühen. »Ja, so etwas in der Art.«

»Nicht so etwas in der Art, Lite Bright. Es sah aus, als wollte er dich verschlingen.«

So hatte es sich auch angefühlt.

»Brighton, ich ...« Tink verstummte und schüttelte den Kopf.

Ein winziger Funke Angst blitzte in mir auf und setzte sich fest. »Was?«

»Nichts. Wir sollten gehen.«

Wir mussten uns tatsächlich beeilen, und als Tink mir den Schlüssel für Cadens SUV gab, griff ich sofort danach.

Die Angst wurde beständig größer, als Tink die ganze Fahrt über ungewohnt schweigsam neben mir auf dem Beifahrersitz saß. Und Tink war nie schweigsam – nicht einmal in Menschengröße.

Außerdem war er noch nie in meiner Gegenwart so groß gewesen. Außer damals, vor zwei Jahren.

Im Hotel zum guten Fae angekommen, machte sich Tink auf den Weg zur Cafeteria, während ich in Tanners Büro ging, um dort auf Caden zu warten. Ich hatte keine Ahnung, wie Tink so fit bleiben konnte, denn wenn er nicht gerade quasselte, stopfte er irgendetwas in sich hinein.

Vielleicht hatten Brownies einen anderen Stoffwechsel als Menschen.

Ich atmete flach ein und wanderte in Tanners Büro auf und ab. Ich fühlte mich zu kribbelig, um mich zu setzen.

Okay, nicht wirklich kribbelig, sondern eher …

Ich empfand tausend verschiedene Dinge. Unglauben. Wut. Schock. Und auch Vorfreude.

Vorfreude, die alleine Cadens Schuld war.

Ich verdrehte die Augen und ging zum Fenster, wobei ich das dumpfe Ziehen in meiner Seite ignorierte. Da war diese überbordende Leichtigkeit, durch die ich mich mindestens um zehn Jahre jünger fühlte. War es das, was die Liebe …

»Hör auf!«, befahl ich mir selbst, und dann musste ich lachen, denn mich davon abzuhalten, an etwas zu denken, woran ich bereits gedacht hatte, war sinnlos.

Ich strich meine Haare glatt, und sie fühlten sich seltsam in meinem Nacken an. Ich war es gewöhnt, sie zusammenzubinden, aber Caden hatte gesagt, dass sie ihm offen am besten gefielen.

Tatsächlich hatte er es sehr viel besser formuliert. Was hatte er noch mal gesagt? Meine Haare seien wie …

Die Tür ging auf, und ich fuhr herum.

Caden kam herein und schloss die Tür hinter sich. Sein Blick wanderte zu mir, denn er schien genau zu wissen, wo ich war, während ich mich in seinem Anblick verlor.

Und zwar ganz und gar.

Er hatte sich ebenfalls umgezogen und trug nun ein weißes Anzughemd und maßgeschneiderte schwarze Anzughosen. Er sah tatsächlich aus wie ein Prinz – ein Prinz, bei dessen Anblick einem das Wasser im Mund zusammenlief.

Und er hatte mich geküsst – er hatte mich tatsächlich geküsst.

Wie verrückt war das denn?

Total verrückt.

Ich biss mir auf die Lippe, um nicht zu grinsen, als hätte ich den Verstand verloren. Ich verlor den Kampf allerdings, als ich auf ihn zuging. Ich wollte ihn umarmen. Nein, eigentlich wollte ich ihn *küssen*. Denn das durfte ich, nicht wahr? Immerhin hatte er mich auch geküsst und er … na ja er hatte vorhin noch viel mehr getan.

»Können wir kurz reden?«, fragte er, und mein Lächeln verblasste. Ich blieb wie angewurzelt stehen. Da war etwas Seltsames an seiner Stimme. Sie wirkte leer. Kalt. Und sein Gesicht schien vollkommen ausdruckslos.

Die Angst, die im Auto zu wachsen begonnen hatte, wuchs weiter, und ich schluckte. »Ja, wir haben sicher ein paar Minuten.«

Sein Blick huschte zu meinem Gesicht, bevor er aus dem Fenster sah. »Ich wollte nur sicherstellen, dass wir uns verstehen.«

»Uns verstehen?« Die Angst verwandelte sich in ein Surren in meinen Ohren, sodass alles noch surrealer wirkte.

»Was uns betrifft.«

Ich wollte mich setzen, doch ich konnte mich nicht bewegen. »Was uns betrifft?«, wiederholte ich kraftlos.

Er nickte, sah mich aber immer noch nicht an. »Wir haben Intimitäten miteinander geteilt – zum Großteil unter extremen Bedingungen, und wir fühlen uns zueinander hingezogen.«

Ich war wie gelähmt, und so stand ich einfach bloß da, während sich eine Faust in meine Brust grub, mein Herz packte und zusammendrückte. Deshalb wusste ich, was er sagen würde. Mein Herz wusste es bereits.

»Ich finde dich unglaublich mutig – manchmal sogar bis an die Grenze zur Dummheit«, fuhr er fort, und ich spürte, wie die Hitze meinen Nacken hochstieg. »Du bist intelligent und liebenswürdig, und deine Schönheit strahlt wie die Sonne.«

Ich atmete zitternd ein. Das alles klang wunderbar und schön. Wie etwas, worauf ich mein ganzes Leben lang gewartet hatte, aber …

… ich wusste, wohin es führen würde.

»Hör auf«, sagte ich mit peinlich rauer Stimme. »Du musst das nicht tun.«

»Doch«, erwiderte er, und ich schloss die Augen, als ich ein plötzliches, unerwünschtes Brennen spürte. »Du bist ein Schatz, Brighton.«

»Okay.« Ich lachte, und es klang selbst in meinen Ohren vulgär. »Ich bin ein Schatz?«

»Ja, das bist du.« Seine Stimme war jetzt sanfter.

Ich öffnete die Augen und hasste, was ich sah. Ich hasste, dass sein Gesicht ganz und gar nicht mehr ausdruckslos war. Er wirkte angespannt, abgezehrt und hin- und hergerissen.

Ich presste die Lippen aufeinander und fuhr mir mit der Hand durch die Haare, während sämtliche Luft aus meiner Lunge entwich.

»Ich will nicht, dass es seltsam zwischen uns ist«, erklärte er, und ein weiteres Lachen stieg meine Kehle hoch.

Ich sah ihn an. »Warum sollte es seltsam sein, *Caden*?«

Er zuckte zusammen, als er seinen Namen hörte.

»Weil das, was wir hatten, nicht real war. Es war ein Schauspiel, das außer Kontrolle geraten ist.«

Jetzt war es also so weit.

Er redete nicht mehr um den heißen Brei herum. Aber ich verstand es nicht. Ich verstand, was er sagte, aber es ergab keinen Sinn.

»Du hast gesagt, es sei real.« Ich schaffte es, gefasst zu klingen. »Du hast mich sogar darauf angesprochen, als ich gelogen habe, was meine Gefühle betrifft. Du hast gesagt, dass du mich willst. Du hast mich geküsst.«

»Der körperliche Teil war echt. Wie könnte es auch anders sein? Du bist wunderschön, und ich bin …«

»Und du bist ein Mann – so läuft das also? Echt?« Meine Augen weiteten sich. »Du willst es wirklich über diese Schiene spielen? Es einfach auf die körperliche Anziehung schieben, und das war's dann?«

»Ich spiele nicht. Es ist einfach so, wie es ist.« Caden wandte sich ab und fuhr sich durch die Haare. »Es muss so sein. Du bist ein Mensch, und ich bin …«

»Ich weiß, was du bist.« Mein Herz klopfte bis zum Hals, als ich die Arme vor der Brust verschränkte. »Ich wusste von Anfang an, was du bist.«

»Dann solltest du es jetzt auch wissen.«

»Nein. Du hast mich geküsst!«

»Ich weiß, und das war ein dummer Fehler.«

»Ein *Fehler*?«, flüsterte ich.

»Die Lage hat sich geändert.« Seine Stimme klang nun wieder härter. »Und ich will nicht, dass es seltsam zwischen uns ist.

Wir müssen weiterhin zusammenarbeiten, und dafür müssen wir das, was zwischen uns war, hinter uns lassen. Ich habe es bereits getan.«

Mein Herz brach in tausend Stücke, während ich zurücktaumelte. Ich wusste, dass es keine Rolle spielen durfte. Ich hatte gerade erst erkannt, dass ich Gefühle für ihn entwickelt hatte – und hatte keine Ahnung, wie tief sie gingen –, aber trotzdem tat sich ein riesiger Abgrund in mir auf.

Es bestand kein Zweifel, dass er ernst meinte, was er sagte. Ich hörte es an seiner Stimme. Ich sah es in seinem Gesicht, und ich wusste nicht, wie ich ihn so falsch hatte einschätzen können. Wie ich nur so dumm sein und glauben hatte können, dass da mehr zwischen uns war?

Demütigung machte sich in mir breit, durchdrang meine Knochen und breitete sich aus wie ein Fieber, das meine Haut zum Glühen brachte.

Caden … Nein, nun war er nicht mehr Caden. Er war der Prinz, und er spürte diesen scharfen, bitteren Wirbelsturm der Gefühle in mir vermutlich ganz genau, denn er trat auf mich zu.

»Brighton …«

»Alles klar«, unterbrach ich ihn und trat einen Schritt beiseite. »Botschaft angekommen.«

»Es tut mir leid.«

»Entschuldige dich nicht. Mein Gott, entschuldige dich jetzt bloß nicht!« Als sein Gesicht langsam vor meinen Augen verschwamm, wusste ich, dass ich aus diesem Zimmer verschwinden musste. Ich würde nicht vor ihm die Beherrschung verlieren. Ich würde nicht darum weinen, was vielleicht hätte sein können, obwohl von Anfang an nichts da gewesen war. »Du hast gesagt, du würdest mir niemals wehtun. Aber du hast gelogen.«

Er fuhr zurück, als hätte ich ihn geschlagen.

»Ich muss jetzt gehen«, erklärte ich.

Und das tat ich auch.

Ivy und Ren waren mittlerweile sicher schon angekommen und warteten in der Lobby auf mich, und ich musste verdammt noch mal fort von hier.

Ich machte einen großen Bogen um den Prinzen, schlüpfte zwischen den Stühlen hindurch und machte mich auf direktem Weg zur Tür. Ich schaffte es bis hinaus in den leeren Flur, wobei mir klar war, dass er mich jederzeit hätte aufhalten können.

Aber er hatte es nicht getan.

Er hatte sich dazu entschieden, es nicht zu tun.

Diese Erkenntnis riss die Kluft in mir noch weiter auf, und ich ging wie in Trance in den Aufenthaltsbereich und konzentrierte mich nur darauf, trotz des Brennens in meiner Kehle weiter zu atmen.

Ich ballte die zitternden Hände zu Fäusten und beschleunigte meine Schritte, bis ich in die Lobby kam. Überall waren Fae. Sie strömten mit großen Augen aus den Gemeinschaftsräumen, und ihre Aufregung war so deutlich spürbar wie eine elektrische Spannung.

Ich hatte keine Ahnung, was hier los war, als ich den Blick über die vielen unbekannten Gesichter schweifen ließ. Ganz hinten entdeckte ich einen Schopf rote Haare. *Ivy*. Ren und sie waren hier, was bedeutete, dass vermutlich auch Tink in ihrer Nähe war. Ich konzentrierte mich so darauf, zu ihnen zu gelangen, dass ich nicht merkte, wie der erste Fae plötzlich vor mir auf die Knie sank.

Schließlich knieten alle nebeneinander auf dem Boden, stützten sich mit der rechten Hand ab und verbeugten sich tief, sodass ich nur noch Ivy und Ren neben dem Eingang zum Gemeinschaftsraum stehen sah. Sie wirkten genauso überrascht wie ich.

Doch keiner der beiden wirkte annähernd so geschockt wie Prinz Fabian, was durchaus einiges bedeutete.

Fabian hatte sich die langen blonden Haare aus dem Gesicht gebunden, was sein blasses Gesicht deutlich zur Geltung brachte. Seine Lippen bewegten sich lautlos.

Schließlich sank auch er auf das rechte Knie und stemmte die rechte Hand auf den Boden.

»Was zum Teufel ist hier los?«, murmelte ich, denn ich wusste natürlich, dass sie sich nicht vor mir verbeugten.

Die Lage hat sich geändert.

Ich sah ihn in dem Flur, aus dem ich gerade gekommen war. Seine blonden Haare reichten bis zu seinen breiten Schultern, und die bernsteinfarbenen Augen waren nicht auf die Fae gerichtet, die sich vor ihm verbeugten, sondern auf mich.

»O mein Gott«, flüsterte ich, als ich mich an Tinks Worte in der Nacht erinnerte, als der Prinz angeschossen worden war.

Wenn er stirbt, dann wird Fabian der König, und er kann nicht König werden.

Bedeutete das ...?

Caden schloss die Augen, und ein rotgelbes Leuchten erschien, genauso wie vorhin. Es war, als wäre er von einem Lichtkranz umgeben. Doch dieses Mal hielt er kein Flammenschwert in der Hand, als das Leuchten sich schließlich zurückzog.

Stattdessen hatte er eine Krone aus dunklem Gold auf dem Kopf.

Caden war nicht länger der Prinz.

Er war der König.

Zweites Buch

Der König

1

»Ich glaube nicht, dass das eine gute Idee ist«, sagte Tink zum gefühlt hundertsten Mal, seit ihm klar geworden war, dass ich mich zum Ausgehen fertig machte. »Wenn du mich fragst, hast du das echt nicht gut durchdacht, Lite Bright.«

»Ich frage dich aber nicht, Tink.«

Mein ungebetener Mitbewohner lungerte vor meinem Badezimmer herum. Tink war nicht menschlich, aber im Moment sah er aus wie ein ganz normaler Kerl Mitte zwanzig. Abgesehen davon, dass er von Natur aus schockierend weißblonde Haare hatte und in seiner Schönheit beinahe zerbrechlich wirkte.

Das hier war Tink in Menschengröße. Etwas, woran ich mich – sogar nach all der Zeit – noch gewöhnen musste. Ich war Tink eher in Barbiepuppengröße mit hauchdünnen Flügeln gewöhnt. Immerhin war er ein Brownie.

Nach dem Angriff, der meiner Mutter das Leben gekostet hatte und meines ebenfalls beenden hätte sollen, war er praktisch bei mir eingezogen. Er wohnte mittlerweile bereits zwei Jahre hier, wofür Ivys Mann angeblich dankbar war, auch wenn ich wusste, dass er seinen Kumpel insgeheim vermisste.

»Du *solltest* mich aber fragen«, erwiderte er.

Ich warf ihm einen Blick zu und wurde ein wenig von dem

paillettenbesetzten Tanktop abgelenkt, das er trug. Es glitzerte so sehr, dass ich mich fragte, ob wohl Magie dahintersteckte.

Tink war zwar manchmal ein Idiot, aber er war eines der mächtigsten Wesen auf dieser Welt.

Gott sei Dank war er der Einzige seiner Art.

»Ich bin ein Füllhorn unglaublicher Ratschläge«, fuhr er fort, während sich Dixon um seine Knöchel wand. Tink hatte den Kater nach dem Kerl aus *The Walking Dead* benannt, der für ihn »der heißeste Hinterwäldler ever« war. Dixon war vollkommen grau, abgesehen von der Schwanzspitze, die aussah, als hätte sie jemand in weiße Farbe getaucht.

Ich schnaubte. »Wann hast du mir jemals einen guten Rat gegeben?«

»Vor zwei Wochen, als ich dir gesagt habe, dass du nicht den ganzen Karton Beignets essen sollst, weil du sonst kotzen musst. Und genau das hast du getan«, schoss er zurück.

Ich zuckte zusammen und griff nach der Mascara. Klar war mir übel geworden, aber ich hatte mir diesen Karton in Fett herausgebackener, mit Zucker bestreuter Herrlichkeit verdient. Es war der Tag gewesen, als …

Ich wollte nicht an diesen Tag denken.

»Und was war damals, als du die Pizza mit Extrabelag bestellt und dann fast alles aufgefuttert hast?«, fragte er. »Ich habe dir gesagt, dass du dich danach mies fühlen würdest.«

Ich zog die Nase kraus und überlegte, welchen Abend er meinte. In meinem Haus gab es am Freitagabend immer Pizza, und ich aß oft alles auf und fühlte mich danach einfach schrecklich.

»Oder damals, als ich dich gewarnt habe, dass der gebratene Thunfisch meiner Meinung nach ein bisschen zu grau ist? Aber nein, Brighton weiß ja alles besser.« Er kraulte Dixon zwischen den Ohren. »Du hast alles aufgegessen, und ich habe danach die ganze Nacht deine Kotze weggewischt.«

Bäh.

Seitdem hatte ich nie wieder Thunfisch gegessen.

»Nicht zu vergessen das eine Mal, als du eine ganze Packung …«

»Warum kotze ich bei deinen Beispielen eigentlich jedes Mal?«

Tink hob eine Augenbraue.

Ich verdrehte die Augen. »Egal. Früher hast du es doch gut gefunden, dass ich mich auf die Suche nach den Fae machen will, die meine Mutter getötet haben.« Ich wandte mich zu ihm um, als Dixon gerade durch mein Schlafzimmer flitzte und sich auf mein Bett stürzte. »Ich habe jetzt einen Namen. Ich weiß, wie der uralte Fae heißt, der an dem Abend mit den anderen Fae unterwegs war. Der meiner Mutter die Kehle aufgeschlitzt und versucht hat, mir die Eingeweide herauszureißen.«

»Ich weiß, und das ist noch ein Grund mehr, warum du nicht rausgehen und nach ihm suchen solltest.«

»Ich verstehe deine Logik nicht.« Ich deutete mit der Mascara auf ihn. »Ich habe die ganze Zeit nach ihm gesucht, und jetzt ist er hier. Irgendwo in der Stadt. Und ich werde ihn finden.«

»Aric ist uralt, Brighton«, wandte Tink ein. »Solche Fae sind nicht gerade leicht umzubringen, und sie sind unglaublich gefährlich. Weitaus gefährlicher als normale Fae.«

»Das weiß ich doch. Hör mal, nachdem ich ihn im *Thieves* gesehen habe, hat ihn niemand mehr zu Gesicht bekommen. Aber Neal wurde im *Flux* gesehen, und Neal arbeitet für Aric.« Ich wandte mich wieder dem Spiegel zu, aus dem mir dunkel umrandete Augen entgegenstarrten. »Wenn jemand weiß, wo Aric ist, dann Neal.«

»Und du glaubst, dass du ihn dazu bringen kannst, es dir zu verraten?«

»Du brauchst gar nicht so schockiert zu tun«, murmelte ich und öffnete die Mascara.

»Neal ist auch uralt. Er lebt schon seit mehreren Hundert Jahren.«

»Ich weiß, was uralt bedeutet, Tink. Du weißt doch, dass beide etwas mit dem Verschwinden der jungen Sommerfae zu tun haben. Sie haben sie böse gemacht. Hier geht es nicht nur um mich.«

Das stimmte tatsächlich. Und ich wusste vermutlich sogar, was dafür verantwortlich war. Eine Substanz namens *Devil's Breath*. Es war die gefährlichste Droge der Welt, die aus den Samen der Engelstrompete gewonnen und auch Scopolamin oder Südamerikanische Zombie-Droge genannt wurde. Harris, der leider bereits tot war, hatte sie in einem seiner Tagebücher beschrieben. Zu seiner Zeit hatte man eine weiße, puderartige Substanz im Nachtschatten gefunden, der bekanntlich der Lieblingsdrink der Fae war. Ich konnte mir allerdings nur sicher sein, dass diese Substanz tatsächlich für die Veränderung verantwortlich war, wenn ich einen veränderten Fae gefangen nahm – oder einen der gepanschten Drinks in die Finger bekam.

»Wir müssen sie aufhalten«, erklärte ich.

»Ivy und Ren werden sie aufhalten.« Tink lehnte sich an den Türrahmen. »Das ist ihr Job.«

Eine unangenehme Hitze stieg in mir hoch, als ich mich erneut zu Tink umdrehte. »Es ist auch *mein* Job. Ich bin genauso ein Mitglied des Ordens, auch wenn alle das immer vergessen.«

Tinks blassblaue Augen wurden groß. »Das weiß ich doch. Ich wollte damit nicht sagen, dass es nicht deine Pflicht ist. Du bist …«

»Schon okay«, unterbrach ich ihn, denn ich wusste, dass er mich bloß mit Komplimenten über meine Kampfkunst überschütten würde, an die er jedoch selbst nicht glaubte. Hinter Tink streckte Dixon gerade seinen haarigen Hintern in die Höhe und wackelte damit hin und her, bevor er sich auf mein Kissen stürzte und seine Krallen und Zähne darin versenkte.

Ich musste wegen dieses Katers schon viel zu viele neue Kissen kaufen.

Ich seufzte und drehte mich wieder zum Spiegel herum, um mein Make-up zu vervollständigen. Mit anderen Worten verwandelte ich mich gerade in einen lebenden Snapchat-Filter.

Ich schminkte mich nicht nur, ich veränderte den Winkel meiner Wangenknochen und Augenbrauen, indem ich Schatten und Akzente setzte. Fähigkeiten, die ich mir von einer Youtuberin abgeguckt hatte, die vermutlich gerade mal dreizehn war. Ich malte mir mit einem Lippenkonturenstift vollere, zu einem Schmollmund verzogene Lippen und verwendete Eyeliner, sodass meine Augen scheinbar weiter auseinanderstanden. Danach betonte ich das untere Augenlid mit einer Foundation und einer dunkleren Schattierung. Zusammen mit dem ungewohnt geschminkten Gesicht würde die Perücke aus langen schwarzen Locken dafür sorgen, dass mich niemand als Brighton Jussier erkannte.

Niemand, außer *er*.

Er würde wissen, dass ich es war.

Ich schloss kurz die Augen, als sich meine Brust schmerzhaft zusammenzog. Verdammt. Ich würde jetzt keinen Gedanken an Ca… an *den König* verschwenden. Keinen einzigen.

Ich legte die Mascara auf. Als ich fertig war, trat ich einen Schritt zurück, um mich zu begutachten.

Das oberschenkellange, superenge schwarze Kleid und die roten Lippen konnten mit nur einem Satz zusammengefasst werden: Ich war ein Vamp.

Normalerweise kleidete ich mich anders. Ich war eher der Pullover- und T-Shirt-Typ, aber in dieser Welt und der Anderwelt gab es keine Spezies, die sich so leicht von einem sexy Ausschnitt und einem knackigen Hintern ablenken ließ wie die Fae. Egal ob männlich oder weiblich.

Ich schob mich an Tink vorbei und ging in meinen begehbaren Kleiderschrank, der früher ein kleines Kinderzimmer gewesen war.

Tink folgte mir. »Die schwarzen, kniehohen Stiefel mit den hohen Hacken machen den Edelnutten-Look komplett.«

»Perfekt.« Ich griff danach.

Er sah mir zu, wie ich in die Schuhe schlüpfte. »Warum veranstalten wir heute Abend nicht mal einen *Avengers*-Marathon?«

Ich hatte gerade den rechten Reißverschluss zur Hälfte geschlossen, als ich innehielt und zu ihm hochsah. »Wir haben alle Filme bereits fünf Mal gesehen, sogar *Captain America*. Und ich glaube, ich halte *Captain America* nicht noch einmal aus.«

»Ja, der Film ist echt langweilig, aber Chris Evans' hübscher Hintern macht das wieder wett.«

Ich schloss den Reißverschluss und machte mich an den zweiten Schuh. »Stimmt, aber heute nicht. Es ist Samstag. Fabian ist wieder da. Habt ihr beide denn nichts vor?«

»Er könnte doch vorbeikommen«, schlug Tink vor und klatschte aufgeregt in die Hände. »Du weißt ja, dass ich bald fortgehe. Ich werde eine Ewigkeit nicht da sein. Wir sollten Zeit miteinander verbringen.«

Tink würde nun doch einmal mit Fabian nach Florida reisen, wo eine große Gruppe Sommerfae lebte. Der Prinz versuchte seit zwei Jahren, Tink zu überreden, aber er hatte sich immer geweigert. Der Brownie behauptete, dass er noch nicht bereit wäre, ihre Beziehung auf diese Stufe zu heben.

Meiner Meinung nach hatte es eher mit der Tatsache zu tun, dass Tink ungern das Haus verließ.

Er war ein einziges Mal mit Ivy in Kalifornien gewesen, doch abgesehen von dem einen oder anderen Ausflug ins Hotel zum guten Fae – dem Anwesen der Sommerfae hier in der Stadt –, blieb er lieber zu Hause. Vermutlich war die Menschenwelt ziemlich überwältigend für ihn.

»Du bleibst ja nicht für immer dort«, gab ich zu bedenken, obwohl ich zugeben musste, dass ich ihn vermissen würde. Und auch Dixon, denn Tink würde den Kater mitnehmen. »Es ist nur für ein paar Monate.«

»Das ist doch eine Ewigkeit! Komm schon, es wird der beste Dreier aller Zeiten!«

Ich richtete mich auf und hob eine Augenbraue.

»Chris Evans. Popcorn. Menschen mit Masken. Diese Art Dreier.«

»Aha.« Ich griff in ein verstecktes Fach und zog zwei Armreifen hervor. Sie wirkten vollkommen harmlos, aber in Wirklichkeit verbargen sich zwei Eisenklingen darin, die scharf genug waren, um die Haut eines Fae aufzuschlitzen und sogar um einem uralten Fae den Kopf abzutrennen.

»Ihr könnt den Dreier ja ohne mich veranstalten.« Ich legte die beiden Armreifen an. »Bei mir wird es sicher später werden.«

Tink sah mich an. »Der König will nicht, dass du dich dort draußen herumtreibst.«

Ich erstarrte, und es dauerte einen Moment, bis ich ihm in die Augen sehen konnte. »Deshalb wolltest du, dass ich dich mitnehme. Und als das nicht geklappt hat, hast du mich gebeten, nicht auszugehen.«

Er zuckte mit den Schultern.

Ich trat einen Schritt auf ihn zu und rief mir in Erinnerung, dass ich Tink gerne hatte und es nicht sonderlich cool wäre, ihn umzubringen. »Hast du ihm gesagt, dass ich auf der Jagd war?«

Das Gesicht des Brownies zeigte keine Regung. »Ich habe keine Ahnung, was du meinst.«

»Tink!« Ich starrte ihn an und ließ nicht zu, dass er den Blick abwandte.

Er warf die Hände in die Höhe und überraschte Dixon damit so sehr, dass der Kater von meinem Kissen abließ. »Ich habe ihm überhaupt nichts gesagt, aber damit du es weißt: Wenn er es von mir verlangt, dann muss ich es tun. Er ist mein König.«

»Wirklich?«, erwiderte ich trocken.

»Ja. Schon irgendwie. Aber jetzt mal ehrlich: Er hat mich nicht gefragt, ob du immer noch unterwegs bist, aber er hat mir gesagt, dass er dich nicht da draußen haben will. Es ist zu gefährlich. Er denkt …«

»Ich weiß, was er denkt.« Ich hatte den König ein paarmal gesehen, seit er mir mitgeteilt hatte, dass nichts zwischen uns war. Und zwar kurz, nachdem ich mir selbst eingestanden hatte, dass ich ernsthafte Gefühle für ihn entwickelte hatte. Ehrlich gesagt, hatte ich mich sogar Hals über Kopf in ihn verliebt. Die Stimmung zwischen uns war also nicht gerade freundschaftlich. Ich war mir sicher, dass Tanner – der Fae, der das Hotel zum guten Fae leitete – mich hochkant hinauswerfen würde, wenn ich seinen König noch ein einziges Mal als Arschloch bezeichnete.

Ich biss die Zähne zusammen. »Er sagt mir jedes Mal,

wenn er mich sieht, dass es nicht meine Aufgabe ist, Fae zu jagen. Dafür ist der Orden zuständig. Ich schätze, er hat wie alle anderen vergessen, dass auch ich für den Orden arbeite.«

Was wiederum der Grund war, warum ich ihn wiederholt als Arschloch bezeichnet hatte. Nicht, weil er mich nicht wollte, obwohl er mir vorgegaukelt hatte, dem wäre so. Es war, weil er mir das Gefühl gegeben hatte, auch ohne Make-up, falsche Haare und knappe Klamotten etwas Besonderes zu sein. All das machte ihn zu einem Arschloch. Auf gewisse Weise erleichterten es mir seine unverschämten Versuche, mich zu kontrollieren – die nebenbei bemerkt alle gescheitert waren –, mit dem klarzukommen, was zwischen uns passiert war. Der Schmerz hatte bald dem Zorn Platz gemacht. Und jemanden zu verfluchen war um einiges besser, als in der Nacht wach zu liegen und einen Cupcake nach dem anderen zu futtern.

»Er hat es nicht vergessen«, erklärte Tink sanft. »Ich glaube, du verstehst nicht, warum er das alles getan hat.«

O doch, ich verstand es nur zu gut. Ich bedeutete ihm absolut gar nichts, und alles, was wir miteinander getan hatten, war in seinen Augen ein riesiger Fehler gewesen. Immerhin war er der König der Fae, und ich war bloß … Brighton, eine dreißigjährige Frau, die einmal seinem Bruder geholfen hatte, als dieser verwundet gewesen war. Der König behauptete zwar, dass das nicht der Grund war, warum er mich nach dem Angriff der Fae geheilt hatte, aber ich glaubte ihm nicht. Er hatte das Gefühl gehabt, mir etwas zu schulden.

»Ich habe echt keine Lust, mir über mögliche andere Beweggründe Gedanken zu machen«, sagte ich. »Ich weiß genau, warum er mich nicht dort draußen haben will.«

Es ging dem König nicht darum, dass es zu gefährlich war.

Ich hoffte zwar, dass er mir nicht unbedingt den Tod an den Hals wünschte, aber ich konnte mir nicht vorstellen, dass er vor Angst um mich nicht schlafen konnte.

Nein, der wahre Grund war, dass der König ebenfalls hinter Aric her war. In der Anderwelt war der uralte Fae einer seiner Ritter gewesen. Aric hatte ihn an Königin Morgana verraten und ihm ein Schwert in die Brust gerammt, sodass er geschwächt und anfällig für die vollkommen geistesgestörte Königin und ihren Zauber war. Er hatte also durchaus einen Grund, warum er Aric in die Finger bekommen wollte.

Aber den hatte ich auch.

Wenn der König Aric zuerst aufspürte und ihn tötete, dann war meine Chance dahin, mich an den Kreaturen zu rächen, die meine Mutter getötet hatten. Und der Wunsch nach Rache war alles, was mir noch geblieben war.

Der dröhnende Bass der Musik aus den Boxen über der Tanzfläche spiegelte meine Laune wider, als ich mich in den Schatten auf der Tanzfläche des *Flux* bewegte. Der Club diente vielen Fae als Jagdrevier, und hier hatte ich Tobias – einen der Fae, die Aric während des Angriffs auf meine Mutter und mich geholfen hatten – gefunden und getötet.

Ich machte mir keine Gedanken, dass mich jemand in der Masse der zuckenden Körper wiedererkennen könnte. Die meisten Fae, die ins *Flux* kamen, gehörten dem Winterhof an. Sie waren *böse* Fae, die aktiv Menschen jagten, um sich von ihnen zu nähren, damit sie nicht alterten. Sie gehörten zum Hof von Königin Morgana. Zwar tauchte ab und an auch mal ein Sommerfae im *Flux* auf, aber das kam sehr selten vor.

Heute Abend war kein einziger Fae zu sehen.

Fordernde Hände glitten von meiner Taille zu meiner Hüfte, und die Frustration führte dazu, dass ich fester zupackte, als gewollt. Ehrlich gesagt bearbeitete ich meine erogenen Zonen lieber mit einem Scheuerschwamm, als mit einem Kerl zu tanzen, der offenbar zum ersten Mal in New Orleans war und so viel Rasierwasser trug, dass er als Star in einem Axe-Werbespot auftreten könnte. Allerdings war es zu verdächtig, in einem Club wie diesem alleine zu tanzen. Nicht, wenn alle anderen herkamen, um beim anderen Geschlecht zu landen.

»Verdammt, du hast ja einen ordentlichen Griff drauf«, murmelte er mit den Lippen an meinem Ohr. »Das ist echt heiß.«

Ich verdrehte die Augen und schob seine Hände wieder zurück an ihren Platz.

»Kommst du oft hierher?« Er drückte meine Hüftknochen.

»Nein.« Ich konzentrierte mich auf die Tanzfläche in der Nähe der Treppe, die in den Privatbereich im ersten Stock führte, wo die Fae normalerweise in Gesellschaft von unter dem Glamour-Zauber stehenden Menschen entspannten und sich von ihnen nährten.

»Dann ist heute wohl mein Glückstag.«

Ich wollte ihm gerade sagen, dass er weniger reden und auch weniger Rasierwasser verwenden sollte, als ich ein leichtes Schaudern spürte. Die Art, wenn man das Gefühl hat, als wäre jemand …

Der Mann hinter mir stieß einen überraschten Schrei aus. Seine Hände glitten von meiner Hüfte, als ich herumwirbelte. Der dunkelhaarige Tourist taumelte und konnte sich gerade noch an einem der Stehtische festhalten, die um die Tanzfläche herumstanden. Er stieß sich davon ab, plusterte sich auf und wollte gerade auf mich zukommen, als sich ein Kerl mit breiten Schultern und einer schmalen Taille in einem schwarzen Hemd zwischen uns schob, sodass ich ihn nicht mehr sah.

Der Neuankömmling hatte die blonden Haare zu einem kleinen Pferdeschwanz zurückgebunden, und der überwältigende Gestank des Rasierwassers wurde von dem sanften Duft nach Sommerregen abgelöst.

Ich atmete scharf ein, als mein namenloser Tanzpartner links an ihm vorbeihuschte. Er war klug genug, nichts mit dem Mann zu tun haben zu wollen, der mir den Rücken zuwandte.

Es war echt unglaublich.

Ich verschränkte die Arme vor der Brust. Ich musste nicht lange warten, denn schon im nächsten Moment erwies mir der Kerl die Ehre und drehte sich um. Und ich blickte in das – leider – wunderschönste Gesicht, das ich jemals gesehen hatte.

Der König war hier.

2

Das Gefühl eines Déjà-vu war so stark, dass ich es nicht ignorieren konnte. Es fühlte sich an wie eine Ewigkeit, seit wir uns das letzte Mal in diesem Club gegenübergestanden hatten, und damals hatte ich versucht, ihm einen Fußtritt zu verpassen.

Das könnte sich heute durchaus wiederholen.

Cad…, nein, *der König*, korrigierte ich mich eilig.

Der König sah atemberaubend aus. Seine Wangenknochen waren messerscharf, seine Nase vollkommen gerade, und sein Kinn wie aus Marmor gemeißelt. Er hatte ein Gesicht, das man ewig anstarren konnte, während man sich fragte, ob es real war. Im Moment waren seine vollen, ausdrucksstarken Lippen zu einem Grinsen verzogen.

Die Tatsache, dass er so unerwartet aufgetaucht war, schien meinem Gehirn einen Streich zu spielen, denn ich dachte einen Augenblick lang nicht daran, wie sehr er mich verletzt hatte. Ich konnte nur daran denken, wie gut ich mich in seiner Gegenwart gefühlt hatte. Nicht im körperlichem Sinn, obwohl das auch unglaublich gewesen war, selbst wenn wir keinen Sex gehabt hatten. Aber es waren die wichtigen Dinge, die ich … die ich vermisste.

»Das kannst du doch besser, Sonnenschein«, meinte der König des Sommerhofs mit gedehnter Stimme.

Mein dämliches Herz setzte einen Augenblick lang aus, als ich den Kosenamen hörte. Er hatte mir einmal gesagt, dass er mich so nannte, weil ich ihn an die Sonne erinnerte.

So ein Schwachsinn.

Ich schlang die Wut um mich wie meinen Lieblingspullover und errichtete eine Mauer um mein Herz, um es vor seiner eigenen Dummheit zu schützen. Ich hob den Blick und ignorierte die bernsteinfarbenen Augen des Königs, die mir Angst machten, mich gleichzeitig aber auch faszinierten. »Nenn mich nicht so.«

»Wie du willst.« Er machte einen Schritt nach vorne, und meine Augen wurden schmal. »Du kannst dir vermutlich vorstellen, dass es mich absolut nicht überrascht, dich hier zu sehen.«

»Und du kannst dir vermutlich vorstellen, dass es mich absolut nicht überrascht, dass du mir schon wieder hinterherschnüffelst.«

Er hob eine Augenbraue. »Wer soll denn sonst dafür sorgen, dass du dich nicht umbringen lässt?«

Mein Kiefer schmerzte, so fest biss ich die Zähne zusammen. »Das erledige ich selbst, dafür brauche ich niemanden. Und dich schon gar nicht.«

»Das glaubst du«, erwiderte er, als wäre das ein aberwitziger Gedanke. »Ich weiß, warum du hier bist. Du hast gehört, dass Neal hier gesehen wurde.«

Es hatte keinen Sinn, ihm etwas vorzulügen. »Und dank deiner Anwesenheit wird er heute Abend sicher nicht mehr auftauchen.«

Das Lächeln des Königs war so ehrlich, dass es mir einen Moment lang den Atem raubte. »Ganz genau.«

Meine Hände ballten sich zu Fäusten, als mir klar wurde, dass ich heute Abend meine Zeit verschwendet hatte. Das

Einzige, was ich erreicht hatte, war, dass ich begrapscht worden war.

»Du bist ein Vollidiot«, zischte ich, wandte mich ab und marschierte davon.

Ich sah nicht nach, ob er mir folgte, während ich über die Tanzfläche und zum Ausgang eilte.

Ich hatte den König die ganze Woche nicht gesehen, und die Hälfte der Zeit war ich im *Flux* gewesen und hatte nach Neal oder Aric Ausschau gehalten – oder nach irgendeinem Fae, der vielleicht wusste, wo die beiden waren. Einige Male hatte ich das seltsame Gefühl gehabt, beobachtet zu werden, aber wenn es der König gewesen war, hatte er sich nie zu erkennen gegeben. Bis jetzt.

Ich schüttelte den Kopf, stemmte mich gegen die schwere Tür und trat hinaus in die Nacht. Die kühle Luft strich über meine verschwitzte Haut, und ich fröstelte, aber das kümmerte mich nicht. In ein paar Wochen würde es in der Stadt so warm und feucht sein wie in der Hölle.

Ich war im Grunde nicht wirklich überrascht, dass mich der König so schnell gefunden hatte. Er würde immer wissen, dass ich es war, egal wie drastisch ich mein Aussehen veränderte, das war mir bereits klar gewesen, als ich mich für den heutigen Abend fertig gemacht hatte.

Wie bizarr war das eigentlich?

Genauso wenig überraschte es mich, dass ich jetzt plötzlich seine Stimme hinter mir hörte. »Du solltest nach Hause gehen.«

»Und du solltest dich um deinen eigenen Kram kümmern.« Irgendwo in den verstopften Straßen des Warehouse Districts hupte ein Auto. Seit die Stadt beschlossen hatte, die leeren Industriegebäude in teure Wohnanlagen, Clubs und Bars umzubauen, war der Verkehr hier so schlimm wie im restlichen Quarter. Ich warf ihm über die Schulter hinweg einen bösen

Blick zu. »Außerdem solltest du aufhören, mit Tink über mich zu reden. Das ist echt nicht cool.«

»Das habe ich nicht«, erwiderte er, doch dann runzelte er die Stirn. »Allerdings hat er mir irgendetwas über einen Thunfisch und eine mögliche Lebensmittelvergiftung erzählt.«

Mein Mund blieb offen stehen. »Davon hat er dir erzählt?«

Der König nickte.

Ich würde diesen verdammten Brownie mit bloßen Händen erwürgen. Ich legte an Tempo zu.

Der König schloss ohne Weiteres zu mir auf und ging auf der Straßenseite neben mir her. »Was du hier tust, ist meine Angelegenheit. *Du* bist meine Angelegenheit.«

Ich warf ihm einen Blick zu. »Nein, bin ich nicht.«

»Du bist unterwegs, um einen Fae zu jagen.«

»Den du selbst auch umbringen willst. Witzige Geschichte.« Ich blieb an einer Fußgängerampel stehen und zog meinen Rock nach unten. Schnelles Gehen in einem Stretchkleid war nicht gerade empfehlenswert.

»Darum geht es nicht. Es ist einfach zu gefährlich.«

»Ich kann mich selbst verteidigen.« Als endlich das grüne Männchen erschien, eilte ich über die Straße. Langsam begannen meine Zehen in den engen Schuhen zu schmerzen.

Der König war direkt neben mir, und seine langen Schritte hielten locker mit meinen mit. »Das bezweifle ich nicht.«

»Nicht?« Ich rang mir ein Lachen ab.

»Nein, aber das hier ist etwas anderes. Du bist auf der Suche nach einem Ritter. Einem Krieger, der in der Vergangenheit skrupellos getötet hat. Wenn du denkst, dass der Orden zu recht Angst vor mir hatte, als ich unter dem Bann der Königin stand, dann solltest du dir seinetwegen noch mehr Sorgen machen.«

Einen Moment lang zögerte ich. Als der König unter dem Bann von Königin Morgana gestanden hatte, war er eine irre Killermaschine gewesen. Und ich wusste bereits, dass Aric genauso schlimm war. Ich hatte am ganzen Körper Narben, die es bewiesen.

Ansonsten wusste ich in Wahrheit ziemlich wenig über die uralten Fae. Sie wurden weder in den Tagebüchern meiner Mutter noch in den Akten des Ordens erwähnt. Ich hatte nachgesehen. Und der König war mir auch keine Hilfe, denn mittlerweile hatten wir keine gute Gesprächsbasis mehr, sondern starrten einander immer nur missmutig an, wenn wir uns sahen.

Abrupt blieb ich stehen und ignorierte die gemurmelten Verwünschungen des Mannes hinter mir. »Erzähl mir von ihm. Ich will alles wissen.«

Der König biss die Zähne zusammen und wandte den Blick ab. »Er war mein Ritter, aber er hat mich verraten. Er hat mir im Kampf das Schwert in die Brust gerammt.«

»Das weiß ich bereits. Sag mir, wie er so ist. Wie tickt er? Was …?«

»Warum? Warum sind solche Dinge wichtig? Bist du neuerdings Profiler?« Seine bernsteinfarbenen Augen fixierten mich. »Nichts, was ich dir erzählen könnte, würde dir helfen, im Kampf gegen ihn zu überleben«, sagte er und trat näher heran. »Du bist einfach nur …«

»Was?«, fragte ich herausfordernd. »Ein Mensch?«

»Du bist einfach nur Brighton«, sagte er. »Du kannst ihn nicht besiegen.«

Einfach nur Brighton? Was zum Teufel sollte das denn schon wieder heißen?

»Hör mal, es interessiert mich nicht die Bohne, was du denkst. Ich werde Aric finden – so oder so. Du kannst mich nicht davon abhalten, und damit ist das Gespräch beendet. Gute Nacht!«

Ich ließ den König stehen und hatte schon die halbe Straße hinter mich gebracht, als mir auffiel, dass ich in die falsche Richtung ging.

Na toll!

Aber ich würde jetzt ganz sicher nicht umdrehen. Auf keinen Fall. Man wirkt nicht gerade knallhart, wenn man sich in seiner verdammten Heimatstadt verläuft.

»Was hast du vor, Sonnenschein? Willst du vielleicht Neal ausfindig machen? Und was dann?« Der König packte meinen Arm und brachte mich vor dem Eingang einer schwach beleuchteten Gasse zum Stehen. »Wie willst du ihn zum Reden bringen? Wie willst du ihn dazu überreden, dich zu Aric zu führen? Willst du etwa deine weiblichen Reize zum Einsatz bringen?«

»Meine weiblichen Reize? Freundchen, wir sind hier nicht mehr im fünfzehnten Jahrhundert.« Ich versuchte, meinen Arm zu befreien, aber er hielt mich fest. »Und ich habe vor, ihm mit meinem Eisenpflock die Kehle aufzuschlitzen.«

»Wirklich?« Der Griff des Königs war hart, aber seine Handfläche fühlte sich angenehm warm an. »Neal mag zwar kein erfahrener Kämpfer sein, aber er ist trotzdem ein uralter Fae und kann dich quer über die Straße schleudern, ohne dich auch nur anzufassen.«

»Ich nutze den Überraschungsmoment.«

»Das ist ein beschissener Plan.«

Mein Gesicht wurde unter den vielen Make-up-Schichten knallrot. »Ich habe dich nicht nach deiner Meinung gefragt.«

»Aber du solltest jemanden danach fragen.« Er sah mich mit vor Überraschung geweiteten Augen an. »Irgendjemanden. Sie werden dir alle dasselbe sagen.«

»Ich habe einen Plan«, zischte ich und zog erneut an meinem Arm. Und das hatte ich tatsächlich. Zumindest in groben Zügen. Aber den würde ich ihm ganz sicher nicht verraten. »Warum kümmert dich das überhaupt?«

Seine Augen blitzten atemberaubend goldgelb auf, und plötzlich stand er noch näher bei mir, und wir befanden uns nicht mehr länger auf der Straße, sondern in der dunklen Gasse. Mit jedem Atemzug drang ein erfrischender Duft in meine Lunge.

»Selbst wenn du Neal findest und ihn zwingst, dich zu Aric zu bringen, wird der dich töten – und zwar langsam und qualvoll.«

Ich sah Aric vor mir. Eher klein, mit hellbraunen Haaren und einer Narbe, die quer durch die Oberlippe verlief. Er war auf kalte und grausame Art schön.

Und er hatte das bösartigste Lachen, das ich je gehört hatte.

»Ich habe schon einmal jemanden verloren ...« Der König brach ab, und ich runzelte die Stirn. »Du hast keine Ahnung, mit wem du dich da anlegst und zu welchen Grausamkeiten er fähig ist. Er weiß, dass es eine Verbindung zwischen uns gibt. Du musst sein Interesse nicht noch mehr auf dich ziehen, als du es ohnehin schon getan hast. Du bist ein ...« Er verstummte, aber in Gedanken beendete ich den Satz mit dem Wort, das er einmal zu mir gesagt hatte.

Du bist ein Schatz, Brighton.

Aber das war ja wohl eine Lüge gewesen.

Und das, was er sonst noch gesagt hatte, würde ich auch nicht so schnell vergessen. Dass die Sache mit uns ein Fehler gewesen sei. Ein *dummer* Fehler.

Aber nicht für mich. Ganz im Gegenteil. Mein Gott, ich hatte mich zum ersten Mal seit dem Angriff geöffnet und mich in seiner Gegenwart wohl genug gefühlt, um über meinen Wunsch nach Rache und die Ereignisse jener Nacht zu reden. Weil ich geglaubt hatte, dass er es verstehen würde. Ich hatte ihn an mich herangelassen.

Ich schob die Erinnerung beiseite. »Lass mich los! Ich habe dir nichts zu sagen.«

Er neigte den Kopf. »Wenn du mir schwörst, dass du deine Rachepläne nicht weiterverfolgst, lasse ich dich los.«

»Dann musst du mir dasselbe schwören. Aber nein, Moment, darüber haben wir ja schon mal geredet. Bei dir ist es etwas anderes, weil du *du* bist.«

Sein Blick glitt über mein Gesicht. »Du willst etwas über Aric erfahren? Ich glaube eher, dass es dir um uns geht.«

»Es gibt kein *uns*«, schoss ich zurück.

»Das stimmt.«

Da war er wieder, der scharfe, stechende Schmerz, und bohrte sich wie ein Messer in mein Herz.

Seine Nasenflügel bebten, und er machte einen Schritt auf mich zu. »Scheiße.«

Verdammt, er spürte, was ich fühlte. Es gab eine Menge Dinge an Caden, die mich nervten, aber das hier zählte vermutlich zu den Top drei.

Der König wandte den Blick ab und biss die Zähne aufeinander. »Es …«

»Nicht …«

Er ignorierte mich. »Es tut mir leid.«

»Das ist mir egal.«

»Nein, ist es nicht.«

»Und genau das ist das Problem, nicht wahr? Weißt du, es gibt tatsächlich etwas, was ich dir sagen will. Du hast mir alles nur vorgespielt. Aber warum? Das verstehe ich einfach nicht! Was hat es dir gebracht, so zu tun, als würdest du mich begehren? War dir einfach nur langweilig, und du wolltest ein wenig mit mir spielen?«

Sein Blick sprang zu mir zurück. »So war das nicht.«

»Wie war es dann? Hattest du das Gefühl, mir etwas zu schulden, weil ich zugelassen habe, dass du dich von mir nährst, damit du nicht stirbst?«, wollte ich wissen. »Oder wolltest du es nur mal mit einer Dreißigjährigen versuchen?«

Die Augen des Königs weiteten sich, und als er sprach, war seine Stimme so leise, dass ich ihn kaum verstand.

»Warum hast du so wenig Selbstachtung?«

»Was?«, keuchte ich, und mir wurde zuerst heiß und dann kalt.

Er schüttelte den Kopf. »Es muss so sein. Das ist die einzige Erklärung dafür, dass du glaubst, dass das meine einzige Motivation war.«

Seine Worte überraschten mich, und die leise Stimme, die mir ins Ohr flüsterte, dass er recht hatte, riss mich schließlich aus meiner Trance. Ich zog versuchte, mich aus seinem Griff zu entwinden, und dieses Mal ließ er los. Es kam so unerwartet, dass ich nach hinten stolperte, und meine verdammten Stiefel waren auch keine große Hilfe.

Der König sprang nach vorne und fing mich auf, und einen holprigen Herzschlag später lag ich in seinen Armen, und meine Hände berührten seine Brust.

Heilige Scheiße!

So nahe waren wir uns zum letzten Mal gewesen, als er mich geküsst hatte, und ich hatte offenbar vergessen, wie unglaublich warm er war. Sein Körper vertrieb die Kälte aus der Luft. Es war, als würde man in der Sonne liegen. Ein Schaudern durchlief mich, und das Verlangen pochte tief in mir.

Platz. Ich brauchte mehr Platz. Am besten auf einem anderen Kontinent.

Aber ich bewegte mich nicht.

Ich hob nur langsam den Kopf, und unsere Blicke trafen sich.

Sein Blick war heiß. Seine Augen glänzten wie bei einem Raubtier, und seine Lippen waren herausfordernd geöffnet. Mir kam ein seltsamer Gedanke. Er wollte, dass ich ihn abwies. Und dann wollte er mir nachjagen.

Und ein tief in mir versteckter Teil wollte genau dasselbe.

Aber das war falsch.

Der Blick des Königs glitt erneut über mein Gesicht und wanderte dann nach unten. Ich spürte, wie sich meine Brust an seine drückte.

»Ich hasse es, wenn du so aussiehst«, erklärte er mit tiefer, gedehnter Stimme. »Nicht das Kleid. Ich liebe das Kleid. Und die Schuhe. Aber die Haare? Das Make-up? Ich hasse es.«

Ich erinnerte mich nur zu gut, dass er mir das schon einmal gesagt hatte. Die Tatsache, dass er mich so, wie ich wirklich war, am liebsten mochte, war einer der Gründe, warum ich mich in ihn verliebt hatte.

Er senkte das Kinn. »Du solltest die ganzen Perücken verbrennen und das Make-up wegwerfen.«

Mein Herz raste. »Das wird nicht passieren.« Ich klang viel zu atemlos. Viel zu beeindruckt.

»Schade.« Er neigte den Kopf, und im nächsten Augenblick waren seine Lippen nur noch Zentimeter von meinen entfernt. Als er weitersprach, spürte ich seinen Atem auf meinem Gesicht. »Ich würde jedes Geld der Welt dafür bezahlen.«

Ich überlegte kurz. »Wie viel denn? Tink ist ein ziemlich kostspieliger Mitbewohner.«

»Das kann ich mir vorstellen.« Er sah mich mit schweren Lidern an, und ich spürte seine Lippen kaum merklich auf meinen.

Ich schnappte nach Luft.

Der König zuckte zurück. Dieses Mal sprang er nicht nach vorne, als ich stolperte, und ich musste selbst das Gleichgewicht wiederfinden, während er zurücktrat, bis er mehr als eine Armlänge Abstand zu mir hatte.

Ich atmete schwer und wusste nicht, ob ich erleichtert oder enttäuscht sein sollte, dass er mich nicht geküsst hatte. Das Problem war, dass ich eigentlich erleichtert hätte sein sollen. Aber das war ich nicht. Die Enttäuschung hielt meinen ganzen Körper gepackt, während wir einander im sanften Licht der Straßenlaternen anstarrten.

»Geh nach Hause«, sagte er nach einigen Augenblicken. »Das hier ist nichts für dich.«

Ich zuckte zusammen, als mir die Doppeldeutigkeit klar wurde. Seine Worte taten weh, aber die prickelnde Wut linderte den Schmerz. Ich stürzte mich darauf. »Sag mir nicht, was ich tun soll!«

»Das tue ich nicht.« Er verschränkte die Arme. »Ich lasse dir die Wahl.«

»Wirklich?« Ich lachte und verschränkte ebenfalls die Arme. »Das klingt aber nicht danach.«

»O doch. Ich sage dir, dass du nach Hause gehen sollst, und gebe dir die Möglichkeit, es alleine und von selbst zu tun. Oder ich packe dich einfach, setze dich in mein Auto und fahre dich nach Hause.«

Mein Mund klappte auf. »Ich würde echt gerne sehen, wie du das versuchst. Ernsthaft.«

Er legte den Kopf schief, ließ die Hände sinken und trat einen Schritt nach vorne.

Ich hob die Hand. »Wenn du mich anfasst, schneide ich dir die Eier ab und stopfe sie dir in den Mund.«

»Verdammt.« Sein Kichern ließ mich erschaudern. »Wenn

ich dich anfasse, willst du sicher ganz andere Dinge mit meinen Eiern machen.«

Ich atmete scharf ein. Ein Dutzend Dinge, die ich mit seinen Eiern machen könnte, geisterten in einer irren Abfolge durch meinen Kopf, und bei keinem dieser Dinge ging es darum, ihm in die Eier zu *treten*.

Plötzlich sah ich, dass sich seine Lippen entspannt hatten und sich leicht nach oben wölbten. Er fand das hier *witzig*.

Verdammt noch mal!

Mein ganzer Körper versteifte sich. Er konnte mich doch nicht witzig finden.

»Weißt du was? Du hast recht. Es gibt eine Menge Dinge, die ich gerne damit tun würde. Sie küssen. Sie lecken. Daran saugen.«

Der amüsierte Ausdruck verschwand, und er starrte mich an. Ein raubtierhaftes Funkeln trat in seine Augen, und sie begannen zu leuchten.

»Ich wollte sie kennenlernen und Freundschaft mit ihnen schließen«, fuhr ich fort. »Aber das war einmal. Jetzt würde ich sie dir am liebsten abschneiden.«

»Bist du dir sicher, Sonnenschein?«

»Nenn mich nicht so. Und ja, ich bin mir *hundertprozentig* sicher. Einhundertfünfundzwanzig Prozent, um genau zu sein.«

»Einhundertfünfundzwanzig Prozent?«, murmelte er. »Interessant! Und warum hast du deine Klingen noch nicht ausgefahren?«

Ich runzelte die Stirn und sah auf mein Handgelenk hinunter. Er hatte recht. Die Klingen steckten noch in den Armreifen.

Verdammt noch mal!

3

Warum hast du so wenig Selbstachtung?

Die Worte des Königs verfolgten mich den ganzen Abend und die ganze Nacht hindurch. Dachte er wirklich, dass ich keinerlei Selbstachtung besaß? Nur, weil ich nicht verstand, warum er zuerst hinter mir her war und dann nichts mehr mit mir zu tun haben wollte?

Die Gedanken daran, was er gesagt und was es womöglich zu bedeuten hatte, hielten mich viele Stunden lang wach. Was mich allerdings am darauffolgenden Sonntagmorgen einige Stunden vor Sonnenaufgang weckte, war die leise Stimme, die mir immer wieder zuflüsterte, dass vielleicht auch ein Körnchen Wahrheit hinter seiner Frage steckte.

Denn was war meiner Meinung nach *wirklich* der Grund, warum er all diese wunderschönen Dinge zu mir gesagt hatte? Warum er mich geküsst und mir eine so atemberaubende Befriedigung verschafft hatte? Glaubte er, mir etwas zu schulden, weil ich seinen verletzten Bruder zurück ins Hotel zum guten Fae gebracht hatte? Oder weil ich ihm erlaubt hatte, sich von mir zu nähren, nachdem er schwer verletzt worden war?

Obwohl die Verletzungen in Wahrheit gar nicht so schwer gewesen wären, wenn er sich nicht so lange nicht mehr genährt hätte.

Er war in jener Nacht angeschossen worden, in der ich Elliot gefunden hatte. Elliot war einer der vermissten jungen Fae, die sich dem Bösen zugewandt hatten. Woran vermutlich gepanschter Nachtschatten schuld war.

Mir war kein einziges Mal der Gedanke gekommen, dass er sich schlichtweg von mir angezogen gefühlt hatte – und zwar *obwohl* ich ein Mensch war und er sich ständig mit unglaublich schönen Fae umgab.

Und es war durchaus möglich, dass er sich *immer noch* von mir angezogen fühlte, obwohl er die Sache zwischen uns beendet hatte.

Am Vorabend hatte es tatsächlich so gewirkt, als wollte er mich küssen. Mein Gott, seine Lippen hatten meine bereits berührt! Kaum merklich zwar, aber trotzdem.

Und was wäre gewesen, wenn er mich geküsst hätte? Hätte ich es zugelassen? Wobei das im Grunde keine ernstzunehmende Frage war. Natürlich hätte ich es zugelassen. Und sehr wahrscheinlich hätte ich mich danach dafür gehasst.

Ich musste mein Leben echt wieder in den Griff bekommen.

Ich musste Aric suchen und ihn töten, anstatt mich vom König ablenken zu lassen. Das war im Moment das Wichtigste. Die Sache mit dem König spielte keine Rolle, und auch mein möglicherweise fehlendes Selbstwertgefühl war unerheblich. Wenn ich den Showdown mit Aric überlebte, konnte ich mir ja ein paar Selbsthilfebücher kaufen.

Ich seufzte und beobachtete, wie die ersten Sonnenstrahlen langsam über den Boden und auf das Bett zu krochen, an dessen Fußende sich Dixon zusammengerollt hatte.

Plötzlich karrte die Treppenstufe, die ich schon seit Ewigkeiten reparieren wollte, und der Kater wachte auf. Dixon hob sein pelziges Köpfchen und sah in Richtung Tür, die er einen

Spaltbreit offen gelassen hatte, als er sich irgendwann im Laufe der Nacht zu mir geschlichen hatte.

Er begann zu schnurren und klang wie ein kleiner, brummender Motor.

Nachdem ich annahm, dass es Tink war und er sich in weniger als fünf Sekunden mit vollem Tempo in mein Bett stürzen würde, rollte ich mich auf den Rücken und blickte in Richtung Tür.

Mein Herz gefror in meiner Brust.

Genauso fühlte es sich an, wenn etwas vollkommen unerwartet und abrupt zum Stillstand kam. Mein Mund klappte auf, während ich zu verstehen versuchte, wen ich hier vor mir sah.

Denn es war nicht Tink.

Es war *er*.

Der König.

Er stand in *meiner* Schlafzimmertür, als würde er dorthin gehören. Als hätte ich ihn eingeladen. Aber ich hatte ihn weder zu mir gebeten, noch gehörte er in dieses Haus.

Auf keinen Fall.

Trotzdem war er hier.

Seine goldblonden Haare fielen ihm auf die breiten Schultern, und sein einfaches schwarzes T-Shirt schmiegte sich an seine Muskeln.

Mir blieb keine andere Wahl, als ihn anzustarren.

Einer seiner Mundwinkel wanderte nach oben. »Guten Morgen.«

Ich setzte mich so ruckartig auf, dass Dixon erschrak. Der Kater richtete sich auf und warf mir einen vorwurfsvollen Blick zu, bevor er aus dem Bett sprang.

»Wie bist du ins Haus gekommen?«

»Tink hat mich reingelassen.« Er sah zu Dixon hinab, der

sich mit erhobenem Schwanz um seine Beine wand. »Weißt du, die meisten Leute erwidern etwas Nettes, wenn ihnen jemand einen guten Morgen wünscht.«

»Mir ist egal, was die meisten Leute tun«, erklärte ich und schwor mir, Tink gleich nach diesem Gespräch umzubringen. Wobei ich mir das allerdings schon ziemlich oft vorgenommen hatte. »Und was machst du hier oben? In *meinem* Schlafzimmer?«

Er streckte die Hand aus und kraulte Dixons Kopf, was der Kater mit einem lauten Schnurren quittierte. »Ich wollte dich sehen.«

Einen Moment lang verschlug es mir die Sprache. »Ich dachte, ich hätte gestern Abend klar und deutlich gesagt, dass ich nichts mit dir zu tun haben will.«

»Ich weiß.« Der König streichelte Dixon ein letztes Mal, bevor sich der Kater auf den Weg in den Flur machte.

Der uralte Fae richtete sich zur vollen Größe auf, und seine bernsteinfarbenen Augen blickten in meine. »Aber wir wissen beide, dass das nicht stimmt.«

»Ich … ich …«, stotterte ich ungläubig. »Du hast den Verstand verloren. Ernsthaft.«

»Ich war noch nie ganz bei Trost.« Sein Blick glitt über mein Gesicht und wanderte langsam tiefer. »Und im Moment bin ich definitiv weit davon entfernt.«

Ich runzelte die Stirn, während ich seinem Blick folgte, der mittlerweile bei dem tiefen V-Ausschnitt meines Schlafshirts angelangt war. Die Träger des blassrosa Oberteils waren mir über die Schultern gerutscht, und der Stoff war so dünn, dass ziemlich deutlich wurde, wie kalt es im Zimmer war.

Denn das war der einzige Grund, warum meine Brustwarzen so hart waren. Es hatte absolut nichts mit der Anwesenheit des Königs oder der Art zu tun, wie er mich anstarrte.

Nein. Nicht im Geringsten.

Ich packte die Decke und ballte die Hände zu Fäusten. »Du hättest auch warten können, bis ich aufgestanden bin.«

»Geduld gehört nicht gerade zu meinen Stärken.«

Er kam mit großen Schritten auf mich zu, und ich erstarrte und sah gebannt zu, wie er sich aufs Bett setzte.

Auf *mein* Bett.

»Ich habe nicht gesagt, dass du dich setzen darfst.«

»Ich weiß.«

Ich starrte ihn an.

Der König starrte zurück, und ein nervtötend aufreizendes, kaum merkliches Lächeln erschien auf seinen Lippen. »Ich muss mit dir reden.«

»Und worüber?«

Er wandte den Blick ab und starrte an die Wand. »Über Aric.«

Mein ganzer Körper versteifte sich. Das kam unerwartet. »Und das konnte nicht bis später warten? Bis nach dem Aufstehen, zum Beispiel?«

»Nein.«

»Nein?«

»Ich habe gelernt, dass es das Gespräch vereinfacht, wenn du keine Zeit hattest, dich darauf einzustellen.«

Ich sah ihn an. »Das war jetzt nicht gerade ein Kompliment.«

»Doch«, erwiderte er. Er sah sich im Zimmer um und betrachtete die Bücherstapel und die gerahmten Bilder von meinen Eltern und mir. »Er ist abgrundtief böse.«

Ich blinzelte und konnte ihm einen Moment lang nicht folgen.

»*Aric*. Du wolltest doch mehr über ihn wissen. Und eines solltest du unbedingt bedenken: Er ist das reine, unverfälschte

Böse, und ich fälle dieses Urteil nicht leichtfertig. Außerdem glaube ich nicht, dass viele Menschen tatsächlich schon einmal jemanden kennengelernt haben, der durch und durch böse ist«, erklärte er, und ich erschauderte unwillkürlich. »Er hat mich im Kampf einfach so mit dem Schwert durchbohrt, sodass ich derart geschwächt war, dass die Königin mich mit einem Zauber belegen konnte. Aber er war nicht immer mein Feind. Zumindest ahnte ich lange Zeit nichts davon. Aber das weißt du ja bereits.«

Ja, das tat ich.

»Er war nicht nur ein Ritter, dessen Aufgabe es war, mich zu beschützen. Wir sind zusammen aufgewachsen, und seine Familie war meiner tief verbunden. Er war einer meiner engsten Vertrauten. Mein Freund. Dabei schmiedete er die ganze Zeit über Pläne, um meine Familie und den Hof zu verraten.« Der König wandte den Blick ab. »Wie schafft man es, seinem Gegenüber Tag für Tag in die Augen zu schauen, gemeinsam mit dessen Familie zu essen und all seine Geheimnisse und Sehnsüchte zu kennen, und ihn gleichzeitig so sehr zu hassen, dass man sogar vor denjenigen nicht haltmacht, die ihm am nächsten stehen?«

»Ich …« Ich schluckte. »Ich weiß es nicht.«

»Ich auch nicht.« Er räusperte sich. »Er provozierte einen Krieg mit unserem Hof, indem er zahllose unserer jungen Fae tötete. Am Ende nahm er jemanden gefangen, der meiner Familie eine Menge bedeutete … und mir auch. Er hat sein Opfer jedoch nicht einfach getötet. Das wäre zu einfach gewesen. Er tat Dinge, die kein Lebewesen – egal ob Mensch, Fae oder Tier – jemals erleiden sollte. Und er tat es, während er gleichzeitig vorgab, uns bei der Suche nach den Vermissten zu helfen, bloß um uns am Ende direkt zu den Leichen zu führen.« Er schüttelte den Kopf. »Ich werde diesen Anblick niemals vergessen. Obwohl ich damals bereits unter dem Zauber der Königin stand, haben sich die Bilder in mein Gedächtnis eingebrannt.«

»Es tut mir leid«, flüsterte ich und legte, ohne nachzudenken, die Hand auf seinen Arm. Seine Haut war warm, und ich drückte sanft zu. »Wirklich.«

Er sah auf meine Hand hinunter und hielt einen Moment lang inne, bevor er fortfuhr.

»Er gestand mir erst mitten im Kampf, dass er hinter alldem steckte. Und dann schwelgte er in meiner Verzweiflung. Er genoss, wie sehr es mich verletzte. Ich hatte ihn immer als Bruder betrachtet – einen Bruder im Herzen.«

Ich war so entsetzt, dass ich nicht wusste, was ich sagen sollte.

»Und er hat dafür gesorgt, dass ich über *alles* Bescheid wusste, was er seinen Opfern angetan hatte. Jedem einzelnen. Ihre Leichen bewiesen es«, erklärte er. »Ich habe gesehen, wozu er fähig ist. Ich habe es *gespürt*. Manche töten, weil sie keine andere Wahl haben, und andere genießen es. Aric gehört zur zweiten Gruppe.«

Das bezweifelte ich nicht im Geringsten.

»Verstehst du jetzt, warum er so gefährlich ist? Er ist zu allem fähig.« Der König betrachtete erneut meine Hand auf seinem Arm. »Nicht nur, weil er auf Morganas Seite steht, sondern weil er abgrundtief böse ist. Ein richtiges Monster, das es genießt, anderen Schmerzen und Angst zu bereiten. Er ist nicht so wie die anderen, denen du bis jetzt begegnet bist. Er ist sogar noch schlimmer, als ich es war, als ich unter dem Bann der Königin stand.«

»Ich verstehe, was du meinst. Er hat dir schreckliche Dinge angetan. Und mir auch. Er ist gefährlich und böse«, erklärte ich und schluckte den dicken Kloß hinunter, der in meiner

Kehle steckte. »Aber das war mir auch vorher schon klar. Ich weiß, dass ich …«

»Dass du auf der Suche nach Rache vermutlich dein Leben verlieren wirst?«, unterbrach er mich. »Dass du einen langsamen, qualvollen Tod sterben wirst? Ist es das denn wirklich wert?«

Ich zog meine Hand zurück. »Wenn jemand die Antwort darauf kennt, dann doch du.«

Seine Kiefermuskeln zuckten. »Brighton, bitte.«

»Es gibt nichts, was du sagen oder tun kannst«, erwiderte ich und schnappte im nächsten Augenblick nach Luft. Er hatte sich so schnell bewegt, dass ich es nicht einmal bemerkt hatte. Plötzlich lag er auf mir und stemmte die Hände an das Kopfteil, sodass ich wie in einem Käfig gefangen war. Ich atmete seinen zitronigen Geruch ein. Mein Herz pochte in meiner Brust, während sein warmer Atem über meine Lippen strich.

»Ich werde es nicht tun«, knurrte er.

»Was denn?«, flüstere ich und erschauderte, als er die Hand hob und sie auf meine Wange legte.

»Ich werde es nicht tun«, wiederholte er, und sein Daumen glitt über meine Unterlippe. Ich amtete ruckartig ein. Er legte den Kopf schief, während seine Hand über meinen Hals bis zu meiner nackten Schulter glitt.

Meine Augen schlossen sich, und mein Blut schien zu kochen. Ein Teil von mir hasste die Art, wie mein Körper auf ihn reagierte. Wie mein Herz anschwoll und schneller schlug, wenn er in der Nähe war.

Ich wollte ihn mit jeder Faser meines Körpers – und das hasste ich am allermeisten.

»Auch ich bin zu allem fähig«, sagte er leise. »Und ich werde nicht zulassen, dass du dich umbringen lässt.«

Ich riss die Augen auf, doch der König war bereits verschwunden.

»Bri?« Ivy fuchtelte mit der Hand vor meinem Gesicht herum.

Ich blinzelte und versuchte, mich wieder auf sie zu konzentrieren. »Was?«

Ein Lächeln machte sich auf ihrem hübschen Gesicht breit. »Du hast überhaupt nicht zugehört, oder?«

Ich sah mich in dem Besprechungszimmer im ersten Stock des Hotels zum guten Fae um, und mein Blick fiel auf Ren, der sich immer noch über den Karton mit den Donuts beugte. Die spontan einberufene Montagmorgenbesprechung hatte noch nicht begonnen.

»Entschuldige.« Ich sah Ivy an, die mir gemeinsam mit Faye gegenübersaß. Faye gehörte zum Sommerhof und hatte Ivy vor ein paar Jahren bei ihrer Flucht aus der Gefangenschaft geholfen. »Was hast du gesagt?«

»War nicht weiter wichtig«, erwiderte Ivy grinsend. Sie trug ihre üppigen roten Locken heute offen, sodass sie ihr Gesicht umrahmten. Sie wirkte so zart wie eine Elfe, aber ihre Kraft und Stärke hatten nichts Elfenhaftes an sich. »Du hast nur so ausgesehen, als würdest du am liebsten jemandem eine verpassen.«

»Ich weiß, das ist nicht gerade mein Gute-Laune-Gesicht.« Ich zupfte am Saum meines blassrosa Rockes. Ich war wie eine Büroangestellte angezogen, während Ivy die klassische Ordenskluft trug, die aus Cargo-Hosen, einem einfachen T-Shirt und klobigen Stiefeln bestand, mit denen man jederzeit jemandem in den Hintern treten konnte. Miles, der Sektionsleiter des Ordens in New Orleans, hatte mich auf der Ersatzbank geparkt. Na ja, eigentlich arbeitete ich von Beginn an im Büro und stellte Nachforschungen an, was gar nicht so schlecht war. Ich meine, ich liebte es, Neues zu lernen und Informationen zu sammeln, egal, ob im Internet oder in nach alten Zeiten riechenden Büchern. Zumindest hatte ich es bis vor Kurzem geliebt.

Als ich noch nicht vor den anderen verbergen musste, dass ich ebenfalls Fae jagte. Nicht einmal Ivy und Ren durften davon wissen. Sie wussten lediglich, dass ich mit dem König zusammengearbeitet hatte, um die vermissten jungen Fae zu finden. Sie hatten keine Ahnung, dass ich wie sie auf Patrouille ging.

Und wenn die Kacke mal am Dampfen war, wandte sich niemand an mich – es sei denn, sie brauchten eine schnelle Wegbeschreibung oder jemanden, der sie abholte.

Daher fühlte ich mich nicht gerade unabkömmlich.

»Niemand schafft ein so unfreundliches Gesicht wie Faye.« Ivy lehnte sich zurück und schlug die Beine übereinander.

Die Fae mit dem silberfarbenen Haar warf Ivy einen langen Blick zu und … ja, das war echt ein *ziemlich* unfreundlicher Gesichtsausdruck. »Das sagst ausgerechnet du?«

Ivy grinste. »Tink reist heute ab, oder?«

»Ja, heute Abend. Ich werde ihn vermissen«, gab ich zu. »Aber sag ihm das ja nicht. Sonst bleibt er vielleicht da.«

»Ich bin froh, dass er fährt. Es wird langsam Zeit, dass er mal rauskommt und etwas anderes sieht als die Website von Amazon.«

Ich lachte.

»Die Fae in Florida sind schon ganz aufgeregt, Tink endlich kennenzulernen«, erklärte Faye. »Sie haben noch nie einen Brownie gesehen. Das ist eine große Sache für sie.«

»Sie können ihn gerne behalten«, rief Ren vom Donut-Karton zu uns herüber.

»Klar.« Ivy verdrehte die Augen. »Dabei wärst du sicher traurig, wenn er nicht mehr wiederkäme.«

Ren antwortete nicht, und ich dachte daran, wie ruhig es ab morgen in meinem Haus werden würde. Kein Tink. Kein Dixon.

»Also, was läuft hier?« Ren trat neben uns und hatte bereits die Hälfte des gezuckerten Donuts gegessen. Wie schaffte er es bloß, dass sein T-Shirt danach nicht aussah, als hätte er sich in Kokain gewälzt? »Warum wurde die Besprechung einberufen?«

»Ich habe ehrlich gesagt keine Ahnung.« Faye spielte mit ihren langen Haaren. »Kalen hat mir vorhin geschrieben, dass wir uns treffen müssen.«

Sie hatte den Satz gerade erst zu Ende gesprochen, als die Tür aufging. Als Erster betrat Tanner den Raum. Er war sozusagen der Manager des Hotels zum guten Fae. Ich sah ihn einen Moment lang in seiner menschlichen Gestalt, bevor der Glamour-Zauber verblasste. Nur seine Haare blieben unverändert. Sie wurden bereits grau – ein Beweis dafür, dass er alterte wie wir Menschen. Das Grau wurde jedes Mal mehr, wenn ich ihn sah. Er hatte sich schon seit sehr langer Zeit nicht mehr genährt.

Doch Tanner war nicht allein. Ihm folgte Kalen, der ähnlich wie Ivy und Ren schwarze Cargo-Hosen und ein einfaches T-Shirt trug. Er hatte blonde Haare und war etwa in Fayes Alter – Mitte zwanzig, oder vielleicht ein wenig älter. Kalen und Faye waren Krieger, und ich war mir ziemlich sicher, dass sich keiner der beiden nährte. Sie konnten also genauso ausgeschaltet werden wie wir Menschen, auch wenn sie schneller und um einiges kräftiger waren als wir.

Tanner betrachtete uns lächelnd, doch als sein Blick auf mich traf, verblasste das Lächeln. Ich seufzte. Er war immer noch wütend auf mich. Ich wollte gerade wegschauen, als ein weiterer Fae den Raum betrat und ich plötzlich keine Luft mehr bekam.

Es war der König.

Ich war zwar nicht überrascht, ihn hier zu sehen – er war bei jeder Besprechung dabei, egal ob spontan oder geplant –, aber egal, wie oft ich ihn sah, es war jedes Mal ein Schock.

Vor allem, wenn er so angezogen war wie jetzt. Beim Anblick des am Kragen offen stehenden weißen Anzughemds mit den aufgerollten Ärmeln wurde mir heiß, und eine tiefe Unruhe packte mich. Auch wenn ich keine Ahnung hatte warum.

Mein Blick wanderte nach oben, und ich sah, dass er auch dieses Mal keine Krone trug. Ich hatte sie erst ein Mal gesehen. An dem Abend, als er sich zu erkennen gegeben hatte. Ich hatte keine Ahnung, wie er sie heraufbeschwören und danach wieder verschwinden lassen konnte.

Ich wandte den Blick ab und stieß langsam die Luft aus. Ich würde einfach so tun, als wäre er gar nicht da. Ich würde nicht mit ihm reden, und ich würde seinen Köder nicht schlucken. Er konnte sagen, was er wollte, und mir noch mehr grauenhafte Geschichten erzählen. Es würde nichts an meinem Entschluss ändern.

Faye erhob sich und verbeugte sich elegant vor ihm.

»Das ist nicht notwendig«, erklärte er ihr. »Das habe ich doch schon so oft gesagt. Euch allen.«

»Macht der Gewohnheit«, murmelte Faye.

Auch wenn er gerade beteuert hatte, dass er keinen Wert auf Förmlichkeiten legte, blieben alle stehen, bis der König in einem der gepolsterten Stühle Platz genommen hatte, und folgten ihm erst dann. Kalen blieb als Einziger links neben dem König stehen.

Da ich offenbar über keinerlei Selbstbeherrschung verfügte, sah ich kurz zum König hinüber. Im nächsten Augenblick trafen sich unsere Blicke. *Verdammt!* Ich konzentrierte mich mit pochendem Herzen auf Tanner.

»Ich danke euch, dass ihr gekommen seid.« Tanner lehnte sich zurück und faltete die Hände. »Leider hat Kalen beunruhigende Neuigkeiten, die wir gerne mit euch besprechen würden.«

»Warum trefft ihr euch eigentlich nie mit uns, wenn es *gute* Neuigkeiten gibt?«, fragte Ren, der seinen Donut mittlerweile aufgegessen hatte.

Das hatte ich mich auch schon mal gefragt.

Kalen grinste kaum merklich. »Es gab jetzt längere Zeit keine schlechten Nachrichten.«

»Ja, und ihr habt euch nie gemeldet«, erwiderte Ren und setzte sich auf die Armlehne der Couch, auf der Ivy Platz genommen hatte. »Langsam glaube ich, ihr mögt uns nicht sonderlich.«

»Na ja«, erwiderte der König gedehnt.

Rens Augen verengten sich zu schmalen Schlitzen. Doch wenn man bedachte, dass weder Ren noch Ivy über die Tatsache hinweggekommen waren, dass der König Ivy entführt hatte, als er unter Morganas Bann gestanden hatte, konnte ich es ihm nicht verübeln, dass er nicht ständig von den zornigen Gesichtern der beiden an diese Zeit erinnert werden wollte.

»Ihr wisst, dass ihr alle hier jederzeit willkommen seid«, mischte sich Tanner unbeeindruckt ein, obwohl ich bezweifelte, dass das auch auf mich zutraf. »Egal, was passiert.«

»Wie auch immer«, meinte Kalen. »Lasst uns darüber sprechen, warum wir hier sind. Es hat mit Elliot zu tun.«

O nein!

Ich sah zum König hinüber. Er war derjenige gewesen, der den jungen Fae getötet hatte. Ich wusste, dass er Tanner und den anderen bereits davon erzählt hatte. Er sah mich immer noch an, und ich fragte mich, ob er ahnte, wie auffällig – und unheimlich – das war.

Faye rutschte angespannt auf ihrem Stuhl hin und her. Ihr Cousin Benji wurde ebenfalls vermisst, und wenn man bedachte, was mit Elliot passiert war, befürchtete sie wohl das Schlimmste.

»Was soll mit ihm sein? Ihm ist irgendetwas zugestoßen, und das hat ihn böse gemacht. Aber jetzt ist er fort. Oder?«

Der König nickte.

»Er wurde in unsere Welt zurückgeschickt, aber als ich mit seiner Familie sprach, wollte sein älterer Bruder nicht glauben, was passiert ist.«

»Das ist durchaus verständlich«, erwiderte Tanner. »Jeder geht mit der Trauer anders um, und Verleugnung ist sehr viel einfacher, als sich der Wut zu stellen.«

»Ich habe Avel im Auge behalten, aber offensichtlich nicht sorgfältig genug.« Kalen verschränkte die Arme vor der Brust. »Seine Eltern sagten, dass er das Hotel am Freitag verlassen hat und seitdem nicht mehr gesehen wurde.«

»Wir haben Angst, dass Elliots älterem Bruder dasselbe zugestoßen ist wie ihm«, erklärte Tanner.

Ich presste die Lippen aufeinander und befürchtete das Schlimmste. Die armen Eltern!

»Aber er ist doch erst seit ein paar Tagen weg«, wandte Ivy ein. »Vielleicht gibt es eine logische Erklärung. Wäre es möglich, dass er einfach Abstand brauchte?«

»Das ist durchaus möglich, aber der gesamte Hof weiß, dass Elliot etwas zugestoßen ist, das ihn verändert hat«, erwiderte Faye. »Natürlich gehen alle, die ein Familienmitglied vermissen, nun vom Schlimmsten aus. Selbst wenn Avel nicht glauben wollte, was ihm der König erzählt hat, wird er es mit der Zeit verstanden haben. Er ist ein vernünftiger Mann.«

»Aber wenn er es verstanden hat, warum ist er dann fort?«, fragte ich. »Ich schätze, ihr habt dem Hofstaat geraten, das Hotel nicht zu verlassen?«

»Nein, das haben wir nicht. Noch nicht«, antwortete der König.

Ich hob überrascht die Augenbrauen und sah Ivy an. Sie wirkte genauso verwirrt wie ich. »Da draußen läuft jemand herum, der unbeschwerte junge Fae in Mörder verwandelt, und ihr lasst sie einfach so verschwinden?«

Tanner versteifte sich.

Doch der König lächelte mich an. Es war nicht unbedingt ein warmherziges Lächeln, und nichts an ihm erinnerte an den Mann, der vor kaum mehr als vierundzwanzig Stunden in meinem Schlafzimmer gesessen hatte, um mir von Aric zu erzählen, und der mich beinahe geküsst hätte.

»Allen Fae ihre Freiheit zu nehmen, nur weil sich einer verändert hat, scheint mir momentan nicht die angemessene Maßnahme zu sein.«

»Abgesehen davon, dass wir jetzt einen Vater und eine Mutter haben, die bereits ein Kind verloren haben und jetzt auch noch ein zweites vermissen«, erwiderte ich herausfordernd.

»Und wir haben mehrere Hundert Fae, die hier tagtäglich ohne Zwischenfälle ein und aus gehen«, entgegnete der König. »Wir raten ihnen zur Vorsicht. Wir raten ihnen zur Vorsicht. Alle wissen, was wir befürchten, und würden deshalb niemals verschwinden, ohne ihrer Familie Bescheid zu sagen.« Er hatte sich an Ivy gewandt. »Avel weiß ganz genau, dass seine Eltern vom Schlimmsten ausgehen würden.«

Das stimmte vermutlich.

Ich verstand, warum der König die Fae nicht zwingen wollte, im Hotel zum guten Fae zu bleiben, aber es erschien mir als Vorsichtsmaßnahme trotzdem sehr effektiv.

»Ich weiß, dass ihr beide auf Patrouille geht, und deshalb möchte ich euch bitten, dass ihr euch nach Avel umseht«, erklärte Kalen. »Ich werde euch später ein aktuelles Foto schicken, das uns seine Eltern gegeben haben.«

Ren nickte. »Wir halten die Augen offen. Aber leider sind die anderen beiden Fae noch nicht aufgetaucht. Es tut mir leid«, meinte er an Faye gewandt. »Wir haben einige Winterfae befragt, aber keiner wusste etwas über die vermissten Fae des Sommerhofs. Ich fürchte, mit Avel wird es ähnlich sein.«

»Aber es schadet sicher nicht, aufmerksam zu sein.« Ivy beugte sich nach vorne und stützte die Ellbogen auf den Knien ab. »Ich werde auch noch mit Miles reden. Ihm Bescheid geben.«

Ich schnaubte, woraufhin mir alle außer dem König einen seltsamen Blick zuwarfen. »Es tut mir leid, aber da wünsche ich dir viel Glück damit. Ich habe es schon versucht, aber der Orden ist … Na ja, ihr wisst bestimmt, was ich meine …«

»Das ist doch Schwachsinn!«, fauchte Faye und sprang auf. »Tut mir leid, dass ich geflucht habe«, fügte sie hinzu, als Tanner sie stirnrunzelnd ansah. »Schwachsinn war das unverfänglichste Wort, das mir eingefallen ist. Wir haben ihnen geholfen, die Königin zu besiegen. Wir haben vielen Ordensmitgliedern das Leben gerettet.«

Aber der Orden sah das leider anders.

Was ich natürlich nicht laut aussprach, denn ich befürchtete, dass es ohnehin jeder im Zimmer wusste.

»Ich werde versuchen, Miles zur Vernunft zu bringen. Es ist

nur leider so, dass wir im Moment viele neue Mitglieder haben, die erst die Grundlagen lernen müssen«, meinte Ivy. »Es ist ziemlich chaotisch.«

»Er sollte sich mit dem Begriff ›Multitasking‹ vertraut machen«, konterte der König. »Wenn er das nicht hinbekommt, braucht der Orden vielleicht einen neuen Leiter.«

Ivy sah ihm direkt in die Augen. »Ich werde es Miles ausrichten.«

»Bitte tu das.« Das angespannte Lächeln war wieder da. »Vielleicht motiviert es ihn.«

Ren stieß ein heiseres Lachen aus. »Du meinst, es motiviert ihn dazu, das zu tun, was du dir vorstellst.«

Der König zuckte mit den Schultern, um den anderen zu zeigen, dass er sich darüber keine Gedanken machte. Nicht im Geringsten.

Kalen wandte sich an mich. »Der König hat uns erzählt, dass du in den Unterlagen deiner Mutter etwas über den *Devil's Breath* gefunden hast. Stimmt es, dass es sich dabei um eine Substanz handelt, die in den Nachtschatten gemixt wird und den Konsumenten verändert?«

Ich nickte. »Eigentlich habe ich den Eintrag in einem von Harris' alten Tagebüchern gefunden. Er schreibt, dass meine Mutter herausgefunden hat, worum es sich dabei handelt, und es klingt verdammt ähnlich wie das, was mit Elliot passiert ist. Es kam zwar nicht zu dem im Text beschriebenen beschleunigten Verfall des Körpers, aber Harris schreibt auch, dass die veränderten Fae aggressiv und gewalttätig wurden.«

»Zerfall? Du meinst, dass die Leichen *verwesen*?«

»Ja.«

»Wie bei einem Zombie?«, fragte er.

»Na ja«, erwiderte ich und sah ihn nachdenklich an. »Ich weiß nicht, ob der Verfall tatsächlich so weit geht.«

»Hoffentlich nicht«, meinte Ivy und erschauderte. »Ich habe echt keine Lust auf Zombie-Fae.«

Das waren zwei Worte, von denen ich nie gedacht hätte, dass ich sie einmal zusammen hören würde.

»Ich hatte gehofft, dass du dich vielleicht auf die Suche nach weiteren Informationen machen könntest«, sagte Kalen. »Wie die Substanz hergestellt und angewandt wird zum Beispiel. Alles, was du darüber finden kannst.«

»Ich bin Harris' Tagebücher bereits durchgegangen. Es wurden mehrere Seiten herausgerissen, und das ist natürlich ziemlich verdächtig. Aber Moms Sammlung ist groß, und ich habe noch nicht alles gesichtet. Es wäre schon möglich, dass irgendwo noch etwas über die Substanz steht. Ich werde mal nachsehen.« Es machte mich nervös, dass mittlerweile alle Blicke auf mich gerichtet waren. »Ich bin froh, dass du das angesprochen hast, denn ich habe mir selbst schon einige Gedanken darüber gemacht. Das Beste wäre, wenn wir irgendwie an eine Probe des *Devil's Breath* herankommen könnten, um die Substanz zu untersuchen. Selbst wenn meine Mom oder Harris noch mehr darüber geschrieben haben und ich die Aufzeichnungen tatsächlich finde, sollten wir zusätzlich auch noch mit eigenen Augen sehen, worum es sich handelt.«

»Und wie willst du das anstellen?«, fragte der König.

Ich hielt den Blick weiter auf Kalen gerichtet. »Wir wissen, dass Neal etwas mit dem Verschwinden der jungen Fae und ihrer Veränderung zu tun hat. Neal gehört das *Thieves*. Gemeinsam mit Aric. Und wir wissen auch, dass Bars wie das *Thieves* vor allem von Fae besucht werden und deshalb genügend Nachtschatten vorrätig haben. Es wäre möglich, dass wir dort auch etwas von dem *Devil's Breath* finden. Wir müssen nur hineinkommen.«

»Das haben *wir* uns auch schon gedacht«, erwiderte der König. »Und wir waren auch schon dort.«

Ich drehte mich überrascht zu ihm um. »Tatsächlich?«

Er nickte. »Vor einer Woche. Wir haben den Laden auseinandergenommen und den Nachtschatten konfisziert. Wir haben Proben genommen und untersucht, aber es war alles sauber. Genauso wie das ganze Gebäude.«

»Also zuerst einmal wäre es hilfreich gewesen, wenn ich davon gewusst hätte«, schnauzte ich ihn an. »Und außerdem ist das wohl der Grund, warum Neal verschwunden ist. So etwas machen die Leute nach einer Razzia für gewöhnlich.«

»Es war notwendig.«

»Wirklich?« Ich schüttelte den Kopf. »Also für einen mehrere Hundert Jahre alten König hast du echt keine Ahnung, wie man sich unauffällig seinen Feinden nähert.«

»Brighton«, stöhnte Tanner.

»Was hättest *du* denn getan?«, fragte der König.

»Schön, dass du das *jetzt* fragst«, erwiderte ich. »Ich hätte mich hineingeschlichen und ein paar Proben von dem Nachtschatten mitgenommen, während ich mich nach etwas umgesehen hätte, das vermutlich aussieht wie abgepacktes Kokain.«

»Das klingt nach einem guten Plan«, gab Ren zu bedenken.

»Und wie genau hättest du dich hineingeschlichen?« Der König ließ mich keine Sekunde lang aus den Augen. »Ich bin nur neugierig.«

Ich bezweifelte, dass er tatsächlich neugierig war, aber ich würde es ihm trotzdem sagen, um zu beweisen, wie dumm es gewesen war, den Laden einfach auseinanderzunehmen. »Ich hätte …«

»Warte. Lass mich raten. Du hättest dich verkleidet? Und dich an ihnen vorbei hinter die Bar geschlichen?«

Ich erstarrte, und unsere Blicke trafen sich. Außer ihm wusste niemand hier, dass ich genau das tat.

»Glaubst du wirklich, dass dich niemand bemerkt hätte?«, fuhr er fort.

»Nicht, wenn die Tarnung wirklich gut gewesen wäre. Ich weiß, wie ich in einer Menschenmenge untertauchen und keinerlei Aufmerksamkeit auf mich ziehen kann, bis die Zeit reif ist für eine Ablenkung.« Ich ballte die Hände in meinem Schoß zu Fäusten. »Aber ich hätte es natürlich nicht alleine gemacht. Ich hätte jemanden mitgenommen, der eine ordentliche Show abzieht, während ich unbemerkt hinter der Bar verschwindet.«

»Ich bezweifle, dass jemand so eine Show abziehen kann.«

»Okay. Dann hätte ich den Laden eben nach der Sperrstunde durchsucht.«

Der König grinste schief. »Glaubst du, die haben keinen Sicherheitsdienst?«

»Tatsächlich müssen wir den Laden auch noch mal durchsuchen, wenn er geschlossen ist«, mischte Kalen sich ein.

»Der Sicherheitsdienst sollte kein Problem darstellen.« Ich lächelte gezwungen, und war mir durchaus bewusst, dass die anderen unseren Wortwechsel wie ein Tennismatch verfolgten. »Es klang ja so, als wäre er das für euch auch nicht gewesen.«

»Nein, die Sicherheitsleute waren kein Problem, weil wir *gut ausgebildete* Kämpfer sind.« Der König betrachtete mich eingehend, und ich zog scharf die Luft ein. »Übrigens: Du siehst sehr viel besser aus als beim letzten Mal, als wir uns draußen gesehen haben.«

Ich sah besser aus als beim letzten Mal? Das letzte Mal hatte ich im Schlafanzug im Bett gelegen. Und das vorletzte

Mal hatte ich ausgesehen wie eine Nutte. Aber er hatte *draußen* gesagt.

Ich presste die Lippen aufeinander. Er würde doch nicht …? O mein Gott, er würde doch nicht …?

»Wie bitte?« Ren sah von einem zum anderen. »Wie meinst du das? Sie sieht doch immer gleich aus wie …« Der Satz endete in einem Husten, und ich vermutete, dass Ivys Ellbogen etwas damit zu tun hatte. »Ich habe im Grunde keine Ahnung, wovon ich hier überhaupt rede. Ignoriert mich einfach, und ich hole mir noch einen Donut.« Er erhob sich.

»Ich habe Brighton im *Flux* gesehen«, verkündete der König, und mein Mund klappte auf. »Am Samstagabend.«

»Wie bitte?«, rief Ivy.

Ren blieb auf halbem Weg zu den Donuts stehen und drehte sich wieder um.

»Und es war nicht das erste Mal«, fuhr der König fort. »Sie geht auf die Jagd.«

Ich konnte es nicht fassen.

Dieses Arschloch hatte tatsächlich gerade mein Geheimnis ausgeplaudert!

4

Ich fuhr hoch, als hätte jemand unter meinem Hintern eine Rakete gezündet. Mit einem Mal erinnerte ich mich, was er am Sonntagmorgen zu mir gesagt hatte. Er hatte gesagt, dass er alles tun würde, um mich aufzuhalten. Und er hatte nicht gelogen.

»Du Hurens…«

»Brighton!«, warnte Tanner mich. »Er mag zwar nicht dein König sein, aber du wirst ihm trotzdem Respekt zollen, solange du dich hier in diesem Zimmer aufhältst.«

Ihm Respekt zollen? Das würde ich tun, wenn er mir einen Grund dafür lieferte, aber das war im Moment wohl kaum der Fall.

»Und wenn ich nicht hier bin? Muss ich ihm dann auch noch respektieren?«

Kalen schlug sich die Hand vor den Mund und senkte den Blick. Er schien sich plötzlich sehr für den Fußbodenbelag zu interessieren, während Tanner sich weiter ereiferte.

»Auf die Jagd wonach?«, wollte Ivy wissen und stand ebenfalls auf.

Mein Kopf fuhr zu ihr herum, und ich sah sie ungläubig an. Musste sie das wirklich fragen?

»Glaubst du, ich jage Hasen?«

Offensichtlich fand Ren die Sache gar nicht witzig. Seine

leuchtend grünen Augen wurden schmal. »Das hoffe ich für dich. Von mir aus kannst du auch Krokodile jagen – oder was auch immer ihr Einheimischen in eurer Freizeit so treibt.«

»Du meinst *Alligatoren*«, korrigierte ich ihn ätzend.

»Bitte sag mir, dass du keine Fae jagst«, meinte Ivy.

»Warum wäre das denn so schlimm?«

»Warum? Weil du nicht dazu ausgebildet wurdest, Bri. Du bist nicht …«

»Ich *wurde* ausgebildet.« Wut kochte in mir hoch. »Ich habe dasselbe Training absolviert wie ihr beide.«

»Aber du warst nie auf der Straße«, gab Ren kopfschüttelnd zu bedenken. »Du warst nie unterwegs, und deshalb ist das ganze Training für die Tonne.«

»Du solltest auf Ivy hören«, drängte der König. »Du darfst dich nicht mit Aric oder Neal anlegen. Es ist schon schlimm genug, dass die beiden wissen, dass du etwas mit der Sache zu tun hast.«

»Ich kann selbst auf mich aufpassen«, erwiderte ich. »Ich denke, das habe ich schon zur Genüge bewiesen.«

»Du hast bewiesen, dass du immer unverschämtes Glück hast«, schoss er zurück. »Du bist nicht wie sie.« Er deutete auf Ivy und Ren. »Du bist keine Kriegerin mit jahrelanger Erfahrung im Gepäck.«

»Ich bin ein Mitglied des Ordens. Ich wurde ausgebildet und …«

»Du bist ein Ordensmitglied, aber das ist nicht dein Job«, erklärte Ivy.

»Wenn es nicht mein Job ist, böse Fae zu jagen und zu töten, was ist es dann?«

Das Schweigen, das darauf folgte, sagte mir alles, was ich wissen musste. Ich sah Ivy an. »Ich war auf der Straße. Ich bin seit eineinhalb Jahren unterwegs, und – Hallo? – ich habe es geschafft, mich kein einziges Mal umbringen zu lassen.«

»Eineinhalb Jahre?«, rief Ivy. »Wie bitte? Moment! Hat er deshalb von Verkleidungen gesprochen?«

»Ja. Ich verkleide mich. Manchmal ist es ziemlich ausgefeilt. Und manchmal nicht.« Ich verschränkte die Arme vor der Brust, damit ich nicht versehentlich nach einem Gegenstand griff und ihn durchs Zimmer schleuderte. »Ich achte darauf, dass mich niemand erkennt. Nicht einmal die anderen Ordensmitglieder.«

Ivy starrte mich an.

»Aber *er* hat dich erkannt.« Ren deutete zur Tür.

Ich wandte mich um und erkannte, dass dieses Arschloch von König sich tatsächlich aus dem Staub gemacht hatte. Genauso wie Tanner und Kalen. Das sah ihm ähnlich.

»Na ja, er ist ein Sonderfall«, murmelte ich.

»Du bist ganz alleine dort draußen unterwegs, und niemand weiß, was du treibst?«, fragte Ivy.

»Offensichtlich hat es der König aller Idioten gewusst.«

Glücklicherweise reichten die Ärmel meiner Bluse bis über die Armreifen, denn die beiden wären wohl in Ohnmacht gefallen, wenn sie sie gesehen hätten.

»Er zählt nicht«, schoss Ivy zurück, und wenn ich nicht so wütend gewesen wäre, wäre es wirklich witzig gewesen.

»Moment mal! Weiß Tink davon?« Ihre Augen weiteten sich. »Er muss Bescheid wissen, aber er hat mir gegenüber nie etwas gesagt.« Sie griff nach ihrem Telefon.

»Zieh ihn da nicht mit rein!«

»Oh, aber er steckt doch schon lange …«

»Er hat dir nichts davon erzählt, weil es dich nichts angeht!« Ich riss die Arme hoch. »Und ich habe es dir nicht erzählt, weil ich wusste, wie du reagieren würdest. Ihr vergesst alle, dass ich ein Ordensmitglied bin. Ich habe dieselbe Ausbildung genossen wie ihr, und der einzige Grund, warum ich nicht auf Patrouille gehen konnte, war, weil ich mich um meine Mutter kümmern musste.« Ich holte tief Luft. Es gab kein Halten mehr. Ich kam gerade erst richtig in Fahrt. »Ich weiß, dass ihr denkt, ich wäre nicht gut und geschickt genug, aber wisst ihr was? Ich habe bereits gegen Fae gekämpft und keine Rückendeckung oder keine Verstärkung gebraucht. Ich habe es ganz alleine geschafft.«

Ivy zuckte zurück.

»Wir denken doch nicht, dass du nicht gut genug bist.«

»Nicht?«

»Moment mal«, mischte Ren sich ein. »Du gehst also seit eineinhalb Jahren auf die Jagd?« Er trat auf mich zu und blieb neben der Armlehne der Couch stehen. »Also eigentlich, seit du dich von dem Angriff erholt hast.«

Ich presste die Lippen aufeinander und sagte nichts.

»Du jagst die Fae, die euch angegriffen haben«, vermutete er. »Oder nicht?«

»Oh, Bri«, flüsterte Ivy und wandte den Blick ab.

»Was soll denn das jetzt heißen?«, fragte ich, und als Ivy bloß den Kopf schüttelte, stand ich knapp davor, einen Stuhl zu packen und ihn durchs Zimmer zu schleudern. »Wisst ihr was? Ja, ich bin auf der Jagd nach ihnen. Ich weiß, wer sie sind, und ich habe bereits drei von ihnen getötet.«

Ivys Blick schoss zu mir.

»Ja, genau das habe ich. Und ich werde weitermachen, bis ich auch noch die anderen erwischt habe«, erklärte ich. Ich würde ihnen nicht auf die Nase binden, dass ich es nur noch auf Aric abgesehen hatte. Allein der uralte Fae, der meine Mutter getötet hatte, war noch wichtig. »Und dann höre ich vielleicht immer noch nicht auf damit. Der Orden braucht zusätzliche Leute, und ich bin gut.« Ich schluckte und hob das Kinn. »Trotz der Tatsache, dass ich noch nie auf der Straße war.«

Ivy öffnete den Mund und schloss ihn gleich wieder. »Ich finde, es ist unglaublich, dass du eine derart gute Kämpferin bist. Und das meine ich nicht herablassend.«

Es klang aber trotzdem verdammt herablassend.

»Aber ich erinnere mich noch genau daran, wie du im Krankenhausbett gelegen und an Unmengen von Schläuchen angeschlossen um dein Leben gekämpft hast. Ich erinnere mich genau, wie es war, die Beerdigung deiner Mom zu besuchen. Und die vielen anderen«, fuhr sie fort, und ich zuckte zusammen. »Wir hätten dich beinahe verloren.«

Ich spürte, wie ich nachgab – zumindest ein bisschen. »Du wärst auch beinahe gestorben, Ivy. Aber ich wäre nie auf die Idee gekommen, dass du nicht mehr fähig wärst zu kämpfen. Ich hätte nie von dir erwartet, dass du damit aufhörst.«

Sie senkte den Blick, und ich wartete darauf, dass sie mir an den Kopf warf, dass die Sache in ihrem Fall anders lag. Doch offenbar siegte der gesunde Menschenverstand, und selbst wenn sie es dachte, sprach sie es nicht laut aus.

Ivy zuckte mit den Schultern, dann fuhr sie um einiges ruhiger fort: »Du bist meine Freundin, Bri. Meine einzige, um genau zu sein. Ich mache mir Sorgen um dich.«

»Wow«, murmelte Faye und erinnerte uns daran, dass sie im Gegensatz zu den anderen Fae immer noch da war. »Ich dachte, *ich* wäre deine Freundin.«

»Das bist du auch.« Ivy wandte sich zu ihr herum. Faye hatte es sich auf der Couch bequem gemacht und sah aus, als fehlte ihr nur noch eine Schüssel Popcorn. »Ich meinte, dass Bri meine einzige *menschliche* Freundin ist.«

»Du unterteilst deine Freunde nach ihrer Spezies?«, fragte Faye.

»Ich habe damit nicht gemeint, dass …«

»War nur ein Scherz.« Faye lachte. »Du bist auch meine einzige menschliche Freundin.«

Ich runzelte die Stirn. Dann betrachtete sie mich also nicht als Freundin? Verdammt.

»Und was ist mit mir?«, fragte Ren. »Zähle ich etwa nicht?«

»Natürlich, Ren. Immer.« Fayes Blick wanderte zu mir, und sie musterte mich. »Die beiden haben bloß Angst um dich. Du wärst beinahe gestorben, aber das trifft auch auf Ivy zu. Und auf Ren. Du willst Rache nehmen für das, was dir und deiner Familie angetan wurde. Das ist verständlich.«

»Du bist keine große Hilfe«, fauchte Ivy.

»Du aber auch nicht«, erwiderte Faye ruhig. »Brighton weiß offensichtlich, wie man kämpft, denn sie hat bereits getötet.«

»Danke«, erwiderte ich und spürte, wie die Anspannung in meinen Schultern ein wenig nachließ. Endlich erkannte jemand, dass ich nicht mehr der nerdige Bücherwurm Willow aus *Buffy* war. Ich war Willow, die auch mal jemandem in den Hintern trat – wenn auch nicht die böse, dunkle Willow.

»Trotzdem gehst du dort draußen ein großes Risiko ein.« Fayes kalter Blick ruhte auf mir. »Weil es persönlich ist. Es ist kein Job wie bei den anderen Ordensmitgliedern. Und das macht es umso gefährlicher.«

Ich schluckte sämtliche Beschimpfungen und Flüche hinunter, und dann begannen die anderen mit Runde zwei, warum Brighton besser zu Hause bleiben und ihre Nase weiterhin in ihre Bücher stecken sollte.

Irgendwann ließ ich mich in meinem Stuhl zurücksinken und hörte auf, Gegenargumente vorzubringen. Stattdessen ließ ich die Tatsache auf mich wirken, dass Ren und Ivy mich für unfähig hielten, obwohl sie mittlerweile wussten, dass ich mich selbst verteidigen und töten konnte.

Und das machte mich nicht einfach nur wütend.

Es tat auch weh.

Nachdem ich Ivy, Ren und Faye entkommen war, fuhr ich nicht ins Büro des Ordens und auch nicht nach Hause. Stattdessen rief ich mir ein Uber-Taxi und machte mich auf den Weg zu einer Wohnung im Warehouse District.

Auf meiner Suche nach dem Kerl, der mich nicht nur vor einen Bus gestoßen, sondern mich danach auch noch rückwärts damit überfahren hatte, war ich vorhin auf Kalen gestoßen, der mir gesagt hatte, dass der König zu Hause sei. Und wenn nicht, würde ich ihn trotzdem finden.

Wir mussten uns dringend unterhalten.

Ich marschierte den Flur im zehnten Stock entlang und war dabei so wütend, wie ich es nie für möglich gehalten hätte. Schließlich blieb ich vor seiner Tür stehen und hämmerte dagegen, als käme ich von der Polizei.

Es vergingen nur wenige Sekunden, bis sich der Schlüssel im Schloss drehte. Ich gab ihm nicht die Gelegenheit, mich an der Tür abzuweisen, sondern stürzte sofort in die Wohnung und rempelte den König im Vorbeigehen zur Seite, während ich meine Handtasche fest umklammert hielt.

»Komm nur rein«, meinte er trocken. »Fühl dich wie zu Hause.«

»Das habe ich vor.«

Mein Blick wanderte über die kahlen Ziegelwände und durch den mehr oder weniger leeren Raum. Das letzte Mal, als ich hier war, hatte es nur eine große Sitzlandschaft und einen Fernseher gegeben. Es sah noch immer nicht bewohnter aus.

»Ich hoffe, du hast keinen Besuch.« Ich fuhr zu ihm herum. »Denn wenn ja, dann werde ich nicht …«

Ich verstummte, und mir kam der Gedanken, dass ich besser einen Blick auf ihn geworfen hätte, bevor ich mir Zugang zu seiner Wohnung verschafft hatte. Er war zwar nicht oben ohne, aber er hatte sein weißes Hemd vollständig aufgeknöpft, und seine muskulöse Brust und die straffen Bauchmuskeln waren nicht zu übersehen.

Mein Gott, sein Körper war nicht von dieser Welt.

Vielleicht deshalb, weil *der König* nicht von dieser Welt war.

Er hob eine Augenbraue. »Gefällt dir, was du siehst, Sonnenschein?«

Meine Wangen begannen zu glühen, und ich riss mich aus meiner Starre, bevor ich zu sabbern begann. »Hast du vergessen, wie man das Hemd zuknöpft?«

Er grinste. »Eigentlich wollte ich mich gerade umziehen. Aber ich wurde unterbrochen, weil jemand wie verrückt an meine Tür gehämmert hat.«

»Oh, ich bin wirklich verrückt. Vor Zorn.« Ich starrte böse zu ihm hoch. »Wie konntest du das nur tun?«

»Was denn?«, fragte er und lehnte sich an die Wand.

»Tu nicht so, als hättest du keine Ahnung, warum ich hier bin!«

»Du meinst, dass ich dich verraten habe?« Er verschränkte die Arme, was unglaubliche Dinge mit seinen Brustmuskeln anstellte und … *Schluss damit, Brighton!*

»Das war nur zu deiner eigenen Sicherheit.«

Mir fehlten einen Moment lang die Worte. »Zu meiner eigenen Sicherheit?«

»Gibt es hier drin neuerdings ein Echo?«

»Hier wird es gleich noch viel mehr geben«, schoss ich

zurück und ballte die Hände zu Fäusten. »Meine Sicherheit hat dich nicht zu kümmern.«

Er legte den Kopf schief, und sein Grinsen wurde breiter. »Du brauchst jemanden. Irgendjemanden. Eine Person, die zurechnungsfähig ist.«

»O mein Gott.« Ich holte Luft. »Findest du das etwa witzig?«

»Wärst du sehr wütend, wenn ich Ja sage?«

Meine Nasenflügel bebten.

»Okay, sehr wütend, ich sehe schon. Aber ich kann nicht anders.« Das Grinsen schwoll zur vollen Größe an. »Du bist hinreißend, wenn du wütend bist.«

»Hinreißend?« Ich stampfte mit dem Fuß auf.

»Siehst du? Genau das meine ich. Süß.«

»Ich werde dir gleich körperliche Schmerzen bereiten.«

»Du meinst im Gegensatz zu psychischen Schmerzen?«

Die Tatsache, dass er mich verarschte und mich absolut nicht ernstnahm, machte mich noch wütender.

»Du hattest kein Recht dazu.« Ich trat einen Schritt auf ihn zu. »Ist dir klar, dass ich die letzte Stunde damit verbracht habe, Ivy, Ren und Faye zuzuhören, die auf mich einredeten, als hätte ich noch nie ein Messer in der Hand gehabt? Ist dir klar, dass ich aus dem Orden fliege, wenn Miles davon erfährt?«

Sein Blick wurde ernst. »Weder Ivy noch Ren würden dich jemals verraten.«

Er hatte recht. So etwas würde Ivy nie tun. Zumindest hoffte ich das. »Das bedeutet aber nicht, dass Tanner, Kalen oder Faye nicht doch etwas sagen, das irgendwann bis zu Miles durchdringt«, wandte ich ein. »Es war einfach nicht richtig, was du getan hast.«

Der König stieß sich von der Wand ab und ließ die Arme

sinken. Sein Hemd klaffte auf und hätte mich beinahe abgelenkt.

»Du hast mir keine andere Wahl gelassen. Du hättest immer weitergemacht. Ich dachte, vielleicht können sie dich zur Vernunft bringen.«

»Weißt du was? Das haben sie nicht.« Ich grinste, als er die Zähne aufeinanderbiss. »Ich sage es jetzt noch einmal, und zwar hoffentlich zum allerletzten Mal: Du hast mir nicht zu sagen, was ich tun oder lassen soll. Was glaubst du eigentlich, wer du bist?«

»Der König?«, schlug er vor.

»Aber du hast kein Recht, über mich zu bestimmen. Geh mir aus dem Weg, und halte dich aus meinem Leben raus«, erklärte ich. »Ich meine es ernst! Es gibt absolut keinen Grund, sich andauernd einzumischen.«

Der König wandte den Blick ab, und die Ader auf seiner Schläfe pochte.

Nachdem alles gesagt war, machte ich mich auf den Weg zur Tür.

»Ist dir jemals in den Sinn gekommen, dass ich nur versuche, dich zu beschützen? Dass ich sichergehen will, dass dir nichts zustößt?«

Ich wandte mich langsam zu ihm um. »Nein, ist es mir nicht. Aus vielerlei Gründen. Abgesehen davon brauche ich niemanden, der mich beschützt.«

»Jeder braucht jemanden, der ihn beschützt.« Er legte den Kopf in den Nacken und schloss die Augen.

»Sogar du?«, spottete ich.

»Sogar ich.«

Mein Stirnrunzeln verschwand. Ich hatte gesehen, wozu er fähig war, weshalb es ziemlich schockierend war, dass er so etwas zugab.

»Ich will nicht, dass dir etwas passiert«, erklärte er leise. »Und dazu muss ich nicht mit dir zusammen sein.«

Ich wurde bis zu den Haarwurzeln rot. »Das weiß ich.«

»Warum bist du dann so stur?«, fragte er.

»Weil ich …« Ich spielte mit dem Riemen meiner Tasche. »Weil ich es tun muss. Ich kann nicht bloß rumsitzen, solange Aric noch am Leben ist. Das musst du verstehen.«

Der König schwieg einen Moment lang, dann sah er mich an. »Wenn jemand, dem du in Liebe ergeben bist, etwas vorhätte, das zwangsläufig zu seinem Untergang führt, würdest du dann nicht auch versuchen, ihn aufzuhalten?«

»Willst du damit sagen, dass du mir in Liebe ergeben bist, *mein König*?«

Er senkte den Kopf und wandte den Blick ab.

Ich lachte, aber dem Geräusch fehlte jegliche Leichtigkeit. »Ja, schon gut. Aber um deine Frage zu beantworten: Ich würde dich nicht aufhalten, auch wenn ich wüsste, dass es gefährlich ist.«

Der König sah mich wieder an. »Aber du wärst mir immer noch in Liebe ergeben.«

Ich lächelte verkniffen. »Nein. Denn dann wäre ich dich endlich los.«

»Okay, aber wir wissen doch beide, dass das eine Lüge ist, nicht wahr, Brighton? Du wärst am Boden zerstört, wenn mir etwas passieren würde.«

Daran wollte ich nicht einmal denken. Ich wollte mir nicht eingestehen, welche Gefühle dieser Gedanke in mir auslöste. »Du nimmst dich selbst zu wichtig.«

»Und du nimmst dich nicht wichtig genug. Und dein Leben auch nicht.«

Ich umklammerte den Riemen meiner Tasche. »Mein Leben ist mir sehr wichtig. Und ich habe genug Selbstachtung.« Ich machte einen Schritt auf ihn zu. »Aric und diese Fae haben mir in jener Nacht nicht nur meine Mutter genommen.« Etwas in mir zerbrach, während ich sprach. »Sie haben …«

»Was haben sie dir genommen?«

Ich biss mir auf die Lippe. »Sie haben mir das Gefühl der Sicherheit genommen. Den Glauben daran, dass ich mich selbst und meine Mom beschützen kann. Dass ich immer für sie da sein werde. Sie haben meinem Leben den Sinn genommen.«

»Den Sinn?« Er sah mich an.

Ich schluckte den Kloß in meinem Hals hinunter und schüttelte den Kopf. Ich wollte nicht weiter mit ihm darüber reden. »Ich habe gesagt, was gesagt werden musste. Dir muss nicht gefallen, dass ich dort draußen unterwegs bin, aber du kannst mich nicht davon abhalten. Wenn ich dabei draufgehe, dann ist das eben so. Und das sage ich nicht, weil ich mein Leben nicht wertschätze. Ich sage es, weil ich dann wenigstens in dem Wissen sterbe, dass ich wiederhabe, was sie mir gestohlen haben.«

»Ich respektiere deine Erklärung«, sagte er und sah mir in die Augen. »Aber das ändert nichts.«

Einen Moment lang dachte ich, ich hätte ihn falsch verstanden. »Nicht?«

Er schüttelte den Kopf und kam noch einen Schritt näher. »Ich behalte dich im Auge, Brighton. Und ich werde anderen auftragen, dasselbe zu tun. Jedes Mal, wenn du in einer deiner lächerlichen Verkleidungen einen Fuß auf die Straße setzt oder dich irgendwo herumtreibst, wo Neal gesehen wurde, werde ich da sein.«

Ich starrte ihn ungläubig an.

»Ich werde wie ein Schatten sein, der dich ständig begleitet.«

»Du bist …«

»… fest entschlossen, dass du am Leben bleibst? Ja.«

»Du bist vollkommen irre!«

Ich dachte nicht nach. Ich holte aus und meine Faust schoss vor …

… doch er fing sie mit schockierender Geschwindigkeit ab. »Siehst du, wie einfach das war? Ich habe nicht einmal mit der Wimper gezuckt.«

Die Wut packte mich wie eine riesige Flutwelle. Ich schwang meine Tasche und wollte sie ihm an den riesigen, egoistischen Kopf knallen …

Doch sie traf ihn nicht.

Stattdessen schien es, als hätte sie eine unsichtbare Hand von meiner Schulter gerissen und fortgeschleudert.

»Und jetzt?«, fragte er und packte mich am Arm. Sein Griff war fest, aber nicht schmerzhaft.

Ich drehte mich zur Seite und riss das Knie hoch, um es ihm zwischen die Beine zu rammen.

Doch er drehte sich ebenfalls und hob den Oberschenkel, um den Tritt abzublocken. Er knurrte, als wir ineinander krachten.

»Und was jetzt? Was hast du noch vor?«

Er wirbelte mich herum, sodass ich mit dem Rücken zu ihm stand. Ein Arm umfasste meine Taille und zog mich näher heran.

Die Wärme seiner Haut drang durch den dünnen Stoff meiner Bluse und versengte meine Haut, während seine andere Hand mein Kinn umfasste. Er drückte meinen Kopf nach hinten, sodass er auf seiner Brust lag und ich den Rücken durchdrücken musste, um ihn anzusehen.

»Ist dir klar, wie leicht ich dir jetzt das Genick brechen könnte? Einfach so?«

Sein Daumen strich über meine pochende Halsschlagader. Ich streckte beide Arme nach oben und griff mit einer Hand nach seinen Haaren.

»Willst du mich etwa an den Haaren ziehen, Sonnenschein? Ist das eine ...«

Das leise Klicken der Klinge, die aus meinem Armreifen hervorsprang, brachte ihn zum Schweigen. Seine Augen weiteten sich.

Die Klinge war kaum einen Zentimeter von seiner Kehle entfernt. Ich lächelte. »Und was machst du jetzt, mein König? Ich kann dir aus diesem Winkel zwar nicht den Kopf abschlagen, aber ich könnte eine ziemliche Sauerei mit deiner Halsschlagader veranstalten.«

Er starrte mit loderndem Blick auf mich hinab. Ich spürte, wie sich seine Brust an meinem Rücken hob und senkte. Ich sah, wie sein Blick über meine Brüste glitt, die sich gegen die Knopfleiste meiner Bluse drückten.

Und dann ging alles unglaublich schnell.

In einem Moment kämpften wir gegeneinander, im nächsten Moment war alles anders. Ich protestierte nicht, als er seinen Mund auf meinen senkte, vollkommen unbeeindruckt von der Eisenklinge an seinem Hals. Ich sagte kein Wort und versuchte auch nicht, mich von ihm zu lösen. Die Wut und Frustration verwandelten sich in etwas viel Stärkeres, Roheres. Und als seine Lippen meine berührten, war ich endgültig verloren.

Er war nicht mehr länger der König.

Er war Caden.

5

O mein Gott …

Caden drückte seine Lippen fest und leidenschaftlich auf meine. Er küsste mich, als wäre er kurz vor dem Verhungern. Er küsste mich, als würde er mich verschlingen – und genau das wollte ich. Ich *brauchte* es. Ich konnte an nichts anderes denken.

Vielleicht dachte ich auch überhaupt nicht mehr. Ich fühlte nur noch. Ich ließ zu, dass ich fühlte.

»Du machst mich wahnsinnig«, knurrte Caden und ließ seine Hand meinen Hals nach unten gleiten. »Und es gefällt mir auch noch.«

»Irgendetwas läuft falsch bei dir.« Ich schnappte nach Luft, als er meine Brust umfasste.

»Hier läuft überhaupt nichts falsch.« Er drückte sanft zu, und ein heißes Schaudern überlief mich. Er löste den Arm um meine Mitte, und ich spürte seine Finger an der Knopfleiste meiner Bluse. Es folgte ein leichtes Ziehen, und im nächsten Augenblick kullerten die Knöpfe zu Boden.

»Ich hoffe, das war nicht dein Lieblingsoberteil.«

»Doch.«

»Du wirst es bald vergessen haben.«

Und Caden hatte recht. Das hatte ich wirklich.

Er drehte mich in seinen Armen herum und zog die Körbchen meines BHs nach unten, während er meinen Rock nach oben schob. Bevor ich auch nur einen klaren Gedanken fassen konnte, strichen seine Lippen über die alte Narbe, die ich Aric zu verdanken hatte, und er küsste die blasse, erhabene Stelle.

Und dann nahm er meine Brustwarze in seinen heißen Mund. Ich schnappte nach Luft, während die Lust wie eine Welle über mich hereinbrach. Seine freie Hand glitt zwischen meine Oberschenkel, und seine Finger strichen über mein Höschen, bevor er kurzen Prozess damit machte. Ich hatte keine Ahnung, ob er es zerriss oder einfach abstreifte. Auf jeden Fall fiel es zu Boden.

Er hob den Kopf und schmiegte sich an meinen Hals.

»Du hast keine Ahnung, wie sehr ich dich begehre.«

Seine Finger glitten wieder zwischen meine Beine, und dieses Mal gab es keine Barriere.

»Ich kann nicht mehr aufhören, *an das hier* zu denken.« Er schob einen Finger ein Stück weit in mich. Ich stöhnte. »Daran, wie du dich um meinen Finger angefühlt hast. So eng und feucht. Wie du auf meiner Hand geritten bist.«

Mein ganzer Körper zog sich zusammen und wurde von einem heißen Schaudern gepackt. Cadens Finger war kaum in mich eingedrungen, und ich hatte bereits das Gefühl, den Gipfel zu überschreiten.

Das war doch verrückt! Ich war wütend auf ihn, und er fand mein Verhalten wahnsinnig frustrierend, aber das hier … das hier fühlte sich richtig an, und das Verlangen war so rein und schmerzhaft, dass es mir egal war, was danach kam.

»Willst du es?«, murmelte er mit den Lippen an meiner Wange und schob seinen Finger noch ein wenig tiefer in mich. »Es reicht ein einziges Wort, und du wirst alles um dich herum vergessen.«

Ich wusste, dass ich Nein sagen sollte. Ich musste das hier beenden. Aber ich tat es nicht.

»Ja.«

Caden bewegte sich so schnell, dass es mir den Atem verschlug. Er hob mich hoch, als wäre ich leicht wie eine Feder, und legte mich auf eine weiche Unterlage. Es dauerte einen Moment, bis ich begriff, dass ich auf seinem Bett lag. In seinem Schlafzimmer. Splitternackt.

Im nächsten Moment war er über mir, und seine Erektion war dick und hart.

Er presste seinen Mund erneut auf meinen, seine Zunge tanzte mit meiner, und dann wanderten seine Lippen nach unten, über meinen Hals, meine Brüste und dann liebkoste er jede einzelne Narbe auf meinem Bauch mit seiner Zunge und seinen Lippen.

Diese kleine, wortlose Geste war so monumental, dass mir die Tränen in die Augen stiegen.

Ich war vollkommen verloren, und es war nicht nur die verführerische Art, wie sein Mund sich um meinen Nabel und dann noch weiter nach unten bewegte.

Es war Caden selbst.

Ein Blitz traf mich und schoss durch meinen Körper, als er meine Hüfte packte und sein Atem über jene Stelle strich, an der das Verlangen am größten war. Es blieb keine Zeit, um verlegen zu sein oder darüber nachzudenken, dass ich das hier erst zwei Mal erlebt hatte und beide Male so in dem Gedanken gefangen gewesen war, wie intim diese Geste war, dass ich es nicht richtig genießen hatte können.

Nun gab es keine Gedanken mehr.

Caden eroberte mich mit seinem Mund, und seine Zunge strich hart und bestimmt über mein Fleisch. Ich schrie auf und begann zu zittern, während die rohen Gefühle in mir mich beinahe übermannten. Ich fuhr mit den Fingern in seine Haare und drückte den Rücken durch. Ich konnte mich nicht bewegen, weil er meine Hüften immer noch festhielt. Ich konnte dieser qualvollen Wonne nicht entkommen. Und ich wollte es auch gar nicht, denn die Spannung in mir stieg und stieg, bis ich schließlich in tausend Scherben zersprang. Mein Körper verflüssigte sich, als ich den Höhepunkt erreichte, und ich drückte den Kopf nach hinten und rief stöhnend seinen Namen.

Caden hob den Kopf, als er es hörte, und durch meine halbgeschlossenen Lider sah ich, dass seine Augen leuchteten.

»Sag das noch mal. Sag meinen Namen.«

»Caden«, flüsterte ich.

Er ließ mich keine Sekunde lang aus den Augen, während er den Mund noch einmal senkte und mit der Zunge durch die glitschige Nässe glitt. Ich keuchte, und meine Augen weiteten sich, als er sich über die Lippen leckte.

O mein Gott!

Er kletterte auf mich und betrachtete mich mit wildem, besitzergreifendem Blick. Er schob einen Arm unter meine Hüften und hob mich hoch. Die zarten Haare auf seiner Brust neckten meine empfindlichen Brustwarzen, und sein Mund verschlang meinen, als er schließlich zwischen uns griff und ich spürte, wie sich seine dicke Spitze in mich schob.

Seine Haut fühlte sich an wie Feuer – seine *nackte* Haut. Einen Moment lang regte sich Angst in mir, doch sie machte schnell der Realität Platz. Fae konnten keine Krankheiten auf Menschen übertragen, und eine Schwangerschaft kam so selten vor, dass ich mir keine Gedanken darüber machen musste.

Ich umklammerte seine Schulter und hob die Hüften, während er Zentimeter um Zentimeter in mich glitt.

Caden stöhnte in meinen Mund.

Er schob die Hüften nach vorne und drang vollständig in mich ein. Der Druck und das plötzliche Gefühl, vollkommen ausgefüllt zu sein, ließen mich nach Luft schnappen. Es war Jahre her, doch der stechende Schmerz wich purem Vergnügen, als er sich zu bewegen begann. Zuerst nur ganz langsam und dann immer schneller.

Er nahm mich in Besitz, und ich erkannte erst jetzt, wie sehr ich mir genau das gewünscht hatte. Er presste seine Lippen auf meine Schläfe, kurz bevor seine Stöße jeglichen Rhythmus verloren und seine Hüften gegen meine prallten. Unser lautes Keuchen und das Geräusch unserer schweißnassen, aufeinanderklatschenden Körper umgaben uns, bis ich mich nicht mehr beherrschen konnte. Ich stöhnte so laut, wie ich es nie für möglich gehalten hätte, und als Antwort entfuhr ihm ein Zischen, das klang, als würde ein Streichholz Feuer fangen. Ich ging erneut in Flammen auf und zerbrach noch einmal in tausend Stücke. Ich rief seinen Namen immer und immer wieder, während er in mich stieß und seine Arme mich so fest umfassten, dass es kein Er und Ich mehr gab, sondern nur noch ein *Wir*.

Er drang tief in mich und hielt inne, als er schließlich kam. Er schrie meinen Namen, und sein gewaltiger Körper begann vor Erleichterung zu zittern, bis er über mir zusammenbrach und sich auf einem Arm neben mir abstützte. Sein Atem war abgehackt, und seine Stirn ruhte auf meiner, und ich hatte keine Ahnung, wie lange wir so dalagen. Vielleicht waren es nur wenige Minuten, vielleicht aber auch mehrere Stunden.

Irgendwann glitt er aus mir heraus und legte sich neben mich. Doch er ließ mich nicht los. Er hatte den Arm immer noch um meine Hüfte geschlungen und zog mich an sich, bis sich unsere Oberkörper berührten.

Sein Herz schlug genauso schnell wie meines.

Während seine Hand sanft meinen Oberschenkel und meine Hüfte auf und ab glitt, begriff ich langsam, was passiert war. Zuerst konnte ich mich lediglich darauf konzentrieren, wie schwielig sich seine Handfläche anfühlte, doch dann schaffte es mein Gehirn endlich, sich aus der durch den multiplen Orgasmus bedingten Starre zu befreien.

Wir hatten miteinander geschlafen.

Und es war kein normaler, alltäglicher Sex gewesen, sondern Sex, der damit begonnen hatte, dass wir uns gestritten hatten und ich ihn mit einem Messer bedroht hatte, und dann hatte er mich geküsst, und es schien, als hätte man bei uns beiden einen Schalter umgelegt.

Ich hatte keine Ahnung, wie es zu alldem gekommen war, aber ich bereute es nicht, auch wenn die Stimme der Vernunft mir gerade erklärte, dass sich das sehr bald ändern konnte. Ich hatte nur einfach keine Lust, mir deswegen Vorwürfe zu machen.

Ich wusste nicht, wie es weitergehen würde, als ich meine Hand auf seinen Oberkörper legte. Sollte ich aufstehen, mich für den Orgasmus bedanken und ihn noch einmal daran erinnern, dass er sich nicht ständig in meine Angelegenheiten einmischen sollte? Oder sollte ich bleiben?

Nein, das ging nicht. Tink reiste heute Abend ab.

»Ist alles okay?«, fragte Caden.

Ich lehnte den Kopf zurück, damit ich ihn ansehen konnte. Seine bernsteinfarbenen Augen waren halb geschlossen. »Ja. Und bei dir?«

»Nicht wirklich.« Seine vollen Lippen verzogen sich zu einem halben Lächeln, das seltsame Dinge mit meinem Herzen anstellte. »Du warst schon seit einiger Zeit mit niemandem zusammen, und ich war nicht gerade besonders sanft.«

Seine Sorge stellte erneut komische Dinge mit mir an. Mein Blick glitt über seine Brust. »Es war … du warst einfach perfekt.«

»Was? War das etwa ein Kompliment? Von dir?« Er hielt inne. »Von der Frau, die gedroht hat, mir die Eier abzuschneiden?«

»Kann ich das zurücknehmen?«

»Was? Dass du mir die Eier abschneiden willst?«

»Nein. Das Kompliment.«

»Das wäre ziemlich gemein.«

Ich grinste, und es überraschte mich, dass ich mich in seiner Gegenwart so *wohl* fühlte, obwohl ich splitternackt und mit all meinen Fehlern neben ihm lag. Denn davon gab es eine Menge. Und ich meinte nicht nur die Narben, sondern auch die Spuren vieler Nächte, die ich nur in Gesellschaft von Pizza, Eiscreme und Chips verbracht hatte.

»Es war auch für mich schon eine Zeitlang her«, erklärte er leise.

Das kam nicht überraschend. Ich sah auf. »Seit der Bann der Königin gebrochen wurde, oder?«

»Ja. In der Nacht, als du mir erlaubt hast, mich von dir zu nähren, bin ich das erste Mal wieder jemandem so nahegekommen.«

»Warum ich?« Die Frage kam mir über die Lippen, bevor ich etwas dagegen tun konnte. »Mein Gott, das klang jetzt echt schrecklich. Ich meine, dort draußen gibt es doch jede Menge Frauen und Männer, die alles dafür tun würden, um mit dir zusammen zu sein. Und du und ich – das ist so …«

»… kompliziert?«

Ich betrachtete sein Gesicht. »Das wäre eines der Worte, die ich verwenden würde.«

»Ich weiß auch nicht, Brighton. Ich hätte nicht gedacht, dass das passieren würde, und ich glaube, du bist auch nicht mit dieser Absicht hierhergekommen.«

Ich lachte. »Nein, nicht wirklich.«

Das halbe Lächeln war wieder da. »Die Leute, von denen du behauptest, dass sie alles dafür tun würden, um mit mir zusammen zu sein, wollen das nur, weil ich bin, wer ich bin.« Er senkte den Blick auf die Hand, die immer noch auf meiner Hüfte lag. »Ich wollte nicht …«

Er brach ab, und ich glaubte zu wissen, was er sagen wollte. »Du wolltest nicht König werden.«

Unsere Blicke trafen sich, und da war etwas in seinen Augen. Ein Ausdruck, der über sein Gesicht huschte und wieder verschwand, bevor ich ihn deuten konnte.

»Nein, das wollte ich nicht. Das war einer der Gründe, warum ich mich nicht genährt habe. Als ich es schließlich doch tat, setzte es etwas in Gang, und als ich das Schwert des Königs benutzte, war die Sache besiegelt.«

Ich dachte an jenen Abend zurück, als es passiert war. Caden war danach irgendwie anders gewesen. Schweigsam. Und als Tink ihn gesehen hatte, hatte er gefragt, ob er sich verbeugen sollte. Tink hatte wohl gespürt, dass aus dem Prinzen ein König geworden war.

»Warum? Warum willst du nicht König sein?«

Er schwieg lange Zeit. »Manche Traditionen sind … na ja, sie sind vielmehr Gesetze. Die Art, die sogar die Biologie außer Kraft setzen. Und das wollte ich einfach nicht. Nicht, nachdem …«

Die Biologie außer Kraft setzen? Das ergab keinen wirklichen Sinn, aber die Welt der Fae unterschied sich nun einmal grundlegend von der der Menschen, auch wenn sie sich in gewissen Bereichen ähnlich waren.

»Du hast das Gefühl, du hättest es nicht verdient, König zu sein, nicht wahr? Wegen dem, was du getan hast, als du unter dem Bann der Königin gestanden hast.«

Caden senkte abrupt den Kopf und sah mir in die Augen. »Es gibt viele Dinge, von denen ich glaube, sie nicht verdient zu haben. Das Königreich gehört nicht dazu.«

»Aber?«

»Aber das hier.« Seine Hand wanderte auf meinen Hintern, und er drückte zu, was mir ein Keuchen entlockte. »Ich glaube nicht, dass ich das hier verdiene. Aber diese Einsicht konnte mich nicht aufhalten.« Er bewegte sich kaum merklich, und ich spürte seine Erektion an meiner Hüfte, bevor er mich auf den Bauch drehte. »Und es wird mich auch jetzt nicht aufhalten.«

Meine Finger gruben sich in das Laken, als ich seine Lippen auf meinem Rücken spürte. Sie wanderten langsam meine Wirbelsäule hinab bis zu meinem Hintern, bevor er mein Becken leicht anhob. »Ich bin egoistisch. Das hast du bis jetzt nur noch nicht begriffen.«

Ein lustvoller Schrei entfuhr mir, als er mit einem tiefen Stoß in mich eindrang, und es hätte wohl wehgetan, wenn wir vorhin nicht bereits miteinander geschlafen hätten. Er stützte die Arme neben mir ab und hielt mich gefangen, während er mit einer Geschwindigkeit in mich stieß, die beinahe brutal, aber trotzdem unglaublich heiß war. Er presste die Lippen an meine Schläfe, während er eine Hand unter mich schob. Seine flinken Finger fanden meine empfindlichste Stelle sofort, und die Kombination der vielen Eindrücke setzte mein Blut wie ein plötzlicher Blitzschlag in Flammen. Ich stemmte mich auf die Ellbogen hoch und drückte mich an ihn, während der Höhepunkt immer und immer näher rückte.

Er schien es zu spüren, denn er zog sich aus mir zurück und drehte mich erneut auf den Rücken. Einen Moment lang spürte ich einen kalten Luftzug auf meiner erhitzten, feuchten Haut, dann presste sich sein Körper auf mich und in mich. Ich schlang meine Arme und Beine um ihn, und unsere Zungen trafen sich. Als ich kam, war es auch bei ihm so weit, und es war genauso intensiv wie beim ersten Mal.

Als es zu Ende war, kam ich irgendwie auf seiner Brust zu liegen und spürte keinen einzelnen Muskel und keinen einzigen Knochen mehr.

Wenn Caden das hier unter »egoistisch sein« verstand, hatte ich kein Problem damit. Absolut nicht.

Seine Finger strichen sanft über meinen unteren Rücken, und vermutlich döste ich ein. Ich bin mir nicht sicher. Aber das Gefühl einer tiefen Zufriedenheit war der reinste Genuss.

Ich wollte mich nie wieder von der Stelle rühren.

Aber das musste ich. Und was dann? Wie ging es jetzt weiter? Ein Teil von mir hatte Angst, ihn danach zu fragen, aber wir hatten gerade Körperflüssigkeiten ausgetauscht, also musste ich es hinter mich bringen.

»Caden?«

»Ja?«, krächzte er.

Ich drückte meine Wange weiter an seine Brust und schluckte. »Wie geht es jetzt weiter?«

Er erstarrte einen Sekundenbruchteil lang. »Ich nehme an, dass du dich weiterhin auf die Jagd nach Aric machen wirst.«

Das hatte ich zwar nicht gemeint, aber nachdem er schon damit angefangen hatte.

»Ja.«

Cadens Brust hob und senkte sich, als er ein tiefes Seufzen ausstieß. »Ich wünschte, du würdest das mir überlassen. Ich habe vor, ihn zu töten, und es wird ein langsamer, schmerzhafter Tod sein. Ich werde dafür sorgen, dass er um Vergebung winselt, bevor ich seinem Leben ein Ende setze. Reicht das nicht?«

Ich hob den Kopf und stützte das Kinn auf seiner Brust ab, um ihn anzusehen. »Nein, das reicht nicht. Es ist nicht dasselbe.«

Er schloss die Augen. »Was haben sie dir in jener Nacht noch genommen?«

Ich presste die Lippen aufeinander und überlegte genau, was ich sagen sollte. »Ivy und Ren glauben nicht, dass ich fähig bin, dort draußen auf die Jagd zu gehen. Ich meine, überhaupt nicht. Nicht einmal nach ganz normalen Fae. Sie wollen, dass ich wieder die Brighton bin, die ich früher war. Die sich damit zufrieden gibt, Informationen zu sammeln. Und damals war ich glücklich, so wie es war.«

Caden streichelte mich erneut. »Und das hat sich geändert?«

»Ja.« Ich legte meine Wange wieder auf seine Brust und starrte auf die dunkle Wand. »Genau das haben sie mir genommen. Meine Zufriedenheit. Die Tatsache, dass ich glücklich mit dem war, was ich hatte. Meine Aufgabe hatte einen Wert für mich, aber das haben sie mir auch genommen.« Ich schloss die Augen. »Ich glaubte, alles über mich zu wissen – und diesen Glauben haben sie mir gestohlen.«

»Warst du denn wirklich glücklich?«, fragte er.

Ich öffnete den Mund, aber mir wurde klar, dass ich diese Frage nicht beantworten konnte.

»Du hattest Angst«, meinte er, und ich machte die Augen wieder auf. »Du hattest Angst vor mir. Du hast meinem Bruder zwar geholfen, aber du hattest auch Angst vor ihm. Sogar vor Tink. Du warst unsichtbar. Oder hast es zumindest versucht. Du wolltest nicht wahrgenommen werden. Du wolltest bloß in deiner eigenen kleinen Welt existieren.«

Mir stockte der Atem.

»Aber nach dem Angriff hattest du keine Angst mehr. Du wolltest nicht mehr unsichtbar sein. Du hast dafür gesorgt, dass man dich sieht und hört. Du stehst für dich selbst ein. Du lebst. Sie haben dir eine Menge genommen, Brighton. Deine Mutter. Deine Zufriedenheit. Aber für mich sieht es so aus, als hättest du auch eine Menge bekommen. Nicht von ihnen, aber von dir selbst.«

6

Tink reiste am Montagabend doch nicht ab. Angeblich hatte er im Internet gelesen, dass Dienstag der beste und sicherste Reisetag sei. Ich hatte keine Ahnung, ob das stimmte oder nicht, aber es war okay, denn so verbrachte ich den Abend mit Tink und Fabian, und wir veranstalteten einen *Avengers*-Marathon, der bis ein Uhr morgens dauerte. Wir hatten gerade einmal eine Handvoll der unzähligen Filme geschafft, aber ich war einfach nur froh, dass Tink endlich *Harry Potter* und *Twilight* hinter sich gelassen hatte. Obwohl ich im Grunde nichts gegen die Filme hatte. Ich liebte sie sogar von ganzem Herzen, aber mittlerweile kannte ich mindestens die Hälfte davon auswendig.

Ich war glücklich, dass ich noch ein wenig Zeit mit Dixon und den beiden verbringen konnte. Es würde echt seltsam werden, ohne den Kater auf der Brust aufzuwachen, während Tink selbstkomponierte Lieder über Eier und Speck sang. Aber ich freute mich natürlich für ihn. Diese Reise würde Fabian und ihm guttun, und Ivy hatte recht: Es wurde langsam wirklich Zeit, dass Tink etwas anderes von der Welt sah als die Website von Amazon.

Die Tatsache, dass sie da waren und mit mir den Abend verbrachten, hielt mich auch davon ab, mir zu viele Gedanken darüber zu machen, was am Nachmittag passiert war – und was nicht.

Glücklicherweise waren Tink und Fabian in Tinks Zimmer gewesen, als ich von Caden nach Hause gekommen war. Es wäre wohl ziemlich schwierig gewesen, ihnen zu erklären, warum ich ein viel zu großes Männerhemd über meinem Rock trug.

Caden hatte meine Frage, wie es nun weiterging, nicht beantwortet, und das beunruhigte mich. Ich war nicht so naiv zu glauben, dass aus Sex gleich eine Beziehung entstand – auch wenn der Sex großartig gewesen war. Aber für mich war das nun mal trotzdem irgendwie der Fall. Es war mir egal, was andere Menschen dachten oder nicht dachten, aber ich funktionierte eben so.

Deshalb war ich auch so schockiert, dass ich es überhaupt so weit hatte kommen lassen. Ich war überrascht, dass mir kein einziges Mal der Gedanke gekommen war, dass wir besser auf die Bremse treten sollten.

Genauso, wie es mich überraschte, dass ich mich auch danach so wohl mit ihm gefühlt hatte. In meinen wenigen bisherigen Beziehungen hatte ich nie nackt im Bett gelegen und mich mit meinem Partner unterhalten. Ich hatte immer eilig die Decke hochgezogen. Aber bei Caden hatte ich nie das Gefühl gehabt, etwas verstecken zu müssen.

Nachdem er mir eröffnet hatte, dass ich mir nach dem Angriff der Fae selbst eine Menge zurückgegeben hatte, hatte er einen Anruf von Tanner erhalten und musste zurück ins Hotel zum guten Fae. Er hatte mich zum Abschied geküsst, aber es hatte keinerlei Versprechungen gegeben. Ich hatte lediglich das Gefühl, dass er endlich akzeptiert hatte, dass ich meine Suche nach Aric nicht abbrechen würde.

Ich war so weit gekommen und würde jetzt ganz sicher nicht aufgeben.

Als ich an dem Abend endlich ins Bett fiel, schlief ich sofort ein. Vermutlich waren die multiplen Orgasmen daran schuld, und auch das Popcorn, das wir gefuttert hatten.

Am nächsten Tag suchte ich in den Büchern meiner Mutter nach Hinweisen auf den *Devil's Breath* und durchkämmte das Archiv im Hauptquartier, doch meine Gedanken kehrten immer wieder in Cadens Wohnung zurück. Ich dachte daran, was er getan hatte, und was ich getan hatte, und kam zu dem Schluss, dass es etwas bedeuten musste. Das alles musste einfach etwas bedeuten!

Die Tatsache, dass er nicht wollte, dass ich Aric ausfindig machte. Dass er den Drang verspürte, mich zu beschützen. Caden wollte mich, ob es ihm nun gefiel oder nicht, und das musste etwas bedeuten. Denn seit er dem Zauber der Königin entkommen war, war er nur mit mir zusammen gewesen, obwohl er im Grunde jeden haben konnte, den er wollte. Und trotzdem wollte er *mich*.

Während ich die verstaubten Akten durchblätterte, dachte ich über die Traditionen nach, von denen er erzählt hatte und denen er sich so vehement widersetzte, dass er nicht König sein wollte. Ein Teil von mir glaubte immer noch, dass er sich nach allem, was er getan hatte, nicht würdig fühlte. Und ich hasste das, denn ich wusste genau, wie es sich anfühlte.

Meine Gedanken wanderten zu Ivy und Ren, die ich heute noch gar nicht zu Gesicht bekommen hatte.

Ich wusste, wie es war, wenn man das Gefühl hatte, nicht gut genug zu sein.

Meine Nachforschungen waren in etwa so ergiebig wie die Grübelei über Caden und mich. Es kam genauso wenig dabei heraus, und als ich schließlich nach Hause ging, hatte ich Kopfschmerzen, weil mich die staubigen Unterlagen, die jahrzehntelang niemand in der Hand gehabt hatte, ständig zum Niesen gebracht hatten.

Vor meiner Haustür war eine kleine Armee von Fae damit beschäftigt, einen Koffer nach dem anderen in ein Auto zu packen. Bei sechs hörte ich zu zählen auf.

Ich legte meinen Schlüssel und die Tasche auf den Tisch im Flur und ging zu Tink und Fabian ins Wohnzimmer. Dixon saß auf der Couch und starrte mit angelegten Ohren zu dem Transportkorb hinüber. Er trug ein winziges Shirt mit der Aufschrift *MIESESTER BEIFAHRER DER WELT*.

Ich musste grinsen und ging zu ihm, um ihm den Kopf zu kraulen.

»Wie viele Koffer habt ihr eigentlich dabei?«

»Die korrekte Frage lautet, wie viele Koffer hat *Tink* dabei«, entgegnete Fabian. Er sah seinem Bruder sehr ähnlich, auch wenn seine Haare um einiges länger waren und er nicht so groß war. Andererseits waren wenige Menschen und auch wenige Fae so groß wie Caden.

»Ich wollte sichergehen, dass ich alles dabeihabe, was ich vielleicht dringend brauche«, verteidigte sich Tink. »Außerdem war da auch noch Dixons Spielzeug …«

»… und sein Katzenhaus mitsamt dem Kratzbaum.« Fabian lächelte. »Nicht zu vergessen die Badehose.«

Ich hob eine Augenbraue. »Es gibt Badehosen für Katzen?«

Tinks Augen leuchteten. »Ich hab sie auf Amazon entdeckt, und ich kann es kaum erwarten, dass er sie anprobiert.«

Ich warf einen Blick auf den Kater und wäre gerne dabei gewesen, wenn Tink versuchte, ihm das Schwimmen beizubringen. Das arme Tier.

»Mein Prinz«, sagte ein Fae und sah zur Tür herein. »Es tut mir leid, wenn ich störe, aber ich habe eine Nachricht vom König.«

Mein Magen machte einen kleinen, irrwitzigen Sprung, als er Caden erwähnte.

Fabian nickte uns zu und trat um den Couchtisch herum. »Bitte entschuldigt mich.«

Ich wartete, bis er außer Hörweite war. »Er ist immer so höflich.«

»Ich weiß.« Tinks Augen weiteten sich. »Das nervt total.«

»Ach, halt die Klappe!«, lachte ich. »Es ist erfrischend.«

»Klar.« Tink hob Dixon hoch. »Aber seine Höflichkeit gibt mir manchmal das Gefühl, wahnsinnig unzivilisiert zu sein. Als hätten mich ein paar wilde Tiere in einem Wald großgezogen.«

»Na ja …«

Er warf mir einen Blick zu und setzte Dixon vor den Transportkorb. Der Kater schien innerlich zu seufzen, kletterte aber artig hinein.

»Das war übrigens das erste Mal, dass das Wort ›König‹ in deiner Gegenwart fiel und du nicht leise ›Arschloch‹ gemurmelt hast. Gibt es Neuigkeiten?«

»Nein. Er ist immer noch ein Arschloch«, erwiderte ich, ohne besonderen Nachdruck.

Tink warf mir über die Schulter einen Blick zu. »Seine Pflichten halten ihn gefangen, das ist alles.«

»Welche Pflichten?«, fragte ich und dachte an das, was Caden über die Traditionen gesagt hatte.

»Lite Bright, wir haben jetzt leider nicht genug Zeit, um darüber zu reden.« Er verschloss die Tür des Transportkorbes und sah mir in die Augen. »Im Moment kann ich nur sagen, dass es eine Menge Dinge gibt, die er aufgrund seiner Position sagen und tun muss. Er musste das opfern, was er am meisten schätzte, um König zu werden.«

»Und das wäre? Die Freiheit, alles zu tun, was ihm gefällt?« Denn das wäre sicher eine Menge.

Ein kaum merkliches, beinahe trauriges Lächeln erschien

auf Tinks Gesicht. »Auf gewisse Weise schon, nehme ich an.«

In diesem Moment kam Fabian zurück. »Es wird Zeit, Tink.«

Mein Herz wurde schwer, und als ich mich im Wohnzimmer umsah, kam es mir bereits sehr viel leerer vor. »Viel Spaß.« Ich setzte ein Lächeln auf, von dem ich hoffte, dass es angemessen fröhlich wirkte. »Und schickt mir Bilder.«

»Ich schicke so viele Fotos, dass dein Handy explodiert!«

Mein Lachen ging in Tinks stürmischer Umarmung unter. Wir hielten einander so lange fest, dass ich dachte, er würde mich nie wieder loslassen, aber als er sich irgendwann doch von mir löste, waren seine Augen feucht.

»Tink«, flüsterte ich und ließ meine Hände seine Arme nach unten gleiten, bis ich seine Hände zu fassen bekam. »Wir sehen uns bald wieder.«

»Und du kommst zurecht?«

»Klar. Mach dir keine Gedanken um mich.«

Es schien, als wollte er noch etwas sagen, doch dann nickte er bloß. »Ich hasse Abschiede.«

Er beugte sich vor, drückte mir einen Kuss auf die Wange, schnappte sich Dixons Transportkorb und sprintete mehr oder weniger aus dem Haus. »Ach ja, es kommt noch ein Paket von Amazon, das an *Peter Parker* adressiert ist«, rief er. »Leg es einfach in mein Zimmer. Mach es auf keinen Fall auf!«

Ich lachte und wandte mich kopfschüttelnd an Fabian. »Ich will gar nicht wissen, was er jetzt schon wieder bestellt hat.«

»Seltsamerweise geht es mir genauso.« Fabian trat vor und umarmte mich. »Du weißt, dass du jederzeit bei uns willkommen bist, falls du Zeit findest, uns zu besuchen, nicht wahr? Es würde mich freuen, wenn du kommst.«

»Ich werde darüber nachdenken.«

»Ja, bitte.«

»Pass auf ihn auf«, flüsterte ich, während ich Fabian drückte, und mir kam der Gedanke, wie seltsam es war, dass ich mir vor ein paar Jahren nicht einmal im Traum hätte vorstellen können, einen Fae zu umarmen.

»Natürlich«, erwiderte er und löste sich von mir. »Ich schätze, du fährst jetzt auch zu dem Treffen, das mein Bruder einberufen hat, oder?«

Ein Treffen?

»Ich glaube, Ivy und Ren sind schon unterwegs«, fügte er hinzu und griff nach seiner Tasche. »Offenbar sind neue Hinweise aufgetaucht, die uns zu dem uralten Fae führen könnten, der die Königin befreien möchte.« Er warf mir einen vielsagenden Blick zu. »Pass auf dich auf, Brighton.«

Ich sah ihm nach, wie er das Haus verließ. Irgendwie hatte ich das Gefühl, als hätte er gewusst, dass ich nichts von dem Treffen geahnt hatte, und mir Bescheid geben wollen. Mein Magen zog sich zusammen. Caden hatte Informationen über Aric und hatte mir nichts davon erzählt. Das überraschte mich nicht wirklich. Er akzeptierte vielleicht, dass ich mich wieder auf die Jagd machen würde, aber das bedeutete nicht, dass er mir helfen würde, Aric zu finden. Trotzdem tat es weh.

Ich eilte in den Flur und nahm meinen Schlüssel von dem Tischchen.

Egal, ob man mich nun eingeladen hatte oder nicht, sie würden es nicht schaffen, mich von diesem Treffen fernzuhalten.

Ich wusste genau, wo ich sie finden würde.

Im Hotel zum guten Fae gab es mehrere Besprechungszimmer, und wir nutzten sie meistens abwechselnd, doch die beiden Fae, die mit durchgedrückten Rücken und verschränkten Armen vor einer der Türen Aufstellung genommen hatten, waren ein untrügliches Zeichen, dass ich richtig war.

Die Ritter waren überall dort, wo Caden war. Vermutlich schickte er sie weg, wenn er zu Hause in seiner Wohnung war. Vielleicht waren sie aber auch da und hielten sich bloß gut versteckt.

Ich blieb vor ihnen stehen, und einer der beiden deutete meinen Gesichtsausdruck wohl richtig, denn er trat seufzend beiseite.

»Danke«, erklärte ich mit süßlicher Stimme und öffnete die Tür.

Ivy und Ren saßen Caden gegenüber. Ivy hatte sich auf den Tisch gesetzt und ein Bein hochgezogen, das sie an ihre Brust drückte, und Ren saß auf einem Stuhl neben ihr.

Sie drehten sich zu mir um. Rens Gesicht blieb ausdruckslos, während Ivy die Lippen aufeinanderpresste. Faye und Kalen standen am Fenster. Kalen wirkte unangenehm berührt, und Faye sah wütend aus – aber das tat sie im Grunde immer.

»Er wurde zwar nicht alleine gesehen …« Caden verstummte und musste sich nicht einmal umdrehen, um zu wissen, dass ich es war. »Mein Bruder hat wohl eine lose Zunge.«

Die kaltherzige Begrüßung nach dem gestrigen Zusammentreffen versetzte mir einen Stich, obwohl ich mir klarmachte, dass es hier nicht um uns ging. Ich ignorierte den brennenden Schmerz und hob das Kinn. »Ich nehme an, ihr habt vergessen, mir Bescheid zu sagen.«

»Brighton …«, begann Ivy.

»Nein.« Ich hob die Hand und marschierte auf einen freien Stuhl zu, um mich zu setzen. Dann stellte ich ruhig meine Tasche auf dem Boden ab. »Ich bin hier. Es gibt neue Informationen, und ich bin ein Teil dieser Truppe, ob es euch gefällt oder nicht.«

Ivys Blick wanderte zu Ren, als wollte sie ihn auffordern, etwas zu unternehmen.

»Wir sprachen gerade über eine mögliche Spur.« Caden sah mich an, und unsere Blicke trafen sich. Sein Gesicht war ausdruckslos, doch meine Wangen begannen trotzdem zu glühen. Er senkte die Wimpern und verbarg seine bernsteinfarbenen Augen darunter.

»Ach, dann ist es dir also plötzlich doch egal, dass sie dabei ist?«, wollte Ivy wissen.

Faye seufzte und murmelte: »Jetzt geht das wieder los.«

Kalen starrte zur Decke hoch.

»Nein, es ist mir nicht egal«, antwortete Caden und wandte sich wieder an Ivy. »Nicht einmal annähernd. Aber es sieht so aus, als könnte nichts, was wir tun, ihre Meinung ändern.«

Zählte dazu auch Sex? Meine Augen wurden schmal, und eine unlogische, lächerliche Vermutung machte sich in mir breit.

»Das ist nicht okay.« Ivy ließ ihr Bein sinken. »Ich bin absolut nicht deiner Meinung und …«

»Hört auf.« Ren legte eine Hand auf ihr Bein. »Caden hat recht. Brighton wird ihre Meinung nicht ändern. Im Moment reiten wir bloß auf einem unwichtigen Punkt herum, und dafür haben wir echt keine Zeit.«

Ivy sah aus, als wollte sie noch etwas sagen. »Na gut«, zischte sie schließlich und warf mir einen Blick zu, der mir zu verstehen gab, dass die Sache noch lange nicht gegessen war.

Na toll.

Caden nickte Kalen zu, und der trat nach vorne. »Wir haben erfahren, dass Aric noch in der Stadt ist«, verkündete er. Ich erstarrte. »Er wurde heute Nachmittag gesehen.«

»Wo?«, hauchte ich.

Kalen warf Caden einen Blick zu, bevor er antwortete. »Er wurde beim Verlassen des *Flux* beobachtet.«

»Was?« Ich fuhr in meinem Stuhl herum und sah Caden an.

»Bevor du fragst: Ja, wir haben das *Flux* im Auge behalten. Wir haben nicht gesehen, wie er hineinging, aber vermutlich hielt er sich extrem bedeckt.« Er hielt inne. »Wie es bei vielen Besuchern des *Flux* der Fall ist.«

Ich ignorierte den Einwurf. »Wo ist er danach hin?«

»Das wissen wir nicht«, antwortete Ren. »Unsere Leute konnten ihm einige Blocks weit folgen, aber wir haben ihn an der Interstate 10 verloren.« Ren war anzuhören, wie lächerlich er das fand. Klar, der Verkehr war an gewissen Tagen die Hölle, aber … komm schon. »Wie auch immer, er ist hier. Wir werden Miles sagen, dass er sämtliche Mitglieder in Alarmbereitschaft versetzen soll.«

»Außerdem werden wir unsere Präsenz auf den Straßen erhöhen«, fügte Faye hinzu. »Gemeinsam weben wir ein Netz, das die ganze Stadt abdeckt. Wir werden ihn finden.«

Mein Blick huschte zu Caden, und mir war klar, dass er heute Abend auf der Straße sein würde. Und jeden Abend danach, bis Aric gefunden wurde.

»Ich werde …«

In diesem Moment ging die Tür auf, und ich warf einen Blick über die Schulter. Es waren Tanner und ein junger Mann, den ich noch nie gesehen hatte. Sie waren nicht allein. Bei ihnen war eine große, schlanke weibliche Fae mit dunklen Haaren. Sie trug ein hübsches schulterfreies Kleid in Hellblau und Gold, das wunderbar zu einem Tag am Strand passte und an mir einfach nur schrecklich ausgesehen hätte. Immerhin hatte ich im Gegensatz zu ihr echte Hüften.

Sie war wunderschön und hatte zarte Gesichtszüge, und

wer auch immer sie war, sie versuchte nicht, den silbernen Glanz ihrer Haut zu verbergen. Auch der Mann neben ihr verwendete keinen Glamour-Zauber.

»Mein König.« Tanner senkte den Kopf zu einer angedeuteten Verbeugung, bevor er es sich anders überlegte und eine richtige Verbeugung vollzog. Sein Blick huschte einen Augenblick lang zu mir. Er schluckte. Vermutlich befürchtete er, dass ich seinen König jeden Moment mit einem Schwall Beschimpfungen überschütten würde. »Es tut mir leid, wenn ich störe, aber ich dachte, du würdest gerne sofort Bescheid wissen, wenn unsere Gäste angekommen sind.«

Caden erhob sich, doch er sagte nichts, während er die beiden Fremden hinter Tanner musterte. Seine Gesichtszüge wirkten so hart, dass sich mein Magen sofort beunruhigt zusammenzog. Ich sah mir die beiden Neuankömmlinge genauer an. Entweder war Caden wütend, weil wir unterbrochen worden waren, oder er freute sich nicht gerade, die beiden zu sehen.

»Das ist Sterling«, erklärte Tanner. »Und das ist seine Schwester Tatiana.«

»Ich bin hocherfreut, dich kennenzulernen, mein König.« Die Frau trat nach vorne und hielt die Hände unter den Brüsten verschränkt, während sie mit der Anmut einer Tänzerin eine tiefe Verbeugung vollführte. »Es ist mir eine Ehre, deine Königin zu werden und unserem Hof gemeinsam mit dir zu dienen.«

7

Ich traute meinen Ohren nicht. Es war ihr eine Ehre, seine *Königin* zu werden?

Eiskalte Panik breitete sich mit einem stechenden Schmerz in meinem Bauch aus, während ich die wunderschöne Fae anstarrte. Nein, nein, nein. Ich hatte sie ganz sicher falsch verstanden. Denn wenn nicht, dann bedeutete das, dass Caden … *heiraten* würde. Dass er verlobt war und einer anderen gehörte, während er in meinen Armen gelegen hatte und in mir gewesen war. Es bedeutete, dass er niemals mir gehört hatte, weil er längst einer anderen versprochen war.

Meine Brust hob und senkte sich keuchend, und die Fassungslosigkeit drohte, mich zu zerreißen. Mein Magen krampfte sich zusammen, und ein Zittern nahm von meinen Beinen ausgehend von meinem ganzen Körper Besitz.

»Genauso, wie es mir eine Ehre ist, meine Familie mit deiner zu vereinen«, erklärte der Bruder und verbeugte sich so elegant wie seine Schwester.

Mein Herz klopfte immer schneller, bis es regelrecht raste. Ein tonnenschweres Gewicht legte sich auf meine Brust, als ich mich schließlich langsam zu Caden umdrehte. Er sagte etwas. Ich wusste es, weil sich seine Lippen bewegten, aber ich konnte ihn nicht verstehen, so laut rauschte das Blut in meinen Ohren.

Caden würde heiraten.

Ich spürte, wie Übelkeit meine Eingeweide packte. Gleich müsste ich mich übergeben.

Ich musste hier raus. Weit, weit weg.

Ich legte meine Hände auf die Armlehnen des Stuhls und wollte mich hochstemmen, aber ich schaffte es nicht. Die Muskeln in meinen Beinen hatten sich verflüssigt.

Caden drehte sich ebenfalls zu mir herum, und unsere Blicke trafen sich. Sein Blick war ausdruckslos. Genauso wie meiner. Er wandte sich wieder der Tür zu.

»Lasst uns einen Moment lang alleine, bitte.«

Die anderen zögerten kurz, und Tanner murmelte unverständliches Zeug vor sich hin. Schließlich verließen als Erste Ivy und Ren das Besprechungszimmer. Ich spürte, wie Ivy mich anstarrte, aber ich konnte den Blick nicht von Caden abwenden, während ich immer wieder durchspielte, was am Vortag zwischen uns geschehen war. Ich hatte das Gefühl, keine Luft mehr zu bekommen. Ich atmete zwar, doch meine Lunge füllte sich nicht und konnte den Sauerstoff nicht durch meinen Körper transportieren. Faye und Tanner gingen ebenfalls, und einen Moment war der Blick auf Caden versperrt, und ich …

Ich hatte nicht gewusst, was ich von dem, was gestern zwischen uns passiert war, halten sollte, oder was es bedeutet hatte. Ich hatte zu sehr darauf geachtet, dass meine Gefühle nicht mit mir durchgingen. Aber ich hatte Caden schon geliebt, bevor wir miteinander geschlafen hatten, und ich liebte ihn auch danach.

Doch er gehörte einer anderen.

Cadens bernsteinfarbene Augen blickten erneut in meine. Meine Finger schmerzten, weil ich die Armlehnen so fest umklammerte.

Mein Gott, ich war so unglaublich *dumm* gewesen. So leichtsinnig und naiv zu glauben, dass er nur deshalb gegen seine Gefühle für mich ankämpfte, weil er mehr fühlte, als er sollte, und mich nicht nur körperlich begehrte. Ich war kein einziges Mal auf die Idee gekommen, dass er die Gefühle – egal, ob da mehr war als die körperliche Anziehung oder nicht – unterdrückte, weil er bereits mit einer anderen verlobt war.

Denn offensichtlich hatte er nicht gerade jetzt von der Verlobung erfahren. Es sah nicht so aus, als hätte er bis vor fünf Minuten noch nichts von dieser verdammten Abmachung gewusst.

Nicht einmal die Fae tickten so. Caden hatte ganz genau gewusst, dass er einer anderen versprochen war, als er mich geküsst, mir die Kleider vom Leib gestreift und mich *gevögelt* hatte.

Denn genau das war es gewesen, nicht wahr? Wir hatten uns nicht geliebt. Wir hatten gevögelt.

»Sag etwas«, bat er.

Ich öffnete den Mund, schloss ihn wieder und versuchte es noch einmal: »Was soll ich denn sagen?« Meine Stimme klang heiser, aber ich konnte mich nicht räuspern.

Er sah mich an. »Irgendetwas.«

Ein irres Kichern entfuhr mir. »Du willst, dass *ich* etwas sage? Ich? Dabei bist du … du bist verlobt?«

»Ja.«

Dieses eine Wort traf mich wie ein Hammerschlag. Meine Finger lösten sich von der Armlehne.

»Wie lange schon?«, fragte ich, als wüsste ich die Antwort nicht schon längst und als würde sie irgendetwas an der Situation ändern.

»Es war kurz, nachdem ich zum König aufstieg.« Caden wandte den Blick ab und sah zum Fenster hinaus. »Es war …«

Seine Kiefermuskeln zuckten. »Es ist das Beste für ... Der Hof will, dass der König und die Königin vereint sind«, sagte er mit monotoner Stimme. »Und ich bin der König. Es ist meine Pflicht, meinem Volk zu dienen.«

Ich starrte zu ihm hoch, und da verwandelte sich die Fassungslosigkeit in Wut, die meine Haut und mein Blut in Flammen aufgehen ließ.

»Und war es auch das Beste für den Hof, dass du mich gestern gevögelt hast?«

Cadens Schultern verkrampften sich.

»Zweimal?« Die Wut gab meinen Beinen neue Kraft, und ich stand auf.

»Ich habe dir doch schon gesagt, dass zwischen uns nichts sein kann«, erklärte er.

»Ja, klar. Und dann hast du mich gevögelt.«

»Ich habe dich nicht *gevögelt.*« Seine Augen bohrten sich in meine, und der Bernstein schien in Flammen zu stehen. »Das war etwas anderes.«

»Tatsächlich? Und wie zum Teufel würdest du es dann nennen? Du hast mit einer Frau Sex gehabt, die nicht deine Verlobte ist.«

Er wandte erneut den Blick ab. »Es hätte nicht passieren dürfen. Das gestern war meine Schuld. Nicht deine. Du hast nichts falsch gemacht.«

»Ich *weiß*, dass ich nichts falsch gemacht habe. Ich bin verdammt noch mal nicht diejenige, die mit einem anderen verlobt ist.«

»Ich kann nur sagen, dass es mir leidtut, Brighton.«

»Es tut dir leid?« Meine Brust fühlte sich an, als würde sie gleich zerspringen. »Was genau tut dir denn leid? Das, was zwischen uns passiert ist? Oder dass du vergessen hast, deine Zukünftige zu erwähnen?«

Seine Kiefermuskeln zuckten erneut. »Beides.«

Mein Herz zerbarst in eine Million Scherben. Ich war in meinem Leben schon vieles gewesen, aber als *Fehler* hatte mich noch niemand bezeichnet. Und schon gar nicht zweimal hintereinander.

Wie hatte meine Mom immer zu mir gesagt, als ich noch jünger gewesen war? *Wer zweimal auf denselben Trick hereinfällt, ist selber schuld.*

»Du verstehst das nicht.« Er warf mir einen raschen Blick zu. »Du kannst es gar nicht verstehen.«

»Weil ich keine Fae bin?«

Unsere Blicke trafen sich, und wir sahen uns eine Ewigkeit an, während sein Gesicht Dutzende Gefühle widerspiegelte. Doch dann war plötzlich alles verschwunden – er hatte seine Gefühle tief in sich begraben.

»Weil du nicht so bist wie ich. Ich bin ein König. Ich brauche eine Königin, und du bist eine Ablenkung. Eine Schwäche. Und ich werde nicht zulassen, dass jemand sie ausnutzt.«

Ich trat einen Schritt zurück. Tief verletzt und von brennender Wut erfüllt. Meine Beine knallten gegen den Stuhl, und ich verlor das Gleichgewicht. Caden trat auf mich zu und streckte die Hand nach mir aus.

»Fass mich nicht an!« Meine Stimme klang selbst in meinen Ohren zu schrill. Ich richtete mich wieder auf. Ein Brennen stieg meine Kehle hoch und bis in meine Augen. »Fass mich nie wieder an.«

Caden – nein, er war nicht Caden. Er war *der König,* und das durfte ich nicht vergessen.

Der König zog seine Hand zurück, und wir sahen uns erneut in die Augen. Der Druck in meiner Brust stieg weiter, bis ich das Gefühl hatte, gleich zu zerspringen.

Und dann platzte es aus mir heraus: »Ich würde dir am

liebsten sagen, dass ich dich hasse. Dass ich dich verachte. Aber du würdest sofort wissen, dass das nicht stimmt.«

Er schwieg, während in meinem Kopf Tausende unvollendete Gedanken umherschwirrten und ich ihm gerne so vieles gesagt hätte.

Doch nur ein Gedanke schaffte es schließlich.

»Ich habe dir die furchtbaren Gräueltaten, die du unter dem Bann der Königin verübt hast, nie vorgeworfen. Es hat mich fertiggemacht, dass du dir die Schuld an Dingen gibst, auf die du keinen Einfluss hattest. Der Gedanke hat mich beinahe umgebracht, aber das hier …« Ein Schaudern durchlief mich. »Das hier hast du mit Absicht gemacht. Du hast mich schon beim ersten Mal reingelegt, und jetzt hast du es noch einmal getan. Nein, du hast mir nichts versprochen – aber du kennst mich besser als die meisten anderen. Du wusstest schon vor dem gestrigen Nachmittag, dass es für mich eine Bedeutung haben würde. Trotzdem hast du mich einfach zu deiner Geliebten gemacht. Du hast dafür gesorgt, dass ich Scham und Reue empfinde. Und *das* werfe ich dir vor.«

Der König schloss die Augen.

Ich wandte mich von ihm ab, nahm meine Tasche und verließ das Zimmer mit hocherhobenem, Kopf, aber mit einem tonnenschweren Gewicht auf den Schultern.

Erst da bemerkte ich, dass es dasselbe Zimmer war wie vor wenigen Wochen, als er mir zum ersten Mal das Herz gebrochen hatte.

Auf der Fahrt nach Hause nahm ich die Bäume, die Häuser, die Menschen und die Autos nur verschwommen war. Ivy rief drei Mal an, bevor ich mein Handy stumm schaltete. Ich hatte keine Ahnung, ob sie anrief, weil sie spürte, dass etwas zwischen dem König und mir vorgefallen war, oder ob es darum ging, dass ich Jagd auf Fae machte, aber ich hatte so und so nicht die Kraft, mir ihr zu sprechen.

Ich fühlte mich seltsam taub, als ich das eiserne Gartentor aufdrückte und auf meine Haustür zuging, fühlte ich immer noch nichts. Es war, als hätte meine innere Gefühlsanzeige den höchsten Punkt überschritten und wäre explodiert.

Trotzdem zitterten meine Hände, als ich die Haustür aufsperrte und meine Handtasche und den Schlüssel auf den Tisch im Flur legte.

Danach stand ich einfach nur da. Ich weiß nicht, wie lange. Sekunden? Minuten? Eigentlich hätte ich ins Büro fahren sollen, aber ich glaubte nicht, dass ich das schaffte. Ich konnte weder Ivy noch Miles gegenübertreten.

Schließlich wandte ich mich wie in Trance um und ging durch das totenstille Haus ins Wohnzimmer.

Kein Dixon, der über die Holzdielen flitzte. Kein Tink und auch kein Fabian, die auf mich warteten, um mich mit einem Film oder einem albernen Gesprächsthema abzulenken. Ich schluckte, aber meine Kehle war wie zugeschnürt. Ich zwang mich, tief Luft zu holen …

»Ich habe gehört, du suchst nach mir.«

Mein Herz machte einen Satz, und ich fuhr herum.

Hinter mir stand ein Mann. Seine braunen Haare waren kurz geschnitten, und sein schrecklich schönes Gesicht sah genauso aus, wie ich es in Erinnerung hatte. Die Narbe, die durch seine Lippe verlief, verzog sich unter dem kaum merklichen Grinsen.

Aric.

Meine Instinkte setzten ein, und ich sprang zurück, doch er war schrecklich schnell und stand vor mir, bevor ich die

Möglichkeit hatte, meine Armreifen zu öffnen und die Klinge auszufahren. Er packte meine Handgelenke und fixierte sie hinter meinem Rücken, während er mit der anderen Hand meinen Hals umfasste.

Sekunden.

Er hatte mich innerhalb weniger Sekunden kampfunfähig gemacht.

»Also dachte ich, ich komme mal vorbei«, sagte er.

Ich wand mich, doch sein Griff wurde fester. Meine Augen weiteten sich, als er seinen Mund auf meinen senkte.

O mein Gott, ich wusste, was jetzt kam.

Aric atmete ein.

Mein ganzer Körper zuckte, als wären wir beide in einen Stromkreis geraten. Ich war tief in meinem Inneren mit ihm verbunden. Ich begann von innen heraus zu verbrennen, und es fühlte sich an wie ein eisiges Feuer. Ich konnte mich nicht wehren, während er mich in einen Abgrund zog, in dem beißende Kälte herrschte.

8

Ich fror.

Das war das Erste, was mir bewusst wurde, als ich langsam aus dem dunklen Nebel heraustrat, der mich umfing.

Ich zitterte am ganzen Körper. Ich hatte keine Ahnung gehabt, dass einem so kalt sein konnte. Die Kälte drang bis tief in meine Knochen, und mein Kleid klebte eisig und feucht auf meiner Haut.

Wie konnte einem dermaßen kalt sein? Es war den ganzen Tag über kalt gewesen – vielleicht an die fünfzehn Grad –, aber das hier fühlte sich an, als wäre ich in einem Schneehügel begraben.

Verwirrung machte sich in mir breit, und ich versuchte, mich zu erinnern, was ich getan hatte, bevor ich eingeschlafen war. Denn das war doch geschehen, oder?

Nein.

Das ergab keinen Sinn.

Ich versuchte, die Augen zu öffnen, aber meine Lider waren schwer, und es fühlte sich an, als wären sie zusammengeklebt, während verschwommene Bilder meines Wohnzimmers durch meine Gedanken tanzten. Ich war dort gewesen, und …

Was war hier los?

Ich zwang meine Augen auf, doch die dafür notwendige

Konzentration entfachte einen scharfen, stechenden Schmerz in meinem Kopf. Ich wand mich und behielt die Augen geschlossen, während das Pochen langsam nachließ. War ich etwa verletzt? Das würde die Verwirrung und den Schmerz erklären, aber was war passiert? Ich war in meinem Haus gewesen, und wollte …

Ich war gerade nach Hause gekommen und …

Aric.

Mein Puls beschleunigte sich, als die Erinnerungen die Wand aus reinem Nichts durchbrachen und auf mich einstürzten. Er hatte auf mich gewartet, als ich nach Hause gekommen war. Er war viel zu schnell gewesen und hatte mich gepackt, bevor ich meine Klingen ausfahren oder um Hilfe schreien konnte.

Er hatte sich von mir genährt.

O Gott. Der Mistkerl hatte mich wie einen Tetrapack ausgesaugt. Meine Lippen prickelten, als ich mich an den eisigen Atem erinnerte und an den Schrecken, während er sich genährt hatte. Es hatte sich absolut nicht so angefühlt wie bei Ca… dem *König*. Damals war es einem Orgasmus gleichgekommen, doch dieses Mal war es, als hätten sich eisige Klauen bis tief in mein Inneres gegraben, meine Knochen und das Gewebe zerfetzt und mir das entrissen, was mich ausmachte. Jetzt erinnerte ich mich wieder an die Welle des Schmerzes, die mich in den Abgrund gespült hatte.

Wie viel hatte Aric genommen? Den Kopfschmerzen nach zu urteilen war es mehr als genug gewesen.

Ich musste aufstehen. Ich musste herausfinden, wo zum Teufel ich war, und dann musste ich den Mistkerl finden und ihn umbringen.

Ich drehte den Kopf zur Seite und hielt abrupt inne. Es fühlte sich an, als würde sich ein eisiger Schraubstock um meinen

Hals schließen. Ich riss die Augen auf und hob die Hand an meinen Hals. Kaltes, unnachgiebiges Metall umschloss ihn. Ich presste die Handfläche dagegen und ließ meine Finger in den engen Spalt zwischen dem Ring und meiner Haut gleiten, bevor ich mich hochstemmte und mich …

»Was zur Hölle soll das?«, krächzte ich heiser.

Ich war nicht zu Hause, so viel war sicher. Aber das war so ziemlich alles, was ich wusste. Die Fackeln an den Wänden schafften es kaum, die Dunkelheit zurückzudrängen, aber das, was ich sah, erinnerte mich an … O mein Gott, es erinnerte mich an eine unterirdische Gruft.

Eine *Gruft*.

Ich spürte einen Druck in der Brust, während ich mich mich wildem Blick in der runden Kammer umsah. Zwei Fackeln brannten an der grauen Ziegelwand, einige Meter voneinander entfernt.

Dunkle, seilartige Streifen verliefen von der niedrigen Decke die Wände hinunter und bildeten ein Netzwerk aus Adern. Waren es Kletterpflanzen?

Mir gegenüber befand sich eine etwa eineinhalb Meter lange Steinplatte, und in der Mitte prangte ein dunkler Fleck.

In diesem Moment wurde mir klar, dass ich auf einem ähnlichen, viereckigen Steinbett lag.

Verdammte Scheiße!

Ich befand mich in einer beschissenen Gruft und war mit einem Eisenring um den Hals auf einer Steinplatte fixiert, die vermutlich bereits mehrere Male verwendet worden war, um jemanden zu Tode zu foltern. Meine Haare fielen nach vorne und über meine nackten Schultern, als ich den Arm hob. Die Angst packte mich. Ein Teil von mir wusste bereits, was ich sehen würde, und ich täuschte mich nicht: Das Armband mit dem vierblättrigen Kleeblatt war verschwunden. Und ohne das Kleeblatt war ich nicht mehr immun gegen den Glamour-Zauber der Fae.

Mein Gott.

Ich presste die Augen zusammen und versuchte verzweifelt, ruhig zu bleiben. Ich wurde von einem Psychopathen gefangen gehalten, und ich wusste, wie es enden würde.

Am Ende würde ich nicht mehr atmen.

Nein. Ich durfte nicht so denken. Ich ließ die muffige Luft tief in meine Lunge dringen und kämpfte gegen die aufsteigende Panik an. Ich durfte nicht aufgeben, denn dann hatte ich absolut keine Chance, das hier zu überleben.

Ich öffnete die Augen, ignorierte mein pochendes Herz, zog die Beine an und schwang sie über die Kante der Steinplatte. Mir wurde sofort schwindelig, und ich holte noch einmal tief Luft, bevor ich die schwere Kette hochhob und aufstand. Ich zuckte zusammen, als meine nackten Füße den Boden berührten. Ich wollte gar nicht darüber nachdenken, warum ich keine Schuhe trug, denn das bedeutete wohl, dass jemand sie mir ausgezogen hatte. Die Kette war etwa drei Meter lang und erlaubte es mir, in die dunklere Ecke der Kammer vorzudringen, doch sie reichte nicht bis zu der Holztür.

»Verdammt«, fluchte ich und trat wieder zwischen die beiden Steinplatten. Ich konzentrierte mich und sah mich weiter um. Mein Blick blieb an den Kletterpflanzen hängen. Es schien, als wäre ich in einer unterirdischen Kammer gefangen, aber in New Orleans und der näheren Umgebung waren solche Dinge eher selten.

Hatte man mich etwa aus der Stadt gebracht? Und wenn ja, wie weit dann? Oder sollte es nur so aussehen, als befände ich mich unter der Erde?

Falls ich immer noch in der Nähe von New Orleans war, wusste ich sicher sofort, wo ich war, wenn ich es nach draußen schaffte. Wenn ich über etwas Bescheid wusste, dann über New Orleans und die Umgebung.

Ich musste nur aus dieser Gruft entkommen.

Ich umfasste die Kette etwas fester und sah an ihr hinunter. Mein Daumen glitt über eine rostige Stelle, sodass etwas Rost abbröckelte.

Moment.

Das war kein Rost.

Es war getrocknetes Blut.

Mein Gott.

Mein Magen zog sich zusammen, und ich hätte die Kette beinahe losgelassen. Ich blickte zur Tür. Die Kette machte mich verrückt, aber sie war auch eine geeignete Waffe. Ich sah Prinzessin Leia vor mir, die Jabba würgte.

Das konnte ich auch. Tatsächlich sah ich nicht mehr die Szene aus *Die Rückkehr der Jedi-Ritter* vor mir, sondern ein Bild, wie ich Aric strangulierte, und eine ziemlich ungesunde Freude erfüllte mich. Ich wickelte die Kette um meine Hände und wartete.

Ich musste nicht lange warten.

Ich hörte Schritte, und es war wie ein kalter Luftzug, der über meinen Nacken strich. Ich eilte zu der Steinplatte zurück, lehnte mich mit dem Rücken dagegen und versteckte die Kette hinter mir. Jeder Muskel meines Körpers war zum Zerreißen gespannt.

Einen zitternden Atemzug später ging knarrend die Tür auf, und frische Luft drang herein. Sie roch nach Rosen. Ich befand mich also in der Nähe eines Gartens, und falls sich der Raum unter der Erde befand, war es sicher nicht tief. Das war gut zu wissen.

Aric blieb im Türrahmen stehen. Er schien alleine zu sein. Seine breiten Schultern nahmen beinahe die ganze Tür ein, und er duckte sich, um in die Gruft zu gelangen.

Ein Zischen erklang, und ich zuckte überrascht zusammen. Flammen züngelten in die Höhe, und die verbliebenen Fackeln begannen zu brennen. Es waren beinahe ein Dutzend, und sie tauchten die Kammer in flackerndes Licht.

Ich hatte recht gehabt, was die Kletterpflanzen betraf, aber darunter befanden sich auch mehrere Ketten.

»Ich dachte, du schläfst noch«, meinte Aric, und seine tiefe Stimme klang amüsiert.

Die Kette presste sich gegen meine Handflächen. »Tut mir leid, wenn ich dich enttäuschen muss. Ich bin hellwach, Arschloch.«

Er richtete sich kichernd auf und schlug die Tür hinter sich zu, sodass der frische, warme Luftstrom versiegte.

»Du musst dich nicht entschuldigen. Ich bin begeistert, dass du wach bist.«

Ich reckte das Kinn nach vorne und zwang mich, ruhig und selbstbewusst zu atmen. »Wo bin ich?«

»Dort, wo ich dich haben will.«

»Das ist keine Antwort.«

Aric grinste und blieb in der Nähe der Tür und außerhalb meiner Reichweite stehen.

»Du befindest dich ein paar Kilometer außerhalb der Stadt. Das hier war früher wohl einmal eine Gruft, die mittlerweile zum Teil im Erdboden versunken ist.«

Seine Antwort schockierte mich.

»Du scheinst überrascht zu sein, dass ich es dir freiwillig sage.« Er legte den Kopf schief. »Aber ich habe keine Angst, dass du entkommen könntest. Nicht die geringste.«

Die Überraschung wurde blitzschnell von blanker Wut

abgelöst, und meine Haut prickelte. »Da wäre ich nicht so sicher.«

Er musterte mich. »Dein Mut ist bewundernswert, aber ich habe durchaus Grund zur Zuversicht.«

Ich zwang mich zu einem Lachen, auch wenn mein Herz raste. »Der Grat zwischen Zuversicht und Arroganz ist sehr schmal.«

»Das stimmt.« Er strich eine imaginäre Falte seines weißen Leinenhemds glatt. »Aber es gibt einen. Auch wenn du keine Ahnung von Zuversicht hast.«

»Nicht?« Ich versteifte mich. »Und du hast keine Ahnung von mir.«

»Ich weiß alles über dich, Brighton Jussier«, erwiderte er. »Du bis dreißig Jahre alt, unverheiratet und kinderlos. Früher war es dein Lebenszweck, dich um deine arme, labile Mutter zu kümmern, doch mittlerweile hast du es dir zur Aufgabe gemacht, mich zu finden und zu töten.«

Ich atmete tief ein. »Hast du das von meinem Facebook-Profil, oder was?«

Er lachte. »Du wurdest in den Orden hineingeboren, aber du bis kein vollwertiges Mitglied. Abgesehen von mir jagst du keine Fae. Wie sagt ihr Sterblichen? Du wurdest ausgemustert, bevor du auch nur einen Finger rühren konntest. Sie brauchen dich nicht, um ihre Ziele zu erreichen. Sie dulden dich nur, weil deine Eltern im Orden waren.«

Ich zuckte zusammen, denn seine Worte streuten Salz in die immer noch offene Wunde, die Ivy und Ren hinterlassen hatten. Sie bezweifelten beide, dass ich mehr konnte, als eine Karte zu lesen. Es lag zu viel Wahrheit in Arics Worten.

»Du bist überhaupt nur auf meinem Radar erschienen, weil du dem verwundeten Sommerprinzen geholfen hast.«

Er sprach von Fabian und der Nacht, in der die Königin wieder in die Anderwelt verbannt worden war. Ich hatte geholfen, den Prinzen zurück ins Hotel zum guten Fae zu bringen.

»Ansonsten bist du bemerkenswert unauffällig geblieben. Mal abgesehen davon, dass du mit dem König gevögelt hast.« Mir stockte der Atem. »Andererseits war er immer schon dafür bekannt, dass er bei der Auswahl seiner Partnerinnen wenig Geschmack beweist.«

Das hätte sicher wehgetan, wenn ich nicht in einer Gruft angekettet gewesen wäre.

»Glaubst du immer noch, dass ich nichts über dich weiß, kleiner Vogel?«

»Nenn mich nicht so.«

»Warum nicht? Nennt Caden dich nicht auch so?«

Der Klang seines Namens versetzte mir einen Fausthieb, aber ich konnte mir nicht erlauben, mich ablenken zu lassen. »Nein, tut er nicht.«

»Hmm.« Aric verschränkte die Arme vor der Brust. »Shiobhan hat er damals so genannt. Weißt du, wer das ist?«

»Nein.« Ich behielt ihn fest im Blick und befahl mir, mit dem Angriff zu warten, bis der richtige Augenblick gekommen war. »Und falls du dich wunderst: Es interessiert mich auch nicht.«

»Sie war seine Geliebte, und die beiden wollten heiraten.«

Ich atmete scharf ein. Noch eine Verlobte?

»Er nannte sie ›mein kleiner Vogel‹, weil sie leicht wie eine Feder war, aber genauso beständig und stark. Als sie noch jung waren, saß sie immer auf seinen Schultern und sang. Ach, sie sang so wunderschön.« Aric kicherte leise. »Ich sehe schon, das wusstest du nicht, oder?«

Ich presste die Lippen aufeinander und schwieg, denn es

gab nichts zu sagen. Der König war nicht mehr länger Caden für mich. Das hatte er mir bei unserem letzten Treffen klargemacht. Blut schoss in meine Wangen, und meine Haut prickelte, als ich an die Demütigung zurückdachte. Mittlerweile war er bloß noch der König für mich, und es war mir egal, ob er ein- oder fünfmal verlobt gewesen war.

»Shiobhan war seine Seelenverwandte. Seine einzig wahre Liebe. Sie wuchsen zusammen auf und waren einander seit ihrer Geburt versprochen. Sie wurde dazu erzogen, seine Königin zu sein. Sie haben ihr Leben und das Bett mehr als zweihundert Jahre lang geteilt. Sie war wunderschön. Eine atemberaubende Kreatur, groß und voller Anmut. Sie hatte blonde Haare – wie du. So strahlend wie der *Sonnenschein.*« Seine Lippen verzogen sich zu einem spöttischen Grinsen, als ich zusammenzuckte. »Das ist das Einzige, was du mit ihr gemeinsam hast. Abgesehen von den Haaren bist du bemitleidenswert und unanregend menschlich.«

Es war mir egal. Das Brennen in meinem Hals hatte nichts mit dem zu tun, was Aric gerade gesagt hatte. »Ich glaube nicht, dass ›unanregend‹ ein Wort ist.«

Er lächelte verkniffen. »Weißt du, was mit Cadens kleinem Vogel passiert ist?«

»Nein, aber du wirst es mir sicher gleich verraten.«

»Ich habe ihr die Flügel gebrochen und sämtliche Federn ausgerissen.« Seine Unterlippe kräuselte sich.

Der Ekel wich einer plötzlichen Erkenntnis. Shiobhan war die Fae gewesen, die der König geliebt und verloren hatte. Deshalb wollte er Aric selbst umbringen. Nicht, weil der Psychopath versucht hatte, die Königin in unsere Welt zurückzubringen und ihn im Kampf verwundet hatte. Sondern weil der uralte Fae seine große Liebe getötet hatte.

Ich verstand den Wunsch des Königs nach Rache. Ich verstand ihn, weil dieses Monster auch mir alles genommen hatte.

»Das war der Auslöser für den Krieg zwischen unseren Höfen«, fuhr Aric fort. »Na ja, es war einer von vielen, aber trotzdem der Hauptgrund. Wir hatten lange friedliche Jahre hinter uns, und die Anderwelt florierte. Doch meine Königin ... sie wollte auch diese Welt, und dafür brauchte sie Caden. Du kennst ja die Prophezeiung.«

Natürlich kannte ich sie. Das Kind des Prinzen und eines Halblings – bei dem es sich zufällig um Ivy handelte – würde den Zauber rückgängig machen, der die Tore in die Anderwelt geschlossen hielt. Wenn die Ideologie – also die grundlegenden Fundamente unserer Welt und der Anderwelt – infrage gestellt wurde, würde alles zusammenbrechen. Denn ein Halbling sollte eigentlich gar nicht existieren, und der Prinz sollte niemals einen Fuß in unsere Welt setzen. Aber ehrlich gesagt, hatte ich diese ganze Baby-Prophezeiung bereits verrückt gefunden, als ich sie zum ersten Mal gehört hatte.

Aric ließ die Arme sinken und bewegte sich von mir weg und auf die Wand neben der Tür zu. »Meine Aufgabe war es, den Prinzen dazu zu bringen, dem Winterhof den Krieg zu erklären. Ich wusste genau, wie ich ihn provozieren konnte. Shiobhans Entführung gehörte zu meinem Auftrag.« Aric streckte die Hand aus und ließ die Finger über eine Kletterpflanze gleiten. Der dicke, seilartige Trieb wurde schlagartig weiß und verwelkte. »Das heißt aber nicht, dass ich es nicht genossen habe.«

»Du bist ein Psycho«, fauchte ich. »Echt. Einhundertprozentig. Aber ich bin nicht der kleine Vogel des Königs. Ich bedeute ihm nichts, und deshalb habe ich keine Ahnung, warum du mir das alles erzählst. Du kannst mir damit nicht wehtun.« Das war eine Lüge. »Absolut nicht.«

»Wie wahr«, murmelte Aric und warf mir über die Schulter einen Blick zu. »Du wirst ihm niemals so viel bedeuten wie Shiobhan.«

Ich zuckte zusammen und hasste mich dafür. Und ihn auch.

»Du bedeutest ihm sicher nicht allzu viel – du bist immerhin ein Mensch. Aber du bedeutest ihm trotzdem *etwas*.« Er senkte die Hand und wandte sich zu mir um. »Und zwar genug, dass ich die Zeit mir dir ebenfalls genießen werde. Auch wenn du sicher nicht annähernd so lange durchhalten wirst wie Shiobhan.«

Mein Magen zog sich vor Übelkeit zusammen, als er einen Schritt auf mich zu machte. Die Kette in meinen Händen vibrierte beinahe.

»Und wenn ich mit dir fertig bin, sorge ich dafür, dass Caden ganz genau weiß, wo du warst und was ich mit dir angestellt habe. Auch wenn ihm vielleicht noch gar nicht aufgefallen ist, dass du weg bist.«

Nur noch ein paar Schritte näher heran. Das war alles.

»Aber selbst wenn es ihm im Moment noch egal ist, wird es das bald nicht mehr sein«, fuhr der uralte Fae fort, und seine Stimme klang tief und bedrohlich. »Denn wenn ich mit dir fertig bin, dann wird ihn alles an dir an seinen kleinen V…«

Ich sprang nach vorne, hob die Kette über den Kopf und war bereit, sie dem Mistkerl um den Hals zu schlingen und zuzudrücken, bis ihm der Kopf abfiel.

Aber dazu kam es nicht.

Aric war wie eine Kobra, die sich auf ihr Opfer stürzt. Er riss mir die Kette mit solcher Kraft aus der Hand, dass meine Handflächen aufplatzten. Ich zuckte zurück, als ein brennender Schmerz durch meine Arme fuhr, und taumelte nach hinten. Er zog die Kette zu sich, und ich hatte keine andere Wahl, als ihm zu folgen. Ich prallte gegen ihn, und er legte seine Hand auf den Ring um meinen Hals.

»Was sollte das denn?«, fragte er, und seine blassblauen Augen funkelten. »Wolltest du mir etwa wehtun?«

»Ich wollte dich umbringen«, keuchte ich heiser.

»Tatsächlich?« Aric lachte und zog mich höher, sodass ich nur noch auf den Zehenspitzen stand. »Du glaubst tatsächlich, dass dir das gelingen würde? Bei unserer letzten Begegnung hast du relativ schnell aufgegeben. Du hast nur zitternd und heulend auf dem Boden gekauert, während die alte Schachtel neben dir verblutet ist.«

»Ich bin nicht mehr dieselbe wie damals.«

»Gut.« Er grinste spöttisch. »Ich habe es lieber, wenn du dich wehrst und nicht gleich aufgibst. Schwäche langweilt mich.«

Bevor ich etwas erwidern konnte, hob er mich an dem Ring um meinen Hals hoch. Das Metall grub sich in meine Haut, und ich bekam keine Luft mehr.

Die Panik explodierte wie eine Bombe in meinem Bauch. Er wandte sich mit mir um und schleuderte mich auf die Steinplatte, sodass sämtliche verbliebene Luft aus meiner Lunge gepresst wurde. In dem Moment, als er meinen Hals losließ, übernahm das Training das Kommando.

Niemals mit dem Rücken auf dem Boden. Niemals mit dem Rücken auf den Boden.

Ich schwang die Faust nach oben und setzte mich ruckartig auf, doch er hielt noch immer die Kette fest und zog sie nach hinten. Ich schrammte mit dem Hinterkopf über den Stein, während er zuerst die Faust und dann auch die andere Hand abfing. Er stieß ein missbilligendes Schnauben aus und presste meine Handgelenke aufeinander, sodass er sie mit einer Hand festhalten konnte.

»Wehr dich nur«, sagte er. »Das finde ich sehr interessant.«

Ich hob die Hüften, drehte mich zu ihm herum und trat mit den Beinen aus. Meine Ferse knallte gegen seinen Oberschenkel, und er grunzte laut. Doch das Erfolgsgefühl währte nur kurz, denn im nächsten Moment hob er meine Arme über meinen Kopf.

»Treten ist sehr unartig, kleiner Vogel«, rügte er mich. Die Panik packte mich erneut, als sich kühles Metall um meine Handgelenke schloss und sie am Stein fixierte. »Dir würde es sicher nicht gefallen, wenn ich dasselbe bei dir mache.«

»Fahr zur Hölle!« Ich trat noch einmal aus und traf ihn in den Magen.

Der Schlag auf meine Schläfe traf mich vollkommen unerwartet. Ich sah nicht einmal, dass er sich bewegte, sondern spürte bloß den Schmerz, der in meinem Kopf explodierte. Ich sah nur noch verschwommen, während ich versuchte, ruhig und tief zu atmen, bis der Schmerz verebbt war.

»Das findest du nicht so toll, oder?« Er hielt meine Beine fest, während er ans untere Ende der Steinplatte trat. »Dabei kann ich noch sehr viel Schlimmeres mit dir anstellen.«

»Du hast mich geschlagen wie ein unterentwickelter Fünfjähriger«, erklärte ich und blinzelte, weil ich immer noch Sterne sah.

Kaltes Metall schloss sich nun auch um meinen rechten und linken Knöchel, und das einzig Positive war, dass Arme und Beine wenigstens nicht gespreizt waren. Doch als ich den Blick senkte und an mir heruntersah, entdeckte ich, dass der Saum meines Kleides nach oben gerutscht war. Obwohl er ohnehin nicht allzu weit unten gewesen war.

Aric kam wieder auf mich zu. »Ich wusste gar nicht, dass du so ein loses Mundwerk hast.«

»Überraschung.«

Er lächelte verkniffen und legte eine Hand auf meine. »Ich muss dir wohl erst beibringen, dass du achtsam sein musst, wenn du mit mir sprichst.«

Mein Herz setzte aus, als er seine Hand über meinen Arm gleiten ließ. »Na dann, viel Glück.«

»Das werde ich nicht brauchen.« Er hob die Hand von meinem Arm und packte meine Wange. »Im Gegensatz zu dir. Aber du wirst keines finden.«

Ich zwang mich, ihm in die blassen Augen zu sehen. »Ich habe keine Angst vor dir.«

Sein Lächeln wurde breiter, und der Druck auf mein Gesicht stärker. »Du lügst. Und weißt du, woher ich das weiß?«

Er hatte recht. Mein Gott, natürlich hatte er recht! Ich hatte höllische Angst vor dem uralten Fae, aber ich würde ihm auf keinen Fall die Genugtuung verschaffen, es zuzugeben. »Du bist ein allwissender Super-Fae?«

»Süß.« Sein Lachen jagte mir einen eiskalten Schauer über den Rücken, während er meinen Kopf leicht anhob. »Ich rieche deinen Schweiß.«

»Tut mir leid, dass ich …« – ich schluckte, als er meinen Kiefer noch fester zusammendrückte – »… kein Parfüm für dich aufgelegt habe.«

»Sei nicht so hart zu dir selbst.« Er zog mich mit der Hand um meinen Kiefer hoch, während er die Kette mit der anderen Hand umklammert hielt und sie so lange verkürzte, bis sich der Ring erneut in meine Haut grub. Ich drückte vor Schmerz den Rücken durch und streckte die Hände aus.

»Ich liebe den Geruch der Angst. Er erregt mich.«

Mein Herz kam einen Augenblick lang aus dem Rhythmus und schlug dann schneller als je zuvor. Unbekanntes Entsetzen packte mich. Es gab eine Menge Dinge, die ich ertragen konnte. Zumindest redete ich mir das ein. Schmerz. Erniedrigung. Angst. Das alles kannte ich bereits. Aber diese Kombination? Ich wusste nicht, wie ich damit umgehen sollte.

»Du bist krank«, keuchte ich.

Aric brachte sein Gesicht näher an meines heran, und meine Hände öffneten und schlossen sich. Als er sprach, strich sein eiskalter Atem über meine Nase. »Aber nicht krank genug, um dich zu vögeln, falls es das ist, was dir Sorgen bereitet.«

Die Erleichterung war so groß, dass ich beinahe die Beherrschung verlor. Ein Brennen stieg meine Kehle hoch.

»Du solltest allerdings nicht allzu erleichtert sein. Das kränkt mich und …«, er legte den Kopf schief, und sein Blick wanderte über meinen Körper und hielt an Stellen inne, die mir ein Schaudern bereiteten, »… ich lasse mich auch gerne umstimmen.«

Ekel stieg in mir hoch und drohte, mich zu ersticken, als er mir in die Augen sah. Ich starrte ihn an und ballte die zitternden Hände zu Fäusten. Ich wünschte mir erneut, ich hätte mehr angehabt als dieses ärmellose Etuikleid, aber vermutlich hätte ich mich in seiner Gegenwart auch splitternackt gefühlt, wenn ich eine Winterjacke oder einen Ganzkörperoverall getragen hätte.

Arics Wundwinkel zuckten. »Aber fürs Erste will ich etwas anderes von dir.«

»Ich werde dir sicher keine Ordensgeheimnisse verraten.«

»Du dummes Ding.« Er zog an der Kette, und mein Kopf schnellte zurück. »Es gibt nichts über den Orden, was ich nicht schon weiß. Er ist keine Bedrohung für mich.«

Ich hatte keine Ahnung, ob das stimmte oder nicht, aber ich konnte mich nicht wirklich auf diese Frage konzentrieren. Dafür sandte der Ring um meinen Hals zu viele schmerzhafte Blitze durch meinen Körper.

»Dann bin ich dir doch gar nicht von Nutzen.«

»Das ist nicht wahr.« Er grinste, lehnte sich zurück und griff hinter sich. »Du kannst dir nicht vorstellen, wie sehr du mir noch von Nutzen sein wirst.«

Aric zog etwas aus seiner hinteren Hosentasche. Er glänzte im Licht der Fackeln, und mein Herz setzte aus, als mein Blick darauf fiel. Es war ein langes, scharfes, abartig spitzes Messer.

Ich beobachtete ihn gebannt, und mir stockte der Atem, als seine Hand und das Messer plötzlich aus meinem Sichtfeld verschwanden. »Was machst du da?«

Er grinste mich immer noch an. »Ich rupfe deine Federn.«

Es bestand durchaus die Möglichkeit, dass mein Herz an Ort und Stelle zu schlagen aufhörte.

»Du kannst schreien, so laut du willst«, bot er mir an, und ich spürte, wie sich die Spitze des Messers in meine Haut bohrte. Ich presste die Lippen zusammen, als aus dem kaum merklichen Druck langsam echter Schmerz wurde. »Denn es wird niemand kommen, um dir zu helfen.«

9

Mein ganzer Körper stand in Flammen, und zur Abwechslung sehnte ich mich nach der Eiseskälte, die mich umgeben hatte, als ich zum ersten Mal in der Kammer aufgewacht war.

Aber wie lange war das her?

Es mussten Tage vergangen sein. Auf jeden Fall. Vermutlich waren es fünf, wenn ich von dem Tag ausging, als Aric das erste Mal hier aufgetaucht war. Ich glaubte, dass er zwei Mal am Tag kam. Morgens und abends.

Er blieb jedes Mal lange genug, um mich wie einen Hund an der Leine nach draußen zu führen, damit ich tun konnte, was ich tun musste. Danach tat er das, was er tun musste, und verwandelte mich in lebendiges, atmendes Nadelkissen.

Und er nährte sich von mir.

Das geschah meistens am Ende seines zweiten Besuchs, und ich war jedes Mal bewusstlos, wenn er mich verließ. Irgendwann wachte ich dann mit demselben Gefühl auf, das ich auch beim ersten Mal gehabt hatte. Mein Herz pochte, und ich fühlte mich orientierungslos. Und jedes Mal dauerte es ein paar Sekunden länger, bis ich mich erinnerte, wie ich hierhergekommen war.

Warum ich hier war.

Mein schmerzhaft leerer Magen knurrte, als ich zu den Kletterpflanzen neben der Tür hinüberstarrte. Es war mindestens drei Tage her, seit Aric mir eine Tüte mit kalten Burgern entgegengeschleudert hatte. Ich hatte den fettgetränkten Fraß hinuntergewürgt und natürlich alles wieder erbrochen. Mittlerweile hätte ich jemanden für einen schalen, kalten Cheeseburger umgebracht.

Ich versuchte zu schlucken und legte den Kopf in den Nacken. Etwas Wasser wäre auch nett gewesen. Ich bekam genug, um zu überleben, aber es reichte nicht annähernd, um meinen Durst zu stillen.

Außerdem sehnte ich mich nach einem Ganzkörperbad in Lidocain.

Ich seufzte und wagte es nicht, mich zu sehr zu bewegen. Die schwere Kette lag auf dem Boden neben mir, und ich hatte mich mit dem Rücken an den unteren Teil der Steinplatte gelehnt. Aric befreite meine Handgelenke und Knöchel jedes Mal, nachdem er sich genährt hatte, und so konnte ich in der Kammer auf und ab gehen, soweit es die Kette erlaubte.

Was nicht allzu weit war.

Ich wusste lediglich, dass Aric nicht vorhatte, mich umzubringen. Zumindest noch nicht, denn egal, wie … entsetzlich das hier alles war, ich war lebendig nun mal mehr wert als tot.

Das redete ich mir zumindest ein. Immer und immer wieder.

Vermutlich war es nicht gut, dass ich hier auf dem Boden saß, denn mein ganzer Körper war eine einzige offene Wunde, und Gott alleine wusste, welcher Schmutz von hier aus in die Hunderte, wenn nicht sogar Tausende Schnitte drang, die beinahe jeden Zentimeter meiner Haut bedeckten. Vermutlich würde ich am Ende noch von fleischfressenden Bakterien getötet werden.

Ich riss meinen Blick von den Kletterpflanzen los und zuckte zusammen, als ich ihn auf meine Beine richtete. Die blasse Haut war mit violett-blauen Striemen überzogen, die jedes Mal entstanden, wenn Aric es müde wurde, dass ich mich wehrte, und er meine Arme und Beine fixierte. Sie sahen schrecklich aus, aber sie waren bei Weitem nicht das Schlimmste. Die Schnitte waren schlimmer.

Es waren zu viele, um sie zu zählen, und sie bedeckten die Vorder- und Rückseiten beider Beine. Jeder Schnitt war genau zehn Zentimeter lang, und sie verliefen in geraden Linien und gingen gerade tief genug, um zu bluten. An meinen Armen war es dasselbe. Genauso wie auf meiner Brust und auf dem Großteil meines Rückens, was auch der Grund war, warum ich auf dem Boden saß und nicht auf der Steinplatte lag.

Die Wunden auf dem Rücken waren noch zu frisch.

Mein Magen knurrte erneut. Ich hatte geglaubt, ich wüsste, wie schmerzhaft Hunger sein kann. Ich war natürlich völlig naiv davon ausgegangen, dass bereits eine einzige ausgelassene Mahlzeit zu diesen nagenden, krampfenden Schmerzen führen würde, die mir beinahe den Verstand raubten.

Ich verhungerte, und Gedanken ans Essen waren so ziemlich das Schlimmste. Also konzentrierte ich mich auf meine aufgeschnittenen Arme und zählte die Schnitte. Ich begann an der Schulter.

Eins. Zwei. Drei. Vier.

Ich hatte Aric nicht gegeben, was er wollte. Nicht beim ersten und auch nicht beim zweiten Mal.

Zehn. Elf. Zwölf. Dreizehn.

Ich hätte mir beinahe die Backenzähne ausgebissen, um nicht zu schreien. Doch beim dritten Mal hatte Aric an den empfindlicheren Stellen begonnen, und mein Körper war noch nicht taub genug gewesen, um den Schock abzuschwächen.

Fünfundzwanzig. Sechsundzwanzig. Siebenundzwanzig.

Als er schließlich an der Rückseite der Knie und der Innenseite der Ellbogen angesetzt hatte, hatte ich geschrien.

Ich hatte geschrien, bis mein Hals genauso wund gewesen war wie meine Haut.

Ich starrte das eingetrocknete Blut an, als mich ein weiteres Schaudern durchlief. Mit einer Sache hatte Aric recht gehabt: Niemand hatte mein Schreien gehört, und niemand war gekommen.

Fünfunddreißig. Sechsunddreißig. Siebenunddreißig. Achtunddreißig.

Ich holte zitternd Luft und zählte weiter.

Einundvierzig. Zweiundvierzig. Dreiund…

Ich hörte Schritte, und mein Kopf fuhr hoch. Er war zurück. Ich stemmte mich hoch und zuckte zusammen, als meine Haut sich spannte. Die Kammer drehte sich, und ich sah ein Kaleidoskop aus Flammen und grauen Wänden, während ich versuchte, meinen Blick zu fokussieren.

Die Tür ging auf, und Aric schlenderte herein, als würde er in einen Park spazieren und nicht geradewegs in eine Folterkammer. Ich wollte ihn anschreien, aber da sah ich, dass er eine weiße Papiertüte dabeihatte. Es roch kaum merklich nach Fleisch.

Meine Knie wurden weich.

»Sieh mal einer an, du begrüßt mich im Stehen.« Die Tür fiel ins Schloss. »Ich bin beeindruckt.«

Ich konnte den Blick nicht von der Tüte mit dem Essen abwenden.

Aric folgte meinem Blick. »Hungrig?«

Ich nickte nicht und sagte auch nichts, als er etwa einen Meter vor mir stehen blieb.

»Liegst du deshalb nicht auf der Platte oder schlägst und trittst nach mir wie ein tollpatschiger Clown?«

Ich war zwar nicht der Meinung, dass ich wie ein tollpatschiger Clown kämpfte, aber er konnte sagen, was er wollte, solange ich den Inhalt der Tüte bekam.

»Du bist hungrig.« Er öffnete grinsend die Tüte, griff hinein und zog ein in Papier verpacktes Sandwich hervor. »Tut mir leid. Ich hatte vergessen, wie oft ihr Menschen essen müsst.«

Mir lief das Wasser im Mund zusammen.

Er schlug das Papier zurück, und ein Frühstückssandwich kam zum Vorschein. Ich hatte also recht gehabt. Es war am Morgen.

»Ehrlich gesagt, habe ich es gar nicht vergessen.«

Was für ein Schock.

Er trat vor, senkte den Blick und lächelte. Mein ganzer Körper versteifte sich. Aric war einer der uralten Fae. Also war er natürlich auch unglaublich gut aussehend. Und wenn er lächelte, wirkte sein Gesicht plötzlich wahrlich königlich.

Und durch und durch böse.

Denn er lächelte genau so, wenn er mir die Haut aufschlitzte, und er grinste, wenn ich schrie. Er strahlte genauso wie jetzt, wenn er mich nach draußen ließ und es zu dunkel war, um den Weg zur Toilette zu finden.

»Du solltest wissen, dass ich alles kontrolliere«, erklärte er, als wollte er mir eine neue TV-Show ans Herz legen. »Wann du wach bist, wann du schläfst, wann du dich erleichterst, wann du isst. Ich kontrolliere jede Sekunde deines Lebens.«

Seine Worte drangen durch den Nebel des Hungers. Mir lag bereits ein bissiger Kommentar auf der Zunge. Ich wollte ihm sagen, dass er zwar mein Leben kontrollierte, aber nicht mich. Aber ich war hungrig, und ich musste etwas essen, damit ich zumindest ein wenig zu Kräften kam. Es wäre dumm gewesen, ihn zu provozieren, also schwieg ich, auch wenn es mich erneut einen Teil von mir kostete.

Aric hielt mir das Sandwich entgegen.

Ich beäugte ihn misstrauisch und widerstand dem Drang, es ihm aus der Hand zu reißen.

»Komm schon«, drängte er. »Es wird sonst kalt, und ich habe mir sagen lassen, dass dieses Zeug noch grauenhafter schmeckt, wenn es nicht heiß ist. Sei ein braves Mädchen.«

Heißer, blanker Hass stieg in mir hoch. Meine Finger juckten, so sehr wollte ich sie in seine Haut graben und sein Fleisch herausreißen. Dieses Verlangen zu unterdrücken gehörte zu den schwersten Dingen, die ich jemals tun musste, aber ich schaffte es und griff nach dem Essen.

Der Schlag und der darauffolgende stechende Schmerz kamen wie aus dem Nichts und schleuderten mich nach hinten. Meine Beine gaben nach, und die Kammer drehte sich. Ich ging in die Knie, und sie schlugen hart auf dem Boden auf.

Ein überraschend metallischer Geschmack breitete sich in meinem Mund aus, als ich die Hände in den Boden stemmte und den Kopf hob.

Aric wedelte mit dem Sandwich vor meinem Gesicht herum. »Du hast nicht bitte gesagt.«

Ich kratzte mit einem kleinen Stein, den ich an der Wand mit den Kletterpflanzen gefunden hatte, über die Steinplatte, bis meine Finger schmerzten und sich verkrampften, doch am Ende erschien eine dünne Linie, die in etwa die Länge der Schnitte hatte, die meinen Körper überzogen.

Mein Name ist Brighton.
Freunde nennen mich Bri.

Tink hat mich Lite Bright getauft.
Caden nennt mich Sonnenschein.
Mein Name ist Brighton, und ich werde Aric töten.

Das war mein Mantra, und als ich fertig war, ließ ich den Stein fallen und zählte die Striche mit einem Auge. Das andere war zugeschwollen.

Dreizehn.

Dreizehn Tage. Ich konnte mich nicht mehr erinnern, wann ich damit begonnen hatte, und ob ich die ersten Tage mitgezählt hatte, aber seit ich den ersten Strich in den Stein geritzt hatte, waren dreizehn Tage vergangen. Dieses Wissen erschien mir immens wichtig.

Genauso wichtig, wie mich immer wieder daran zu erinnern, wer ich war und warum ich hier war, wenn ich morgens aufwachte und mich an nichts erinnern konnte.

Das Wichtigste war allerdings, dass ich nicht vergaß, dass ich Aric töten würde.

Vor der Gruft ertönten Schritte, und mein leerer Magen zog sich zusammen. Ich versteckte den Stein und blieb, wo ich war, denn ich hatte gelernt, dass das am sichersten war.

Die Tür ging auf, und Aric erschien. Er hatte Essen dabei. Es war ein Teller unter einer Plastikabdeckung, die jedoch nicht verhindern konnte, dass mir der Duft von gebratenem Rindfleisch in die Nase stieg. Mein Magen knurrte und brachte mein Inneres zum Beben, gleichzeitig breitete sich aber auch Angst in meiner Brust aus. Diese beiden entgegengesetzten Empfindungen bereiteten mir große Sorgen. Nahrungsaufnahme sollte nicht mit einem Angstgefühl verbunden sein, aber mittlerweile war es so.

Die Tatsache, dass Aric Essen dabeihatte, war jedoch nicht der einzige Grund, der meine Alarmglocken schrillen ließ.

Er war nicht allein.

Hinter ihm stand eine weibliche Fae, und es war das erste Mal, dass außer Aric noch jemand die Gruft betrat. Auch wenn er mich nach oben brachte, hatte ich nie jemanden gesehen, obwohl ich Verkehrslärm wahrgenommen hatte.

Die Frau hatte langweilig geschnittenes weißblondes Haar, und sie hatte etwas mitgebracht. Eine Tasche.

Wollte Aric sie an dem Spaß teilhaben lassen, den es ihm bereitete, mich zu foltern?

Bei meinem Glück, wahrscheinlich ja. Aric kam auf mich zu und kniete sich vor mir nieder, während die Frau an der Tür stehen blieb. Selbstgefälligkeit und abartige Freude zeichneten sich auf seinem grauenhaft schönen Gesicht ab.

»Wie fühlst du dich heute?«

Ich schwieg und starrte ihn böse an.

»Du willst sicher nicht, dass ich noch einmal frage, kleiner Vogel.«

Meine wunden Finger verkrampften sich, und ich krächzte: »Prima.«

Er legte den Kopf schief. »Das freut mich.«

Ja, ganz sicher.

»Weißt du, du überraschst mich jeden Tag aufs Neue. Dass du noch immer am Leben und bei Sinnen bist, ist wirklich beeindruckend.«

»Mein Lebenszweck ist, dich zu beeindrucken.« Mein Blick huschte zu dem Teller mit dem Essen.

Er kicherte leise. »Hungrig?«

Mein ganzer Körper versteifte sich, als ich meinen Blick erneut auf Aric richtete.

»Oh. Bist du denn nicht hungrig?« Er hob die Augenbrauen und hob die Abdeckung. »Hier.«

Er hielt mir den Teller entgegen, und ich starrte das Fleisch an. Es war ein großer Brocken im eigenen Saft und sah so lecker aus, dass mein Magen schmerzte.

»Nimm nur.«

Ich hob reflexartig die Hand und berührte meine Unterlippe.

Aric lächelte, als wäre ich ein Kind, das ihm gerade ein Zeugnis mit lauter Einsen überreicht hatte. »Komm schon, es ist doch nur etwas zum Essen. Das tut dir nicht weh.«

Aber das war eine Lüge.

Meine Hand zitterte, und ich verbarg sie eilig in den Falten meines verschmutzten Kleides. Die weibliche Fae stand immer noch schweigend neben der Tür.

»Sei ein braves Mädchen«, murmelte Aric.

Die Wut brannte in mir, als ich ihm in die Augen sah. *Ich werde dich umbringen.* Ein Schaudern durchlief mich, als ich mich zwang einzuatmen. *Ich werde dir deinen verfluchten Kopf abreißen.* Ich hob langsam die Hand und griff nach dem Teller …

In diesem Moment beugte er sich plötzlich nach vorne, und ich konnte nichts gegen die instinktive Reaktion meines Körpers machen. Ich zuckte zusammen, drückte mich gegen den Stein und wartete auf den Schlag.

Deshalb war Essen mit Angst verbunden. Deshalb verursachte mir der Hunger immer größere Schmerzen, und deshalb fürchtete ich ihn noch mehr. Es war eine andere Form der Folter: sowohl körperlich als auch psychisch. Ich war Arics kranke Version des pawlowschen Hundes, auch wenn ich nicht beim Klang einer Glocke zu sabbern begann. Stattdessen erfüllte mich der Anblick von Essen mit schrecklicher Angst.

Es war ein verdammtes Musterbeispiel der klassischen Konditionierung.

»Nimm das Essen«, befahl er mir, als ich mich nicht bewegte. »Nimm das Essen, sonst nehme ich von dir.«

Ein eiskaltes Schaudern überlief mich, denn ich musste mich für den weniger grausamen Schrecken entscheiden. Sollte ich nach dem Teller greifen und vermutlich geschlagen, getreten, geohrfeigt oder gepackt werden? Oder sollte ich es ignorieren, sodass er sich von mir nährte?

Ich entschied mich für Ersteres und streckte noch einmal die Hand aus.

Seine freie Hand schoss nach vorne und packte meine. Mein Herz setzte aus, als er zudrückte. Sein Griff war so fest, dass sich die Knochen meiner Hand aneinanderrieben. Ich holte keuchend Luft, um nicht vor Schmerz aufzuschreien.

»Du lernst es wohl nie, du dumme Kuh, oder?« Sein Lächeln verwandelte sich in ein Zähnefletschen, sodass er aussah wie ein tollwütiges Tier. »Was sollst du sagen?«

Was er von mir verlangte, schmeckte wie bittere Galle auf meiner Zunge.

»Sag es!«

Ich wusste, was jetzt kam.

Er bleckte die Zähne. »Sag es.«

Ich schwieg, denn alles, was ich jetzt noch hatte, war mein freier Wille, und ich würde alles dafür geben, ihn nicht auch noch zu verlieren, auch wenn ich genau wusste, dass er ihn mir nehmen würde.

»Sag es!«, schrie er.

Ich schluckte. »Zwing mich.«

Er ließ meine zerquetschte Hand los und packte mein Kinn. Seine Finger gruben sich in meine Haut, und er zog mich auf die Knie hoch. Er sah mir in die Augen, und ich konnte den Blick nicht abwenden oder blinzeln, während sich seine Pupillen einen Moment lang auf Stecknadelkopfgröße zusammenzogen.

Ohne mein vierblättriges Kleeblatt war ich wie jeder andere

Sterbliche. Ich war dem Glamour-Zauber der Fae ergeben, und es war keine besondere Anstrengung für Aric, die Kontrolle über meinen Verstand zu erlangen.

Auf kranke Art und Weise war es eine Art Erleichterung, als ich spürte, wie ein eisiger Hauch mein Bewusstsein umfing. Denn wenn es so weit war, fühlte ich nichts. Keine Angst. Keinen Hass. Keinen Schrecken.

Nichts.

»Sag es«, flüsterte er, und seine Stimme hallte durch meinen ganzen Körper. »Sag ›bitte‹.«

»Bitte«, wiederholte ich.

Arics Lächeln war wieder da.

»Braves Mädchen.« Er ließ mein Kinn los und schleuderte mir den Teller entgegen. »Iss.«

Ich aß und benutzte meine wunden Finger, um das mittlerweile kalte Fleisch in Stücke zu reißen.

»Wenn du fertig bist, wirst du gebadet«, erklärte Aric. »Du stinkst nach Schweiß und Menschlichkeit.«

Ich hielt mitten im Kauen inne, und mein Blick wanderte zu der Frau, die immer noch schweigend neben der Tür stand. War sie deshalb hier? Kaum merkliche Sorge stieg in mir hoch, als sollte mich die Vorstellung, bald gebadet zu werden, beunruhigen, doch das Gefühl verschwand gleich wieder, und ich aß weiter.

Sobald der Teller leer war, eilte die Frau zu mir und stellte die Tasche neben mir ab. Dann ging sie zurück zur Tür und verschwand einen Augenblick, um gleich darauf mit zwei männlichen Fae wiederzukommen. Sie trugen eine Kupferbadewanne, die sie zwischen den beiden Steinplatten abstellten. Wasser schwappte über den Rand und benetzte meine Füße. Ich zog sie schnell zurück. Das Wasser war kalt.

Aric schnippte mit den Fingern, und die Fae verschwanden.

Nur er und die Frau blieben zurück. Er wandte sich zu mir um.

»Steh auf.«

Ich stemmte mich hoch.

Aric legte den Kopf schief, und seine blassen Augen musterten mich. »Du bist so viel einfacher zu handhaben, wenn du unter dem Bann stehst.« Er trat auf mich zu, umfasste mein Kinn und drückte meinen Kopf nach hinten. »Was bedeutet, dass auch das hier reibungsloser funktionieren wird. Denn ich weiß genau, dass du dich wehren wirst, sobald ich meine Kontrolle über dich aufgebe.«

Ich blinzelte, als er nach hinten griff, den Eisenring um meinen Hals löste und ihn auf die Steinplatte legte.

»Denn du wirst jede Sekunde schrecklich erniedrigend empfinden. Man wird dich ausziehen und waschen, als wärst du ein Kleinkind. Ich würde das so gerne sehen. Die vor Scham geröteten Wangen, die nutzlosen Versuche, dich zu bedecken.« Er schloss die Augen und seufzte. »Es wäre ein wirklich herrlicher Anblick, aber leider fürchte ich, dass es dich brechen würde, und nachdem du mein neues Lieblingsspielzeug bist, bin ich noch nicht mit dir fertig.«

Er öffnete die Augen. »Außerdem habe ich heute noch dringende Geschäfte zu erledigen.« Er ließ mein Kinn los, trat zurück und bedeutete der Frau, zu ihm zu kommen.

Ich stand regungslos da und wartete.

Aric wandte sich ab und zog ein Handy aus seiner Hosentasche. Er starrte darauf, während die Frau die Tasche nahm und mehrere Dinge herausholte. Sie füllte zwei Krüge mit Wasser aus der Wanne.

»Zieh dich aus«, sagte sie, und ihre Stimme war so scharf wie ein Eiszapfen. »Und steig in die Wanne.«

Mein Blick huschte von ihr zum Rücken des uralten Fae.

Die Frau seufzte genervt. »Mein Herr.«

Aric warf einen Blick über die Schulter, und eine Sekunde später kicherte er. »Zieh dich aus, und steig in die Wanne, kleiner Vogel.«

Ich tat, wie mir geheißen, und ließ das verschmutzte Kleid zu Boden fallen. Das Wasser war ein Schock, und ich konnte mich einen Moment lang nicht bewegen, als die Kälte meine Beine und meinen Rücken hochstieg. Ich hatte allerdings keine Zeit, mich daran zu gewöhnen, denn im nächsten Augenblick lagen die Hände der Frau auf meinen Schultern und drückten mich nach unten, sodass ich in der Wanne saß. Ich schnappte nach Luft und umklammerte den Rand der Wanne.

Die Frau machte sich an die Arbeit und schrubbte meine Haut mit einem nach Lavendel duftenden Stück Seife sauber.

Das Brennen der offenen Wunden kämpfte gegen die betäubende Wirkung des eiskalten Wassers, und schließlich gewann das Wasser. Der brennende Schmerz verebbte, als die Frau nach einem Waschlappen griff und ihn über meine Arme gleiten ließ, während sie selbst hinter mir kniete. Kurz darauf war das saubere Wasser braun.

Aric trat auf die andere Steinplatte zu und streckte sich darauf aus, als würde er auf einem Liegestuhl am Pool liegen.

»Frag mich, um welche dringenden Geschäfte es sich handelt, kleiner Vogel«, befahl er und hob den Blick von seinem Telefon.

Meine Zähne klapperten, und ich zuckte zusammen, als die Frau mit dem seifigen Lappen über meinen Rücken fuhr. »U-um w-w-welche Geschäfte musst d-du d-dich kümmern?«

»Also gut, wenn du schon danach fragst …« Er wischte wieder auf seinem Handy herum. »Es geht um eine wichtige Besprechung mit einem Mitglied des Sommerhofs, das sich –

wie ich – die baldige Rückkehr der Königin wünscht. Aus anderen Gründen zwar, aber trotzdem.«

Mein Kopf wurde zurückgerissen, als die Frau meine verfilzten Haare sauber schrubbte und die fettigen Strähnen einseifte.

»Ich stehe so kurz davor, das Tor zu öffnen und meine Königin zu befreien.« Er sah von seinem Telefon hoch und warf einen Blick auf mich, während die Frau gerade wieder an meinen Haaren zog. Er hob eine Augenbraue und senkte den Blick. Seine Mundwinkel zuckten. »Und weißt du, wie ich das schaffen will? Antworte!«

Die Frau drückte meinen Kopf nach vorne, und ich wölbte den Rücken, um der Bewegung zu folgen. Sie griff nach dem Krug.

»Nein.«

Aric schwang seine Beine von dem Stein, stand auf und kam auf die Wanne zu.

»Offensichtlich ist die Chance, dass der König ein Kind mit einem Halbling zeugt, sehr gering, aber es gibt noch einen anderen Weg, um die Tore zu öffnen. Der König selbst kann es tun.«

Er ging neben der Wanne in die Knie und schnippte mit den Fingern. Eine Sekunde später hielt er den Krug in der Hand.

»Aber warum sollte er das tun?«

Ich wartete zitternd darauf, dass er weitersprach.

Er umfasste meinen Nacken.

»Leg den Kopf zurück«, sagte er, und ich gehorchte. »Der König würde so etwas natürlich nie machen – es sei denn, er wäre dazu gezwungen. Er täte sicher alles, um seinen *Mortuus* zu beschützen. Das Mitglied des Sommerhofs wird mir die Schwachstelle des Königs ausliefern, und wenn ich sie erst einmal in meinen Besitz gebracht habe, kann ich ihn dazu bringen, alles zu tun, was ich möchte.«

Das kalte Wasser, das über meinen Kopf rann, war kein so großer Schock wie vorhin, als ich in die Wanne gestiegen war, aber ich fuhr trotzdem zusammen.

»Und in der Zwischenzeit werden immer mehr junge und auch ältere Sommerfae vom *Devil's Breath* kosten, sodass der Orden schwer beschäftigt sein wird, während ich den König dazu zwinge, das Tor zu öffnen.« Er nahm den zweiten Krug und wusch die restliche Seife aus meinen Haaren. Dann stellte er ihn beiseite. »Wenn das passiert, gehört diese Welt endlich der Königin. Und dieses Mal wird niemand sie aufhalten können.«

Sein weißes Hemd war voller Wasserflecken, als seine Hand nach vorne auf meinen Hals wanderte. »Aber bis dahin bist du vermutlich schon tot.«

Seine Finger folgten dem Wasser, das über meine Schultern rann, und glitten tiefer. Sein Blick ruhte auf seiner Hand. »Aber vielleicht strafst du mich Lügen. Du bist überraschend belastbar, und mir ist noch lange nicht langweilig mit dir. Ich bin noch nicht gewillt, deine Schreie für immer verstummen zu lassen.«

Ich atmete scharf ein, als er plötzlich zudrückte.

»Du bist überraschend gut gebaut für eine Sterbliche«, murmelte er, und seine kalte Hand brannte sich in meine Haut. »Ich verstehe langsam, warum der König Interesse an dir gefunden hat. Andererseits war er … wie sage ich es am besten? Er strotzte geradezu vor Manneskraft, bevor er sich mit Shiobhan verband. Seine Eskapaden waren legendär.«

Seine blassen Augen fixierten die Stelle unter meinen Schultern, wo seine Hand immer noch lag. »Deine Haut hier ist so weich. Makellos. Ich denke, das müssen wir ändern, nicht wahr, kleiner Vogel?«

»Ja«, flüsterte ich.

Er kicherte und schob seine Hand über meinen Bauch und unter die Wasseroberfläche. Ich zuckte zusammen, als er mich berührte. Sein Grinsen wurde breiter, und dann hob er den Blick, um mir in die Augen zu sehen. Er hielt meinen Blick einen Moment lang gefangen, dann wandte er sich an die Frau, die schweigend hinter mir wartete. »Mach sie fertig.«

Aric zog sich zurück, und die Frau tat, wie ihr geheißen, und stellte sicher, dass auch der Rest meines Körpers sauber war. Anschließend half sie mir aus der Wanne und trocknete mich mit einem kleinen Leinentuch ab, unter dem die zahllosen Schnitte heftiger brannten als unter der Seife und dem Wasser.

Sie zog mir ein sauberes Unterkleid über den Kopf, und als ich an mir heruntersah, erkannte ich, dass es gerade bis zur Mitte der Oberschenkel reichte. Es bedeckte mich nur notdürftig und wärmte mich nicht.

Ich blieb immer noch zitternd an der Stelle stehen, an der mich die Frau abgestellt hatte, während sie zur Tür ging. Die beiden männlichen Fae kamen wieder, nahmen die Wanne und verschwanden. Kurz darauf war ich mit Aric alleine.

»So ist es viel besser«, erklärte er, hob die Hand und winkte mich mit dem Finger zu sich. »Komm her.«

Ich ging zu ihm.

Er legte seine Hand auf meine Wange, und die Berührung wäre beinahe zärtlich gewesen, wenn nicht die Haut an dieser Stelle schon besonders gereizt gewesen wäre.

»Ich glaube, es wird langsam Zeit, dich freizugeben, nicht wahr?«

Ich nickte unsicher.

Er bückte sich, nahm den Eisenring und legte ihn mir wieder um den Hals. Dann sah er mir in die Augen und begann zu flüstern.

Der eisige Hauch, der mein Bewusstsein in einen Mantel gehüllt hatte, zog sich wie eine ausziehbare Leine zurück. Mein freier Wille war so plötzlich wieder da, dass ich vor dem uralten Fae zurücktaumelte und gegen die Steinplatte krachte. Ich starrte ihn an und schnappte einige Male nach Luft.

»Willkommen zurück, kleiner Vogel.«

Meine Brust bebte, als ich mich von der Steinplatte abstieß. »Fahr zur Hölle!«

Er grinste höhnisch. »Du meine Güte, ich habe dieses Mundwerk vermisst. Aber ich wünschte, du wüsstest, was ich jetzt schon am allermeisten vermisse.« Er senkte den Blick auf eine Weise, die meine Haut grauenhaft kribbeln ließ.

Ich wusste, was er meinte. Ich spürte seine Hände noch immer auf meiner Haut. Ich spürte, wie er mich berührte.

Doch er hatte keine Ahnung, dass ich mich an alles erinnern konnte. Daran, was ich getan hatte. Und daran, was er gesagt hatte. Ich wusste nicht, warum das so war, doch obwohl ich eine Menge davon am liebsten sofort vergessen hätte, wusste ich jetzt zumindest, wie er vorhatte, die Königin zu befreien.

Also lächelte ich.

10

Finger strichen über meine Wange und holten mich aus dem abgrundtiefen Nichts.

»Öffne die Augen«, lockte eine Stimme, die mir schmerzhaft bekannt vorkam. »Du musst die Augen aufmachen, Brighton.«

Ich kannte diese tiefe, sanfte Stimme.

Ich schnappte nach Luft, öffnete die Augen und blickte in ein Paar blassblaue Augen und ein wunderschönes, von blonden Haaren umrahmtes Gesicht. Ich konnte nicht glauben, wen ich vor mir sah.

»Caden?«

Der König lächelte. »Da bist du ja, mein Sonnenschein.«

Mein Sonnenschein.

»Ich verstehe nicht.« Ich blinzelte und rechnete damit, dass er verschwand, aber er war noch immer da, als ich erneut nachsah, und seine vollen Lippen waren zu einem Lächeln verzogen. »Du bist wegen mir gekommen?«

»Natürlich.« Er berührte noch einmal meine Wange, und die Berührung war so sanft, dass ich sie kaum spürte. »Wie könnte ich auch nicht?«

Ich starrte ihn verwirrt an. »Aber wie hast du mich gefunden?«

»Ich habe nach dir gesucht. Wir haben alle nach dir gesucht.

Wir haben dich keine Sekunde lang aufgegeben«, antwortete er und senkte den Kopf. »*Ich* habe dich keine Sekunde lang aufgegeben.«

Caden küsste mich, und die Berührung seiner Lippen versetzte mir einen elektrischen Schlag. Nicht, weil die geschwollene, aufgeplatzte Haut brannte, sondern weil er sich wie ein Hauch frischer Luft anfühlte. Und weil er schmeckte wie die Sonne.

»Wir müssen uns beeilen.« Er hob seinen Kopf und griff nach meiner Hand. »Wir müssen hier raus. Sofort.«

Vollkommen gebannt von seiner Gegenwart und dem Kuss, widersetzte ich mich nicht, als er meine Hand nahm und mich hochzog. Ich stand auf zitternden Beinen, meine Kehle schmerzte, und meine Augen brannten. »Du bist zu mir gekommen.«

»Natürlich«, erwiderte er. »Ich liebe dich, Brighton.«

Tränen standen in meinen Augen, während ich zu ihm hochsah.

Er war zu mir gekommen, und er liebte mich.

Caden ließ meine Hand los und ging zur Tür. Die Angeln quietschten, als er sie öffnete. Zartes Dämmerlicht drang in die Kammer. Ich atmete tief ein, und ein schwacher Rosenduft drang in meine Nase. Er wandte sich zu mir um und streckte die Hand nach mir aus …

Moment.

Seine Augen waren beim letzten Mal doch gar nicht blau gewesen. Sie waren warm und bernsteinfarben gewesen, aber jetzt waren sie blau. Das verstand ich nicht.

»Komm«, drängte mich Caden. »Du musst mitkommen. Schnell. Wir haben nicht viel Zeit.«

Ich wusste natürlich, dass er recht hatte, und im Grunde war die Sache mit den Augen nicht so wichtig. Also trat ich nach vorne und lief in Richtung Freiheit, in Richtung Leben …

Doch im nächsten Moment wurde ich plötzlich am Hals zurückgerissen, und meine Beine verloren den Halt. Ich landete mit einem Knall auf dem Hintern und stöhnte auf, als der Schmerz meine Wirbelsäule hochschoss. Meine Hände flogen zu meinem Hals. Ich spürte hartes, kaltes Metall.

»Was …?« Ich wandte mich verwirrt zu der Steinplatte um.

Die Kette.

Die Befestigung war immer noch da und fest im Boden verankert, und die Kette hing immer noch an dem Ring um meinen Hals.

Warum hatte Caden sie nicht abgemacht? Er musste doch gewusst haben, dass ich nicht von hier fortkonnte, solange ich an der Kette hing. Ich stemmte mich auf die Knie hoch und wandte mich zu ihm um.

Doch er war nicht da.

Dort, wo er gestanden hatte, war bloß eine Holztür. Eine versperrte Holztür.

Ich ließ mich wieder zurückfallen und die Hände zu Boden sinken.

»Er ist nicht da«, sagte ich in die dunkle Kammer hinein.

Er war nie da gewesen.

Die Erkenntnis traf mich so hart, dass ich laut aufschrie. Caden war nie da gewesen. Die Türe hatte sich nie geöffnet, und ich schlief auch nicht. Das war kein Traum gewesen. Es war eine Halluzination gewesen. Ich hob die Hand und berührte meine Lippen. Es war eine sehr reale Halluzination gewesen, denn ich spürte noch immer den sanften Druck seiner Lippen.

»O Gott«, flüsterte ich und ballte die Hand zur Faust.

Erinnerungen an meine Mom stiegen in mir hoch. Sie vermischten sich und bildeten einen Wirbelsturm aus Stunden, in denen sie vollkommen den Bezug zur Realität verloren hatte. In denen sie mit Menschen gesprochen hatte, die gar nicht da gewesen waren, oder in denen sie gedacht hatte, sie würde noch immer von den Fae gefangen gehalten. In denen es so schien, als wäre ich nicht bei ihr. In denen sie mich nicht einmal sah.

Genau so etwas hatte ich gerade erlebt. Eine Halluzination, die so real gewesen war, dass ich sie mit der Wirklichkeit verwechselt hatte.

Mein Gott.

Jetzt war es offiziell.

Ich verlor den Verstand.

Ich hatte keine Ahnung, wo ich war und warum alles so wehtat. Mir war kalt und gleichzeitig heiß, und ich lag seitlich auf einem harten Steintisch und starrte in die Flammen an der gegenüberliegenden Wand. Sie schienen nicht real zu sein, denn sie flackerten kaum.

Ich wusste nur, dass ich in einer Gruft lag und eine Kette um den Hals hatte. Und dass es wehtat.

Mein Blick wanderte zu meinen Fingern, die leblos neben mir lagen. Sie waren von kleinen Schnitten überzogen.

Mein ganzer Körper schmerzte.

Außerdem hatte ich Hunger.

Und diese beiden Dinge bedeuteten nichts Gutes.

Ich wollte mich auf den Rücken drehen, zuckte jedoch zusammen und hielt inne. Auch der Rücken fühlte sich wund an, weil er ebenfalls mit Schnitten überzogen war.

Unzusammenhängende Bilder und Erinnerungen stürzten auf mich ein. Das Blitzen eines Messers. Blassblaue

Augen. Schreie … Schreie und Gelächter – kaltes, bösartiges Gelächter.

Ich schloss die Augen, atmete die abgestandene Luft ein und grub mich durch die Watte in meinem Kopf. Ich hatte das seltsame Gefühl, das alles schon einmal getan zu haben, als ich bei meinem Namen begann, denn das erschien mir ein geeigneter Ausgangspunkt zu sein.

Mein Name.

Ich hatte einen. Das wusste ich bestimmt. Einen Namen, der die Verbindung zu meiner Vergangenheit, meinen Erinnerungen, meinen Pflichten war. Einen Namen, der oft abgekürzt wurde.

Lite Bright.

Die beiden Worte waren plötzlich da. Irgendjemand nannte mich Lite Bright, weil mein Name so ähnlich klang. So wie Light.

Bri.

Brighton.

Ich öffnete die Augen und konzentrierte mich auf die dunkle, tiefhängende Decke. Mein Name war Brighton, und meine Freunde – denn ich hatte Freunde – nannten mich Bri. Aber *er* nannte mich Sonnenschein.

Ich spürte ein Rauschen in meiner Brust, und sie zog sich zusammen. Vor Traurigkeit und Liebe. Liebe, die er nicht erwiderte?

Und plötzlich sah ich ihn vor mir. Die goldenen Haare, die auf die breiten Schultern fielen, die honigfarbenen Augen in einem so erlesenen Gesicht, dass es nicht real erschien. Aber er war real, und sein Name war Caden. Er war der König, und er wollte mich … und dann auch wieder nicht. Das Ziehen in mir kehrte zurück, als die Erinnerung an diesen einen Tag wieder da war. Ich wusste tief in meinem Inneren, dass es das letzte

Mal gewesen war, dass ich ihn gesehen hatte. Wir waren zusammen gewesen. Es war nicht geplant gewesen, weil ich wütend auf ihn gewesen war, und er hatte mich von sich gestoßen, bis er mich plötzlich an sich gezogen hatte. Wir hatten uns geliebt. Zumindest hatte ich das geglaubt, denn dann war etwas passiert.

Meine Augen wurden feucht, und meine Kehle brannte. Was war passiert?

Es ist mir eine Ehre, deine Königin zu werden und unserem Hof gemeinsam mit dir zu dienen.

Mit einem Mal waren die Worte wieder da, genauso wie das Gesicht der Sommerfae, die sie ausgesprochen hatte. Seine Auserwählte. Die zukünftige Königin. Er hatte mit mir geschlafen, obwohl er einer anderen versprochen war, einer ihm angemessenen, wunderschönen Fae.

Ich zwang mich, nicht mehr daran zu denken, aber ich spürte, wie feucht meine Wangen waren. Ich hob die Hand und wischte die Tränen weg. Das Brennen an meinen Finger, als das Salz der Tränen in die offenen Wunden drang, klärte den Nebel. Das, was zwischen mir und dem König vorgefallen war, war jetzt nicht mehr wichtig, denn jetzt war ich hier …

Es dauerte eine gefühlte Ewigkeit, bis ich mich daran erinnern konnte, wie ich an diesen Ort gelangt war, und selbst dann blieben einige Details verborgen.

Ich wusste nicht mehr, wo ich gewesen war, als Aric mich entführt hatte, und auch nicht, wie lange ich schon hier gefangen war. Es fühlte sich an, als wären es schon einige Wochen, aber ich war mir nicht sicher, ob das tatsächlich der Fall war.

Während ich die Geschichte langsam wieder zusammensetzte, wurde mir klar, dass noch mehr fehlte. Wie bei einem Puzzle, bei dem einige Teile verlorengegangen sind. Ich konnte mich zum Beispiel an Tink und seine Katze erinnern, aber der Name der Katze wollte mir nicht einfallen, egal, wie sehr ich mich bemühte. Ich wusste, wer Ivy war, doch ihr Nachname war wie weggeblasen, genauso wie der Name ihres Freundes. Oder war er ihr Ehemann? Ich konnte mich lediglich an seinen Nachnamen, aber nicht an den Vornamen erinnern. Und auch wenn ich »Owens« immer wieder wiederholte, tauchte der Vorname nicht wie durch Geisterhand auf.

Ich wusste, dass es noch etwas viel Wichtigeres gab, woran ich mich erinnern sollte. Etwas, das Aric gesagt hatte. Aber ich hatte es vergessen.

Ich wusste, dass er meine Mutter umgebracht hatte, aber ich wusste nicht mehr, wann und wie es passiert war. Genauso wenig, wie ich wusste, was mir selbst in dieser Nacht zugestoßen war. Es war so vieles nicht mehr da, weil sich Teile in meinem Inneren einfach lösten und verschwanden, wenn er sich von mir nährte.

War es das, was mit meiner Mom passiert war, bevor sie getötet worden war? Damals, als die Fae sie gefangen gehalten hatten? Sie hatten sich so oft von ihr genährt, dass sich ein Teil von ihr in Luft aufgelöst hatte und dass sie immer wieder den Bezug zur Realität verloren hatte.

Passierte genau das jedes Mal, wenn ich wieder von vorne beginnen musste, um mich zu erinnern, wobei ich mich jedes Mal an ein bisschen weniger erinnern konnte? Würde ich mich irgendwann an gar nichts mehr erinnern?

Ich erschauderte.

Die Panik zwang mich, mich aufzusetzen, und ich ignorierte, dass jeder Quadratzentimeter meines Körpers dagegen protestierte. Ich ließ meine Füße baumeln, während mich der Schwindel packte, und meine rechte Gesichtshälfte pochte. Vorsichtig berührte ich die geschwollene Haut über meinem

Kiefer. Mein linkes Auge fühlte sich genauso an, und als ich den Blick über meine Beine gleiten ließ, entdeckte ich auch dort neue Blutergüsse und Schnitte. Sie waren wie eine Karte aus Schnitten und grässlichen roten und violetten Striemen. Ich erinnerte mich, woher die Schnitte kamen, aber ich hatte keine Ahnung, wie ich mir die anderen Verletzungen zugezogen hatte.

Aber ich durfte ohnehin nicht darüber nachdenken und Zeit damit vergeuden. Nicht, solange noch ein Teil von mir übrig war, was bedeutete, dass es immer noch die Möglichkeit gab, von hier zu entkommen.

Eine eiserne Entschlossenheit machte sich in mir breit und setzte sich fest. Ich hatte ein Ziel, und dazu musste ich durchhalten und am Leben bleiben.

Ich würde nicht an diesem Ort sterben.

Ich würde nicht durch Arics Hände sterben.

Das würde ich ihm nicht zugestehen.

Ich wiederholte diese drei Sätze immer wieder, aber es half nicht gegen die Leere, die mich erneut zu verschlingen drohte. Mein Blick wanderte zu der Steinplatte und den zarten Linien, die ich mit dem kleinen Stein eingeritzt hatte, der auf dem Boden neben der Platte lag und kaum größer war als mein Daumen.

Ich zählte die Striche.

Neunundzwanzig.

Plötzlich wusste ich, was ich zu tun hatte. Ich stand auf und hob den Stein hoch. Ich bearbeitete die Steinplatte und ritzte einen Querstrich durch die letzten vier Striche.

Dreißig.

Dreißig Tage, die ich mitgezählt hatte.

Ich war also seit mindestens dreißig Tagen hier, und ich wusste tief in meinem Inneren, dass ich entkommen musste.

Das hier war nicht dasselbe wie damals, als Ivy von Caden gefangen gehalten worden war, der als böser Prinz alles darangesetzt hatte, die Tore in die Anderwelt zu öffnen. Sie hatte Hilfe von innen gehabt, und es hatte Leute gegeben, die nach ihr gesucht hatten. Menschen, denen sie genug bedeutet hatte, um ihr Leben für sie aufs Spiel zu setzen.

Eines Nachts hatte man ihr bei der Flucht geholfen, und sie war von ihren Freunden aufgespürt worden.

Wie lange war sie gefangen gewesen? Drei Wochen? Es war jedenfalls eine unglaublich lange Zeit gewesen, doch man hatte sie am Ende gefunden.

Plötzlich erinnerte ich mich an die Halluzination, in der Caden mich befreit hatte. Aber das war nicht real gewesen.

Die Leere in meinem Inneren breitete sich immer weiter aus, und ich drohte, an der bitteren Hoffnungslosigkeit zu ersticken, die sich wie ein schwerer, beklemmender Schatten über mich stülpte.

Ich ließ den Stein fallen, sank auf die Knie und rollte mich zusammen.

»Sie sorgen sich um dich«, flüsterte ich, um mich selbst zu beruhigen. Ich wusste, dass Ivy sich sorgte. Genau wie Tink. Und Ivys Mann. Ich wusste, dass sie Angst um mich hatten. Vielleicht sogar Caden. Er mochte mich, nur leider nicht genug.

Andererseits wusste ich, wie der Orden arbeitete. Ich wusste, dass Caden – der König der Sommerfae – mich mittlerweile gefunden hätte, wenn er tatsächlich nach mir gesucht hätte. Und Ivys Freund – oder Ehemann? Er hatte auf der Suche nach ihr beinahe die ganze Stadt auseinandergenommen.

Aber ich war immer noch hier.

Weil niemand kommen würde.

11

»Ich bin beeindruckt. Wirklich.« Aric drehte das Messer in seiner Hand, sodass sich die Flammen darin spiegelten. Es war ganz in Rot getaucht. »Du lebst ja immer noch.«

Ein Teil von mir glaubte selbst nicht, dass ich tatsächlich noch am Leben war. Wie lange war ich mittlerweile hier? Meine Gedanken waren träge, als ich versuchte, mich zu erinnern, wie viele Striche ich bereits in den Stein geritzt hatte. Vierzig? Fünfundvierzig, vielleicht. Ich spürte, dass es wichtig war, wie viel Zeit vergangen war. Irgendetwas sollte in dieser Zeit passieren.

»Ich muss sagen, ich bin richtig begeistert, dass du noch hier bist. Du bist als kleiner Vogel zu mir gekommen, und ich konnte es kaum erwarten, dir die Flügel zu brechen, aber mittlerweile bist du mein Lieblingstier.« Aric senkte den Kopf. Seine Lippen berührten meine Wange, und eine Welle der Abscheu brach über mich herein. »Mein allerliebstes Lieblingshaustier. Wie fühlst du dich damit?«

»Als wäre mein Leben erst jetzt perfekt«, krächzte ich.

»Höre ich da etwa eine Spur Sarkasmus?« Sein Atem strich über meine Lippen, und ich wandte den Kopf ab. In letzter Zeit ließ er sich sehr viel mehr auf die Sache ein, und ich hatte Angst, dass er bald seine Meinung ändern und Sterbliche doch anziehend finden würde. »Ich hoffe es. Bei dem

Gedanken, dass du sogar dafür noch Kraft hast, wird mir warm ums Herz.«

Ich schloss die Augen und suchte nach Erinnerungen, in denen ich mich verlieren konnte. Es hatte eine Zeit gegeben, da hatte mich meine Mutter an den Golf von Mexiko mitgenommen. Damals war ich noch ein Teenager gewesen, und ich wusste noch, dass ich es geliebt hatte, aber ich konnte mich nicht mehr daran erinnern, wie sich der Sand zwischen meinen Zehen angefühlt hatte. Ich konzentrierte mich so fest ich konnte darauf, wie das Wasser ausgesehen hatte, doch sobald das Bild vor meinem inneren Auge erschien, löste es sich auch schon wieder in Rauch auf.

Es fiel mir immer schwerer, mich an Einzelheiten zu erinnern … egal, was es war.

»Du bist offenbar unglaublich stark. Sogar merkwürdig stark für einen Menschen.« Meine Muskeln spannten sich, als ich die kalte Klinge an der Innenseite meines Oberschenkels spürte. »Um nicht zu sagen unvorstellbar.«

Ich hielt die Augen geschlossen, und mein Herz hämmerte, während ich auf den scharfen, brennenden Schmerz wartete. Irgendwann würde kein Stückchen Haut mehr übrig sein, das er aufritzen konnte, und was dann?

Würde er mit meinem Gesicht weitermachen? Vermutlich. Er hatte bereits meinen Bauch mit winzigen Schnitten überzogen, die sich nun unter die Narben mischten, die er mir beim letzten Mal zugefügt hatte. Unter die alten, glänzenden, blassen Zahnabdrücke und die tiefen Furchen, die Caden mit Küssen bedeckt hatte.

Fünfundvierzig Tage.

An manchen Tagen bekam ich zu essen, an manchen musste ich ein kaltes Bad nehmen. Es gab Tage, an die ich mich nicht genau erinnerte, und Momente, die mich zu der

Überzeugung gebracht hatten, dass es besser war, dass mein Gedächtnis solche Lücken aufwies.

»Noch nie hat jemand so lange durchgehalten wie du.« Das Messer glitt in einer einzigen schnellen Bewegung über meine Haut.

Ein heiserer Schrei entfuhr mir, und ich stemmte mich gegen die Fesseln und versuchte, der Klinge – und dem Schmerz – zu entkommen, auch wenn ich wusste, dass es sinnlos war.

Seine blassen Augen glühten. »Ich hatte Männer hier, die doppelt so groß waren wie du, und die bereits nach ein paar Tagen den Verstand verloren, bevor sie starben. Doch du und ich verbringen jetzt bereits mehrere Wochen zusammen. Mehr als einen Monat, um genau zu sein. Und du bist immer noch da.«

Ich drehte den Kopf zur Seite und starrte zu der Steinplatte mit dem großen Fleck in der Mitte hinüber. Waren darauf die Männer gestorben, die zwei Mal so groß waren wie ich? Waren es Ordensmitglieder gewesen? Oder hilflose Menschen? Vielleicht sogar andere Fae? Aric war ein echter Psychopath, also schätzte ich, dass Chancengleichheit bestand, wen er hier folterte.

Fünfundvierzig Tage, und ich hätte mittlerweile meine Periode bekommen sollen. Ich runzelte kaum merklich die Stirn. Aber das hatte ich nicht. Zumindest, soweit ich das beurteilen konnte. Und ich schätzte, dass Aric es mir unter die Nase gerieben hätte, dass ich plötzlich mehr Blut verlor als sonst. Er war so ein Arschloch.

Vermutlich war der Stress daran schuld, denn immerhin wurde ich hier langsam zu Tode filetiert und bekam kaum genug zu essen und zu trinken. Aric *vergaß* regelmäßig, mir etwas zu bringen, und ich hatte keine Ahnung, wie viel ich bereits abgenommen hatte, aber mein Bauch war eingesunken und nicht mehr leicht gerundet, und meine Rippen und die Hüftknochen stachen sogar im Stehen hervor. Ich spürte …

Er packte mein Kinn und zwang mich, den Blick wieder auf ihn zu richten. »Wenn du mir zuhören würdest, wäre dir längst klar, dass ich langsam zu dem Schluss komme, dass du etwas Besonderes bist.«

Ich starrte ihn wütend an.

Aric beugte sich über mich, sodass unsere Gesichter nur wenige Zentimeter voneinander entfernt waren. »Du solltest schon lange tot sein, und das macht mich sehr, sehr neugierig. Ehrlich gesagt war ich überrascht, dass du überhaupt unser erstes Treffen überlebt hast. Du hättest schon damals sterben sollen.«

Ja, das hätte ich.

Seine blassen Augen glitten über mein Gesicht, dann trat er zurück. Ich sah ihm nach, und mein Herz sprang mir beinahe aus der Brust, als ich sah, wie er erneut den Kopf senkte. Genau an der Stelle, an der er mich vorhin geschnitten hatte. Ich versuchte zurückzuweichen, aber ich konnte mich kaum bewegen. Bittere Galle stieg in mir hoch, als ich seine Zunge auf meiner Haut spürte.

Er hob den Kopf und grinste spöttisch. »Du schmeckst wie eine Sterbliche.«

Meine Hände öffneten sich und ballten sich danach sofort wieder zu Fäusten. *Ich werde dich umbringen. Ich werde dir die Zunge herausreißen und dich umbringen.*

»Aber ich glaube mittlerweile, dass du kein normaler Mensch bist.«

Kurz darauf war sein Gesicht wieder direkt über meinem, und er legte den Kopf schief. »Sag mir etwas, das ich noch nicht weiß.«

»Du bist ein verfluchter Psychopath«, krächzte ich.

Aric kicherte. »Ich wollte etwas hören, das ich noch *nicht* weiß.«

Nett.

Er hob das Messer und platzierte die Klinge auf meiner Wange, direkt unter dem Auge. Sie war noch feucht von dem Schnitt an meinem Oberschenkel, und als er sie nach unten zog, hinterließ sie eine blutige Strieme.

»Sag es mir, mein Lieblingstier. Sag mir, warum du immer noch lebst. Sag mir, wie du beim ersten Mal überlebt hast.«

»Ich weiß es nicht«, antwortete ich, auch wenn es nicht ganz stimmte. Ich wusste, warum ich unser erstes Treffen lebend überstanden hatte.

»Hmm.« Er ließ die Klinge über mein Kinn nach unten und über meine Kehle wandern. »Ich glaube dir nicht.«

Ich hielt still.

»Und ich mag es nicht, wenn du mich anlügst. Ich dachte, das hätten wir bereits geklärt«, fuhr er fort. »Ich dachte, du und ich wären über solche Lügen längst hinaus.«

»Du bist verrückt«, stieß ich erstickt hervor.

»Ich bin viele Dinge, mein Lieblingstier. Aber verrückt bin ich nicht.« Seine Pupillen zogen sich zusammen. Mir stockte der Atem, und ich wollte die Augen schließen. »Nein«, befahl er, und es war zu spät, um mich ihm zu widersetzen. »Sag mir, wie du überlebt hast.«

Meine Lippen und meine Zunge bewegten sich und formten die Worte. »Caden hat mich gerettet.«

Er hob den Kopf und runzelte die Stirn. »Wie hat er dich gerettet?«

»Ich weiß es nicht.«

»Aber du musst es wissen.« Er umfasste meine Wange, und sein Daumen glitt über das verschmierte Blut. »Denk scharf nach. Was hat er getan, um dir das Leben zu retten?«

Ich tat, was er von mir verlangte, und dachte an den Tag zurück, an dem Caden mich gerettet hatte. Es war, als würde ich durch einen Sumpf waten, bis ich schließlich das vage Abbild eines Krankenzimmers vor mir sah. Etwas piepte und ... »Ich spürte die Sonne. Ich schmeckte die Sonnenstrahlen.«

»Du hast Sonnenstrahlen geschmeckt?« Aric schien einen Augenblick lang wie erstarrt, dann richtete er sich ruckartig auf. Er stolperte rückwärts und ließ das Messer fallen. Es landete klappernd auf dem Boden.

»Er hat dir den Kuss gewährt.«

Seine Augen weiteten sich.

»Er hat dir den *Sommerkuss* gewährt.«

Ich kratzte mit dem Stein über die Platte und ritzte einen weiteren Strich ein.

Siebenundvierzig.

Heute war Tag siebenundvierzig, und irgendetwas stimmte nicht. Aric war nicht bei mir gewesen. Weder gestern noch heute, und das wusste ich deshalb so genau, weil meine Gedanken so klar waren wie schon lange nicht, auch wenn ich noch nie so hungrig gewesen war.

Ich wusste, dass ich mich an etwas Wichtiges erinnern musste. Etwas, das Aric gesagt hatte, und ich konzentrierte mich auf diesen Gedanken, während ich weiterritzte.

Er hatte mir etwas von den Sommerfae erzählt, das ich nicht erwartet hätte.

Mein Blick wanderte über die Platte und hinunter auf den Boden, während ich an All-you-can-eat-Buffets, Gumbo und Beignets dachte.

Ich ließ den Stein fallen, lehnte mich nach vorne und betrachtete den Boden unter der Platte mit zusammengekniffenen Augen. Dort unten lag etwas. Aber was? Ich stemmte mich auf die Knie hoch, beugte mich nach unten und streckte mich, bis meine Finger über kaltes Metall glitten.

Das Messer.

»Heilige Scheiße«, flüsterte ich, während meine Hand den Griff umschloss. Wie war das Messer dorthin gekommen?

Auch wenn mich die Antwort im Grunde gar nicht interessierte, denn das hier war meine Chance. Meine Möglichkeit, Rache zu üben. Es ihm heimzuzahlen. Das hier war besser als ein saftiges Steak und ein Berg Kartoffelbrei.

Mein Magen widersprach knurrend.

Okay. *Beinahe* so gut wie ein saftiges Steak mit einem Berg Kartoffelbrei. Aber das hier war meine Chance.

Tränen liefen über meine Wangen, während ich das Messer anstarrte. Aric war ein uralter Fae, aber ich wusste, wie man solche Fae tötete. Man schoss ihnen in den Kopf oder durchtrennte den Hirnstamm.

Und schon war der Fae tot.

Ich lehnte mich zurück und hielt das Messer ins Licht der Fackeln. Die Klinge war rot – von meinem Blut. Ich betrachtete die Schnitte auf meinen Armen und Beinen. Das hier war Arics Waffe, die er gegen mich verwendet hatte.

Aber er hatte das Messer fallen gelassen, als er das letzte Mal bei mir war.

Das war außerordentlich unvorsichtig gewesen, aber er war so schockiert gewesen. Ich umklammerte den Griff des Messers noch fester, während ich versuchte, mich zu erinnern, was dazu geführt hatte, dass er das Messer fallen gelassen hatte. Obwohl meine Gedanken nicht so im Nebel versunken waren wie sonst, gab es immer noch zu viele Lücken. Er hatte mir Fragen gestellt, hatte sich gewundert, wie ich überlebt hatte.

Schritte vor der Tür zwangen mich zum Handeln. Ich brauchte dieses Messer, also musste ich es verstecken und beten, dass er nicht gemerkt hatte, dass er es hier vergessen hatte.

Ich schob es zurück unter die Steinplatte, bis es im Schatten verschwand, und atmete tief und langsam ein, während ich mich bereit machte aufzustehen. Ich wusste, dass mir schwindelig werden und ich kaum Luft bekommen würde, aber ich musste wieder auf die Beine kommen. Ich musste alles mir Mögliche tun, um nicht den Kopf zu verlieren und das Messer weiterhin zu verstecken.

Ich zog mich langsam hoch und schwankte wie ein Schilfrohr im Wind. Mein Herz raste vor Anstrengung – aber auch wegen dem, was ich gefunden hatte.

Die Tür ging auf, und Aric trat ein. Gespannte Erwartung und Furcht trafen mit einem lauten Donnergrollen in meinem Inneren aufeinander. Er hatte Essen dabei, und ich war am Verhungern, aber das Essen hatte immer einen Preis. Und er war auch nicht alleine. Die eiskalte weibliche Fae war bei ihm. Mein Herz wurde schwer.

Es war wieder Zeit für ein Bad.

Ich glaubte – nein, ich *wusste* –, dass er mich immer mit einem Glamour-Zauber belegte, wenn es so weit war. Manchmal konnte ich mich daran erinnern, manchmal nicht. Aber ich wusste, dass er sich danach immer von mir nährte und dann erinnerte ich mich an gar nichts mehr.

O Gott, was war, wenn ich das Messer vergaß? Die Angst verwandelte sich in Panik. Ich durfte es auf keinen Fall vergessen.

»Hast du mich vermisst?« Aric stolzierte mit einem Teller auf mich zu. »Ich habe dich vermisst.«

Ich machte einen Schritt zurück. Die weibliche Fae blieb

wie üblich an der Tür stehen, aber dieses Mal hatte sie mehr als ihre Tasche dabei. Ein langer schwarzer Sack hing über ihrem Arm.

»Du willst es sicher nicht zugeben, aber ich weiß, dass du dich gefragt hast, wo ich gewesen bin und was ich getan habe.« Er stellte den abgedeckten Teller auf die Steinplatte. Der Duft von gebratenem Fleisch stieg mir in die Nase. »Ich war sehr beschäftigt, mein Lieblingstier.«

Mein Lieblingstier.

Mein Gott, ich konnte es kaum erwarten, ihm den verfluchten Kopf abzureißen. Es kostete mich alles, was ich hatte, um nicht jetzt schon nach dem Messer zu greifen und genau das zu tun.

Er wandte sich zu mir herum, nahm die Kette und zog daran, bis ich auf ihn zustolperte. Sobald ich nahe genug war, schlang er den Arm um meine Taille und drückte mich an seine Seite, als wären wir ein Liebespaar.

Ich hätte mich am liebsten übergeben.

»Ich kann es kaum erwarten, dir davon zu erzählen. Es wird dich sicher interessieren, was ich herausgefunden habe«, fuhr er fort. »Aber zuerst habe ich ein Geschenk für dich.«

Ein Geschenk? Ich warf einen hungrigen Blick auf den silbernen Teller.

»Nicht das«, murmelte er und ließ seinen Finger über die zahllosen Schnitte auf meinem Arm gleiten. Ich zuckte zusammen, und seine Augenlider wurden schwer. »Zumindest ist das nicht das Geschenk, auf das ich mich am meisten freue.« Er schnippte mit den Fingern und sah die Frau an. »Zeig ihr, was ich mitgebracht habe.«

Mein Herz raste, als sie den Sack von ihrem Arm hob. Das Geräusch eines sich öffnenden Reißverschlusses hallte durch die Kammer. Erst da erkannte ich, dass es sich um einen Kleidersack handelte. Er teilte sich, als sie nach vorne trat, und ich sah, was sich darin befand.

Ein Abendkleid.

Es war ein Abendkleid! Es bestand aus einem silberfarbenen Stoff und war bodenlang. Die Frau zog den Sack zurück, und ich erkannte, dass das Kleid ärmellos und beinahe durchsichtig war. Selbst im Dämmerlicht der Gruft sah es aus wie gesponnenes Mondlicht und war unglaublich schön.

Mein Magen zog sich zusammen, und mir wurde übel.

»Du erwartest, dass ich das anziehe?«

»Ah, sie hat ihre Stimme wiedergefunden«, kicherte Aric und drückte mich, als wäre das ein lustiger Witz zwischen Freunden gewesen. »Ja, ich erwarte, dass du das anziehst, und ich erwarte, dass du dich geehrt fühlst.«

Ich starrte ihn an, und mir fehlten die Worte. Das konnte er doch unmöglich ernst meinen.

Aric bedeutete der Frau, näher zu kommen, und sie gehorchte schweigend und legte das Kleid auf die Steinplatte, wobei sie den Sack als Unterlage benutzte, damit es nicht mit meinem Blut in Berührung kam.

»Weißt du, dieses Kleid ist etwas ganz Besonderes.« Aric ließ mich los, und ich atmete rasselnd aus. Er streckte die Hand nach dem zarten Material aus und zeichnete den tiefen V-Ausschnitt mit dem Finger nach. »Es ist nicht von dieser Welt, sondern ein Andenken an die Vergangenheit. Es war als Hochzeitskleid gedacht. *Mathing*«, ergänzte er in der Sprache der Fae. Ich vermutete, dass es dasselbe wie das englische Wort »mating«, also Paarung bedeutete. »Du wirst nicht die Erste sein, die es trägt, aber ganz sicher die Letzte, glaube mir.«

Ich trat einen Schritt zurück und schlang die Arme um meine Mitte, während mein Blick seinen Fingern folgte, die von oben nach unten über das Kleid strichen. Das Material schien auf seine Berührung zu reagieren, denn die Farbe verwandelte sich in ein dunkles Schiefergrau.

»Weißt du, wer dieses Kleid zuletzt getragen hat?«, fragte er.

Meine Kehle war staubtrocken, und meine Befürchtungen drohten, mir den Boden unter den Füßen wegzuziehen.

Aric warf einen Blick auf mich. »Antworte, mein Lieblingstier, oder ich zwinge dich dazu.«

Obwohl ich nichts lieber getan hätte, als mich gegen ihn aufzulehnen, durfte ich nicht riskieren, dass er mich mit einem Glamour-Zauber belegte oder sich von mir nährte. Ich durfte das Messer auf keinen Fall vergessen. Ich schluckte und hob das Kinn. »Wer …?« Ich räusperte mich. »Wer hat es getragen?«

»Danke, dass du fragst.« Er richtete den Blick erneut auf das Kleid, während sich die Frau leise zur Tür zurückzog. »Shiobhan hat es bei ihrer Hochzeit getragen.«

O Gott!

Ich schloss die Augen.

»Na ja, sie *wollte* es bei ihrer Hochzeit tragen. Ich habe sie abgefangen, bevor sie dort ankam«, fügte er hinzu.

Als ich die Augen wieder öffnete, starrte Aric auf das Kleid hinunter. »Caden hat sie nie darin gesehen, aber er wird wissen, dass es ihr Kleid ist, wenn er dich darin sieht.«

Ich fühlte mich wie vom Blitz getroffen und ließ meine Arme sinken.

Er legte den Kopf schief, und seine blassen Augen blickten in meine.

»Schon seltsam, wie sich die Geschichte wiederholt.«

»Ich verstehe nicht.«

»Nicht?« Er sah mich an, und ich versteifte mich. »Du erinnerst dich nicht, oder? Daran, was du mir beim letzten Mal gesagt hast, als ich hier war.« Seine perfekten Lippen verzogen sich zu einem höhnischen Grinsen. »Du bist stark, und du hältst länger durch als jeder andere Sterbliche. All die herrlichen Momente, als ich deine Lebenskraft angezapft habe, haben ihren Tribut gefordert, aber eigentlich hätte dein kleines Gehirn es nicht überstehen sollen. Wenn du wirklich *vollkommen sterblich* wärst.«

Ein Teil von mir fragte sich, ob mein kleines Gehirn es vielleicht tatsächlich nicht überstanden hatte, denn ich hatte ihn gerade sicher missverstanden. »Ich bin vollkommen sterblich.«

»Du *warst* vollkommen sterblich«, erwiderte er. »Aber das hat sich geändert, nachdem Caden dir den Sommerkuss gewährt hat.«

Den Sommerkuss?

»Ich …«

»Du hast keine Ahnung, wovon ich rede, oder? Erinnerst du dich denn nicht an unser Gespräch? Daran, dass Caden dir nach unserem ersten Aufeinandertreffen das Leben gerettet hat? Obwohl ich in dem festen Glauben war, nicht nur deine Mutter, sondern auch dich getötet zu haben?«, fragte er, und ein Schaudern durchfuhr mich. »Er hat seine Lippen auf deine gelegt, doch anstatt dir die Lebenskraft zu nehmen, hat er dir seine gegeben. Das nennt man *Sommerkuss*, und nur ein uralter Fae kann dieses Geschenk gewähren.«

»Was für ein Geschenk?«, fragte ich und überlegte, ob ich es vielleicht umtauschen konnte.

Arics Mundwinkel zogen sich nach unten. »Ein Geschenk, das es besonders schwer macht, dich zu töten, und das dir ein – für menschliche Verhältnisse – sehr langes Leben verschafft.« Er machte einen Schritt auf mich zu. »Du hättest mit der Zeit vielleicht begriffen, dass du immer noch so aussiehst wie in der Nacht, als ich dir mit den Zähnen und Klauen das Fleisch vom Körper gerissen habe. Du hättest geahnt, dass etwas passiert war, und der Orden ebenfalls. Sie hätten dich entweder ausgeschaltet, oder sie hätten dich als Versuchsobjekt behalten, um herauszufinden, was passiert ist. Denn du, mein Lieblingstier, bist nicht mehr länger einfach nur sterblich. Obwohl du auch kein Halbling bist. Du bist etwas vollkommen anderes.«

Ich öffnete den Mund, doch es kam nichts heraus. Er meinte doch sicher nicht das, was ich annahm, oder?

»Es ist sehr selten, dass Fae einander den Kuss gewähren. Es ist eine uralte Praxis, die nur in ärgster Not Anwendung erfährt, und es ist unerhört, dass ihn ein Fae bei einem Sterblichen anwendet«, fuhr er fort, und seine Augen glühten. »Es ist ein schweres Verbrechen, und wenn wir jetzt in meiner Welt wären, würde man dich vor Gericht zerren und hinrichten, während Caden dabei zusieht – etwas, das er schon einige Male miterlebt hat, nachdem ein Fae den Kuss einem Sterblichen gewährt hatte. Es gibt also nur einen Grund, warum er es bei dir getan hat.«

Durch den Nebel der Erinnerung drang langsam Cadens Begründung, warum er mich gerettet hatte, zu mir durch.

»Ich habe etwas für ihn getan«, sagte ich. »Ich glaube, ich habe ihm irgendwie geholfen. Deshalb hat er es getan.«

Aric trat auf mich zu, legte seine Fingerspitze unter mein Kinn und drückte meinen Kopf nach hinten.

»Das ist nicht der Grund, warum er es getan hat, mein Lieblingstier. Er hat dir den Kuss gewährt, weil du das bist, wonach ich die ganze Zeit gesucht habe. Du bist sein *Mortuus*.«

12

Ich löste mich von Aric und trat einen Schritt zurück. Selbst wenn er mich die letzten siebenundvierzig Tage nicht gefoltert, ausgehungert und sich von mir genährt hätte, hätte mir die Nachricht, dass ich nicht vollkommen sterblich war und keine normale Lebenserwartung hatte, einige Schwierigkeiten bereitet.

Andererseits bestand durchaus die Möglichkeit, dass Aric log, um meine Gedanken zu manipulieren, und sich damit eine besonders kreative Art der Folter ausgedacht hatte.

»Deinem dämlichen Gesichtsausdruck nach zu schließen hast du keine Ahnung, was ein *Mortuus* ist und wie er mir dabei behilflich sein kann, meine Ziele zu erreichen«, meinte er – und es war genauso beleidigend gemeint, wie es klang. »Aber das überrascht mich nicht. Du hast vergessen, was ich plane, und es ist unwahrscheinlich, dass Caden dir verraten hat, was *Mortuus* bedeutet.«

Die Rädchen in meinem Gehirn gerieten langsam in Schwung. »Ich kann mir nicht vorstellen, dass ich sein *Mortuus* bin.«

»Du weißt gar nichts, mein Lieblingstier. Aber dein Wissen ist nicht der Grund, warum du so wertvoll bist.« Aric drehte sich feierlich zu mir herum. »Komm. Du musst etwas essen und anschließend baden.«

Ich rührte mich nicht vom Fleck. »Ich will wissen, wie du auf die Idee kommst, dass ich sein …« Mein Satz endete in einem schrillen Aufschrei.

Aric hatte sich so schnell bewegt, dass ich es gar nicht bemerkt hatte. Plötzlich stand er vor mir und hatte mich am Nacken gepackt.

»Mir ist egal, was du gerne wissen würdest. Mir ist egal, ob du verwirrt bist und ob du mir überhaupt glaubst.«

Sein Griff wurde fester, und er zwang meinen Kopf nach hinten, während seine Finger sich in meine Haare schoben. Meine ganze Kopfhaut brannte, aber es war nichts im Vergleich zu dem, was ich mittlerweile gewöhnt war.

»Im Moment zählt für mich nur, dass du mir keine Probleme machst, verstanden?«

Die Wut packte mich wie ein Wirbelsturm, und sämtliche Vorsätze, ihn nicht zu verärgern, verflogen mit einem Schlag. Ich biss die Zähne aufeinander und sah ihm schweigend in die Augen.

»Bring mich nicht dazu, dich noch einmal zu fragen. Dir wird nicht gefallen, was dann mit dir passiert. Du denkst sicher, du wüsstest, wozu ich fähig bin, aber du hast keine Ahnung.« Seine alabasterweiße Haut spannte sich über seine Knochen und schien beinahe durchsichtig. »Ich brauche dich lebendig, aber es gibt sehr viel Schlimmeres als einen langsamen Tod.«

Ich hatte keinerlei Zweifel daran, dass er sein Versprechen ernst meinte, und mein gesunder Menschenverstand riet mir, ihm zu antworten. Es war nur ein Wort. *Ja.* Ich hatte ein Messer, und ich musste nur warten, bis wir alleine waren. Mich gegen ihn aufzulehnen brachte mich nicht weiter.

Es war nur ein Wort, aber hier ging es um Kontrolle und darum, mir den freien Willen zu nehmen, ohne mich vorher mit einem Glamour-Zauber zu belegen. Es ging um Unterwerfung und Demütigung. Es waren viele Kleinigkeiten, mit denen er mich so lange beschämte und mir Angst machte, bis ich unter ihrer Last zusammenbrach. Bis er mich tatsächlich gebrochen hatte und alles, was von mir noch übrig war, ihm gehörte.

Es war nur ein Wort, aber er hatte mich noch nicht so weit gebracht.

Ich hob das Kinn und sah ihn schweigend an.

Arics Mundwinkel wanderten nach oben.

»Ich habe beinahe so etwas wie Respekt vor dir.«

Der Schlag traf mich in die Magengrube, bevor ich antworten konnte, und ich sackte zusammen. Ich versuchte, Luft zu holen, aber mein ganzer Brustkorb verkrampfte sich. Ich würgte und hob die Arme, wie ich es im Laufe des jahrelangen Trainings gelernt hatte, aber er war zu schnell und ich war zu müde, hungrig und schwach. Der nächste Schlag schleuderte mich zu Boden, und dann war da nichts mehr außer Schmerz.

Ich hatte keine Ahnung, wie lange es dauerte oder wie viele Schläge ich einstecken musste. Vermutlich verlor ich irgendwann das Bewusstsein, denn als ich meine Augen aufschlug – nein, eigentlich war es nur *ein* Auge –, war sein verschwommenes Gesicht an die Stelle seiner Fäuste getreten.

Er starrte auf seine Hände.

»Du hast mich mit deinem Blut beschmutzt.«

Ein heiseres Lachen drang aus meinem Mund. Es klang selbst in meinen Ohren ziemlich irre, aber andererseits war da auch noch dieses Klingeln in meinen Ohren, weshalb ich es nicht genau sagen konnte.

Er legte den Kopf schief. »Freut mich, dass du das amüsant findest, aber ich bin mir sicher, dass es um einiges witziger ist, dir nachher dabei zuzusehen, wie du mit diesen geschwollenen, aufgeplatzten Lippen isst.«

Essen? Ich hätte beinahe erneut aufgelacht, denn die Schläge hatten mir den Hunger mehr oder weniger ausgetrieben. Ich war mir nicht einmal sicher, ob mein Kiefer noch funktionierte. Ich bewegte ihn vorsichtig und zuckte zusammen, als ein scharfer Schmerz durch meinen ganzen Schädel schoss. Es tat höllisch weh, aber es schien nichts gebrochen zu sein, auch wenn das im Grunde nicht möglich war.

Nicht vollkommen sterblich.

Sagte Aric etwa die Wahrheit? Und wenn ja, war das wirklich der Grund, warum ich trotz der Vielzahl an Knochenbrüchen immer noch am Leben war? Ich wusste, diese Fragen waren unglaublich wichtig.

Aric packte meinen Arm und zog mich hoch. Ein brennender Schmerz fuhr in meine Rippen.

»Iss und lass dich waschen. Ich habe nicht den ganzen Tag Zeit.«

Er schob mich in Richtung Steinplatte, und ich stolperte und konnte mich gerade noch an der Kante festhalten, unter der das Messer im Schatten verborgen war.

Ich konzentrierte mich darauf, was ich damit vorhatte, und hob benommen den Kopf. Aric marschierte auf den Teller zu und hob den Deckel. Es war ein Stück Rindfleisch in einer dicken Soße.

»Es ist kalt geworden«, merkte er an. »Wenn du die Sache nicht verzögert hättest, wäre es sicher lecker gewesen. Iss.«

Ich bewegte mich langsam auf das Essen zu, streckte die Hand danach aus und …

Die Ohrfeige hätte mich beinahe umgeworfen. Meine Haut brannte, und ich zog die Hand zurück. Übelkeit stieg in mir hoch, während ich das Essen nicht aus den Augen ließ.

Aric seufzte. »Du lernst es wohl nie, oder? Dir wurde zwar der Sommerkuss gewährt, aber du bist und bleibst genauso dämlich und geistlos wie alle anderen Menschen. Iss«, fauchte er. »Und beeil dich.«

Ich rührte mich nicht von der Stelle, bis er sich abwandte und zur Tür ging. Ich hatte ganz vergessen, dass die weibliche Fae auch noch da war. Nachdem er einige Meter entfernt war, griff ich zögernd nach dem Fleisch. Ich wusste, dass er sich blitzschnell bewegen konnte.

Als nichts dergleichen geschah, spürte ich, wie die Spannung in meinen Schultern nachließ. Ich hatte kein Messer und keine Gabel, also benutzte ich meine Finger, um das zu essen, was er mir gebracht hatte. Ich aß, obwohl jeder Biss schmerzte und ich längst nicht mehr hungrig war. Aber ich wusste, dass ich die Kraft brauchen würde.

Es würde nicht einfach werden, ihm den Kopf abzutrennen.

Bevor ich zu Ende gegessen hatte, wurde bereits die Kupferwanne in die Gruft getragen und aufgefüllt, und ich setzte die beiden männlichen Fae auf die Liste derjenigen, die ich umbringen würde. Die Frau stand bereits darauf.

Der Teller wurde wegebracht, und ich wusste, was als Nächstes kam. Aric würde mich mit dem Glamour-Zauber belegen, damit ich mich nicht wehrte, und dann würde er sich von mir nähren. Wenn das geschah, bestand die Gefahr, dass ich das Messer vergaß.

Ich wusste, dass ich ihn nicht davon abhalten konnte, sich von mir zu nähren, aber ich konnte den Glamour-Zauber verhindern, und meiner Erfahrung nach würde er nach dem Bad alleine zurückkommen, und dann …

… würde ich ihn umbringen.

Aber da war auch noch das Kleid.

Ich warf einen schnellen Blick darauf. Das Kleid bedeutete vermutlich, dass sich der Ablauf änderte. Entweder nährte er sich anschließend nicht, oder er kam nicht alleine wieder.

Ich musste versuchen, so klar wie möglich zu bleiben.

Die Frau trat mit ihrer verfluchten Tasche auf mich zu, und ich tat, was ich tun musste. Mit Blick auf die Wanne und ohne auch nur eine weitere Sekunde nachzudenken, zog ich die dünnen Träger des Unterkleides von meinen Schultern und ließ es zu Boden gleiten.

Aric stieß ein leises Geräusch aus und verriet mir damit, dass er ganz genau zusah. »Bist du scharf auf einen Striptease?«

Diese Frage verdiente keine Antwort.

Es war nicht das erste Mal, dass er mich nackt sah, und mittlerweile gab es ohnehin nichts zu sehen außer Narben und aufgeschnittene Haut. Das redete ich mir zumindest ein, als ich in die Wanne stieg. Das Wasser war nicht eiskalt, sondern hatte eher Raumtemperatur, was eine enorme Verbesserung darstellte.

Ich ließ mich rasch tiefer sinken und nutzte die begrenzte Privatsphäre, die mir die Wanne bot. Es war nicht gerade einfach, mit der Kette an meinem Hals zu baden. Die Frau machte sich an die Arbeit und war in etwa so sanft wie ein Wildschwein, während sie meine wunde, geschundene Haut abschrubbte. Ich starrte zu dem Kleid hinüber, das auf der Steinplatte auf mich wartete.

Aric trat näher. »Ich habe dir noch gar nicht gesagt, warum du ein so exquisites Kleid tragen wirst, oder?«

Die Frau riss meinen Kopf zurück und bearbeitete meine Haare mit der Lavendelseife.

»Aber du wirst es bald selbst herausfinden, und ich habe das Gefühl, dass es dir gefallen wird.«

Das bezweifelte ich.

Plötzlich hatte ich eine Art Déjà-vu. Der uralte Fae schwieg, und meine Gedanken begaben sich auf die Reise und durchforsteten meine Erinnerungen, während die Frau die letzten Handgriffe erledigte. Da war etwas, das er mir einmal während des Badens erzählt hatte. Er hatte mich mit dem Glamour-Zauber belegt, aber mir war dennoch bewusst gewesen, was passierte.

Ich sah Aric, der vor der Wanne kniete. Sein weißes Hemd war mit Wasser bespritzt. Er erzählte mir etwas. Etwas über den *Mortuus* und …

Im nächsten Moment wurde mein Kopf ohne Vorwarnung unter Wasser getaucht, und als ich wieder auftauchte, klammerte ich mich keuchend an den Wannenrand.

Das hatte mich effektiv aus meinen Gedanken gerissen. In meinem Kopf gab es nichts mehr von Bedeutung, während ich unsanft aus der Wanne gezogen und grob abgetrocknet wurde.

Die Frau stülpte das Kleid über meinen Kopf, und der Stoff umfing meinen Körper. Ich fing die beiden Hälften des Oberteiles gerade noch auf, bevor sie auseinanderklaffen konnten. Die Bänder, die es am Rücken zusammenhielten, hingen lose herab. Der Stoff fühlte sich himmlisch an und sammelte sich wie flüssiges Silber um meine Füße. Selbst im Dämmerlicht der Kammer war der Stoff beinahe durchsichtig, und ich konnte mir vorstellen, dass im hellen Sonnenlicht absolut nichts der Vorstellung überlassen blieb.

Und Shiobhan hatte dieses Kleid tatsächlich zu ihrer Hochzeit getragen? Vor anderen Leuten?

»Dieses Kleid macht dich komplett, mein Lieblingstier.« Aric nickte der Frau zu. »Das ist alles.«

Mein Herz setzte aus, als die Fae ihre Tasche nahm und

aus der Kammer eilte. Ich wusste, was normalerweise als Nächstes passierte.

Ich hielt das Vorderteil des Kleides immer noch geschlossen und trat einen Schritt zurück.

Arics Blick glitt über meinen Körper, während er immer näher kam. »Mit diesen Haaren könnte man dich glatt mit ihr verwechseln.« Er trat hinter mich und hob die Kette. »Halt das mal.«

Ich schluckte die plötzliche Beklemmung hinunter, nahm das Kleid in eine Hand und griff mit der anderen nach der Kette. Aric vor mir oder hinter mir – ich wusste nicht, was schlimmer war.

»Sie war wunderschön.« Seine Finger strichen über meinen Rücken, als er nach den Bändern griff, und es fühlte sich an, als würden Tausende Spinnen über meine Haut krabbeln. »Sie sah umwerfend aus in ihrem silbernen Kleid, und ohne das Kleid ebenfalls.« Er brach ab und begann, die Bänder zu verschnüren. »Shiobhan war immer wunderschön, auch wenn sie weinte. Lass das Kleid los.«

Ich zwang mich, meinen Griff zu lockern. Der Stoff glitt über meine Brust und formte einen tiefen V-Ausschnitt, der bis zu meinem Bauch reichte und knapp über meinem Nabel endete.

»Sie hatte nur Augen für Caden, auch wenn er mit sämtlichen atmenden Kreaturen flirtete«, fuhr Aric fort. »Er hatte sie nicht verdient.«

Ich drehte den Kopf zur Seite und ignorierte das Pochen. So, wie er über sie sprach … Langsam begriff ich.

»Du hast sie geliebt.«

Die Taille des Kleids drückte gegen meine geprellten, blutunterlaufenden Rippen, und ich schnappte nach Luft. Er kicherte.

»Liebe? Du meinst, ob ich sie *geliebt* habe?«, fragte er spöttisch. »Wenn meine Königin das hören würde, würde sie mich ausweiden.«

Mann, wenn ich nur so großes Glück hätte!

»Hast du?«

Aric schwieg und verschnürte die restlichen Bänder. Bald saß alles an seinem Platz, und ich erkannte überrascht, dass mir das Kleid richtig gut passte. Was vor meiner erzwungenen Diät definitiv nicht der Fall gewesen wäre. Das weiche Material rieb auch nicht an den zahllosen Schnitten und Wunden, weshalb es zumindest besser war als das grobe Unterkleid.

Aric legte die Hände auf meine Hüften und drehte mich zu sich herum. »Ich war von ihr besessen«, antwortete er und ließ den Blick an mir hinabwandern. »Und zwischen Liebe und Besessenheit gibt es wohl nur einen kleinen Unterschied.«

Meiner Meinung nach gab es einen riesengroßen Unterschied.

»Ich wollte sie. Also habe ich sie mir genommen.« Seine Hand strich über meine Seite. »Genauso, wie ich mir dich genommen habe.«

Eine Welle der Übelkeit stieg in mir hoch, und ich bekam keine Luft.

»Ich bin nicht sie.«

»Nein, das bist du nicht.« Seine Finger wanderten meine Arme hoch und schlossen sich um meinen Hals. »Und in gewisser Weise bist du es doch.«

»Ich bin …«

»Du bist sein *Mortuus*, und er wird kommen, um dich zu holen«, erklärte Aric und presste die Daumen unter mein Kinn. Dann senkte er den Kopf. »Er wird alles tun, um dich zu retten.«

Panik explodierte in mir. Er würde sich von mir nähren.

»Er kommt nicht.« Niemand kam. Mittlerweile war das mehr als deutlich geworden. »Was auch immer du dir erwartest, du irrst dich.«

»Ich irre mich nie.«

Ich versuchte, mich aus seinem Griff zu befreien, aber es hatte keinen Sinn. Sein Mund presste sich auf meinen. Entsetzen packte mich. Seine Lippen hatte meine noch nie berührt, zumindest konnte ich mich nicht daran erinnern, aber das hier – das hier war anders. Das war nicht so wie sonst. Es war ein Kuss – ein grober, brutaler Kuss, der sich anfühlte wie ein Tritt ins Gesicht.

Ich versuchte, mich wegzudrehen, doch er neigte den Kopf, öffnete den Mund und atmete ein.

Meine Welt explodierte in einem einzigen Flammenmeer.

Irgendetwas stimmte nicht mit mir.

Ich saß auf der Steintafel, hatte die Arme um meine Mitte geschlungen und starrte zitternd zu Boden. Ich war vor Kurzem zu mir gekommen und hatte keine Ahnung, wie lange ich bewusstlos gewesen war. Ich wusste nur, dass es sich länger anfühlte als sonst, bis die Erinnerung wieder da war …

Die Erinnerung daran, wer ich war und wie ich hierhergekommen war. Warum mein Körper mit Schnitten und Blutergüssen überzogen war, und warum ich ein Auge nicht vollständig öffnen konnte.

Doch auch abgesehen davon stimmte etwas nicht mit mir. Mein ganzer Körper schmerzte, als würde ich bald die Grippe bekommen, und mein Magen krampfte sich immer wieder zusammen.

Außerdem erinnerte ich mich nicht daran, warum ich dieses silberne Kleid trug. Auch wenn ich eine Ahnung hatte, dass es um etwas Wichtiges ging.

Es gab noch etwas anderes, woran ich mich erinnern musste, aber ich wusste genau, was ich jetzt zu tun hatte.

Ich stand auf, bückte mich und griff nach meinem Stein. Mein Blick kroch über die Striche in der Steinplatte, und ich zählte sie. Siebenundvierzig.

Meine Haut war von eiskaltem Schweiß bedeckt, während ich den nächsten Strich einritzte. Nummer achtundvierzig. Ich presste meine Stirn auf die kalte Platte, als sich mein Magen plötzlich zusammenkrampfte, und ich ließ den Stein fallen. Ich konzentrierte mich darauf, langsam und gleichmäßig zu atmen, drehte den Kopf zur Seite …

Und da sah ich *es*.

Die Erinnerung überrollte mich wie ein Güterzug. Das Messer. Ich würde Aric damit umbringen, sobald er zurückkam.

Ich drückte mich von der Platte ab und stand auf. Mein Magen verkrampfte sich erneut. Ich drehte mich eilig um und stürzte auf die Wand zu. Mein Magen zog sich zusammen, und ich sank würgend auf die Knie, während ich mit den Händen die Kletterpflanzen umklammerte. Ich erbrach alles, was ich gegessen hatte, und würgte immer noch, als nichts mehr in meinem Magen übrig war. Höllische Schmerzen breiteten sich um meine Rippen und in meinem Bauch aus.

Ich bewegte mich erst, als ich das Gefühl hatte, ich wäre fertig. Ich ließ mich auf den Hintern zurücksinken und wischte mir mit dem Handrücken über die Lippen. Der bittere Geschmack ließ mich beinahe erneut würgen, doch nach ein paar Sekunden ließ die Übelkeit genügend nach, dass ich mich aufrichten konnte.

Das Messer.

Ich musste das Messer holen.

Ich stolperte zu der Steinplatte, kniete nieder und griff nach der Waffe. Der bittere Geschmack in meinem Mund verstärkte sich, als ich das getrocknete Blut sah.

Mein Blut.

Ich brauchte einen Plan.

Ich drehte mich zu der geschlossenen Tür herum und atmete rasselnd ein, während ich versuchte, meine fliehenden Gedanken zusammenzuhalten. Ich musste auf jeden Fall das Überraschungsmoment nutzen, und es musste schnell gehen und perfekt sein. Ich betrachtete das Messer, und mein Herz schlug schneller. Ich würde nur eine Chance bekommen. Eine einzige.

Und wenn ich versagte?

Dann würde er mich töten.

Ich brauche dich lebendig.

Arics Worte trafen mich wie ein Blitzschlag. Ich war wichtig für ihn. Es hatte etwas mit dem Kleid zu tun und mit Caden. Aric wollte mich für etwas benutzen, aber ich kam einfach nicht drauf, was es war.

Ich hatte keine Ahnung, warum Aric glaubte, Caden würde etwas für mich empfinden, und wie er mich benutzen wollte. Ich bezweifelte, dass der König mir Böses wollte. Ich bedeutete ihm nichts. Zumindest nicht genug, um nach mir zu suchen, und ganz sicher nicht genug, dass man mich als Druckmittel gegen ihn einsetzen konnte.

Aber das alles spielte ohnehin keine Rolle. Aric würde jeden Moment auftauchen, und ich musste bereit sein. Ich musste ihn umbringen.

Und danach?

Ich legte die Kette über meine Schulter, kletterte zurück auf die Steinplatte und legte mich auf die Seite, wobei ich das Messer in den Falten des Kleides versteckte.

Ich war mir nicht sicher, ob es mir bereits klar gewesen war, als ich das Messer entdeckt hatte, aber es gab kein Danach. Ich legte die Wange auf die Steinplatte und ließ die Tür nicht aus den Augen.

Ich hatte mir selbst immer und immer wieder versprochen, dass ich nicht durch Arics Hand sterben und mein Leben nicht in dieser Gruft sein Ende finden würde. Aber eines der beiden Versprechen würde ich nicht halten können.

Ich würde Aric töten, aber ich würde die Gruft nie mehr verlassen. Ich würde hier sterben. Entweder durch die Hand der Fae, wenn sie herausfanden, was ich getan hatte, oder an Durst und Hunger. Die einzige Möglichkeit, von hier zu entkommen, war, wenn Aric mich nach draußen brachte. Aber er hatte vor einigen Tagen damit aufgehört und brachte mir mittlerweile nur noch einen Eimer, den ich benutzen konnte. Es war unwahrscheinlich, dass er mich von der Kette befreien würde, und es war ein zu großes Risiko, darauf zu warten.

Ein Teil von mir hoffte, dass mich ein anderer Fae töten würde, denn die Vorstellung, noch länger hier gefangen zu sein, war beinahe zu viel für mich.

Aber zumindest hätte ich dann die Genugtuung, dass Aric tot war. An etwas anderes durfte ich nicht denken.

Mein Griff um das Messer lockerte sich keine Sekunde lang, während ich auf den einen Moment wartete. Und dann war er endlich da.

Ich hörte Schritte und blieb vollkommen regungslos liegen, obwohl ich das Gefühl hatte, als würde mir gleich das Herz aus der Brust springen.

Die Tür ging auf, und ich öffnete mein gutes Auge gerade einen Spaltbreit. Ich sah bloß zwei Beine, die den Raum betraten, bevor sich die Tür wieder schloss.

Es herrschte absolute Stille, und mehrere Sekunden vergingen. Jede Faser meines Körpers war überaufmerksam, und ich spürte, dass Aric immer noch neben der Tür stand.

Aber warum sagte er nichts? Oder kam näher? Die Angst schlug ihre Klauen in mich. Wusste er, was ich vorhatte? Nein, das war unmöglich. Es sei denn, er hatte bemerkt, dass er das Messer verloren hatte.

In diesem Moment bewegte er sich.

Aric durchquerte schweigend die Kammer und blieb neben mir stehen. Mein Herz schlug noch schneller.

»Warum bist du heute so still, mein Lieblingstier?«, fragte er und berührte meine Wange mit seinen eisigen Fingern.

Ich erinnerte mich mit einem Mal, dass ich diese Finger auch schon woanders gespürt hatte.

»Geht es dir nicht gut?«

Nachdem ich wusste, dass er misstrauisch werden würde, wenn ich nicht antwortete, erwiderte ich: »Ich fühle mich nicht wohl.«

Und das stimmte sogar.

»Hmm.« Er griff nach einer Haarsträhne und wischte sie mir von der Wange. Dann steckte er sie mir hinters Ohr, wie es ein Liebhaber gemacht hätte. »Das ist aber schade.«

Warte, befahl ich mir.

»Vielleicht habe ich zu viel genommen«, bemerkte er. Seine Finger glitten über mein Kinn. Es kostete mich sämtliche Kraft stillzuhalten. »Die ganze Sache hier fordert ihren Tribut, nicht wahr?«

Er klang beinahe, als wäre er ernsthaft besorgt. Sein Tonfall und auch die Worte passten, aber ich wusste es besser. Aric hatte nichts Freundliches oder Sanftes an sich.

Ich rollte mich noch ein wenig weiter zusammen, sodass ich das Messer weiter nach oben schieben konnte, ohne dass er es bemerkte.

»Ich werde dir nicht wehtun«, sagte er und brachte sein Gesicht näher an meines heran, während seine Finger unter den Ring um meinen Hals glitten. »Zumindest nicht gleich.«

Warte.

»Und was später betrifft …«, überlegte er. »Das werden wir dann ja noch sehen, nicht wahr?«

Warte.

»Ich würde sagen, es hängt davon ab, wie du dich benimmst.« Er legte den Kopf schief, und ich spürte seine kalten Lippen auf meiner Wange. Ich öffnete mein gutes Auge. »Und dazu gehört auch, wie lange du jetzt brauchst, um dich zusammenzureißen.«

Warte.

»Ehrlich gesagt, habe ich keine Geduld, was Kranke betrifft oder Leute, die …«

Ich schoss hoch, riss das Messer zurück und rammte es ihm seitlich in den Hals. Etwas Warmes, Feuchtes spritzte auf meine Hand und mein Gesicht und sagte mir, dass ich mein Ziel nicht verfehlt hatte.

Aric brüllte und bäumte sich auf, doch ich folgte seiner Bewegung und kletterte von der Platte, während er seinen Kopf zur Seite riss, um sich vom Messer zu befreien. Ich stürzte mich auf ihn, und meine Knie prallten gegen seine Hüfte, als er zurückwich.

»Du verdammtes Miststück!« Blut und Speichel trafen mein Gesicht. »Du dämliches, verfluchtes Miststück!«

Seine Faust knallte seitlich an meinen Kopf, während ich noch einmal mit dem Messer ausholte. Diesmal traf ich nicht seinen Hals, sondern seine Wange. Er schrie und ging zu Boden, während ich das Messer herauszog. Er traf mit dem Rücken auf dem Boden auf, und ich ließ mich auf die Knie fallen. Ich stemmte meine freie Hand gegen seine Stirn, drückte seinen Kopf nach hinten und hielt ihn mit aller Kraft fest.

Doch sein Kopf schoss nach oben, und meine Hand rutschte ab. Seine Zähne gruben sich in meinen Unterarm und rissen die Haut auf. Ich schrie, und mein ganzer Körper zuckte, als er sich zur Seite rollte. Er befreite seine Zähne und spuckte mir ins Gesicht, bevor er meinen Hals umfasste und seine Finger sich in meine Luftröhre gruben. Ich spürte, wie sich die Luft um uns veränderte und wusste, dass er bald Kräfte anwenden würde, gegen die ich nicht ankäme.

»Ich werde dich ausweiden«, schwor er, während Blut über sein Gesicht strömte. »Ich werde dich vögeln, und dann werde ich dich gleich hier und jetzt ausweiden.«

Ich holte erneut mit dem Messer aus. Dieses Mal traf ich seinen Hals auf der anderen Seite, und ich gab nicht nach. Mit aller Kraft, die ich aufbringen konnte, zog ich das Messer von einem Ohr zum anderen, quer über seine Kehle.

Arics Augen weiteten sich. Er stieß sich von mir ab und umklammerte seinen Hals. Blaurotes, schimmerndes Blut lief über seine Hände und über sein weißes Hemd. Er versuchte aufzustehen, doch er schaffte es nur, sich auf ein Knie hochzustemmmen.

»Ich bin noch nicht fertig mit dir«, knurrte ich und quälte mich hoch. Die Welt kippte und drehte sich, doch ich achtete nicht darauf, als ich auf ihn zuhumpelte.

Er öffnete den Mund, doch es kam nur ein blutiges Gurgeln heraus.

»Endlich.« Ich packte ihn an den Haaren und riss den Kopf zurück. »Endlich hältst du dein verdammtes Maul.«

Er griff nach meinem Arm, doch ich wich ihm aus und rammte das Messer ein letztes Mal in ihn. Mein Magen zog sich zusammen, als Knochen splitterten und Sehnen und

Muskeln rissen, während ich den Arm ruckartig zur Seite zog und den Hals des Mistkerls durchschnitt, bis ich auf der anderen Seite angelangt war.

Unsere Blicke trafen sich. Das Leuchten in seinen blassen Augen flackerte.

»Ich hoffe, du kannst mich noch hören.« Meine Zunge fühlte sich dick an, und meine Stimme klang schwammig. »Ich habe mich dir nie unterworfen.«

Das blassblaue Licht flackerte erneut, und seine Pupillen zogen sich zusammen.

Ich riss den Arm zurück und trennte den Kopf vom Hals. Sein Körper brach nach vorne zusammen, während der Kopf dahinter zu Boden fiel und an der Steinmauer abprallte.

Ich hatte es getan.

Aric, der uralte Fae, der meine Mutter umgebracht hatte, war tot.

Ich hatte es wirklich getan.

Meine Brust hob und senkte sich in einem Höllentempo, als ich einen Schritt zurücktrat. Violettes Blut rann meine Arme hinab, und ich stolperte immer weiter nach hinten. Ich sah mit weit aufgerissenen Augen zu, wie es langsam die Ritzen zwischen den Steinen füllte und die zähe Flüssigkeit über den Boden rann.

Ich sah an mir herunter. Die Vorderseite des wunderschönen Kleides war voller Blut.

Es war so was von ruiniert.

Ich öffnete den Mund und begann zu lachen, während das Messer aus meiner blutverschmierten Hand glitt. Ich lachte, als meine Beine unter mir nachgaben und ich wie ein Sack zusammensank.

Ich lachte, während das Blut immer weiterfloss.

13

Wenn man einem stinknormalen Fae einen Eisenpflock in die Brust rammt, stirbt er nicht, sondern wird in die Anderwelt zurückbefördert. Der Körper saugt sich praktisch selbst auf, und dann … *puff*, ist er weg. Es gibt keine Sauerei. Kein Saubermachen. Und dasselbe passiert, wenn man sie tötet. Sie lösen sich einfach in Luft auf.

Auf einen uralten Fae trifft das allerdings nicht zu.

Wenn man einen uralten Fae tötet, bleibt der Körper in dieser Welt, zumindest eine Zeitlang. Sie verwesen wie wir Menschen, nur um einiges schneller.

Ich saß auf dem Boden und sah zu, wie Arics Haut dunkel wurde und aufplatzte. Sein Bauch sank ein, anstatt sich aufzublähen, und dann schrumpfte sein Körper in seiner Kleidung. Es dauerte nur wenige Minuten.

Der Rest dauerte Stunden. Doch am darauffolgenden Tag – dem neunundvierzigsten – war nur noch ein öliger, klumpiger Fleck auf dem Boden zu sehen, und die nässende Bisswunde an meinem Arm hatte endlich zu bluten aufgehört. Vermutlich musste sie genäht werden, und ich musste Antibiotika einnehmen, sonst würde ich mir eine grauenhafte Infektion einfangen. Aber dagegen konnte ich nun mal nichts ausrichten – es sei denn, es versteckte sich ein Arzt zwischen den Kletterpflanzen.

Genauso, wie ich nichts gegen die anderen Schmerzen und den seltsamen, unvermittelt einsetzenden Brechreiz tun konnte, nach dem ich mich immer wieder übergeben musste.

Aber ich wartete.

Ich hatte das Messer wieder an mich genommen und umklammerte es so fest, dass meine Knöchel schmerzten. Ich wusste zwar, dass ich gegen zwei oder drei Fae auf einmal nichts ausrichten konnte, selbst wenn es keine der Alten wären, aber ich würde sicher nicht kampflos aufgeben.

Doch es kam niemand.

Weder die weibliche Fae, die mich immer gebadet hatte, noch die beiden Fae, die die Wanne in die Kammer und wieder hinausgetragen hatten.

Irgendwann wanderte mein Blick von dem Fleck zur Tür. Ich stellte mir vor, dass sie nicht abgeschlossen war. Die Freiheit lag nur wenige Meter außer Reichweite, und ich versuchte, mich so weit wie möglich in Richtung Tür zu strecken. Ich versuchte es mehrere Stunden lang, und dann verwendete ich das Messer, um den Ring im Boden und die Stelle, an der die Kette an dem Ring um meinen Hals befestigt war, zu bearbeiten, bis ich befürchtete, dass die Klinge abbrechen könnte.

Ich hielt sofort inne. Ich durfte nicht riskieren, ohne Waffe dazustehen, wenn die Fae schließlich kamen.

Doch es kam niemand.

Stunden wurden zu einem weiteren Tag, der langsam in einen weiteren überging. Das Messer war mir aus der Hand gerutscht und lag jetzt in meinem Schoß.

Der Durst und der Hunger übertönten die Schmerzen und die Übelkeit, und Wasser, Burger, Steaks, frischer Salat und Schokoladentorten beherrschten meine Gedanken. Ich fantasierte sogar von einem All-you-can-eat-Buffet, doch irgendwann hörte ich auf, ans Trinken und Essen zu denken. Entweder hatten sich mein Körper und mein Geist an den Durst und den Hunger gewöhnt, oder ich spürte ihn schlichtweg nicht mehr. Genauso, wie ich die Kälte und das Pochen in mir nicht mehr spürte.

Eine abgrundtiefe Müdigkeit packte mich, und die Lethargie umwickelte mich wie eine schwere Decke, die meine Beine und Arme nach unten drückte. Am einundfünfzigsten Tag hörte ich auf, die Tage zu zählen, denn ich brachte nicht mehr genug Kraft auf, um den Stein hochzuheben oder mit dem Messer einen Strich in den Stein zu ritzen. Ich weiß nicht, ob es der Hunger war oder die Wunden oder die Tatsache, dass Aric sich so oft von mir genährt hatte, aber irgendwann schlief ich an Ort und Stelle gegen den Stein gelehnt ein. Bis ich schließlich nicht mehr aufrecht sitzen konnte.

Ich war mir nicht sicher, wann es so weit war, doch als ich das nächste Mal die Augen öffnete, lag ich seitlich auf dem Boden. Das Messer war mir vom Schoß gerutscht und lag ein paar Zentimeter entfernt.

Ich musste es holen, es in Griffweite haben, aber ich brachte es einfach nicht über mich. Und während ich erneut eindöste, kam mir der Gedanke, dass es okay wäre, nie mehr aufzuwachen.

Ich hatte Aric getötet. Ich hatte zu Ende gebracht, was ich mir vor zwei Jahren vorgenommen hatte. Ich hatte dem Tod meiner Mutter Ehre erwiesen. Es spielte keine Rolle, ob ich hier in dieser muffigen, feuchten Kammer starb. Nicht mehr.

Doch dann entglitt mir mehr als nur das Messer. Mir entglitt einfach alles.

Ich wachte auf. Vielleicht träumte ich auch nur. Oder ich war wach und halluzinierte. Ich war mir nicht sicher, aber ich sah Menschen vor mir. Meine Mutter, die vor mir ging und deren rosaroter Morgenmantel wie ein Paar Flügel hinter ihr her wehte. Sie sagte etwas, aber ich konnte sie nicht verstehen, und wenn ich nach ihr rief, kam keine Antwort. Und im nächsten Augenblick war sie verschwunden.

Später erschienen eine junge Frau mit feuerroten Locken und ein Mann mit braunen Haaren. Ich kannte die beiden. Zumindest dachte ich, dass ich sie kannte, aber mir wollten ihre Namen nicht einfallen. Die Kammer verschwand, und ich saß in einem von warmen, blinkenden Lichtern erhellten Restaurant.

Die beiden redeten miteinander, aber ich hörte nicht zu. Ich dachte an den Weihnachtsmorgen, heiße Schokolade und die guten Momente mit meiner Mutter, als sie noch wusste, wo sie war.

Plötzlich schnippten zwei Finger vor meinem Gesicht und zogen meine Aufmerksamkeit auf sich.

»Tut mir leid.« Meine Stimme war heiser. *»Ich war gerade mit den Gedanken woanders. Was hast du gesagt?«*

»Ich sagte: Ich ziehe mich jetzt nackt aus und laufe raus auf die Straße«, sagte die junge Frau.

Der junge Mann sah sie lächelnd an. *»Also da wäre ich sofort dabei!«*

»Ja, das kann ich mir vorstellen.« Sie deutete grinsend auf die Speisekarte. *»Willst du noch was Süßes, Bri?«*

Bri.

Nur sie nannte mich Bri.

Bri stand für Brighton. Das war mein Name, und sie war …

Ich blinzelte, und sie waren fort. Genauso wie das Restaurant, das nun wieder einem runden, mit Kletterpflanzen überwucherten Raum Platz gemacht hatte, in dem flackernde Fackeln brannten. Ich verlor das Bewusstsein und wachte erst auf, als ich erneut eine Stimme hörte.

»Es tut mir leid.«

Meine Augen öffneten sich flatternd, und da stand er vor mir. Er trug ein dunkles Hemd, das sich wie eine zweite Haut an seine Brust und seine schmale Mitte schmiegte. Seine blonden Haare reichten ihm bis auf die breiten Schultern, als er den Kopf senkte.

Er konnte mich nicht ansehen.

»Es tut dir leid?« Ich hörte mich selbst, und meine Brust … O Gott, es tat so weh. Es fühlte sich an, als würde sie gleich zerspringen. *»Was genau tut dir denn leid? Das, was zwischen uns passiert ist? Oder dass du vergessen hast, deine Verlobte zu erwähnen?«*

Seine Kiefermuskeln zuckten. *»Beides.«*

Mein Herz zerbarst in eine Million Scherben.

»Mein Gott«, flüsterte ich.

»Du verstehst das nicht.« Er warf mir einen raschen Blick zu. *»Du kannst gar nicht verstehen.«*

»Weil ich keine Fae bin?«

Unsere Blicke trafen sich, und wir sahen uns eine Ewigkeit an, während sein Gesicht Dutzende Gefühle widerspiegelte. Und dann war plötzlich alles verschwunden, und er hatte seine Gefühle tief in sich begraben.

»Weil du nicht so bist wie ich. Ich bin ein König. Ich brauche eine Königin.«

Seine Worte bohrten sich wie ein Dolch in mein Herz. Meine Wangen wurden feucht, und die Welt um mich veränderte sich erneut. Er stand in einem hell erleuchteten Raum, in dem es nach frischen Äpfeln roch. Und da waren auch noch andere. Die junge Frau mit den roten Haaren und Menschen ohne Gesichter und ohne Namen.

»Du solltest auf Ivy hören«, drängte er. *»Du darfst dich nicht mit ihnen anlegen. Es ist schon schlimm genug, dass die beiden wissen, dass du etwas mit der Sache zu tun hast.«*

»Ich kann auf mich aufpassen«, erwiderte ich, und es schien, als würde ich aus einem Drehbuch vorlesen, das ich gar nicht lesen wollte. *»Ich denke, das habe ich schon zur Genüge bewiesen.«*

»Du hast bewiesen, dass du unverschämtes Glück hast«, schoss er zurück. *»Du bist nicht wie sie.«* Er deutete auf die anderen. *»Du bist keine Kriegerin mit jahrelanger Erfahrung im Gepäck.«*

»Ich bin ein Mitglied des Ordens. Ich wurde ausgebildet und …«

»Du bist ein Ordensmitglied, aber das ist nicht dein Job«, erklärte die junge Frau.

»Wenn es nicht mein Job ist, böse Fae zu jagen und zu töten, was ist es dann?«

In dem Schweigen, das darauf folgte, hörte ich plötzlich Arics Stimme. *»Du wurdest in den Orden hineingeboren, aber du bist kein vollwertiges Mitglied.«*

Verwirrung machte sich in mir breit, und der Raum und die Leute darin schienen zu flackern. Aric war tot. Ich hatte ihn umgebracht. Er konnte nicht hier sein …

Caden verblasste, dann war er wieder da. *»Du bist eine Ablenkung. Eine Schwäche. Und ich werde nicht zulassen, dass jemand sie ausnutzt.«*

»Ich bin nicht schwach.« Die Worte rissen mir die Kehle auf. »Ich habe Aric getötet. Ich habe ihn getötet.«

Doch der Raum war leer.

Er war fort.

Und dann war ich es auch.

Ich war mir nicht sicher, was mich geweckt und aus dem Nichts emporgeholt hatte, aber plötzlich spürte ich die Kälte der Gruft. Ein entfernter Teil von mir stellte fest, dass mir nicht so kalt war, wie es eigentlich der Fall sein sollte, und dass das vielleicht ein Grund zur Sorge war, aber ich war zu müde, um mir darüber Gedanken zu machen. Und zu dankbar, dass es nicht mehr wehtat. Dass ich mich ganz gut fühlte. Ich war nur müde. So müde. Ich döste erneut ein, als ich etwas hörte.

Waren das Schritte?

Nein. Es war zu laut und ging zu schnell. Ein Hämmern? Ja, es klang, als würde jemand an die Tür hämmern. Hatten sich die anderen Fae schließlich doch auf die Suche nach Aric gemacht? Der uralte Fae wäre sicher außerordentlich verärgert gewesen, wenn er gewusst hätte, dass das so lange dauern würde. Es war eine ziemliche Beleidigung. Meine Lippen verzogen sich zu einem kaum merklichen Grinsen. Es tat weh, als die viel zu dünne und trockene Haut aufplatze, aber es war okay.

Ich musste die Augen aufmachen, aber meine Lider waren zu schwer. Ich wollte einfach schlafen. Das war alles, was ich wollte.

Stimmen.

Als Nächstes hörte ich Stimmen. Oder ich *dachte* zumindest, dass ich welche hörte. Ich war mir nicht sicher. Schreie. Namen, die unzusammenhängende Erinnerungen wachriefen. Trampelnde Schritte und …

Die Welt um mich schien zu explodieren. Holz zersplitterte und zerbarst, und Luft – frische, nach Rosen duftende Luft – strömte in die Gruft.

»Brighton?«

Die Stimme. *Seine* Stimme. Ich erkannte sie. Der tiefe, melodiöse Bariton, der mir zugeflüstert hatte, während seine Lippen auf meiner Haut gelegen hatten. Obwohl sie heute anders klang. Voller Erleichterung, Entsetzen, Wut und Verzweiflung.

Er stieß einen Fluch aus, und dann umfing mich eine

Wärme, als wäre die Sonne durch die Wolken gebrochen. Die Luft schien sich zu bewegen.

»Brighton?«

Er war jetzt näher bei mir, und ich versuchte, die Augen zu öffnen, aber es war sinnlos. Ein Augenblick verging, dann fühlte ich etwas Warmes an meiner Wange. Finger. Warme Hände, die mir die verfilzten Haare aus der Stirn strichen.

»Mein Gott.«

Die beiden Worte klangen so nah, als wäre er vor mir auf die Knie gesunken. Meine Augenlider flatterten, und schließlich konnte ich sie zur Hälfte öffnen. Ich sah das verschwommene Bild eines Mannes, der ganz in Schwarz gekleidet war.

Er kniete tatsächlich neben mir.

Ich kannte ihn. Das wusste ich bestimmt. Aber ich konnte mich nicht mehr an seinen Namen erinnern.

Seine blonden Haare verdeckten sein Gesicht. Er sah mich nicht an, sondern griff stattdessen nach einem der Träger meines Kleides und schob ihn an seinen Platz. Dann nahm er den Rock und zog ihn nach oben. Ich wollte nicht, dass er das tat. Ich wollte nicht, dass er sah, was man mit mir gemacht hatte. Das wusste ich mit Sicherheit.

»Verdammte Scheiße«, knurrte er. »Verdammte Scheiße. Ich werde ihn verflucht noch mal umbringen.«

Ich zuckte zusammen.

Sein Kopf fuhr in meine Richtung, und ich wich vor der Wut zurück, die aus jeder Pore seines Körpers drang und sein unglaublich schönes Gesicht eher wie das Antlitz eines Tieres als das eines Menschen wirken ließ. Die Brutalität, die er verströmte, machte mir Angst.

Doch er schien die Wut und die Kraft zu zügeln und wickelte sie wie einen Mantel um sich. Er ließ das Kleid los und streckte die Hand nach mir aus, woraufhin sich mein ganzer Körper versteifte. Ich schloss die Augen und wartete auf den Schmerz, der sicher bald kommen würde.

»Brighton«, sagte er, und seine Stimme klang jetzt sanfter. »Es ist okay.«

Die Wärme auf meiner Wange war wieder da, und er strich mir erneut die Haare aus dem Gesicht. Im nächsten Moment schien er wie erstarrt, und als er erneut sprach, klang seine Stimme heiser. »Es wird alles gut. Ich werde dich von hier fortbringen. Ich werde …«

Er verstummte, als eine Kette rasselte. Ein warmer Luftzug drang in den Raum und fuhr unter mein Kleid.

»Es ist alles okay. Alles okay«, wiederholte er. Seine Hand bewegte sich.

»Nicht«, krächzte ich und zog mich instinktiv zurück. Ich schaffte es, wenige Zentimeter von ihm abzurücken.

Es folgte angespanntes Schweigen, dann sagte er: »Ich werde dir nicht wehtun. Ich könnte dir niemals wehtun.« Er berührte mich erneut, langsam und bedächtig. Er ließ seine Hand zwischen meinen Kopf und den Boden gleiten und bildete eine Barriere zwischen mir und dem Stein.

»Mach die Augen auf, Brighton. Für mich. Bitte. Mach die Augen auf, Baby. Sieh mich an, und du wirst wissen, dass ich dir nicht wehtun werde. Mach die Augen auf, Sonnenschein.«

Ich habe dich einmal lächeln gesehen, und es war, als wäre die Sonne aufgegangen.

Das hatte er einmal zu mir gesagt. Als ich ihn gefragt hatte, warum er mich Sonnenschein nannte, hatte er genau das zu mir gesagt. Und er hatte auch gesagt, dass meine Haare den Sonnenstrahlen glichen.

Caden.

Der König.

Ich kannte ihn.

Er würde mir nicht wehtun, aber es fühlte sich so an, als hätte er genau das getan. Er hatte mir sehr wehgetan, aber auf andere Art.

Ich nahm einen flachen Atemzug, öffnete langsam die Augen und sah ihn dort in der Dunkelheit. Aber er konnte nicht real sein. Er konnte nicht wirklich hier sein.

»Da bist du ja.« Er lächelte, aber es wirkte falsch. Als wüsste ich, wie sein Lächeln aussah, auch wenn er es nur selten zeigte. Dieses Lächeln wirkte traurig. »Behalte sie für mich offen, ja? Ich werde dich hier rausbringen, aber du darfst die Augen nicht wieder zumachen. Ich muss wissen, dass du noch immer hier bei mir bist, und du musst wissen, dass ich es auch bin.«

Meine Lippen teilten sich, um etwas zu sagen, doch meine Zunge war schwer und nutzlos. Tief in meinem Inneren wusste ich, dass ich ihm von Aric erzählen musste. Dass er es wissen musste.

»Ich … ich habe es geschafft«, sagte ich und zuckte zusammen, weil mir die Worte beinahe die Kehle aufrissen.

»Was hast du geschafft?« Sein Daumen glitt über meine Schläfe.

»Ich habe ihn umgebracht. Ich habe Aric umgebracht.«

Cadens Augen weiteten sich, und sein Blick wanderte nach links und über seine Schulter zu dem Fleck auf dem Boden. Dann richtete er ihn wieder auf mich und sah mich einen Moment lang voller Ehrfurcht und Bewunderung an. Die jedoch schnell von Verzweiflung abgelöst wurden.

»Gut.«

Unsicherheit packte mich. Ich schluckte erneut.

»Du musst jetzt nichts sagen.« Er sah mir in die Augen. »Ich werde jetzt diese Kette lösen, und dann bringen wir dich von hier fort und nach Hause.«

Nach Hause?

»Caden?« Eine vertraute Stimme drang zögerlich in die Kammer.

»Sie ist hier«, antwortete er und ließ mich dabei keinen Augenblick lang aus den Augen.

»Ist sie ...?« Die neue Stimme klang sanft. Weiblich. Ich dachte an rote Haare.

Caden biss die Zähne aufeinander.

»Sie ist hier«, wiederholte er. »Sie ist angekettet.«

Irgendwo in der Kammer erklang ein lauter Fluch, und ich erschauderte.

»Ganz ruhig«, meinte er über die Schulter hinweg. »Und leise. Nein, nicht. Bleib zurück. Jetzt nicht.«

»Aber ...«, widersprach die Frau.

»Ren, hol eine Decke oder eine Jacke. Etwas Warmes, Weiches«, unterbrach er die Frau. »Wir müssen sie aufwärmen. Ihre Körpertemperatur ist viel zu niedrig. Und ruf Tanner an. Sag ihm, er soll ein Krankenzimmer vorbereiten.«

Dieser Ren musste ihm wohl gehorcht haben, denn Caden richtete seine Aufmerksamkeit wieder auf mich. »Ich werde jetzt den Ring um deinen Hals aufbrechen, okay? Ich werde dir nicht wehtun, aber vielleicht erschrickst du, und ich brauche Hilfe, also halte bitte still. Niemand tut dir etwas.«

Ich atmete erneut ein, aber die Luft schien ins Leere zu fließen.

Seine Brust hob sich. »Ivy, komm bitte her und halte ihren Kopf, aber geh ganz langsam.«

Ivy. Ivy. Ivvvvy. Dieser Name. Ich kannte ihn, aber ich konnte mich nicht an sie erinnern. Obwohl ich wusste, dass ich es sollte. Mein Herz begann schneller zu schlagen, als die Unsicherheit mich erneut packte. Warum konnte ich mich nicht an sie erinnern?

»Ist schon gut«, beruhigte mich Caden. »Ich verspreche es dir. Du bist jetzt in Sicherheit.«

Leise Schritte kamen näher, dann atmete jemand scharf ein. »Mein Gott.«

Cadens Kopf fuhr zu der Rothaarigen herum, und was auch immer sie in seinem Gesicht sah, ließ sie verstummen. Sie verschwand aus meinem Blickfeld, und ich versteifte mich.

»Sie hält nur deinen Kopf still, das ist alles«, versicherte Caden mir. »Und dann nehme ich dir den Ring ab, und wir verschwinden von hier.«

»Ich werde dich jetzt anfassen«, sagte Ivy irgendwo hinter mir. Sekunden später spürte ich ihre Hände links und rechts an meinem Kopf. »Ich hab sie.«

»Danke«, erwiderte Caden, und ich hatte das untrügliche Gefühl, dass er so etwas nicht oft sagte. »Nur noch ein paar Sekunden, Sonnenschein, das ist alles.«

Er legte seine Hände über den Metallring, und eine seltsame, flackernde Hitze breitete sich aus, als er den Kopf senkte. Die Muskeln unter seinem Hemd und an den Armen spannten sich. Ich spürte einen sanften Druck um meinen Hals, der meine Alarmglocken schrillen ließ. Ich versuchte, mich loszureißen, doch Ivy hielt mich fest. Mein Magen zog sich panisch zusammen.

Metall ächzte und gab nach, und als ich schluckte, presste sich nichts mehr gegen meinen Hals.

»Okay«, murmelte Caden und legte den aufgebrochenen Ring beiseite. Dann beugte er sich vor. »Ich hab sie.«

»Wirklich?«

Er hob den Blick und sah die Frau an, die hinter mir stand. »Ja.«

»Das will ich dir auch geraten haben«, sagte sie.

Ich hatte keine Ahnung, worum es hier ging, doch Ivy sagte

nichts, als er einen Arm unter meine Schultern und den anderen unter meine Beine schob. Erst dann ließ sie los. Er drückte mich an sich, und die Berührung beunruhigte mich. Ich schnappte nach Luft, als mich ein seltsames Gefühl packte.

»Entschuldige«, meinte er schroff und erhob sich in einer einzigen fließenden Bewegung. Er wandte sich um, und mein Blick huschte durch die Kammer, bevor er an dem dunklen Fleck am Boden hängenblieb.

Caden sagte etwas, aber ich hörte ihn nicht. Ich wusste nicht einmal, ob er mit mir redete oder nicht. Ich betrachtete ihn, während er auf die Tür zuging.

Ich hatte das alles schon einmal erlebt. Zumindest hatte es sich so angefühlt. Als würde ich bloß träumen.

Ein Kloß machte sich in meinem Hals breit, als wir uns der Tür näherten. Ich versteifte mich und wartete darauf, dass die Falle zuschnappte. Dass sich mir plötzlich ein Hindernis in den Weg stellte. Dass jemand an der Kette um meinen Hals zog. Dass sich nichts davon als wahr erwies und bloß ein weiterer ausgefeilter Trick meiner Psyche war.

Caden trat über die Schwelle und sprach weiter mit leiser, sanfter Stimme mit mir, während wir in eine tiefe Dunkelheit eintauchten. Er stieg eine Treppe hoch und dann sah ich das silberne Leuchten des Mondes.

Mondlicht.

Ich atmete rasselnd ein, und die Luft war frisch und rein. War das …? Tränen stiegen in meine Augen, und das Mondlicht, das durch die Bäume fiel, verschwamm.

Ich schluckte erneut. »Bist du wirklich hier?«

»Ja.« Caden blieb stehen und sah auf mich hinab. »Ich bin hier. Ich bin wirklich hier, Sonnenschein.«

14

Caden trug mich zu einem Wagen und wickelte mich in eine Decke, doch ich nahm alles nur wie durch einen dichten Nebel hindurch wahr. Die warme Decke und die Hitze, die sein Körper ausstrahlte, machten es mir schwer, die Augen offen zu halten, auch wenn er mich immer wieder darum bat.

Gesprächsfetzen umgaben mich, und Caden legte mich in seinen Schoß und hielt mich fest, während der Wagen eine Straße entlangholperte. Er hatte einen Arm sanft um meine Schulter geschlungen und drückte meine Wange an seine Brust. Immer wieder spürte ich eine federleichte Berührung auf meinem Kopf oder an meinen Fingern. Gerade so, als würde ich ihm etwas bedeuten. Als wäre ich etwas Wertvolles und würde geliebt. Doch da war irgendetwas in mir, das mir sagte, dass ich mich von ihm lösen und genügend Abstand zwischen uns bringen musste, weil das unbedingt notwendig war. Ich konnte mich nicht an den Grund dafür erinnern, und ich war zu müde, um darüber nachzudenken.

Als ich wieder zu mir kam, sprach Ren vom Fahrersitz aus mit den anderen. Sein Name war mir vertraut, genauso wie sein Gesicht. Ich kannte ihn und die rothaarige Frau neben ihm, und ich wusste, dass sie zusammen waren. Ihre Namen und Gesichter waren wie das Grundgerüst eines Hauses, in dem allerdings noch sämtliche Wände, Stockwerke und auch alles andere fehlte.

»Wie schlimm ist es?«, fragte Ren.

Der Arm um meine Schulter versteifte sich und entspannte sich gleich wieder. »Schlimm.«

»Hat sie gesagt, dass sie ihn umgebracht hat?«, fragte Ivy. »Habe ich das richtig verstanden?«

»Ja, hast du«, erwiderte Caden, als sich plötzlich ein seltsames Gefühl in meinen Zehen breitmachte. Es war nicht wirklich unangenehm, eher ein sanftes Brennen wie bei einem Sonnenbrand.

»Verdammt«, murmelte Ren. »Aber jetzt wissen wir wenigstens, warum Dumm und Dümmer ihn nirgendwo gesehen haben.«

Dumm und Dümmer? War das nicht ein alter Kinofilm? Das Brennen kroch langsam meine Unterschenkel hoch.

»Sie haben gesagt, sie hätten ihn seit vier Tagen nicht mehr gesehen«, sagte Ivy. »Ist es möglich, dass sie dort unten ganz alleine war?«

»Sie war beinahe zwei Monate lang verschwunden«, erwiderte Ren, und Überraschung machte sich in mir breit. War es wirklich so lange gewesen? Ich hatte am einundfünfzigsten Tag zu zählen aufgehört. Aber wie viele Tage hatten mir am Anfang gefehlt? »Es ist unglaublich, dass wir sie nach so langer Zeit gefunden haben.«

»Sie dachte sicher …« Ivy hielt inne, bevor sie weitersprach. »Hast du sie gesehen? Ihre Haut?«

»Ja, ich habe es gesehen.« Cadens Stimme wurde hart.

»Dieses kranke Arschloch …« Sie brach ab. »Ich bin froh, dass sie ihn umgebracht hat. Ich hoffe, sie hat dafür gesorgt, dass es wehtat.«

»Ich bin nicht froh, dass sie es getan hat«, erklärte Caden.

Die Unsicherheit war wieder da. Warum war er nicht froh darüber? Die beiden waren erbitterte Feinde gewesen, und ich wusste, dass Aric Caden Dinge angetan hatte. Er hatte schreckliche Dinge mit jemandem angestellt, der dem König viel bedeutet hatte. Er wollte Caden benutzen, um … Ich verlor den Faden, und mein Gehirn schaltete sich ab, als hätte jemand den Not-aus-Knopf gedrückt.

Caden sagte nichts mehr, und ich musste wohl einen Augenblick eingedöst sein, denn als ich wieder zu mir kam, hatte sich das Brennen bis zu meinen Schultern ausgebreitet, und es gefiel mir absolut nicht. Ich wand mich, als es schließlich meinen Hals erreichte.

»Hey.« Cadens sanfte Stimme drang aus der Dunkelheit. »Schon okay. Wir sind fast da.«

Aber es war nicht okay. Die Hitze stieg über meinen Kopf, und meine Haut prickelte, als würden Millionen Nadeln unter ihr tanzen.

»Es tut so weh«, erklärte ich ihm und öffnete die Augen. »Meine Haut.«

Caden drehte mich ein wenig, und sein verschwommenes Gesicht tauchte vor mir auf. »Deine Körpertemperatur steigt.«

Ich versuchte, meine Arme unter der Decke herauszuziehen, um sie von mir herunterzureißen.

»Nicht.« Er schlang die Arme um mich und hielt die Decke fest, während er die Handfläche auf meine Stirn legte. »Du musst die Decke oben behalten.«

»Es ist zu heiß«, flüsterte ich und streckte ein Bein aus. Ein stechender Schmerz breitete sich über die Haut aus und grub sich tief in meine Muskeln. Ich keuchte. »Es tut so weh.«

Er stieß einen kehligen Laut aus. »Ich weiß. Es tut mir leid, Baby. Wirklich. Aber du brauchst die Decke. Deine Temperatur ist noch nicht hoch genug.«

Das war mir egal. Feuerameisen gruben sich in mein Fleisch. Ich wand mich hin und her und stöhnte, als meine Rippen protestierten. Das Taubheitsgefühl war verschwunden, und ich sehnte mich danach.

»Warum tut es jetzt so weh? Es hatte doch aufgehört. Es hatte endlich aufgehört.«

»Es tut mir leid«, flüsterte er. »Dein Körper erwärmt sich langsam, und das Blut fließt wieder so, wie es sollte. Zuerst tut es weh, aber dann wird es besser.«

Aber es wurde nicht besser. So lief das nicht, wenn plötzlich jeder längst vergessene Schnitt zu brennen begann und jede Prellung unaufhörlich pochte.

Ich konnte nicht stillhalten, obwohl der König versuchte, mich festzuhalten. Ich war ein sich windendes Stück schmerzendes, keuchendes Fleisch. Alles tat weh, egal ob außen oder innen. Jeder Atemzug brannte wie Feuer, und in meinen Augen standen Tränen.

»Es dauert nicht mehr lange«, murmelte Caden über meinen Scheitel hinweg. Er wiederholte es immer wieder. Bis es schließlich zu viel wurde.

»Kannst du denn nichts unternehmen?«, fragte Ivy mit vor Sorge schriller Stimme. »Sie mit einem Glamour-Zauber belegen?«

»Das kann ich ihr nicht antun. Nicht jetzt. Nicht, nachdem …«

»Bitte«, flehte ich, und mein Atem war nur noch ein schmerzhaftes Keuchen. »Bitte tu etwas.«

»Ich weiß, dass er es immer wieder getan hat. Das sehe ich. Ich hasse das. Es bringt mich um.«

»Aber im Moment klingt es eher so, als würde es *Brighton* umbringen«, zischte Ren. »Also, warum überwindest du dich nicht einfach und hilfst ihr endlich?«

»Du verstehst das nicht«, knurrte Caden. »Sie steht an der Schwelle, nach der es kein Zurück mehr gibt. Ich sehe es in ihren Augen. Sie hat euch beide nicht wiedererkannt. Und mich am Anfang auch nicht. Was ist eurer Meinung nach der Grund dafür?«

»Bitte«, flüsterte ich. »Mach, dass es aufhört. Bitte.«

»Ich kann nicht.« Seine Stimme wurde wieder weicher, und seine Hand umfasste meinen Hinterkopf. »Wenn sich jetzt jemand von dir nährt oder dich mit einem Glamour-Zauber belegt, dann war es das vermutlich. Und das werde ich dir nicht antun.«

»Ich fahre schneller«, murmelte Ren.

»Bitte.« Meine Stimme brach. »Mach, dass es aufhört.«

»Es tut mir leid«, wiederholte Caden, als mich ein Zittern erfasste. »Es tut mir leid, dass du das durchmachen musstest. Es tut mir leid.«

Meine Haut fühlte sich an, als würde sie Blasen schlagen und aufplatzen. Meine Muskeln spannten sich an, bis sie zerrissen. Die Knochen waren brüchig und spitz. Es gab kein Entkommen.

Und plötzlich sah ich alles vollkommen klar. Die Wahrheit bahnte sich den Weg durch den Nebel, und ich erinnerte mich an alles, was mir angetan worden war. An alles. Und ich kam nicht damit klar.

Ich legte den Kopf in den Nacken und stieß ein heiseres Brüllen aus. Im vorderen Teil des Autos erklangen Stimmen. Ich krümmte mich vor Schmerz, was die Prellungen und die wunde Haut noch mehr auflodern ließ. Meine Stimme versagte, und schließlich wurde es zu viel. Ich glitt ins glückselige

Nichts, und das Letzte, was ich hörte, war Caden, der meinen Namen rief.

Eine Fremde in einem blassblauen Kittel starrte auf mich hinab. Da waren auch noch andere, die um mich herumeilten und das Kleid entfernten, das ich trug. Die Lippen der Fae bewegten sich, aber das Blut in meinen Ohren rauschte so laut, dass ich sie nicht hören konnte.

»Aufhören«, befahl ich heiser und schlug nach den Händen. *»Aufhören!«*

»Ich bin eine Heilerin. Ich arbeite für den König.« Sie fing meine Hand ab und legte sie vorsichtig auf den Tisch. »Wir müssen dir dieses Kleid ausziehen, um deine Verletzungen zu begutachten.«

Ihre Worte ergaben Sinn, aber dann auch wieder nicht. Der Stoff glitt über meine Schultern nach unten.

Die Frau zuckte zurück, und ihre Augen weiteten sich. Mehrere Leute schnappten nach Luft, doch dann erwachte die Heilerin aus ihrer Starre und feuerte eine Salve an Befehlen ab. »Bereitet eine intravenöse Infusion vor, und holt das Morphium. Wir beginnen mit vier Milligramm und geben ihr zusätzlich Flüssigkeit über eine Ringerlösung. Seht nach, welche Antibiotika wir haben, und einer der Menschen soll sich bereithalten, um notfalls Besorgungen zu machen.«

Es passierte alles so schnell. Sie zogen mir das Kleid aus und ersetzten es durch eine warme, weiche Decke. Ich spürte, wie eine Nadel in meinen Handrücken stach, aber es war kein Vergleich zu den anderen Schmerzen.

»Dir wird gleich einen Augenblick lang warm werden, und vielleicht hast du auch einen komischen Geschmack im Mund, aber keine Sorge, es ist bloß ein Schmerzmittel«, erklärte die Frau. »Und dann sehen wir uns deine Verletzungen an, okay?«

Ich wusste nicht, wer sie war – und ich kannte auch die anderen nicht. Was war mit Caden passiert?

Mein Herz hämmerte, und ich versuchte, mich aufzurichten, doch dann breitete sich ein Summen in mir aus, drängte das Feuer zurück und kühlte mich langsam von innen. Und plötzlich kämpfte ich nicht mehr dagegen an. Ich hörte einfach auf …

Leute bewegten sich um mich herum, und die Frau sprach erneut, aber ich konnte ihr nicht folgen. Mein Kopf fiel zur Seite, und ich sah in ein Paar bernsteinfarbene Augen.

Caden stand ein wenig abseits, und seine goldene Haut war blasser, als ich sie je gesehen hatte. Die anderen machten einen weiten Bogen um ihn, und er rührte sich nicht, obwohl ich glaubte, dass er die Lippen bewegte.

Sie schienen mir lautlos zuzuflüstern. *Ich bin da.*

Ich bemerkte zwei Dinge.

Da war zunächst einmal das regelmäßige Piepen, das ich als Erstes wahrnahm, als ich schließlich aufhörte, durch den Nebel zu schweben. Und zweitens tat es nicht mehr so weh – und das war der wichtigste Teil. Mein Körper fühlte sich wund an und schmerzte, aber es war eine solche Verbesserung meines Zustandes, dass ich am liebsten geweint hätte.

Aber ich tat es nicht.

Stattdessen versuchte ich, die Augen zu öffnen. Es fiel mir zwar nicht mehr so schwer wie beim letzten Mal, aber es dauerte doch eine ganze Weile, denn meine Lider waren verklebt und geschwollen. Doch als ich es schließlich geschafft hatte, sah ich weder das dunkle Autodach noch die Steindecke der Gruft, sondern eine glatte weiße Zimmerdecke.

Eine weitere massive Verbesserung.

Ich lebte, und ich befand mich nicht in einer Gruft, wo ich an eine Steinplatte gekettet auf den Tod wartete.

Mein Gott.

Ich schluckte und zuckte zusammen. Es war, als wäre mein Hals voller Rasierklingen. *Ich lebe.* Ich wiederholte diese beiden Worte in Gedanken immer wieder, denn sie schienen nicht real und sogar unmöglich. Trotzdem lag ich in einem bequemen Bett, und sanftes Sonnenlicht drang durch die Vorhänge ins Zimmer. Die Erinnerungen daran, wie ich hierhergekommen war, waren unzusammenhängend und verschwommen, aber ich erinnerte mich an Caden, Ivy und Ren und den Schmerz, als sich meine Haut langsam aufgewärmt hatte. Ja, diesen Schmerz würde ich so schnell nicht vergessen.

Und ich erinnerte mich auch an die Fae, die sich als Heilerin vorgestellt hatte. Bevor ich ins Nichts abgetaucht war, hatte ich sie mit anderen reden gehört. Mit *ihm*. Sie machte sich Sorgen wegen einer Infektion, und darüber, dass Narben zurückbleiben würden, was mich beinahe zum Lachen gebracht hätte. Ich trug bereits zahllose Narben, was machten da ein paar – oder besser ein paar Hundert – mehr schon aus? Mir wurde Blut abgenommen, und Worte wie Dehydrierung und Unterernährung und noch einige andere erklangen, über die ich mir eigentlich keine weiteren Gedanken machen wollte.

Im Nachhinein war es ziemlich unangemessen, dass sie ihm erlaubt hatten, bei mir zu bleiben. Andererseits war er ihr König, und sie erlaubten ihm vermutlich so ziemlich alles.

Meine Arme fühlten sich schwer an und glänzten unter einer Art Salbe, und die Bisswunde an meinem linken Arm war verbunden. Ich fühlte mich seltsam sauber, als hätte mich jemand gebadet, doch meine Kopfhaut juckte, was wohl bedeutete, dass man mir nicht die Haare gewaschen hatte.

Mein Gott, ich hätte alles für eine Dusche gegeben, in der meine Haut nicht wundgeschrubbt wurde und jemand …

Ich schloss die Augen und verdrängte den Gedanken, während ich scharf einatmete. Es war nicht gut, jetzt daran zu denken, denn es gab mehr als genug Dinge, die mich sicher noch heimsuchen würden.

Ein kratzendes Geräusch, als hätte sich jemand in einem Stuhl umgedreht, riss mich aus meinen Gedanken. Ich drehte den Kopf nach links, und es verschlug mir beinahe den Atem, als meine linke Wange mit einem Mal zu pochen begann.

Aua!

Okay, die Schmerzmittel wirkten also nur bis zu einem gewissen Grad. Gut zu wissen.

Ich öffnete die Augen und erschrak. Caden saß ausgestreckt auf einem Stuhl neben meinem Bett, und seine nackten Füße lagen mit überkreuzten Knöcheln auf dem Fußteil meines Bettes. Seine Augen waren geschlossen, und er stützte den Kopf mit der Faust ab, während seine Haare die Hälfte seines Gesichts verbargen. Er war dieselbe Kleidung, an die ich mich erinnerte. Ein schwarzes Hemd und dunkle Jeans. Er schien zu schlafen.

Wie lange war er schon hier?

Wie lange hatte ich geschlafen?

Und noch wichtiger: Warum war er überhaupt hier?

Ich hatte auf keine dieser Fragen eine Antwort, und ich wollte ihn nicht wecken, also lag ich einfach nur da und starrte ihn an, wie er dort im Licht der Sonne saß.

Caden war genauso schön, wie ich ihn in Erinnerung hatte.

Sein Gesicht war nicht von dieser Welt und so perfekt, dass es beinahe surreal wirkte. Ich wünschte mir zum hundertsten Mal, er wäre nicht so schön anzusehen gewesen. Es war gut, dass seine königliche Arroganz die Anziehung ein wenig dämpfte.

Ja, genau. Wem machte ich hier eigentlich etwas vor?

Ich liebte ihn noch immer. Ich liebte ihn noch immer, obwohl er vergessen hatte, mir zu sagen, dass er einer anderen versprochen war – und sie vielleicht sogar schon geheiratet hatte. Meine Gefühle waren immer noch da.

Ich liebte ihn.

Ich mochte ihn nur nicht sonderlich.

Es war seltsam, wie zwei so unterschiedliche Gefühle in einem Menschen existieren konnten, aber die Liebe war nun mal seltsam.

In diesem Moment erfüllte mich große Ehrfurcht. Ich war überrascht, dass ich nach allem, was ich durchgemacht hatte, immer noch an normale Dinge denken konnte. An Dinge, die zwar wichtig waren, aber natürlich nicht im Vergleich dazu, gefoltert zu werden und beinahe verdurstet und verhungert zu sein. Es überraschte mich, dass ich trotzdem noch an den Nachmittag denken konnte, den wir zusammen verbracht hatten – an die Dinge, die er getan hatte, und auch an die, die ich getan hatte –, und dass mir dabei immer noch warm wurde. Es fühlte sich so herrlich normal an, denn ich …

Ich hätte ehrlich gesagt nicht gedacht, dass ich ihn jemals wiedersehen würde. Genauso, wie ich nicht gedacht hätte, jemals wieder das Sonnenlicht zu sehen und frische Luft zu atmen. Am Ende hätte ich nicht einmal mehr gedacht, dass ich überleben würde.

Es gab viel zu verarbeiten.

Während ich dalag und zusah, wie sich Cadens Brust

gleichmäßig hob und senkte, erkannte ich, dass darunter auch die Tatsache fiel, dass ich mich nicht mehr an alles erinnern konnte, was mir in Arics Gefangenschaft zugestoßen war, obwohl ich immer noch die Angst spürte und mich an die Stunden erinnerte, in denen es nichts außer Schmerz gegeben hatte. Ich erinnerte mich an die Dinge, die er mit dem Messer angestellt hatte, mit dem ich ihn schließlich getötet hatte, und ich erinnerte mich an seine Fäuste, aber es fehlte viel, und diese Dinge waren mit Panik und Demütigung verbunden.

Ich seufzte und sah mich im Zimmer um. Ich lag nicht auf der Krankenstation, sondern in einem der geräumigen Hotelzimmer. Ich hatte keine Ahnung, wie ich hierhergekommen war.

Caden bewegte sich, und seine dichten Wimpern öffneten sich. Unsere Blicke trafen sich. Er senkte langsam die Hand und richtete sich auf. Zuerst schwieg er einige Augenblicke, dann sagte er: »Wie lange bist du schon wach?«

»Nicht …« Ich räusperte mich und versuchte, die schmerzhafte Heiserkeit loszuwerden. »Nicht sehr lange.«

»Dann hast du mich also nicht die ganze Zeit über beim Schlafen beobachtet?«

»Ich habe dich nicht beobachtet.« Das war eine glatte Lüge, und meine Wangen begannen zu glühen.

»Mhm.« Ein zartes Lächeln umspielte seine Lippen, während er die Füße vom Bett zog und sie auf dem Boden abstellte. Er lehnte sich nach vorne.

»Wie fühlst du dich?

Ich dachte daran, wie er mich im Auto festgehalten und versucht hatte, mich zu beruhigen, während ich brüllte. »Sehr viel besser.«

»Du siehst auch besser aus.«

»Ich wette, ich sehe schrecklich aus.«

»Nein«, sagte er leise. »Du bist wunderschön.«

Ich verdrehte die Augen – na ja, zumindest eines. »Ich brauche keinen Spiegel, um zu wissen, dass das nicht einmal ansatzweise stimmt.«

»Du brauchst überhaupt keinen Spiegel.«

Nachdem ich keine Ahnung hatte, wie ich darauf reagieren sollte, obwohl mir das leichte Flattern in meiner Brust gefiel, beschloss ich, lieber das Thema zu wechseln.

»Wie lange habe ich geschlafen?«

»Heute ist Donnerstag. Wir haben dich Montagabend hergebracht. Also etwa zwei Tage«, antwortete er. »Aber du bist ein paarmal aufgewacht.«

Zwei Tage? Mein Gott.

»Daran kann ich mich gar nicht erinnern.«

»Die Heilerin hat einige ziemlich gute Schmerzmittel. Du warst weggetreten, aber du konntest ins Bad gehen.«

Das erklärte zumindest, warum meine Blase sich nicht anfühlte, als würde sie gleich platzen. Moment.

»Hast du mir etwa ins Bad geholfen?«

Ehrlich, wenn er jetzt Ja sagte, dann hasste Gott mich wirklich.

»Nein.« Er schüttelte den Kopf. »Das haben Ivy und Faye gemacht. Sie haben auch die Verbände an deinem Arm und deinen Beinen gewechselt.«

»An meinen Beinen?« Ich verzog die Lippen und merkte sofort, dass sie noch verheilen mussten.

»Einige Schnitte gingen tiefer, aber sie mussten nicht genäht werden.« Er strich sich eine Haarsträhne aus dem Gesicht.

»Oh.« Ich zog die Hände unter der Decke hervor und warf schließlich einen Blick darauf. Auf beiden waren bereits verblassende Blutergüsse zu sehen. Ich blinzelte. »Hast du gesehen, wie es aussieht?«

Caden schien zu wissen, was ich meinte, denn er beugte sich noch weiter nach vorne. »Ich habe das meiste gesehen, Brighton. Ich habe genug gesehen.«

Ich schloss die Augen. Eine prickelnde Hitze breitete sich in mir aus, obwohl ich mich nicht dafür schämen musste. Es spielte keine Rolle, wie ich aussah. Vor allem deshalb, weil ich noch am Leben war. Das war alles, was zählte. Aber mein Körper war schon vorher ein Abbild dessen gewesen, was mir zugestoßen war, und ich wusste, ohne es zu sehen, dass er mittlerweile der Landkarte des Schreckens glich. Ich hatte schon vorher gewusst, dass ich Narben davontragen würde, aber ich hatte mich während der Zeit in der Gruft nicht damit auseinandergesetzt. Immerhin gab es wichtigere Dinge, die mir Sorgen bereiteten.

Und das war noch immer so.

Trotzdem bohrte sich das Wissen, dass Caden gesehen hatte, was von mir übrig war, wie ein Messer in mich.

»Es wird besser.« Seine Stimme war so leise, dass ich ihn ansehen musste, um ihn zu verstehen. »Es wird heilen. Und verblassen. Vergiss das nicht.«

»Ja«, flüsterte ich.

Er betrachtete mich.

»Glaubst du, du kannst etwas trinken? Ich glaube, Essen steht noch nicht zur Debatte, bis die Heilerin dich noch einmal untersucht hat.«

Ich nickte, denn etwas Wasser wäre wunderbar. Caden erhob sich und ging in den angrenzenden Wohnbereich. Kurz darauf kam er mit einem kleinen Glas wieder. Ich wollte mich aufsetzen, hielt aber inne, als meine Rippen vor Schmerz aufbrüllten.

»Deine Rippen sind bandagiert. Einige waren gebrochen.« Er stellte das Glas beiseite. »Ich helfe dir.«

Ich versteifte mich, als Caden näher kam.

Alles okay. Alles okay.

Ich wiederholte diese beiden Worte immer wieder und richtete den Blick auf seine Brust, während er vorsichtig einen Arm unter meine Achseln schob, mich hochzog und ein zweites Kissen hinter mich steckte.

Alles okay. Alles okay.

»Ist das gut so?«, fragte er.

Ich nickte.

Caden trat zurück und nahm das Glas. Ich sah zu ihm hoch, als er es mir entgegenstreckte. Ich streckte die Hand danach aus, doch in diesem Moment packte mich ohne Vorwarnung die Panik. Der logische Teil meines Verstandes wusste, dass diese Reaktion unnötig war, aber es war ein Reflex, den ich nicht mehr länger unter Kontrolle hatte. Ich zog die Hand ruckartig zurück und ballte sie auf meiner Brust zur Faust.

»Alles in Ordnung?«, fragte er besorgt. »Sind es die Rippen?«

Ich öffnete den Mund, doch ich fand nicht die richtigen Worte. Die Vernunft sagte mir, dass Caden nicht Aric war. Er würde mir nicht wehtun, aber ich …

Ich starrte zitternd auf das Glas. Ich war unglaublich durstig, aber meine Kehle war vor Angst wie zugeschnürt.

»Was ist denn los? Sag es mir, Brighton. Ich hole die Heilerin.«

Aus dem Augenwinkel sah ich, wie er die Hand nach mir ausstreckte.

»Nein!« Ich rückte von ihm ab und kauerte mich zusammen. Langsam verstand er, und ein schmerzverzerrter Ausdruck machte sich in seinem wunderschönen Gesicht breit.

Ich wandte beschämt den Blick ab. »Alles okay. Ich brauche nur eine Minute.«

Caden schwieg, und ich nahm mir eine Minute Zeit, bis sich mein rasendes Herz beruhigt hatte. Und dann noch eine, um sicherzugehen, dass er mich nicht schlagen würde.

Alles okay.

Ich atmete tief ein und hielt den Atem an, während ich die Hand hob und nach dem Wasser griff. Ich zuckte zusammen, als meine Finger das kühle Glas berührten, und als nichts passierte, schloss ich die Hand darum. Caden zog sich augenblicklich zurück und setzte sich wieder.

Ich konnte ihn nicht ansehen, also starrte ich das Glas an und atmete endlich aus. Tränen brannten in meinen Augen, und ich spürte die Hitze, die sich über meinen Hals nach oben ausbreitete. Ich hob das Glas und nahm einen sanften Fruchtgeruch wahr.

»Was ist da drin?«

»Eine Art Holunderbeere aus der Anderwelt«, antwortete er, und seine Stimme klang so rau wie Schleifpapier. »Die Frucht hilft bei Entzündungen und Magenverstimmungen. Viele Fae behaupten, dass sie auch gegen Angstzustände wirkt. Sie ist für Menschen vollkommen ungefährlich.«

Angstzustände?

Dafür würde ich wohl eher menschliche Medikamente brauchen. »Bei Magenverstimmungen?« Ich nahm einen kleinen Schluck und hätte beinahe aufgestöhnt, so angenehm kühl war der mild nach Beeren schmeckende Trank, der meinen kratzigen Hals sofort beruhigte.

»Du musstest dich einmal übergeben, als du aufgewacht bist. Du warst bereits im Bad, und Ivy war bei dir.«

»Oh«, murmelte ich und nahm einen größeren Schluck. Dieses Mal ging es bereits leichter. »Tut mir leid, dass ich vorhin die Nerven verloren habe. Ich bin nur … ich weiß auch nicht.«

»Entschuldige dich nicht. Es gibt absolut nichts, wofür du dich entschuldigen musst.«

Ich warf ihm einen schnellen Blick zu und erkannte, dass er mich musterte. Ich nahm noch einen Schluck und wünschte, er hätte meinen Wangen die Röte genommen. Als ich ausgetrunken hatte, wollte ich sofort mehr davon, aber ich sollte wohl besser abwarten, wie mein Magen auf die Flüssigkeit reagierte.

»Wie habt ihr mich gefunden?« Ich behielt das Glas in der Hand, weil es sich normal anfühlte, es zu tun.

»Ich habe nach dir gesucht. Das haben wir alle.«

Überraschung machte sich in mir breit – und gleich darauf folgte das schlechtes Gewissen.

»Du dachtest, wir würden nicht nach dir suchen? Das kann ich dir nicht verübeln. Nicht nach allem, was passiert ist, bevor du verschwunden bist. Und nach der langen Zeit, die Aric dich festgehalten hat. Aber wir haben nach dir gesucht. Tag und Nacht. Ich wusste tief in meinem Herzen, dass er dich hatte, aber wir konnten weder ihn noch Neal ausfindig machen.« Cadens Stimme wurde hart. »Wir haben jeden einzelnen Winterfae festgehalten und befragt, der uns über den Weg lief. Entweder wussten sie nichts, oder sie weigerten sich, etwas zu sagen. Aber wir haben nie aufgegeben. Ich habe nie die Hoffnung aufgegeben, dich doch noch zu finden, aber …«

»Aber du hättest nicht erwartet, dass ich noch lebe«, beendete ich den Satz für ihn.

Caden wandte den Kopf ab und presste die Lippen zu einer schmalen Linie aufeinander. »Je mehr Zeit verging, desto geringer wurde die Chance. Und selbst wenn du noch am

Leben warst, dann …« Er legte den Kopf in den Nacken und schluckte. »Ich habe das Gefühl, dass ich ehrlich sein muss. Ab einem gewissen Punkt war ich mir nicht mehr sicher, was schlimmer wäre. Dass du am Leben und bei ihm bist. Oder dass du fort bist.«

Ich umklammerte das Glas.

»Aber die Vorstellung, dass du fort bist, war viel schlimmer. Es wäre, als würde die Sonne plötzlich für immer verschwinden.«

15

Ich öffnete den Mund, aber mir fehlten die Worte. Das war unglaublich. Na ja, es war unglaublich, so etwas zu sagen.

»Mein einziger Gedanke war, dich zu finden, und ich glaube, den anderen ging es genauso«, fuhr Caden fort und sah mich erneut an. »Aber ich wusste, dass es egal war, was wir fühlten oder fürchteten – denn es war gar nichts im Vergleich zu dem, was du durchgemacht hast.«

Ich hatte immer noch keine Ahnung, wie ich auf das alles reagieren sollte, also ging ich nicht weiter darauf ein. »Und der Orden? Miles? Haben sie auch nach mir gesucht?«

»Am Anfang schon.«

Mir war klar, was damit ungesagt blieb.

»Aber sie haben damit aufgehört? Sie haben angenommen, dass ich tot sei und mich als Verlust zu den Akten genommen?«

»Es tut mir leid.«

»Das muss es nicht.« Ich lächelte, und es fühlte sich seltsam und falsch an. Wahrscheinlich, weil ich es schon so lange nicht mehr getan hatte. »Es ist so, wie es ist, und ich war nun mal kein vollwertiges Mitglied des Ordens.«

Caden sah mir in die Augen. »Das war ihr Fehler. Und unserer.«

Ich wandte den Blick ab, als die Erinnerungen an vergangene Gespräche hochstiegen. Caden. Ivy. Ren. Mittlerweile konnte ich mich wieder an die beiden erinnern. Und sie alle hatten mir gesagt, dass ich mich aus der Sache heraushalten solle.

»Aric ließ mir eine Nachricht zukommen. Er wollte sich mit mir treffen und meinte, er hätte etwas, wonach ich suche. Ich wusste sofort, dass du es bist. Er hatte recht.« Caden seufzte, und etwas drängte langsam zurück in mein Gedächtnis. »Ich hatte keine Ahnung, ob du noch am Leben bist oder nicht, aber ich bin hingegangen. Er ist nicht aufgetaucht. Da waren nur zwei seiner Ritter. Sie behaupteten beide, dass sie ebenfalls angenommen hatten, Aric würde am Treffpunkt erscheinen.«

Dumm und Dümmer, dachte ich. Die beiden Fae mit der Badewanne.

»Einer blieb hart, doch der andere erzählte uns schließlich, wo du gefangen gehalten wurdest. Leider dauerte es einige Zeit, um an die Informationen zu kommen.«

Ich hatte das Gefühl, dass ich die nächste Frage unbedingt stellen musste. »Wie lange?«

»Vier Tage«, antwortete Caden.

Bilder aus diesen Tagen tauchten auf. Der Durst und der Hunger. Die Erschöpfung. Die Halluzinationen. »Sind sie tot? Die beiden Ritter?«

»Ja.«

»Gut«, murmelte ich.

»Wie hast du ihn umgebracht?«, fragte Caden nach einem Moment des Schweigens.

»Er hat sein Messer zurückgelassen. Ich kann mich nicht erinnern, warum er es vergessen hat.« Ich runzelte die Stirn. »Ich glaube, er war von irgendetwas überrascht und musste schnell los, sodass er es einfach fallenließ. Ich erinnerte mich daran, als ich aufwachte.« Ich warf ihm einen Blick zu. »Ich erinnerte mich daran, und ich wusste, dass ich abwarten musste, bis er alleine zu mir kam. Die beiden Ritter trugen die Badewanne in die Kammer, damit ich mich waschen konnte. Und da war auch eine weibliche Fae.«

Caden senkte den Kopf.

»Er hat dich gezwungen, in der Kammer zu baden?«

Ich starrte wieder auf das Glas und nickte. »Ja. Aber egal. Ich habe das Messer benutzt, als ich zum ersten Mal wieder mit ihm alleine war. Ich habe ihm den Kopf abgetrennt.« Ich dachte an das Kleid. Aric hatte es als Geschenk bezeichnet. »Ich glaube, er wollte mich holen und …« Verdammt, da fiel mir plötzlich wieder etwas ein. »Ich glaube, er wollte mich holen und zu dir bringen. Deshalb hatte er mich in dieses Kleid gesteckt.«

Caden biss die Zähne aufeinander.

»Er wollte mich von der Kette befreien und mich mit nach draußen nehmen.« Meine Augen weiteten sich. »Ich hätte ihn auf dem Weg töten können, dann hätte ich vielleicht die Chance bekommen, aus der Kammer zu entkommen.«

»Du hattest keine Ahnung, was er vorhatte. Du hast getan, was du zu diesem Zeitpunkt für das Beste hieltst«, erklärte Caden. »Du hast nichts falsch gemacht.«

Ich bin nicht froh, dass sie es getan hat.

Genau das hatte der König gesagt, als Ivy ihm erklärt hatte, wie froh sie war, dass ich Aric umgebracht hatte. »Du hast gesagt, du wärst nicht glücklich darüber, dass ich ihn getötet habe.«

»Das hast du gehört?«

Ich nickte, und lächelte kaum merklich.

»Abgesehen davon, dass ich gerne die Ehre und Freude gehabt hätte, ihn selbst in Stücke zu reißen, wäre es mir lieber gewesen, du wärst nie in die Situation geraten, es zu tun. Darum bin ich nicht froh, dass du es getan hast.«

»Oh«, sagte ich wohl zum hundertsten Mal. »Also er hatte auf jeden Fall Schmerzen. Eine ganze Menge.« Dieses Mal verzogen sich meine Lippen zu einem richtigen Lächeln, das vermutlich Psychologen im ganzen Land Sorgen bereitet hätte. »Es ist nicht gerade einfach, jemandem den Kopf abzutrennen.«

Einer seiner Mundwinkel wanderte nach oben. »Aber du hast es getan.«

»Ja, ich habe es getan. Ich musste es tun.« Das Lächeln verschwand, und der nächste Atemzug war rau. »Es war das Einzige, was ich unbedingt tun musste. Er ist … er war …« Ich brach ab und schüttelte den Kopf. »Er war böse.«

»Ich weiß.«

Die Art, wie er es sagte, rührte an meinen Erinnerungen. Ich sah Arics höhnisches Grinsen. Es ging um … Doch was auch immer es war, es entglitt mir wieder. Ich atmete seufzend aus und sah Caden an.

Er lehnte sich zurück und legte seine Hände auf die Stuhllehne. Unter ihm wirkte sogar ein einfacher Stuhl wie ein Thron. »Was hat er dir angetan?«

Das war eine schwere Frage, und ich war mir nicht sicher, ob ich sie beantworten konnte. Meine Augenbrauen zogen sich zusammen.

»Du musst mir nicht antworten. Es tut mir leid.«

»Er hat alles getan, was möglich war«, flüsterte ich, und das Glas in meiner Hand zitterte, als immer mehr Erinnerungen über mich hereinbrachen. »Wenn ich nicht klein beigab oder nicht schrie, dann sorgte er dafür, dass ich es am Ende doch tat. Er hat sich Zeit gelassen. Die Schnitte … es dauerte Stunden. Ich weiß auch nicht. Er wollte mir klarmachen, dass er die Kontrolle hatte. Wann ich schlief, wann ich wach war, wann ich aß und trank.«

»Er hat Wasser und Nahrung gegen dich benutzt?«, fragte Caden.

Ich sah ihn an. Seine Hände umklammerten die Stuhllehne.

»Er hat nicht …« Ich drehte mich zur Seite und ignorierte den brennenden Schmerz in den Rippen, als ich das Glas auf dem Nachttisch abstellte. »Er hat es mir nicht leicht gemacht. Ich …«

»Was?« Seine Stimme war jetzt sanfter, und seine Knöchel wurden langsam weiß.

»Ich hätte nie gedacht, dass ich etwas so begehren und gleichzeitig so fürchten kann.« Ich legte unbewusst die Finger auf meine geschwollenen Lippen und spürte sie zum ersten Mal. »Ich war so hungrig, weil ich nicht oft etwas zu essen bekam, aber ich hasste es auch.«

»Brighton.« Seine Stimme klang immer noch sanft, aber da war auch ein rauer Unterton, den ich nicht hören wollte.

Ich drehte mich wieder zur Mitte und legte die Hand in den Schoß. »Er hat einfach sehr viel gemacht.«

»Hat er …« Cadens Schultern versteiften sich, als wollte er sich wappnen. »Die Heilerin meinte, du hättest Prellungen an Stellen, die ihr Sorgen bereiten würden. Dass es womöglich auch noch andere Übergriffe gegeben hätte. Dinge, die nicht gleich sichtbar seien.«

Ich wusste, worauf er anspielte, und ich bekam kaum noch Luft. Unsere Blicke trafen sich einen Sekundenbruchteil lang, aber ich konnte ihm nicht in die Augen sehen. Stattdessen betrachtete ich den Verband um meinen Arm.

»Ich glaube nicht«, sagte ich und zupfte daran herum. »Ich

meine, ich erinnere mich nicht daran, dass er es getan hätte. Nicht einmal, wenn ich gebadet habe oder …«

Kalte Lippen auf meinen. Eisige Hände. Ich sah, wie Aric vor mir kniete, während ich in der Wanne lag. Seine Hand im Wasser, seine kalten Finger.

Ich presste die Augen zu und lag regungslos da. Ich erinnerte mich. Ich stand unter dem Glamour-Zauber, und er berührte mich, während er redete. Während er mir erzählte, dass …

»Du musst nicht daran denken«, sagte Caden und riss mich aus dem Wirrwarr an Bildern. »Du musst dich jetzt nicht daran erinnern.«

»Was, wenn ich mich später daran erinnere?«, flüsterte ich und öffnete die Augen.

»Damit werden wir uns beschäftigen, wenn es so weit ist.«

Wir?

Mein Blick schoss zu ihm. Sein Gesicht wirkte starr und brutal. Ein Schaudern überlief mich. Er ließ die Armlehnen los und beugte sich wieder nach vorne. Die Lehnen sahen irgendwie seltsam aus. War da etwa eine Delle im Holz?

Aus irgendeinem Grund sah ich das Kleid vor mir, das Aric mir aufgezwungen hatte. Ich hatte das Gefühl, als wäre es unheimlich wichtig und als müsste ich Caden davon erzählen, aber egal, wie sehr ich mich auch bemühte, ich kam einfach nicht drauf.

Das Denken fiel mir schwer.

Ich ließ mich in die Kissen sinken und schloss erneut die Augen. Was, wenn ich mich nicht erinnerte? Und was, wenn ich es doch täte? Ich wusste ehrlich gesagt nicht, was schlimmer wäre.

Wir schwiegen, und mir kam der Gedanke, dass ich mich noch nicht bei Caden bedankt hatte. Außerdem hatte ich keine Ahnung, ob ich Ivy gedankt hatte, als sie bei mir gewesen war.

»Danke«, sagte ich.

»Wofür?« Er klang ehrlich verwirrt.

»Dafür dass du nach mir gesucht hast. Dass du mich gefunden hast«, erwiderte ich und kämpfte gegen die Leere an, die sich in meiner Brust ausbreitete. Die Trauer darüber, dass niemand kam, um mich zu retten, war noch immer zu spüren. »Ich wäre gestorben, wenn du mich nicht gefunden hättest.«

»Du musst dich nicht bei mir bedanken, Brighton. Niemals.«

»Na ja, das habe ich aber gerade.«

Er stieß ein frustriertes Seufzen aus, und aus irgendeinem Grund zuckten meine Lippen.

»Ich wünschte, du hättest nie daran gezweifelt, dass ich kommen würde.«

»Caden …«

»Ich wünschte für dich, du hättest nicht einen Augenblick lang denken müssen, dass niemand kommen würde.« Seine Stimme war leise und eindringlich. »Ich wünschte, dass du niemals in eine Situation geraten wärst, in der du das Gefühl hattest, niemand würde nach dir suchen, weil sie dich nicht genug wollen oder wertschätzen oder lieben.«

Ich spürte ein Brennen in meiner Kehle. Ich wollte das jetzt nicht hören. Ich glaube, ich wollte es überhaupt nicht hören. Denn es brachte mich zum Weinen. Und ich wollte ihn fragen, warum er das sagte. Ich wollte glauben, dass nicht die Schuldgefühle und die Reue in seinem Gesicht daran schuld waren, dass er so redete.

»Bevor ich es vergesse: Ich glaube, du hast einen neuen Fanclub im Sommerhof«, sagte er und wechselte damit geschickt das Thema. Offensichtlich hatte er mit seinen Superspezialkräften gespürt, dass ich mich unwohl fühlte, und in dem Moment fand ich das gut. »Du machst vielleicht sogar noch Tink Konkurrenz.«

Das klang eher unwahrscheinlich, denn ich erinnerte mich noch vage daran, dass mich die Fae immer behandelt hatten, als hätte ich eine ansteckende Krankheit. »Warum?«

»Sie haben gehört, dass du Aric getötet hast. Das macht dich in ihren Augen zu einer Art Erlöserin.«

»Ah.« Ich öffnete die Augen. »Aber es ist noch nicht vorbei, oder? Neal ist immer noch da draußen. Er könnte weitere junge Fae entführen.«

»Ja, das ist er, aber er ist weder so mächtig, so besessen oder so clever wie Aric. Wenn er erst erfährt, dass Aric tot ist – und dafür werde ich persönlich sorgen –, wird er vermutlich den Schwanz einziehen und abhauen.«

Ich seufzte erleichtert, doch als ich wieder einatmete, machte sich Unbehagen in mir breit. Ich verstand nicht, warum. Wenn Caden recht hatte, war es vorbei. Wir mussten uns keine Sorgen mehr machen, dass die Königin wiederkehrte und weitere junge Fae entführt wurden.

Die Sommerfae wären in Sicherheit, und die Welt der Menschen ebenfalls.

Trotzdem wurde ich das Gefühl nicht los, dass es noch nicht vorbei war.

Es hatte gerade erst begonnen.

16

»Hey« meinte Caden plötzlich und riss mich aus meinen unheilvollen Gedanken. »Woran denkst du? Und sag jetzt nicht nichts. Ich merke doch, wenn du mit den Gedanken woanders bist.«

Ich wusste nicht, wie ich ihm sagen sollte, woran ich gerade gedacht hatte, denn ich hatte keine Ahnung, was es war. Er musterte mich eingehend, und mir kam der Gedanke, dass er gar nicht wissen wollte, woran ich gedacht hatte, sondern sich viel mehr Sorgen machte, dass ich meinen Verstand auf Reisen geschickt hatte. Ich starrte wieder auf den Verband hinunter.

»Ich bin noch da.«

»Bri…«

»Wie auch immer, das sind doch gute Neuigkeiten, oder? Die Bedrohung durch die Königin ist mehr oder weniger vorüber«, meinte ich. »Du kannst endlich das tun, was ein Fae-König nun mal so tut. Du kannst deine Königin heiraten.« Die Worte schmeckten wie Asche auf meiner Zunge, aber sie führten auch zu einem seltsamen Déjà-vu. Als wäre da noch mehr. »Ich bin mir sicher, dass Tatiana schon als Königin bereitsteht. Vielleicht hast du es ja sogar schon getan?«

»Nein, hab ich nicht.«

Ich konnte die Erleichterung, die ich verspürte, nicht unterdrücken, auch wenn ich es mir nicht eingestehen wollte. Es war eine Sache, dass ich inzwischen akzeptierte, dass ich Caden noch immer liebte. Aber dass ich froh war, dass er noch nicht geheiratet hatte, hob die Sache auf ein ganz anderes Level.

»Dann solltest du das lieber schnell machen. ›*Der Hof will, dass sein König und die Königin vereint sind*‹«, äffte ich nach, was er einmal zu mir gesagt hatte. Es war bizarr, dass ich mich daran erinnern konnte, während mir der Name von Tinks Katze immer noch nicht eingefallen war.

»Das besprechen wir später.«

Meine Augenbrauen zogen sich zusammen, und das tat so weh, dass ich gleich wieder damit aufhörte.

»Da gibt es nichts zu besprechen.«

»Doch, da gibt es sehr viel.« Er erhob sich. »Aber du musst dich jetzt ausruhen und dich rasch erholen, bevor Tink nach Hause kommt und herausfindet, dass wir ihn angelogen haben.«

»Das habt ihr getan?«

»Wir haben ihm nicht gesagt, dass du verschwunden bist. Ivy wusste, dass er sich sofort auf die Suche nach dir gemacht hätte. Und das Risiko, dass er den Winterfae in die Hände fällt, wäre zu groß gewesen«, erklärte Caden, und es ergab durchaus Sinn. Tink war zwar ein alberner Kerl, aber er war auch unglaublich mächtig. »Wir haben ihm gesagt, dass dich der Orden auf einen Einsatz geschickt hat.«

»Echt jetzt?«, fragte ich trocken.

»Es war Ivys Idee. Tink hat es geglaubt.«

»Er wird unglaublich wütend sein, wenn er herausfindet, dass ihr ihn angelogen habt.«

»Ja, das wird er.«

»Und zwar auf dich.« Ich sah ihn an.

Er grinste schief. »Ich bin der König.«

»Macht dich das nicht zu einem noch größeren Ziel, wenn Leute ihre Wut an jemandem auslassen wollen?«

»Nicht in meiner Welt.«

Ich seufzte.

»Außerdem liebt er mich. Also nehme ich an, dass sich seine Wut gegen Ivy und Ren richten wird.«

»Nett.«

Sein Blick wanderte zu mir und blieb an meiner linken Gesichtshälfte hängen. Ich hatte das Gefühl, dass diese Seite besonders schlimm aussah. Traurigkeit breitete sich in seinen Augen aus, und da war auch wieder das schlechte Gewissen.

»Das hier war nicht deine Schuld«, erklärte ich ihm.

»Darüber müssen wir offensichtlich noch diskutieren.«

»Nein, müssen wir nicht.« Ich blinzelte ein paarmal hintereinander, als ein Bild von Arics Gesicht vor meinem inneren Auge auftauchte. »Du hast mir das alles nicht angetan. Aric meinte, er hätte gehört, dass ich nach ihm suche.«

»Aber es war auch nicht deine Schuld.« Caden setzte sich auf das Bett, legte unerwartet seine Hände rechts und links neben meine Hüften. Ich versteifte mich, und mein Herz setzte einen Schlag aus. Er lehnte sich zurück und hob die Hände. »Nichts, was dir angetan wurde, war deine Schuld, Brighton. Selbst dann nicht, wenn du direkt auf ihn zugegangen wärst. *Er* hat das alles getan.«

»Aber es ist auch nicht deine Schuld.«

Caden wandte sich ab, und seine Kiefermuskeln zuckten.

»Ich weiß, warum er dich entführt hat. Ich wusste es schon, bevor ich dich in dieser Gruft sah. In diesem …« Er brach ab und stieß die Luft aus. »Ich wünschte, er wäre noch am Leben, sodass ich ihn Stück für Stück auseinanderreißen könnte.«

Ein Teil von mir hatte das Gefühl, dass ich den Grund für meine Entführung ebenfalls kannte. Aric hatte ihn mir verraten, und es war wichtig.

»Es gibt da etwas, woran ich mich nicht erinnern kann.« Ich drehte den Kopf von einer Seite auf die andere, als würden sich dadurch die Erinnerungen lösen. Natürlich funktionierte es nicht. Frustration machte sich in mir breit. »Ich kann mich an Dinge erinnern, die nichts zu bedeuten haben, aber ich bin mir sicher, dass da noch mehr war.«

»Wenn dein Körper heilt, wird auch die Erinnerung zurückkehren.«

Ich stieß ein kurzes Lachen aus. »Ich weiß genau, dass das nicht immer der Fall sein wird. Meine Mom …« Ich presste die Lippen aufeinander und ignorierte den Schmerz. »Sie hatte gute Tage und Tage, an denen es so schien, als sei sie gar nicht da. Sie wusste nicht, wer ich war und dass sie sich zu Hause befand. Und ihre Erinnerungen? Sie waren nie mehr dieselben. Sie hatte ganze Jahre vergessen, und dabei hatten die Fae sie nur ein paar Tage in ihrer Gewalt. Aric hat sich von mir genährt …« Ich schluckte, als der König plötzlich eine ungeheure Hitze verstrahlte. »Es passierte sehr oft, und es gab Zeiten in dieser Kammer, da wusste ich nicht, wo ich war und wie ich dorthin gekommen war. Ich musste mich jeden Tag erst einmal daran erinnern, wer ich war. Das könnte jederzeit wieder passieren, und es gibt nichts, was ich dagegen tun kann. Auch wenn es nur ein paar Stunden sind, habe ich trotzdem einen Teil von mir verloren.«

»So etwas wird dir nie wieder passieren«, schwor Caden.

Ich sah ihn an. Sein Gesicht verschwamm. »Das kannst du nicht sagen. Das weißt du doch nicht.«

»Du hast recht.« Caden griff langsam nach meiner Hand, und als ich nicht zurückzuckte, nahm er sie und hielt sie locker zwischen seinen warmen Fingern. »Aber ich hatte unrecht.«

»Wirklich? Du gibst zu, dass du unrecht hattest? Womit denn?«

Das kaum merkliche Lächeln war wieder da. »Ich habe deine Kraft angezweifelt. Anstatt dich von der Jagd nach Aric auszuschließen, hätte ich dich mit einbeziehen sollen. Es war ... Es spielt im Moment keine Rolle, was ich damit erreichen wollte, aber keiner von uns hatte das Recht, dich auszuschließen. Das gilt auch für Ivy und Ren, den Orden und alle unsere Krieger. Wir hatten unrecht.«

Das zu hören bedeutete eine Menge. Das tat es wirklich.

»Ich weiß nicht, was du alles durchmachen musstest, aber ich weiß, dass nicht viele Leute diese Zeit überstanden hätten und jetzt hier wären. Und nicht nur das. Du hast ihn umgebracht, obwohl er die einzige Möglichkeit war, deinem Gefängnis zu entkommen, und du dachtest, es würde niemand nach dir suchen. Das ist nicht nur unglaublich stark, sondern auch unglaublich mutig. Und das müssen wir uns alle vor Augen führen«, erklärte er.

Ich wollte etwas sagen, doch er sprach bereits mit rauer Stimme weiter: »Du warst bereit, dich selbst zu opfern. Und in gewisser Weise hast du es auch getan. Ich glaube, du wirst sehr viel rascher wieder gesund, als du befürchtest, und selbst wenn nicht, wird es dir gut gehen. Dafür werde ich sorgen.«

Er würde dafür sorgen? Wie denn? Er war der König und hatte sicher andere Dinge zu erledigen, als auf mich aufzupassen, falls oder wenn ich in einen Zustand der Verwirrung abglitt. Außerdem würde er bald heiraten.

HEIRATEN.

Ich bezweifelte, dass seine zukünftige Königin davon

begeistert wäre, und das Letzte, was ich jetzt brauchte, war noch eine verärgerte Fae, die den Verstand verlor und es auf mich abgesehen hatte.

Außerdem wollte ich wirklich nicht Tage, Wochen oder sogar Jahre lang daran erinnert werden, warum Caden das Gefühl hatte, er müsste dafür sorgen, dass es mir gut geht.

Ich starrte auf unsere Hände hinunter und hieß das Brennen in meiner Brust nur deshalb willkommen, weil es einen Bezug zur Realität schaffte.

Caden war nicht hier, weil er dasselbe für mich empfand wie ich für ihn. Er versprach mir nicht, für mich da zu sein, während ich mit den Konsequenzen zu leben lernte, was … was Aric mir angetan hatte. Wir waren keine Partner, die sich in Gesundheit und Krankheit beistanden. Er erwiderte meine Gefühle für ihn nicht – zumindest nicht in demselben Ausmaß. So viel stand fest, denn immerhin war er mit einer anderen verlobt. Er war nur hier, weil er sich schuldig fühlte und Mitleid hatte.

Und weil er sich für mich verantwortlich fühlte.

Ich hatte es in seinem Gesicht gesehen, als ich wegen des Wasserglases die Beherrschung verloren hatte. Ich wand mich peinlich berührt.

Obwohl ich mich an so viele Dinge nicht erinnern konnte, hatte ich nicht vergessen, wie er mich vor meinem Verschwinden angesehen hatte. Selbst wenn er wütend gewesen war oder wir uns gestritten hatten, hatte er mich immer angestarrt, als könnte er sich nur mit Mühe davon abhalten, über mich herzufallen und mich zu Boden zu reißen – oder gegen eine Wand zu drücken. Ich erschauderte.

Jetzt sah er mich mit einer Mischung aus Mitleid, Entsetzen, Schuldgefühlen und Reue an, und bei dem Anblick spürte ich einen riesigen Knoten im Magen.

Und das war das Schlimmste an dem, was zwischen uns gewesen war. Vorher hatte er mich respektiert und begehrt – wenn auch zögerlich –, doch jetzt bemitleidete er mich nur noch. Ich musste mich nicht erst erholen, um das zu erkennen.

Ich sah es jetzt schon.

Ich fühlte mich plötzlich unwohl in meiner Haut, also entzog ich ihm meine Hand, und er ließ los. Ich grub meine Finger in die Decke. »Ich bin echt müde. Ich glaube, ich sollte ein wenig schlafen.«

Caden schwieg einige Augenblicke lang. »Ich bringe dir in ein paar Stunden etwas zum Essen vorbei, nachdem die Heilerin dich untersucht hat.«

»Das musst du nicht.«

»Ich weiß.« Er legte eine Hand auf meine und löste meine Finger sanft von der Decke. »Aber ich will es.«

Ich sah ihn an. »Du hast wohl eher das Gefühl, dass du es tun solltest.«

»Das auch.«

»Ich bin mir sicher, dass mir auch jemand anderer das Essen vorbeibringen kann. Du bist sicher beschäftigt, und Tatiana …«

»Darüber reden wir später«, unterbrach er mich. »Ich bin bald wieder da.« Er hob meine Hand hoch und drückte einen Kuss auf den Handrücken, womit er mich aufs Neue überraschte. »Ruh dich aus.«

Caden war aufgestanden und beinahe aus der Tür, bevor ich die Chance hatte, darüber nachzudenken, was er gerade getan hatte.

Er blieb stehen und sah mich über die Schulter an. »Ich habe mich in vielen Dingen geirrt, Brighton. Und ich erwarte nicht, dass du mir jemals vergibst. Trotzdem werden wir erst darüber sprechen, wenn es dir besser geht. Wenn du bereit bist.«

Ich hatte wirklich keine Ahnung, worüber wir Cadens Ansicht nach reden mussten. Darüber, welches Papier er und seine zukünftige Königin für die Hochzeitseinladungen verwenden würden?

Verschickten Fae überhaupt Einladungen?

Ich hatte keine Ahnung, doch etwa fünf Minuten, nachdem Caden gegangen war, klopfte es an der Tür, und Ivy steckte den Kopf herein.

»Hey«, sagte sie und trat ins Zimmer. »Ich bin's. Ivy.«

»Ich weiß, wer du bist.« Meine Wangen glühten, und ich nestelte an der Decke herum.

»Tut mir leid.« Sie zuckte zusammen.

»Schon okay.«

Ihre Sorgenfalten glätteten sich. »Wir haben gerade Caden getroffen, und er meinte, du wärst wach. Bist du bereit für den Doc und mich? Sie würde dich gerne durchchecken.«

Ich nickte. »Sicher.«

Ivy trat lächelnd beiseite, und eine groß gewachsene, weibliche Fae trat ein. Mein erster Gedanke war, dass sie aussah wie eine menschliche Ärztin, denn sie trug einen weißen Laborkittel, doch auch wenn mir das vierblättrige Kleeblatt abgenommen worden war, sah ich die blonde Frau in ihrer wahren Gestalt mit silberfarbener Haut und spitzen Ohren. Sie trat mit einer Eleganz an mein Bett, die allen Fae angeboren war.

»Ich glaube, ich habe mich noch nicht vorgestellt. Ich bin Luce.«

»Hi«, murmelte ich. »Ich bin Brighton.«

Die blassen Augen der Fae leuchteten. »Wie fühlst du dich?«

»Okay.«

Sie legte den Kopf schief. »Es ist unmöglich, dass du dich bei diesem Grad der Verletzungen *okay* fühlst. Das erwartet auch niemand von dir, und das Wichtigste ist im Moment, dass du ehrlich zu mir bist, damit ich dafür sorgen kann, dass es wirklich *okay* ist. Denn wenn ich nicht dafür sorge, wird mich der König vermutlich vierteilen.«

Ähm …

Ich sah zu Ivy hinüber, die sich in den Stuhl gesetzt hatte, in dem vor Kurzem noch Caden gesessen hatte. Ihre wilden roten Locken waren zu einem eindrucksvollen Knoten zusammengefasst. Ihre Augen wurden groß, und sie nickte zustimmend.

Okay, na dann. »Ich fühle mich besser als vorher.«

Die Fae lächelte. »Und die Schmerzen?«

»Sind nicht mehr so schlimm.«

»Ich werde mir die Wunden ansehen und dich anschließend kurz untersuchen«, erklärte sie. »Und dann werden wir mal sehen, ob du auch feste Nahrung verträgst.«

Die Untersuchung ging schnell vorbei, und die Schmerzen waren auszuhalten. Es war nicht gerade witzig, sich aufrecht hinzusetzen, und als sie schließlich das Krankenhausnachthemd hochhob, sah ich zum ersten Mal selbst, wie die Schnitte verheilten.

Meine Beine und mein Bauch sahen aus, als hätte jemand die Tage in meinen Körper geritzt, genauso wie ich sie in den Stein geritzt hatte.

Am Ende der Untersuchung saß ich schließlich aufrecht am Bettrand, die Füße am Boden, und atmete langsam und gleichmäßig.

»Die Heilung geht überall gut voran«, erklärte Luce und steckte die Hände in die Taschen ihres Arztkittels. »Tatsächlich erholst du dich schneller, als ich erwartet hätte, wenn man die Anzahl der Wunden, die Mangelernährung und die Dehydrierung in Betracht zieht. Ich weiß, dass das bei Menschen sehr gefährlich werden kann.«

»Luce arbeitet Teilzeit in einem menschlichen Krankenhaus«, erklärte Ivy, die offensichtlich bemerkt hatte, dass ich die Ärztin verwundert anstarrte.

»Es sind nur ein paar Stunden die Woche«, fuhr Luce fort. »Menschen faszinieren mich. In etwa so, wie wilde Tiere Zoologen interessieren.«

Ich blinzelte.

Ivy presste die Lippen aufeinander, blies die Wangen auf und ihre Augen weiteten sich erneut.

Luce schien es nicht zu kümmern, dass sie uns Menschen gerade mit wilden Tieren verglichen hatte. »Was ist mit der Übelkeit? Erbrechen?«

Ich schüttelte den Kopf. »Nicht, dass ich wüsste.«

»Nein, seit gestern nicht«, bestätigte Ivy.

»Gut. Dann lassen wir etwas zu essen heraufbringen. Etwas Leichtes. Damit wir sehen, wie du darauf reagierst.«

Ich atmete aus und nickte erneut. »Darf ich duschen? Ich würde mir echt gerne die Haare waschen.«

»Wenn du dich stark genug fühlst und die Verbände an den Armen und Beinen nicht entfernst, spricht nichts dagegen.« Die Fae deutete mit dem Kopf in Ivys Richtung. »Aber ich glaube, es sollte jemand bei dir bleiben, falls du müde wirst.«

»Ich hätte genug Zeit«, bot Ivy an.

Ich sah von einer Frau zur anderen. »Wann darf ich nach Hause?«

Luce lächelte verkniffen und warf einen Blick auf Ivy. Ich runzelte die Stirn.

»Wir werden sehen, wie es in ein, zwei Tagen läuft, okay?«

Ich öffnete den Mund.

»In der Zwischenzeit bekommst du weiterhin Schmerzmittel«, fuhr sie fort. »Und es gibt noch etwas, worüber ich mit dir reden möchte.«

Ivy erhob sich. »Ich sehe inzwischen nach, ob ich etwas zu essen auftreiben kann.«

Plötzlich wurde mir klar, worüber die Heilerin mit mir reden wollte. »Du musst nicht gehen«, sagte ich, und Ivy hielt inne. »Ich weiß, worüber du reden willst. Du möchtest wissen, ob ich auch sexuell missbraucht wurde.«

Luce nickte. »Wie du weißt, gibt es keine Krankheiten, die zwischen Fae und Menschen übertragen werden können, und eine Schwangerschaft wäre sehr ungewöhnlich. Es kommt sehr selten vor und muss ohne Zwang passieren, aber das schließt körperliche Gewaltanwendung nicht aus. Auch wenn es sehr selten vorkommt, gibt es Leute, mit denen du darüber reden kannst. Ich kenne ein paar Menschen, die sich darauf spezialisiert haben ...«

»Er hat mich nicht vergewaltigt«, unterbrach ich sie. »Zumindest bin ich mir ziemlich sicher. Ich erinnere mich an nichts dergleichen.« Mein Magen zog sich zusammen. »Er hat mich ein paarmal begrapscht, aber ich glaube, er ekelte sich vor Menschen.«

Zumindest am Anfang.

Am Ende hatte ich das Gefühl, dass er begann, mich zu bewundern und mich langsam in einem anderen Licht zu sehen, so krank das auch klang.

Luce nickte. »Du hast Blutergüsse an den Innenseiten der Oberschenkel und an den Hüften, und diese Art Verletzungen findet man häufig bei Opfern von sexueller Gewalt.«

Bei Opfern.

Ich schloss die Augen, atmete tief ein und öffnete sie dann

wieder. »Als ich sagte, dass er mich begrapscht hat, meinte ich nicht nur auf sexuelle Art. Er schlug und trat gerne zu. Diese Blutergüsse können von weiß Gott was stammen.«

Luce lächelte sanft und nickte. Es war eines dieser Lächeln, das Ärzte einübten, um Patienten zu beruhigen. »Okay, aber falls du dich doch an etwas in der Art erinnerst, zögere bitte nicht, mit mir oder jemand anderem darüber zu reden.«

»Das werde ich«, sagte ich und hoffte, dass das nicht der Fall sein würde. »Danke, dass du mir hilfst und dass du dafür sorgst, dass es mir gut geht.«

Luce erklärte noch, dass bald die Bluttests vorliegen würden, die sie ins Krankenhaus geschickt hatte, dann ließ sie Ivy und mich alleine.

Es war irgendwie seltsam zwischen uns, während Ivy eine weite Hose und ein lockeres T-Shirt für mich heraussuchte, das ich anziehen konnte. Sie lächelte zu viel und war viel zu freundlich. Nicht, dass sie vorher unfreundlich gewesen wäre, aber im Moment grinste sie wie ein Honigkuchenpferd, und das passte nicht zu ihr.

»Ich bin immer noch Bri«, erklärte ich.

Sie zog gerade das T-Shirt aus der Kommode. Ich hatte keine Ahnung, wem es gehörte. Sie wandte sich zu mir herum.

»Das bist du.«

»Und du bist immer noch Ivy. Ich bin nicht wie meine Mom.« Ivy hielt den Blick auf das T-Shirt gerichtet. »Zumindest im Moment nicht. Vielleicht war ich es vorher. Ich kann mich zum Beispiel nicht erinnern, wie du mir in den letzten beiden Tagen geholfen hast. Aber ich danke dir dafür. Ehrlich. Und dafür, dass du nach mir gesucht hast.«

»Du musst mir nicht dafür danken – für gar nichts.«

Caden hatte dasselbe gesagt, aber es musste trotzdem gesagt werden.

Sie ließ das T-Shirt sinken und biss sich auf die Unterlippe. »Ich wollte mich nicht seltsam verhalten.«

»Ich weiß.«

Sie warf einen Blick auf mich. »Weißt du, ich hatte deine Mutter echt gern. Sie war manchmal ein wenig unbesonnen, aber ich mochte sie sehr.«

Meine Mundwinkel wanderten nach oben. »*Unbesonnen* ist eine ziemliche Untertreibung.«

»Stimmt. Und das, was ich jetzt sage, sage ich nur, weil ich dich liebe.« Ihre Unterlippe zitterte. »Ich will nicht, dass du dasselbe durchmachst wie deine Mom.«

Tränen stiegen mir in die Augen. »Ich auch nicht.«

Sie trat auf das Bett zu, ballte das T-Shirt in ihren Händen und setzte sich neben mich.

»Aber falls es dazu käme, wären Ren und ich für dich da. Und Tink auch.«

»Wenn er euch vorher nicht in Trollpuppen verwandelt«, witzelte ich. »Ich habe gehört, dass ihr ihm gesagt habt, ich wäre auf einem Einsatz.«

Sie grinste. »Ja, vermutlich wird er als Strafe meine Kreditkarte bis ans Limit überziehen.« Ihr Griff um das T-Shirt lockerte sich. »Du bekommst jede Menge Unterstützung.« Sie hob die Augenbraue. »Sogar *königliche* Unterstützung. Und ich spreche hier nicht von Fabian.«

»Ivy …«

»Caden hat beinahe den Verstand verloren, als ich ihm sagte, dass du verschwunden seist. Und das meine ich wortwörtlich, außerdem bin ich mir sicher, dass er für den Großteil der toten Winterfae verantwortlich ist.« Ivy strich das T-Shirt glatt. »Ich weiß, dass da etwas zwischen euch war.«

»Da war nichts …«

»Jeder weiß, dass etwas ist oder war oder was auch immer. Auch hier im Hotel zum guten Fae.« Sie warf mir einen langen Blick zu. »Du weißt, dass ich gewisse Schwierigkeiten mit ihm habe, obwohl mir natürlich klar ist, dass er nicht er selbst war, als er mich entführt hat«, fügte sie hinzu, als ich den Mund aufmachte, um ihn … na ja, um ihn zu verteidigen. »Es ist nur so, dass ich mich an gewisse Dinge erinnere, wenn ich ihn sehe.«

Das verstand ich.

Leider musste ich erst selbst entführt werden, um es zu verstehen.

»Aber er hat alles ihm Mögliche getan, um dich zu finden. Er hat beinahe die ganze Stadt auseinandergenommen. Dann wurden aus Tagen Wochen und aus Wochen fast zwei Monate, und ich habe genau gesehen, was es mit ihm anstellte. Das haben wir alle. Ich glaube nicht, dass er mehr als ein paar Stunden am Tag schlief. Und jede wache Sekunde verbrachte er mit der Suche nach dir. Was auch immer zwischen euch vorgefallen ist – es ist nicht vorbei.«

»Doch, das ist es«, erwiderte ich. »Er ist verlobt und wird bald heiraten. Und diese Ehe ist für immer und ewig. Er fühlt sich verantwortlich und schuldig, das ist alles.«

Ivy zuckte mit den Schultern. »Ich meine ja nur, dass er einige Pluspunkte bei mir gesammelt hat. Und sogar bei Ren.«

Bei Ren auch? Wow! Das hätte ich nicht erwartet.

Aber es spielte keine Rolle. »Ich freue mich, dass er sein Ansehen steigern konnte, aber da läuft nichts. Nicht mehr«, fügte ich hinzu.

Ivy starrte mich bloß an.

»Wie auch immer«, meinte ich langsam. »Ich wollte nur,

dass du weißt, dass du mich nicht wie ein zerbrechliches Stück Glas behandeln sollst. Wenn ich zerbreche, dann zerbreche ich. Dagegen kann niemand etwas tun.«

Ivy sah mir weiter in die Augen und nickte. »Okay. Und ich will auch, dass du etwas weißt: Wenn du jemanden zum Reden brauchst, dann bin ich da. Ich weiß, wie es sich anfühlt, gegen seinen Willen gefangen gehalten zu werden. Ich habe nicht dasselbe durchgemacht wie du, aber ich verstehe es trotzdem bis zu einem gewissen Grad.«

Und das tat sie wirklich. »Ich weiß. Danke.«

Sie lächelte, und dieses Mal war es kein seltsames, erzwungenes Lächeln.

Wir beschlossen, dass ich zuerst duschen und dann etwas essen würde.

Ivy half mir ins Badezimmer, und obwohl ich es alleine schaffen wollte, musste ich mich auf sie stützen. Erst, als ich schließlich nackt in dem dampfenden Badezimmer stand, erkannte ich, warum.

Ich hatte nicht nur Gewicht verloren, sondern auch Muskelmasse. Meine Beine fühlten sich an wie Gummi, und ich sah aus wie ein weichgeklopftes Stück Fleisch.

Und mein Gesicht war auch nicht besser.

Es war ein Schock, mich zum ersten Mal im Spiegel zu sehen, auch wenn ich gewusst hatte, dass es schlimm werden würde.

Meine Haare hingen stumpf und leblos auf meine Schulter und sahen aus, als hätte sie jemand mit Gel nach hinten gekämmt, aber das war harmlos im Vergleich zu dem, was sonst noch los war.

Ich hatte mich nicht getäuscht. Meine linke Gesichtshälfte war geschwollen und leuchtete rotviolett. Es sah aus, als hätte ich mir eine Pflaume in die Backe geschoben. Das linke Auge war offen, aber es war blutunterlaufen, und das Lid war so schwer, dass es das Auge halb verdeckte. Die rechte Seite war nur geringfügig besser, und durch meine Unterlippe zog sich ein millimeterbreiter Spalt.

Ein bläuliches Band verlief um meinen Hals.

Ich atmete scharf ein und ließ den Blick nach unten wandern. Meine Schulter und der Bereich oberhalb der Brüste waren mit Schnitten übersät. Aric hatte am Brustansatz aufgehört und am Bauch weitergemacht, aber ich nahm an, dass er sich diesen Bereich später auch noch vorgenommen hätte.

Weiter unten glich meine Haut einem Flickwerk aus alten und neuen Narben. Einige der neueren roten Narben verblassten wohl mit der Zeit, aber andere ...

Sie wären für immer da. Und selbst wenn sie mich nicht ständig an alles erinnerten, trug ich auch noch andere Narben. Tiefergehende Narben.

Sag es!

Ich schnappte nach Luft, fuhr vom Spiegel zurück und presste mir die Hände auf die Ohren. Arics Brüllen war so unerwartet und real gewesen. Ich schloss die Augen.

Er ist nicht hier. Er ist nicht hier.

Ich konnte das gebratene Fleisch riechen. Ein Schaudern packte mich, und meine Knie schlugen aneinander.

Übelkeit stieg in mir hoch und zwang mich in die Knie. Mein Magen zog sich zusammen, und ich erbrach alles, was ich vorhin getrunken hatte, bis mein wunder Hals brannte.

Danach blieb ich sitzen und beruhigte mich selbst damit, dass nichts mehr übrig war, was ich erbrechen konnte.

»Bri? Alles okay da drin?«

Ich zuckte zusammen und hob den Kopf. »Ja. Ich ... ich steige gerade in die Dusche.«

Es folgte eine Pause. »Ruf einfach, wenn du mich brauchst, okay?«

»Klar«, antwortete ich schwach und rückte von der Toilette ab. Die feuchte Wärme umhüllte mich, und ich legte den Kopf in den Nacken.

»Ich bin okay«, flüsterte ich. »Alles wird gut. Egal, was kommt.«

Das redete ich mir immer wieder ein.

Denn das war alles, was ich tun konnte.

17

Ich war geduscht und trug die bequeme Hose und das T-Shirt, das Ivy gefunden hatte, als ich endlich vollkommen erschöpft im Bett lag, während Ivy sich auf die Suche nach etwas Essbarem machte.

Ich hatte ihr nichts von dem neuerlichen Erbrechen erzählt, denn obwohl ich mir beinahe die Seele aus dem Leib gekotzt hatte, war ich hungrig.

Es klopfte, und ich hatte keine Ahnung, woher ich wusste, dass es nicht Ivy war, sondern Caden. Eine beunruhigende Mischung aus Vorfreude und Angst machte sich in mir breit. Ich wollte ihn sehen, und gleichzeitig auch wieder nicht – was natürlich eine Menge Gründe hatte. Vor allem aber wollte ich, dass er hier bei mir war.

Ich wollte ihn bei mir haben, und das war falsch. Und obwohl ich das wusste, wollte ich es trotzdem, und das war einer der Gründe, warum er nicht hier sein sollte.

Und der andere Grund? Er würde mich natürlich ansehen, und nachdem ich gesehen hatte, wie ich aussah, und mich auch noch übergeben hatte, wollte ich sein trauriges Gesicht einfach nicht sehen.

Caden trat ins Zimmer, und ich konzentrierte mich auf seine Brust und seine Beine. Er hatte sich umgezogen. Das schwarze Hemd war einem blassblauen Oberteil gewichen, aber die Jeans waren immer noch dunkel. Vielleicht hatte er ebenfalls geduscht.

»Wie fühlst du dich?«, fragte er und blieb gleich hinter der Tür stehen.

»Besser.« Ich fummelte an der Decke herum, fand einen losen Faden und zog daran. »Das Duschen hat geholfen. Jetzt muss ich nur noch die Knoten aus meinen Haaren bekommen.«

»Glaubst du, du kannst etwas essen?«

Mein Magen knurrte, obwohl ich vor Kurzem noch vor der Schüssel gekniet und zu den Porzellangöttern gebetet hatte. »Ich glaube schon.«

»Gut.« Seine Beine bewegten sich wieder auf die Tür zu, und kurz darauf kam er mit einem Tablett zurück.

Ich richtete mich vorsichtig auf. Oder zumindest versuchte ich es, aber meine steifen Rippen protestierten erneut.

»Hier.« Der König stellte das Tablett auf den kleinen Couchtisch. »Ich helfe dir.« Er streckte die Hand nach mir aus …

Mein Körper zuckte zurück, so wie es mir beigebracht worden war, wenn Hände zu Klauen wurden oder Fäuste mir zu nahe kamen. Ich versuchte, es aufzuhalten, aber es war ein Reflex, der sich meiner Kontrolle entzog.

»Ich werde dir nicht wehtun«, sagte Caden.

»Ich weiß.« Ich schloss die Augen und öffnete sie wieder. »Es tut mir leid.«

»Nein, Brighton. Weißt du nicht mehr?« Seine Stimme war sanft. »Es gibt nichts, wofür du dich entschuldigen musst. Okay?«

Ich holte tief Luft. »Ja.«

»Willst du, dass ich dir beim Aufsetzen helfe, oder möchtest du es selbst versuchen?«, fragte er. »Ich hoffe allerdings, du lässt dir helfen, denn ich will nicht, dass du Schmerzen hast.«

Ich betrachtete ihn und die dicken goldenen Haare, die er sich aus dem Gesicht gekämmt hatte, und plötzlich erschien mir die ganze Situation unheimlich witzig, auch wenn ich nicht lachte.

Der König der Sommerfae servierte mir Suppe im Bett.

Es war bizarr.

»Du musst das nicht tun«, erklärte ich ihm und sah ihn an. Sein Gesicht war ausdruckslos. »Du schuldest mir nichts …«

»Hast du vergessen, dass ich deine Gefühle spüren kann?«, unterbrach Caden mich, und – verdammt – das hatte ich tatsächlich irgendwie vergessen. »Dass ich weiß, was du fühlst? Dass ich es die ganze Zeit gewusst habe, als ich vorhin bei dir war?«

»Okay. Willst du dafür einen Goldsticker oder was? Mit einem kleinen Smiley vielleicht?«

Er grinste. »Mein Gott, ich habe deine bissigen Kommentare so vermisst.«

Ich runzelte die Stirn.

»Ich weiß, du glaubst, dass ich hier bin, weil ich mich schuldig und für dich verantwortlich fühle. Dazu brauche ich nicht mal meine ›Superspezialfähigkeiten‹. Ich spüre, dass du meinen Motiven misstraust, und deine Angst, dass ich nur Mitleid mit dir habe, stinkt wie verbrannter Gummi.«

Die Falten auf meiner Stirn wurden tiefer. »Jetzt habe ich auch noch das Gefühl, mich dafür entschuldigen zu müssen, dass ich deine sensible Nase beleidige.«

Er hob eine Augenbraue. »Ich will, dass du eines verstehst, Brighton. Ich bin hier, weil ich es will. Ich bin hier, weil ich hier sein muss. Nein, lass mich ausreden«, sagte er, als ich den Mund öffnete. »Das hat nichts mit Schuldgefühlen oder Reue zu tun. Versteh mich nicht falsch. Ich verspüre beide Dinge sehr wohl, aber sie sind nicht der Grund für mein Handeln.«

»Was dann?«, fragte ich herausfordernd und spürte, wie prickelnde Wut in mir hochstieg, was sehr viel besser war als alles andere, was ich fühlte. Ich stürzte mich darauf und wickelte sie wie eine herrlich weiche Decke um meinen Körper. »Du bist verlobt, Caden. Und du hast es mir nicht gesagt, bevor du mich gevögelt hast.«

»Ich habe dich nicht *gevögelt*. Nicht im wörtlichen Sinn. Und du hast mich nicht gevögelt.«

»Oh, okay. Und was war es dann? Haben wir uns geliebt?« Ich stieß ein hustendes Lachen aus. »Man liebt niemanden, wenn man eigentlich jemand anderen heiraten will.«

Cadens Kiefer wurde hart. »Jetzt ist nicht der richtige Zeitpunkt, um darüber zu reden.«

»Da hast du verdammt noch mal recht«, fauchte ich und richtete mich auf. Ich hatte das Gefühl, im Nachteil zu sein, wenn ich mit ihm diskutierte, während ich auf dem Rücken im Bett lag. Aber es hatte einen hohen Preis. Ein stechender Schmerz schoss durch meinen Körper, und es wurde langsam Zeit, dass ich die Pillendose in Augenschein nahm, die nach dem Duschen auf meinem Nachttisch gestanden hatte. »Es gibt keinen Grund, über das alles zu reden.«

»O doch, es gibt viele Gründe, warum wir darüber reden müssen.« Er seufzte leise, trat einen Schritt vor und blieb dann wieder stehen. »Darf ich dir helfen?«

»Nein.« Ich bewegte mich erneut und schnappte sofort wieder nach Luft. Ich ließ mich zurücksinken, und mein Herz hämmerte vor Anstrengung, weil ich mich aufsetzen wollte, es aber nicht geschafft hatte.

Caden verschränkte die Arme. »Willst du nicht, dass ich dir helfe, weil du nicht berührt werden willst, oder weil du wütend auf mich bist?«

Beides, aber die Wut war im Moment der stärkste Grund.

Auch wenn es lächerlich war. Denn um zu essen, musste ich aufrecht sitzen. Und ich musste essen, weil ich hungrig war und wieder zu Kräften kommen wollte. »Gut. Von mir aus. Du kannst mir helfen.«

»Sicher?«

Ich warf ihm einen mörderischen Blick zu.

Er schenkte mir ein seltenes Lächeln. Es war die Art, die der Schönheit seines Gesichts Sanftheit verlieh und seine bernsteinfarbenen Augen brennen ließ.

Mir verschlug es den Atem.

Ich hasste mich dafür.

Caden kicherte leise, doch dann trat er auf mich zu. Ich machte mich auf alles gefasst, doch als Caden vorsichtig den Arm unter meine Schultern schob, drehte ich nicht durch, was durchaus ein paar Bonuspunkte wert war. Er zog mich hoch und lehnte mich gegen die weichen Kissen.

»Danke«, murmelte ich und klang dabei so freundlich wie ein verwöhntes Kleinkind.

»Bitte, mit dem größten Vergnügen.«

Caden wandte sich ab und holte das Essen.

»Luce wollte, dass du mit etwas Leichtem anfängst.« Er stellte das Tablett vor mir ab, und durch die kurzen Beine hatte es genau die richtige Höhe.

»Hühnerbrühe mit Reis. Luce meinte, wenn du das gut verträgst, können wir zu etwas Nahrhafterem übergehen.«

Ich starrte die Suppentasse an und erkannte, dass es sogar Besteck gab. Mein Gott, wann hatte ich eigentlich zum letzten Mal eines benutzt? Ich sah beinahe meine von dem Fleischsaft beschmierten Finger vor mir. Ich wollte nach dem Löffel greifen, doch mein Arm zitterte, und kurz darauf bebte mein ganzer Körper.

Ich starrte immer noch auf die Tasse und konnte mich mehrere Sekunden lang nicht bewegen. Die Angst war irrational. Ich wusste, ich konnte ohne Probleme essen, aber das Gefühl war so stark, dass es mir beinahe den Atem raubte.

Hitze kroch meinen Hals hoch, und ich sah auf. Ich erwartete, dass Caden mich mit gequältem Blick beobachtete.

Aber das tat er nicht.

Caden beachtete mich gar nicht. Er stand neben dem Couchtisch und goss gerade ein Glas Beerenwasser ein.

Ich war so erleichtert, dass er nicht einmal in meiner Nähe war. Und obwohl er es vermutlich mit Absicht gemacht hatte, war es mir egal. Das Zittern ließ nach, und als ich endlich nach dem Löffel griff, erinnerte ich mich noch genau daran, wie man ihn benutzte.

Ich verschüttete ein wenig Brühe, als ich ihn schließlich an den Mund hob, doch beim ersten Schluck schloss ich die Augen. Es tat nicht weh, und es war so gut.

Ich aß.

Caden zog sich zurück und machte den Fernseher an. Ich hatte keine Ahnung, was er sich ansah, weil er die Lautstärke hinuntergedreht hatte, aber er schien total davon gefangen.

Zumindest dachte ich das, bis ich den Löffel in die leere Tasse legte und er sich sofort zu mir umdrehte. »Durst?«

Mein Magen fühlte sich voll und warm an. Ich nickte.

Caden kam zu mir und stellte das Glas auf den Nachttisch, sodass ich es erreichen konnte. »Ich nehme jetzt das Tablett«, erklärte er und tat genau das. Er stellte es auf den Tisch und setzte sich dann in den Stuhl neben meinem Bett.

Ich musterte ihn einen Moment lang, dann nahm ich das Glas und nippte daran.

»Also …«, begann ich langsam.

»Ja?«

»Sitzt du jetzt einfach so hier rum?«

»Ja.«

Ich sah ihn an. »Warum?«

Caden lehnte sich zurück schlug die Beine übereinander. Er wirkte total entspannt. »Weil ich es will.«

»Und wenn ich dich nicht hierhaben will?«

»Dann gehe ich.«

Ich warf ihm einen vielsagenden Blick zu.

Er grinste. »Aber das willst du nicht.«

Ich wollte ihn fragen, wie er darauf kam, obwohl es natürlich stimmte. Aber nur, weil ich nicht alleine sein wollte. Immerhin hatte ich den Großteil der Zeit in der Gruft alleine verbracht.

Das redete ich mir zumindest ein.

Außerdem hatte ich Angst einzuschlafen. Zum Teil wegen der Albträume, die sicher kommen würden, aber zum Teil auch wegen meiner Mutter. Am Morgen war es ihr immer am schlechtesten gegangen, vor allem in den Phasen, in denen sie keine Ahnung hatte, wo sie war, und glaubte, sie wäre immer noch in Gefangenschaft der Fae.

Was, wenn mir dasselbe passierte?

Die Angst beiseitezuschieben war nicht gerade einfach.

»Bist du nicht müde?«, fragte ich, um mich abzulenken.

Er schüttelte den Kopf. »Ich habe mich schon seit Jahrhunderten nicht mehr so wach gefühlt.«

»Na ja …« Ich stellte das Glas zurück auf den Nachttisch. »Du warst ziemlich lang unter dem Bann der Königin, also …«

»Stimmt.« Seine Augen funkelten amüsiert, und ich hätte nie gedacht, dass ich so etwas einmal im Zusammenhang mit dem Bann der Königin sehen würde. »Kann ich dir etwas bringen?«

Ich dachte kurz nach. »Einen Kamm vielleicht? Ich glaube, im Badezimmer liegt einer.«

Caden stand auf und holte den Kamm. Doch anstatt ihn mir zu geben, machte er dasselbe wie bei dem Glas, und legte ihn auf den Nachttisch.

Ich murmelte ein leises »Danke« und griff danach, doch sobald ich versuchte, den Arm zu heben, wusste ich, dass es nicht funktionieren würde.

Ich seufzte. »Wer hätte gedacht, dass gebrochene Rippen so schmerzhaft sein können?«

»Alle, die sich schon einmal eine Rippe gebrochen haben«, erwiderte er.

»Hast du schon mal?«

»Öfter, als ich zählen kann.«

»Echt?«, fragte ich ungläubig und dachte daran, was Tink mir einmal erzählt hatte und was Aric über Caden gesagt hatte. Er meinte, der König wäre ein ziemlicher Playboy gewesen, und Tink hatte Ähnliches behauptet.

»Möchtest du, dass ich dir helfe?«, fragte Caden, und mein Blick schoss zu ihm. »Ich habe tatsächlich einige Erfahrung darin, Knoten aus den Haaren störrischer Frauen zu kämmen.«

»Dazu habe ich mehr als nur eine Frage, aber ich beginne mal damit, woher du diese Erfahrung hast.«

Er lächelte wehmütig. »Fabian und ich hatten eine jüngere Schwester.«

»Oh.« *Hatten* war hier wohl das Schlüsselwort. »Das wusste ich nicht.« Ich ließ den Daumen über die Zähne des Kamms gleiten. »Vielleicht sollte ich sie einfach abschneiden und dann wieder wachsen lassen.«

»Oder du lässt mich helfen?«, bot er erneut an. »Es dauert sicher nicht lange, und dann lasse ich dich in Ruhe.«

Ich betrachtete den Kamm und dann Caden. »Versprochen?«

»Versprochen«, murmelte er.

Ich befürchtete, dass er log, aber ich konnte die Knoten auf keinen Fall selbst entfernen, und wenn ich wartete, bis Ivy kam, würde es nur noch schlimmer werden. Ich war peinlich berührt und ziemlich unsicher, als ich ihm schließlich den Kamm gab.

Er nahm ihn so schnell, dass ich nicht einmal sah, wie er sich bewegte. »Ich setze mich hinter dich und stütze dich ab, damit deine Rippen nicht zu sehr wehtun.«

Ich nickte, und er rückte die Kissen und mich irgendwie zurecht, sodass er hinter mir saß und ein Fuß vom Bett baumelte. Und ich saß zwischen seinen Oberschenkeln und lehnte mich mit dem Oberkörper auf ein Kissen, das ich fest an meine Brust drückte.

Es war so unangemessen.

Aber ich sagte nichts, als Caden meine Haare in drei Teile teilte, und er beachtete das Zittern nicht weiter, das meinen ganzen Körper beben ließ.

»Meine Schwester war die Kleinste in der Familie«, sagte er, während er begann, die Knoten im mittleren Teil zu lösen. »Sie wurde zweihundert Jahre nach Fabian und mir geboren.«

Ach du meine Güte.

Man vergaß leicht, wie alt Caden und sein Bruder waren.

»Scorcha war eine sanfte, wundervolle Seele«, sagte er und zog vorsichtig an dem Rattennest, das einmal meine Haare gewesen waren. »Sie war viel gütiger, als Fabian und ich es jemals zu hoffen gewagt hätten, außer wenn es um die Knoten in ihren Haaren ging. Weißt du, sie hatte lange, dicke Haare und lief Fabian und mir ständig hinterher. Meine Mutter und sie hatten immerfort Streit, weil sie nicht lange genug sitzen blieb, um die Haare zu kämmen, aber bei mir blieb sie ganz ruhig. Egal, wie sehr es ziepte.«

Ich umklammerte das Kissen. »Das klingt, als wollte sie deine Aufmerksamkeit für sich gewinnen.«

»Ja, das wollte sie. Sie wollte sowohl meine als auch Fabians Aufmerksamkeit. Aber wir hatten gerade die Pubertät hinter uns gebracht und andere Dinge im Kopf«, erwiderte er. »Es ist schon seltsam, dass man denkt, man würde aus der Erkenntnis lernen, dass die Zeit – auch für unsere Art – verrinnt. Aber dann merkt man, dass die Zeit zwar launisch ist, aber einen auch dazu bringt, vieles zu vergessen.«

Ich wusste nicht, was ich darauf erwidern sollte.

»Was ist mit ihr passiert?«

Er schwieg, und ein Teil von mir wünschte, ich hätte nicht gefragt.

»Es gibt sehr wenige Krankheiten, die einen Fae befallen können, auch wenn einige dem menschlichen Krebs oder einem Herzinfarkt ähneln. Manche älteren Fae glauben, dass der betroffene Fae mit einem Fluch belegt wurde, andere machen genetische Defekte dafür verantwortlich. Jedenfalls erkrankte Scorcha an dem sogenannten *Langen Schlaf*. Das ist eine degenerative Erkrankung. Zuerst verliert man den Appetit und die Lebensfreude, und irgendwann fällt man in einen tiefen Schlaf, aus dem man nie mehr aufwacht. Sie war erst zehn Jahre alt, also noch sehr jung, selbst für menschliche Verhältnisse.«

»Das ist viel zu jung. Es tut mir leid.«

»Danke.« Caden war mit dem Mittelteil fertig und ging nun zum rechten Teil über. »Du hast gefragt, wie ich mir die Rippen gebrochen habe. Ich war zwar der Prinz, aber ich war vor allem Krieger. Vor dem großen Krieg gab es immer wieder kleinere Scharmützel, und ich war auch öfter in Kneipenschlägereien verwickelt – manchmal sogar in fünf gleichzeitig.«

»Das kann ich mir gut vorstellen.«

»Was? Die Kneipenschlägereien?«

Meine Lippen zuckten. »Ja, klar. Aber auch, dass du ein Krieger warst. Ich kann mir nicht vorstellen, dass du den ganzen Tag bloß herumgelegen bist und ...« Irgendein Gedanke stieg in mir hoch, aber ich bekam ihn nicht zu fassen. Meine Augen fielen langsam zu. Es ist unglaublich entspannend, wenn einem jemand die Haare kämmt.

»Ich kann auch faul sein und das Leben genießen, aber ich habe stets meine Pflicht getan«, meinte er nach einigen Sekunden. »Meine Eltern hielten das immer für eine meiner Stärken. Mittlerweile glaube ich eher, dass es eine Schwäche ist.«

»Warum das?«

»Die Pflicht sollte niemals über einer Entscheidung stehen, die richtig ist«, erwiderte er. »Ganz egal, wie hoch der Preis ist.«

In der Vergangenheit hätte ich darauf gepocht, dass die Pflicht an erster Stelle stand. Sie war das höchste Gut für alle, die im Orden aufgewachsen waren. Aber das war gewesen, bevor ich erfahren hatte, dass Ivy ein Halbling war, und bevor ich die Sommerfae kennengelernt und erkannt hatte, dass nicht alle Fae böse Gestalten waren, die uns zerstören wollten. Es war gewesen, bevor ich Caden kennengelernt hatte ... und lieben.

Mittlerweile wusste ich, dass die Pflicht oft Dinge von einem verlangte, die nicht richtig waren. Was die Pflicht betraf, gab es nur Schwarz oder Weiß und eine viel zu kleine bis gar keine Grauzone.

Caden kämmte schweigend weiter und ging irgendwann zur linken Seite über. Es war nicht nur unglaublich beruhigend, sondern auch so nett und süß. Und falls ich ihm tatsächlich glaubte, warum er hier war, warum war er dann ...?

Ich beendete diesen Gedankengang sofort. Es gab keinen Grund, diesen Weg zu beschreiten. Ich hatte ohnehin schon einen Kloß im Hals.

Er hielt inne. »Woran denkst du, Sonnenschein?«

»Nenn mich nicht so«, krächzte ich.

»Warum denn nicht?«, fragte er und kämmte weiter.

Warum? Ich hätte beinahe laut gelacht, abgesehen davon, dass es nicht witzig war, und wenn man bedachte, dass er einer anderen versprochen war, war der Spitzname im Grunde ziemlich grausam.

»Du solltest das hier nicht tun«, flüsterte ich und blinzelte die Tränen fort.

»Es ist doch nichts Falsches daran. Du brauchst Hilfe, und ich bin hier. Genau dort, wo ich sein soll.«

»Aber …«

»Lass einfach zu, dass ich dir helfe. Das ist alles«, drängte er mich. »Dann kannst du dich ausruhen. Und wenn du dich später bereit dazu fühlst, können wir darüber reden.«

Ich drehte meinen Kopf zur Seite. »Es gibt nichts zu besprechen, das habe ich dir doch schon gesagt.«

»Und ich habe dir gesagt, dass es da eine Menge gibt.«

»Dann rede jetzt mit mir!«

Ich spürte sein Kichern in mir, und es rührte an Stellen, dich ich lieber ignoriert hätte.

»Jetzt ist nicht der richtige Zeitpunkt dafür, Brighton. Nicht für ein solches Gespräch.«

Egal, wie sehr ich darauf beharrte, er sagte mir nicht, worüber wir sprechen mussten, und blockte jede Frage ab, indem er das Thema wechselte. Er berichtete mir von den Kneipenschlägereien, die immer mit einer vermeintlichen Beleidigung begonnen hatten, und er erzählte mir von den Kleine-Mädchen-Spielen, die Fabian und er mit ihrer kleinen Schwester spielen mussten. Es wirkte alles so menschlich. Wenn ich zwei ältere Brüder gehabt hätte, hätte ich sie vermutlich auch dazu gezwungen, mit Puppen zu spielen und so zu tun, als würden sie Tee mir ihr trinken. Und ich wäre ihnen genauso hinterhergejagt wie Scorcha Fabian und Caden.

Nachdem Caden mit meinen Haaren fertig war, konnte ich tatsächlich mit den Fingern hindurchfahren, und wie vermutet ließ er mich *nicht* alleine. Er half mir, mich wieder zurückzulegen, gab mir eine Schmerztablette und füllte mein Glas noch einmal auf. Anschließend schob er seinen Stuhl so nahe wie möglich ans Bett heran und erzählte mir noch mehr Geschichten über seinen Bruder und ihn.

Als meine Lider schließlich zu schwer wurden, um sie noch länger offen zu halten, wurde seine Stimme leiser.

Ich schlief mit dem Wissen ein, dass er bleiben und da sein würde, wenn ich aufwachte.

Und ich hatte keine Angst.

18

Als ich am nächsten Morgen aufwachte, *erinnerte* ich mich.

Ich hatte mich im Schlaf auf die Seite gedreht und war überrascht, dass der Schmerz in meinen Rippen erheblich nachgelassen hatte. Als ich die Augen öffnete, fiel mein Blick sofort auf Caden, der wie beim letzten Mal in dem Stuhl neben meinem Bett schlief. Er war näher herangerückt, und der Stuhl stand direkt neben meinem Bett. Seine Beine lagen auf der Matratze, und seine linke Hand … unsere Finger waren miteinander verschränkt.

Wir hielten Händchen.

Ich hatte keine Ahnung, ob ich im Schlaf nach seiner Hand gegriffen hatte, oder ob es Caden gewesen war, aber es war genauso süß wie am Vorabend, als er meine Haare gekämmt hatte. Und genauso falsch.

Doch in diesem Moment schien all das keine Rolle zu spielen.

Ich wusste nicht, wie und warum, aber ich erinnerte mich an Teile dessen, was Aric mir über Caden erzählt hatte – über den *Mortuus* und Shiobhan und über den Sommerkuss.

Und es waren sehr wichtige Informationen.

Ich erinnerte mich, warum mich Aric in das Kleid gesteckt hatte, und dass er mich hatte benutzen wollen, um Caden dazu zu zwingen, das Tor zu öffnen. Allerdings war mir zu diesem Zeitpunkt nicht klar gewesen, was für eine große Sache das war.

Denn Caden war der König. Er konnte jederzeit die Tore öffnen und die Königin und weiß Gott wen sonst noch befreien. Ich bezweifelte, dass Ivy und Ren davon wussten, aber mir war klar, dass der Orden sehr beunruhigt wäre, wenn er davon erfahren würde.

Ich betrachtete unsere verschränkten Hände. Wenn der Orden jemals herausfand, wozu Caden fähig war, setzten sie ein Killerkommando auf ihn an. Das wusste ich bestimmt. Es wäre ihnen egal, dass er nicht böse war und die Königin mehr hasste als irgendjemand sonst. Er wäre ein zu großes Risiko.

Ich war ein Mitglied des Ordens, und es spielte keine Rolle, dass ich von allen unterschätzt wurde. Es war meine Pflicht, Miles zu sagen, was ich wusste. Wenn ich es nicht täte und sie fänden heraus, dass ich es gewusst hatte, würden sie mich nicht nur aus dem Orden werfen, sondern vermutlich auch mich auf die Abschussliste setzen.

Verdammt, wenn sie herausfänden, dass ich auf verbotene Weise mit Caden Kontakt gehabt hatte, würden sie mich vermutlich auch aus dem Orden werfen. Die Tatsache, dass Ivy als Halbling immer noch zum Orden gehörte, wurde nicht von allen Mitgliedern gutgeheißen. Aber sie hatte Rens Unterstützung, und sie war eine Wahnsinnskämpferin. Der Orden brauchte sie.

Aber mich brauchten sie nicht.

Ich dachte darüber nach, was Caden am Vorabend über die Pflicht gesagt hatte und dass es nicht immer richtig war, ihr zu folgen.

Es war meine Pflicht und auch sicher richtig, dem Orden

zu erzählen, was ich über Caden wusste. Und dann auch wieder nicht. Denn es wäre ihnen sicher egal, was ihm angetan worden war und was dazu geführt hatte, dass er sich dem Willen der Königin gebeugt hatte. Sie mochten ihn schon jetzt nicht und vertrauten ihm auch nicht, dabei war Caden … na ja, abgesehen davon, was zwischen uns passiert war, war er *gut.*

Er hatte es nicht verdient, dass Jagd auf ihn gemacht wurde.

Caden bewegte sich, und seine Wimpern zuckten. Seine bernsteinfarbenen Augen blickten in meine, und sein Blick wanderte zu unseren ineinander verschränkten Händen. Seine Mundwinkel wanderten nach oben.

»Du bist wach«, murmelte er schlaftrunken.

»Er hat gesagt, ich wäre dein *Mortuus*«, platzte ich heraus.

Ich hatte noch nie jemanden gesehen, der so schnell wach war wie Caden. Er entzog mir seine Hand und nahm die Beine von meinem Bett. Die Schläfrigkeit war wie weggeblasen.

»Was?«

»Aric hat gesagt, ich wäre dein *Mortuus*«, wiederholte ich und richtete mich auf. Es tat tatsächlich nicht mehr so weh, und das erinnerte mich an etwas anderes, was mir wieder eingefallen war. »Er hat gesagt, du hättest mir den Sommerkuss gewährt, und deshalb hätte ich alles überlebt, was er mir angetan hat. Es ist vermutlich auch der Grund, warum meine Verletzungen jetzt so schnell heilen.«

Caden schluckte und sagte nichts.

»Er meinte, ich würde nicht wie ein normaler Mensch altern und dass ich nur *beinahe* menschlich bin«, fuhr ich fort und drehte mich ein wenig, damit nicht zu viel Gewicht auf meine Seite drückte. »Stimmt das? Hast du mich damit geheilt? Mit dem Sommerkuss?«

»Ja.«

Obwohl ich es bereits wusste, war es trotzdem ein Schock. Vielleicht deshalb, weil ich es vollkommen vergessen hatte.

»Und wolltest du mir jemals davon erzählen? Ich meine, irgendwann hätte ich vermutlich von selbst gemerkt, was hier los ist. Aber was ist, wenn ich verletzt gewesen und zum Arzt gegangen wäre? Sie hätten doch sofort gesehen ...«

»Sie hätten es nicht bemerkt. Deine Blutwerte zeigen keinerlei Abweichungen. Menschliche Ärzte haben nicht die Mittel, so etwas festzustellen«, erklärte er, und ich starrte ihn mit offenem Mund an. »Aric hat es dir nicht richtig erklärt. Der Sommerkuss hat dich geheilt, aber ich hatte keine Ahnung, dass er auch auf lange Sicht Auswirkungen auf dich haben würde. Das passiert nicht immer, und ich hätte es erst bemerkt, wenn du dich verletzt hättest oder ...«

»Wenn ich nicht gealtert wäre?«, schlug ich vor, denn ich war nun mal ein hilfsbereiter Mensch.

»Du *wirst* altern, Brighton, nur sehr viel langsamer.«

»Wie viel langsamer? Muss ich jedes Mal umziehen, bevor die Leute Fragen stellen?«

»Ja«, antwortete er rundheraus.

Ich machte den Mund auf und schloss ihn wieder.

»Du wirst nicht ewig leben, genauso wenig wie ich. Aber soweit ich weiß ...« Er seufzte schwer. »Wirst du in fünfzig Jahren etwa ein Jahr altern.«

»O mein Gott.«

Caden lehnte sich zurück.

»Ich habe dir nichts davon gesagt, denn wenn Aric dir das alles nicht angetan hätte, hätte ich dir unnötige Sorgen bereitet. Aber sobald ich sicher gewesen wäre, hätte ich mit dir darüber geredet.«

Ich nickte stumm und gestand mir selbst gegenüber ein, dass ich ihm glaubte. Trotzdem gab es eine Menge zu verarbeiten. Es war alles sehr viel für mich. Wir schwiegen beide, während ich meine Gedanken sammelte. Es gab noch einiges, was wir besprechen mussten, und jetzt war nicht der richtige Zeitpunkt, um durchzudrehen.

Offenbar hatte ich dafür in meinem Leben noch mehr als genug Zeit.

»Er hat mir von Shiobhan erzählt und was er mit ihr gemacht hat«, fuhr ich mit pochendem Herzen fort. »Davon, wie es zu dem großen Krieg kam. Deshalb hat er mir das …«

»… das Kleid angezogen«, beendete Caden den Satz für mich und strich sich mit dem Finger über die Augenbrauen. »Ich weiß. Es war ihr Hochzeitskleid. Zumindest sollte es das sein. Aric hat sie an unserem Hochzeitstag entführt.«

Mitleid verdrängte die Wut und die Frustration und belegte den ersten Platz in meinem Herzen. »Es tut mir leid. Was er getan hat war … er war abgrundtief böse.«

Caden nickte. »Das alles ist schon sehr lange her, Brighton.«

»Aber das macht es nicht einfacher.«

»Nein, du hast recht. Ich wusste, was er ihr angetan hatte. Dafür hat er gesorgt. Und der Zorn hat mich anfällig für die Macht der Königin gemacht.«

Ich rückte vorsichtig zur Seite und stellte die Füße auf dem Boden ab. Wir waren nur noch wenige Zentimeter voneinander entfernt. »Ich verstehe jetzt, warum du derjenige sein wolltest, der ihn tötet.«

»Es war nicht nur wegen dem, was er mit Shiobhan gemacht hat. Versteh mich nicht falsch, das war natürlich ein Teil davon. Aber es ging auch darum, was er dir und deiner Mutter angetan hat. Und zahllosen anderen. Sein Tod war längst überfällig.«

Das stimmte.

Ich machte einen flachen Atemzug. »Er sagte, ich wäre dein *Mortuus*. Dass er mich benutzen könne, um dich zu zwingen, das Tor zu öffnen und die Königin zu befreien. Was bedeutet das?«

Er sah mir in die Augen und schwieg so lange, dass ich dachte, er würde nicht antworten.

»Du bist tatsächlich mein *Mortuus*.«

Ich bekam keine Luft mehr.

»Das bedeutet, dass du meine Kraftquelle bist. Meine Sonne. Mein Herz.«

Ein Ruck ging durch meinen Körper.

»Aber du bist auch meine größte Schwäche«, fuhr er fort. »Der *Mortuus* ist kein Objekt und auch nichts Greifbares. Es ist die Quelle meiner Kraft und meiner Schwäche. Durch dich ist vollkommene Kontrolle über mich möglich. Das bedeutet *Mortuus*. Es gab nur einen vor dir. Und das war Shiobhan.«

Ich schüttelte den Kopf. »Ich verstehe das nicht. Wie ist das möglich? Du …« Ich schluckte den Kloß in meinem Hals hinunter.

»Ich liebe dich.«

Die drei Worte schlugen ein wie eine Bombe.

Und Caden war noch nicht fertig.

»Ich liebe dich, und deshalb bist du mein *Mortuus*. Mein Ein und Alles.«

»Du liebst mich?« In mir machte sich ein Glücksgefühl breit, von dem ich nicht geahnt hatte, dass ich es jemals erleben würde, und meine Haut prickelte. Doch dann traf mich die Realität wie ein Hammerschlag, und mein ganzer Körper wurde taub.

»Wie kannst du mich lieben? Du bist verlobt.«

»Nicht mehr. Ich habe die Verlobung gelöst, noch bevor ich von deinem Verschwinden erfahren hatte.«

»Was?« Ich starrte ihn wie vom Blitz getroffen an.

»Es war nicht geplant, dass wir miteinander im Bett landen. Das weißt du. Ich sollte Tatiana heiraten, deshalb hatte ich nicht vor, mit dir zu schlafen, aber ich wollte dich. Ich wollte dich vom ersten Moment an, als ich dich sah. Bevor ich dich überhaupt kannte. Und ich weiß nicht, warum. Unsere Alten sagen …« Er brach ab. »Das spielt jetzt keine Rolle. Es ist meine Pflicht, unter allen weiblichen Fae eine Königin zu wählen, aber das ist nicht richtig. Es ist nicht das, was ich will. Und es wäre auch Tatiana gegenüber nicht fair, sie zu heiraten, obwohl ich eine andere liebe und begehre.«

Mein Herz schlug so schnell, dass ich Angst hatte, es würde mir aus der Brust springen.

»Ich dachte, ich würde es schaffen, dich aus meinem Leben zu verbannen. Ich habe es versucht. Ab dem Moment, als ich König wurde, habe ich es versucht. Ich habe es versucht, aber ich bin gescheitert. Offensichtlich.« Er schloss die Augen. »Ich wusste, was du für mich bist. Als Aric dich und deine Mutter in jener Nacht angriff, wusste ich es noch nicht, aber ich erkannte es wenig später. Ich habe dich beobachtet. Ich habe beobachtet, wie du gesund wurdest und auf die Jagd gingst. Ich beobachtete aus der Ferne, wie du immer mutiger und stärker wurdest, und ich bewunderte dich. Ich empfand Respekt für dich. Ich wusste es, nachdem ich dich in dem Club gefunden hatte. Als du vorgegeben hast, eine andere zu sein.«

Oh.

Wow.

»Aber ich wusste auch, dass du in ständiger Gefahr gewesen wärst, wenn Aric oder Neal herausgefunden hätten, dass du mein *Mortuus* bist.« Er sah mir in die Augen. »Deshalb dachte ich, es wäre das Beste, Tatiana zu heiraten, damit du in Sicherheit bist.«

Ich erinnerte mich an seine Worte. *Du bist eine Ablenkung. Eine Schwäche. Und ich werde nicht zulassen, dass jemand sie ausnutzt.*

Ich dachte, er hätte gemeint, dass ich bloß eine Ablenkung wäre, die man ausnutzen konnte, aber das war es nicht gewesen.

»Also habe ich versucht, mich von dir fernzuhalten, aber ich konnte nicht mit einer anderen zusammen sein und wissen, dass du früher oder später auch einen anderen finden würdest. Dazu bin ich zu egoistisch. Ich schaffte es nicht. Also löste ich die Verlobung und fuhr zu dir. Du warst nicht zu Hause und bist auch nicht nach Hause gekommen. Kurz darauf rief Ivy an und sagte, dass niemand etwas von dir gehört hätte.«

»Du hast gesagt, du bräuchtest eine Königin und dass die Sache mit uns ein Fehler sei. Du hast gesagt, es hätte keine Bedeutung gehabt. Und das war alles eine einzige Lüge?«

»Ja«, erwiderte er leise.

»Hast du eine Ahnung, wie sehr du mich damit verletzt hast? Wie sehr mich das alles mitgenommen hat, weil ich …« Ich hielt mich zurück. »Wenn es nicht so wehtun würde, würde ich dir jetzt eine scheuern.«

»Und ich hätte es verdient. Ich habe dir wehgetan. Ich dachte, es wäre das geringere Übel. Aber ich habe mich geirrt.«

»Du hast dich total geirrt.« Ich ballte die Hände zu Fäusten. »Denn Aric hat es auch so herausgefunden. Da war …« Da war noch eine Erinnerung, die langsam nach oben stieg. »Ich weiß es nicht … ich weiß nicht, was ich sagen soll.«

»Du musst gar nichts sagen.« Caden lehnte sich vor und sah mir tief in die Augen. »Nicht jetzt.«

Aber es gab da etwas, verflucht noch mal, und ich hatte es satt, ihn anzulügen. »Ich liebe dich.«

Er grinste schief. »Ich weiß.«

Ich blinzelte. »Wie bitte?«

»Ich spüre es.« Das Grinsen verwandelte sich in ein Lächeln, das mir den Atem raubte. »Ich fühle es.«

Ich klappte den Mund zu und stieß die Luft durch die Nase aus. »Aber du hast mir wehgetan, Caden. Du hast mir jetzt zweimal das Herz gebrochen, und nun soll plötzlich alles okay sein? Jetzt soll ich das Risiko noch einmal eingehen?«

Sein Blick wurde traurig, und sein Lächeln verblasste. »Ich weiß. Ich erwarte nicht, dass es okay für dich ist. Noch nicht. Aber ich habe vor, dir zu beweisen, dass kein Risiko besteht. Ich werde dir nicht mehr so viel abverlangen wie bisher. Ich werde dir nie mehr wehtun.«

Mein Gott, ich wollte ihm so gerne glauben – so sehr, dass es beinahe wehtat.

»Ich habe keine Ahnung, was ich davon halten soll. Ich weiß ja nicht einmal, was noch mit mir passieren wird.« Tränen brannten in meinen Augen. »Wenn du mir das schon vorher gesagt hättest … bevor das mit Aric passiert ist, wäre es vielleicht anders gewesen. Ich muss mich erst an den Gedanken gewöhnen.«

»Ich weiß«, wiederholte er. »Ich wollte dir das alles sofort sagen, aber ich wusste, dass es nicht richtig gewesen wäre. Nicht nach allem, was passiert ist. Ich dachte, es müsste noch mehr Zeit vergehen und du müsstest dich wieder erholen. Ich wusste nicht, dass Aric dir bereits alles erzählt hat.«

Ich glaubte ihm und vielleicht … vielleicht wäre alles tatsächlich einfacher zu begreifen gewesen, wenn ich es erst später erfahren hätte.

Im Moment war es, als hätte ich das, was ich mir am meisten wünschte, erst bekommen, nachdem ich unendlich gelitten hatte. Und im Grund war es genau so gewesen.

»Ich möchte, dass du etwas weißt.« Caden nahm meine Hände in seine, und als ich nicht zurückzuckte, verschränkte er die Finger mit meinen. »Ich bin hier. Ich weiß, dass du Zeit brauchst, und wenn es hundert Jahre sind, dann soll es so sein. Ich werde warten. Das, was ich für dich empfinde, wird sich nicht ändern. Nicht heute. Nicht nächstes Jahr. Und auch nicht in fünfzig Jahren. Du sagst mir, wenn du bereit bist, und ich werde da sein.«

Meine Kehle war wie zugeschnürt, und jetzt hätte ich wirklich am liebsten losgeheult, denn … mein Gott. Das war genau das, was ich hören musste. Was ich wissen musste.

Dass er da sein würde, wenn ich so weit war.

Dass ich Zeit haben würde, wieder zu mir selbst zu finden, um dann auf ihn zuzugehen.

»Ich muss mit Tanner reden und organisiere auch gleich etwas zu essen für dich«, meinte Caden nach einem Moment. »Und wenn du bereit bist, dir ein wenig die Füße zu vertreten, könnten wir nach draußen gehen. Etwas frische Luft schnappen. Was hältst du davon?«

Ich atmete zitternd ein, aber es fühlte sich gut an. Rein. »Das klingt gut.«

»Perfekt.« Caden lächelte und tat dann noch etwas, was mich überraschte.

Er stand auf, senkte den Kopf und drückte mir einen Kuss auf die Stirn.

Das hatte ich nicht erwartet, und es überraschte mich auch, dass ich nicht zurückzuckte oder durchdrehte.

»Bis später.«

Ich habe keine Ahnung, ob ich nickte. Er ging, und ich saß einfach nur so da. Ich weiß nicht wie lange. Ich musste einfach alles verarbeiten, was er mir gerade gesagt hatte.

Caden liebte mich.

Der König der Sommerfae liebte mich.

Ich stand benommen auf, duschte und wickelte mich in einen flauschigen Bademantel.

Als ich ins Schlafzimmer zurückkam, brannten meine Wunden und ich war erschöpfter, als ich sein wollte, doch die Verwirrung hatte nicht nachgelassen und ein Wirbelwind an Gefühlen tobte unter der Oberfläche.

Der König liebte mich.

Ich blieb mitten im Zimmer hinter der cremefarbenen Couch stehen.

Caden hatte die Verlobung gelöst, bevor er erfahren hatte, dass ich verschwunden war.

Das änderte zwar nichts daran, dass er es ordentlich verbockt hatte, aber ich liebte ihn, und das hatte sich nicht geändert. Und dann passierte etwas wirklich Erstaunliches. Ich erkannte ehrfürchtig, dass ich immer noch Liebe empfinden konnte, und die Hoffnung in mir erwachte zum ersten Mal wieder zum Leben, seit Aric mich entführt hatte.

Ich wusste, dass ich das, was passiert war, hinter mir lassen konnte, auch wenn es lange Zeit dauern würde. Denn ich war immer noch fähig zu lieben, und Caden …

In diesem Moment erinnerte ich mich an etwas, das Aric gesagt hatte. Ich saß in der Wanne und stand unter dem Glamour-Zauber, aber ich bekam trotzdem mit, was er sagte.

Ein Mitglied des Sommerhofs, das sich – wie ich – die baldige Rückkehr der Königin wünscht.

O mein Gott!

Es gab jemanden innerhalb des Sommerhofs, der mit Aric zusammengearbeitet hatte. Jemanden, der behauptet hatte, er würde Aric den *Mortuus* liefern.

Ich musste sofort mit Caden reden. Ich war bereits auf dem Weg zur Tür, als es klopfte. Nachdem ich annahm, dass es Ivy oder Caden war, rief ich: »Komm rein!«

Die Tür öffnete sich, und ich riss die Augen vor Erstaunen auf. Es war weder Ivy noch Caden.

In der Tür stand Tatiana.

19

Ich hatte Tatiana nur einmal kurz gesehen, aber sie war genauso schön, wie ich sie in Erinnerung hatte. Majestätisch, mit rabenschwarzem Haar, silberfarbener Haut und zart zugespitzten Ohren.

Tatiana verwendete keinen Glamour-Zauber, als sie mir mit unter der Brust verschränkten Händen gegenübertrat. Sie trug ein schulterfreies buttercremefarbenes Kleid, das an der Brust und Taille eng anlag und in einem ausladenden Rock endete.

Sie sah aus wie eine wunderschöne Prinzessin aus einem Disney-Film, während ich gerade ein paarmal durch den Fleischwolf gedreht worden war und am besten in einen Horrorschinken gepasst hätte.

So wollte ich Cadens Verlobter – oder besser gesagt Ex-Verlobter – eigentlich nicht gegenübertreten.

Ich starrte auf die Frau, die Königin hätte werden sollen, und wünschte, ich hätte wenigstens etwas anzuziehen gehabt. Einen Ganzkörperoverall zum Beispiel.

Alles war besser als der unförmige Bademantel, den ich mir übergeworfen hatte.

»Ich hoffe, ich störe nicht«, sagte sie. Sie hatte einen kaum merklichen britischen Akzent. »Aber ich hatte gehofft, dass du vielleicht ein paar Minuten Zeit für mich hast.«

Ich überlegte, ob es wohl unhöflich wäre zu verneinen, und sah mich wie ein Idiot im Zimmer um. Nach allem, was mir Caden an diesem Morgen erzählt hatte, konnte ich mir durchaus vorstellen, worum es in diesem Gespräch gehen würde. Und wenn man bedachte, dass ich außer dem Beerenwasser noch nichts getrunken hatte, war ich wirklich nicht bereit dafür. Viel wichtiger war jedoch, dass ich Caden finden und ihm berichten musste, was mir gerade eingefallen war.

Doch stattdessen sagte ich: »Klar, setz dich doch!«

Sie nickte, und ich humpelte zur Couch. Ich war ein wenig zu erleichtert, mich setzen zu können. Die Dusche hatte mir einiges abverlangt, und ich ließ mich wie ein Kartoffelsack fallen.

Tatiana setzte sich ans andere Ende der Couch, schlug die Beine übereinander, legte die Hände in den Schoß und wirkte so anmutig wie eine Ballerina. »Wie fühlst du dich?«

»Ähm, besser, als ich aussehe.« Was auch stimmte.

Sie lächelte. »Da bin ich aber froh. Deine Verletzungen sind … Furcht einflößend.«

Ich blinzelte.

»Ich meine, sie machen mir keine Angst, aber du hast bestimmt sehr gelitten«, korrigierte sie sich schnell. »Es freut mich, dass du deinen Peiniger umbringen konntest.«

»Ja«, sagte ich und umklammerte den Gürtel des Bademantels. »Ich bin auch froh, dass ich … ihn getötet habe.«

Klang das wirklich so bescheuert, wie es in meinen Ohren wirkte?

»Aric hat den König schon viel zu lange verfolgt«, fügte Tatiana überraschenderweise hinzu. »Das, was er der Verlobten des Königs angetan hat, war ein wahrhaftiger Akt des Bösen.«

»Du weißt darüber Bescheid?«

»Das tun doch alle.« Sie legte den Kopf schief und runzelte die Stirn. »Na ja, zumindest wir Sommerfae.«

Ich versteifte mich. Wahrscheinlich war ich einfach übersensibel, aber das klang verdächtig nach einem Seitenhieb.

»Das, was er dir angetan hat, war genauso schrecklich«, fuhr sie fort, und ich erkannte, dass sie ihre Rolle wirklich perfekt spielte. Sie atmete tief ein und schien sich innerlich zu wappnen. »Der König war außer sich vor Sorge um dich.«

Ein Teil von mir wollte so tun, als wüsste ich nicht, wohin das Gespräch führte, aber das wäre nicht nur sinnlos, sondern auch feige gewesen. Und ich hatte mich schon viel, viel Schlimmerem gestellt.

»Ich will nicht unhöflich oder ungeduldig sein, aber ich nehme an, dass du über Caden reden willst«, sagte ich, und ihre blassblauen Augen weiteten sich kaum merklich. »Er hat mir gesagt, dass er die Verlobung gelöst hat.«

Sie hob das Kinn. »Ja, ich bin hier, um über ihn zu reden.«

»Ich weiß nicht, was es da noch zu sagen gibt.« Ich umklammerte den Gürtel noch immer. »Ich hatte bis heute Morgen keine Ahnung, dass ihr nicht mehr verlobt seid, und ich … also das ist echt unangenehm.«

»Ja, das ist es.« Sie lächelte erneut. »Der gesamte Hof bereitet bereits unsere Hochzeit vor, und sie haben keine Ahnung, dass es aus ist.«

»Habt ihr es ihnen denn noch nicht gesagt?« Ich musste zugeben, dass mir das nicht gefiel. Wenn Caden wirklich so sicher war, was seine Gefühle für mich betraf, und er die Verlobung gelöst hatte, warum erzählte er dem Hof dann nicht davon?

»Er wollte warten, bis ich wieder zu Hause bin«, erklärte sie. »Sodass ich sämtlichen Peinlichkeiten aus dem Weg gehen kann, und obwohl ich seine Bemühungen zu schätzen weiß, wird die Abweisung durch den König mich überallhin verfolgen.«

Ich wollte mich bereits entschuldigen, aber ich hielt mich zurück. Ich hatte so das Gefühl, dass ihr das nicht gefallen hätte. Denn mir hätte es auch nicht gefallen. In gewisser Weise war ich … mein Gott, ich war die *andere Frau*. Ich hatte es zwar nicht gewusst, aber ich war es trotzdem.

Verdammt!

Plötzlich war die Wut auf Caden wieder da.

»Aber die Pläne des Königs haben noch weitaus größere Auswirkungen als meine Demütigung«, fuhr sie fort. »Und darüber wollte ich mit dir reden. Ich bezweifle, dass du verstehst, was es bedeutet, wenn sich ein König weigert, eine Königin unter Seinesgleichen auszuwählen – und das meine ich nicht als Beleidigung. Du hast wahrscheinlich noch nie von unseren intimsten und politischsten Bräuchen gehört.«

»Nein«, gab ich zu, und leichtes Unbehagen machte sich in mir breit.

»Sobald ein Prinz den Thron besteigt, hat er gewisse Verpflichtungen, denen er innerhalb des ersten Jahres seiner Amtszeit nachkommen muss. Er muss einen Rat einberufen und die besten Krieger des gesamten Hofes auswählen, um sie zu seinen persönlichen Rittern zu machen.« Tatianas Blick wanderte zu den zugezogenen Vorhängen vor dem Fenster. »Darüber hinaus muss ein König auch seine Königin bestimmen, eine unter seinesgleichen, die würdig ist, die nächste Generation zu gebären.«

»Und was ist, wenn er sich zu demselben Geschlecht hingezogen fühlt?« Ich dachte an Fabian und erinnerte mich plötzlich, wie Tink gemeint hatte, Fabian könne nicht König werden und wolle es auch gar nicht.

»Unseresgleichen beschränkt sich sexuell nicht nur auf ein

Geschlecht.« Sie zog die Nase kraus. »Das ist ein durch und durch menschliches Konzept, aber ein König muss trotzdem eine Frau heiraten. Obwohl er sich einen Liebhaber nehmen kann.«

Es war klar, dass Fabian nicht gerade scharf darauf war, jemanden zu heiraten und mit jemandem zu schlafen, zu dem er sich nicht hingezogen fühlte.

Ich schüttelte den Kopf. »Und wenn der König beschließt, keine Fae zu heiraten?«

»Du meinst, wenn Caden sich für dich entscheidet?«

Unsere Blicke trafen sich, doch da war kein Groll in ihren Augen. Da war nichts, außer Traurigkeit. Mein Unbehagen wuchs.

»Er hat sich bereits für dich entschieden, aber du kannst nicht seine Königin werden.«

»Ich will auch nicht seine Königin werden.«

Sie hob die Augenbrauen. »Du willst ihn gar nicht?«

»Das habe ich nicht gesagt«, erwiderte ich, bevor mir klar wurde, dass ich genau das gesagt hatte. »Ich liebe ihn. Aber das habe ich schon getan, bevor er König wurde.« Ich schluckte und schüttelte den Kopf. »Ich konnte nicht glauben, dass er mich auch liebt, und ich wusste überhaupt nicht … Aber das alles spielt im Moment keine Rolle. Ich will ihn.«

Und das stimmte.

Ich wollte ihn, trotz seiner Fehler, Makel und der dämlichen Entscheidungen, die er in der Vergangenheit getroffen hatte. Und er wollte mich trotz meiner Narben und der bissigen Art und trotz der Tatsache, dass ich noch nicht bereit dafür war.

»Dann tut es mir leid«, sagte Tatiana.

Ich zuckte zusammen. »Für wen?«

»Für meinen Hof. Du hast keine Ahnung, was passieren

wird, wenn Caden auf den Thron verzichtet, um mit dir zusammen zu sein. Und das wird er tun müssen«, erklärte Tatiana. »Caden weiß das. Aber ich fürchte, *du* wusstest es nicht.«

»Nein«, flüsterte ich und räusperte mich. »Das wusste ich nicht. Warum muss er auf den Thron verzichten?«

»Weil er seine Pflicht, sich eine Königin zu nehmen, nicht erfüllen würde.«

»Das ist unglaublich dumm!« Ich ließ den Bademantelgürtel los und strich mir die feuchten Haare aus dem Gesicht. »Was hat das mit seiner Fähigkeit zu tun, den Hof zu regieren?«

»Ein König regiert nicht alleine«, erklärte sie.

Ich starrte sie an, und mir fehlten die Worte. Das war doch kein Grund. Zumindest kein guter. »Aber die Königin regiert doch auch alleine, oder? Morgana? Sie hat auch keinen König.«

Tatiana wurde blass, als ich den Namen der Königin laut aussprach. »Sie regiert mithilfe dunkler Magie, und sie hatte einen König, als sie an die Macht kam. Sie hat ihn im Schlaf ermordet. Und weil sie nicht noch einmal geheiratet hat, ist ihre Macht begrenzt. Wenn sie jemals heiratet, wird sie unaufhaltsam sein.«

Aha.

Gut zu wissen.

»Du verstehst nicht«, sagte Tatiana erneut und lehnte sich näher zu mir. »Es ist nicht bloß eine dämliche Regel, der wir traditionellerweise folgen. Die gesamte Zukunft des Hofs hängt davon ab, ob Caden den Thron behält. Die Verantwortung kann nicht auf seinen Bruder übertragen werden, denn Caden ist bereits zum König aufgestiegen. Prinz Fabian kann nur Cadens Platz einnehmen, wenn der König stirbt.«

Mein Unbehagen wuchs weiter. »Was meinst du damit, wenn du sagst, dass die Zukunft des Hofs von ihm abhängt?«

»Ich bin froh, dass du das fragst. Ohne König wären wir so machtlos wie in der Zeit, bevor er aufstieg. Unsere Ritter wären geschwächt, und wir müssten uns wieder in unsere Verstecke zurückziehen. Der Winterhof könnte uns jederzeit übernehmen, und du weißt ja, wozu sie fähig sind«, sagte sie, und ihre Lippen zitterten. »Aber das ist noch nicht alles. Caden wäre ebenfalls geschwächt. Er wäre nicht mehr länger der König, sondern von seinem Hof geächtet und schutzlos. Obwohl er nicht mehr länger der König wäre, würde er immer noch königliches Blut in sich tragen – Blut, das dem Winterhof aus unzähligen Gründen gelegen käme. Der ganze Hof wäre in Gefahr.«

»Aber wie ist das möglich?«, rief ich. »Ihr hattet doch jetzt so viele Jahre keinen König?«

»Wie gesagt, wir mussten uns verstecken. Wir waren schwach und konnten wenig dagegen ausrichten, dass der Winterhof Jagd auf Menschen machte und sie verletzte und dass bereits Pläne geschmiedet wurden, um die Königin zu befreien«, entgegnete sie. »Aber nicht nur das, wir waren auch unfruchtbar.«

»Unfruchtbar?«, wiederholte ich.

Ihre Wangen begannen zu glühen. »Unser Hof ist nicht so groß wie früher, als wir noch einen König und eine Königin hatten. Unsere Fruchtbarkeit ist an die Fruchtbarkeit des Königspaares gebunden.«

Oh.

Mein.

Gott.

Glaubten diese Leute denn nicht an die Wissenschaft?

Gab es so etwas wie Wissenschaft überhaupt für sie?

»Ich sehe schon, du glaubst mir nicht.« Tatiana schüttelte traurig den Kopf. »Aber wir folgen nicht derselben Biologie wie ihr Menschen. Es gibt eine Art Essenz, die uns mit unserem König und der Königin verbindet. Als wir noch einen König hatten, bekamen Familien im Laufe ihres Lebens etwa sechs bis acht Kinder.«

Ach du meine Güte.

»Mittlerweile sind es zwei oder drei, wenn wir Glück haben, und auch das wird sich ändern. Ohne einen König und eine Königin werden wir aussterben.«

Ich hob eine Hand und ließ sie wieder in meinen Schoß sinken, bevor ich Tatiana erneut ansah.

»Ich bin hier, weil ich dich bitten will, das zu tun, was der König nicht kann. Nicht, weil ich ihn liebe. Das tue ich nicht. Dafür kenne ich ihn nicht gut genug. Aber ich liebe meinen Hof. Er kann trotzdem mit dir zusammen sein, wenn es das ist, was ihr beide wollt«, fuhr sie fort, und ich zuckte zusammen. »Oder er kann sich eine andere Fae aussuchen. Solange er sich eine unter seinesgleichen aussucht. Er braucht eine Königin.«

Das Unbehagen breitete sich rasant aus und umfing meinen ganzen Körper. Ich hatte keine Ahnung, was ich sagen sollte. Caden hatte das alles gewusst, hatte gewusst, welches Risiko es barg, sich für mich zu entscheiden, und er hatte es trotzdem getan.

Das war schmeichelhaft. Aber auch völlig bescheuert.

»Du bist ein Mitglied des Ordens, weshalb du hoffentlich verstehst, in welche Gefahr Caden uns bringt. Und auch die ganze Menschheit.« In ihren Augen funkelten Tränen. »Wenn wir vom Winterhof besiegt werden, sind die Menschen als Nächstes an der Reihe. Das weißt du. Ist die Liebe das wirklich wert?«

Ich wandte den Blick ab und atmete ein, doch die Luft schien nirgendwohin zu gelangen, so sehr verschlugen mir Tatianas Offenbarungen den Atem.

War die Liebe das wirklich wert?

Ja!, schrie eine egoistische und gar nicht so leise Stimme in mir.

Aber einen möglichen Untergang des gesamten Sommerhofs? Und der Menschheit?

Ich schloss die Augen.

»Ich wünschte, ich wäre hier, um dir alles Gute zu wünschen, aber für meine Leute und auch für den König wäre es katastrophal, wenn er seinen Thron aufgibt«, sagte sie leise. »Deshalb habe ich stattdessen eine Frage an dich: Liebst du ihn genug, um ihn zu retten?«

Ich atmete so ruckartig aus, dass ich einen leisen Schrei ausstieß. Was sollte ich darauf antworten? Wie konnte ich mit ihm zusammen sein, wenn es ihn schwächen und einem großen Risiko aussetzen würde?

Ich kannte die Antwort darauf bereits.

Ich konnte sie nur nicht laut aussprechen.

Ich wollte nicht einmal daran *denken.*

Wie konnte es sein, dass ich vor weniger als einer Stunde noch voller Hoffnung gewesen war und nun nur noch Angst verspürte? Dass mir etwas entrissen worden war, bevor ich es überhaupt in den Händen gehalten hatte?

Denn genauso fühlte es sich an. Nachdem ich jetzt Bescheid wusste, konnte ich Caden auf keinen Fall erlauben, diesen Weg zu gehen.

»Ich wäre jetzt gerne alleine«, erklärte ich und öffnete die Augen. Meine Stimme war heiser.

»Ich verstehe.« Tatiana erhob sich. »Es tut mir leid.«

Mein Blick ging ins Leere, während sie sich umdrehte und

mit leichten Schritten zur Tür ging. Ich wandte mich bereits ab, als sie überrascht nach Luft schnappte.

»Oh. Tut mir leid!«, rief Luce. »Ich wollte gerade klopfen. Eine Sekunde früher, und ich hätte dein Gesicht erwischt.«

»Ich bin froh, dass du es nicht getan hast.« Tatiana warf noch einen letzten Blick über die Schulter und nickte. »Ich wollte gerade gehen.«

Luce betrachtete mich mit gerunzelter Stirn. Sie wartete, bis die andere Fae gegangen war. »Alles in Ordnung?«

»Ja.« Ich räusperte mich. »Ja. Willst du mich noch einmal untersuchen?«

»Ja. So in etwa.« Luce schloss die Tür hinter sich. »Ich muss mit dir reden.«

Eigentlich wollte ich mich auf den Boden werfen und laut brüllen und nicht mit Luce sprechen oder von ihr untersucht werden.

»Mir geht es gut. Sehr viel besser als gestern«, erklärte ich, als sie auf die Couch zutrat. »Ich glaube …« Ich drückte die Schultern durch. »Ich kann nach Hause.«

Sie runzelte erneut die Stirn und setzte sich auf die Stelle, die Tatiana gerade verlassen hatte, was mir absolut nicht passte.

»Darüber reden wir später. Es gibt jetzt Wichtigeres.«

Mir entfuhr ein Lachen. Etwas Wichtigeres, als zu erfahren, dass der Mann, den ich liebte, nicht nur sein eigenes Leben, sondern auch seinen Hofstaat und die gesamte Menschheit in Gefahr brachte, wenn er sich für mich entschied? Es sei denn, ich wäre einverstanden, seine Geliebte zu sein, während er eine Fae heiratete und eine ganze Schar Kinder mit ihr zeugte?

Luce sah mich besorgt an. »Bist du dir sicher, dass es dir gut geht, Brighton?«

»Klar.« Ich konnte das nächste Lachen gerade noch unterdrücken. »Worüber willst du mit mir reden?«

Sie senkte den Blick und sah mich dann an. »Erinnerst du dich, dass ich noch auf ein paar Blutwerte warten wollte? Ich habe ein großes Blutbild machen lassen, um sicherzugehen, dass es nicht doch noch Infektionen gibt, die ich übersehen habe.«

Ich nickte. »Ich schätze, du hast die Ergebnisse mittlerweile bekommen, oder?«

»Ja, und es gibt da etwas, das weitere Tests erfordert.«

»Was? Ist mein Herz vergiftet oder so etwas?«

Luce runzelte schon wieder die Stirn. »Ich glaube nicht, aber ich sehe gerne noch einmal nach.«

»War nur ein Scherz«, erklärte ich. »Was hast du herausgefunden?«

»Es gab eine Abweichung bei den Hormonen, einen erhöhten HCG-Wert.« Sie sah mich an. »Nachdem ich das gesehen hatte, machte ich noch eine quantitative Analyse, um nachzusehen, was es zu bedeuten hat.«

»Kannst du mir nicht einfach Antibiotika verschreiben?«

Die Falten auf ihrer Stirn wurden tiefer. »Nein, dagegen gibt es keine Antibiotika.«

»Okay.« Ich starrte sie an. »Und was kann ich dann tun?«

»Na ja, eigentlich gibt es da eine ganze Menge. Wir machen noch einen Test, um sicherzugehen, und dann … Warte mal!« Sie lehnte sich zurück. »Du hast keine Ahnung, was HCG bedeutet, oder?«

»Nein. Ich meine, vielleicht wusste ich es einmal und habe es einfach vergessen.«

Ihre Schultern versteiften sich. »HCG steht für *Humanes Choriongonadotropin*. Das ist ein Hormon, das während der Schwangerschaft ausgeschüttet wird.«

»Während der *Schwangerschaft?*«, wiederholte ich.

Luce nickte. »Du bist schwanger, Brighton. Und den Tests zufolge bist du etwa in der achten Woche. Wahrscheinlich sogar darüber. Aber du bist definitiv schwanger.«

Mein Gehirn stellte die Arbeit ein.

»Das bedeutet, dass du bereits vor der Entführung schwanger warst. Und wie durch ein Wunder bist du es immer noch«, fuhr Luce fort. »Ich würde gerne noch mehr Tests machen. Dein Körper hat sehr viel durchgemacht, und das Risiko ist sehr hoch, dass der Fötus nicht überlebt oder möglicherweise …«

Es war wie eine außerkörperliche Erfahrung.

Ich saß auf der Couch, aber es fühlte sich an, als würde ich schweben. Ich wusste, dass Luce immer noch redete, aber ich hörte kein einziges Wort.

Ich war schwanger?

In der achten Woche oder sogar darüber?

Das war …

»… und ich muss dich das jetzt fragen, denn es könnte alles ändern. Die Tests, die ich durchführen muss, das, was dich erwartet«, sagte Luce gerade. »Ist es möglich, dass der …?«

Sie wurde blass – in etwa so wie vorhin Tatiana, als ich Königin Morganas Namen ausgesprochen hatte. »Ist es vielleicht möglich, dass der König der Vater ist?«

Ob es vielleicht möglich war?

Es war sogar die *einzige* Möglichkeit.

Ich war schwanger mit Cadens Kind.

J. R. Ward

BLACK DAGGER LEGACY

Noch schöner, noch heißer, noch gefährlicher – die Bruderschaft der BLACK DAGGER bekommt frisches Blut

978-3-453-32079-6

Band 1: Kuss der Dämmerung
978-3-453-31777-2

Band 2: Tanz des Blutes
978-3-453-31851-9

Band 3: Zorn des Geliebten
978-3-453-31917-2

Band 4: Schwur des Kriegers
978-3-453-32079-6

Leseproben unter **www.heyne.de**